TESS OF THE D'URBERVILLES

Thomas Hardy

德伯维尔家的苔丝

（英）托马斯·哈代 著

陈明瑶 郑静霞 译

译 者 序

托马斯·哈代（Thomas Hardy，1840—1928），英国诗人、小说家，是横跨两个世纪的作家。早期和中期的创作以小说为主，他的小说继承和发扬了维多利亚时代的文学传统；晚年以其出色的诗歌成就开创了英国20世纪文学的新篇章。哈代一生共发表了近20部长篇小说，其中最著名的当推《德伯维尔家的苔丝》、《无名的裘德》、《还乡》和《卡斯特桥市长》。哈代创作了8部诗集（如《韦塞克斯诗集》《早期与晚期抒情诗》），共918首。

哈代出生于英国西南部的多塞特郡，毗邻多塞特郡大荒原，家乡的自然环境是《德伯维尔家的苔丝》的主要背景。他的父亲是个石匠，但爱好音乐。父母重视对哈代的文化教育。1856年哈代离开学校，从事建筑行业，司教堂修复。他的建筑论文曾获英国皇家建筑学会奖。他有音乐、绘画及语言才能，精通古希腊文及拉丁文。在哲学、文学和自然科学方面有广博的学识。哈代受当时科学重大发现及进化论的影响，在宗教方面是一位怀疑论者。上述天赋和早期经历均为他的文学创作的成功奠定了基础。

在哈代的创作时期，英国社会正经历着深刻的变化，存在各种尖锐的矛盾和危机，充满了变化和动荡。《德伯维尔家的苔丝》（1891年出版）就反映了这一社会现象。该书是"威塞克斯系列"中的一部，描写了农村姑娘苔丝的悲惨命运。苔丝出生于一个贫苦的小贩家庭，有一天，苔丝的父亲约翰·德贝菲尔被人告知是古代贵族德伯维尔的后代，他得意忘形，夫妻俩决定让女儿苔丝去攀亲，以期在经济上得到帮助。结果，苔丝被亚雷克·德伯维尔诱奸后失贞，经历了怀孕、生子、丧子、绝望的过程。后来，为了追求新生，她去牛奶场打工，与牧师的儿子克莱尔恋爱并订婚。当她在新婚之夜把昔日的不幸向丈夫坦白后,没能得到丈夫的原谅,之后两人分居,丈夫远赴巴西。此后,苔丝陷入生活困境,再次与亚雷克相遇并遭其纠缠,苔丝因家境窘迫不得不与仇人同居。不久,克莱尔回国,向妻子忏悔,但为时已晚。苔丝极度痛苦,认为是亚雷克·德伯维尔使她第二次失去了克莱尔,便愤怒地将亚雷克杀死。她与克莱尔一起度过了幸福、满足的最后五天,最后,苔丝被捕并被处以绞刑。

哈代在书中描绘了新兴的工业化和都市文明给贫穷、落后的威塞克斯地区带来的冲击,揭露了禁锢思想、强调贞洁、压抑妇女社会地位的虚伪道德。苔丝的悲剧命运反映了当时经济发展的落后、法律制度的欠缺、宗教的欺骗性,以及道德的虚伪。苔丝的悲剧就是当时社会的悲剧。

诺贝尔文学奖得主克洛德·西蒙指出:"它(《德伯维尔家的苔丝》)是19世纪英国文学的一颗明珠,奠定了哈代在英国乃至世界文学中的地位。小说描写的是社会如何把一个纯洁、善良、质朴、美丽的农村姑娘逼得走投无路,最终拿起武器向仇人复仇的故事。在美丽的苔丝身上我们自始至终看到的是她纯洁的本性对逼迫她的恶势力的苦苦挣扎。"英国作家埃利亚斯·卡内蒂认为,苔丝所拥有的人性与灵魂深处的巨大魄力是对传统美德的超越,并使苔丝成为最动人的女性形象之一。

哈代的这部名作已经有了很多译本,其中不乏高质量的、畅销的名家译本。我们将书名译作《德伯维尔家的苔丝》,是根据哈代小说的原名直译的。德伯维尔的家族名贯穿于小说的始终,是作者对当时社会的极大讽刺。哈代在书中写道:"诺曼的血统,没有维多利亚王朝的财富做辅助,又算得了什么!"《德伯维尔家的苔丝》是一声悲叹,是对古老显赫的德伯维尔贵族世家的唾弃,也是对这一日趋没落、走向死亡的家族奏响的一曲挽歌!而亚雷克的嚣张腾达又反映出盗用贵族名号者在宗教欺骗和道德虚伪年代的畅行无阻。因此,如果译成"德伯家的苔丝",就会混淆"德贝菲尔"和"德伯维尔",如果译成"苔丝",更会严重漏译或错译原书名,忽视原书名中作者所赋予的社会批判意义。

对本书的翻译,我们本着尽可能忠实于原著的原则,同时顾及汉语

译者序

读者的阅读可接受性。尽管有些译本曾经使用汉语的农村方言来翻译英国乡村农民之间的对话，使中国读者具有可亲可近的阅读享受，但我们还是认为此译法不妥，英语本身没有明显的方言区分，除了英国北方发音稍有不同之外，在英国南方，语言交流趋同。由此，我们更注重在叙述话语的翻译中力求真实顺畅，在角色话语的翻译中表现个性风格。特别感谢具有丰富翻译经验的孙礼中老师和卢彩虹老师的鼎力相助，他们精益求精的指导令我们受益匪浅。

翻译难，难在戴着镣铐舞蹈。我们既不能囿于原文、欧化汉语，也不能过于标新立异、另辟蹊径。尽管在主观上我们做了不少的努力，但百密难免一疏，如译文中尚有不足之处，哪怕是极小的一点失误，也敬请读者批评指教，译者将不胜感激。

陈明瑶　郑静霞

浙江工商大学

2016年7月

内 容 简 介

五月下旬的某一天，一位正在考察居民谱系历史、编写地方志的牧师告诉约翰·德贝菲尔，说他是本郡古老的武士世家德伯维尔家族的后裔。突如其来的消息，使这个贫穷的乡村小贩喜出望外，为了重振家业，他竟然要求17岁的大女儿苔丝到附近一个有钱的德伯维尔老太太那里去攀亲，幻想借此摆脱经济上的窘境。此时，大女儿苔丝也正痛苦自责，因为自己的粗心导致了马车事故，家里唯一的马死了。

德伯维尔老太太实际上是靠发放高利贷起家的暴发户，与这古老的武士世家毫无关系。她发家后，从北方迁到南方，改名换姓，这个德伯维尔的姓是从博物馆里找来的。德伯老太太的儿子亚雷克是个浪荡公子，对苔丝姑娘的美貌垂涎三尺，他假装好心，博得了贫穷的德贝菲尔家的好感，留下苔丝在他家养鸡。三个月后，亚雷克奸污了她。

苔丝失身之后，对亚雷克极其鄙视和厌恶，坚决不肯答应亚雷克的求爱，她带着心灵和肉体的创伤回到父母身边，却发现自己已经怀孕了。她闭门独处，极度痛苦，婴儿生下后未受洗礼，不久又夭折了，连教堂墓地都不肯收容。她的受辱不仅没有得到社会的同情，反而受到周围的耻笑和指责。痛苦不堪的苔丝决心改换环境，离开自己的家乡，到南部一家奶牛场做挤奶女工。

在奶牛场，她遇见了年轻人安琪·克莱尔。他出身于牧师家庭，却不愿继承父兄的牧师事业，放弃了上大学的机会，在奶牛场学习牧业管理，以求今后自营农场。两位年轻人在劳动中逐渐产生了爱慕之情。安琪拒绝了自己父母让他娶富家小姐的建议，拒绝了农场其他淳朴姑娘的示爱，全心全意爱上了苔丝。苔丝也非常爱安琪的正直、自立和体贴。但是苔丝的思想却十分矛盾，她认为自己曾经失身，不配做他的妻子。

但强烈的爱终于战胜了心理障碍。尽管没有双方父母亲临婚礼，她和安琪还是欢欢喜喜地在奶牛场工友的见证下到教堂结了婚。

新婚之夜，安琪·克莱尔坦言了自己曾经的失足经历，得到了苔丝的原谅；同时更使苔丝下定决心，坦言了自己的"罪过"。但是，意想不到的是貌似思想开通的安琪·克莱尔不仅没有原谅她，反而翻脸无情，抛弃她远赴巴西。

苔丝的心碎了。她孤独、悔恨、愤慨、绝望，回到家中，却发现家里一贫如洗，村里闲言碎语，她不堪承受屈辱，离家出走，靠干苦力为生。但是，她的内心依然盼着丈夫回心转意，回到自己身边。

一天，苔丝偶然发现毁掉她贞节的亚雷克居然成了牧师，满口仁义道德，到处宣讲。亚雷克也发现了苔丝，抛下了宗教的外衣，继续厚颜无耻地纠缠苔丝，企图与她同居。苔丝又气又怕，马上给丈夫安琪写了一封长信，恳求他赶快回来保护自己。

安琪·克莱尔在巴西贫病交加，历尽磨难，无法找到发展农业的任何机会。他开始后悔自己抛弃苔丝的冲动，决定返回英国与苔丝言归于好。但这时苔丝的父亲猝然去世，住屋被没收，母亲也陷于贫病交加的境地。亚雷克乘虚而入，用金钱诱逼苔丝和他同居。就在此时，克莱尔回到家乡，终于在他们同居的屋里找到了苔丝。苔丝面对着安琪·克莱尔，撕心裂肺地喊叫着"太晚了"，克莱尔被逐出，迷茫悔恨。苔丝猛然觉醒，回到房间，亲手杀死了亚雷克，追上克莱尔，他们在荒芜的原野里度过了几天逃亡的欢乐生活。最后在一个静谧的黎明，苔丝被捕，接着被处以绞刑。克莱尔遵照苔丝的遗愿，带着忏悔的心情和苔丝的妹妹开始了新的生活。

主要人物

苔丝·德贝菲尔	女主人公,家里的大女儿,被亚雷克·德伯维尔诱奸。后与安琪·克莱尔结婚,但因坦言经历而在新婚之夜被丈夫抛弃。后丈夫反悔,她杀了亚雷克,希望与丈夫团聚,最终被判死刑。悲剧人物。
安琪·克莱尔	牧师的第三个儿子,不愿继承牧师家业,希望独立发展,矢志发展农业,在宗教与世俗的矛盾中挣扎。先抛弃苔丝,离家出走,后反悔,但为时已晚。按苔丝遗嘱,在苔丝被处决后,与其妹妹结婚。
亚雷克·德伯维尔	反面角色。原姓斯托克,出生于暴发户家庭,从北方迁移至南方,改贵族姓。浪荡公子,诱奸苔丝,后又诱骗其同居。最终被苔丝所杀。
约翰·德贝菲尔	苔丝的父亲,一个农村小贩。德伯维尔爵士世家的直系子孙。但是到他这代早已没落。他有很强的虚荣心,希望苔丝去寻亲,结果悲剧连连。
琼·德贝菲尔	苔丝的母亲,以替人洗衣为生。她生养了许多孩子,苔丝是她的大女儿。
丽莎·德贝菲尔	苔丝的大妹妹,按苔丝的遗嘱,最终嫁给安琪。
亚伯拉罕·德贝菲尔	苔丝的大弟弟
玛莲、伊丝、瑞蒂	苔丝的朋友,曾经暗恋安琪。
(老)克莱尔先生	安琪·克莱尔的父亲
(老)克莱尔太太	安琪·克莱尔母亲
克里克先生	奶牛场场主
格罗比	高原上的弗林库姆溽农场主

目录 CONTENTS

德伯维尔家的苔丝

▶ 第一部　少女时代

第一章　　　　　003
第二章　　　　　008
第三章　　　　　014
第四章　　　　　020
第五章　　　　　030
第六章　　　　　039
第七章　　　　　044
第八章　　　　　049
第九章　　　　　054
第十章　　　　　059
第十一章　　　　067

▶ 第二部　失身之痛

第十二章　　　　075
第十三章　　　　083

第十四章　　　　086
第十五章　　　　097

▶ 第三部　追求新生

第十六章　　　　103
第十七章　　　　108
第十八章　　　　115
第十九章　　　　122
第二十章　　　　129
第二十一章　　　133
第二十二章　　　139
第二十三章　　　142
第二十四章　　　149

▶ 第四部　终身大事

第二十五章　　　155

第二十六章	164
第二十七章	170
第二十八章	176
第二十九章	181
第三十章	187
第三十一章	194
第三十二章	203
第三十三章	209
第三十四章	217

▶ **第五部 痛苦代价**

第三十五章	229
第三十六章	238
第三十七章	249
第三十八章	257
第三十九章	262
第四十章	269
第四十一章	276
第四十二章	283
第四十三章	288
第四十四章	298

▶ **第六部 再度翻转**

第四十五章	309
第四十六章	318
第四十七章	330
第四十八章	338
第四十九章	344
第五十章	351
第五十一章	358
第五十二章	366

▶ **第七部 人生终结**

第五十三章	375
第五十四章	380
第五十五章	385
第五十六章	390
第五十七章	394
第五十八章	400
第五十九章	407

▶ **译后记** 409

第一部　少女时代

德伯维尔家的苔丝

第一部 少女时代

第一章

　　五月下旬的一个晚上,一个中年男人正离开沙斯顿,走在回家的路上。他的家就在布雷克摩(也叫布莱克摩)旁边的马洛特村。支撑着他身体的双腿已是摇摇晃晃,步履不稳,略微左倾,难以保持一条直线。他时不时机敏地点点头,似乎在确认某个观点,尽管脑子里并没有思考什么特别的事情。他的胳膊上挎着一个空的鸡蛋篮子,帽子上的细毛随风飘动,有一块帽檐因为摘帽子的时候拇指磨擦已经破烂不堪。这时,一位骑着灰色母马、哼着小调的老牧师过来了。

　　"晚上好啊。"挎着篮子的男人说道。

　　"晚上好,约翰爵士。"牧师回应说。

　　这个中年男人又往前走了一两步,突然停下了,转过身来。

　　"哦,先生,不好意思,上次赶集日我们见过,就在这条路上,也是这个点儿,我跟您说'晚上好',您也是像今天一样回答我说'晚上好,约翰爵士'。"

　　"对啊。"牧师说。

　　"在此之前还有一次,大约一个月前了。"

　　"我可能是说过。"

　　"我是杰克·德贝菲尔,只是个普通小贩,这几次您都称呼我'约翰爵士',这是从何说起呢?"

　　牧师骑着马向他挪了两步,说:"心血来潮吧。"他说,犹豫了一会儿,又说,"不久前我在编写新县史,因此去考查家谱,这时有了一个发现。我是斯塔福特路那个爱淘古董的特林厄姆牧师。德贝菲尔先生,您难道真的不知道您是古老的骑士家族——德伯维尔家族的直系子孙吗?德伯维尔家族是从著名的骑士帕跟·德伯维尔爵士传下来的,根

据《功臣谱》的记载，他是随威廉国王征战诺曼底的骑士。"

"我过去从没听说过呀，先生！"

"算是吧。你抬起头来，让我好好看看你的脸部轮廓。对，这是典型的德伯维尔家族的鼻子和下巴——有点颓废而已。你的祖先是辅佐诺曼底的埃斯彻玛维拉勋爵，征服格拉摩甘郡的十二骑士之一。你们家族的各个分支所拥有的庄园遍布英格兰，早在斯蒂芬王在位时代，他们的名字就在《国库年报》当中。约翰王在位期间，他们中就有个分支富可敌国，曾经将受封领地赐给了僧兵团呢！爱德华二世统治时代，你的前辈布莱恩被召到威斯敏斯特参加过大议会。在奥利佛·克伦威尔时代，你们家族有点衰落，但并不太严重，查理二世统治时期因为你们家族的忠心，又被赐予"皇室橡树骑士"称号。唉，你们家族中的约翰爵士都有好几代呢，如果像古代时候那样世袭制的话，爵士称号也可以从父亲传给儿子，那你现在肯定就是约翰爵士了。"

"真的吗？"

"当然了，"牧师拍了拍大腿，总结道，"整个英格兰再也找不出第二个这样的高贵家族了！"

"真是迷晕了我的双眼啊，这是真的吗？"德贝菲尔说道，"这些年我东奔西跑，漂泊不定，年复一年，到处碰壁。我就是一个教区里的小老百姓啊！这消息大伙儿知道多久了，特林厄姆牧师？"

牧师解释说，据他所知，此事基本被大家忘到脑后了，很难说还有谁记得了。他是在今年春天调查追踪德伯维尔家族史时，有一天在他的马车上看到了德贝菲尔的名字，然后开始向他的父亲和祖父了解情况，现在已经完全搞清楚了。"本来我不想因为这毫无用处的消息去打搅您，"他说，"可是有时候还真是冲动战胜了判断力。我想可能你自己对此事也一直是知晓的。"

"是啊，我倒是听说过那么一两次，我的家族在迁居布莱克摩前日子还过得挺富足的。不过我没在意，以为只是我家曾经有过两匹马、现在只有一匹马的差别而已。我家里还有一把古老的银匙和一块老印章，可是天哪，一把银匙和一块印章算什么啊？……想想，我原来和高贵的德伯维尔家族一直是血脉同根啊。据说我的祖父一直藏有秘密，从不肯

第一部 少女时代

谈论他是哪来的……牧师，容我冒昧问一句，现在我们的家族落户何处啊？德伯维尔家族都住在哪里啊？"

"哪里也没有你们的家族了，作为一个郡县家族，你们的家族已经绝迹了。"

"真糟糕。"

"是的。——那些编造家族史的人总说男丁灭迹就是家族没落了。"

"那我们前辈们都葬哪儿了呢？"

"在绿山脚下的金斯伯尔：你们的祖先一排一排地都埋在地下墓穴里，波贝克大理石盖子下面还有他们的雕像。"

"那我们家族宅院和房产都在哪里？"

"你们已经没有了。"

"哦？也没有土地了吗？"

"没了。正如我之前所说，你们家族包括无数分支，曾经有丰富的宅院和土地。这个郡县里，在金斯伯尔有一处，谢顿有一处，米尔庞德有一处，拉尔斯丹特有一处，在井桥还有一处。"

"那我们还能再恢复自己的家族吗？"

"啊——这可说不上！"

"先生，那我最好应该怎么办呢？"德贝菲尔顿了一会儿又问道。

"哦——什么也做不了，除了用'富不过三代'这样的话鞭策一下自己，没什么别的可做的了。这事儿可能当地的历史学家和系谱学家还有点兴趣，别无他用了。这个郡县的佃农中还有几家曾经跟你们同样光辉的家族也不行了。晚安。"

"特林厄姆牧师，您要不掉头回来跟我喝一夸脱啤酒聊聊这件事？醇沥酒店龙头里的酒香醇怡人，当然了，尽管没有罗利佛酒店的好。"

"不用了，谢谢你，德贝菲尔，今晚不行。你今天已经够累了。"说完牧师继续骑马赶路去了，心里疑虑着将这奇怪的事情告诉他是否合适。

牧师走后，德贝菲尔沉思地走了几步，然后在路边草坪一侧坐下，把篮子在面前放下。不一会儿，远处有个年轻人沿着他回家的同一个方

向走来。德贝菲尔看见他立即举手招呼,小伙子加快脚步向他走来。

"小子,拿起篮子,我想让你帮我跑个差事。"

这个板条状的小伙子紧皱眉头,说:"约翰·德贝菲尔,你算老几啊,竟然吆五喝六使唤我,还叫我'小子',咱俩谁不知道谁的境况啊!"

"你知道吗,真的知道我吗!这是秘密——这是秘密!现在,听我的,帮我捎个信儿,我给你……好吧,福瑞德,我不介意告诉你我的秘密,我是高贵血统家族的一员——就是在今天下午刚刚发现的。"德贝菲尔边说边惬意地躺了下去,高贵地舒展在路旁雏菊丛中。

这小伙站在德贝菲尔跟前,从头到脚打量着他。

"约翰·德伯维尔爵士,就是我本尊,"他躺着说,"如果骑士们都是称男爵的话,本来就是啊!关于我的所有信息都在历史里有记录。小伙子,你知道绿山脚下的金斯伯尔的地方吗?"

"知道啊。我去过那儿的集市。"

"嗯,那个城市教堂地下埋有——"

"那个地方并不是个城市,我是说,至少我去的时候并不算个城市,只是一个一眼看得到尽头的小地方——"

"不用在意这个地方了,小伙子,这不是我们要谈论的问题。那个教区的教堂下面,埋着我成百上千位先人——身着铠甲,珠宝满满——用好几吨的铅制棺材装着。在南威赛克斯郡里,估计没有谁像我这样有这么高贵和庞大的家族了。"

"哦?"

"现在拿起篮子,去马洛特,到醇沥酒店,以后告诉他们让他们立即派个马车来送我回家。让他们在马车里备好一小瓶朗姆酒,记到我账上。完事儿后,带着篮子去我家告诉我老婆那些洗衣活儿别做了,不用做了,等我回家吧,我有事情要告诉她。"

小伙子表现出一副将信将疑的态度,德贝菲尔把手放进口袋,摸出一先令,这可是长期以来口袋里仅有的几枚之一。"小伙子,这是给你的跑腿费。"

就这枚钱让年轻人对他刮目相看了。"好的,约翰爵士。还有什么能为您效劳的吗,约翰爵士?"

"告诉我家里,晚饭我想吃,好吧,如果有羊杂碎,就油煎羊杂碎;如果没有,就吃血肠,如果再没有,那就将就着吃大肠吧。"

"好的,约翰爵士。"

小伙子提起篮子,准备出发时,突然听到村子方向传来一阵乐队的奏乐。"那是什么?"德贝菲尔问道,"不是为了我吧?"

"那是女子俱乐部的游行,约翰爵士。你女儿就是成员之一啊。"

"说真的,天天想着大事,我都把这茬儿给忘了。好了,出发去马洛特吧,麻烦你了,叫辆马车,也许我待会要坐着车去视察俱乐部呢。"

小伙子离开了,德贝菲尔沐浴着傍晚的夕阳,在草地和雏菊丛中等待着。好久过去了,中间没有一个人从那里经过,青山环绕的四周悄无声息,唯一能听到的人声就数远处乐队微弱的奏乐了。

第二章

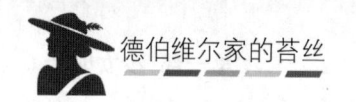

布莱克摩是一个美丽的山谷，马洛特村就在它东北部绵延起伏的地带。尽管这里距离伦敦不过四小时路程，但游客或写生画家涉足不多，一眼望去群山环绕，清幽僻静。

从周边的山峦顶峰往下看，山谷的景象尽收眼底。不过在干旱的夏季也许不好看。如果有人初来乍到，没有向导带路，碰上天气又不好的话，信步走上山谷的崎岖小道，是很容易因其道路狭窄泥泞而讨厌这地方的。

在这片远离喧嚣而肥沃的土地上，田地从不枯竭，泉水从不断流，南边是峭壁岩石岭形成的天然界线，将汉勃勒顿山、公牛家、荨麻谷、多格堡、高斯陀和巴勃荡环绕其中。那个从海边走来的游客拖着沉重的步伐穿过白石灰岩的平原和庄稼地，一路朝北跋涉十几英里，蓦然来到这些绝壁峻峰的边缘，真是又惊又喜，截然不同的景色像一幅画在眼前摊开。身后大山敞开胸怀，阳光照耀着无垠的原野，使这片风景宝地气势磅礴。白色的小路上，低矮的树篱缠绕婆娑，空气分外清新。脚下的山谷构建得精致微妙，田野一块块平躺着，没有围栏，从这个高度往下看，树篱俨然成了一片深绿色的网，交织蔓延在浅绿色的草地上。山谷的空气宁静，常被艺术家称作中景的部分也染上了浅浅的蓝，但往远处看则是逐渐加深的蔚蓝。这里的耕地很少，面积有限，但这里却有大片的草地和茂密的树林，盖满了主要的小山丘和山谷。这就是布莱克摩山谷。

这里不仅地形好看，而且还颇有历史故事呢。从前，这个谷被叫作白鹿林，起源于亨利三世国王统治时期的一个奇妙的传说。国王追上了一头美丽的白鹿，然后将它放生了。但是，一个叫托马斯·德拉林德的

第一部 少女时代

人却把它杀了。因此,猎人被罚了重金。从此以后,一直到近代,这里一直森林茂密、郁郁葱葱。即使今天,这里古老的橡树丛、斜坡上参差不齐的树林带以及为牧场遮阳的空心树上,你都能找到当年的痕迹。

如今茂密的森林消失了,但是树荫下那些古老的习俗却沿袭了下来。当然,很多也只是以变形后或伪装后的形式而存在了。比如说,五月舞会,一般都是吆喝大家来参加俱乐部狂欢,或是跟着俱乐部去游行。

这对于马洛特村的年轻人来说是一件很有趣的事,尽管参加的人可能并不明白它的真正意义。它的奇异之处不在于保留了每个纪念日的列队游行或古式跳舞,而在于所有的会员都是女性。男士俱乐部里面类似的庆祝方式已经消失,不足为奇了。但是也不知道是因为女性天生羞怯还是男性家属对此嗤之以鼻的态度,现存的女子俱乐部(如果还有其他会社的话)也基本取消了这类活动。只有马洛特村的俱乐部还保留着这种当地庆祝农神节的习俗。这习俗已经沿用了几百年了,如果说不是作为慈善俱乐部的话,也是一种姐妹会之类的,到现在还保留着。

游行队伍中的女性身着白色长裙,这是从18世纪中期前旧历时代中存活下来的快乐遗风。五月时光和快乐是同义词——人们很少考虑未来,感情生活比较简单。他们在草原上两两一排,列队游行。太阳照在他们身上,与绿色的树篱和藤蔓缠绕的墙面形成鲜明映衬。尽管整个队伍都身着白色长裙,但却没有哪两件的白色完全一样。有的接近纯白色,有的带些浅蓝色,有的已经被老会员穿得很旧了,也有的因为长期折叠存放泛灰了,还是乔治时代风格的呢。理想与现实究竟还是有点距离。

除白色的长裙醒目之外,每个妇女和女孩的右手举着一根剥去皮的柳枝,左手拿着一束白花。柳枝的剥法以及花束的选择都是出自各人的爱好。

队列里面还有几个上了岁数的老年妇女,被时光和磨难蹂躏的银灰色头发和爬满皱纹的脸在这个喜庆的场合显得有些怪异,当然也有些可悲。事实上,也许每一个饱经沧桑的老人都有更多故事值得我们慢慢讲述,因为与他们的年轻同伴们比起来,她们"没有快乐可言"的时光即

将到来。不过我们还是先把这些老者的故事放一放吧,先看看那些紧身胸衣下心跳快速而热烈的女孩子们吧。

　　实际上,队伍中大部分是年轻女孩子们,她们浓密的头发映着太阳的光辉,反射出金色、黑色和棕色的种种色调。有些姑娘眼睛很漂亮,有些鼻子很俊俏,还有的双唇红润、身材匀称。但同时兼具所有这些优点的却为数极少。难得在公共场合抛头露面,她们都不知道该张嘴还是闭嘴,抬头还是低头,老担心着自己这个样子是不是合适,不知所措。外人一看便知,这些是真正的乡村姑娘,还不习惯被太多的眼睛注视。

　　姑娘们的心里似乎都有着自己的小太阳,暖洋洋的,并不是太阳晒的。梦想、感情、爱好,乃至某些遥远而渺茫的希望,也许难以实现,却仍然滋长,这就是希望。所以,她们个个精神振奋,兴高采烈。

　　她们绕过纯酿酒店沿着大路下来,打算穿过一个小栅栏门来到草地上,这时,其中一个妇女说:

　　"天哪天哪!你看哪!苔丝·德贝菲尔,坐着马车回家的那个人不是你爹吗?"

　　听到这声惊叹,游行队伍里一个年轻队员转过头去看。她生得精致俊俏,也许不好说比其他女孩子更漂亮,但她娇小的红唇和一双天真无邪的眼睛让她的容貌和身材在人群中显得楚楚动人。她的头上绑着一根红色丝带,在这群身穿白衣的女人中,她可算得上唯一一个以这么吸引眼球的装饰而自豪的姑娘了。她回头一看,只见老德贝菲尔坐在纯酿酒店的马车上,驾车的是一个身材魁梧、头发卷曲的姑娘,上衣袖子都卷到胳膊肘以上了。她可是那个酒馆的开心女仆,总是大包大揽,时而做马夫,时而做车把式。德贝菲尔靠在马车座位上,眼睛悠然自得地闭着,一只手在头顶挥舞着,嘴里还慢悠悠地哼着宣叙调"家在金斯比尔有地下墓室啊,那里安息着我的先祖们!"

　　游行的女队员们都纷纷窃笑起来,只有名叫苔丝的女孩除外——她意识到自己的父亲在众人面前出丑,不禁脸红了起来。"他只是累了而已,没别的,"她急忙说,"今天我家的马不得不休息,所以他才搭车回来的。"

　　"别装傻了,苔丝,"她的同伴们说,"他明明在集市上喝多了,

第一部 少女时代

哈哈！"

"你听着，如果再拿我爹开玩笑，我就不再跟你往前走一步！"苔丝大声喊道，渐渐地整个脸和脖子都红了。不一会儿，她的眼眶湿润了，低头看着地面。同伴们感觉到自己伤害了她，也不再多说什么，听口令站好队。苔丝的自尊心不容许她再抬头去确认父亲到底说的什么意思。苔丝随着队伍朝着草地上舞会举行的地方慢慢走去。走到那个地方后，整个人才恢复了平静，开始用柳条拍打着她的同伴，像往日一样有说有笑了。

处在人生这个阶段的苔丝·德贝菲尔感情纯真，并没有被生活打上任何烙印。尽管上过乡村小学，说起话来还是带着一定程度的方言。这个地区方言比较特别，尤其是在音节UR的发音上不同，可能就跟其他任何一种人类语言发音一样，各有不同。要念准这个音，苔丝得把她深红色的嘴巴撅起来，把握好它的形状，将下嘴唇抬到上嘴唇中间的地方，发完这个音节之后才可以闭上嘴巴。

现在她身上依然能看到一些童年时代的特点。当她走路时，从她的漂亮风采中能捕捉到12岁的神态，她的眼睛有着9岁时的光彩，她的嘴唇曲线中含着5岁的稚韵。

但是，苔丝的美很少有人知道，更没有多少人注意。有少部分人，主要是些陌生人，偶然间经过，都会把目光长时间聚集在她身上，瞬间被她的清新美给吸引住，思忖着是否还有机会再看到她。不过对大多数人而言，她只是一个美丽迷人的乡村小姑娘，仅此而已。

老德贝菲尔坐在马车上，由女车夫赶着车，渐渐走远了，看不见也听不到了。乐队走到指定地点后，大家开始跳起舞来。刚开始跳时，由于队伍里没有男士，姑娘们们两两起舞，但是渐渐地，收工时间到了，村里的男性居民加上其他有空的人和过路行人们都纷纷围拢来了，貌似都想找个舞伴。

这些观望者中，有三个面相优越的年轻人，肩上背着小背包，手里攥着看似很结实的小棍子。他们彼此间长得相像，年龄依次排列，会让人觉得他们可能是兄弟，不过事实上他们也真的是亲兄弟。年纪最大的是个牧师，系着白色领带，穿圆领背心，还戴着一顶窄沿的帽子。稍

小一点的那个看着像是个普通的大学生，最小的那个还看不出来是做什么的，眼神里透露出一种放荡不羁的神态，暗示了可能还没有找到通往自己职业的大门。看得出来他可能是个对什么事情都有兴趣的、都想试试、不一定深究的孩子。

这三兄弟在跟路人说他们是在圣灵节期间在布莱克摩一带徒步旅行度假，行程从东北的沙斯顿开始一路向西南进发。

他们斜靠在公路旁边的栅栏门边，询问着跳舞妇女们为啥身着白裙。两个年长的兄弟俩看起来兴趣平平，并没有打算过多驻留，但是一大群女子没有男伴，彼此翩翩起舞的景象倒是貌似让最小的兄弟兴趣盎然，一点也不着急继续赶路。他解下自己的背包，将包和棍子一起放到篱笆旁，开门进来了。

"你这是要干吗，安琪？"最年长的哥哥忙问。

"我想进去和她们玩玩。干吗不一起去呢？我们——就一会儿啦——不会耽误很久的啦！"

"不行，不行，胡闹！"大哥说道，"在公开场合和一群顽皮的乡下姑娘跳舞，万一被别人看见了呢！快回来，要不我们到斯图尔堡天都黑了，没有比那里更近的歇脚的地方了。况且，我们今晚睡觉前还要再研读一章《驳不可知论》呢，我都不嫌麻烦把书带着呢。"

"好吧——那五分钟后我会赶上你和卡斯伯特的，你们不要停下等我哦，菲利克斯，我说到做到。"

两个哥哥不高兴地走了，继续赶路，并帮他拿走了背包，好让他追他们的时候轻松些。最小的弟弟扭头钻进了舞场。

"真是太遗憾了，"舞蹈一停顿他就趁机对邻近的两三个女孩献殷勤，"亲爱的，你们的舞伴呢？"

"他们还没收工，"最大胆的一个姑娘回答说，"他们一会儿就赶过来了，不过在那之前，先生，你可以算一个吗？"

"当然可以了。可是我只有一个人啊，你们人这么多怎么办？"

"总比没有强吧。跟同性朋友面对面跳舞太无聊了，根本就是抱抱亲亲都做不来嘛！来吧，你选一个吧。"

"嘘，你不要这么露骨吧！"另一个女孩怯怯地说。

第一部 少女时代

因此这个年轻人受邀打量她们每一个人,打算分他个"三六九等"来。可是面对这么多陌生面孔,他还真的感觉是箩里挑花了。他几乎直接挑选了最先朝他走来的姑娘,并不是希望被选中的那个说话的人,当然也没有碰巧挑到苔丝。血统、先人的尸骨、碑文记录,德伯维尔家族的长相,这些还没有在苔丝的人生战斗中起到任何作用,甚至连能在一帮平平的乡村女孩中吸引到一个舞伴的程度都不到。失去了维多利亚的财力支持,诺尔曼人的血统也不过如此了。

不管怎样,大家后来也并不知道那个独揽风头的女孩的名字,但是作为那晚第一个寻得男伴的女孩子,这份奢华和荣耀倒是让所有女孩子嫉妒不已。不过外人这一榜样倒是让原本不着急进去跳舞的村里青年们迅速进了场地。很快,男舞伴越来越多,直到最后,连长相最平庸的女人也有男伴陪跳了。

教堂的钟声敲响了,那个外来的学生突然说他得赶紧离开——他之前有点太忘我了——他要去追赶同伴了。当他退出舞场时,眼神落在了苔丝·德贝菲尔身上,说实话,她炯炯的双目透露出当初没有被选中的丝丝愤恨。他也感觉到很遗憾,因为她在后面,他并没有看到她。带着遗憾,他匆匆离开了牧场。

由于耽误了蛮久,他开始沿着小路一路向西飞奔,很快过了荒地,跑上小坡。他还没有赶上哥哥们,不过他得停下喘口气了,又回头望了望。他还能看到绿色草场栏内穿着白色衣裙的女孩子们,不过她们可能早已经忘记他了。

其他所有人可能都忘记他了,不过也许还有一个姑娘没有。这个白色的身影独自站在树篱旁。从她站的位置他可以判断出来就是那个没有跟他跳舞的女孩。虽然这可能只是件小事,但他本能地感觉到他的忽视伤害了她。他多希望他当时邀请她了,他多希望自己问了她的名字。她那么端庄、多情,白色的单薄的长裙衬得她格外柔弱温和,他觉得刚才自己的行为简直是太蠢了。

可是,事已至此,无法挽回。他回过身来,弓着腰健步如飞继续前行,让自己不再想这件事了。

第三章

　　至于苔丝·德贝菲尔,她可没那么轻易就将这件事从脑海中抹去。之后很长一段时间,虽然有很多人想做她的舞伴,可是她就是没有心思再跳舞了。唉,他们谁说话都没有那个年轻人好听。她傻傻地等在那里,直到夕阳的余晖吞噬了年轻人离去的身影,她才收起自己一时的哀伤,答应了想同她跳舞的男伴。

　　她和伙伴们在舞场一直待到傍晚,也逐渐跳得投入了。她至今仍有着一颗完整的少女心,随音乐踩着节拍也只是纯粹为了跳舞,目睹周围女孩子们在被求爱、被追的过程中感受到"温柔的蹂躏,痛苦的甜蜜,欣喜的痛苦以及享受的压力",她倒是很少想到她自己到时候会怎么样。几个小伙子争着抢着要跟她跳吉格舞时,她就觉得搞笑——没想其他的。当他们争得越来越激烈时,她便斥责他们一顿。

　　她本可以再玩一会儿的,但是父亲刚才的怪相还是让姑娘有点焦虑,担心着他现在不知道怎么样。于是,她从跳舞的人群中退出来,快步朝着村头她家里走去。

　　大约过了二十码之后,渐渐远离了刚才的旋律和声音,慢慢地听到了其他声音,那是她再熟悉不过的。房子里传来一阵阵砰砰声,是摇篮猛烈撞击石地板的声音,伴着摇篮的来回摆动,一个女声用加洛普舞曲的调子,唱着一曲流行小调《花斑牛》:

　　我看见她躺在——绿色的——草地上,
　　来啊,亲爱的!我来告诉你在哪里!

　　摇篮的摆动声和歌声一起突然停下了,随之而来的是一阵高调赞叹声。

　　"老天保佑你那钻石般的双眼!保佑你那柔软的小脸颊!保佑你那

第一部 少女时代

樱桃小嘴！保佑你丘比特一样的双腿！保佑你身体的每一部分！"

祷言过后，摇篮的摇晃声和歌声又开始了，继续唱着《花斑牛》。苔丝推开门站在垫子上看到的就是这样。

虽然房间里有歌声，但苔丝却感到难以言喻的凄凉。从舞场充满节日气氛的白色长裙、鲜花、柳枝、草地上来回旋转的舞步以及因陌生人而滋生的柔情，到一直蜡烛支撑的昏黄景象，还真是极大的差距啊！除了对比之下的失落，她还陷入了深深的自责中，责怪自己不该一味在外面贪玩，应该早点回来帮助母亲做家务。

跟她出门前一样，母亲站在一群孩子中间，搓着本该周一洗的一盆衣服，这会儿看来，又要跟往常一样拖到周末洗了。苔丝感到一阵愧疚的刺痛感，她身穿的这条白色的长裙昨天就是躺在那个洗衣盆里，不过刚才在潮湿的草地上已经不小心把裙边染成了绿色，这可是母亲昨天亲手拧干熨烫的。

跟平日一样，德贝菲尔夫人单脚支撑在洗衣盆旁边，另一只脚忙着晃动之前提到的摇篮，里面是她最小的孩子。这个摇篮已经为家里这么多孩子负重多年了，把石板地都几乎磨平了。摇篮每摆动一次，都会震动一下，里面的宝宝就会从一边到另一边像梭子一样飞来飞去。德贝菲尔夫人在洗衣盆里泡了一天下来，拖着疲惫的身体，在歌声的激励下用尽身上所剩的力气踩着摇篮晃动。

摇篮咯吱咯吱地摇着：烛光伸得老长，开始上下摇动起来。德贝菲尔夫人注视着自己的女儿，同时水从她的胳膊肘流下来，歌曲也已经唱到了这段的末尾。即便是到现在，琼·德贝菲尔背负着重担拉扯好几个孩子，她仍然很喜欢唱歌。凡是从外面传入布莱克莫尔谷的流行小调，苔丝的母亲准能在一周内学会。

现在从德贝菲尔夫人的面部特征上，还能隐约看出她年轻时的漂亮和光彩。这说明苔丝身上的个人魅力主要是来自母亲的遗传，而与什么骑士血统和历史起源无关。

"我来帮你摇摇篮吧，妈，"女儿轻声说，"要不我脱下身上这件最好的衣服帮你拧干衣服？我以为你早就洗完了呢。"

苔丝离家出去玩这么久，把家务全留给母亲，但母亲并没有责怪

她。老实说,琼很少为此埋怨苔丝,但少了苔丝帮忙,为了不让自己过于劳累,她只好把事情往后拖延。不过,今晚她比平时心情更好。苔丝从母亲脸上看到了难以理解的神情,朦胧梦幻、欣喜不已、心事重重。

"你回来了,太好了,"一唱完最后一个音,母亲就说道,"我正要出去找你爹,不过还有更要紧的事儿要告诉你。宝贝你听到了一定高兴死了!"(德贝菲尔夫人习惯说方言,她的女儿在国立小学跟着一个伦敦女教师学习,已经读六年级了,可以讲两种语言:在家里,多多少少说方言,在外面跟有修养的人讲话时说普通英语。)

"就我离开这么短时间发生了啥事啊?"苔丝问道。

"对啊!"

"是因为爹下午坐马车太过招摇吗?他为什么要那样啊?我都羞愧得恨不得找个地缝钻进去!"

"那只是其一,还有呢!据说我们整个郡县里最大的名门世家,可追溯到奥利佛·格朗布尔时代——追溯到土耳其异教徒时代,有墓碑、地下室、盔甲和盾牌,天晓得还有啥!说的是圣·查尔斯时代,沃恩被封为皇家橡树骑士,我们真正的姓氏是德伯维尔……难道你就一点也不兴奋?就是因为这个你爹才坐马车回家的,大家以为他喝醉了,其实不是的!"

"太棒了!妈,我当然高兴。这对我们有好处吗?"

"那当然了。好事就要来了!毫无疑问,只要消息一传开,我们同家族的人就会一拨拨地坐着马车来拜访我们的。你爹是在从沙斯顿回来的路上听说的,然后就原原本本地把整件事告诉我了。"

"爹现在人呢?"苔丝突然问道。

母亲没有直接回答,却扯到父亲白天去看病的事儿上了,"他今天去沙斯顿看病去了。似乎根本不是肺痨,他心脏旁边有脂肪,就是像这样。"琼·德贝菲尔边说边用泡胖了的拇指和食指摆出字幕C的形状,用另一个食指指着,"'目前,'医生跟你爹说,'你的心脏周围都被包住了,不过这块儿还没有,'他说,'一旦这里也长满了,那么'"——德贝菲尔夫人把手指头合拢成一个圆——"'你就会像影子一样消失,德贝菲尔先生,'他说,'可能你还能活十天,或者也可能

第一部 少女时代

撑不了十个月或十天就走了。'"

苔丝听罢就慌了神。面对家里突然袭来的尊贵地位,父亲竟然无福消受,可能早早地就去天堂了。"可是,爹去哪了?"她又问。

她母亲摆出一副很不赞同的样子说:"你不要生气啊!可怜的老头子——他听牧师说了这个消息后感到整个人都飘起来了——半小时前他去罗利弗酒店喝酒去了。他想恢复点体力明天好去运送蜂箱,不管我们是不是贵族,这个蜂箱还是得送啊。今晚十二点一过就得动身出发,路太远了。"

"恢复体力!"苔丝眼泪汪汪、气急败坏地叫道,"天啊,去酒店里面恢复体力!妈妈,你居然也同意了!"

她的埋怨和坏心情似乎填满了整个屋子,笼罩着周围的一切,连家具、蜡烛、玩耍的孩子们以及母亲的脸都黯然了。

"不是的,"母亲很生气的样子,"我才没有同意他去呢。我这不一直等着你回来看家,我好出去找他回来。"

"还是我去吧。"

"哦,算了,苔丝。你又不是不知道,你去没用的。"

苔丝不再争辩什么了。她知道母亲的反对是什么意思。德贝菲尔夫人的外套和帽子已经在她身旁的椅子上挂好,早就准备好了要出去找的。她生气,不是她得出门,而是她真的担心老头子有个三长两短的。

"把这本《算命大全》拿到屋外去吧。"母亲边说边擦干手穿上了衣服。

那本《算命大全》又旧又厚,在她肘边桌子上放着。由于经常装口袋,书边磨损得已经直接看到文字了。苔丝拿起书来,母亲开始动身了。

对德贝菲尔夫人来说,跟在家里照顾孩子的脏活累活相比,出去找她没出息的老头子也是现存的几件乐事之一了。她在罗利弗酒店找到了他,在他身旁坐上一两个小时,能在这个间歇抛去所有对孩子们的担心和照顾,倒让她很开心。顿时生活中出现了光明,似晚霞洋溢着。所有烦恼和其他生活中的现实都幻化成了虚无和抽象的东西,抽象成仅供冥想的精神现象,不再是压迫性地蹂躏精神和肉体的具体事物。她的孩

子们,一旦离开了视线,好像也不那么让人讨厌了,也是很聪明、招人喜欢的了。日常生活的琐事也不那么缺乏幽默和乐趣了。坐在她丈夫身边,不禁想起来丈夫就是在同一个地方向她求婚的,当时她忽略了他一切缺点将其视为完美爱人,此刻又多少有点当时的感觉。

  剩下苔丝自己和一群小弟弟妹妹们在家了,她先拿着算命书到屋外,塞进茅屋顶里。母亲一向对这本书有一种奇特的物神崇拜的恐惧感,从不把书整晚放在屋内,每次看过后都随时放回去。母亲身上还是有着迷信、传说、方言以及口口相传的歌谣的影响,女儿则接受着不断改进的国立教育,学习正规的知识教育,按照惯常的理解,两人间存在两百年的代沟,她俩在一起就好像詹姆斯一世时代和维多利亚时代一样,有着天壤之别。

  苔丝走过花园小路上时,不禁好奇,今天这个特别的日子母亲用书是想查阅些什么。她猜可能与最近的家族发现有关吧,不过她怎么也没想到会跟她自己有关。也罢,不多想了,她连忙给白天晒干的衣服上喷了一些水。这会儿在家的还有九岁的弟弟亚伯拉罕,十二岁半的妹妹伊莱扎·路易莎,也叫丽莎·露,还有几个小婴儿已经上床睡了。苔丝比她身边的妹妹至少大了四岁,这段四年的空隙里还有两个孩子在襁褓中就夭折了。所以苔丝在跟剩下的弟妹们在一起时,她的感觉就是一个代理母亲。亚伯拉罕下面是两个小妹妹,盼盼和谦谦,然后是三岁的弟弟,最小的是刚刚一岁的小宝贝。

  所有这些年轻灵魂们都好比是德贝菲尔号大船上的乘客,他们的快乐、他们的需要、他们的健康状况乃至生死存亡都取决于德贝菲尔两口子的判断力。假如德贝菲尔家的主人们选择驾船进入困难、灾难、饥饿、疾病、堕落、死亡中去,那船上的六个小俘虏们也不得不跟他们去了——可怜的小人儿,从来没人问过他们希望过什么样的生活,更没人问过他们是否愿意登上德贝菲尔这艘无能的船,去经历艰苦的生活。也许有人会问,那个说过"大自然的神圣安排"的诗人[①],哪里来的依据?他的诗那么轻松活泼、纯洁高尚,那么深刻、可信!

---

① 这位诗人是指威廉·华兹华斯(William Wordsworth),诗句出自《早春遣句》(Lines Written In Early Spring)。

第一部 少女时代

天色越来越晚了,父母亲却还不见人影。苔丝望着门外,脑海里已经把马洛特村过了个遍了。村子似乎已经闭上了眼睛,油灯、烛光都熄灭了,她甚至都能想象出伸手关灯的样子。

母亲去找父亲,其实就是多了个要找的人。苔丝开始觉得一个身体有恙、打算半夜一点就出发上路的人,到这个点儿还在酒店里庆祝自己的古老血统,这怎么行呢!"亚伯拉罕,"她对弟弟说,"你戴上帽子——你不害怕吧?——去罗利弗酒店里看看爹爹和妈妈在那里干什么。"

小男孩立马从座位上跳起来,打开门,很快消失在夜色中。又半个小时过去了,父母和弟弟都没回来。亚伯拉罕跟父母一样,到了酒店就不能自拔了。

"我得自己跑一趟才行了。"她自言自语。

丽莎那会儿已经上床睡觉了,苔丝把孩子们都锁在屋里,然后自己开始沿着又黑又曲折的小路深一脚浅一脚地上路了。这路坑坑洼洼,走不快,啥年头修的路啊,恐怕还是用单根指针的表计时的时候吧。

德伯维尔家的苔丝

第四章

　　罗利弗酒店，是这个狭长破旧的村头儿唯一的一家酒店。由于只有卖酒的执照，客人在店里喝酒就算违法了。因此，老板用铁丝将一块六英寸宽两码长的小木板固定在花园的围栏上，形成了一个至少可以放置酒杯的地方，来招待客人喝酒。有贪杯的过路客将酒杯放在台板上，站在路边喝，然后将残渣倒在满是灰尘的地面上，一眼看去，就好像是玻利尼西亚群岛的图案。酒客们内心是多希望能在酒店里面有个舒服的位子坐坐啊！

　　过路客们这样想，当地顾客也这样想。有需求就有办法。

　　楼上有个大卧室，窗户用一件厚厚的、过时的大羊毛披肩挡得严严实实。晚上，这里聚集着差不多十几个人，都是马洛特村这边的老住户了，常来这儿喝酒找乐子。在离这个稀落的小村很远的地方有一家持有全执照的酒店，名叫醇沥酒店，不过因为太远，村子这头儿的居民实际上很少去那里喝酒。当然，最要命的原因就是酒的质量了，大家宁愿挤在罗利弗酒店小角落里小酌也不愿意坐到醇沥酒店老板宽敞的大房子里畅饮。

　　卧室里放了一张四柱床，床柱细长，几个人围着床的三边坐着，还有两个人坐在五斗橱上，另外一个坐在刻有雕花的橡木柜子上，还有两个坐在盥洗台上，另一个在马桶盖上。不管座位如何，大家倒是都挺惬意，心里舒服，灵魂超脱，热热闹闹。喝着喝着，似乎连这个房间和家具都变得尊贵和豪华了，挂在窗户上的旧披肩凸显出织锦的富贵，五斗橱的铜把手闪亮似黄金，刻有雕花的床柱也仿佛成了所罗门庙堂前气派的廊柱。

　　德贝菲尔夫人离开苔丝就急忙赶到这里，打开前门，穿过楼下昏暗

第一部 少女时代

的房间,然后打开楼梯门,她好像对这里的门锁机关一清二楚。她慢慢爬上弯曲的楼梯,当她走上最后一节楼梯、出现在灯光下的时候,卧室里所有纵乐的人们一下子朝她看过去。

"——这是我几个私底下的好朋友,今天我自己花钱请他们来的,他们想继续释放白天俱乐部游行的好兴致,"老板娘听到脚步声,立即像小孩子颂唱教义一样熟练地喊道,眼睛瞥着楼梯口,"哦,原来是你啊,德贝菲尔夫人,天啊,你吓我一跳!——我还以为是政府派来的什么检查官员呢。"

德贝菲尔夫人点头跟屋里的人纷纷打了招呼后,朝她丈夫坐的那边走去。他正低声自言自语地念叨着"我是——像其他的富贵家庭一样!我们家族的地下墓室就在绿山下的金斯伯尔,比威塞克斯任何一家的血统都更高贵!"

"我突然想到一个好主意,我跟你说,"他妻子兴高采烈地小声说,"看这里,约翰,你没看见我啊?"她用胳膊肘捣捣他,而他正似乎透过一扇窗户看着她,嘴里继续絮絮叨叨。

"嘘!我的乖乖,别说话这么大声,"老板娘说,"万一政府什么人路过这里,没收了我的执照咋办?"

"我猜他已经把我家发生的事情告诉你了吧?"德贝菲尔夫人问道。

"是,算是吧。你觉得这会给你们带来财富吗?"

"额,这可是个秘密,"琼·德贝菲尔摆出一副聪明状,"即便没有大马车,能跟有大马车的人攀亲也是大好事啊。"她一改对大伙儿说话的语气,转而小声对丈夫说:"自从你告诉我这个消息,我就在琢磨,特兰岭靠近猎场那边有一个超级有钱的夫人,她就姓德贝维尔。"

"嘿,你说什么?"约翰先生问道。

她又重复了一遍刚才的话:"那个夫人肯定是我的亲戚,"她说,"我的主意就是让苔丝去认亲。"

"你这会儿说,我到想起来真有一个夫人姓那个的,"德贝菲尔说,"特林厄姆牧师倒是没想到……不过跟我们相比她不算什么,她只是我们的一个分支,没准就是诺曼王时代的后裔。"

夫妻俩忙着专心讨论问题，而小亚伯拉罕趁他们不注意已经溜进房间里面，准备找机会叫他们回家了。

"她很有钱。她肯定会注意到我家苔丝的，"德贝菲尔夫人继续说，"这不是件大好事嘛。再说我也不觉得同一家族的两个分支相互拜访一下有什么问题。"

"是啊。我们都认亲去！"亚伯拉罕从床下叫道，真是自作聪明，"这样苔丝去跟她一起住，我们就能去看她，我们就可以坐她的马车，穿黑色礼服了！"

"孩子，你怎么到这儿来了？你在胡扯些什么啊！赶紧到楼梯上玩去，等我们说完话就走！……好吧，苔丝是应该去拜访我们这个本家的。她肯定会招这位夫人喜欢的——苔丝肯定会。说不定这样还能让她嫁给一位高贵的绅士呢。肯定行，我就知道会的。"

"你怎么知道？"

"我看《算命大全》算她的命运来着，我从那上面看出来这个的！……你应该好好看看她今天有多漂亮，她的皮肤跟伯爵夫人一样水嫩呢。"

"她怎么说的？去不去？"

"我还没问她呢。她还不知道有这么一位夫人亲戚呢。不过她去的话当然会让她嫁一个好人家，她不会不去的。"

"苔丝的脾气可是怪得很啊。"

"不过她到底还是听话的，我来跟她说吧。"

虽说这场谈话是很私人的，但这已经足以让周围的人猜想德贝菲尔家在商量一件大事，与一般的人不同，苔丝，他们家漂亮的长女，好像前程似锦了。

"今天我看到苔丝跟其他人在草场玩，就是漂亮，真是个美人儿啊！"一个老酒鬼低声说，"不过德贝菲尔太太可要当心，别让地上长出绿芽来。"这是句有着特殊含义的土话，不过并没有人回应这句话。

说着说着话题就延伸开去了。不一会儿，又有脚步声穿过楼下的房间。

"——这是我几个私底下的好朋友，今天我自己花钱请他们来的，他们想继续释放白天俱乐部游行的好兴致，"老板娘快速重复着她提前准备好的对付造访者的台词，后来才看到是苔丝进来了。

即使是苔丝的母亲也看得出来，在到处弥漫着酒气的屋子里，有面带皱纹的中年人进进出出是正常的，年轻姑娘的出现就显得不合适了。苔丝黑亮的眼睛还没有露出责备，她的父母就赶紧从座位上站起来，喝干了酒杯的酒，跟着她下了楼。脚步声中飘来罗利弗夫人的叮咛。

"亲爱的，请帮帮忙，不要说出去哈，否则我的执照就保不住了，我再被传唤去，还不知道会发生什么呢！……晚安！"

苔丝挽着父亲的一只胳膊，她的母亲挽起他的另一只胳膊，一起回家了。实际上，父亲并没有喝多：有的酒鬼，喝完后去教堂做礼拜，照样下跪行礼，不摇不晃。她父亲喝的还不及这种人喝的四分之一的量。不过约翰先生当时身体虚弱，稍微喝点就不行了。一呼吸到新鲜空气，他就开始踉踉跄跄的，他们三个人时而像是朝伦敦方向去了，时而像是走向巴斯方向①——不禁让人觉得滑稽可笑，不过一家人晚上回家这个样子也还算正常。像大多数滑稽的事情一样，细想起来又让人觉得不那么好笑。老德贝菲尔踉踉跄跄，拖得大人小孩东倒西歪，母女两个竭力掩饰也无济于事。他们就这样挪着步子朝家里走，快到门口时，老德贝菲尔突然开始唱起之前的小曲儿，好像是看到自己目前的住所太过狭小，为了增强信心：

"在金斯伯尔有我的家族地下墓室！"

"嘘……杰克，你别傻了，"他妻子说，"旧时的大家族又不是只有你们家。你看看安科特尔家、霍尔斯家还有特林汉姆家自己——还不是一样没落了——虽然你们家族是要比他们更大一些，这是真的。感谢老天，我自己并不是出身名门，可也没觉得有什么可耻的啊！"

"你可别这么肯定。从你的内心来看，我相信你比我们任何一个人都要可耻，你们祖上可是曾经有过国王和王后啊。"

现在苔丝脑子里想到了比祖先更重要的事情，就转移了话题："我担心爹明天早上不能这么早装蜂箱出发上路了。"

---

① 伦敦和巴斯分别位于威塞克斯的东面和西面。

"我吗？一两个小时内我就好了。"德贝菲尔说。

全家人上床睡觉的时候已经是十一点了，如果明天在周六开市前要把蜂箱送到卡斯特桥的零售商手里，那最晚第二天早上两点钟也要出发了，因为距离相隔二三十英里，路况也不好，并且他们家的马车也是走得最慢的。一点半的时候德贝菲尔夫人来到了苔丝和其他弟弟妹妹们睡觉的房间里。

"那个可怜人去不了了。"她对最大的女儿说，她的手一碰到门，女儿就睁开了那双大眼睛。

苔丝从床上坐起来，迷迷糊糊地好像听见母亲在说话，不知道该怎么办。

"可是总得有人去啊，"她回答说，"这会儿去送蜂箱已经晚了。今年蜜蜂分群已经马上要结束了，如果我们推迟到下周的集市再送过去的话，就会错过需求的时间，那就砸到我们手里了。"

德贝菲尔夫人看起来对这种紧急情况也不知所措："也许，我们找个年轻人去？昨天跟你跳舞的人不是很多吗，从中选一个去。"她立刻提出建议。

"啊，不要——不管怎样我不同意！"苔丝骄傲地声明，"要让所有的人都知道这个原因吗？多丢人的事情啊！我想如果亚伯拉罕能陪我的话，我去好了。"

母亲也只好同意这样的安排了。小亚伯拉罕睡在同一房间的角落里，被从沉睡中叫醒，被迫穿上衣服，他的脑子还徘徊在另一个世界。苔丝已经急急忙忙穿好了衣服，两人点燃了一盏灯就走向马厩。摇摇晃晃的小马车已经套好了，苔丝牵着那匹叫王子的马，它就跟马车一样，也有点摇摇晃晃。

这个可怜的牲口茫然地看看夜色，望望灯，又瞅瞅姐弟俩，好像难以相信在这个时间点儿，当别的生物都躲在栖所休息的时候，它居然已经被拉出来劳作了。他们往灯里放了很多蜡烛头儿，把灯挂在马车的一侧，赶着马车前行，为了不给原本就没什么力气的马增加负重，姐弟俩在上坡路段与马并肩步行前进。为了尽可能地让自己开心一点，他们用灯制造出晨光，吃点黄油面包，聊聊天，其实真正的早晨还早着呢！亚

第一部 少女时代

伯拉罕终于完全清醒了（因为之前他一直是稀里糊涂的），开始谈论各种黑暗物体在夜空下的奇怪形状，说这棵树看着像是一只从洞里窜出来的怒虎，或者那棵树看着像是一个巨人的头。

他们路过斯托堡小镇的时候，小镇的人们都还在浓密的褐色茅草屋顶下沉睡呢。他们来到了更高的叫作公牛家的地方，那差不多是南威塞克斯的最高点了，它高高耸起，周围全是土沟。从这里开始往前走，路面开始相对平坦些了。他俩上车坐在马车前面，亚伯拉罕开始陷入沉思。

"苔丝！"沉默一会儿过后，他叫了一声，打算继续说下去。

"怎么了，亚伯拉罕？"

"我们变成名门世家了，你难道不高兴吗？"

"也没什么特别高兴的。"

"不过你就要嫁给一个绅士了，你应该很高兴吧？"

"你说什么？"苔丝抬起头，问道。

"那个，我们的那个有钱的亲戚，可以帮你嫁给一个绅士。"

"我吗？我们家的有钱亲戚？我们没有这样的亲戚吧。你怎么会这么想啊？"

"我去找爹的时候，在罗利弗酒店里面听他们说的。在特兰岭那边有个阔太太，妈妈说如果你去认亲的话，她就会帮你安排嫁给一个绅士呢。"

他姐姐突然僵在那里了，陷入了安静的沉思中。亚伯拉罕继续说着，一时只顾说得起劲，没注意到他的姐姐暗自出神。他往后靠着蜂箱，脸朝上观察星星，在黑暗的夜空中，星星冰冷的脉搏跳动着，静静地遥望着这两个人类生命。他问姐姐这些星星离他们有多远，上帝是否就藏在他们另一侧。不过他天真的絮叨时不时就把话题拉到了比创造奇迹更为印象深刻的事情上了。倘若苔丝嫁给一个绅士变得富有了，他是否有足够的钱买一架望远镜，大到能把星星拉近到跟前，像荨麻疹一样看得清？

苔丝一听到这个让全家人满脑子发热的话题就不耐烦起来。

"现在不要说这个了！"她叫道。

"苔丝，你说每一颗星代表着一个世界是吗？"

"是的。"

"都像我们的世界一样吗？"

"我不知道，但我觉得是吧。有时候他们就像我家苹果树上的苹果一样。大部分是极好的，一些是有问题的。"

"我们生活的世界属于哪种？极好的还是有问题的？"

"有问题的。"

"有这么多世界，我们却并没有生在一个极好的世界，真是太不幸了。"

"是啊。"

"真的是这样吗，苔丝？"亚伯拉罕问道，他把脸转向姐姐，感到印象极深，又再三思考着这个问题，"如果我们生在一个极好的世界又会是什么样的呢？"

"恩，那样的话爹就不会像现在这样咳嗽、走路不稳了，也就不会喝得醉醺醺地不能送这趟货了，妈妈也就不用总是洗啊洗啊的，老也洗不完。"

"那样你可能就是一个现成的阔小姐，不用通过嫁给一个绅士才变得有钱了是吧？"

"哦，亚伯，别说了，再也别提这个了！"

亚伯拉罕沉思不久就开始犯困了。苔丝虽然对于驾车并不熟练，不过她觉得目前这个负载量，她还可以独自应付，所以如果亚伯拉罕想睡觉的话，就让他睡好了。苔丝为他在蜂箱前面收拾了一个小窝，这样他就不会摔下去，然后把缰绳握在自己手里，像刚才一样继续前进。

王子因为没有力气做任何多余的动作，所以基本上不用看管。没有同伴分散苔丝的注意力，她背靠着蜂箱深深地陷入了前所未有的沉思。

肩膀边划过的无声的树木和篱笆都变成了现实以外的幻景，偶然间撩起的风也仿佛是某个沉浸在悲伤情绪中的灵魂的哀叹，在空间上连着宇宙，在时间上连着历史。

苔丝审视着自己生命中一连串的事情，似乎看到了父亲骄傲中的虚荣心。应着母亲的幻想，她仿佛看到了那个等待着她的绅士追求者，一

第一部 少女时代

脸怪相，嘲笑着她的贫穷，嘲笑着她早已逝去的骑士先祖们。一切的一切都变得越来越荒诞不经，她都不知道时间怎么过去的。突然她被猛然向前一拉，苔丝突然醒了，原来自己也睡着了。

跟她刚睡着的时候相比，马车已经行进了很远了，突然马车停下了。前面传来一阵虚弱的呻吟声，她毕生从来没听过这样的声音，之后就听到有人叫："嘿，有人吗？"

马车上挂着的灯已经灭了，不过另外一个正在面前晃着——比她自己的灯亮得多。坏事了，马具跟堵在路上的什么东西缠在一起了。

苔丝慌乱中跳下马车，糟糕的现实就摆在眼前。呻吟声是可怜的王子发出的。晨邮马车的两个轮子一向是静悄悄的，在乡间小路上跑的时候速度如箭般，今天也是一样，结果撞上了苔丝又慢又暗的马车。马车凸出的轴像剑一样插进了本就不幸的王子的胸膛，鲜血像泉水一样沿着伤口淌下来，呲呲地流在了地上。

绝望中苔丝蹿上前去，迅速用手去捂伤口，结果殷红色的血溅了一脸一身。她无助地站在那里呆望着。王子也尽可能地挺直身体坚持着，终于，它倒在了地上，摊成了一堆。

这时，邮车车夫跟她一起，趁着王子身子还热着，赶紧拖拽到一旁，开始卸载马具。不过王子已经死了，看着眼下也没什么其他可以做的，邮车车夫转身走向自己的马，它并没有受伤。

"你们走错了，不该在公路这边的。"他说，"我赶着去送邮件，这会儿对你们来说最好的办法就是看着你们的货守在这儿。我会尽快找人过来帮你们的。天马上要亮了，你们也用不着怕什么。"

他跳上车继续加速赶路，而苔丝只能站在那里等着。天开始渐渐发白了，鸟儿在篱笆里面抖抖身子，飞起来，叽叽喳喳地叫着，小路也灰白可辨了。苔丝的脸色更是惨白。眼前的那一大摊血已经凝固成彩虹色，当太阳升起来的时候，就会反射出一百种色彩。王子静静地一动不动地躺在路边，眼睛半睁着，胸膛上的伤口不大，似乎血并没有流干。

"这都是我的错，都是我的错啊！"苔丝看着眼前的一番景象，失声哭叫着，"我还有什么可说的——无话可说。这下爹妈靠什么营生啊？亚伯，亚伯！"她推搡着亚伯，整个灾难发生过程中他都在熟睡中,"我们没法继续赶路了,王子死了!"

当亚伯拉罕回过神来知道这一切时,五十岁才有的皱纹顿时爬满了年轻孩子的脸。

"哎呀,我昨儿个还又跳又笑呢!"她自言自语着,"想想我,真是个大傻蛋!"

"这都是因为我们生活的世界是有问题的,并不是极好的,是吗?苔丝?"亚伯拉罕流着泪小声说。

他们默默地等啊等啊,可是等待好像没完没了似的。最后终于听到了一点点声音,看到有一个物体慢慢在靠近。邮车夫倒还是说话算数的。斯托堡附近的一个农护牵着一匹健壮的小马驹过来了。他给马带上马具,在蜂箱马车上王子原来的位置上拴好,载着货物往卡斯特桥方向出发。

当天晚上,他们赶着空马车又路过了车祸现场。跟早上离开时一样,王子还躺在沟里。虽然路中间的血泊被过往车辆轧磨得不成样子,但还是能辨认出来。现在只能把仅剩的王子抬到之前它拉的车上,四脚朝天,铁蹄映着夕阳闪闪发亮,经过八九英里路,终于送回了马洛特村。

苔丝提前回来了。可是她不知道该如何告诉家人这个噩耗。不过从父母的脸上她清楚他们已经知道家里的损失了,这倒是让她不用再讲一遍了,不过这并没有让她因为疏忽而责怪自己的心情有任何松懈。

不过这件事情给这个本来就无计无能的家庭带来的不幸,比起富贵人家来,也没有那么恐怖,虽然对这家来说是毁灭性的,对富贵人家来说只是失去了点便利而已吧。德贝菲尔家里并没有将愤怒都发泄在女儿身上,毕竟他们对女儿的未来也是有着雄心规划的。除了苔丝自己,没人像她那样责怪她。

当德贝菲尔得知屠夫和皮匠因为王子太过瘦弱,只愿意给几个先令买王子的尸首时,他就站起来说话了。

"不行,"他坚忍地说,"我不卖了。当年德贝维尔家族作为骑士,我们从不为了那仨瓜俩枣卖我们的坐骑。让他们留着他们的先令好啦!王子为我服务了一辈子,这会儿我可不能抛弃他。"

第一部 少女时代

第二天,他费尽力气在花园里为王子挖了一个坟,几个月来,为家里种地他也没这么努力过。坟坑挖好后,他和德贝菲尔夫人用绳子把王子捆起来,拖着他到坟坑里,孩子们一个一个为王子送葬。亚伯拉罕和丽莎·露抽泣着,希冀和谦谦放声大哭,发泄自己的哀痛,墙上还听得到回音。把王子放进坟后,一家人沿着墓站在一起。为他们家劳作的马都离开了,他们又该怎么办呢?

"他去天堂了吗?"亚伯拉罕抽泣着问道。

德贝菲尔开始用铲子埋土,孩子们又哭起来。唯独苔丝没哭。她的脸色惨白,好像把自己当成了杀人犯。

第五章

　　德贝菲尔家的小本生意本来都是依靠这匹老马，现在马一死，生意就糟糕了。虽说还不会一下子贫穷，麻烦就快来了。父亲老德贝菲尔是个懒骨头。有的时候，他倒也有力气干活，不过靠不住，有事儿要他做的时候，他不一定正巧有力气。再说了，他不习惯做正常的日工劳动，所以碰巧有活儿也有力气的时候，他又特别缺乏毅力。

　　因为是苔丝把她的父母拖进泥潭的，这几天她心里一直在暗暗盘算着怎样帮助父母摆脱困境。正想着，她母亲就过来了，同苔丝商量她的计划。

　　"好运霉运，我们都得过吧，苔丝，"她说，"你身上的高贵血统发现得还正是时候呢！你一定得去找你的朋友们试试运气。你知道吗，一个很有钱的德伯维尔夫人住在猎苑的近郊？她肯定是我们的亲戚，你一定得过去认认这门亲戚，请她帮帮我们，渡过难关。"

　　"我可不愿意去，"苔丝说，"要是真有这样一位夫人，她能友好地对待我们就很好了——别指望她会帮我们。"

　　"乖孩子，她会喜欢上你的。你要什么她就会给什么的。另外，也许还有更多你不知道的好事呢。我可是真的听说了。"

　　苔丝因为闯了祸心情沉重，所以对她母亲的愿望比平时顺从多了。并且，她还真弄不懂，她母亲津津乐道的计划有什么好的。也许她母亲已经打听过，发现那位德伯维尔夫人是一个很慈善、很有爱心的老太太。但苔丝的自尊心很强，穷归穷，讨厌巴结有钱人。

　　"我宁愿去找一份工作。"苔丝嘟哝着。

　　"老头，你来决定吧，"他的妻子转身对坐在后院的丈夫说，"你要是说她该去，她就会去的。"

第一部 少女时代

"我不喜欢我的孩子们到不认得的亲戚那儿去沾光,"他嘟哝着说,"我是这个最高贵家族中的家长,我做事情得符合身份。"

在苔丝看来,她父亲不让她去的理由比她自己反对前去的理由更加糟糕:"好吧,妈。马是在我手里死的,"她悲伤地说,"我是该做点什么来补救。我不介意去见她。不过,向她求助的事儿,得让我看着办。还有,你们别老想着让她给我找丈夫啦——那太傻了。"

"说得非常好,苔丝!"她父亲连忙肯定。

"谁说我有这样的想法?"母亲问。

"妈,我猜你就是这样想的。不过我去就是了。"

第二天她早早起床,动身前往小山镇沙斯顿,她在那儿可以搭上每周两趟从沙斯顿向东前往切斯堡的大车,它会经过特兰里奇附近,那位模糊神秘的德伯维尔太太就住在那个教区里。

这是一个难忘的早上,苔丝·德贝菲尔走过布莱克莫山谷东北部绵延起伏的小丘陵。那是她出生的地方,也是她打开人生谜卷之处。对苔丝来说,黑泽谷就是她的世界,黑泽谷的所有居民就是整个人类。幼年时代的苔丝就是从马洛特村的栅栏门口和栅栏门旁的台阶上好奇地看过这片谷地的角角落落。那时候她感到很神秘,现在她好像觉得还是一样的神秘。她每天都从自己房间的窗户里看见教堂的钟楼、村庄和白色的小楼。高高在上的山顶小镇沙斯顿更是印象深刻。小镇的窗玻璃在夕阳里闪闪发光,宛如一盏盏灯火。她从来没有去过那个地方,只熟悉眼睛能看到的一小片地方。她就几乎没有到过山谷之外的任何地方。山谷四周的山是她熟悉的地方,就像熟悉她的亲戚的面孔一样。但是对她没有去过的地方,她这个乡村学校的毕业生就没有多少判断力了,尽管她离开学校才一两年的时间,当时学习也不错,但视野还是不行。

在上学的时候,同龄女孩们都很喜欢她,在村子里可以经常看到她们三个女孩子走在一起——差不多一样大小——放了学肩并肩地走回家。苔丝走在中间,穿一件毛料的连衣裙,原先的颜色已经褪掉了,模模糊糊地看不清,连衣裙的外面是一件粉红色的印花连衣胸围裙,上面有细细的网状花纹。她迈开两条细长的腿走路,腿上穿着紧身长袜,膝盖部分有不少小洞,那是她跪在路上和草地上寻找植物和矿物中的宝贝时

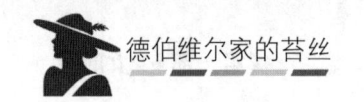

弄破的。那时候她的头发是土灰色的,披在头上像厨房墙上挂锅的钩子,她左右的两个女孩子用手搂着苔丝的腰,苔丝的两条胳膊就搭在她们的肩膀上。

苔丝渐渐地长大了,开始懂事了,这时候,她感到自己就像是一个马尔萨斯的门徒,觉得她母亲简直毫无思考地给她生下了一群弟弟妹妹。养育、照顾孩子们真是一件十分麻烦的事。她母亲的智力就像一个无忧无虑的小孩子。对她自己家里一大群听天由命的孩子来说,琼·德贝菲尔简直就是其中的一个,并且还不是最大的。

但是,苔丝对她的弟弟和妹妹还是疼爱有加的,她会尽力帮助他们。只要她一放学,她就到附近的农田里割草、收庄稼,做帮手;或者去帮忙做些她喜欢做的事情,比如挤牛奶、搅奶油,这是她从前在父亲养牛时学会的。她的手指头很灵活,这种活儿她干得比别人出色。

她年轻的肩头所承受的家庭压力,一天天在加重。让她作为德贝菲尔家的代表去德伯维尔的府上,似乎也就是一件理所当然的事了。不得不承认,苔丝就是德贝菲尔家能够向外炫耀的最好的门面了。

她在特兰岭十字路口下了车,步行上山,向那个叫作狩猎林的方向走去。她曾听人说过,在狩猎林的边上就能找到德伯维尔的府第"坡居"。通常,一座普通的庄园,有田地,有牧场,有受尽庄园主剥削的牢骚满腹的农工。但她家不是。她家的庄园,远不是那种普通庄园能够比的。它完全是一座纯粹为了享乐而建造的乡村别墅,除了屋子周围由庄园主和管家照看的漂亮的小园林外,就再也没有一亩田地需要农耕打理的了。

苔丝第一眼看见的是红色砖墙,屋檐上浓密的长青藤。苔丝还以为这就是庄园的全部呢!她诚惶诚恐,走过偏门,走到车道转弯的地方,才终于看见整个庄园的全貌。庄园是最近新盖的——几乎是全新的——呈深红色,同偏门绿色的长青藤蔓形成鲜明对照。周围色调柔和浅淡,那屋角就像一簇天竺葵的红花突现在那儿。在屋角后面的远处,是一大片深绿得让人肃然起敬的森林,是英国残留下来的已经不多的原始森林中的一部分。在古老的橡树上,仍然能看到古代巫师用的叫作槲寄生的植物,树林中茂密的水杉与现代人工栽培的不同,它们早在弓箭时代就扎根在那里了。当然,所有这些古老的森林,从山坡上可以一览无余,却都不是这里主人的领地。

在这片幽静舒适的领地上,一切都是光明的,生机勃发的。他们管理得井井有条,占地几英亩的温室从山坡上延伸下去,一直到山脚下的小树林那儿。这里的一切看起来都像钱币——那种从造币厂里新铸造出来的钱币。配备了各种最新设备的马厩,在奥地利松树和四季常青的橡树的遮蔽下,半掩半现,相当有气势,就像是简易小教堂。在一片广阔的草坪上,立着一顶装饰用的帐篷,帐篷的门朝着她的方向。

纯朴的苔丝站在一条砾石小道边,略带慌张,惊讶地看着。在她懵懵懂懂之际,她的两条腿就已经把她带到了这个地方。现在看来,一切都完全和她期望的相反。

"我还以为我们是一个古老的家族呢。可是这一家全都是新的。"她天真地自言自语着。真是不该轻易就接受了母亲的"认亲"计划,真的应该在自己的家门口寻求帮助。

德伯维尔家——或者像他们最先称呼自己的那样叫斯托克·德伯维尔家,拥有眼前的所有这一切,在英国这块相当保守的地方看到这样的家庭,确实是有些特殊。特林厄姆牧师说,我们那位步履蹒跚的约翰·德贝菲尔是英国古老的德伯维尔家族仅存的嫡系子孙,他说的倒是真的,或者说几乎真的。他还应该加上一句,斯托克·德伯维尔这户人家并不是德伯维尔家族的,就好像他自己不属于德伯维尔家族一样。不过我们必须承认,把一个新兴门第重新嫁接到德伯维尔这个古老的姓氏上,这家人倒真是聪明!

老西蒙·斯托克最近刚刚去世。他原来是北方的一个本分诚实的商人(也有人说他是放债的),发了财之后,他决定远离尘嚣,到英国南部定居,做一个乡绅。迁居过来的时候,他觉得该改个名字。这个新名字既要避免别人一下子就认出他就是过去那个精明的商人,又要不那么平凡普通。他到大英博物馆,专门查找到那些记载英国南部他计划移居的目的地的已经灭绝、半灭绝或破产家族的文献,最后决定选择德伯维尔,这个姓看起来和听起来都不错,于是,他就将德伯维尔加到了自己的姓上,为他自己和他的世代子孙所用了。不过他在这方面并不是一个

有非分之想的人，在新的基础上重建他的家谱，他还是会合情合理地编造一下家族之间的通婚和同贵族的联系，处世谨慎，绝不添油加醋。

可怜的苔丝和她的父母自然对这一富有想象力的杰作一无所知——真是太过难堪的事了。说实话，他们从来就没有想到这种添加姓名的可能性。他们很自然地觉得，人长得漂亮也许是运气，但是一个家庭的姓氏却是天生的。

苔丝还站在那儿犹豫着，像一个打算入河洗澡的人一样，不知道是跳进去还是退回去，正在这个时候，有一个人从帐篷黑色的三角形门里走了出来，高高的年轻男人，抽着烟。

他的皮肤有点黑，嘴唇厚厚的，虽然红润，但样子却不好看。他大约二十三四岁的样子，嘴唇上方蓄了精心修饰过的黑色胡须，胡须的两端向上翘着。他的神态有点儿粗野，但是在他的绅士的脸上，在他那大胆打量的目光中，却有一种奇怪的力量。

"啊，我的美人儿，我能为你效劳吗？"他说着向前走来。他看见苔丝站在那儿完全不知如何是好的样子，又说："别怕！我是德伯维尔先生。你到这儿来是看我，还是看我母亲的？"

本来这些房子和庭院就已经是出乎苔丝的意料了，现在这个德伯维尔的化身同沿用德伯维尔名字的人与苔丝所期望的更是大相径庭了。在她的幻想里，那应该是一张老人的端庄的脸，是德伯维尔家族面部特征的升华，反映出家族和英国好几百年的历史。此刻，她已经没有退路了，就只好鼓起勇气来应付眼前的事，回答说：

"我是来拜访您母亲的，先生。"

"恐怕你不能见她啊——她是个病人，"这个冒牌家族的代表回答说。这个名叫阿历克先生的人，就是那位最近死了的绅士的独生儿子，"你的事我能不能代劳呢？你想见她有什么事吗？"

"没有什么特别的事——只是——那件事我简直不好开口！"

"找乐子么？"

"不不不……如果我告诉你，那就有点儿……"苔丝心里感到确实有点好笑，她这种感觉现在变得更强烈了。虽然她有点儿怕他，有点儿局促不安，但她还是咧开玫瑰红的嘴唇，装出笑容来，这一笑还真把黝黑的阿历克迷倒了。

"真是太不好意思啦，"她结结巴巴地说，"恐怕我不好告诉你！"

"没有关系，我就喜欢听不好意思的事情。往下说吧，亲爱的，"他和和气气地说。

"是我母亲让我到这儿来的，"苔丝接着说，"说实在的，我自己也是愿意来的。不过我没有想到会是这样。我到这儿来，先生，是想告诉你我们是同一个家族的。"

"噢！穷亲戚吗？"

"是的。"

"是姓斯托克的人吗？"

"不是，姓德伯维尔。"

"是的，是的，我说的姓是德伯维尔。"

"我们的姓时间长了，被读变了音，现在读成了德贝菲尔。但是我们有一些证据，可以证明我们姓德伯维尔。考古学家也认为我们姓德伯维尔；而且——而且——我们还有一方古印，上面刻着一面盾牌，盾牌上面有一头跃起的狮子，狮子的上方是一座城堡。我们还有一把非常古老的银勺，银勺儿前端是圆形的，像一把小勺子，上面也刻有一座相同的城堡。不过这把银匙已经用坏了，所以我母亲就用它来搅豌豆汤。"

"银色的城堡肯定是我们的族盔，"他温和地说，"我家的纹章上也是一头跃起的狮子。"

"因此我母亲说，应该让你们知道。我们遭遇了严重的事故，我们的马死了，我们是德伯维尔家族的长房。"

"你的母亲真是太好了，让你来告诉我。她做得对啊。"阿历克说话的时候，打量着苔丝，把苔丝看得脸上有点儿发红，"所以，我漂亮的姑娘，你是以亲戚的身份来看望我们了？"

"我想是的。"苔丝吞吞吐吐，又开始局促不安了。

"哦——这很好啊。你们家住在什么地方？是干什么的？"

她对他简单地说了说家里的情况，回答了他问的一些问题，并告诉他她打算搭乘她到这儿来的时候坐的那趟车回去。

德伯维尔家的苔丝

"要等到那趟车回来经过特兰岭十字路口，时间还早得很。我们到庭园里走走，等车回来，我漂亮的小堂妹，好吗？"

苔丝希望尽量缩短她的这次访问，但是那位青年一直劝她同游，她只得同意陪着走走。他带着她去看了草坪、花圃和温室，然后又到果园和花房走了走，在那儿他问她喜不喜欢吃草莓。

"喜欢吃，"苔丝说，"当然得等到草莓熟了。"

"这儿的草莓已经熟了。"德伯维尔开始为她采摘各种各样的草莓，弯着腰把草莓递给站在他后面的苔丝，他挑了一颗特别好的"英国王后"种草莓，送到了苔丝的嘴边。

"不要！不要！"苔丝边说边举手挡在他的手和她的嘴巴之间。

"废话！"他坚持着，苔丝有一点难过，只好张开嘴巴把草莓吃了。

他们就这样逛来逛去，消磨了一阵时光。每当德伯维尔请她吃草莓，她都半推半就地吃了。苔丝实在是吃不下了，他就把草莓装在她的小篮子里。接着，他们两个人就走到了玫瑰花丛中。他摘了一些玫瑰花朵，递给苔丝，让她戴在胸前。她依着他，就像做梦一样。她的胸前都戴满了。但是德伯维尔还是又摘了两个玫瑰花苞插进她的帽子里，而且还十分慷慨大方地在她的篮子里堆了一些其他的花朵。装完了，他看看手表说："现在是你吃点东西的时候了，吃完再动身吧，来得及搭车去沙斯顿的。来吧，我来找找有什么好东西请你吃。"

斯托克·德伯维尔又把她带回到草坪那儿，进了帐篷。他把苔丝一个人留在那里，自己出去了。不一会儿，他就回来了，拿着一篮子的简便午餐，放在苔丝的面前。很明显，这位绅士是不愿意他们两个人私下的愉快谈话让仆人给打扰了。

"我抽烟你不在乎吧？"他问。

"哦，一点儿也不在乎，先生。"

透过弥漫在帐篷里的缕缕烟雾，他欣赏着苔丝漂亮的咀嚼。在苔丝·德贝菲尔天真烂漫地低头欣赏胸前的玫瑰花时，她做梦也没有想到在那醉人的蓝色烟雾后面，正潜藏着她人生戏剧中的"悲剧性灾难"。她站在那儿，光彩照人。她有一种身体上的特殊的美，这种美现在却

第一部 少女时代

使她处于不利境地。也正是这种美，引起了阿历克·德伯维尔的注意，使他把目光集中在她的身上。也正是她丰满的面容和成熟的身体，使得她看起来比她的实际年龄显得更像一个成年妇人。她从母亲那儿继承了这种特征，但是却没有这种特征所表示的本质。这个特点曾经偶尔在她心里引起烦恼，后来她的同伴告诉她说，只有时光的流逝才能消除这个缺点。

她很快就把饭吃完了。"我现在要回家了，先生。"她站起来说。

"你叫什么名字？"他陪着她沿着大车道一直走到看不见房子的地方问。

"苔丝·德贝菲尔，住在马洛特村。"

"你还说你们家的马死了？"

"我——是我杀了它！"她回答说，在她详细描述王子之死的时候，她的眼里充满泪水，"马死了，我不知道能为父亲做些什么。"

"我必须帮你想想，看能不能帮帮你。我母亲会给你安排一个工作的。不过，苔丝，别再胡说什么'德伯维尔'了，——你知道的，只能叫德贝菲尔——那完全是另一个姓。"

"我也觉得现在的姓很好，先生。"她带着几分自尊说。

有一会儿——仅仅有一会儿——当他们走到大车道转弯的地方，在高大的杜鹃树和针叶树中间，在门房看不见的地方，他曾向她把脸伸过去，仿佛要——不过他没轻举妄动。他仔细想了想，就放苔丝走了。

故事就这样开始了。要是她已经看出了这次会面将意味着什么，她也许就要问一问，为什么命中注定那天看见她并垂涎她美色的是一个卑鄙下流的人，而不是另外某个在各方面都让她感到可心可意的人——一个令她十分满意的人。可是在她认识的接近这一标准的人中间，她却只给那人的心中留下一个极短暂的印象，并且差不多已经被他忘记了。

在世间一切事物中，美好的计划执行起来不见得就美好。内心的渴求很少能呼唤到合适的人，想爱的人很少会踩着机遇走来。每当见面可能带来美好结果的时候，老天往往不肯对她的可怜生灵说一声"去见吧"，或者每当捉迷藏的游戏把人累得精疲力竭、心里厌烦的时候，老天也不肯对高呼"在哪儿"的人答复一声"在这儿"。也许我们都不知道，在人类进步的巅峰，人类的直觉更加敏锐了，社会机器互动更加紧密了,时代的错误会不会得到改正?这样的完美景象现在是无法预言的,甚至都无法想象。我们知道的只是,在目前的故事中,就像千百万的故事一样,不是一个完美整体的两个部分在一个完美的时刻互相碰到了一起,而是与其相配的另一半迷失了,孤零零地漂泊于世间,迷迷糊糊地等待着,直到生命结束。正是在浑浑噩噩的游离中,生出了种种焦虑、失望、恐惧、灾难,以及种种错综离奇的命运。

德伯维尔回到帐篷以后,就叉开双腿坐在椅子上想入非非了。他的脸上闪现出得意的神气。突然,他哈哈大笑起来。

"哈,我真走运呀!真有这种滑稽可笑的事啊!哈——哈——哈!好一个娇嫩的漂亮妞啊!"

第一部 少女时代

第六章

苔丝下了山,来到特兰岭十字路口,心不在焉地在那儿等着搭乘从切斯堡回沙斯顿的马车。她上车的时候,车里有乘客同她搭话。她敷衍着回答了他们,但并不知道他们说了些什么。马车停站后继续上路了,苔丝则一直沉浸在内心的回忆中,对车外的一切视若无睹。

同车的旅客中,有一位说话比较直接一点:"哎呀,你简直变成了一束花了!这才六月初呀,就有这么多好看的玫瑰花了!"

苔丝终于意识到自己的滑稽可笑了,旅客们都惊异地看着她:胸前戴着玫瑰花,帽子上插着玫瑰花,篮子里也装满了玫瑰花,还有草莓。她"唰"地一下脸红了,慌乱地轻声解释说玫瑰花是别人给的。当乘客们不再注意她的时候,她就偷偷地把帽子上特别扎眼的玫瑰花摘了下来,放在篮子里,用她的手巾遮盖起来。接着她又陷入了沉思。当她低头向下看时,她的下巴被她戴在胸前的玫瑰花刺冷不丁地扎了一下。就像布莱克摩谷的所有村民一样,苔丝的头脑里也尽是幻想,迷信预兆:她认为这不是一个好兆头——这是那天她注意到的第一个不祥之兆。

她乘坐的马车只能到达沙斯顿停靠,从那个山镇走下山谷到马洛特村,还有几英里的路需要步行。她的母亲曾经嘱咐过她,如果她太累走不动了,就在那儿的一个熟人家里住一个晚上。苔丝那天就照办了,第二天下午她才下山回到家。

她一到家,就从她母亲洋洋得意的脸色上看出,在她不在家的这段时间里,发生过什么事。

"对吧,我全知道啦!我告诉过你这件事是好事,现在已经证实了!"

"是不是我不在家时发生了什么?到底是啥呀?"苔丝十分疲倦

地说。

她的母亲把女儿上上下下打量了一番，开玩笑地说："你总算是讨得他们的欢心了！"

"你是怎么知道的，妈？"

"我收到了一封信。"

这时苔丝才想起来，他们是有时间把信送到这儿的。

"他们说——德伯维尔太太说——她喜欢养鸡，她有一个小小的养鸡场，想让你过去照料。不过这只是她的委婉说法，既要你去她那儿，又不想让你期望过高。她是想认你做亲戚的，就是这意思。"

"可是我没有见过她呀。"

"我想你见到过什么人吧？"

"我见到过她的儿子。"

"他认你做亲戚吗？"

"哦——他叫我堂妹。"

"我就知道他会叫你堂妹的！杰克——他叫她堂妹啦！"琼对她的丈夫喊道，"对了，肯定是儿子对母亲说了，他母亲就要你到她那儿去了。"

"可是我不知道我会不会养鸡呀。"苔丝满是疑惑。

"那我就不知道谁会养鸡了。你生在一个做小生意的家庭里，又是做着小生意长大的。生在做小生意的家庭，总是比半路出家的人懂得多些。再说了，那也不过是表面上做做样子，让你觉得你是在给他们做事，而不会感到欠了他们的人情。"

"可我就是觉得不该去，"苔丝仔细想了想，又问，"信是谁写的？给我看看好吗？"

"是德伯维尔夫人写的。拿去看吧。"

那封信是用第三人称的口气写的，很简单地告诉德贝菲尔太太说，那位夫人需要她的女儿去工作，帮助那位夫人管理鸡场，如果她能够去的话，还会给她提供一个舒适的房间，并说只要他们喜欢她，报酬还是很优厚的。

"哦——就写了这些！"苔丝说。

"你也不能指望她马上就张开双臂搂你、亲你呀！"

苔丝抬头看着窗外。

"我宁肯同你和父亲留在家里。"她说。

"可是为什么呀？"

"我也不想告诉你为什么，妈，其实，我也说不清为什么。"

一个星期里，她都在附近的地方寻找一个轻松一点儿的工作，但是她没有找到。一个星期过去了，一天晚上她回到家里。她原来的想法是要在夏季里挣到一笔钱，再买一匹马。她还没来得及跨进门，就有一个孩子从屋里跳着跑出来说："那个绅士到我家来过啦！"

她母亲赶忙向她解释，浑身上下都透着笑意。德伯维尔夫人的儿子骑马刚好路过马洛特村，就顺道来拜访他们。他主要是代表他的母亲来的，想问一问苔丝究竟愿不愿意去为老夫人管理鸡场。他还说以前为她管鸡的小伙子不可靠。"德伯维尔先生说，从你的模样看起来，你肯定是个好姑娘，他说你身价如金啦。他对你很感兴趣——真的。"

听到一个陌生人对自己有如此高的评价，苔丝似乎真的高兴点儿了，原来低落的情绪稍有调整。

"谢谢他这样想，"苔丝嘟哝着说，"要是我住在那儿的确感到放心的话，任何时候我都会到那儿去。"

"他非常英俊！"

"我可不这样认为。"苔丝冷冷地说。

"好啦，无论如何，这都是你的机会，我敢肯定，他戴着一只漂亮的钻戒！"

"是钻石戒指，"在窗子下面板凳上坐着的小亚伯拉罕搭腔，"我也看见啦！他举手摸胡子的时候，那枚钻石戒指一闪一闪的。妈，我们那个阔绰的亲戚为什么老是用手摸他的小胡子呢？"

"听听这孩子说的吧！"德贝菲尔太太带着欣赏的神态大声说。

"大概是炫耀他的钻戒吧。"约翰爵士坐在椅子上打瞌睡，嘴里嘟哝着说。

"我得好好考虑一下。"苔丝说完就离开了房间。

"好啦，她这一去就把比我们小的一房给征服了，"女主人继续对

丈夫说，"她要是不跟进，那就是个大傻瓜！"

"我可不太喜欢我的孩子们离开家，"做小生意的丈夫说，"我是家族的大房，别人应该跟来才是。"

"不过还是让她去吧，杰克，"可怜的傻乎乎的妻子劝着丈夫说，"他都喊她小堂妹啦！他很有可能会娶她，让她做一个贵夫人，到那时，她就同她的祖先一样了。"

约翰·德贝菲尔的虚荣心很强，远远高于他的精力和健康，所以老婆这么假设，很使他高兴。

"哦，也许年轻的德伯维尔先生就是这个意思吧，"他承认说，"我敢肯定，他也许真的想同我们大房结亲，以此来改善他们的血统。苔丝这个鬼精灵！她只是去拜访了他们一次，就真的带来这么好的结果吗？"

这时候，苔丝正在院子里的覆盆子丛中、在王子的坟墓上满腹心事地走着。在她走进房间时，她母亲就又追过来了。

"呃，你打算怎么办呢？"她问。

"我要是那天见到德伯维尔太太就好了。"苔丝说。

"我觉得你应该打定主意了。这样你很快就能够见到她了。"

她的父亲坐在椅子里咳嗽着。

"我简直不知道说什么好！"姑娘心烦意乱地说，"还是由你做决定吧。既是我把那匹老马弄死了，我想我应该想法再弄一匹新马。可是，可是……我真的很不喜欢那儿的德伯维尔先生！"

弟妹们在王子死了以后，一直觉得苔丝要嫁给他们有钱的亲戚（在他们的想象里，那一家人一定是他们的亲戚），并以此作为一种安慰。此刻他们看见苔丝犹豫着，就开始朝苔丝嚷起来，骂她，埋怨她磨磨蹭蹭的。

"苔丝不肯去啊，不做贵——贵夫人啦！她说她——不——不去啦！"孩子们咧开大嘴哭了起来，"我们不会有新马啦，没有钱买礼物啦！苔丝再也没有新衣服穿啦，再也不——不漂亮啦！"

她的母亲也在一边帮腔，唱着同样的调子：她要是不肯去，那家里的负担越来越重、遥遥无期了。母亲的话分量很重。只有她的父亲保持着中立的态度。

"我去好了。"苔丝终于说。

姑娘同意去了,这又使得她的母亲开始考虑亲事了。

"这就对了!像你这样一个漂亮的女孩儿,这是一个好机会呀!"

"我希望这只是一个挣钱的机会。不是什么别的机会,关于这件事你可不要在教区里瞎吹了。"

德贝菲尔太太并不马上答应。她不敢保证,在那个客人说了那样一番话后,她完全可能得意忘形,到处嚷嚷。

事情就这样决定了。年轻的姑娘写了回信,答应做好准备,随叫随到。接着她就收到回信,告诉她德伯维尔夫人对她的决定感到高兴,并说后天就派一辆轻便马车来,到山谷的坡顶上接她,帮她运行李,要她做好在那个时候动身的准备。德伯维尔夫人来信的笔迹好像很有一些男性化。

"一辆轻便马车?"琼·德贝菲尔有些怀疑地嘟哝着,"来接她自己的亲戚,应该派一辆大马车呀!"

苔丝终于决定去了,也就不再心神不定了。她又开始自信地做一些自己的事情了。她希望做一份不太劳累的工作,挣到钱再给父亲买一匹马。她曾经希望在小学里当一名教师,但是命运却相左。由于她的思想比她的母亲更成熟些,所以她此刻也没有把她母亲对她婚姻的希望当回事。母亲想得太肤浅了,几乎从她的女儿一出生就开始操心替她物色对象了。

第七章

在约好了要动身的那天早上,苔丝天没亮就醒了——正是黎明前的黑暗,树林里静悄悄的,只有一只先知先觉的鸟儿在用清脆嗓音自信地歌唱着,似乎是在准确报时。其他的鸟儿却保持着沉默,仿佛也同样自信那只唱歌的鸟儿报错了时辰。苔丝一直在楼上收拾行李,到了吃早饭的时候,她才穿着平时劳动的衣服走下楼,那套节日装已经被她仔仔细细地叠好了放在箱子里。

她的母亲劝她说:"你出门去走亲戚,应该好好打扮,穿得比平时要漂亮些吧?"

"可我是去干活的呀!"苔丝说。

"是的,没错," 德贝菲尔太太说,她用说悄悄话的口气补充道,"开头也许要假装一下去干活……不过我还是觉得你把最好的衣服穿在外面会好些。"

"好啦,好啦,我想你知道得最清楚。"苔丝不想争论,淡淡地回答。

为了让母亲高兴,姑娘只好完全向母亲让步,平静地说——"你觉得怎么好就怎么做吧,妈妈。"

看到苔丝这么乖顺,德贝菲尔太太大喜过望。她先拿来了一个大脸盆,把苔丝的头发彻底洗了一遍,等到头发干了,梳理好了,看起来头发好像比平时多了一倍。她用一根很宽的粉红色带子把头发扎起来,然后再给苔丝穿上那件在集会游行时穿的白长裙。苔丝一头蓬松的头发,配上身上穿的宽松长裙,使她正在发育的身体透露出一种与她实际年龄不符的丰满成熟味,也许会错把她看作一个成熟的妇人,而实际上她还差不多是个孩子呢!

"妈,我的袜子后跟上有一个洞。"苔丝说。

"袜子上有洞没事儿——它们又不会说话!我当姑娘的时候,只要有一顶漂亮帽子就行,鬼才知道袜子上有洞呢。"

看见女儿漂亮的形体,母亲很骄傲,往后退了几步,就像一个画家从画架前面后移,以便从整体上仔细打量自己的杰作。

"你一定要看一看你自己!"她嚷着说,"你比平时漂亮多了。"

因为镜子太小,一次只能照出苔丝身体的很小一部分,德贝菲尔太太就在窗玻璃的外面挂上一件黑色的外套,使窗玻璃变成了一面大镜子,这也是乡下村民梳妆时常用的办法。然后,她就下楼找她的丈夫去了,他就坐在楼下的房间里。

"我要告诉你,德贝菲尔,"她兴高采烈地说,"他绝不会不爱上她的。不过不管你说什么话,都不要对苔丝多说他喜欢她之类的话,也不要提她现在得到的机会。咱家姑娘脾气太怪,说多了也许她就讨厌他了,甚至于她马上就不肯去了。如果一切顺利,我一定要对斯塔福特路的那个牧师有所报答,感谢他告诉我们那些事——他真是个大好人呢!"

很快,苔丝就要动身了。当初梳妆打扮的兴奋一消失,琼·德贝菲尔太太的心中就出现了一阵担忧。于是,这位家庭主妇说,她要送送女儿——要把女儿送到山谷斜坡上。那个斜坡是通向外部世界的第一个制高点。苔丝就在坡顶上等候斯托克·德伯维尔家派来的轻便马车。她的行李已经由一个小伙子运到了坡顶上,做好了准备。

孩子们看见妈妈戴上了帽子,嚷嚷着要跟她一起去。

"我也要去送姐姐,现在姐姐要嫁给绅士堂哥啦,要穿漂亮衣服啦!"

"唉,"苔丝叹了口气,满脸通红,连忙转过身去,"我再也不要听那些话了!妈妈,你干吗要告诉他们这些不着边际的话呢?"

"孩子们,姐姐是去为我们有钱的亲戚干活去的,是去帮家里挣钱,好再给咱买一匹马。"德贝菲尔太太安抚孩子们说。

"我走啦,爸爸。"苔丝哽咽着说。

"去吧,孩子。"约翰爵士抬起头来说,为了庆祝苔丝出门的这

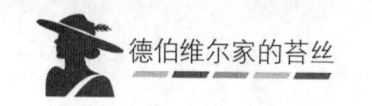

个早晨,他又去喝了酒,低着头打瞌睡呢。"好吧,但愿我那位年轻的朋友会喜欢上和他同宗的一位漂亮姑娘。还有,苔丝,你去告诉他,我家从前是大户,现在败落了,我要把我们家的名号卖给他——对,卖给他——价格好说,不会狮子大开口的。"

"决不能少了一千镑。"德贝菲尔太太大声说。

"告诉他——就要一千镑吧。算啦,我又想起来啦,我就少要点儿吧。这个名号加在他的身上,比加在像我这样一个没有本事的可怜人身上会好很多呢!告诉他,我只要他出一百镑。不过我不是个斤斤计较的人,——告诉他出五十镑就成——就出二十镑吧!行,就要二十镑——这是最低的价了。奶奶的,家族的名誉总是家族的名誉,不能再少一个便士啦!"

苔丝眼睛里充满了泪水,喉头哽咽,百感交集,一句话都说不出来。她赶快转过身,走出了门。

母亲和孩子们就这样一起上路了,苔丝的两边各有一个孩子牵着她的手,心里似乎想着什么,不时地抬眼看看苔丝,就像在看一个正要去成就大业的人一样。她母亲同最小的一个孩子走在后面。这一群人构成了一幅画面,诚实的美丽走在中间,无邪的天真伴随两边,简单的虚荣跟在后面。她们就这样一起走着,一直走到山坡下。从特兰岭派来的马车就在坡顶上接她,好像是为了免得马车爬坡吧。在远方第一层山峦的后面,沙斯顿峭壁一样的房舍打乱了山脊的轮廓。在蜿蜒而上的大路上,除了他们派来接苔丝的小伙子之外,看不见一个人影。小伙子坐在小推车的车把上,车里装着苔丝在这个世界上的所有物品。

"在这儿等一会儿吧,马车很快就要来了,毫无疑问,"德贝菲尔太太说,"好啦,我已经看见那边的马车啦!"

马车已经来了——它似乎是突然从最近那片高地后面出现的,就停在推小车的小伙子旁边。苔丝的母亲和弟妹们不再往前走了,苔丝在匆忙中向他们道别以后,就弯腰向山坡上走去。

他们看见苔丝向马车走去,她的箱子也已经放到了马车上。但是就在她离马车几步之遥时,又有一辆马车从山顶上的一片树丛中飞快地驶了出来,它绕过路的转弯处,经过行李车,停在苔丝的面前,苔丝抬头一看，似乎大吃一惊。

她的母亲最先看出来，第二辆车和第一辆车不一样，它不是一辆简陋寒酸的轻便马车，而是一辆漂亮整洁的单马双轮马车，又叫狗车，漆光发亮，设备齐全。赶车的是一个二十三四岁的年轻男子，嘴里叼着一根雪茄烟，头上戴一顶花哨的小帽，穿一件色彩灰暗的上衣和颜色相同的马裤，围着白色的围巾和硬高领，手上戴着褐色的驾车手套——总之，他是个很帅气的年轻人，就在一两个星期前来拜访过琼，向她打听过苔丝的回话。

德贝菲尔太太像一个孩子似的拍起手来。拍完手，她看看下面，又抬头看上面。这还能有假吗？

"就是那个亲戚要让姐姐做贵夫人的吗？"最小的那个孩子问。

就在那个时候，他们看到穿着细纱布衣服的苔丝在马车旁边静静地站着，犹犹豫豫的样子，马车的主人正在同她说话。她那表面上的犹豫事实上还远远不止犹豫，而是惶恐。她好像宁可坐那辆简陋的马车。那个年轻人下了车，似乎在劝说她上车。她转过脸去，注视着那群亲人们。这时，好像有某件事促使她下了决心，很可能是她想到了王子是在她手里死的。她突然间上了车。他也上车坐到了她的旁边，并立即对着拉车的马抽了一鞭。他们很快就驶过了运送箱子的慢车，消失在山后了。

苔丝走了，孩子们对这件事情的兴趣也像一幕戏剧到了终场，个个都是热泪盈眶。最小的那个孩子说："我真希望可怜的、可怜的苔丝没有离开家，没有去做贵夫人！"说完了，他把嘴角一咧，就大哭起来。这个新观点是有传染性的，第二个孩子也同样哭起来，接着又是一个，后来三个孩子都一起号啕大哭起来。

琼在转身回家的时候，眼睛里也同样充满了泪水。不过当她走回村子的时候，就只好被动地一切听天由命了。当天晚上她睡在床上总是翻来覆去地叹气，她丈夫问她有什么不舒服。

"唉，我也说不清，"她说，"我一直在想，要是苔丝没有离家，也许会更好些。"

"那你先前怎么就没想到呢？"

"唉，那是咱姑娘的一个好机会呀——不过，要是这件事再重新来过，我就要等到打听清楚了，弄明白了那个绅士是不是一个真的好心人，是不是真的把苔丝当堂妹待，不然的话，我就不会放她走。"

"是啊，你还真该先打听打听的。"约翰爵士打着鼾声说。

琼·德贝菲尔总是能从某些地方找到安慰："好啦，作为真正的嫡亲后裔，只要她的王牌出得好，她应该能把他吸引住的。如果他今天不娶她，明天还是要娶她的。谁都看得出来，他已经深深地爱上苔丝啦。"

"什么是她的王牌呀？你是说她的德伯维尔血统吗？"

"不，真笨，她的脸——就和我从前的脸一样。"

第八章

亚雷克·德伯维尔上车坐在苔丝边上后,就快速驾车沿着第一座山的山脊向前驶去,一路上他不停地夸赞苔丝,而装着苔丝箱子的马车被远远地甩在了后面。顺山脊而上,一大片风景在他们四周伸展开来,一望无垠。在他们的身后,是苔丝出生的绿色山谷,在他们的前面,是她一无所知的一片灰色的田野,除了她第一次到特兰岭短暂访问时知道的地方以外。就这样,他们到达了一段下坡路边缘,这条路很长,笔直延伸将近有一英里。

尽管苔丝生来胆大,但自从上次事故把父亲的马撞死后,苔丝就特别害怕坐车了。马车稍微晃荡一下就能让苔丝心惊肉跳。亚雷克鲁莽驾驶速度飞快,苔丝开始感到不安。

"我想下坡时您应该会驾得慢一些吧,先生?"她尝试劝说。

德伯维尔扭头看向了苔丝,用他又白又大的门牙咬住了雪茄,慢慢咧开嘴笑了。

"为什么——苔丝,"在又抽了一两下雪茄后,他回答说,"像你这么勇敢活泼的姑娘不应该问这种问题。嗯,我经常驾车飞奔而下,再也没有比这更让人精神振奋的了。"

"但你现在可能没必要这样快吧。"

"哦,"他晃了晃头,说,"这里要考虑到两个人的感受啊。并不是只有我一个。蒂勃的感受也要考虑吧,它的脾气非常古怪。"

"谁?"

"噢,是这匹母马,我觉得它刚刚用很冷酷的眼神看了我一眼,你没有注意到吗?"

"不要吓我,先生。"苔丝生硬地说。

"噢,我没有。如果这世上没有其他人能够驾驭这匹马,我可以——我不会说谁都有这种能力——但是如果谁有的话,那必然是我。"

"你怎么会有这么一匹马?"

"啊,你问得很好!这是命中注定,我想。蒂勃曾经踢死过一个人,就在我刚买下它的时候,它就差点踢死了我。之后,相信我,我也差点杀了她。但是它脾气依旧暴躁,十分暴躁,所以说有时候坐在它后面,没有人的生命是绝对安全的。"

他们要开始下山了。显然,无论是出于它本意还是它主人的(后者更有可能吧),那匹马就完全知道按照它主人所希望的那样不顾后果地飞奔起来,根本不需要它主人的任何暗示。

他们飞奔而下,车轮像陀螺一样嗡嗡作响,马车左右摇晃,车轴微微倾斜。马在他们前面上下腾跃不止。有时,某个轮子好像脱离了地面,斜着跑出好几码,有时,被马车溅起的石子,旋转着飞过了树篱,马蹄溅起的火花比日光还亮。他们飞奔前进,笔直的道路似乎变宽了,道路中间像是被马车劈开,一边一半地从他们身边飞闪而过。

风刮过苔丝的白色细薄衣服,甚至吹到了她的皮肤,她刚洗的头发向后飞扬。她下定决心不展现出她的恐惧,但是她紧紧抓住了德伯维尔抓着缰绳的手臂。

"不要碰我的手臂!不然我们就会被扔出去的!抱紧我的腰!"

她抱住了他的腰,就这样他们到达了山下。

"感谢上帝,尽管你做了一些蠢事,总算平安无事!"苔丝说,她气得满脸通红。

"苔丝,唉!别发火,又不是我干的!"德伯维尔说。

"就是你干的。"

"好吧,你不要一觉得没有危险,就放开我的腰吧,连句谢谢都没有说。"

她一点也没有考虑她做了什么。她无意识地抱着他的时候,她完全没有考虑他是男是女、是木头还是石头。从紧张之中恢复过来后,苔丝没有搭话就坐了下来。就这样,他们到了另一个山坡的顶端。

第一部 少女时代

"那么,再来一次!"德伯维尔说。

"不,不!"苔丝说,"请一定要多些理智,拜托。"

"但是当人们发现他们在一个地方的最高点时,他们就一定想冲下去的。"他反驳道。

他松了松缰绳,然后再次冲了下去。当他们身体摇晃着的时候,德伯维尔扭头看向苔丝,嬉皮笑脸地说:"那么,把你的手臂环住我的腰吧,就像你刚刚做过的一样,我的美人。"

"决不!"苔丝拒绝道,她坚持着,不去碰他。

"要不你让我亲下你浆果似的嘴唇,苔丝,或者,甚至是你的面颊,我就停下。我向你保证!"

苔丝无比震惊,不自觉向后挪了一点。于是他再次催促了马,把苔丝摇晃得更厉害。

"就不能做其他事情吗?"最终,她不顾一切地哭喊道,她的大眼睛盯着他就像那些野兽一样。她母亲把她打扮得那么漂亮,看起来是害了她。

"没有,亲爱的苔丝。"他回答道。

"哎,我不知道——那好吧,依了你吧!"她可怜地喘息道。

德伯维尔勒住缰绳,马车慢了下来,正当他要将他充满欲望的嘴唇印到苔丝的脸上时,好像没有意识到自己的羞怯一样,苔丝向旁边躲闪了一下。德伯维尔的双手还抓着缰绳,致使他无力阻止苔丝的躲闪。

"该死的——这样会把我们两个都摔死的!"亚雷克情绪高涨,变化无常,骂道,"你可以像这样违背你自己说过的话吗,你这个小妖精,你非得这样吗?"

"那好吧,"苔丝说,"既然你如此坚决!但我原以为你会像我的亲戚一样,对我很好,保护我!"

"去他妈的亲戚们!快过来!"

"但是我不想任何人亲吻我,先生!"她恳求道,一颗大大的泪珠从她脸上滑下,为了不让自己哭出来,她的嘴角颤抖着,"如果我知道会这样,我就不来了!"

德伯维尔不为所动,苔丝只好依旧坐着,德伯维尔征服似的亲吻了

051

她。他刚刚吻了她,她就羞得满脸通红。她拿出了她的手帕,擦了擦刚刚被他的嘴唇碰到的地方。她无意识的动作让他的怒火一下子就上来了。

"一个乡下丫头,倒是挺敏感的!"年轻男子说。

苔丝对于这句话没有做任何回应,说实在的,她根本就没有完全理解德伯维尔说的话,她没有注意到她本能的擦拭是对他的一种瞧不起。如果这样做是可能的话,她是把他的吻擦掉了。在他们慢慢驶向梅堡荡和温格林,苔丝察觉到了他的怒火,但她还是直直看着前方,直到她惊愕地发现还有一个下坡在等着她。

"你该对刚才的事情感到抱歉!"他继续说道,在他重新挥舞起鞭子的时候,他还带着受伤的语调,"除非,你心甘情愿地再让我亲一次,不准用手帕擦。"

她叹了一口气。"好吧,先生!"她说,"噢,让我捡起我的帽子。"

说话的时候她的帽子已经被吹到了路上。现在他们马车的速度绝不是慢的。德伯维尔停住马车,说,他会帮她捡起帽子,但是苔丝已经从车上下去了。

她往回走,捡起了帽子。

"我敢发誓,你不戴帽子的时候更加漂亮,如果可能的话,"他在马车后面注视着她,"那么,上来吧!怎么了?"

帽子已经戴上并系好了,但是苔丝待在原地没有动。

"不,先生,"她说,说话时露出了红红的嘴唇和白得象牙似的牙齿,她的眼睛里闪着挑衅似的胜利,"不会再上去,我就知道!"

"什么?你不坐到我边上来?"

"是的,我宁可步行。"

"还有五到六英里才到特兰岭。"

"就算有几十英里我也不在乎。另外,送行李的车就在后面。"

"你真是个狡猾的女人!现在,告诉我——你是不是故意让你的帽子吹下去的?我发誓你是故意的!"

她战略性的沉默肯定了他的怀疑。

于是德伯维尔就开始咒骂她,用他能想到的各种脏话来骂她诡计多端。他把马车掉了头,试着追回苔丝,把苔丝堵在马车和树篱之间。但是他没有这样做,怕伤到她。

"你应该感到耻辱,用了如此恶毒的词!"苔丝爬到了树篱的顶上,鼓着勇气大声说,"我一点都不喜欢你!我恨你,我讨厌你!我要回到我妈妈身边,我要回去!"

一看到苔丝,德伯维尔的坏脾气就消散了,他哈哈大笑起来。

"好的,我是不能更喜欢你了,"他说,"嗨,我们讲和吧。我再也不会做违背你意愿的事情了。我用我的生命保证。"

但苔丝没有被骗去重新坐上马车。然而她也没有阻止他驾车接近她。就这样,慢慢地,他们向特兰岭前进。德伯维尔看到因为自己的不轨行为,苔丝不得不选择步行的时候德伯维尔时不时地表现出一种强烈的不安来。也许她现在可以完全地信任他了,但是在当时他失去了她的信任,苔丝一边继续走着,一边沉思,仿佛在思考回家是不是更加明智。然而她的决心已经不在了,她像个小孩子一样犹豫着,除非有更加重大的理由。她该怎么面对她的父母呢,该怎么取回她的箱子呢?她怎么能够因为感情用事破坏家族重振的计划呢?

几分钟后,"坡居"的烟囱出现在他们视野里,还有养鸡场右边那处隐蔽舒适的角落以及苔丝要住的小屋。

第九章

苔丝要做的工作就是管着鸡群，喂食、看护、医疗以及陪伴这群鸡。鸡舍设立在一个围场里的一幢旧草房里，这个围场原本是一座庭院，后来却成了一片被踩平、满是沙子的场地。屋舍上爬满了常春藤，烟囱也因为爬满了这种寄生植物而显得更加粗大了，看起来就像是破败的塔楼。下面的房子完全被鸡群占据了，这群鸡派头十足地在房间里走来走去，好像房子就是它们建造的一样，而不是由那些当年满身尘土、现在东一个西一个躺在教堂墓地里的产业主建造的。在已故房主的继承人们看来，这是对他们家族的蔑视。在德伯维尔到来之前，在斯托克·德伯维尔太太按照法律继承了这块土地并且毫不犹豫地把它建造成一个鸡舍之前，他们的祖先们倾注了多少情感，花了多少金钱，年复一年，这片土地一直是他们的私人财产。他们愤愤然说："爷爷在的时候，这房子给有身份的基督徒住都算是好的呢。"

从前那些屋子里响着的是几十个还在吃奶的婴儿的哭喊声，如今却回响着小鸡啄食的声音。从前摆放过椅子、坐着安详的农民的地方，如今也被关在笼子里烦躁不安的母鸡们占据了。烟囱角落和曾经火光熊熊的壁炉也都被倒立的蜂窝占据了，母鸡们在上面下蛋。门外那几块地，几任屋主也曾用铁锹精心修整过，如今已被公鸡们用爪子抓得乱七八糟。

屋舍所在的庭院被一堵墙包围，只有一扇门可供出入。

作为一个专业家禽贩子的女儿，第二天早上苔丝就按照她老练的想法，花了一个小时重新收拾了鸡舍，做了不少变动和改进。墙上的门被打开了，一个戴着白色帽子、系着围裙的女仆走了进来。她是从庄园里来的。

"德伯维尔太太又像往常一样要看鸡，"女仆说，不过她想苔丝可能不是很明白，她又解释说，"夫人年纪大了，而且眼睛瞎了。"

"眼睛瞎了？"苔丝说。

不过，还没来得及确认听对听错，女仆就指点苔丝挑了两只最漂亮的红冠青脚鸡，抱在手上，她自己也抱起两只鸡，领着苔丝走向了府第。尽管府第装饰得华丽雄伟，但是种种迹象表明，府第的主人对这种不会说话的小生命是真的喜爱——门前到处都是飘着的鸡毛，草地上到处摆放着鸡笼。

在楼下的起居室里，府第的主人，坐在一把扶手椅上，背对着亮光。这是一个头发苍白的妇人，不过六十岁，或者说更年轻些，带着一顶大帽子。她的脸表情丰富，视力是逐渐衰退的，与常见的失明多年或生来就瞎的人不一样。苔丝走近这位老太太，一只手抱着一只鸡。

"啊，你就是那个新来的、帮我养鸡的姑娘吧？"德伯维尔太太听见有一种新的脚步声，于是说道，"我希望你能好好对待它们。我的管家告诉我说，你是一个非常合适的人。对啦，我的鸡在哪儿呢？哦，这是斯特拉特！不过它今天不怎么活泼，是它吗？它应该是因为被生人抱来，吓着了吧，我想。芬娜也是——对，它们都有点受惊了——是不是啊，宝贝儿们？不过很快它们就会跟你熟悉起来的。"

老夫人说话时，苔丝就和另外那个女仆按照她的手势，把鸡一只一只地放到老夫人的膝上。老夫人从头摸到尾，检查它们的喙、鸡冠、翅膀、爪子以及公鸡的翎毛。她一摸就能立即分辨出这些鸡来，能发现它们是不是有一根羽毛断了或拖脏了。她用手摸摸它们的嗉囊，就能知道它们吃了什么，是吃得太多还是太少。她心里想的什么，哪怕是一丝丝的不满，都能从她脸上显现出来。

两个姑娘按要求把带来的鸡一只只送回院子，整个过程不断重复，直到所有备受宠爱的公鸡和母鸡，都送到老夫人面前——如红冠青脚鸡、矮脚鸡、交趾鸡、印度大种鸡、杜金鸡，还有其他一些当时盛行的品种鸡——一只一只都被放到老夫人的膝上时，每只鸡她都能认出来，而且几乎没有一点差错。

这让苔丝想起了一种基督教的坚信礼。在这种仪式里，德伯维尔太太就是主教，那些鸡就是受礼的少男少女，而她自己和那个女仆就是把他们带去受礼的牧师和助理牧师。仪式结束时，德伯维尔太太突然问苔

丝："你会吹口哨吧？"发问的时候，她把脸蹙起来，满脸皱巴。

"您是说吹口哨，夫人？"

"是的，吹小调。"

苔丝就跟大多数乡下姑娘一样会吹口哨。尽管在体面人面前不愿承认会这个本领，但是这一次，她还是温和地承认了。

"那你以后每天都得练练吹口哨。以前我有个小伙子口哨吹得很好，但是他已经走了。我要你对着我的红腹灰雀吹口哨，因为我看不见它们，所以我喜欢听它们的声音，我们就是用那种方法教它们的。伊丽莎白，告诉她鸟笼子在哪里。明天你就必须开始吹口哨，否则，它们在鸣叫方面就要退步了。已经好几天没有人教它们了。"

"今天早上德伯维尔先生向它们吹过口哨，夫人。"伊丽莎白说。

"他呀！呸！"

老夫人厌恶地蹙起皱纹，没再说别的了。

就这样，苔丝想象中的亲戚对她的接待结束了，那些鸡也被送回到它们的院子里了。苔丝并没有对德伯维尔太太的态度感到十分惊讶。因为自从看到了这座庄园的规模以后，她已经不再指望什么了。但是她怎么都没有想到，老夫人对所谓的亲戚根本没有说过一个字。她猜想，那位瞎眼老太太和她的儿子之间感情不是十分融洽。但是，这一点她也猜错了。德伯维尔太太也跟天下父母一样，恨铁不成钢啊。

尽管前一天的会面并不愉快，但是早晨太阳一出来，苔丝就爱上了新工作的自由和新奇，毕竟她已经被安置在了这里，她还想检验一下自己的能力，从事那件老夫人提出来的、出人意料工作的能力，以便确定她保住这份工作的机会大小。当苔丝独自一人待在四面围墙的院子时，她就在鸡笼上坐下来，认真撮起嘴唇，开始练习她早已生疏了的本领。她发现她以前的能力已经退化了，只能从唇间吹出一阵阵空洞的风声，根本不是清晰的音调。

她徒劳地吹了又吹，心里很疑惑，自己生来就会的本领怎么会退化得如此厉害。这时，她突然意识到常春藤覆盖着的围墙上，有什么东西动了一下。她朝那个方向看去，只见一个身影从墙头上跳到了地上。那是亚雷克·德伯维尔，自从前天他把她带到院子小屋门口后，她就再也没有见过他。

"我用名誉担保!"他喊道,"从来也没有像你这样漂亮的人,无论天生的或者艺术创造的,苔丝'堂妹'('堂妹'一词带有一点儿嘲弄的味儿)。我已经坐在墙那边看你很久了——你不安地坐在那里,漂亮的红嘴唇撮起来,做出吹口哨的样子,呜呜吹着,又暗自骂着,但就是吹不出一个调子来。你吹不出来曲调来,很上火吧?"

"我可能上火,但我没有骂。"

"啊!我知道你为什么要练吹口哨了——是为了那些红腹灰雀!我母亲要你继续他们的音乐教育。她太自私了!弄得好像照看那些该死的公鸡和母鸡还不够一个女孩子忙活的一样。我要是你,我就干脆拒绝。"

"但她特别要求我这样做,而且要我明天早晨就开始。"

"是吗?那么——让我先教你一两课吧。"

"哦,不,你不用教我!"苔丝一边说一边向门口退去。

"废话,我不想碰你。看——我站在铁丝网的这边,你可以站在另一边。这样你就觉得完全放心了吧。现在看这儿,你把嘴唇撮得太厉害了。要像这个样子——就好了。"

他一边说明一边动作,吹出的一句调子"挪开,那骗人的嘴唇"[①]。但苔丝没听懂。

"现在试试。"德伯维尔说。

她试图装出冷淡的样子,脸蹦得像一座雕像。不过他一定要让她吹,后来为了摆脱他,她只好按照他的指导撮起嘴唇,去发出清晰音调。然后她痛苦地笑了笑,后来又因为这一笑,心里懊恼,脸又变红了。

他鼓励她"再试试"。

这一次苔丝十分认真。认真到了让人感到痛苦的地步,她试着吹——最终,她竟出乎意料地吹出了一个真正圆润的哨音来。成功给她带来的喜悦暂时控制了她,她的眼睛也变大了,不知不觉地对他笑起来。

"就是这样!现在我已经教会你怎么开始——你以后会吹得很美

[①] 莎士比亚《一报还一报》中的插曲。

妙。看——我说过我不会碰你的,尽管没有一个男人能挡得住这种诱惑,我会信守我的诺言……苔丝,你觉得我的母亲是个古怪的老太婆吧?"

"我还不太了解她呢,先生。"

"你会发现她就是这么一个人,她就是一个古怪的人,所以才会让你练习对她的红腹灰雀吹口哨。现在我是不入她的眼了,但是她会很喜欢你,如果你好好照料她那些鸡。再见吧。如果你遇到什么困难,需要帮助,不要去找管家,直接来找我好啦。"

苔丝就是在这样一个家政管理体制中填补了一个空缺。她头一天的生活体验大体代表了后来许多日子里的经历。亚雷克·德伯维尔常常对苔丝说些嬉皮笑脸的话,尤其是在他们单独在一起的时候,总是叫她堂妹,这让苔丝越来越习惯他的存在,同时这种熟悉也使得苔丝不再像原先那样害羞。然而,苔丝也没有产生别的新情感或新的羞怯。但是苔丝还得依靠他的母亲,而他的母亲又对她没有什么用处,苔丝实际上就是寄在他的篱下,做什么事都听他的,已经超出了一般的伙伴关系。

不久她就发现,等她恢复了吹口哨的本事,在德伯维尔太太的屋子里,对着红腹灰雀吹口哨并不是一件十分麻烦的事,因为她从她善于歌唱的母亲那儿学会的大量曲调,教那些鸟儿再合适不过了。比起当初在院子里做练习,现在每天早晨站在鸟笼子旁边吹口哨,是让人满意多了。既然那个青年不在身边,她就无拘无束地撅起嘴巴,靠近鸟笼子,对着那些留神细听的小鸟儿轻松优美地吹起来。

德伯维尔太太睡在一张四柱大床上,床上挂着厚厚的锦缎帐子,红腹灰雀也在这间房里,在一定的时间里它们可以自由自在地飞来飞去,在家具和垫子弄得到处是白色小点。有一次,苔丝正站在窗前那一排鸟笼子边,像往常一样教小鸟儿唱歌时,她突然听见床后发出一阵沙沙声。老夫人当时不在,姑娘转过身去,好像看见帐子下面有一双靴子的尖头。一惊,她吹的口哨不成调子了,如果那儿真的有人的话,那个人肯定也发现苔丝怀疑到他的存在了。从此以后,她每天早晨都要检查帐子,但是从来没有发现有人在里面。显然亚雷克·德伯维尔已经完全想到了他最好还是不要用这种埋伏的怪诞行为来吓苔丝了。

第一部 少女时代

第十章

　　所有的村庄都有自己的特性、习俗和道德准则。在特兰岭及其附近，一些年轻妇女的轻佻个性十分明显，或许，"坡居"一带都是相似的，有着同样的轻佻。这个地方还有一个传统的毛病，就是酗酒很厉害。周围农庄上的主要话题就是说攒钱没有用。那些身穿粗布衫的"算术家们"，倚着锄头或犁的时候，就会通过精确的计算来证明人老后从教区领的养老救济金，比一辈子从工资中积攒起来的钱还要多。

　　这些哲学家们的主要快乐，就是在每个星期六的晚上收工后，去两三英里以外的破落市镇切斯堡，直到半夜一两点钟才回家，然后礼拜天睡上一整天，把他们喝的那种名为啤酒、其实是一种有碍消化的混合饮料在睡梦中消化掉，这种饮料是垄断了独立经营的酒商们卖给他们的。

　　起初有好一阵子，苔丝都没有参加这种每星期一次的出游活动。但是经不住年纪比她大不了多少的主妇的压力——因为庄稼人，在二十一岁时挣的工钱与四十岁的工人挣的一样多，所以这儿的人结婚很早——苔丝最终还是答应去了。第一次出去，她就经历了意想不到的快乐，过了整整一个星期单调乏味的在鸡场照顾鸡的生活后，别人的快乐很容易就感染了她。因此她去了一次又一次。她体态优雅，引人注目，正处于转瞬即逝、含苞待放的年纪，因此她一出现在切斯堡街上，便引来了游手好闲的人偷偷瞟过来的目光。尽管有时候她独自一人到那个镇上去，但是在黄昏回家的时候，她总要找她的同伴一起走，以便有个照应。

　　这种情况持续了一两个月，就这样，到了九月的一个星期六，这天恰好赶集和赶会撞到了一起，因此特兰岭的人都去酒店里寻找双重的快乐。苔丝由于忙着干活，出发得晚了，她的伙伴们到得比她早多了。这是九月里一个美好的傍晚，就在太阳落山前，黄色的亮光同蓝色的暮霭

059

像发丝一样缕缕交织,无须任何实物的帮助,大气本身就构成了一种景色,无数小飞虫展翅飞舞。在这朦胧暮色中,苔丝悠闲地走着。

直到她到达目的地,她才发现赶集和赶会碰到了一起,那时天色眼看就要黑了。她想要买的东西很快便买好了。因此,她像往常一样,去找几个来自于特兰岭的同伴。

起初她找不到他们,后来有人告诉她,很多人去了一个跟他们农场有交易的干草商家,那儿正举办一个所谓的私人小舞会。那商人住在小镇的一个偏僻角落,就在苔丝过去寻访的时候,她突然看见了德伯维尔站在街角处。

"怎么——我的美人儿?这样晚了还在这儿?"他说。

她告诉他,她只是在这儿等着同伴一起回家。

"待会儿再见。"她拐进相反方向的胡同时,他从背后冲着她喊。

走近干草商的家时,苔丝听见了小提琴演奏里尔舞曲的声音,是从后面一座屋子里传出来的,但是她听不见跳舞的声音——这是这一带少有的情形,因为这儿通常是跳舞的脚步声淹没音乐声。前门打开着,她能从房屋一眼看过去,能远远地看见夜色中的花园。她敲了敲门,没有人回应,她穿过屋子,沿着小路朝发出音乐声的外屋走去。

外屋没有窗子,是当仓库用的,从打开的房门里飘出一股黄色的发亮的烟雾,融入昏暗之中。刚开始苔丝以为是被灯光照亮的烟雾,走到近处才发现这只是一阵尘土,是被屋内的烛光照亮的,烛光还把门厅的轮廓投射到园子中的茫茫夜色里。

她走到近前,向屋里看去,一群模糊的人影正按照跳舞的队形来回旋转,然而他们的脚步没有声音,因为地上有一层厚厚的没过鞋面的"软垫"——也就是,有一层堆放泥炭等物品留下的粉末残渣,他们纷乱的脚步搅起了弥漫整个场地的雾气。因为烟尘的漂浮,发霉的煤渣草末,同跳舞人的汗味还有热气掺和在一起,混杂成了一种植物和人类的尘灰。呜咽的小提琴有气无力,同踩着它的节拍而跳出来的兴高采烈恰成对比。他们一边跳舞一边咳嗽,一边咳嗽一边欢笑。一对对跳舞的人冲来撞去,人脸也只能在光线最强的地方才能勉强看清楚。在这模糊

第一部 少女时代

光景之中,他们看起来就像萨堤洛尔①搂着一群仙女宁芙,像是一群潘斯和一群西林克丝②尽情旋转着,又像是罗提斯想躲开普里阿普斯③的追逐,但总是躲不开。

时不时会有一对舞伴跑到门口透透气,尘雾便不再遮掩着他们的真面目了,他们不再是半人半仙的朦胧样子,而是变回了隔壁邻居的普通样子。仅仅在两三个小时之内,特兰岭竟能如此疯狂变幻。

人群之中,有几位酒仙坐在板凳上和靠墙的草垛上,其中一个人认出了苔丝。

"女孩子们觉得在鸢尾花酒店跳舞不体面,"他解释说,"她们不愿意让大家都看出她们的意中人是谁。另外,有时候正当她们要放开来跳时,酒店却要关门了。所以我们到这儿来了,让人送酒来。"

"可是你们什么时候才有人回家?"苔丝有点儿焦急地问。

"现在——快走了。这是最后的一场舞了。"

她等着。里尔舞曲渐近结束,有人想动身回家了。但是有些人还不想回家,于是另一场舞又开始了。苔丝心想,这曲结束了,总该散场了。可是这曲还没有完,下一曲就又开始了。苔丝变得心神不宁、烦躁起来,不过既然已经等了这样长时间了,所以她有必要继续等下去。因为集市的关系,路上闲人很多,可能有一些不怀好意的人。虽然她不害怕那些可预测的危险,但是她害怕那些未知的。若是在马洛特村附近,她就不会这样害怕了。

"不要紧张,我亲爱的好姑娘,"一个年轻男人一边咳嗽一边劝道,他满脸是汗,把草帽尽量扣在脑袋后面,帽檐围在后脑勺上,就像是圣灵头上的光环。"你有什么好急的?明天是礼拜天,感谢上帝,我

---

① 萨堤洛尔,希腊神话中的森林之神,是个半人半羊,长有公羊角、腿和尾巴的怪物,性喜淫乐。
② 潘神,希腊神话中的牧神。西林克丝,希腊神话中阿耳卡狄亚(Arcadia)的山林女神。潘神爱上了西林克丝,疯狂追求她,西林克丝为了躲避潘神,变成了芦苇。
③ 罗提斯,希腊神话中的水泽仙女,是海神波塞冬的女儿。普里阿普斯,希腊神话中的生殖之神。普里阿普斯疯狂爱上了罗提斯,罗提斯为了躲避普里阿普斯,变成了莲花。

们可以趁着做礼拜的时间好好睡一觉。现在，和我跳一场好不好？"她并不讨厌跳舞，但是她不会在这里跳。舞步越来越热烈激昂，小提琴手们站在发光的云柱后面，不时地拉错调子，甚至把弓背当成了弓弦，调子不断变换。不过这无关紧要，气喘吁吁的人影依旧不断旋转着。

　　这里如果他们倾向于跟原来的舞伴跳舞，他们就不用换舞伴。要是换了舞伴，就意味着有人不满意他们的舞伴。但到了这个时间点，所有的舞伴都已经非常般配了。在这种时候，狂喜和梦幻开始出现，激情控制了所有的人。然而激情可能是一个侵入的外来物，有可能让你想要旋转的时候阻止你旋转。

　　突然，地上传来一声"砰"的一声，一对跳舞的人跌倒了，躺在地上乱成了一团。紧接着，另一对停不住脚，跌倒在他们身上。跌下去的人扬起更浓的尘土，屋内原本就尘土弥漫，尘土中隐约只见一些胳膊大腿纠缠在一起，乱伸乱蹬。

　　"回到家我再跟你算账，我的先生！"一个女人的声音从人堆里冒出来。她是那个闯祸的笨拙男人的不幸舞伴，她刚好还是他的新婚妻子。在特兰岭，夫妻之间只要感情还在，相互配对跳舞也没有什么稀奇的事，而且，在他们的后半辈子，这也是很常见的，可以避免与其他单身青年产生温情，从而造成他们的坎坷命运。

　　苔丝身后，园子幽暗处，传来一阵哈哈大笑，同屋内的嬉笑声交织在一起。她回头看去，是一支雪茄的红火光：亚雷克·德伯维尔站在那儿，独自一人。他招手让她过去，她很不情愿地走过去。

　　"喂，我的美人儿，你在这儿干什么？"

　　辛苦了一整天，加上又走了许多路，她疲惫极了，只好吐露了自己的难处。她说，从刚才他们见面以后，她就一直找一个同伴，跟她一起回家，因为她不熟悉晚上的路。"可是他们好像永远不会离开，我真的不想再等下去了。"

　　"当然不用再等了。今天我这儿有一匹备好鞍的马，我们可以骑马到鸢尾花酒店，在那儿我可以雇一辆马车，送我俩回家。"

　　虽然苔丝听了很心动，但是她并没有完全消除早先时候对他的不信任感，所以尽管跳舞的人一再拖延，她还是更愿意等这些做工的人一起回家。因此她回答说,她很感谢他,但是不想麻烦他。"我说过我要等着他们,他们也希望我等他们的。"

"很好,独立的小姐,您请便,那么我就不用着急了。天哪,他们折腾得多厉害啊!"

他没有向前走到光亮处,但是有一些跳舞的人已经认出他了,他的出现使得跳舞的人短暂停顿了一会儿,心想时间过得真快啊。在他又点燃了一只雪茄烟走开的时候,特兰岭的人慢慢聚集起来,准备一块儿回家。他们纷纷收拾好包裹和篮子,过了半小时,当钟敲响十一点一刻的时候,他们三五成群,沿着小巷,走上了回家的山路。

那是一条干燥灰白的路,有三英里远,月光一照,路变得更加灰白了。

苔丝夹在人群中,有时候跟这个人一起走,有时候跟另一个人一起走。她很快发现,那些玩得太过分的男人,叫清凉的夜风一吹,走起路来摇摇晃晃,东倒西歪。有一些行为随意任性的女人们也是步伐不稳,比如卡尔·达齐,一个被称为"黑桃皇后"的皮肤黝黑的悍妇,直到最近她还是德伯维尔的宠儿。另一个南茜,卡尔的妹妹,外号叫"方块皇后",还有一个就是今天被绊倒了的已婚年轻女人。尽管以平常未受蛊惑的眼睛来看,她们的外貌庸俗蠢笨,但在她们自己看来却是完全不同。她们走在路上,脑海里充斥着一种新奇和深奥的想法,感觉自己像在一种支撑物上翱翔,和周围的大自然融合成了一个有机体,其中的各个部分和谐而欢快地相互交流。她们就像头上的月亮和星星一样崇高,而月亮和星星就像她们一样热烈。

然而,苔丝住在她父亲家中的时候,已经有过这种痛苦的体验了,所以她一发现她们的情形,她刚开始感受到的那种走在月光下的欢乐就消失了。但是就像上面说过的理由,她还是坚持跟大家走在一起。

他们在宽阔的大道上零零散散地向前走着。但是现在他们要通过田边的一道栅栏门,走在最前面的人没有办法打开门,于是大家聚拢起来。

打头的是"黑桃皇后"卡尔,她挽着一个柳条篮子,里面装着给她母亲的杂货、自己的布料以及买来供一星期用的其他物品。篮子又大又

重，方便起见，卡尔就把篮子放在头顶上，双手叉腰走着，篮子就在她的头顶上，摇摇欲坠。

"喂，什么东西在你背上往下爬，卡尔·达齐？"人群中有一个人突然说。

所有的人都看向卡尔。她穿着浅色印花布女衫，脑袋后面有一条像绳子似的东西垂下来，一直延伸到她的腰下，像中国人的辫子。

"是她的头发散下来了。"另外一个人说。

不，不是她的头发，是一道黑色的细流从她篮子流出来，在凄冷幽静的月光下闪闪发光，好像一条满身黏液的蛇。

"是糖浆，"一个目光敏锐的妇女说。

还真是糖浆。卡尔可怜的老祖母贪吃甜食。她自家蜂巢里蜂蜜有的是，但是糖浆才是她一心想要的东西，所以卡尔就想给她一个惊喜。那皮肤黝黑的姑娘急忙放下篮子，发现装糖浆的罐子已经在篮子里打碎了。

这时，大家看见卡尔背上不同寻常的样子，不禁哄笑起来，黑桃皇后一急，突然想到一个当时可行的办法来摆脱这个丑相，并且不用嘲笑她的人帮忙。她激动地冲进他们要穿过的那块地里，猛地倒在草地上，使劲擦她的衣服，先是在草地上水平旋转，又用胳膊撑着把自己拖过去。

哄笑声更大了。他们看见卡尔的怪模怪样，一个个笑得没了力气，有的抱着栅栏门，有的靠在柱子上，有的靠在自己的手杖上。我们的女主角，苔丝到此刻为止一直表现得很平静，但在这种情景下，也禁不住和大家一起笑了起来。

这是一件不幸的事，不只在一个方面。黑桃皇后听见了这群工人中苔丝更加冷静清朗的笑声，她内心长期压抑的吃醋情绪立刻燃烧起来，趋于疯狂。她突然跳起来，冲到自己不喜欢的人面前。

"你也竟敢来笑我，你这个贱女人！"她叫到。

"大家都笑，我也实在忍不住了。"苔丝一边道歉，一边仍旧笑着。

"啊，你觉得你是我们所有人中最厉害的，是不是？因为你现在是最受他宠爱的吗？不过收敛一点，我的小姐，收敛一点！我一个人就比你们两个人加起来还厉害呢！我让你们看看！"

令苔丝震惊的是，"黑桃皇后"开始脱她的上衣。她正乐意脱掉它，因为脏掉的上衣让人都嘲笑她。圆胖的脖子、肩膀和胳膊都暴露出来，在月光之下，就像雕刻家伯拉克西特列斯创造的某些作品一样，闪现出光辉与美丽。这是一个农村姑娘所能拥有的最完美的财产。

她紧握拳头，对苔丝摆出了进攻的姿态。

"真的，我可不想打架！"苔丝严肃地说，"要是我早知道你是这样的人，我才不会自甘下贱，同你们这群下三烂混在一起！"

这句伤了一大群人的话，立刻引来了其他人对漂亮不幸的苔丝一阵滔滔不绝的责骂，尤其是"方块皇后"，她同卡尔一样，也是被怀疑与德伯维尔有关系，她这时倒与卡尔团结在了一起。还有其他几个女人也跟着乱骂一气，要不是她们已经疯狂了一个晚上，她们也不会愚蠢到这么不堪。随即，几个女人的丈夫和情人们看见苔丝被这样不公平地欺负，就想帮助苔丝，平息这场争吵。然而他们的企图反倒激化了这场战争。

苔丝又羞又气。她再也不怕路上孤单、时间已晚了，一心只想尽快摆脱那一群人。她也很清楚地知道，他们中较为善良的几个人，明天一定会后悔今晚的冲动。大伙儿现在都走在了田野里面，苔丝正慢慢地往后退，想独自跑开，突然，一个骑马的人从遮挡着道路的树篱一角钻了出来了。这是亚雷克·德伯维尔，他扫视了众人一番。

"伙计们，你们在嚷嚷什么？"他问。

好一会儿都没有人解释，说实话，他也不需要任何说明。他老远就已经听见他们的吵嚷声了，于是他骑着马悄悄地跟上去，听了个大概，但是已经足够他明白了。

苔丝站在人群外，靠近栅栏门。他对她俯下身去。"跳到我后面来，"他低声说，"一会儿我们就能甩开这群疯叫的猫了。"

这场危机对她的刺激太大了，她几乎要晕过去了。要是在她生活中的其他任何时候，她一定会像前几次一样，拒绝这种殷勤的帮助和陪同。就算是现在，若只是因为要独自一人上路，她也会照样拒绝。但是，这次他献殷勤确实是献在节骨眼上了，她只要纵身一跳，就能把对

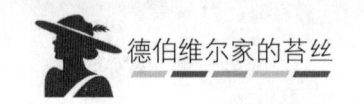

那些对手们的害怕和愤怒转化为对他们的胜利，因此她听凭自己的冲动，攀上栅栏门，脚尖蹬着他的脚背，翻身上了他身后的马鞍。两个人飞马驰入远处的苍茫夜色之后，那些气势汹汹的狂欢者们才意识到发生了什么。

黑桃皇后也忘了她上衣的脏污了，站在了方块皇后和那个摇摇晃晃的新婚女人的旁边。三个人都直瞪瞪地盯着马蹄声慢慢消失的方向。

"你们在看什么呢？"一个没看到刚才一幕的男人问道。

"嗨嗨嗨！"黝黑的卡尔笑了。

"嘻嘻嘻！"喝醉了酒的新娘子也笑了，一边靠在她心爱的丈夫的胳膊上稳住自己。

"嘿嘿嘿！"黝黑的卡尔的母亲也笑了，她摸着嘴上的绒毛，简单地解释说，"才出煎锅，又掉进火坑啦！"

这群在野外待惯了的人，他们即便喝酒过量，也不至于长时间发酒疯。现在他们又走上了田间的小路。当她们同那些男人们一起向前走的时候，月光照射到晶莹的露水上，在每个人的头影四周映成了一圈乳白色的光环。每个人只能看见自己的光环，这光环从不离开脑袋的影子，无论它怎样粗俗不堪、摇晃不定。光环总是跟着影子，不断美化影子。到了后来，他们古怪的晃动也似乎成了光环与生俱来的一部分，他们呼出的白气也成了夜雾的一部分。景物的灵魂、月光的灵魂还有大自然的灵魂，也似乎和谐地与酒的灵魂融为了一体。

第一部 少女时代

第十一章

两人一言不发，骑着马慢慢向前跑了一阵。苔丝紧紧抱着着他，由于胜利的喜悦，心里还在怦怦直跳，不过在其他方面却心存疑虑。她注意到这匹马不是他偶尔会骑的那匹烈马，便不那么感到慌张了，虽然她紧紧地抱着亚雷克，还是有些坐不稳。她请求他让马慢下来，像走路一样，亚雷克顺着她了。

"做得很爽快，是不是，亲爱的苔丝？"过了一会儿，他说。

"是的！"苔丝说，"我可以肯定地说，我应当非常感激你。"

"是吗？"

她没有回答。

"苔丝，你为什么老是不喜欢我吻你？"

"我想是——因为我不爱你。"

"你敢肯定吗？"

"我有时还生你的气呢！"

"哦，我怕的就是你生气啊！"虽然如此，亚雷克并没有反驳她的坦白。他明白，说什么都比冷冰冰好。"我惹你生气的时候，你为什么不告诉我呢？"

"为什么，你自己不清楚吗？在这儿我身不由己。"

"我向你求爱，难道常会伤害你？"

"有几次就是这样。"

"有多少次？"

"你和我一样清楚——次数太多啦。"

"我每一次都惹你生气了？"

她没有吱声，马儿缓缓地向前走了相当一段路程，直到后来，原本

整个晚上都弥漫在山谷中的那层发光的薄雾散布开来，包围了他们。月光穿透了薄雾，比在清朗的空气中更具穿透力。不知是因为这层雾气，还是因为心不在焉，又或者是因为昏昏欲睡，她没有察觉到他们早已走过了通往特兰岭的十字路口，她的护送人亚雷克没有在那条小路拐弯。

她疲惫不堪。刚刚过去的这个礼拜，她每天早晨都是五点钟起床，整天都要忙碌干活，今天黄昏又额外多走了三英里路去切斯堡，还在那儿等了她邻居三个小时，没吃也没喝，又急又烦躁。后来，她又走了一英里回家的路，经历了一次吵架的刺激，再加上这匹马走得慢，现在都快半夜一点钟了。但是不管怎样，这是她头一次被沉重的疲倦压倒了。她的头垂了下来，轻轻地靠在了德伯维尔的身上。

德伯维尔勒住马，两脚退出马镫，在马鞍上侧过身，伸手搂住她的腰，怕她掉下去。

苔丝立刻警觉过来，并以她常常出现的报复冲动把他推开。他本来就侧着身，没坐稳，这一推几乎使他失去了平衡，差一点儿滚到路上去。幸好那匹马虽说很健壮，却最为老实。

"你真不知好歹！"他说，"我又没有恶意——只不过怕你摔下去了。"

她将信将疑，后来一想，这也许是真的，她后悔了，于是十分客气地说："请您原谅，先生。"

"我绝不会原谅你，除非你做出点信任的表示。天哪！"他突然大叫起来，"我是什么人，被你这样一个小丫头轻视？整整三个月了，你玩弄我的感情，躲避我，冷落我，我再也忍受不了啦！"

"我明天就离开你好了，先生。"

"不行，你明天不能离开我！我再问一次，你能不能表示一下信任，比如让我用胳膊搂着你？来吧，就我们俩没有其他的人。我们彼此非常熟悉，你知道我爱你，认为你是世界上最漂亮的姑娘，实际上也是。我能不能把你当情人一样对待？"

她深吸一口气，很生气，表示反对，在座位上局促不安地扭动着，眼睛看着远方，嘴里喃喃道，"我不知道……我希望……我怎么能够说可不可以，在我……"

第一部 少女时代

他按照自己的意愿用胳膊搂住了她，苔丝也没有进一步表示反对。他们就这样侧身慢慢前进，直到她突然意识到不该走这么长时间——即使一直是按照现在这种速度从切斯堡回去，也比平时走这点路花的时间多多了，而且他们不是走在一条坚硬的大路上，而是走在一条羊肠小道上了。

"喂，我们在哪儿？"她叫起来。

"穿过一片树林。"

"一片树林——什么树林？我们肯定完全离开了要走的路吧？"

"这是狩猎林的一小部分吧——这是英格兰最古老的树林。这是一个美好的夜晚，为什么不骑着马多溜达一会儿呢？"

"你怎么能这样阴险！"苔丝半是狡诈半是真正害怕地说道，她一个一个地扳开他的手指头，从他手臂里挣脱开来，不管自己会不会摔下马。"因为我觉得我刚才不该那样推你，我相信了你，顺从了你，来讨你喜欢！你却这么不老实！快让我下去，让我走路回家。"

"你不可能走得回去，亲爱的，即使天气晴朗也走不到的。我们已经离开特兰岭好几英里了，我必须告诉你，雾气会越来越大，你会在这些树林里转上几个小时也走不出去。"

"不要你管，"她哄骗道，"放我下来，我求你了。我不在乎是在什么地方，只要让我下去，先生，求你了！"

"那好吧，我会放你下去，但有一个条件。既然是我把你带到这个远离大路的地方，我觉得我有责任把你平平安安地送回家去，不管你怎么想。你没有帮助就想回到特兰岭，那是完全不可能的。实话告诉你吧，亲爱的，因为这场雾，一切都变了样了，我也不是很确信我们是在哪儿。好吧，如果你保证在马的旁边等着，那我现在就穿过这片灌木林去找找路或房子，真正弄清楚我们在哪儿再回来。这段时间里，你就留在这儿。等我回来以后，我就会详详细细告诉你该怎么走，要是你还是坚持自己步行你就步行，你要骑马你就骑马，随你喜欢。"

她接受了这些条件，从马背上溜了下来，不过还是被他在匆忙之中偷吻了一下。他也从另一边跳了下来。

"我想我要牵着马吧？"她说。

"哦，不，用不着，"亚雷克回答说，用手拍了拍那匹马，"今天晚上它已经累够了。"

他把马牵进灌木丛，将它拴在一根树枝上。然后，他又将枯叶堆得厚厚的，给苔丝弄了一个打瞌睡的窝。"好了，坐在这儿吧，这些树叶还没发潮。"他说，"稍微留心一下马——就行了。"

他离开她走了几步，但是他折回来说，"顺便告诉你，苔丝，今天你父亲得了一匹结实的矮脚马。有人送给他的。"

"有人？是你！"

德伯维尔点了点头。

"啊，你真是太好了！"她大声说道，不过偏偏还要在这时候感谢他，苔丝觉得尴尬又难过。

"孩子们也得到了一些玩具。"

"我都不知道——你给他们送过东西！"她低声说道，心里有些感动，"我真希望你没有送啊——是的，我不希望！"

"为什么，亲爱的？"

"这让我太为难了。"

"我的亲苔丝啊，到现在你都没有一点儿爱我吗？"

"对你，我是很感激，"她勉强地承认道，"但是，我恐怕不能——"她突然明白过来，原来是因为他的热情造成她现在的困境啊，一颗泪珠慢慢流来，接着又是一颗，她索性哭了起来。

"别哭，亲爱的，宝贝儿！在这儿坐着吧，等着我回来。"她顺从地坐了下来，坐在他堆起的树叶上，身体微微颤抖。

"你冷吗？"他问。

"不是很冷——有一点。"

他用手指碰了碰她，感觉穿得很薄："你只穿了一件单裙——怎么回事？"

"这是我夏天最好的一件衣服了。我出发时还很暖和的，我哪儿知道我还要骑马，还是在深更半夜。"

"九月天，一到夜晚就挺冷的了。我来想想办法。"他脱下穿着的一件薄外套，轻轻披到她身上，"这就好了——现在你会觉得暖和些了吧，"他接着说，"好了，我的漂亮姑娘，就在这儿休息，我很快就会回来。

他把披在她肩上的外衣扣好，走进了浓雾中。这时候，雾气仿佛给树林蒙上了一层细纱。她能听见他走向附近的山坡，树枝被拨开发出沙沙声，后来，他走路的声音越来越轻了，几乎都听不到了。月亮西沉，惨淡的月光越来越弱，苔丝隐没在黑暗里，她坐在他留下的一堆枯叶上面，陷入沉思。

与此同时，亚雷克·德伯维尔也爬上了山坡，想要弄清楚他们到底在狩猎林的哪个位置。事实上，他已经任马随意走了一个多小时，见弯就拐，一心只想延长他跟苔丝在一起的时间，他只关心月色下的苔丝，别无牵挂。他疲惫不堪的坐骑现在也要稍微休息一下，因此他并不急着找路标。他翻过一座小山，下到邻近的山谷，来到一条大路的树篱旁边，他认出了这条大路，终于弄清楚他们在哪里了。于是德伯维尔转身往回走。这时，尽管离天亮不远了，但月亮已经完全落下，再加上林中的雾气，狩猎林笼罩在一片浓重的黑暗中。他不得不伸出手摸索前进，以免碰到树枝。他发现，要马上找到他当初离开的准确地点是不可能了。他爬上爬下，转来转去地找了好久，后来终于听见附近有马轻轻活动的声音，他的外套袖子也意外绊住了他的脚。

"苔丝！"德贝维尔喊。

没有回应。周围太黑暗，什么东西也看不到，他只能隐约看见的只是脚边一片暗淡的白影，表明那是他留在枯叶边穿着白布裙的苔丝。周围是一片漆黑。德伯维尔弯下腰，听见了轻柔均匀的呼吸声。他跪了下去，身子俯得更低了，直到她温暖的呼吸触到他的脸，随即，他的脸碰到了她的脸。她睡得很熟，眼睫毛上还挂着泪珠。

黑暗和寂静笼罩着一切。在他们的头上，耸立着狩猎林里原生的紫杉和橡树，树上安详轻柔地栖息着小鸟，它们正在做着黎明前的最后一个梦。树木间，一只只野兔正偷偷地蹦来跳去。然后，也有人要问，苔丝的守护天使去哪儿呢？她一心信仰的庇护者在哪儿呢？或许，就像爱讽刺的提斯比人[①]说的另一个神灵一样，正在聊天，或者正在狩猎，或

---

① 《圣经》中的犹太先知以利亚，《圣经·旧约》第18章第27节。

者正在旅行的路上，或者睡着了，唤不醒。

为什么偏要在这样一个像游丝一样敏感、像白雪一样纯洁的美丽女性的身上，画上粗野的图案，像她命中注定要接受一样。为什么粗鄙常常就把美好占为己有，为什么常常错误的男人占有了一个女人，错误的女人占有了一个男人，好几千年来，分析哲学也没能按照人们对于秩序的观念讲清楚。的确，也许有人会认为，这场正在上演的悲剧里，可能存在因果报应。毫无疑问，苔丝·德伯维尔的一些身披盔甲的祖先，在他们得胜归来、寻欢作乐的途中，也曾对农民的女儿们干过同样的事情，甚至更加野蛮粗暴。不过祖先的罪孽报应在子孙上，对神灵来说是天经地义的，普通的人却是对此唾弃的，因此仍然于事无补。

正如在那偏僻的乡村，苔丝家里的人总是用宿命论的口气彼此不厌其烦地说："这是命中注定的。"这正是令人痛心的地方。从此以后，一条深不可测的社会鸿沟就把我们的女主人公同当初她走出母亲家门口到特兰岭的养鸡场碰运气的姑娘完全分割开来了。

第二部　失身之痛

德伯维尔家的苔丝

第二部 失身之痛

第十二章

篮子很沉，包袱又大，但她拖着它们行走的时候，好像对她来说不是特别的负担。偶尔她会机械地停下来，靠在某个门上或柱子上歇一会儿，然后又用她那丰满圆润的胳膊拉起行李，继续稳步前行。

这是十月下旬的一个礼拜天的早晨，距离苔丝·德贝菲尔到特兰岭大约有四个月了，离那次狩猎林的骑马夜行事件也只有几个星期。天刚破晓，黄灿灿的晨光出现在她身后的地平线上，照亮了她面前的山脊——这道山谷的边界挡住了这位离家不久的外来客的归途——只有翻过这道山脊，她才可以回到自己的出生地。在山脊的这边，上坡的路并不陡，土壤和景物也同布莱克摩山谷里的大不相同。甚至两边人们的个性和口音都有些不同，尽管一条迂回的铁路起了一点交流混合的作用。因此，她的出生地说起来只距离她在特兰岭暂住的地方不到二十英里，却是一个遥远偏僻的地方。禁锢在那儿的农民们，总是往西或者往北去做生意、旅行、求爱、结婚，考虑事情也是往西或往北。然而这边的人，他们把大部分精力和心思放在了东边和南边。

六月那天，德伯维尔曾经带着她在这道斜坡狂奔而下。现在苔丝一口气爬完了剩下的路，没有休息，到了山崖的边上，凝望着她所熟悉的外面那个绿色世界，此时一半隐没在了晨雾中。从这儿望去，它总是那么美丽。然而今天在苔丝看来却是美得让人害怕，因为自从上次以来，她已经懂得，毒蛇也爱在美丽的小鸟唱歌的地方嘶叫，上次教训彻底改变了她的人生观。她不再是家里的天真姑娘，现在她已完全变了一个人，她垂着头满腹心事，静静地站在那儿。看前面的山谷让她实在太难受了，她只好转身去看身后。

苔丝看见一辆双轮马车正沿着她刚才费力走过的漫长的白色道路上

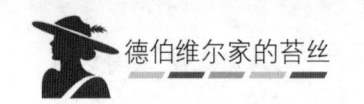

来，马车的旁边走着一个男子，扬起手来招呼她，想引起她的注意。

她听从手势，停下来等他，不假思索。几分钟后，那个男子和马车就停在了她身边。

"你为什么要这样偷偷溜走？"德伯维尔气喘吁吁地责备她："还是在礼拜天的早晨，在所有人都在睡觉的时候！我也是碰巧才发现你离开了，我像被鬼追一样拼命追赶你。你看看这匹母马就知道了。为什么要像这样离开？你知道，没有人会想要阻拦你的，如果你要走的话。你何必费力走路，还带着这些沉重的行李！我像疯子一样地追上来，只是想赶车送你走完剩下的路程，如果你不回去的话。"

"我愿意回去的。"她说。

"我想你也不会——我就知道！好吧，那么，放好你的篮子，让我帮帮你吧。"

她毫不在乎地将篮子和包裹放到了马车上，人也坐了上去，肩并肩坐着。她现在不怕他了，也正因为如此，她的痛苦更甚了。

德伯维尔机械地点燃一支雪茄，路程还在继续，路上断断续续有几个心不在焉的对话，关于路边的司空见惯的东西。他完全忘记了，初夏时候，在驾车赶往这条路的相反方向的时候，他曾竭力想要吻她。但是苔丝没有忘记。她现在坐着，就像一个木偶，只用一两个单音节词回应他的话。

"你哭什么？"他冷冷地说。

"我只是在想我是出生在那儿的。"苔丝喃喃道。

"好吧，我们都得出生在某个地方。"

"我希望我从来没有出生过——无论是在这里还是在其他哪里！"

"呸！那么，如果你原本不希望到特兰岭来，你为什么还要来？"

她没有回答。

"你不是因为爱我才过来的，这我倒可以发誓。"

"你说得不错，如果我是因为爱你才来的，如果我曾真诚地爱过你，如果我现在依旧爱着你，我就不会如此厌恶我自己，恨我现在的软弱！……我的眼睛只是一时被你弄糊涂了，就是这样。"

他耸了耸肩。她继续说——

第二部 失身之痛

"我原先没明白你的意思,现在懂了,却太晚了。"

"每个女人都这么说。"

"你怎么敢说这样的话!"她猛地转过身,冲着他大叫。她眼睛冒火,身上隐藏的某种神灵似乎醒了过来(以后某一天他一定会领教到更多)。"我的天哪!我真该一拳把你打到车外!你难道从来没有想过每个女人都说过的话,有些女人会真正感受到吗?"

"很好,"他大笑道,"我很抱歉伤害了你。我做错了——我承认。"带着一点痛苦的声音,他继续说道,"你不用这样不停地当着我的面数落我吧。我已经做好准备最大程度地补偿你。你清楚你不需要再在农场或者牧场里工作了,你知道你可以穿最好的衣服,而不是像最近这样穿得如此寒酸简陋,好像你赚的钱还买不起一根丝带一样。"

她轻微噘了噘嘴,带有一点轻蔑,尽管一般说来,这种情况很少出现在苔丝宽容而又容易冲动的天性里。

"我说过,我再也不要你的任何东西,我不要——我也不能要!我如果再要你的东西,我就成了你的奴隶了,我不会要的。"

"看看你的态度,别人还以为你是一位公主哪,而不只是一个名副其实的德伯维尔家的人,——哈!哈!好吧,苔丝,亲爱的,我不多说了。我想我是一个坏蛋——一个该死的坏蛋。我生来就是一个坏蛋,活着的坏蛋,多半到死也是一个坏蛋。但是,用我堕落的灵魂发誓,我再也不会对你使坏了,苔丝。如果某种情况不幸发生了——你知道的——这种情况下你如果需要一丁点帮助,遇到了一丁点困难,就给我捎一句话就可以,你就可以得到你想要的任何东西。我可能不在特兰岭——我要去伦敦一段时间——我忍受不了那个老太婆。但是所有的信都会转给我的。"

她说她不想让他继续往前送了,于是他们停在了树丛下。德伯维尔先下了车,把苔丝抱下车来,然后又把她的物品放在了她脚边的地上。她稍微向他欠了欠身子,盯了他一会儿,然后就转身拿起包裹,准备离开。

亚雷克·德伯维尔拿开雪茄,向她俯下身去,说——"你不会就这样转身走了吧,亲爱的?过来!"

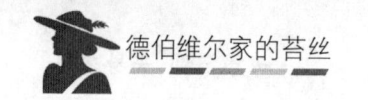

"随你便，"她满不在乎地回答道，"看你已经把我摆布成什么样啦！"

于是她转过去，向他抬起脸，就像大理石界标一样一动不动，让他在脸上吻了一下——半是敷衍，另一半又好像他的热情还没有完全消失。苔丝被亲的时候，眼睛茫然地望着路上最远处的树木，仿佛没有意识到他做了什么。

"现在另一边，看在我们过去的交情上。"

她同样面无表情地转过头去，就像听从一个素描画家或者是一个理发师的要求一样。他在另一边脸上吻了一下，他嘴唇所碰到的脸颊，湿润、平滑、冰冷，好像附近田野里的蘑菇表皮一样。

"你没把你的嘴唇凑上来，回吻我。你永远不会自愿这样做——你恐怕永远不会爱我。"

"我说过了，不止一次。这是真的。我从来没有真正爱过你，我想我永远也不可能。"她心痛地接着说，"也许，特别是在现在，在这件事情上说句谎话，对我而言是最好的事情了。但是我的自尊还在呀，尽管只剩一点了，我说不出这样的谎。如果我爱过你，我或许最有理由来告诉你。但是我不爱。"

他缓慢呼出一口气，好像这个情形对他的心情来说过于沉重，也许是出于良心，也许是装装样子。

"哎，你的悲哀太荒谬了，苔丝。现在我没有理由来恭维奉承你，我也跟你明明白白地说，你不必如此悲伤。你比这儿任何一个女人都要美丽，无论是贵族还是平民。我对你说这些事是出于实际也是为了你好。你要是聪明一点的话，你可以向这个世界展现更多，在你的美貌凋零之前……不过，苔丝，你会回到我身边吗？我敢发誓，我一点也不想就这样放你走了。"

"我决不回去，决不！这是我早该明白过来事情，我已经下定决心了。我不会再回去的。"

"那么再见，我四个月的堂妹——再见！"

他轻松地跳上马车，准备好缰绳，就从高高的结着红色浆果的树篱中间消失了。

第二部 失身之痛

苔丝没有目送他离开，而是沿着曲折的小路慢慢向前。天色还早，尽管太阳刚离开山顶，它的光芒清冷凄凉，直勾勾地刺着人眼，而不是温暖它们。附近没有一个人影。悲伤的十月和更加悲伤的自己，是那条路上仅存的东西。

她正走着，一阵脚步声接近了她，是属于男人的脚步声。那人脚步轻快，在苔丝觉察到之前，他已经走到了她的身后，招呼了一声"早上好"。他看起来像是一个工匠，手里拿着一罐红漆。他一本正经地跟她说，要不要帮忙拿篮子，她同意了，自己跟在了他边上。

"今天是安息日，你还起这样早啊！"他欢快地说。

"是的。"苔丝说。

"尤其是在一星期的忙碌后，大多数人还在休息。"

她也表示同意。

"不过不同于其他日子的所有工作，我今天工作才是真正的工作。"

"是吗？"

"整个礼拜我都在为人类的荣耀干活，但是礼拜天是为上帝的荣耀工作。是不是比其他工作更实在——嘿？在那栅栏上我有点儿事要做。"那人一边说一边转身，走向路边的一个通往一片牧场的开口。"你要等一会儿吗？"他又说，"不会很久的。"

因为男人拿着她的篮子，她也做不了其他的，她一边等着，一边观察他。男人把篮子和铁罐放下来，用刷子搅动油漆，开始写起方方正正的字母来，在栅栏的三块木板的中间那块上，他在每个词后都加上一个逗号，仿佛停顿一下，这样每个字都会深深印在读者心里——

你，的，灭，亡，必，将，速，来，到

——《彼得后书》第二章第三节

静谧的风景、惨淡枯槁的矮树林、蔚蓝色的天空和长满苔藓的栅栏木板，衬得醒目的鲜红大字格外刺眼。它们仿佛在大声喊叫，震得空气在回响。涂的字有些可怕，也许有人会说："唉，可怜的神学！"——从前某个时期这种宗教为人类服务过，现在却是在演出它最后的怪诞一幕了。但是苔丝看到这些字，有一种被指责、指控的恐惧感。这个人好

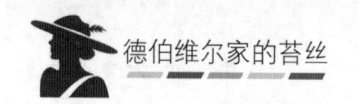

像知道了她最近的遭遇，然而他其实是一个完完全全的陌生人。

他写完了字，提起了篮子，于是苔丝继续机械地走在他的旁边。

"你相信你写的话吗？"苔丝低声问。

"相信那句话？是的，就像相信我自己的存在一样！"

"但是，"她颤抖着问，"假如你犯的罪不是自找的呢？"

他摇了摇头。

"这个棘手的问题，我不会做细微的分析，"他说，"这个夏天，我已经走了好几百英里路了，这片地区的每面墙上，每扇门上，每个栅栏上，我都刷上了一些话。至于这些话的适用对象，就让读这些话的人自己理解了。"

"我觉得这些话太可怕了，"苔丝说，"简直能碾碎一个人！杀死一个人了！"

"这就是这些话的本意呀！"他用一种生意上的口吻说道，"但是你还应该读读最厉害的话呢——我把那些话刷在贫民窟和码头上。这些话不知不觉就会潜入你的心里！其实吧，这在乡下，是非常好的话……噢！——那儿谷仓边就有一块很好的空白墙壁白白浪费了。我得在那儿写上一行——专门给就像你这样的容易有危险的年轻姑娘读，对你们有好处的。你要等着看吗，小姐？"

"不用了。"她说，提起篮子，迈着沉重的步伐向前走了。走了几步，她又忍不住转过头去。那面古老的灰色墙壁上，写上了跟在栅栏上相似的火红的字，古里古怪，不同寻常，这面墙似乎很痛苦，因为被迫担任了从来没有担过的责任。那句话写了一半，苔丝意识到了接下来要写什么，突然脸红起来。他写的是——

你，不，要，犯——①

她那兴冲冲的朋友，看见她在看，停下了手中的刷子，喊道——

"你要是想在这些事情上有所启发，今天有一个非常热心真诚的好人要去做慈善布道，就在你要去的教区——埃明斯特教堂的克莱尔先生。我还不是他的教徒，不过他是一个好人，他可以解释得跟我知道的

---

① 完整的是"你不要犯通奸罪"，这是摩西十诫之一。

每个牧师一样好，就是他让我开始了这个工作。"

但是苔丝没有答话。她身体颤动着，又继续走，眼睛死死盯着地面。"呸——我才不信上帝说过这种话！"她轻蔑地讷讷道，脸上的红晕消失了。

一缕炊烟突然从她父亲家的烟囱里升起，一看到这个，苔丝心里便痛苦。当她走进家门，看见屋里的景象，心里更加难过了。她的母亲刚刚从楼上下来，正用剥了皮的橡树枝点火做早饭。她一看见苔丝，急忙转过身来招呼她。因为是礼拜天早晨，小孩子们都还在楼上睡着，她的父亲也是，他觉得多睡上半个小时是合乎情理的。

"哟！——我亲爱的苔丝呀！"她的母亲一边惊喜地大叫，一边跳起来，去吻她的女儿，"你过得怎么样？你走到我的眼前我才看见你呀！你回来是准备结婚吧？"

"不，我不是为这回来的，母亲。"

"那是休假啦？"

"是的——休假，一个长假。"苔丝说。

"什么呀，你的堂兄不是要大办婚礼了吗？"

"他不是我的堂兄，他也不会娶我。"

她母亲眯起眼睛，仔细打量她。

"过来，你还没有全部告诉我呢。"她说。

于是苔丝走到她母亲面前，脸靠在琼的脖子上，说了一切。

"你为什么不让他娶了你！"她母亲反复说道，"有了那种关系，任何女人除了你都已经这么做了！"

"也许别的女人都会，除了我。"

"你要是让他娶了你，再回来，就跟故事里一样风光了！"德贝菲尔夫人接着说，她恼怒得眼泪都快流了出来，"你和他的各种传言都已经传到我们这儿来了，谁会想到是这样一个结局呢！你为什么不想着为家里人做件好事，只顾着你自己呢？你看看，我成天累死累活，你可怜的父亲身体又虚弱，那颗心脏被油裹得就像一个油盘。我真希望能得到点什么！看看四个月前你们一起赶车离开的时候，你和他是多么美好的一对啊！看看他给我们送了什么——我们想着，这都是因为我们是他的

亲戚。如果他不是，那一定是因为爱你啊。然而现在你没能让他娶了你。"

让亚雷克·德伯维尔诚心娶了她！让他娶了她！他就从来没有说过一个关于结婚的字。就算他说了，又会怎样？为了在生活中上拯救自己，她会怎样震颤着抓住这个机会，怎么冲动地回答他，她不知道。但她那可怜的傻母亲，压根不了解她目前对这个男人的情感。也许那件事情是不寻常的、不幸的，也是莫名其妙的，但事实上就是发生了。按照苔丝的说法，她为此而厌恶自己。她从来没有真心实意爱过他，现在她更是不可能喜欢他了。她惧怕过他，躲避过他，然而他利用她的无助使她被迫屈服。后来，她又一时被他表面的热情所迷惑，稀里糊涂地委身了他。后来，她又忽然鄙视他，讨厌他，于是跑走了。这就是所有的情况了。她也并不完全讨厌他，然而他又令人失望，就算是为了自己的名声着想，她也不会愿意嫁给他。

"如果你没有打算嫁给他，你应该更加小心点。"

"啊，妈妈，我的妈妈！"痛苦不堪的姑娘大叫道，情绪激烈地转向母亲，好像她可怜的心马上就要碎了。"我怎么会知道呀？四个月以前，我离开家的时候还只是个孩子。你为什么不告诉我男人们的危险？你为什么不提醒我呢？贵族姑娘们都知道要防范什么，因为她们读小说，小说告诉了她们这些诡计，可是我从来没有机会读小说，你又不帮助我！"

母亲被说服了。

"我以为，如果我说了他对你的喜爱，还有可能的结果，你会摆起架子，然后失去你的机会了。"她喃喃道，用她的围裙擦拭着苔丝的眼泪，"好了，我们只能尽力把伤害减到最小，我想。终究，这是人的本性，是上帝的意思！"

第二部 失身之痛

第十三章

苔丝·德贝菲尔离开了那个冒牌亲戚家,回到了自己家。这件事四处传开了,片刻工夫,就像谣言散布一样,一英里方圆的地方瞬间尽人皆知了。当天下午,马洛特村的几个年轻姑娘,有同学、有熟人,就说要去看她了。她们全都穿着浆洗过、熨烫过的最漂亮的衣服,因为在她们想来,她们是去一个凯旋者家做客。她们在屋里坐成一圈,带着巨大的好奇心看着她。事实上,据说那位和苔丝相爱的隔了三十一代的堂兄德伯维尔先生,并不是土生土长的绅士,他拈花惹草、到处负心的名声开始传到了特兰岭之外。正因为有这种风险,比起什么风险也没有的情况,她们对苔丝的地位有了更强的探究欲。

她们的兴趣是如此浓郁,苔丝一转过身去,年纪小一点的姑娘们就迫不及待地议论开了。

"她可真漂亮呀,那件漂亮的衣服一穿就更漂亮了!我相信这要花很多很多钱,一定是他送的礼物。"

苔丝没有听见这些评论,她正踮着脚从角落里的碗橱上拿茶具。如果她听见了这些评论,她也许会立马纠正朋友们对这件事的误解。但是她的母亲听见了,琼那浅浅的虚荣心在豪华婚礼的希望落空以后,重新在女儿值得炫耀的经历中得到了满足。总的说来,她感到称心满意,毕竟这种有限的、转瞬即逝的获胜会关系到她女儿的名声,或许她女儿还是会和他结婚,出于对那些人赞美的回应,她热情地邀请她们留下喝茶。

姑娘们的欢声笑语、并无恶意的取笑,特别是一闪而过隐隐的嫉妒,使苔丝的精神复活了。随着黄昏的到来,苔丝也为她们的兴奋所感染,情绪好多了。她脸上像大理石一样僵硬的神情消失了,走起路来又

有点儿像过去那样蹦蹦跳跳了，展露出青春的美丽来。

她偶尔也不假思索，用高人一等的神气来回答她们的问题，似乎也承认她的情场经历确是有些让人羡慕的地方。但是她还不是罗伯特·索斯①所说的"爱上自己的堕落"的人，因此她的幻想也闪电般地转瞬即逝了。她很快恢复了理智，并暗暗嘲笑自己突然的软弱，方才那短暂的骄傲太丑陋可怕了，她再度变得冷漠起来。

第二天早晨，已经不再是礼拜天，而是星期一了。没有盛装打扮，没有欢笑的客人，苔丝独自在以前睡过的床上醒来，她天真的弟弟妹妹躺在她周围，轻轻地呼吸着，她变得十分沮丧。回家的兴奋已经消失了，她看到她面前是一条漫长坎坷的路，她得独自跋涉，没有帮助，没有同情。于是她沮丧得可怕，恨不得躲到坟墓里去，离开一切烦恼。

几个星期后苔丝才逐渐恢复过来，必要时，还能在礼拜天早晨到教堂里去。她喜欢听诵唱——就跟往日一样——还有古老的圣诗，喜欢跟着唱《晨间颂》。她对旋律天生的喜爱，是从她唱民谣的母亲那里继承来的，因此有时最简单的音乐也能影响到她，使她全身心投入于其中。

由于自己的原因，她要尽可能地避免别人的注意。为了远离献殷勤的年轻男子，她在教堂的钟声敲响之前就早早出发，坐在走廊的后排，紧靠堆杂物的地方，那儿只有老人才会去，一大堆丧葬用品之间还立着棺材架子。

教民们三三两两走进教堂，坐在她前面的位子上，低着头休息了将近一分钟，似乎在祈祷，其实并不是，然后坐直身子，四处张望起来。唱圣歌的时候，所选的恰巧是她最喜爱的一首——兰敦双节圣歌——不过她并不知道它叫什么名字，尽管她非常想要知道。她心里想——虽然没有用语言表达出来这个想法——一个作曲家的力量是多奇怪，像上帝一样，能躺在坟墓里，还让她这样一个从没听到过他的名字、永远也不会知道他的性格的姑娘，体会到最初只有他本人体会到的一连串情感。

在圣歌进行的过程中，先前四下张望的人又开始张望起来，于是他们看见了她，他们互相窃窃私语起来。她知道他们在说什么，心里伤感

---

① 罗伯特·索斯（Robert South，1634—1716），英国神学家。

第二部 失身之痛

起来，觉得不能再到教堂里来了。

从此以后，她和几个弟妹共用的卧室就成了她避难的地方了。在几平方码的茅屋下，她看风、看雨、看雪，看灿烂夕阳，看一次次满月。她深居简出，后来，差不多所有的人都以为她已经离开了。

这段时间里，苔丝唯一的活动是在天黑后去树林，只有在这时候她才看起来不是那么孤独。那时候光明和黑暗恰好得到平衡，白昼的压抑和黑夜的焦虑相互抵消，她知道该怎样抓住这一时机，得到心灵上的绝对自由。只是在这一时刻，活在世上的痛苦才能减到最低。她不再害怕阴影，她唯一的念头就是避开人类——或者说避开这个叫作世界的冷漠的群体，这个群体里的人在一起时是那么可怕，而单独时则不，有时甚至还是可怜的。

在这些孤寂山谷中，她前进的细碎的脚步声好像是自然的一部分。她飘忽不定，隐隐约约的身体也构成了景物的一部分。有时候，她怪诞的幻想也会加快自然的进程，直到它们似乎变成她的故事的一部分。自然本来就是她的一部分，因为世界本来就是人的心理形成的，人们认为它是什么它似乎就是什么。午夜的寒气和狂风，拷问着寒冬树枝上紧裹着的芽苞和树皮，苦苦责备苔丝。雨天是某一个道德神灵对她无可挽救的过失所表达的悲痛。她不能明确地把这一神灵归入她在童年时代的神灵一类，也弄不清楚它属于其他任何一类。

因为支离破碎的传统习俗的影响，苔丝总觉得周围充满了她所反感的幻影和声音，是一群道德魔怪，让她无故感到害怕。其实这都是她可怜的、错误的幻想产物。就是这群道德魔怪与真实的世界格格不入，并不是她自己。走在鸟儿酣睡的树篱间，看着月光下野兔蹦来跳去，或者站在野鸡栖息的树枝下时，她看自己就像看一个罪恶的化身，擅自侵入了清白的世界。但是，她只是在毫无区别的地方划分界限。她觉得自己与周围一切都是对立的，其实她与周围的一切都是和谐的。她被迫破坏的只是一条为人所接受的社会规约，而不是周围环境所认同的自然法则，她与周围环境并不是像她所想象的那样格格不入。

第十四章

那是八月里的一个早晨，雾气朦胧。夜里的浓雾，在暖融融的阳光烘烤下，逐渐分散，变成轻飘飘的絮片，躲入低谷和树丛中，直到被阳光追踪捕捉而最后消失。

大概是因为雾气，太阳也有了与人类一样的感觉，还有人的样子，要想充分地表达出来，得用阳性代词才行。他现在的样子，加上没有一个人影，这让我们立刻就了解了古代崇拜太阳的原因。你能够感觉到，天地间的宗教，没有哪一种比崇拜太阳更合乎情理的了。这个发光的物体，发色金黄，喜气洋洋，眼神柔和，是像上帝一样的生灵，正值青春，充满活力，激情四射，热烈地注视着趣味横生的大地。

不久，太阳的光线就穿过了农居百叶窗的缝隙，一直照射到屋里，把碗橱、五斗柜以及其他家具，都印上了一条条火红色的条纹，同时也唤醒了还没有起床的割麦人。

不过那天早晨，在所有的红彤彤的东西中，最鲜艳的还是两根漆过的粗木头，正耸立在紧靠着马洛特村的一块金黄色麦地的边上。与下面的两根木头一起，它们交错构成了收割机上旋转的马耳他式的十字架。收割机是前一个傍晚运到地里的，预备今天用。早先涂在木头上的红色，让太阳一照，显得更鲜艳了，像是熊熊燃烧的烈焰。

那片麦地已经"开割了"，换句话说就是，麦地的四周，已经有人用手割去了一圈麦子，开辟出了一条约几尺宽的小路，好让马匹和机器头一次进入时能够通过。

小路上已经来了两群人，一群是男人和男孩，另一群是妇女。这时东边树篱顶的影子正好投射到西边树篱的腰部，所以他们的头晒在朝阳里，脚却还站在黎明的阴影之中。割麦人渐渐从最近的有着两根石头柱

第二部 失身之痛

子的栅栏门进入，消失在了麦田里。

不一会儿，麦地里传来格嗒格嗒的声音，好像是蚂蚱在做爱。机器开始工作了，从栅栏门可以看见，三匹马套在一起向前走着，拉着前面说过的那辆摇摇晃晃的长机器，一个人坐在其中的一匹马上，还有一个人坐在机器上。收割机沿着麦田的一边向前行驶，这个收割机的手臂慢慢旋转着，直到下了山坡，看不见了。过了一会儿，它又以同样速度，不紧不慢地出现在麦田的另一边，最先看见的是前面那匹马额头上发亮的铜星，在麦茬上升起，接着是鲜艳的手臂，最后是整部机器。

收割机每走一圈，麦地四周麦茬小路就变得更宽，随着早晨时光的流逝，还未收割的麦子只剩下一小块了。大大小小的野兔、蛇、田鼠一起退向麦田更深处，寻求藏身的堡垒，然而并没有意识到它们的避难所只能维持一会儿，也没有意识到死神正在后面等着它们。这天晚些时候，它们的隐蔽所缩小到了一种可怖的地步。它们挤在一起无论原本是朋友还是仇敌，等到最后几码站立着的麦子也在机器永远不出错的牙齿下倒下了，它们就一个个死在了割麦人的棍子和石头下。

割麦机把割倒的小麦一小堆一小堆地留在后面，每一堆恰好可以捆作一捆。活跃在后方的捆麦人用手把麦子捆起来——大部分是女人，但也有些人是男人，他们穿着印花布衬衣和长裤，皮带扎在腰间，因此腰后的两颗纽扣也用不着了，每当纽扣的主人动一下，扣子就在阳光下闪烁，好似每个人后背上长了一双眼睛。

但在这一群捆麦人中最引人注目的还是那群女人，女人一旦成为户外自然的重要一部分，她们就魅力四射，完全不像平时屋里的陈列品那样单调了。一个在地里的男人还是一个地里的男人，而一个地里的女人却成了田野不可分割的一部分。她在一定程度上失去了自己的边界，吸收了自然的精华，与环境融成一体。

女人们——更确切地说，姑娘们，因为她们大部分都很年轻——戴着有宽大帽檐的棉质帽子遮挡太阳。她们还戴着手套，来保护双手不被麦茬划伤。有一个女人穿着浅粉色短衫，还有一个穿着淡黄色的窄袖长衫，还有一个人穿着像收割机长臂一样红的裙子。其他年纪大一些的女人，穿着粗制的褐色罩衫或者外套，那是历史悠久却又最为适合妇女在

087

地里劳动的衣服,这些衣服都已被年轻衣服所淘汰。这天早晨,大家的目光时不时投到那个穿浅粉色短衫的姑娘身上,她是人群中腰最灵活、身材最好的姑娘。但是她的帽子差不多拉到了眉头,因此一点儿也看不见她的脸。不过,在她捆麦子的时候,从她散落到帽子外面的一两绺深褐色头发上大致可以猜测出她的肤色来。她总是引起别人时不时的注意,原因之一也许就是她不想惹人注目,而其他女人们总喜欢东看看西瞅瞅。

她捆麦子的动作单调得就像时钟一样。她从刚捆好的麦捆里抽出一小束来,用左手掌将麦头拍齐,搓成绳索。然后向前弯腰,双手将麦子拢到膝盖跟前,戴着手套的左手插到麦堆下面,跟上面的右手会合了,像拥抱情人一样抱住麦子,膝盖往麦捆上一压,将两头收紧,期间还不时地用手压压被风吹起的裙摆。在软皮手套和衣服袖子之间,露出一截手臂,劳动时间久了,散发女性魅力的光滑手臂被麦茬刺破了,渗出血来。

她不时站起来休息一会儿,重新系好乱了的围裙,或者拉好帽子。这时人们就可以看见一个年轻漂亮姑娘的鹅蛋脸,深色的眼睛,长长厚厚却很服帖的头发,好像不论它们如何被风吹起,都能够顺而不乱。比起一般生长在乡村的姑娘,她的脸更白皙,牙齿更整齐,红色的嘴唇更薄。

她是苔丝·德贝菲尔,或者说德伯维尔,或多或少有了点改变——同一个人,但又不是原来的她。在她生命目前这一阶段,她就像是这儿的一个陌生人或者是外乡人,尽管她对这片土地一点儿也不陌生。长时间隐居生活之后,她最终下定决心在她土生土长的村子里干一些户外的活儿。农村里一年中最繁忙的季节到了,任何能在屋里做的活计,都没有在地里收割庄稼来的报酬多。

其他女人捆麦子的动作和苔丝的动作大体相同,每次每个人捆好一捆,就像跳集体舞的人一样,围拢来,把自己的麦捆靠着别人的麦捆竖好,直到形成十捆或十二捆的一堆,按当地人的说法就是形成一垛。

她们去吃早饭,吃罢又回来,继续干活。快到十一点时,注意苔丝的人就会发现,她不时望向山顶,仿佛有所渴求,不过她没有停下捆

第二部 失身之痛

麦子的动作。十一点马上要到的时候，一群小孩子，年龄在六岁到十四岁，从满是残茬的山坡上露出脑袋来。

苔丝的脸激动了一下，不过她还是没有停下手里的活。

来人中年龄最大的一个是个姑娘，围了一块三角围巾，围巾一角拖到了麦茬上，她手里抱着什么，初看像是一个娃娃，后来才发现是一个襁褓中的婴儿。另一个带了午饭。割麦子的人停下了劳作，拿起他们的食物，背靠麦垛坐了下来。他们开始吃饭，男人们还从一个石头罐子里随意倒酒喝，一个杯子轮流传着喝。

苔丝·德贝菲尔是最后停下工作的人。她在麦垛尽头坐下，脸转向同伴的另一边。她坐下之后，一个戴兔皮帽子、皮带塞了一块红手巾的男人从麦垛顶上递给她一杯麦酒。但她没有接受他献的殷勤。午饭摆好，她就把那个大一点的女孩、她的妹妹叫过来，接过了婴儿，她的妹妹开心地交出负担之后，就跑去了另外一个麦垛，跟其他小孩一起玩。苔丝以一个出奇隐秘而大胆的动作解开了上衣，尽管脸越来越红，开始给孩子喂奶。

坐得离她最近的男人们体贴地把脸转向了地的另一头，他们中的几个人开始抽烟，还有一个心不在焉、只想喝酒的人，十分遗憾地用手拍着一滴酒都倒不出来的酒罐子。除了苔丝以外，所有的妇女都叽叽喳喳开始聊天，同时把散乱的头发重新整理好。

婴儿吃饱了，年轻的母亲就让他在膝上坐正，带着忧郁冷淡，几乎是憎恶的样子望着远方逗着他玩。然后突然，她在婴儿的脸上狠狠地亲了几十次，仿佛永远也亲不够似的。在这阵热烈而又鄙夷的亲吻里，婴儿大哭起来。

"她可喜欢那孩子了，尽管表面上装着很讨厌的样子，还说什么但愿孩子和她自己都死了算了。"一个穿红裙子的女人说。

"她很快就不会这么说了，"一个穿浅黄色衣服的人回应道，"上帝啊，时间久了，什么样的事情都能习惯的。"

"我看当初那件事也不是几句好话就能干出个娃的吧。去年有一天晚上，有人听见狩猎林里有人抽抽搭搭地哭，要是那几个人去看了，那人的日子恐怕就不会这么好过了。"

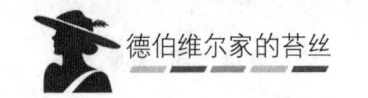

"唉，不偏不倚，霉运砸到，想躲也躲不开了，太可怜了！不过倒霉的总是漂亮的人！丑姑娘倒是挺安全的——嘿，珍妮，是吧？"说话的人转向人群里一个姑娘道，要说这个姑娘丑，还真的没错。

的确是万分的可怜。苔丝坐在那儿，即使是她的敌人见了，也不会不怜惜的。她的一张嘴像一朵鲜花，温柔的大眼睛，既不黑也不蓝，既不灰也不紫，而是所有这些颜色和其他一百种颜色调和成的，看看她眼睛里的虹彩就知道了，一层胜过一层，在她的瞳孔周围，深不见底。若不是因为她从家族那里继承过来的轻微的不谨慎之外，她简直可以说是一个标准的女人。

好几个月以来，她一直躲在家里，这个礼拜第一次到地里干活，她自己都吃惊，她会有这样的决心。孤独的、没有经验的她，只好采用种种表示悔恨的方法，折磨和消耗她悸动不安的心，如今现实又让她明白过来。她觉得她还会做得很好，成为一个有用的人——无论付出什么代价，她都要重新尝到独立的甜蜜滋味。过去的已经过去了，无论过去是什么样子，它已经不复存在了。无论过去曾有什么样的后果，时间总能将它们湮没，若干年后，它们就会像从来都没有发生过一样，她自己也会湮没在荒烟蔓草间，被人忘却。而那时，树还是照样翠绿，鸟儿还是照样歌唱，太阳还是照样耀眼。周围她所熟悉的一切，从不会因为她的悲伤而灰暗，也不会因为她的痛苦而衰亡。

她也许看清了是什么使她深深地抬不起头来——是她自以为人们对她处境的关心，实际上这只是她的幻觉。她的存在、她的遭遇、她的感情，她的感觉，除了她自己，没有人会关心。对苔丝身边所有的人来说，她只不过是一个一闪而过的念头。就算是她的朋友，也只不过是闪过的次数多点罢了。哪怕她整日整夜地让自己悲伤痛苦，对他们来说最多也只是想到——"唉，她这是自作自受啊。"又或者说她强打精神，快乐起来，忘掉一切忧虑，从阳光、鲜花和婴儿中获取乐趣，他们只可能这么想她——"唉，她倒真能挺得住。"况且，如果她是独自在一个荒岛上，她会为过去的遭遇难过吗？不大可能。如果她是一出生就发现自己是一个没有配偶的母亲，除了作为一个没有名字的婴儿的母亲而外，她没有任何生活经历，她还会对自己的境遇而绝望吗？不会，她只

第二部 失身之痛

会平静地接受现实,从中找到乐趣。她的痛苦多半来自于世俗观念,而不是她天生固有的感觉。

无论苔丝如何说明,总之,某种精神说服了她,让她像过去一样穿着整齐,来到麦地里,那时收获的人手急缺。她也正是因此建立起尊严,即使怀里抱着孩子,偶尔也能平静地面对其他人。

收庄稼的人们从谷物堆边站起来,伸了伸胳膊和腿,熄灭烟枪。先前卸下马具休息的马也吃饱了,重新套到了鲜红色的收割机上,苔丝急急忙忙吃完饭,招手叫她的大妹妹过来,带走婴儿,她扣上扣子,戴上软皮手套,弯腰从最后捆好的一捆麦子中抽出一束麦子来,去捆下一个麦捆。

下午和傍晚都在继续早晨的工作,苔丝和其他收庄稼的人一直劳作到黄昏。然后,他们才坐上一辆最大的马车,在一轮圆月陪伴下回家。圆月,像是生锈了,刚从东边的地面升起,它的脸如同被虫蛀过的托斯卡纳① 圣像头上用金叶贴成、现在却已磨损的光环一样。苔丝的女伴们唱着歌,表示她们对苔丝重新出门的同情和高兴,尽管她们又忍不住不怀好意地唱上几句民谣,说有个少女走进了绿色的绿林里,出来就不一样了。生活中总是有平衡和补偿,那件事让苔丝成为众人的鉴戒,也一时把她变成了很多村里人心中最引人注目的人物。她们的友好使她远离了过去的自己,她们的活泼情绪感染了她,她也几乎快活起来。

但是正当她道德上的悲伤逐渐消失了,从她不懂社会法度的天性里又生出一种新的悲伤。她回到家里才知道,她的孩子在下午突然病倒了,这让她十分难过。那孩子身体一向娇嫩孱弱,有天突然病倒是很有可能的事,然而这天的到来依旧是一个打击。

这个婴儿降生于这世上,本来是对社会的罪过,可是年少的妈妈已经忘了这一点。她一心渴望保全孩子的生命,把罪过继续下去。然而,事情很快就清楚了,那个小小囚徒解脱的时刻就要到了,比她最坏的估计还要来得早。她的孩子还没有受过洗礼,她一发现这一点,就陷入了

---

① 托斯卡纳,是意大利中部的一个大区,首府是佛罗伦萨,14—16世纪以艺术品闻名。

悲痛之中，比单纯的丧子之痛还要大。

苔丝不知不觉养成了一种听天由命的心态，如果她该因为自己的所作所为被烧死，就把她烧死好了，烧了就了结了。同所有村子里的女孩子一样，她把《圣经》作为所有事情的根据，她曾很恭顺地学习过阿荷拉和阿荷利巴①的故事，知道可以从中引出来的教训。不过当同样的问题出现在自己孩子身上时，情况就太不一样了。她的宝贝要死了，而灵魂不能得到拯救。

差不多是睡觉时间了，但她还是急忙冲到楼下问，她可不可以派人去请牧师。这个时候，恰好是他父亲对自己家族是古老贵族的感受最强烈的时候，也是他对苔丝给家族带来的耻辱最为敏感的时候，因为他刚从罗利弗酒店每周一次地烂醉归来。他宣布绝不允许牧师踏进家门来探听他的隐私，因为那时比任何时候都需要掩盖她的耻辱。他把门锁上，钥匙装进自己的口袋。

一家人都上床睡了，尽管苔丝极度痛苦，她也只好躺下。她躺在床上，老是惊醒，到了半夜，她发现孩子的情况更严重了。婴儿显然是要死了——看上去很安静，没有痛苦，但肯定是要死了。

她在床上痛苦地翻来覆去。时钟敲响，已是庄严的凌晨一点，是幻想超脱理智的时刻，是险恶的可能性成为铁板钉钉的时刻。她想，孩子没有受洗，还是私生子，这双重死罪，会把他送到地狱中最底层的角落里。她看见大恶魔拿着一把三刃的钢叉，就像那把人们烤面包时用来加热烤箱的钢叉，把她的孩子叉来叉去，在整个画面里，她又加入了许多其他稀奇古怪的酷刑的细节，都是基督教国家向年轻人灌输的内容。在这座寂静的、沉睡的房子里，那些可怕的描述对她的幻想的影响是多么强烈，以至于她的睡衣都被冷汗浸湿了，她的心脏每剧烈跳动一次，床也跟着发抖。

婴儿的呼吸愈加困难，母亲的精神也愈加紧张。无论怎么吻都无济于事，她再也无法躺在床上，便焦急地在房里走来走去。

"啊，仁慈的上帝啊，可怜、可怜、可怜我的孩子吧！"她哭泣

---

① 《圣经·旧约》第23章里的淫妇，最后因受到惩罚而被杀。

第二部 失身之痛

道,"你所有想加的愤怒都加到我的身上吧,我情愿受罚,但是请怜悯我的孩子吧!"

她倚靠在五斗橱上,语无伦次地低声地祈祷了半天,后来突然站起来。

"啊!也许孩子还有得救!也许那样也是完全一样的!"

她说话的时候,显得那么精神抖擞,她的脸发出了光芒,似乎能照亮周围的黑暗。

她点燃一根蜡烛,走向墙边第二张和第三张床,叫醒弟弟妹妹们,他们都睡在一个房间里。她把洗脸架拉出来,站到洗脸架的后面,从水壶里倒出一些水,让弟弟和妹妹跪在周围,双手合十,手指完全竖直。这时孩子们还没有完全清醒过来,看到她的行为,觉得十分畏惧,眼睛越睁越大,保持同一种姿势。她从床上抱起婴儿——一个孩子的孩子——还没有成熟起来,生他的人还没有资格拥有母亲这一称号。苔丝笔直地站在脸盆旁边,手里抱着婴儿,她妹妹拿着祈祷书,摊开在她面前,就好像教堂执事对待牧师一样,就这样,女孩子开始为自己的孩子洗礼。

她穿着长长的白色睡衣站在那儿,看上去特别高大,特别庄严,一条又黑又粗的辫子在脑后一直垂到了腰下。烛光微弱温和,掩盖了身上和脸上的小小瑕疵——麦茬在她手腕上刮出的伤痕,以及眼睛里的疲惫,这些瑕疵只会在阳光下暴露出来。她高度的热忱起了一点美化的效果,那张曾经毁了她的脸显示出一种圣洁无瑕的美,带着一点皇室的高贵。小孩子们跪在四周,昏昏欲睡的双眼红红的一眨一眨,惊讶地等着她做完一切准备。不过这个时候他们实在太困了,再惊讶都不会激动。感受最深的一个问道:"你真的要给他洗礼吗,苔丝?"

那个少女母亲郑重地点头肯定。

"那他要叫什么名字呢?"

她没有想过这个,但是突然《创世纪》里的一句话给了她提示,在她继续洗礼的时候,她念了出来:

"哀伤,我现在以圣父、圣子、圣灵的名义为你洗礼。"

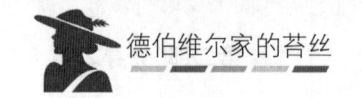

她洒水到孩子身上,屋里一片沉默。

"说'阿门',孩子们。"

几个细小的声音顺从地回应"阿门"。

苔丝接着说:

"我们接受这孩子,——如此等等——给他画一个十字吧。"

她在脸盆里浸了浸手,用食指虔诚地在孩子身上画了一个巨大的十字,接着又继续说洗礼时习惯用的句子,比如同罪恶、世俗和魔鬼勇敢地战斗,做一个忠诚的战士和奴仆直到生命尽头。她按规矩念着主祷文,孩子们用细小得像蚊子一样的声音口齿不清地跟着说,要结束时,嗓门又提到了教堂执事念的高度,"阿门",然后安静了下来。

后来,他们的姐姐越发相信这次洗礼的效力了,随后开始从内心深处倾倒出感谢的祷文,神采奕奕,意气扬扬,音调响亮而和谐,每当苔丝大胆说话的时候,声音就是这样,认识她的人永远也忘不了这个声音。这狂热的信念,几乎让她化成了神,她容光焕发,脸颊显出红晕,烛光映在她瞳孔里,闪亮得像钻石。孩子们凝视着她,越来越敬畏,再也不想提问了。她不再是他们的姐姐了,而是伟大、巍然和令人敬畏的存在——一个同他们毫无共通之处的神圣的存在。

可怜的哀伤与罪恶、世俗和魔鬼的战斗,注定只能得到有限的光荣——它也许是幸运的,考虑到他的出生的话。清晨暗蓝的光里,那个脆弱的士兵和奴仆,吐出最后一口气。孩子们突然清醒过来,放声痛哭,恳求姐姐再生一个漂亮孩子。

苔丝给孩子洗礼之后,狂躁的内心就平静下来,孩子死了,她还是很平静。天亮了,她觉得夜间对孩子死后的灵魂做那样可怕的揣测,的确有些太过了。无论有没有根据,她现在不担心了,因为如果上帝不批准她这种差不多符合教义的做法,那么她再也不稀罕这种天堂了——无论是为了自己还是为了孩子。

不受欢迎的哀伤就这样走了——他是一个不速之客,一个不知羞耻、不尊重社会法则的私生子。他是一个弃儿,对于他来说,永恒的时间只是几天而已,他不知年月和世纪的存在。对于他来说,整个宇宙就是屋舍大小,一周的天气变化就是一整年的气候变化,短暂的初生时期就是整个人生体验,吃奶的本能就是对人类的认知。

对洗礼的事沉思了很久之后,苔丝不知道按照教条是否足够能给孩子一个基督葬礼。没有人能够告诉她,除了教区的牧师。但牧师是新来的,还不认识她。黄昏后,她去了牧师的住处,站在门外,还没有鼓起足够的勇气走进去。她正准备放弃这一打算,想要转身离开的时候,碰巧牧师外出回来了。在昏暗的夜色里,她不顾一切,全部说了出来。

"我想问您一件事,先生。"

他表示愿意听,于是她说了孩子生病的事,还有临时凑合而成的洗礼。

"那么现在,先生,"她真诚地接着说,"您能不能告诉我,这个洗礼是不是跟您给他洗礼是一样的?"

他听到这些,心里觉得本应该让他去做的事,却让笨手笨脚的客人们自己完成了,这种生意人的心态让他很想回答不一样。然而那个女孩子的庄重神情,说话时声音格外柔和,刺激了他较高贵的情感——或者说唤起了他的良知,尽管这十年来他一直努力规劝怀疑论者去信奉上帝。人性和教义在他的脑海中激战,最终人性获胜了。

"我亲爱的女孩,"他说,"完全是一样的。"

"那么你会给他一个基督教葬礼吗?"她急切地问。

牧师感到自己被逼到了墙角。听到孩子病了,他曾经良心发现,想要天黑后去为孩子洗礼,但是他并不知道不许他进门的是苔丝的父亲,而不是苔丝,因此,他不可避免地拒绝了苔丝这个不合常理的请求。

"啊——那是另外一回事了。"他说。

"另外一回事了——为什么?"苔丝十分激动地问。

"唉——如果只是我们两个人的事,我很乐意做。但因为某些原因,我不能这么做。"

"就这么一次,先生!"

"我实在不能做。"

"啊,先生!"她抓着牧师手臂说。

牧师抽回手,摇摇头。

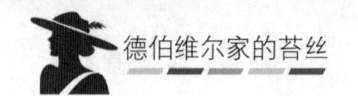

"那么我不会喜欢你了！"她大叫起来，"而且我永远也不会再到你的教堂了。"

"说话不要这样轻率。"

"也许你不给他举行葬礼，对他来说是一样的？——是不是完全一样？看在上帝的分上，不要像圣人对罪人那样对我说话，而是像你这个人对我这个人说话一样——跟我这个可怜的人说话！"

牧师如何把他的回答同他对这些问题自认为坚持的严格观念调和起来，就不是凡夫俗子能理解的了，尽管并不是不能原谅。牧师多少有点感动，这一次，他就这样说：

"是完全一样的。"

于是那天晚上，婴儿被放在一个小小的松木匣子里，上面盖了一块旧的女士披肩，被带到了教堂墓地。苔丝花了一个先令和一品特啤酒贿赂了教堂的执事，点着灯笼，把他埋葬在上帝分配的那个破乱的角落。那儿荨麻肆意生长，那儿埋着所有没有受洗的婴儿、臭名昭著的酒鬼、自杀身亡的人以及其他被认为要下地狱的人。尽管坟地不像样子，苔丝仍然勇敢地用两根木头和一条带子做了一个十字架，绑上鲜花，在一个没人能注意到她的夜晚，溜进墓园，把它插到坟头上。还在下面放上一束装在瓶子里的鲜花，瓶子装有水，让鲜花保持鲜活。瓶身上印着"吉韦尔氏果酱"的字样，一眼就能看到，但是，又有什么关系呢？怀着母爱的眼睛是看不见这些的，她们只能看见更为崇高的东西。

第二部 失身之痛

第十五章

罗杰·阿斯坎①说："只凭经验，我们得经过漫长的徘徊才能找到一条捷径。"人们往往让漫长的徘徊折腾得难以继续旅行，那么经验对我们又有什么用呢？苔丝·德贝菲尔的经验是属于让人无可奈何的一种。最终她学会了该做什么，可是现在谁又能接受呢？

如果苔丝在还没有去德伯维尔家前就严格遵守世人熟知的各种各样的训诫去做的话，毫无疑问，她是不会被欺骗的。但是，无论是对于苔丝——或者对于其他人来说——他们原本能从中获取益处的金玉良言，在该用时他们都没有能领会到。苔丝，还有许许多多别的人，可能曾用圣奥古斯丁的话讥讽过上帝："你建议走的路是好的，但你却不允许人走。"②

冬季那几个月里，她一直待在父亲家里，拔鸡毛，或者填火鸡和鹅的肚子，再不就是把一些德伯维尔送给她的、她以前不屑穿的华丽服装拿出来，改成她的弟弟妹妹们能穿的衣服。她是不会写信求他的。但是，她常在本应该认真干活的时候，却双手抱着脑袋沉思。

她像哲学家一样镇静理性地记下了年轮往复中的每一个日子：在特兰岭的狩猎林，那个灾难性的毁了她的黑暗夜晚，孩子出生和死去的日子，她自己出生的日子，还有其他一些与她有关的特别日子。有一天下午，她正对着镜子自我欣赏美貌时，突然想到还有另外一个日子，是

---

① 罗杰·阿斯坎（Roger Ascham，1515—1568），文艺复兴时期英国作家。他著有《教师手册》（1570年出版），曾任玛丽一世女王（玛丽·都铎，1516—1568）的拉丁文秘书，后又任伊丽莎白一世和爱德华六世的家庭教师。

② 奥古斯丁《忏悔录》第10卷第29章。

德伯维尔家的苔丝

对她而言比其他日子更为重要的,那就是她自己死亡的日子,她所有的魅力消失的日子。这个日子狡猾地躲在一年三百六十五天中,不被人看见,她每一年经过这一天的时候,它都不露痕迹、无声无息,但它肯定就在那儿。到底是哪一天呢?为什么每年遇到如此与她相关的冷冰冰的日子时,她都没有感觉到寒意呢?她跟杰里米·泰勒[①]想得一样,未来某天,认识她的人会说:"就是在——在这一天,可怜的苔丝·德贝菲尔死了。"说这话的时候,他们也不会想什么特别的事。但是,她不知道她注定要走向人生终点的那一天,是在哪个月,哪个星期,哪个季节,哪年。

就这样,苔丝从一个简单的姑娘几乎一跃变成了一个复杂的女人。她脸上开始带着沉思的样子,她说话的声音里时常流露出凄楚伤感的语调。她的双眼变得更大更深邃。她简直就是一个完美的造物。她的外表漂亮标致,惹人注目。她那女性的灵魂,近一两年的混乱经历并没有使她堕落。若不是世俗成见,那些经验真的可以用来教育世人了。

她近来如此远离人群,加上她的遭遇也不是人人都知道,所以马洛特村人几乎都已经遗忘了她的那些事了。但是,她心里明白,在这个地方她不可能真正感到自在了,因为这里见证了她们家试图去认亲的巨大失败——试图通过她、通过联姻,与富有的德伯维尔认亲。至少得在多年以后,等她彻底忘记这件事情以后,她才有可能感到自在。然而即使是在现在,她对充满希望的生活的向往,依旧热烈地在她的心中萌生。也许在没有她的历史的某个角落,她还有可能变得快乐起来。要逃避过去以及过去有关的一切,只有把它抹掉,为此她必须离开现在这个地方。

贞洁一旦失去了就真的永远失去了吗?她问自己。如果她能掩盖往事的话,她也许能证明这是错的。有机的自然界一切都可以复原,难道唯独处女的贞洁不可以吗?

她等了很长时间,一直找不到重新开始的机会。一个特别明媚的春天来了,几乎听得见春芽萌发的声音。春天的悸动刺激着她,就像春天

---

① 杰里米·泰勒(1613—1667),英国神学家。

第二部 失身之痛

能刺激野外的动物一样,要让她迫不及待地离开这里。终于在五月初的一天,她母亲从前的一个朋友给她寄来了一封回信,很久以前苔丝曾写信向她打听过,虽然她从来没有见过她。信上说,南边好几英里远的一个奶牛场,需要一个熟练的挤奶女工,场主愿意雇佣她一整个夏天。

奶牛场不是她所希望的那样遥远,但这也许够远了,因为她活动范围很小,她的名声也很小。对于一个活动范围有限的人来说,英里相当于地理上的经纬度,一个教区就是一个郡,一个郡那就是一块领地和一个国家了。

有一点她是明确的:在她的新生活里,无论是幻想还是现实,都不会再有德伯维尔家的空中楼阁了。她就是奶牛场的女工苔丝,此外什么也不是。对于这一点,她母亲对于苔丝这种思想也感受得非常清楚,尽管她们之间从来没有就此说过一个字,因此现在她母亲只字不提什么骑士世家的祖先了。

然而,人类是如此自相矛盾的生物。苔丝之所以对新地方感兴趣,原因之一就是它恰巧在她祖先的故土的附近(因为他们不是布莱克摩土生土长的人,虽然她母亲是)。那个奶牛场叫塔布塞斯,离德伯维尔家族从前的几处宅地不远,就在她祖辈们下葬的大墓室附近。她也许能去那儿看看,思考一下,不仅仅德伯维尔家族像巴比伦一样没落了,就连一个卑微后裔的清白也无声无息地消失了。她一直在想,不知道在她祖先的土地上,会不会有什么奇特的好事降临在她身上,于是她身体里自然而然涌现出一种精神,就像嫩枝里的汁液一样。那是没有耗尽的青春,短暂的压抑之后,重新汹涌而出,并且萌生了希望,还有无法遏止的追求快乐的本能。

第三部　追求新生

第三部 追求新生

第十六章

五月的一个早晨，麝香草芳香弥漫，鸟儿纷纷出壳。苔丝·德贝菲尔第二次离开了家。这是她从特兰岭回来默默休养了两三年后。

苔丝收拾好行李，以便之后可以托人捎给她。她雇了一辆马车，前往斯托堡小镇。因为这次打工的旅途必须得穿过这个小镇，与她第一次出门几乎完全相反的方向。即将要拐过最近的小山时，她还是回过头，怅然若失地看了马洛特村和她父亲的房子一眼，尽管她是如此想要离开这个地方。

住在那所房子里的家人们大概会一如既往地过着他们的生活，不会因为她远离家门、不能看到她的笑容了而减少太多心里的快乐。几天以后，孩子们就会像往常一样愉快地玩耍，不会因为她的离开而感觉缺失什么。她的离开，对弟弟妹妹们来说是最好的决定，相反如果她待在家里，他们从她的训导中得到的好处也许还没有从她的经历中得到的坏处多。

她穿过斯托堡，没有停留，一直到几条大道的交叉口，在这儿她要等一辆去西南方向的货运马车。因为火车只是在这片乡村土地旁边绕过，而从不进入其中。苔丝等待的时候，来了一个农夫，驾着双轮马车，大概也是要去苔丝要去的方向。他只是一个陌生人，不过她还是接受了他的邀请，上车坐到了农夫旁边，虽然她明知农夫是因为她的容貌，为了献殷勤才邀请她的。农夫要去韦斯伯里，她跟他到了那儿，剩下的路程走路就可以了，而不用坐货车过卡斯特桥了。

长时间赶路之后，除了去农夫推荐的一户农家吃了一顿难以形容的午饭之外，苔丝没有在韦斯伯里多做停留。从那里她就开始步行了，手里提着篮子，向一片开阔的高地走去。这片高地将韦斯伯里同远处低谷

103

德伯维尔家的苔丝

的草场分割开来,她今天行程的终点——奶牛场,就坐落在低谷中。

苔丝从来没有到过这块地方,不过她对这里的一草一木都感到亲切。在她左边不远处,她依稀辨认出一块模糊的景色,经过询问,果然如她猜想的那般,是王牌附近的树林——就在那个教堂里,埋葬着她祖先的遗骸——那些无用的祖先的遗骸。

现在她可不敬仰他们,甚至因为他们给她带来的苦难,她还有些恨他们,他们除了留给她一方古印和一把古匙之外,什么也没有。"呸——母亲给我的绝不少于父亲给我的!"她说。"我的美貌全部来自我母亲,而她只不过是一个挤奶的女工。"

穿过艾敦荒原中间那段高低起伏的山道,比其他她走过的路难走多了,虽然这段距离实际上只有几英里。由于拐错了好几个弯,两个小时后,她才发觉自己走到一个山顶上,向下望去,是她寻找已久的山谷,大奶牛场山谷。在那个山谷里,牛奶和黄油产量极其充裕,虽然味道上没有她家乡的美,但因瓦尔河或者叫弗鲁姆河的灌溉而生长得青翠的平原,产量是更为丰富的。

迄今为止,除了在特兰岭过的一段不幸日子外,她唯一知道的地方,就只是布莱克摩谷的小奶牛场谷,跟现在的大奶牛场谷相比,有本质上的不同。这儿的世界,是按照一种更开阔的格局描绘的。围墙是五十英亩,而不是十英亩,农场也更加宽阔,牛在这儿是一大群一大群,而那边只是三三两两凑在一起。眼前,无数的奶牛从东边很远的地方一直延伸到西边很远的地方,在数目上超过了她以往看见过的任何一个牛群。绿色的草地上,到处都是密密麻麻的牛群,多得就像范·阿尔斯卢特或赛拉尔特[①]画布上画满的市民。红色的母牛,褐色的母牛,身上浓重的色调吸收了落日的光辉,全身白色的奶牛却把光线反射到人眼里,几乎让人眼花缭乱,即使苔丝站在了遥远的高地上也是这样的感觉。

鸟瞰面前的风景,虽然不及她所熟悉的马洛特村的风景那样华美绚丽,但它却更加令人愉悦。眼前的山谷似乎没有马洛特村的蔚蓝的雾

[①] 范·阿尔斯卢特(1570—1626)或赛拉尔特(1590—1657),都是荷兰风景画家。

第三部 追求新生

气、厚重的土壤和浓郁的芳香,但是它的空气更明净、凉爽、缥缈、新鲜。滋养着这些著名奶牛场里的牧草和奶牛的河流,本身也不像布莱克摩的小溪一样流动。布莱克莫的河流缓慢又沉静,往往还很浑浊,河床满是淤泥,大意的涉禽还会陷进去,稍不注意就突然不见。弗鲁姆河就像是福音传道士[①] 看见的生命之河一样纯净,水流像云影一样湍急,在铺满卵石的浅滩处,流水声就像是对着天空在唱歌。那儿水边长着很多百合花,而这长的却是毛茛。

也许是空气发生了从沉重到清渺的质的变化,也许是她来到了一个新地方,没有人用恶意的眼光看待她,她的心情令人惊奇地愉悦起来。在她迎着温柔的南风、蹦跳着向前走的时候,她的希望同阳光融合在一起,化作了一个理想的光球,环绕着她。在每一阵微风中,她都听得见愉快的声音,每一声鸟鸣中,似乎也潜藏着欢乐。

近来,她的面貌常随心境变化而变化,心情快乐时,就显得漂亮,心情沉郁时,就变得平常。今天,她脸色红润,完美无瑕,明天,她又脸色苍白,凄楚悲苦。当她脸色红润时,就不像脸色苍白时那样多愁善感。她的心情好了,外貌就更加出众;她的心情变得紧张,外貌也随之暗淡。现在她迎着南风走去,展现的是她最美的脸。

寻找欢乐是一种不可抵抗的、普遍的、自发的倾向,渗透于从最低级到最高级的所有生命中,苔丝当然也不例外,她开始寻找自己的快乐。即使到现在,她也只不过是一个二十岁的年轻女子,思想和情感仍在成长,因此任何事件给她留下的印象都可能随着时间的流逝而改变。

就这样,她的精神、她的感激、她的希望,越来越高涨。她试着唱了好几首民谣,但都觉得不够,后来她想起在未尝禁果之前每个礼拜天早晨她常浏览的圣诗,于是吟唱到:"哦,你这太阳和月亮……哦,你们这些星辰……你们这些大地上的绿色万物……你们这些空中的飞鸟……野兽和家畜……你们人类……愿主保佑你们,永远颂扬主,永远赞美主!"

---

① 这里指的是赞美上帝。

她突然停了下来了，喃喃道："可是，我也许还不是很了解主呢。"

这种半无意识的吟唱，大概就是以一神教为背景的一种崇拜物神的思想。那些以户外大自然的形体和力量作为主要伴侣的女人们，在她们心灵中所保持的，更多的是遥远祖先的异教幻想，而不是后来交给人类的系统化的宗教。但是，至少在婴儿时期口齿不清时就开始学唱的古老的万物颂中，她找到了差不多能表达自己感受的句子，这就足够了。她朝着独立自主的方向迈了细小的一步，她就感到了高度的满足，这也正是德贝菲尔家族脾性中的一部分。苔丝真切希望走一条正直的路，而她的父亲完全不这样想。但她也像她的父亲，容易满足于眼前一点点的成就，却不肯付出艰苦的努力，让曾经强盛、现在衰落不堪的德伯维尔家族，在社会上取得一些地位。

也许可以说，她母亲家族中未耗尽的力量，以及苔丝所有的自然赋予的活力，在经历那一场不堪重负的磨难后重新复活过来了。说实话，女子受了这样的耻辱之后，通常都能挺过去，恢复精神，重新用兴致勃勃的眼睛环顾四周。有生命就有希望，某些好心的理论家让女人们坚信这个道理，然而并不是所有"被欺骗"的女人都知道这点。

于是苔丝·德贝菲尔精神饱满，满怀生活热情，一步步走下艾敦荒原的山坡，向她一心向往的奶牛场走去。

这里的山谷终于显露出了它与布莱克摩山谷之间最明显的差别。布莱克摩的秘密，从它周围高地俯瞰，就看得一清二楚，而眼前的山谷，她若想看明白，就必须走到山谷中间去。苔丝下到了山谷里，发现自己已经走到了一片绿茵地上，这块平地从东到西，一直延伸到眼睛看不到的地方。

以前，河流从高地悄然流下，把那儿的泥土一点点带进山谷，积成这块平地。现在，这条河流精疲力竭，年老体弱，只能在以前的泥土中蜿蜒前行。

不知该往哪个方向走，苔丝便静静地站在这片四周环山的青翠草地上，就像一只苍蝇停在一张硕大的台球桌上，在周围环境之下，苔丝并不比那只苍蝇显得重要。她出现在这个平静山谷中的唯一影响，就是惊起一只孤独的苍鹭,之后,苍鹭落在离她走的小路不远的地上,站在那儿伸长了脖子盯着她。

突然,从低地的四面八方传来一阵悠长反复的呼唤声:"喔呜!喔呜!喔呜!"这声音好像受到了感染,从东边最远处传到西边,偶尔还夹杂着一只狗的叫声。它不是山谷里对美丽苔丝的到来做出的表示,而是惯常宣布的挤牛奶时间——四点半——,奶牛场的工人们开始把奶牛赶回去。

最近的一群红牛和白牛,原先一直安静地等候呼唤,这时候都成群结队朝后面的牛棚走去,它们巨大的奶袋子就在肚子底下晃来晃去。苔丝跟着前面的牛群进了敞开着的栅栏门,走进院子。院子周围是一排排草棚,下斜的屋顶长满了鲜绿的青苔,支撑棚檐的木头柱子在过去的岁月中被无数大牛小牛的肚子蹭得又光又亮,而那些牛如今早被人遗忘得一干二净了。奶牛成排站在柱子中间,这时候,让一个异想天开的人从后面来看,每头牛就像一个圆环撑在两根柱子上,下面正中有东西像来回摆动的钟摆;在这一排有耐心的动物身后,正在西下的太阳将它们的影子精确投影到棚子后面的墙上。每天黄昏,夕阳都要把这些平凡简朴的生物的影子投射出去,每个轮廓都投射得非常仔细,就好像在宫殿墙壁上描绘宫廷美女的侧影,每一条边都那样一丝不苟,就好像是很久以前在大理石壁上勾画奥林匹斯的天神,或者亚历山大·恺撒和埃及法老的轮廓。

关进棚子的奶牛都不大安分。那些老老实实的奶牛,都站在院子中间挤奶,还有许多表现得更为安静的奶牛等在那儿——它们都是上等的奶牛,别说这样的奶牛在谷外很少看得到,就是在谷内也不多见。在这大好季节里,水草场里生长的多汁草料滋养着奶牛。太阳光照在那些花白奶牛身上,生出反光。牛角上发亮的铜箍,闪耀着光辉,像是炫耀武力。它们那些青筋暴绽的乳房沉甸甸地垂着,就像沙袋一样,上面乳头鼓胀胀的,就像吉普赛人使用的瓦罐的脚。每当一头奶牛等待轮到自己挤奶的时候,牛奶就会一滴滴渗出,落到地上。

第十七章

奶牛从牧场回来的时候,挤奶的工人们也从他们的屋舍和牛奶房里成群涌出来。女工们穿着木头套鞋,不是因为天气,而是为避免鞋子沾上农场里的烂草淤泥。每个女工坐在自己的三脚凳上,侧着脸,让右脸颊靠着牛肚子。苔丝走过来时,她们靠着牛肚子若有所思地看着她。男工们的帽檐低下来,前额平靠在牛身上,眼睛盯着地面,没有看到苔丝。

他们中间有一个健壮中年男人——他又长又白的围裙比别人的都要好些、干净些,围裙下的短上衣拿得出手,可以赶集穿——他就是奶牛场的主人,也是苔丝要找的人。他一星期里六天干活,挤牛奶搅黄油,第七天他就穿着耀眼华丽的毛呢衣服,坐在教堂里他自家的座位上。他的双重身份是如此与众不同,以至于人们给他编了一个顺口溜——

　　一周六天,

　　是迪克挤奶工:——

　　一到礼拜天,

　　是理查德·克里克先生。①

他看见苔丝站在那儿看着她,于是他向她走过去。

大多数男工在挤奶的时候脾气往往不好,但碰巧克里克先生需要一个新手——因为这些日子正是缺少人手的时候——眼下正是工作繁忙的时候——他热烈地欢迎了她。他问候了她母亲还有家里其他人——(其实这只不过是出于形式的礼节而已,因为实际上他根本就不知道德贝菲尔夫人的存在,直到他收到介绍苔丝过来干活的简短的信件之前)。

---

① "迪克"是"理查德·克里克"的昵称。

第三部 追求新生

"哦——嗯,小时候,我对你那个地方可熟悉了,"他最后说,"不过,长大后,我就再也没有去过那儿了。曾经有个九十岁的老太太住在这儿附近,不过很早之前就死了,她告诉我布莱克摩有户人家,跟你们一个姓,最初是从这些地方迁走的,本来是一个古老的家族,但后来差不多都死光了——不过新一辈人并不知道这些。但是,天哪,我没有太在意那个老太太的东一句西一句的话,没有在意。"

"哦不——没有什么。"苔丝说。

于是他们开始谈正题。

"你能把牛奶挤干净吗,我的姑娘?我可不想我的奶牛在这个时候挤不出牛奶来了。"

对于这点,她再次向他保证,于是他上上下下打量了苔丝一番。由于太长时间待在室内,苔丝的肌肤都变得娇嫩了。

"确定能做到?在这儿,粗人们倒是挺舒服的,但我们可不是住在黄瓜暖房里。"

她郑重声明自己能够承受,她是那样热情,那样心甘情愿,似乎赢得了他的信任。

"好吧,我猜你会想先喝杯茶,或者吃点什么,嗯?还不用?好吧,随你喜欢吧。不过说真的,换了我,要是赶这么长的路,就该干成柴草了。"

"我现在就去挤牛奶,好尽快上手。"苔丝说。

她喝了一点儿牛奶来暂时提提神——克里克场主吃了一惊,事实上,还带点轻蔑,显然他从没有想过牛奶能比得上任何一种酒。"哦,你要是咽得下,就尽管喝吧。"他满不在乎地说,在有人提起苔丝喝着的那桶奶的时候。"我好多年没有喝过这东西了——好多年没喝了。这鬼东西,一喝下去,就像是一块铅躺在我肚子里。你可以在那头奶牛上试试,"他对最近的那头奶牛点点头,接着说道,"不过,那头奶牛挺难挤的。这儿有的牛难挤,也有的牛简单些,就跟人一样。不过,你很快就会知道的。"

苔丝换下女帽,戴上头巾,真的坐在了牛身下的凳子上,牛奶从她紧握的拳头中喷射进桶里,她仿佛觉得,她真的为自己的未来打下了新

的基础。这种确信让她平静了下来,脉搏减缓,也能够四下看看了。

挤奶工们是一大群男人和姑娘,男人们负责奶头硬的牛,姑娘们则是负责更温顺的牛。奶牛场很大。克里克管理着总计大约一百头的奶牛,其中奶场主会亲自动手挤的有六到八头,如果他没有外出的话。那些是最难挤的奶牛。因为他的行程,他有时候会临时雇佣一些挤奶男工,他不放心把这些牛交给他们,唯恐他们马马虎虎,挤不干净牛奶。他也不放心交给女工们,担心她们手指没有力气,一样挤不干净。这会造成奶牛们回奶——换句话说,就是再也不出奶了。挤奶马虎的严重性并不在于奶量的一时损失,而是因为需求少了,产量就少了,最终就会停止供应。

苔丝开始专心挤奶之后,奶牛场里一时没有了说话声,没有任何声音打断,牛奶喷射进无数的牛奶桶里,除了偶尔听到一两声让牛转身或站着不动的喊叫。唯一在活动的,就只是挤奶工们上上下下挤奶的双手,以及来回摆动的牛尾巴。他们就这样干着活,四周是一片广阔平坦的草场,一直延伸到山谷两边的斜坡上——这片平坦的景色,混合了一些早已被人遗忘的古老景色,毫无疑问,这些古老景色于现在的景色大不相同了。

"依我看,"奶牛场主突然从一头他刚挤完了奶的奶牛后出现,一只手拿着三脚凳,另一只手拎着牛奶桶。"依我看,奶牛今天出的奶跟平常不太一样。我敢说,要是温克真的像这样回奶,等到夏至,就不用挤了。"

"这是因为我们中间来了个新手,"乔纳森·凯尔说,"我以前就注意到过这种事情。"

"的确。有这可能。我还没有想到呢。"

"我听说,这时候,牛奶都跑到牛角里去了。"一个女工说。

"嗯,要说都流到牛角里去了,"奶牛场场主克里克有些怀疑,仿佛巫术也会受到生理机能的限制,"这很难讲,真的很难讲。有角无角的奶牛都有可能回奶,所以我不能完全同意这个说法。你知道有关无角牛的谜吗,乔纳森?为什么一年里无角奶牛出的奶没有长脚奶牛的多?"

第三部 追求新生

"我可不知道!"挤奶女工插嘴道,"为什么呢?"

"因为它们不怎么多,"场主说,"不过,今天畜生肯定回奶了。伙计们,我们必须得唱一两首歌了——这是唯一的解决方法了。"

在这一带,当奶牛出现了出奶量没有平常多的迹象时,人们往往采取唱歌的办法来引出牛奶。一听到吩咐,这群挤奶工们放声唱起来——听调子,完全就是应付差事,老实说,没有太多自愿的意思。结果,就如他们自己相信的那样,在他们不停唱歌的时候,情况有了明显好转。这是一首欢快的民谣,唱的是一个杀人凶手不敢在黑暗中睡觉,因为他看见有某种硫黄石在他周围燃烧,正当他们唱到第十四段或第十五段的时候,一个男工人说——"要是弯腰唱歌不这么费劲就好了!先生,你该把你的竖琴拿来,不过还是拿小提琴最好。"

苔丝听到这些话,以为是对场主说的,不过她想错了。有人回应了一句:"为什么?"声音似乎是从棚内一头黄褐色母牛的肚子里发出来的。这句话是坐在牛后面的一个工人说的,苔丝一直没有注意到他。

"啊,是的,没有什么比小提琴更管用的了,"场主说,"尽管我的确认为公牛要比母牛更容易受到音乐感染——这至少是我的经验。从前梅尔斯托克有一个老头儿——名叫威廉·德威——他们一家曾在那一带做了很多零活,乔纳森,你不介意吧?——说起来,我凭眼睛就知道他是怎么样的人了,就像我了解我兄弟一样。嗯,这个人嘛,有一回他刚从一个婚礼上拉完小提琴,正走在回家的路上,那天晚上月色很好,他想抄近路,就穿了一个名叫四十亩地的地方,结果碰上了一头正在外面吃草的公牛。公牛看见了威廉,开始追他,头上的角抵着地,天哪,虽然威廉拼命地跑,而且他也没有喝很多酒(要想到那是一场婚礼,办喜事的人很有钱),但是他发现,他没有办法跑到树篱那边并越过它来救自己一命。幸好,他最后灵机一动,边跑边取出小提琴,开始拉起一支舞曲,然后转身对着公牛,倒退向角落里。那头公牛一听,就变温和了,站着不动了,使劲盯着威廉·德威,他继续不停地拉小提琴,直到,公牛的脸上渐渐露出一种笑容来。但是一当威廉想要停下来翻过树篱的时候,那头公牛就不笑了,低头对准威廉的屁股触过去。哎,威廉只好转过身去继续拉小提琴,不管愿不愿意。那时还是凌晨三点,

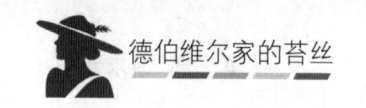

知道这个时间点没有人会到这条路上来,他又累又饿,又没有其他办法。当他拉到大约四点钟的时候,他真就要放弃了,于是对自己说:"拉完这最后一曲,我估计就要死了!老天爷,救救我吧,不然我真的要死了。"就在这个紧急关头,他突然想起,圣诞节前夕的半夜里他曾看见一头牛下跪。那还没到圣诞节前夕,不过他突然想逗逗那头公牛,所以他就拉起了"圣婴诞生颂",就像有人在唱圣诞颂歌。这时,那头公牛双腿一弯跪了下去,它头脑简单,以为耶稣诞生的时刻到了。一看到那长角的朋友跪了下去,威廉立马转身像一条猎狗一样蹿起来,等到祈祷的公牛再次站起来追向他,他已经安全地跳过树篱了。威廉曾说,他看到别人犯傻很多次,但像那头公牛那样犯傻的,却从来不曾见过。他发现自己虔诚的感情受到了玩弄,那天不是圣诞夜前夕……对了,威廉·德威,就是那个人的名字,我可以告诉你们他在哪里,一尺都不差——现在正躺在梅尔斯托克教堂的墓地里——就在第二棵紫杉和北边的通道中间。"

"这真是一个稀奇古怪的故事;它把我们带回到中世纪,那时候,信仰还是活生生的东西!"

这番在奶牛场里听起来很奇怪的话,是那头黄褐色母牛身后那人嘟哝出来的。不过谁也不懂得这句话的意思,因此没有引起注意,只是讲故事的人觉得这句话似乎是对他的故事表示怀疑。

"哦,这事千真万确,先生,不管怎样。我很熟悉那个人。"

"哦,是的,我没有怀疑它。"黄褐色母牛身后的人说。

苔丝这才注意到跟场主对话的人,她只能看到一点点,因为由于那个人将他的头一直贴在奶牛肚子上。她不明白,为什么场主也要称呼他为"先生"。但是苔丝找不到任何解释。他一直待在母牛下面,时间长到足够挤三头奶牛了,偶尔突然独自说一两句话,好像他坚持不下去了。

"轻一点,先生,轻一点,"场主说,"这是有技巧的,不要靠蛮力。"

"我也这样觉得,"那个人说,他终于站了起来,伸了伸胳膊,"我想我应该挤完了,不过我挤得手指都痛了。"

第三部 追求新生

苔丝终于能仔细看看他全身了。他穿着跟普通挤奶工一样，一条白色围裙，皮革绑腿，靴子上沾满了奶牛场的烂草污泥；不过这是所有土气的装束了，透过这层外表，可以看出他教养良好，少言寡语，生性敏感，神情忧郁，与众不同。

但是他外表上的这些细节暂时被苔丝放到了一边，因为她发现她以前见过他。自从那次见面以后，苔丝经历太多沧桑，一时竟记不起是在那儿见过他了。后来，她忽然记起，他就是那个曾参加过马洛特村舞会的过路人——就是那个她不知从哪儿来的陌生人，他跟别的女孩跳舞了，却没有跟她跳，后来也没有理她就离开了，跟他的朋友们继续赶路了。

往事像潮水一样涌了上来，这件小事发生在她遭遇不幸之前，她一时感到慌乱，唯恐他也认出了她，通过某种途径知道她的经历。不过这个念头消失了，因为他身上没有一点记得的迹象。她渐渐发现，从他们第一次也是唯一一次相遇以来，他那生动的脸带上了深思的神情，他还蓄起了年轻人有的漂亮唇髭和胡须——胡须是浅麦秸色，脸颊两边的胡子则逐渐变成了温暖的褐色。他在麻布围裙下穿了一件深色仿天鹅绒夹克衫，一条灯芯绒裤子跟鞋套，还穿了一件浆洗过的白衬衫。若不是那件挤牛奶用的围裙，没有人能猜出他是谁。他可能是个有怪癖的地主，也可能是个带绅士派头的农夫。然而从他挤那头母牛所花的时间上苔丝立刻就看出，他不过是个在奶牛场工作的新手。

其间，许多女工们已经互相谈论起这个新人，"她可真漂亮！"话里带有几分真正的大方和羡慕，尽管她们也半带希望，听话的人会修正这句评价——严格说来，她们是该修正这句话，因为只用漂亮来形容苔丝的引人注目，原本就不够。那天黄昏挤奶工作结束了，大家陆陆续续地进了屋里。克里克太太，奶牛场场主的妻子——自认为身份贵重，从不去外头挤牛奶，她在暖和的天气里也穿着厚质地的长袍，也是因为女工们都穿印花布——就在屋里注意一下装牛奶的铅桶以及一些杂事。

苔丝了解到，只有两三个女工和她一起睡在奶牛场的屋子里，大部分帮工都回自己家睡。晚饭时，她没有看见那个评论故事的高人一等的挤奶工，也没有问起他，晚上剩余的时间她用于在寝室里收拾自己睡

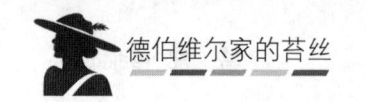

觉的地方了。那是牛奶房上方的一间大屋子,差不多有三十英尺长,另外三个在奶牛场睡觉的女工跟她住在一起。她们都是妙龄女子,只有一个年纪比她大上许多。到睡觉时间,苔丝已经完全累倒了,迅速就入睡了。

不过,睡在她旁边一张床上的一个女孩子比苔丝还要清醒,硬要说她刚刚进入的这户人家的种种细节。女孩子的叽叽喳喳和深沉的夜色融在一起,在昏昏欲睡的苔丝听来,似乎是从黑暗中发出的,又似乎在黑暗中漂浮。

"安琪·克莱尔先生——就是学挤牛奶、会弹竖琴的人——从不太跟我们说话。他是一个牧师的儿子,老想着自己的心事,不太注意女孩子。他是场主的学徒——学习管理农场的各种技艺。他已经在其他地方学会了养羊,现在正学习养奶牛……哦,他就是那种天生的绅士。他父亲是埃明斯特教堂的克莱尔牧师——离这儿挺远的。"

"哦——我听说过他,"她的伙伴现在醒过来了,"他是个很热心的牧师,是不是?"

"是的——他很热心——他是整个威塞克斯最热心的人,他们说他是古老的低教派的最后一个信徒了,他们告诉我的——因为这儿的牧师都被称作高教派。他所有的儿子,除了克莱尔先生,也都做了牧师。"

苔丝此刻也不是很好奇,因此也没有问为什么这位克莱尔先生没有像他的兄弟们一样去做牧师,而是慢慢睡着了,伴随着向她提供信息的女孩的话语,还有隔壁奶酪房里的奶酪气味,以及楼下榨房里乳浆有规律的滴答声。

第三部 追求新生

第十八章

从过去回忆中浮现出来的安琪·克莱尔先生不是一个清晰的形象，而是一种赞许的嗓音，一双长久出神凝视的眼睛，一张生动的嘴唇，那嘴唇对一个男人来说多少有点偏小，精致了一点，尽管下嘴唇时不时出人意料地抿得很紧，不至于让人觉得他优柔寡断。但他的眼神和举止中，带有某种朦胧模糊、心事重重的意味，说明他这个人没有明确的目标，也不在乎未来的物质生活。不过，在他还是一个小伙子的时候就有人说过，他这人想要做什么，就能把什么做好。

他父亲是一个穷牧师，住在这个郡的另一头。他是父亲最小的儿子。他到塔布塞斯奶牛场，要当六个月的学徒。在此之前，他已经去过了其他一些农场，他的目标是学会农场管理中的各种实际技能，至于以后要去殖民地还是留在国内的农场，视情况而定。

他决定走进农夫和牧人的行列，这是这个年轻人在他的事业中迈出的出乎自己和别人预料的一步。

老克莱尔先生的前妻去世了，只留给他一个女儿，到了晚年，他娶了第二位妻子。这位女士意外地给他生了三个儿子，因此在最小的安琪和老牧师父亲之间，看着像缺少了一代人。几个儿子之中，只有这个老来子安琪没有大学学位，虽然在小时候看来，他才是那个最有天资受大学教育的人。

在安琪出现在马洛特舞会的两三年前，有一天，他放学回家后正在学习，当地书店给牧师家寄来了一个包裹，直接到了詹姆斯·克莱尔牧师手里。牧师打开包裹，发现是一本书，读了几页之后，他突然从座位上跳起来，胳膊夹着书直奔书店。

"为什么寄这本书到我家？"他拿着书，蛮横地问。

115

"书是订购的，先生。"

"我没有订，我家里人也没有订，我很乐意告诉你这些。"

书店老板查了查订购登记簿。

"哦，寄错人了，先生，"他说，"这本书是安琪·克莱尔先生订的，应该要寄给他才对。"

克莱尔先生愣了，仿佛被人打了一样。他回了家，脸色苍白，满是沮丧，他把安琪叫到了书房。

"看看这本书，我的孩子，"他说，"你对这本书知道多少？"

"这是我订的书。"安琪坦言道。

"订它做什么？"

"读啊。"

"你怎么会想到读这本书？"

"我怎么想到的？为什么——这本书讲的哲学体系。在所有出版的书里，没有比它更符合道德，甚至更符合教义的书了。"

"对——够道德，我不否认。但是在宗教上，不是！——尤其对你来说，一个将要宣扬福音的传教士来说！"

"既然你提起了这件事，父亲，"儿子说，神情急切，"我想说，索性这次说清楚，我不想做牧师。做了，我恐怕也难以认真做下去。我爱教会，跟爱父母一样。我对教会将永远怀着最热烈的情感。再也没有一种机构的历史能像她一样让我敬爱了，但是，我做不到真正成为她的牧师，不能像哥哥们一样，如果她不能从站不住脚的赎罪崇神的思想中脱离出来。"

这位简单淳朴的牧师从没想到，自己的亲生骨肉会出现这种情况。他呆住了、受到了惊吓，随后气馁了。如果安琪不加入教会，送他到剑桥的意义在哪里呢？对于这位思想刻板的牧师来说，进入大学而没有加入教会，就像一本书有序言却没有正文。他不仅仅只是信教的人，他非常虔诚，他是一个坚定的信徒——这不是现在教会内外拿神学玩把戏而闪烁其词时的意义，而是在福音教派从过去一直延续到现在的，具有强烈意义的一个词：信徒是一个

——真正相信

第三部 追求新生

> 十八世纪以前
> 那永恒神圣的存在
> 确实……[1]

安琪父亲跟他争论，试图劝他，甚至恳求他。

"不，父亲，其他的先不说，光是第四条我就无法承认，无法按照《宣言》[2]所要求的'从字面和语法上的意义'都接受它。所以，在现在这种状态下，我成不了牧师。"安琪说，"在宗教问题上，我的本能倾向于改造它。用你喜欢的《希伯来书》里的话说就是'被震动的都是受造之物，都要挪去，使那不被震动的常存'。"

他父亲非常伤心，安琪见了心里也很难受。

"我和你母亲省吃俭用供你上大学，还有什么用处呢？如果不是为了上帝的光辉和荣耀？"父亲一再说。

"为什么，还可以是为了人类的光辉和荣耀，父亲。"

也许安琪继续坚持下去，他就能像两个哥哥一样去剑桥了。但是，把进入高等学府当作成为牧师的一块垫脚石，这个是家族传统。这个想法在父亲心里是那样的根深蒂固，因此这个敏感的儿子感到，他要再坚持下去无异于侵吞了一笔他人的委托财产，对不起虔诚的家长们，正如他父亲暗示的那样，他们不得不节衣缩食，为了实现供养三个儿子都受到教育的计划。

"那我不去上剑桥了，"最后安琪说，"现在这种情况下，我觉得我没有权利去上剑桥大学。"

这场关键性的辩论的后果，不久就显露出来。他年复一年，做了很多杂乱的学问、尝试和思考，他开始表现出对社会习俗和礼仪的冷漠，他越来越鄙夷这种地位、财富世俗上的区别。就连"世家望族"（借用近来故去的一个当地名人的词），对他来说，也失去了迷人之处，除非它的后人能带来新的变化。也算是调剂一下苦行僧一般的生活吧，有段时间，他去了伦敦，看看外面的世界，也想在那儿找份工作，或者做点

---

[1] 引自勃朗宁的《复活节》。
[2] 是指英王爱德华四世于1553年颁布的宣告。宣告的第四条是"耶稣复活"。

生意，他被迷得昏了头，差点上了一个年纪比他大了很多的女人的当，幸好他最后逃脱了，避免了最惨的情况。

幼年在幽静乡村的生活，让他不可抑制地、非理性地厌恶起现代生活，同时也关闭了他通往成功的路，因为他既不愿意遵从世俗的号召，也不愿意追求不切实际的精神工作。但他必须做点什么，他已经浪费了许多宝贵的岁月。后来认识了一个殖民地农场主，生意蒸蒸日上，安琪突然想到这也许是条正确的路。农业，无论是在殖民地、在美国，还是在国内——必须先通过一段认真的学徒期才有资格从事——也许能带给他独立，而不用牺牲他比丰衣足食更重视的精神自由。

于是，我们就看到已经二十六岁的安琪·克莱尔来到塔布塞斯，成为一个奶牛场的学徒。因为在附近租不到一个舒适的住处，他便寄宿在奶牛场。他的房间是一个很大的阁楼，占领整个奶牛场屋舍的房顶，只有奶酪房的一架楼梯能上去，在他来之前，阁楼已经关闭了很长时间，他选了它作为住处。克莱尔住在这儿，有足够的空间，晚上大家都休息了，还能听见他走来走去的声音。在阁楼的一头用帘子隔出了一部分，里面放着他的床，外面则布置成一个简单的起居室。

起初，他总是待在楼上，读大量的书，偶尔弹弹一把特价的时候买来的旧竖琴，有时，他会带着苦涩开玩笑说，某天他可能要在街上靠它生活了。不久后，他就更喜欢研究人的自然本性，他下楼同场主、场主太太还有工人们一起在那间大饭厅吃饭，所有人在一起形成了一个活跃热闹的整体，尽管很少的工人们留在奶牛场里，只有几个工人们一起吃饭。克莱尔越住在这里，他对同伴的反感越少，他就越愿意同他们来往。

他万万没想到，他真的喜欢与他们相处了。他想象中的传统农场工人们——就是报纸上宣扬的像乡巴佬一样可怜愚笨的人——这种想象，在他住下没几天就消失了——在这里生活几天后这种想法就被消除了。其实说真的，虽然现在他跟他的朋友们亲切交谈，想当初，克莱尔从一个截然不同的社会来到这里，对那儿的一切还记忆犹新，他是觉得这些人有些奇怪。最开始，跟奶牛场的人平起平坐，他还觉得有失体面。他们的思想观念、生活方式和生活环境，好像是倒退落后、索然无味的。

但是住在那儿，随着时间一天天过去，这个敏感的寄居者就逐渐认识了这些表象外的全新的一面。虽然表面没有什么变化，但是单调乏味已经被丰富多彩所取代了。招待他的主人和主人一家、男工和女工们，在逐渐被克莱尔熟悉后，像起了化学变化一样，一个个显示出自己的特点来。他突然深刻认识到了帕斯卡[①]说过的话："越有洞察力的人，越能看到别人的独特之处。只有庸人是看不出人与人的差别。"那个典型不变的乡巴佬不复存在。他已经分裂成一群不同的农场工人——思想不同、性格各异。有些人快乐，许多是安静的，少数几个是忧郁的，有聪明得像天才的人，也有愚笨的人，有轻佻的人，有质朴的人。有沉默不语的米尔顿式的人，也有锋芒未露的克伦威尔式的人。就像对他以前的朋友们一样，克莱尔对他们每个人都有了不同的看法，彼此赞扬，彼此指责，因想到自己的癖好或缺点而发笑或悲伤。他们每个人都有各自的方式，走向重归尘土的路。

　　出乎意料的是，他开始喜爱户外的生活了，单纯因为它本身，因为它给他带来的东西，而不是因为对自己选择的职业的影响。就克莱尔的处境而言，他已经令人惊奇地摆脱了长期的愁思，那种愁思占据着每个因为对上帝的仁慈丧失信心的文明人类的思想。近些年来，第一次他可以阅读自己更想读的内容，用不着为职业考虑而死记硬背，因为他认为想要一读的几本农业手册，只占用了很少的时间。

　　他与过去渐渐疏远了，在人生和人性中间看到了一些新的东西。其次，他越来越熟悉过去只是模糊知道的自然现象——如不同情调的季节、清晨和傍晚、黑夜和正午、不同脾性的风、树木、水流和迷雾、幽暗和寂静，还有无生命事物的声音。

　　黎明时分，寒意阵阵，因此在吃早饭的大房子生火还是可以接受的。克里克太太认为克莱尔太有教养了，不适合跟他们在一张桌子上吃饭，就让他坐在张着大口的壁炉旁边，盘子、杯子和碟子放在一块用铰链固定的搁板上。他对面是一个又长又宽的直棂窗户，阳光射进来，照

[①] 帕斯卡，全名布莱士·帕斯卡（Blaise Pascal），法国数学家、物理学家、哲学家、散文家，此句引自他的《思想录》。

亮了他坐的那个角落，加上从壁炉的烟囱里射出的一道清冷的蓝色光线，他想要看书的时候，就可以毫不费劲地看书了。在克莱尔和窗户中间，是他的伙伴们坐的桌子，他们用力咀嚼的身影清晰地映在窗玻璃上。旁边是一扇牛奶房的门，可以看见一排排长方形的铅桶，用来装满早晨挤出来的牛奶。更远的一头，可以看到巨大的搅拌器正在转动，也可以听见搅拌的声音——隔着窗户可以看见它的动力来源，那是一匹没精打采的马，在一个男孩的驱赶下绕着圈走着。

苔丝过来之后的几天里，克莱尔总是坐在那儿，聚精会神地读书，读杂志，或者是读寄到的乐谱，几乎没有注意到苔丝的存在。苔丝话不多，其他的女孩子又滔滔不绝，因此在那一片喧哗里并没有注意到新的声音的出现，而且他也习惯于忽略细节，只关注外面世界的大体印象。然而，有一天，他正在熟记一段乐谱，在头脑里集中想象力、聆听旋律的时候，他出了神，乐谱掉到了壁炉边上。那时早饭已经做完了，水也烧过了，他看着燃烧的木头，只剩下一点火苗跳着最后的舞蹈，似乎吉尔舞和着他脑海里的旋律。他还看着从横梁或十字架上垂下来的两根挂钩，上面沾满了烟灰，也和着同样的旋律颤动，空了一半的水壶低声伴奏着。桌子上的谈话声混进了他虚幻的管弦乐曲里，直到他想道："这些女工中，有个声音多么柔软清澈啊！是新来的那个人的吧。"克莱尔扭头看向她，她正跟其他的女工坐在一起。

她没有看向他。事实是，因为他长久的沉默，大家几乎忘记他的存在了。

"我不知道幽灵的事情，"她正在说，"但是我知道在我们活着的时候，我们的灵魂是能脱离我们的身体的。"

奶牛场场主看向她，嘴巴里还塞满了食物，眼睛里带着严肃的质疑，巨大的刀叉竖在桌子上（这儿的早餐是很完整的早餐），像是准备搭绞架。

"什么——现在也可以吗？是这样吗，小姑娘？"他问。

"要感受到灵魂出窍，最简单的一种方法，"苔丝继续说，"就是晚上躺在草地上，直直地盯着天上某颗又大又亮的星星，心无旁骛地盯着它，你马上就会觉得你的灵魂已经离开你的身体有好几百里了，而你又似乎根本不想这样。"

奶牛场老板移开盯着苔丝的视线，转而盯着他的妻子。

"真是件怪事，克里斯蒂安娜——嘿？想想，三十年来，我在有星星的夜晚走了多少里路啊，献殷勤，做生意，请大夫，找护士，一直到现在，怎么就没有想到过这样的方法，我的灵魂一寸也没有离开过我的衣领。"

所有人，包括奶牛场场主的学徒，都把目光投向了苔丝，苔丝脸红了，急忙推说那只不过是一种幻觉后，重新开始吃早饭。

克莱尔继续观察她。她立即吃完了饭，意识到克莱尔正在注意她，她开始用食指在桌布上画想象的花样，就像一只家养动物知道有人看自己时那样局促不安。

"那个挤奶女工，真是自然的一个女儿，多么清新纯洁啊！"他自言自语道。

后来，他似乎在她的身上注意到了一点似曾相识的东西，让他回忆起充满欢乐的、对未来充满期待的昔日时光。在那些日子里，他不必忧虑重重，也不必瞻前顾后。他的结论是他以前肯定见过她，只是一下子说不出是在哪儿。肯定是某次在乡下闲逛时偶然见到的，他没有接着深究。但是，如果说他要注意某一个挤奶姑娘的话，他一定选择苔丝，而不是其他的漂亮女工。

第十九章

　　一般来说，母牛是停在谁面前，就让谁挤奶，不会特意喜欢或者选择谁。可是某些奶牛却喜欢某双特定的手，有时，偏爱到了极点，除了它们最喜爱的人，都不会老实站着，遇到不喜欢的，还会毫不客气地把牛奶桶踢翻。

　　奶牛场场主立了规定，一定要通过不断地变换人手来打破奶牛这种固执的好恶。不然的话，一旦这位挤奶的男工或者女工离开了奶牛场，他就会陷入困境。然而，那些挤奶女工私心，恰好与场主的规矩相反，如果每个姑娘每天都选择八头或十头已经挤习惯了的奶牛，她们挤起来就会出奇地轻松不费力。

　　同她的伙伴们一样，苔丝很快就发现了有几头牛她操作起来特别顺手。近两三年，她将自己长时间禁锢在家里，她的手指变得纤弱了，因此在挤奶时，她倒乐意去迎合奶牛的意愿。在全部的九十五头奶牛中，有八头特别的牛——矮胖子、幻想、傲慢、雾气、老美人、小美人、整洁、大嗓门——尽管有一两头牛的奶头硬得跟胡萝卜一样，但只要她的手指轻轻一碰，它们就自动流出牛奶来。不过她懂得奶牛场场主的意愿，因此凡是走到她面前的奶牛，她都认真竭力地挤奶，除了几头牛她实在无法应付之外。

　　但是，过了不久她就发现，那些奶牛的位置表面上看起来是偶然的，却跟她的期望很一致，这太奇怪了，后来她觉得它们的安排不会是偶然的结果。最近，奶牛场场主的学徒总帮着把奶牛赶到一起，五六次后，她转向克莱尔，头靠着奶牛，满眼都是狡黠地追问。

　　"克莱尔先生，这些奶牛一定是你安排的吧！"她一开口，脸就红了起来，责备的时候，上嘴唇不由自主地翘起，露出了一点牙齿，虽然

第三部 追求新生

下嘴唇仍紧紧抿着。

"啊，都一样，"他说，"这些奶牛总归都要你挤的。"

"你是这样认为的？我倒希望能这样！但我不知道。"

然后她生起自己的气来，心想，他不知道她之所以喜欢这儿的隐居生活，是有重大理由的，他有可能误解了她的意思。她对他说话是那样认真，在某种程度上，似乎他的存在正是她所希望的。到了傍晚，她愈发不安，工作结束后，她独自一人走进园子，继续后悔不该向他透露自己发现了他的体贴照顾。

这是六月间一个典型的夏天傍晚，大气平和幽静，富有穿透性，那些没有生命的东西也似乎有了两三种感觉，就算没有五种的话。远近的界线消失了，地平线以内的一切，听起来都近在咫尺。四下寂静无声，苔丝觉得这并不是声音的消失，而是一种确定的存在。这时传来了一阵琴声，打破了这片寂静。

苔丝曾听过顶楼的楼阁传出这些曲调。那时琴声受着环境的拘束，暗淡模糊、没有生气，从未像现在这样深深吸引她，琴声在寂静的空气中荡漾，带着质朴无华的音质，给人赤裸裸的感觉。说实话，乐器不怎么样，演奏也贫乏，不过什么都是相对的，苔丝听的时候，她就像一只被迷住的小鸟，待在那儿不能挪步了。并且，她还向演奏者靠近，一直躲在树篱的后面，免得让他注意到她的存在。

苔丝发现她来到了园子的边缘，这里已经许多年没有耕种过了，如今一片潮湿，长满了多汁的杂草，这些杂草一碰就腾起一阵雾状花粉。杂草长得很高，又开着花，散发出阵阵刺鼻的味道——红色、黄色、紫色的野花，构成了一幅绚烂的图画，如同人工培植出来的花一样让人眼花缭乱。她像一只猫似的，悄悄穿过茂密的杂草，裙子粘上了吐泡虫的黏液，脚踩碎了蜗牛壳，手染上了蓟汁和鼻涕虫的黏液，裸露的手臂也沾上了黏糊糊的叶斑，这种叶斑虽然在苹果树干上时是雪白的，但是一沾到皮肤上就变成了鲜红的斑块。就这样，她走到了离克莱尔很近的地方，克莱尔依旧没有发现她。

苔丝完全察觉不到时间和空间的存在了。她过去所讲的那种由凝望星星而随意产生的欣喜，此刻她也没有刻意追求就出现了。她的心情随

着那把二手竖琴的音调起伏，这种和谐的起伏，像微风吹拂过她，让她的眼睛满含泪水。漂浮的花粉，似乎就是可见的音符，花园的湿气，仿佛是感性的花园在哭泣。虽然夜幕低垂，散发刺鼻味道的野花依旧绚丽夺目，仿佛因为听得太专心而不肯闭合，颜色的波浪和琴音的波浪相互混合在一起。

那时，还在闪耀的光线，大半来自于西边云彩中的一个大窟窿，它仿佛是偶然遗忘下来的一片白昼，因为别的地方已经暮色苍苍了。他弹完了忧伤的旋律，一场非常简单的弹奏，不需要太多的技巧。苔丝等待着，想着可能还会有另一曲。然而，克莱尔已经弹累了，他随意转向树篱，信步走到了苔丝后面。苔丝，脸像火烧一样，急忙偷偷溜掉，好像刚刚根本没有移动。

不过，安琪看见了她那身轻便的夏衣，于是他说话了。尽管已经有一段距离，苔丝还是听到了他低沉的声音。

"你为什么那样走开了，苔丝？"他说，"你害怕吗？"

"噢，不，先生……我不害怕屋子外面的东西，特别是现在，苹果花飘落下来，到处都是翠绿的。"

"但你害怕屋子里的某些东西，嗯？"

"嗯——是的，先生。"

"是什么？"

"我也说不清楚。"

"怕牛奶变酸？"

"不是。"

"害怕活着？"

"是的，先生。"

"哦——我也是，常常怕。磕磕绊绊的，活得相当辛苦，你不这样觉得吗？"

"是的——就像你说的这样。"

"都一样，我真没有想到，像你这么年轻的女孩，这么早就这样看待生活，你怎么会有这样的想法？"

她踟蹰不语。

"说吧,苔丝,偷偷告诉我。"

她以为他指的是她怎么看待事物的各个方面,便羞怯地回答说——

"树木都长着一双好奇的眼睛,是吧?——我的意思是,看起来好像有一双眼睛。河流也说——'你为什么那样看着我、烦扰我?'你似乎看到无数个明天,全都排成一排,第一个最大最清晰,其余的离你越远,就越小。但每个都好像非常凶狠残忍,好像在说:'我来啦!小心我啊!小心我啊!'……可是你,先生,可以用音乐唤起梦境,赶走所有可怕的幻影!"

他惊奇地发现,这个年轻的女孩子——虽说只是一个挤奶女工,她身上罕见的想法,就足以让同屋的女工们嫉妒不已了——竟会如此多愁善感。她用本土的字眼——再加上一点儿六年正规教育中学到的东西——表达着的感受,几乎可以称之为这个时代的感受,即现代主义的痛苦。他原先非常在意这些想法,但是后来他想到,这些所谓的先进思想,多半是赶时髦的定义——用什么"学说"或"主义"的字眼,准确表达了几个世纪以来男男女女模糊捕捉到的感觉,想到这些,他也就不那么在意了。

但,仍然叫人奇怪,她竟然有这样的想法,在这么年轻的时候。不只是奇怪,还让人印象深刻,叫人感兴趣,引人怜悯。无法推测到原因,他也就无法知道,经历不在于时间长短,而在于其深刻的程度。过去苔丝肉体上的苦难造就了她精神上的收获。

不过,在苔丝这边,她就无法理解,一个出身牧师家庭、受过良好的教育、物质上并不匮乏的人,为什么会将生活看成一场灾难。像她这样一个不幸的新移民,倒有很好的理由。但是他那样一个令人钦佩的、富有诗意的人,怎么会陷入耻辱谷① 的,怎么也会有《圣经》中的乌兹老人② 同样的感受呢——就跟她两三年前就感受到的一样——"我的灵魂宁愿选择被勒住绞死,而不愿活着。我厌恶生命,我不愿永远活着。"

的确,他目前已经脱离他的阶级。但苔丝清楚,那只是因为,他

---

① 耻辱谷:出自约翰·班场(1628—1688)的《天路历程》第一部。
② 指的是《圣经》中的约伯。

德伯维尔家的苔丝

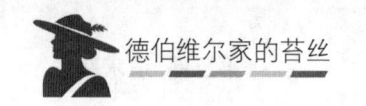

就像彼得大帝要做一个造船工人一样①,正在学习他想要了解的事物。他不会因为被迫而去挤牛奶,而是因为他正在学习怎样成为一个极为富有、家业兴旺的奶牛场场主、地主、农业家和饲养员。他会成为一个美国或澳大利亚的亚伯拉罕②,像君主一样统领着他的羊群和牛群,花点的,斑纹的,还有男仆和女仆。不过有时,她也似乎无法理解,这样一个明显好读书、喜欢音乐和有思想的年轻男人,竟然会刻意选择做个农夫,而不是牧师,像他的父亲和哥哥一样。

如此一来,两人都没有解开对方秘密的线索,对对方显示出来的思想感到迷惑不解。他们等待着进一步了解对方的性格和脾气,而没有试着探究底细。

每天,每个小时,他都多发现一点点她的天性,她也是如此。苔丝一直在试着过一种自我压抑的生活,不过她根本不知道,自己的生命力是多么强大。

起先,苔丝把安琪·克莱尔看成一个智者,而不是一个男人。就这样,她对比着自己和克莱尔。每当发现他那样知识渊博,自己的见解那样浅薄,跟他像安第斯山峰般的智力相比,距离是那么大,她不禁心灰意冷,自暴自弃,不想做任何努力了。

有一天,在他随意提到古希腊的牧师生活时,他看出了她的沮丧。他说话的时候,她正采着土坡上一种名叫"老爷与太太"的花蕾。

"你为什么突然不高兴了?"他问。

"哦,就只是——我自己的事。"她苦笑了一下,说话的时候,同时烦躁地剥开了一个"夫人"花蕾,"只是想起了我自己可能会怎么样!我运气不好,看来我的一生是要浪费掉了!我见你知识那么渊博,阅读那么丰富,见识那么广,思想那么深刻,我感觉自己一无是处!我就好像是那个活在《圣经》里可怜的示巴女王,一点精神都没有了。"

"天晓得,不要为这忧愁了!哎呀,"他颇为热心地说,"亲爱的苔丝,我不知多么高兴,能在历史或者阅读上帮你,只要你想要学习的

---

① 俄罗斯沙皇彼得大帝(1672—1725),曾在荷兰和英国的船坞学习造船技术,回国之后开展了一场改革。
② 亚伯拉罕是希伯来人的始祖,虔诚信仰上帝。

话——"

"又是一个'夫人'。"她举着一个剥开的花蕾,插嘴说。

"什么?"

"我的意思是,剥开的花蕾中总是'夫人'比'老爷'多。"

"'老爷''夫人'什么的就不要管了。你想学习一门什么课吗,比如说历史?"

"有的时候我觉得,我一点都不想学习更多的东西了,我知道的已经够了。"

"为什么不想?"

"因为学了又有什么用呢?只不过是成为一大串人中的一个而已——然后发现某一本旧书中记载了一个和我一样的人,而我只好扮演她一样的角色,有什么意思呢?徒增悲伤而已。最好是根本不要记得你的本性还有过去种种跟其他千千万万人一样,你将来的生活和将要做的事情也会和其他千千万万的人一样。"

"那么,真的?你什么都不想学?"

"我倒想学学——为什么好人和坏人,太阳都要照耀着,"她回答说,声音微微颤抖,"不过有哪本书会告诉我这些?"

"苔丝,别这样苦恼!"当然,他这样说,不过是出于一种习惯的责任感,因为过去他自己也产生过类似的疑问。他看着她还没有实际经验的嘴和嘴唇时,心里想着,这么一个乡下姑娘,会有这样的想法,只可能是照搬了别人的话吧。苔丝继续剥着"老爷和夫人",垂着眼,波浪似的眼睫毛垂在柔软的脸颊上。克莱尔看了一会儿,才恋恋不舍地走了。他走了以后,她还在那儿站了一会儿,满腹心事地剥着最后一个花蕾,然后,突然从沉思中清醒了过来,不耐烦地将手中这一朵,和其他高贵的花蕾扔到地上,对自己刚才的愚蠢行为生起气来,同时内心深处又激动起来。

他一定觉得她愚蠢极了呀!为了急于取得他的好感,她又想起了近来努力忘掉的事情,这些事情是多么不愉快——就是她家和德伯维尔家来自同一祖先的事。尽管这种关系没有任何益处,它的发现只给她带来了种种灾难。也许,克莱尔先生,既是一个绅士,又学习历史,要是他

127

知道王牌教堂里那些波倍克大理石和雪花石雕像事实上代表着她的直系祖先,知道她毫无疑问从骨子里就是一个真正的德伯维尔家族的人,而不是像特兰岭那个冒牌德伯维尔家族,由金钱和野心组成,他也许就会充分尊重她,从而忘了她剥"老爷和夫人"的幼稚举动。

但是,在贸然泄露之前,没有把握的苔丝迂回地向奶牛场场主询问了这件事对克莱尔先生可能造成的影响,她问奶牛场场主,如果古老世家已经失去所有的钱还有土地,克莱尔先生是否还会尊重。

"克莱尔先生,"奶牛场场主强调说,"是个怪人,一个你从没有听说过的反叛者——一点不像他家里的其他人;如果有一件事是他最讨厌的,那他比任何事情都要讨厌的,就是所谓的古老家族的观念了。他说,古老世家显然已经耗尽了过去所有的元气,现在什么也留不下了。以前,这儿有什么比列特家、德伦哈德家、格雷家、圣昆汀家、哈迪家,还有古尔德家,他们都曾拥有这片山谷里好几英里的地产,而现在你只要花一点点钱就能买下它们。你问为什么,你知道吧,我们这位小瑞蒂·普利德尔,就是帕利德尔家族的人——帕利德尔是古老的世家,过去拥有无数地产,这些兴托克的皇室产业现在都是威塞克斯伯爵的了,从前谁听说过威塞克斯伯爵呢。哎,克莱尔先生发现了这件事以后,狠狠嘲笑了可怜的瑞蒂好几天呢。'呀!'他对她说,'你永远也成不了一个好的挤奶女工!你们家的本领,不知道在多少年以前,就已经在巴勒斯坦用尽了,你们还得休息一千年才能恢复气力,重新做事!'几天前,有个小伙子来找工作,他说他叫麦特,我们问他姓什么,他说他从不知道自己有个什么姓氏,问他为什么,他说大概是他的家族成立时间还不够长吧。'啊!你就是我想要的人呀!'克莱尔说,他跳起来,跟他握手,'我很期待你将来的成就',还给了他半个克朗。啊,他不吃古老世家这一套的。"

听了一番对克莱尔思想的滑稽描述后,苔丝庆幸自己没有因为一时软弱而透露一个字——虽然她的家族异常古老,差不多已经重新轮回,又形成一个新的家族了。另外,在这方面,似乎还有一个挤奶女工跟她不相上下。因此她闭口不提什么德伯维尔的墓室、什么威廉一世了。了解克莱尔的性格以后,她猜想大概是因为她不同于传统的新意引起了他的兴趣。

第三部 追求新生

第二十章

时间推移,渐至成熟季节。又一年,鲜花、树叶、夜莺、画眉、燕雀,以及诸如此类的朝生暮死的生灵,已经各就各位,站在了一年前其他生灵的位置,而这些生灵那时只是一些胚芽和无机颗粒。晨曦的光线唤醒了苞芽,使其伸展出长长的枝条,激起一股股无声流动的汁液,绽开了花儿,在无形的呼吸中散发着香气。

奶牛场场主克里克的男工女工们,生活过得舒舒服服、平平稳稳,甚至是快快乐乐的。他们的位置也许是在整个社会范围内最快乐的位置,与下层人士相比,他们不用忍饥挨饿,已经结束了贫穷生活,与上层人士相比,他们的天性不用受到繁文缛节的束缚,也不用面临赚钱太少不够追求俗套流行的压力。

树叶繁盛的时间过去了,那时野外的一切目的似乎都是让树叶生长。苔丝和克莱尔不自觉地互相试探,总是处于激情的边缘,然而似乎又在压抑情感。由于受到一种不可抗拒的法则的支配,他们始终在互相靠拢,完全就像两条溪流交汇到同一个山谷中。

最近几年的生活中,苔丝从未像现在这样快乐过,也许以后也不会这样快乐了。一方面,她身心都很适应新的环境。原本被种到有毒土壤里的小树苗,已经移植到了更深的、更富有营养的土壤里。另一方面,她和克莱尔至今仍处于好感阶段,好像还没有完全到达爱恋地带,深度不够,也没有开始什么深思,还在犹犹豫豫地互相试探,"这股新的涌流要把我带到哪里去?对我的未来意味着什么?又怎么看待我的过去?"

到目前为止,苔丝对安琪·克莱尔来说只不过是一个偶然现象——一个玫瑰色的热烈幻影,只是刚刚能够留在他的意识里。因此他允许自己思想被她占据,相信自己的专注,最多也只是一个哲学家对一个新奇、清新和有趣的女性标本的注意罢了。

他们频繁见面，无法克制。他们每天都在奇异庄严的时刻相见，在朦胧的清晨，在紫罗兰色或者玫瑰色的黎明里相见，因为这儿要求早起，非常的早。牛奶得早早挤完，挤牛奶之前要先撇奶油，凌晨三点多一点就要开始。通常是他们自己先选好一个人，由闹钟叫醒，然后他再去叫醒其他人。苔丝是最近才来的，但是他们马上就发现她可以自己醒来，不用像其他人一样要靠闹钟，因此这项任务时常落在她身上。三点钟一到，闹钟一响，苔丝就走出房间，跑到场主的门前叫醒场主，然后上楼到安琪的门前，低声叫醒他，最后才叫醒她的女伴们。等到苔丝穿好衣服，克莱尔已经下楼，出门走进了潮湿的空气里。剩下的女工和场主通常都要在枕头上再多赖一会儿，一刻钟后才出现。

破晓和日暮时分的半灰色调子不尽相同，尽管明暗程度似乎是一样的。清早的朦胧中，光亮活跃，黑暗消极，而黄昏的朦胧中，黑暗活跃，并不断增强，光亮反倒沉寂。

常常——也许不全是偶然——他们是奶牛场里起得最早的两个人，因此他俩仿佛觉得自己也是全世界起得最早的两个人。初到这里的几天，苔丝不撇奶油，但她起床后立马就出门，克莱尔总是在等她。空旷的草地上，弥漫着半明半暗、水汽迷蒙的光线，让他们生出一种与世隔绝的感觉，好像他们就是亚当和夏娃。在一天开始的朦胧时刻，克莱尔觉得，苔丝似乎在性格和形体上都格外尊贵庄严，几乎像个女王，也许是因为他知道，在这异乎寻常的时刻，具有苔丝这样禀赋的人，是不大会走在露天里，在他的视线范围内走动，整个英格兰都很少见。仲夏黎明，美丽的女人通常都还在沉睡。她，近在眼前，而剩下的不知在何处。

就在这种明暗混合的奇特光景里，他们一起走向奶牛休息的地方，这常让克莱尔想起耶稣复活的时刻。他完全不会想到走在他身边的也许是个抹大拿①。当一切景物笼罩在一片混合色调里的时候，他同伴的脸

---

① 抹大拿，《马太福音》里，抹大拿的玛利亚原本是个妓女，后来因为信仰而改邪归正。

第三部 追求新生

就成了他注目的焦点,不受迷雾的影响,那张脸似乎抹上了一层磷光。她看上去缥缥缈缈,仿佛只是一个未被拘束的灵魂。实际上,虽然不是很明显,她的脸是受到了东北方清冷光线的照射,而他自己的脸,尽管他没有意识到,在苔丝看来,也是一个模样。

正如先前所说,就是在这种时刻,苔丝给他的印象最为深刻。她不再是一个挤牛奶的女工了,而是一种虚幻的女性化身——全部女性凝聚而成的一个典型形象。他半是戏弄地叫她阿耳忒弥斯和德墨忒耳[①],以及其他一些神话中想象的名字,但是苔丝不喜欢,因为她不懂其中意义。

"叫我苔丝。"她横眼看他说,他照做了。

后来天越来越亮了,她的面容纯粹就是一个女子的面容了,从赐福于人的女神变成了乞求福佑的凡人了。

在没有其他人的时间里,他们可以走到离水鸟很近的地方。苍鹭高声鸣叫,声音像是开门开窗的声音,它们从草地旁边常栖身的树林中飞来。或者,如果早就飞到了,这对情侣走过的时候,它们依旧大胆地站在水里,缓慢、水平、冷淡地转动脑袋,看着他们,像是发条驱动的木偶在转动。

这时,他们看见一层层稀薄的夏雾,一小团一小团地飘浮在草地上,像羊毛似的,平铺开来,还没有床单厚。灰蒙蒙湿漉漉的草地上,还留有奶牛晚上躺过的痕迹——在露珠的汪洋大海里,有一块块干的地方,像一个个深绿色的岛屿,和奶牛一般大小。从每个小岛延伸出一条弯弯曲曲的小路,那是奶牛起来后漫步吃草的痕迹,每条小路尽头他们都能找到一头奶牛。奶牛认出他们时,就从鼻孔里呼呼喷出一股热气,形成一小团比周围更浓的雾气。接着,苔丝和克莱尔便把奶牛赶回院子,或者坐在那儿给他们挤奶,具体视情况而定。

有时夏雾弥漫得更开,草地便像一片白茫茫的大海,露出的几棵零零落落的树木,就像危险的岩礁。小鸟穿过雾气,飞向上方的光亮处,然后飞翔着,沐浴着晨曦,或者,落在分隔草地的湿栅栏上,此刻栅栏

---

① 阿耳忒弥斯,希腊神话中的月亮女神。德墨忒耳,希腊神话中的谷物女神。

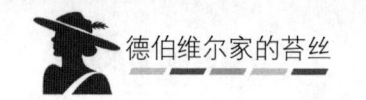

像玻璃棒一样闪亮。雾气凝结在苔丝的眼睫毛上,像挂满了细小钻石,雾气凝结在头发上,也好像颗颗小珍珠。等到日光变得强烈,露珠消失了,苔丝也就失去了那种奇特缥缈的美。她的牙齿、嘴唇和眼睛又在阳光下闪烁,她又只不过是一个耀眼美丽的挤奶女工了,不得不与世界上其他的女人竞争。

大约在这个时候,他们就会听到奶牛场场主克里克的声音,责怪那些不住在奶牛场里的工人来得太晚了,训斥年老的德博拉·费安德尔,因为她没有洗手。

"看在上帝的分上,把你的双手放在水泵下洗洗吧,德布!我敢发誓,要是伦敦那里的人知道了你,知道了你的邋遢样子,他们吞咽牛奶黄油的时候,一定会更加挑剔。我说过多少次了。"

挤牛奶开始了。到快结束的时候,苔丝和克莱尔,与其他人一样,可以听见克里克太太在厨房里将沉重的饭桌子从墙边拖出来,这是每顿饭开始前例行的准备。吃完饭,收拾好桌子,伴随同样刺耳的声音,桌子又被推回原位。

第三部 追求新生

第二十一章

早饭刚过,牛奶房里就发生了一场骚动。搅乳器照常运转,但是搅不出黄油来。每当出现这种事情,奶牛场便瘫痪了。大圆桶里的牛奶被搅得叽里咕噜一直响,但是他们一直等待的黄油出来的声音却没有响。

奶牛场场主克里克和他妻子,挤奶女工苔丝、玛莲、瑞蒂·普利德尔、伊丝·赫特,住在奶牛场屋舍里的已婚女工,还有克莱尔先生、乔纳森·凯尔、老德博拉以及其他的人,全站在那儿,束手无策地盯着搅乳器。外面赶马的男孩眼睛瞪得像月亮一样圆,以此表示他对这件事的关心。就连那匹忧伤的马,似乎每走一圈,也要用绝望的神情向窗户里看一眼。

"我已经很多年没有去艾敦荒原找特伦德尔巫师的儿子了,好多年了!"奶牛场场主痛苦地说,"他比他父亲可差远了。我说了不下五十次了,如果我说过的话,我不相信他,虽然他给人看尿治病倒是真的挺好的。要是他还活着,我就得去找他了。唉,是啊,如果什么都出不来,我必须得去找他了!"

见到场主这副绝望的样子,甚至克莱尔先生也难过起来。

"我小时候,有个福尔巫师,住在卡斯特桥那边,大家都管他叫'大团子',他倒是个很不错的人,"约纳森·凯尔说,"不过他现在成了枯木了。"

"我的爷爷过去经常去找麦特恩巫师,他住在猫头鹰谷,他是一个很聪明的人,我是听我爷爷这样说的。"克里克先生接着说,"但如今是没有这样有真本事的人了!"

克里克太太一直专注于眼前的事。

"也许奶牛场里有人在恋爱呢,"她试探着说,"我年轻的时候听

人说起过，有人恋爱就会有这样的情况发生。哎呀，克里克——几年前我们雇的那个女工，还记得吗，那时黄油也是怎么都出不来——"

"啊，记得，记得！——但你说错了。那跟恋爱没有一点关系。我记得所有细节——那次是因为搅乳器坏了。"

他转向克莱尔。

"杰克·道洛普，以前我们雇过的一个挤奶工，那个婊子养的，勾引了梅尔斯托克的一个姑娘，就跟以前骗其他姑娘一样，骗了她。不过他这次遇到了一个不好惹的女人，不是他骗的那个姑娘。那天正好是耶稣升天节，就是在这儿，就在我们现在站的地方，只不过那天没有搅黄油，我们看到那个姑娘的妈妈出现在门口，手里拿着铜皮包住的大伞，那把伞看起来都能打死一头牛了，她嘴里还嚷着：'杰克·道洛普在这里干活儿吗？——我找他！我有笔大账要跟他算算，这账一定得算算！'跟杰克好上的姑娘，就跟在她母亲后面不远处，捂着手绢，哭得好伤心。'天哪，遭了！'杰克从窗户看到了她们，说，'她会要了我的命的！我该躲到哪儿呢——躲到哪儿呢——？不要告诉她们我在哪里！'然后他就打开搅乳器的活板门，把自己关在了里面，就在这时，姑娘的妈妈冲进了牛奶房。'那个王八蛋——躲到哪里了？'她说，'他要落到我手里，我一定把他的脸抓个稀巴烂！'就这样，她到处搜了个遍，她一边搜一边威胁杰克，杰克躲在搅乳器里都快窒息了。那个可怜的女工——或者说年轻姑娘——就站在门口，眼睛哭得又红又肿。我应该一辈子也忘不了，一辈子也忘不了。大理石见了，也要熔化！不过她怎么也找不到他。"

奶牛场场主暂停了一会儿，旁边听着的人评论了一两句。

克里克场主说的故事，常常听起来似乎结束了，但实际上没有结束。不知情的人，还以为讲完了，于是感叹几句，不过他的老朋友们都知道。讲故事的人又要继续了——

"唉，我真不知道那个老女人会这么聪明，竟然猜到了，她发现杰克躲在了搅乳器里。她一声不想地抓住了手把（那时机器靠的是人力），转动起机器，杰克就开始在里面翻滚。'天哪！住手！让我出来！'他边说边伸出脑袋来，'我要被搅成肉酱了！'（他内心是个胆小鬼，这种人大部分都是）。'你毁了我女儿的清白，不娶她，你就别想出来！'老太太说。'不要摇了，你这个老巫婆！'杰克尖叫起来。'你骂我老巫婆，还敢骂我，你这个骗子，'她说，'这剩下的五个月里，你该叫我丈母娘！'她接着摇起来，杰克的骨头再次被晃得哐当直响。哎，我们没人敢管这件闲事，到最后他答应娶那个姑娘才算完。'是，是——我这回一定说话算数！'他说，就这样，事情才了结。"

听故事的人笑哈哈地评论着，突然从他们的身后传来一阵急促的脚步声，回头一看，只见苔丝面色苍白，已经走到了。

"今天真热呀！"苔丝说，声音细不可闻。

那天是有些热，因此，谁也没有想到，她的离去会与奶牛场场主的回忆有关。场主走向前，给她打开门，亲切地逗趣道——

"哟，小姑娘啊，"（他常用这个昵称称呼她，无意讽刺），"你是我奶牛场里最漂亮的挤奶姑娘，夏天刚呼出点热气，你不该就这样累，到了三伏天，你该什么都做不了了。是不是啊，克莱尔先生？"

"我就是有点头晕——我——我走到外面就会好点。"她机械地说，说完便出门不见了。

幸运的是，旋转着的搅乳器里叽里咕噜的声音突然变了，变成了明显的拍打声。

"黄油出来了！"克里克太太大叫，于是大家也就转移了对苔丝的注意。

这位痛苦的漂亮姑娘不久恢复了表面的平静，不过整个下午情绪都很低迷。傍晚的挤奶工作结束时，她不想跟其他人待在一起，于是就走出门外，漫无目的地走着。她心里很难受——非常难受——她意识到，对于她的同伴们来说，场主讲述的只不过是一个好笑的故事。除了她自己，谁还能看出其中的可悲来呢，某种程度上，这个故事是多么残酷地戳到了她人生经历中最脆弱的地方。夕阳看起来是多么丑陋，就像天空一个红肿发炎的伤口。只有河边草丛中一只孤独的、声音嘶哑的芦雀向她打招呼，声音悲伤，音调机械，好似一个她已经放弃友谊的老朋友。

六月白昼很长，挤奶女工们，确切地说，是她们中的大部分人，太阳一下山便上床睡觉了，甚至还要更早一点。这是牛奶丰产的季节，早晨挤奶的工作实在是太早太累了。苔丝通常都会跟同伴们一起上楼。然而今晚，苔丝第一个回到了她们的共同寝室，其他女工进来的时候，她已经睡得迷迷糊糊了。她看见她们在夕阳的橘黄色余晖里脱掉衣服，身体沐浴在橘黄颜色中，她再次睡了过去。不过再次被她们的说话声吵醒了，她悄悄转过头看着她们。

她的三个伙伴没有一个上床睡觉的。她们站在一起，穿着睡衣，光着脚，挤在窗边，西边天空残留的红晕依旧温暖着她们的脸颊、脖子，还有旁边的墙壁。她们兴趣盎然地看着园子里的一个人，三个人的脸紧紧靠在一起：一个心情愉悦，脸圆圆的；一个脸色苍白，头发深色；还有一个脸蛋漂亮，头发是赭色的。

"不要挤！我们都能看见。"瑞蒂说道，就是那位头发是赭色的、最年轻的女孩，她眼睛一直没有离开窗户。

"你跟我一样，爱上他都是白搭，瑞蒂·普利德尔，"玛莲说道，她是那个看起来很快乐、年纪最大的人，"他心里想的是别人的脸，可不是你的！"

瑞蒂·普利德尔依旧在看，另外两个也都再次往外看。

"他又出来了！"伊丝·赫特大喊道，她脸色苍白，头发黑黑又很滋润，嘴唇线条分明。

"你不用说什么，伊丝，"瑞蒂回答说，"我还见过你亲他的影子呢。"

"你看见她亲什么来着？"玛莲安问。

"嗯——有一次他站在奶清桶边上撇奶清，脸的影子落在后面的墙壁上，位置离伊丝很近。当时伊丝正在那儿装桶。她呀就把嘴放在墙壁上，亲了他嘴巴的影子。我可看见了，不过他没有看见。"

"噢，伊丝·赫特！"玛莲说。

一块玫瑰色的红晕出现在伊丝·赫特脸颊中间。

"好吧，这又没伤害到谁，"她假装冷静地说，"如果我爱上他了，那么瑞蒂也爱上他了，你也爱上他了，玛莲，不要否认。"

玛莲的圆脸原本就是粉扑扑的，因此脸红也看不太出来。

第三部 追求新生

"我!"她说,"你真会瞎说!啊,他又出来了!可爱的眼睛——可爱的脸——可爱的克莱尔先生!"

"你瞧——你刚刚承认了!"

"你也承认了——我们都承认了,"玛莲坦率说道,完全不在意别人的看法,"我们之间假装不是,那就太傻了,虽然我们没必要跟谁都说。我呀,想明天就嫁给他。"

"我也是——比你更想,"伊丝低声说。

"还有我。"瑞蒂更加羞怯地悄声说。

偷听说话的人脸也热了起来。

"可我们不能都嫁给他呀。"伊丝说。

"我们不该嫁给他,谁都不该,更糟糕的是,"年纪最大的玛莲说,"他又出来了!"

三人悄悄送了一个飞吻。

"为什么?"瑞蒂急忙问。

"因为他最喜欢苔丝·德贝菲尔,"玛莲压低了声音说,"我天天观察他,后来就发现了这个。"

大家都深思不说话了。

"但是苔丝一点都不喜欢他?"瑞蒂最终悄声说。

"唉——我有时也这么想。"

"不过,我们都太傻了!"伊丝·休特不耐烦地说,"他当然不会娶我们当中的任何一个,包括苔丝——一个绅士的儿子,一个将来要在国外当一个大地主、大农场主的人!更有可能的是,一年给我们一点钱,让我们当个农场帮工。"

这个叹气了,那个也叹气了,身材丰满的玛莲叹气声最重。旁边躺在床上的人也叹了口气。瑞蒂·普利德尔的眼睛里蓄起了泪水,这个长着红色头发、最年轻漂亮的姑娘,是帕利德尔家族最后一棵苗了,在这个郡的年鉴上是多么重要啊。她们又静静看了一会儿,三张脸依旧跟原先一样紧紧靠在一起,三种不同颜色的头发混合在一起。但是,克莱尔先生对此一无所知,他走进屋子里去了,她们看不见他了。这时天色越来越暗了,她们也就爬到床上去睡了。几分钟后,她们就听见克莱尔上

了楼梯，往自己房里走去。不久，玛莲就开始打呼，但是伊丝却久久不能忘怀。而瑞蒂·普利德尔是哭着睡着的。

即便这时，那个投入了更多感情的苔丝，还是没有入睡。这场谈话是她这一天不得不咽下去的又一颗苦涩的药丸。她心里几乎没有生出一丝妒忌心情。因为在这件事情上，她知道自己有优势。她外形更好，受过的教育更高，除了瑞蒂以外，她最年轻，但自己更加有女人味。因此她认为，她只需要稍加用心，就能抓住安琪·克莱尔的心，战胜她那几个率直的伙伴。但问题的关键是，她应这样做吗？严格说来，她们之中，确实谁都没有丝毫的机会。但是，她们中间有一个人，或者已经有一个人，可以让他一时迷恋，至少在他待在这儿的时间里，可以享受他的殷勤。这种不是门当户对的恋爱，最后结婚的也是有过的。她曾经听克里克太太说，有天，克莱尔先生开玩笑地问过，他将来在殖民地有上万亩的草场要照料，还得养牛，收割庄稼，娶一个漂亮的贵族小姐有什么用呢？取一个农村姑娘才比较合理。不过无论克莱尔先生是否认真说过这番话，她的良心不会允许任何男人现在就娶了她的，她曾虔诚地下定决心绝不会因受诱惑而这样做，她不会把克莱尔先生放在其他女人身上的注意力转移到自己身上，就为了在他待在塔布塞斯这段时间里得到短暂的青睐，获得一时的欢愉。

第三部 追求新生

第二十二章

第二天早晨她们下楼时,一个个都还打着哈欠,但是她们撇奶油和挤牛奶的工作还是照常进行,工作结束之后,大家就进屋吃早饭。进去以后,他们发现奶牛场场主克里克先生在屋子里不停跺脚。他收到了一封来信,一位顾客在信中抱怨奶油有一股怪味。

"天哪,还真有一股怪味!"场主说,他左手拿着一块木片,木片上沾着一块黄油,"没错——你们也尝尝看!"

几个人围拢过去,克莱尔先生尝了尝,苔丝尝了尝,其他几个在屋里的女工也尝了尝,还有一两个男工人也尝了尝,最后尝的人是克里克太太,她刚刚在外面摆早饭桌。的确有一股怪味儿。

奶牛场场主专心地琢磨着黄油的味道,仔细推测是哪种特殊的毒草与此有关,他忽然大喊道——

"是大蒜!我还以为那片草地里一片蒜叶都没有了呢。"

这时,所有老工人都想起来了,最近有几头牛被放到了一块干草地,就是这片草地,几年之前也曾毁了黄油的味道。在那时,场主没能琢磨出那个味道,还以为黄油是被下巫术了呢。

"我们必须彻底检查那块草地,"场主接着说,"这种情况决不能继续下去。"

所有人装备着旧尖刀,一起出了门。这些毒草平时根本看不出来,只可能是非常细小的,因此找出它们无异于大海捞针,几乎不可能。但是鉴于这次搜索的重要性,所有人排成一排,全都过来帮忙。奶牛场场主和克莱尔先生排在最前端,克莱尔先生是自愿来帮忙的,后面是苔丝、玛莲、伊丝·赫特和瑞蒂。再往后是比尔·勒维尔、乔纳森,以及那位已婚女工——贝克·尼布斯,她长着一头黑色的蓬松卷发和滴溜溜

139

直转的眼睛，还有长着亚麻色头发的弗朗西斯，她因为冬季在浸水草时受了潮湿而得了肺病，这两位女士都住在各自的农舍里。

他们眼睛盯着地面，慢慢在草地上匍匐搜索，搜索完一小块，接着继续搜索另一块，采用这样一种方式，是为了在他们结束搜索的时候，没有任何一寸草地能逃脱他们其中某位的眼睛。这是非常冗长乏味的工作，整片草场里，充其量只找到了五六株蒜苗，然而这种植物的辛辣味，只要一头牛不小心咬了一口，就足以使当天的奶制品变味了。

这些人的天性和脾气是多么的不同，但是他们都排成一排，弯着腰，组成了一个令人惊奇的统一队伍，自主而无声。如果有一个陌生人从附近的小路上走过，很有可能把他们看成一群"霍奇"（英国俗称，庄稼汉）。他们匍匐前行，腰弯得很低，为了更好地发现蒜苗。从毛茛上反射出来的柔和的黄色光线，照在他们背光的脸上，让他们像月光下的精灵一样，尽管正午的太阳正全力照射着他们的背部。

安琪·克莱尔虽说坚持着参与到其他人做的任何事中的原则，他还是时不时抬眼看看。当然，他渐渐靠近苔丝不是偶然的。

"哎，你怎么样了？"他低声问。

"很好，谢谢你，先生。"她拘谨地说。

仅仅在半个小时前，他们已经讨论过一系列个人的问题了，现在他们还这样客套，似乎没什么必要。不过当时他们并没有再多说，他们一直弯着腰搜索，她裙子的边缘正好碰到克莱尔的绑腿，而他的胳膊肘有时也擦到她的胳膊。最终，后面的奶牛场场主再也无法忍受了。

"我敢发誓，这样弯腰，我的背真的受不了了！"他大叫道，有点痛苦的样子，慢慢伸直腰，才完成站立，"还有你，苔丝小姑娘，前两天你不是还不舒服吗——这会让你的头更痛！要是头晕了，就不要做了，交给剩下的人完成吧。"

奶牛场场主克里克退了出来，苔丝跟在后面。克莱尔先生也从队伍中退了出来，开始四处瞎找起来。苔丝发现他来到了旁边，因为昨天晚上听到的那些话，她非常紧张，于是先开了口。

"她们看起来不漂亮吗？"她说。

"谁？"

"伊丝·赫特和瑞蒂。"

苔丝悻悻决定，她们中无论哪个，都能做一个农场主的好妻子，她应该推荐她们，掩盖自己可怜的魅力。

"漂亮？哦，是的——她们都是漂亮的姑娘——清新水灵，我常这样觉得。"

"不过，可怜的姑娘们，漂亮不能持久！"

"噢，不能持久，真可惜。"

"她们都是极好的挤奶女工。"

"是的，但是还没有你好。"

"她们撇奶油比我做得好。"

"是吗？"

克莱尔还在看着她们——她们也并非没有在看他。

"她脸红了。"苔丝鼓起勇气说。

"谁呀？"

"瑞蒂·普利德尔。"

"哦！为什么呢？"

"因为你正在看她。"

苔丝尽管有心想牺牲自己，但她还是不能再进一步，大声说出，"就娶她们中的一个吧，如果你真的想要一个挤奶女工，而不是一个贵族小姐，不要想娶我！"她跟着奶牛场场主克里克走了，看见克莱尔还待在那儿，心里不知是喜是悲。

从这天开始，她强迫自己躲开他——不允许自己像原先一样长时间地跟他待在一起，即使他们纯粹偶然地走在了一起。她把每个机会都留给了其他三个人。

作为女人，苔丝从三个姑娘的坦白中清楚认识到，克莱尔掌握着这三个人的名誉，但她也清楚认识到，克莱尔非常小心，丝毫不去损害她们将来的幸福，这让苔丝生出一种温柔的崇敬之情来。且不管对还是错，她总觉得克莱尔展示出了自制力和责任感，她从未想到这种品质能在男人身上发现。如果他没有这种品质，那跟他住在同一个屋檐下的单纯姑娘们，也许不止一个要哭着走完剩下的人生之路了。

第二十三章

炎热的七月天不知不觉地来临了，平谷中的大气如同麻醉剂般，沉重地笼罩着奶牛场里的人、奶牛和树木。下雨频繁，热气蒸腾，这片供养着奶牛的草地更加茂盛了，但也给割晒其他草地牧草造成了一定麻烦。

那是礼拜天的早晨，挤奶完成了，住在场外的工人们已经回家了。苔丝和另外三个挤奶女工迅速装扮好自己，她们一群人商量好了一起去梅尔斯托克教堂，它就在离奶牛场三四英里的地方，苔丝来塔布塞斯已经有两个月了，这还是她头一次出门。

前一天整个下午和晚上，暴风雨一直在下，一些干草被冲到了河里。但这天早上，因为大雨的冲刷，阳光更加明媚，空气芳香清新。

从她们教区到梅尔斯托克得走一条弯弯曲曲的小路，路上有一段要通过地势最低的地方。几位姑娘走到最低处时，发现大雨把大约五十码长的一段路淹没了，水深超过脚面。要是在工作日，这个就不是什么大问题，可以毫不在意地踩着水过去，因为她们都穿着厚底木头套鞋和靴子。可今天是礼拜天，这是出风头的日子，尽管她们假装是去做精神上的事情，但实际上是肉体去找肉体谈情说爱。这种情况下，她们穿上了洁白的长袜和轻俏的鞋子，穿着粉红、白色、淡紫色连衣裙，哪怕溅上一个泥点都很显眼，这片水塘实在是障碍。她们已经听见教堂的钟声在召唤——她们却还在大约一英里外。

"谁能预料到，夏天河水会涨这么多！"玛莲说，她们爬到了路边的土坎，摇摇晃晃地站在那儿，想从土坎上爬过去，绕过那个水塘。

"如果不从水里直接蹚过去，我们是不可能到达那儿的，要是从另外大路上绕过去，我们一定会迟到很久的！"瑞蒂说，她绝望地站在那儿。

"要是去教堂迟了,教堂里的人都会回头看我,到时候我的脸一定红到发烫。"玛莲说,"不等到'愿主保佑''愿主保佑'的时候,我是冷静不下来的。"

就在她们挤着站在土坎上时,转弯处传来一阵水的飞溅声,接着安琪·克莱尔出现了,他蹚过水,沿着小路向她们走来。

四颗心同时猛地跳了一下。

他的穿着看起来不像是过安息日的,也许一个严守教条的牧师教育出来的儿子就是这个样子吧。他还穿着奶牛场的工作服,长长的涉水靴,为了让自己的脑袋凉爽一点,一片卷心菜叶子放在帽子里,手里拿着处理蓟草用的小锄头,这就是他的全部装束。

"他不是去教堂的。"玛莲说。

"不是的——我倒希望他去!"苔丝低声说。

实际上,且不管对还是错(借用避实就虚的辩论家的稳妥字眼),在美好的夏日,安琪更加喜欢去聆听山石草木的教诲,而不是去教堂听布道。另外,这天早晨,他出门去看看,干草被洪水冲走的损失是不是很严重。途中,他远远就看见这几个姑娘了,不过她们正忙于怎么解决路途上的障碍,没有注意到他。他知道,那个地方的水一定已经上涨了,会给她们前进带来很大麻烦。所以,他急忙过来,模模糊糊地知道怎么帮助她们——尤其是其中的一位。

四个姑娘的面颊红扑扑的,眼睛亮晶晶的,穿着浅色的夏装,挤在路边的土坎上,就像鸽子站在倾斜的屋顶上,是那样迷人,快走近她们时,他不禁停住呆望了她们一会儿。薄纱裙的下摆拂起了草丛里数不清的飞虫和蝴蝶,它们困在裙摆里,无法逃离,像是被关在鸟笼里。最终,安琪的目光落在了苔丝身上,她躲在四人队伍的最后。对眼前进退两难的困境,苔丝一直忍着笑意,刚撞上他的目光,她忍不住笑了。

水还没不过他的靴子,因此他蹚过水,来到了她们下面,他就站在那儿,看着圈在裙摆里的飞虫和蝴蝶。

"你们是想去教堂吗?"他对玛莲说,因为玛莲在最前面的,话里的意思也包括了后面的两个,却排除了苔丝。

"是的，先生，但是现在有点快来不及了，我的脸一定会红到——"

"我把你们抱过去吧——每个姑娘都抱过去。"

四个姑娘"唰"地脸红了，此刻仿佛是同一颗心在跳动。

"我怕你抱不动，先生。"玛莲说。

"这是你们过去的唯一方法了。站着别动。怎么会呢——你们都不重！我可以四个人一起抱过去。现在，玛莲，来吧，"他接着说，"胳膊绕着我的肩膀，就是这样。好啦！抱紧。做得很好。"

按照指示，玛莲俯身坐到他胳膊上，搂住肩膀，安琪抱着她大步向前走，从后面看，他修长的身躯就像一根花枝，支撑着玛莲这束巨大的花束。他们在路拐弯处消失了，只有他脚下的水声还有玛莲头上的丝带显示他们走到哪儿了。片刻后，他就回来了。按照顺序，下一个就是伊丝·赫特。

"他过来了，"伊丝·赫特低声说，她们听得出来，因为情绪太激动，她的嘴唇都干了，"我也要和玛莲一样，搂着他的脖子，仔细看他的脸了。"

"那也没什么。"苔丝赶快说。

"凡事都有轮到的时间，"伊丝没有听到苔丝说话，接着说，"拥抱也是，不拥抱也是，现在轮到我拥抱了。"

"呸！——那是经文，伊丝！"

"是的，"伊丝说，"我上教堂总是喜欢听这些漂亮的句子。"

安琪·克莱尔现在走到了伊丝边上，他的这些行为有四分之三只是普普通通的友好行为。伊丝一声不响地似做梦般地倒在他手臂上，克莱尔有条不紊地抱着她走了。他第三次返回时，她强烈跳动的心，让她整个人都差点晃动起来。克莱尔走到红头发的姑娘面前，抱她起来时，看了苔丝一眼。他嘴唇动了动，意思再明白不过了，"一会儿就是你和我了。"她脸上的表情显示她理解了，她根本无法控制，他们之间有着默契。

可怜的小瑞蒂，尽管目前来说是最轻的，但却是最麻烦的。玛莲就像一麻袋粮食，只是沉甸甸的一堆肉，让他走得摇摇晃晃地。伊丝在他怀里安静懂事。瑞蒂却动个不停。

不过，他还是把这个不安静的姑娘抱过去，放下，然后转身走了，苔丝远远地从树篱顶望过去，只见她们三个人站在一起，站在他把她们放下的那个土坡上。现在轮到她了。苔丝局促不安的发现，刚刚她还因为伙伴们在接触到克莱尔的呼吸和眼神时那样激动，不以为然，不想轮到自己时，她的情绪更加激烈。苔丝像是害怕泄露了自己的秘密，最后一刻她竟然推拒起来。

"我大概可以沿着这个土坎走过去——我比她们强多了。你现在肯定太累了，克莱尔先生！"

"不，不，苔丝，"克莱尔急忙说。她几乎在不知不觉当中倒进了他臂弯里，靠在了他肩膀上。

"前面三位是为了最后这位啊！"他轻声说。

"她们几个比我好。"她回答说，她仍然大度地坚持着原先的决定。

"对我来说，不是。"安琪说。

他看见她因为他的话红了脸，接着他们沉默着走了几步。

"希望我不要太重？"她羞怯地问。

"啊，一点不重。你抱玛莲试试！那么沉。你就像阳光下暖烘烘的起伏的波浪。你衣服上的绒球，就像海里的泡沫。"

"那真的很漂亮——如果我像你说的这样的话。"

"我前面四分之三的工作就是为了这第四份工作。你知道吗？"

"不知道。"

"我没想到今天会出现这样的事。"

"我也是……水涨得太突然了。"

虽然说着涨水的事情，不过她明白他指的是什么，她的呼吸泄露了一切。克莱尔停下，脸靠向她。

"啊，苔丝！"他大声说。

这个姑娘的脸在微风吹拂下也是烧得火辣辣的，她心情激动，不敢看向他的眼睛。安琪突然意识到，他利用这个偶然的优势，多少有些不公平，因此他没有再靠近了。尽管他们没有把爱意说出口，但他们都很满意暂停在这里。然后，他走得很慢，努力让剩下的路程能够更加长

久。但最终，还是到了拐弯处，剩下的路就完全在另外三个姑娘的视线里了。到了干燥的地面，克莱尔放下苔丝。

几个朋友瞪大眼睛看着他们俩，带着沉思的神情，她也看出她们一直在讨论她。他匆匆告了别，又沿着水路趟过去，哗啦哗啦地走远了。

四个人像先前一样往前走了，直到玛莲打破了沉默，她说——

"不——的确，我们比不过她！"她快快不乐地看着苔丝。

"什么意思？"苔丝问。

"他最喜欢你啊——他最最喜欢你！他抱你过来时，我们都看见了。你只要给他一点点鼓励，哪怕是很小一点，他就要亲你了。"

"不会的，不会的。"她说。

她们出门的兴高采烈不知怎么消失了，但她们之间没有仇恨和憎恶。她们都是些宽容大度的年轻灵魂，在偏僻的乡村养大，那儿，宿命论根深蒂固，因此没有人会责怪她。那是无可奈何的。

苔丝心里难过。她无法隐瞒自己爱安琪·克莱尔的事实，也许，在知道其他几个姑娘也倾心于他的时候，她的爱反而更加炽烈了。这种感情是能够相互传染的，尤其是在女人之间。但是，她那颗同样渴望爱情的心，又很同情她的朋友们。苔丝坦率诚实的天性极力与之抗争，然而是那么无力，以至于之后的结果是多么自然而然。

"我绝不会挡你的路，也不会挡你们中间任何一个！"她那天晚上在寝室里对瑞蒂声明说（边说边流泪），"我控制不了自己，亲爱的！我觉得他没有一点结婚的想法，但是如果他真的向我求婚，我会拒绝他，我该拒绝任何人。"

"啊，你会吗？为什么？"瑞蒂觉得很奇怪。

"我不能接受他！不过说真的，我把我自己完全撇开，我也不认为他会选择你们中的任何一个。"

"我从未期待过这些——想都没有想过！"瑞蒂痛苦地说，"哎！我死了才好。"

这个可怜的孩子，因着一种她不明白的感情，心都要碎了，另外两个姑娘正好上楼了，她转身面向她们。

"我们还要跟她做朋友，"她对她们说，"她觉得他选择她的机会并没有比我们多。"

隔阂就这样消失了，彼此又开始推心置腹、亲热起来。

"我好像现在干什么都不在乎了，"玛莲说，心情低落到了极点，"我要嫁给一个斯第克福特的奶牛场场主了，他向我求过两次婚了。可是——我的心——我现在宁愿自我了断也不想嫁给他！你为什么不说话，伊丝？"

"我坦白，"伊丝小声说，"我今天曾确信他会亲吻我，在抱着我的时候，我靠在他胸膛上一动不动，渴望着、期待着，不敢动一下。但是他什么也没有做。我不想在塔布塞斯忍受这种煎熬了！我应该回家去。"

卧室里的气氛似乎也颤动了起来，跟姑娘们毫无希望的爱情一样。残酷的自然法则强加给她们一种情感，这种情感她们既不期待，也不曾渴望，她们在床上辗转反侧。

这天的意外，更加煽起了她们内心激烈燃烧的火焰，带给她们几乎无法忍受的折磨。因为这种情感，她们之间没有了区别，每一个人只不过是女性中的一部分。她们之间那样真诚，没有一点儿嫉妒，因为谁都没有希望。她们每个人都很实在，没有用徒劳的幻想来欺骗自己，也没有摆出自傲的样子来贬低他人。从社会角度来看，她们真切明白她们的痴情是无用的，受到她们自身的限制，从一开始就不会有任何结果。从文明角度看，她们的感情完全没有存在的任何条件，尽管从自然看，什么条件也不缺。她们唯一感受的事实是，爱情带来的欲生欲死的欢乐让她们疯狂着迷。所有这一切对她们来说是顺从，是自尊，如果真的做出争夺丈夫的举动，有这种卑鄙的想法，所有的就都毁了。

她们在小床上辗转反侧，翻来覆去，而楼下的奶油榨机滴滴答答，单调乏味。

"你醒着吗，苔丝？"半个小时后，有人低声问。

是伊丝·赫特的声音。

苔丝回答说醒着，一说完，瑞蒂和玛莲也掀开了被子，叹气道——

"我们也是！"

"据说他家里给他留心了一位贵族小姐——我想知道她长什么样！"

"我也很想知道。"伊丝说。

"为他找了一个贵族小姐？"苔丝一惊，急忙问，"我从来没有听说过。"

"啊，是的——大家都是悄悄说的，是一个门当户对的年轻小姐，他家里选的，一个神学博士的女儿，离他父亲的埃明斯特教区不远。他们说，他不怎么喜欢她。不过，他肯定要娶她的。"

关于这件事，她们只知道一点点。然而，在这黑夜的阴影里，知道的这点足以让她们展开各种痛苦忧伤的幻想了。她们想象出各种细节，想着他是怎么被劝说同意了，想象着婚礼的准备工作，想象着新娘是多么快乐，想象着新娘的礼服和面纱，想象着新娘跟他幸福地生活在一起，想象着他是如何把她们之间的旧情忘得一干二净。她们就这样交谈着，痛苦着，流着泪，直到睡着，悲伤才散去。

知道这件事情以后，苔丝再没有什么愚蠢的想法了，不再以为克莱尔对她的关注有什么重要深刻的意义了。就爱情的短暂性而言，他只是夏天的一个过客，迷恋过她的脸而已，没有别的。而且在这种可悲的想法里，有另一个让人难过的事，尽管克莱尔的确对她有着一种轻率的爱情，尽管她也知道相比于其他人，自己更热情、更聪明、更美丽，但从世俗礼节来看，她与那些他忽视的平凡姑娘们比起来，更加不值得他爱。

第三部 追求新生

第二十四章

在瓦尔谷，土壤肥沃到冒油，温暖到发酵，又是在这个季节里，在万物生长的嗞嗞声中，几乎可以听见汁液在流动，因此，那种虚幻缥缈的爱情，也不可能不变得炙热起来。这儿，两个有情人，也受到了环境的感染，怦然心动了。

七月马上就要过去了，"热月"① 接踵而来，似乎大自然也在努力配合塔布塞斯奶牛场里众多躁动的心了。这里的空气，在春天和初夏时分非常清新，而现在却是闷热而令人困倦了。浓重的气息压在他们身上，正午时分，景物也似乎昏昏欲睡。太阳像埃塞俄比亚那里的一样灼热，晒黄了牧场斜坡顶上的青草，不过这里流水淙淙的地方，牧草仍然翠绿。这时，克莱尔不禁让外面的热气闷得透不过气来，而且因为对温柔沉静的苔丝越来越深的爱意，他内心也是炽热如火。

雨季已经过去了，高地上也干燥了。奶牛场场主坐着马车从集市飞奔回家，车轮在大路上扬起一股白色的尘土，好像是点着了细长的火药引线。一头头奶牛让牛虻叮咬得发疯，都从五道横木的栅栏上跳了过去。从礼拜一到礼拜六，克里克场主总是把衬衣袖子高高卷起。只开窗户不开门，屋里是透不进风来的。院子里，乌鸫和画眉在醋栗丛下走来走去，看上去更像是长四条腿的走兽，而不是长翅膀的飞鸟。厨房里的蚊蝇也懒洋洋、闹哄哄的，见了人也不怕，一个劲往不寻常的地方爬过去，在地板上、抽屉里还有女工的手背上爬来爬去。人们谈话的内容总是与中暑有关，然而制作黄油，特别是保存黄油，都是令人头疼的事情。

---

① 法国大革命时，将7月19日至8月17日定为"热月"。

德伯维尔家的苔丝

为了凉爽和方便起见,工人们不把奶牛赶回场院,而是完全在草地上挤奶。白天,一头头奶牛都挤在树荫底下,哪怕是最小的一棵树木,奶牛也要跟随着阴影的转动而转动。到工人来挤奶时,奶牛让蚊蝇叮得不能安静地站着了。

这些天的一个下午,有四五头没挤奶的奶牛碰巧离开了牛群,站到了一道树篱的拐角后面,其中就有矮胖子和老美人,它们最喜欢让苔丝来挤奶。苔丝刚挤好一头奶牛,站起身来。安琪·克莱尔已经观察了她好一会儿,见她起身,于是问她,要不要去挤矮胖子和老美人。苔丝默默同意了,伸手拿起凳子,提起牛奶桶,朝它们站的地方走过去。不久,从树篱那边传来了咝咝声,是老美人的奶流到了桶里。安琪·克莱尔也想去拐角那儿,它得去挤那边一头很难挤的奶牛,他现在已经跟奶牛场场主一样能挤这些奶牛了。

挤奶的时候,所有挤奶男工还有一些女工,会把额头抵在牛的身上,眼睛盯着牛奶桶。但是有几个人——多半是年轻女工,侧头靠在牛身体上。苔丝·德贝菲尔就有这种习惯,太阳穴贴在奶牛的肚子上,眼睛望着草场尽头,静悄悄地想着心思。她就是这样给老美人挤奶的。太阳正好照在挤奶的这面,映射到她那穿粉色裙子的形体,到她那带帽檐的白色帽子,还有她的侧脸上。在奶牛制造出的天然黄褐色背景上,她就像一座玉石浮雕像。

她不知道克莱尔跟着她绕了过来,坐在奶牛身下观察她。她的头和她的面目安详沉静,却惹人注目。她似乎在那儿发愣出神,睁着两眼,却没有看见任何东西。在这幅画面里,一切都是静止的,只有老美人的尾巴,还有苔丝粉红色的双手在活动,那双手动作轻柔,逐渐成了一种旋律,仿佛是受刺激后的反射活动,又像跳动的心。

在他眼里,她的脸是多么动人。但是,那张脸上没有虚无缥缈的神情,全都是真实的活力,真正的温暖,真正的血肉。而她的动人,在她的嘴巴上达到了一个极点。对于克莱尔来说,那样深沉,似乎能够说话的眼睛,他以前大概见到过,她的面颊,也许见过同样漂亮的,还有同样弯弯的眉毛,同样匀称的下巴和脖颈。然而他从未见过天底下有一张嘴巴,比得上她的。只要她红红的上唇中间微微一撅,就连最为冷酷无情的青年男子见了，也要心神荡漾，如痴如醉，为之疯狂。从来没有一个女人的嘴唇和牙齿能让他一直想起"玫瑰里含着雪"①这个比喻，这个伊丽莎白时代常见的古老比喻。简直太完美了，他要是她的情人，他一定毫不犹豫就说出来了。正是这种看起来似乎完美，而有点不完美，才滋生出更多的甜蜜来，缺少一点不完美才是最真实的。

克莱尔已经把这两片嘴唇的曲线研究过许多次了，他可以毫不费力就在心里再现出来，然而此刻，它们就在他面前，颜色鲜红，生气勃勃，它们送出一阵清风，吹过他的身体，吹进了他的神经，他不禁战栗了一下。真实情况是，因为某种神秘过程，他打了个煞风景的喷嚏。

于是苔丝意识到他正在看她，但是她不会显露出来，或者换个姿势，尽管她奇特的梦幻一样的沉思却消失了，只要仔细一看，不难看出，她脸上的玫瑰色变深了，随即又渐渐消退了，只剩下淡淡一点。

克莱尔所感到的那种好像从天而降的激动情绪，却没有消失。决心、沉默、谨慎、畏惧，一直后退，像是一支打了败仗的军队。他跳了起来，牛奶桶扔在一边，不管会不会被奶牛踢翻，疾步跑向他一心渴望的人，跪在旁边，把她拥入怀里。

苔丝完全吓了一跳，她还没有反应过来，就已经不由自主地投入了他的怀抱。她看见走来的正是她所爱的人，不是其他什么人，趁着一阵激动一下子就倒在了他怀里，张开嘴发出一种近似狂喜的呼叫。

他正想去吻那张诱人的小嘴，但最终他停住了，因为良心上过不去。

"原谅我，亲爱的苔丝！"他小声说，"我应该先问一声。我——不知道自己在干什么。我不是有意冒犯。我爱你，最亲爱的苔丝，真心实意！"

这时，老美人回过头来看着他们，觉得莫名其妙。从它记事以来，它肚子底下应该只有一个人的，此刻却缩着两个人，于是气呼呼地抬了抬后腿。

"它生气了——它不懂我们在干什么——它会踢翻牛奶桶的！"苔

---

① 引自托马斯·坎皮恩（1567–1620）的诗《樱桃熟了》。

丝嘴里嚷着，一边轻轻挣脱出来，双眼盯着牛的动作，心里却想着克莱尔和自己。

她从凳子上站起来，两人站在一起，克莱尔的胳膊依旧搂着她。苔丝的眼睛看着远方，突然开始流泪。

"你为什么哭了，亲爱的？"他问。

"哦——我不知道呀！"她嘟哝着说。

等到她搞清楚了自己的处境，便焦虑不安起来，想从克莱尔的怀里挣脱出来。

"啊，苔丝，我最终还是暴露了我的感情，"他说，奇怪地发出了绝望的叹息，这也无意中表明，他的情感已经不受理智控制了"我——我深深地爱着你，真切地爱着你，这就不用说了。可是我——不该再进一步了——让你为难了——我跟你一样惊讶。你不会觉得我太鲁莽，趁你没有防备的时候——太突然了，在你还反应不过来的时候，你会吗？"

"不——我说不清。"

他放开了她，不一会儿，又开始各自挤奶了。没有人看见他们互相吸引拥抱的事。几分钟以后，奶牛场的场主出现在隐蔽的拐角处，那时候，两人已经分开了，一点儿也看不出有什么亲密之处。然后，就在克里克场主上次看见他们到这次看见她们，中间发生了一件事，把两个人的宇宙的中心改变了。若是这个讲究实际的老板知道了这件事的性质，老板一定会看不起他的。然而，那件事却不是建立在一大堆所谓的实际之上的，而是建立在更加顽强和不可抗拒的趋势之上的。一层薄纱已经掀开了，从此以后，两个人的未来都要出现新的局面——可能短暂，可能长久。

第四部　终身大事

德伯维尔家的苔丝

第四部 终身大事

第二十五章

傍晚来临的时候,坐立不安的克莱尔出了门,来到外面的暮色里,而把他赢到手的苔丝已经在自己房间里休息。

夜晚还是和白天一样闷热。天黑以后,除了草地,就没有凉快的地方了。道路、庭院小径、房屋正面、院子围墙,本身热得像壁炉一样,还将正午的热气反射到夜间行人的脸上。

他坐在奶牛场院子东大门边,不知道自己是怎么回事。这一天,情感的确压倒了理智。

从三个小时以前突然的拥抱以来,两个人保持着距离。她看起来似乎很平静,但实际上是白天发生的事情几乎把她吓坏了。而他呢,也很焦虑,这件事情突然发生,出乎意料,无法掌控——他是一个容易冲动,但又思前想后的人。到目前为止,他还不大清楚他们之间到底是什么关系,也不知道在其他人面前,他们该有怎么样的举止。

安琪到奶牛场里来当学徒,是抱着这儿的短暂生活只会是人生中一段小插曲的想法来的,这段日子很快就会过去,继而被遗忘。他来到这儿,仿佛是躲进了一个有屏风遮蔽的洞室,可以从这儿冷静地观察外面吸引人的世界,跟着沃尔特·惠特曼一起高喊——

成群的男人和女人们,穿着普普通通的服装,
你们在我眼里是多么新奇啊![①]

同时重新制订计划,再次投入到世界里去。但,你看,那引人入胜的景象移动到这里来了。曾经那样令人神往的世界,现在却变成了一出索然无味的哑剧了,而在这个表面上暗淡沉闷的地方,新奇感像火山一

[①] 引自沃尔特·惠特曼的诗《过布鲁克林渡口》。

样喷发，这是他在别处从来没有经历过的。

房子的每个窗子敞开着，克莱尔隔着院子都可以听见，屋子传出来了人们休息时的琐碎声。奶牛场的屋舍，简陋不起眼，他原先纯粹是因为迫不得已才到这儿来短暂住一段时间。那时，他并不认为这片景物里会有足够重要的东西值得他留恋，因此从来没把这块地方当一回事。可现在是怎么了啊？那些古老的、长满了地衣的山墙无声地呼喊着"留下吧"。窗户在笑脸相迎，房门在劝诱呼唤，那攀爬着的植物因为暗中同谋，暗暗红了脸。在这间房子里，某个人的影响是如此深远，透进了砖墙、灰浆里，还有悬在头顶的整个天空之中，让它们也感染到了炽烈的情感。到底是谁有如此强有力的力量呢？是那个挤奶女工。

太惊奇了！生活在这个隐僻的奶牛场里，对安琪·克莱尔竟会产生如此重要的意义。尽管跟新生的爱情有部分的关系，但并非全然都是。不仅是安琪，很多人都知道，生命的伟大与渺小不在于外部的变迁，而在于他们的主观经验。与一个生性迟钝的国王相比，一个生性敏感的乡下人过的生活更加广博、更加丰富、更加精彩。如此一来，他发现这儿的生活看起来就跟其他地方的生活一样有着重大意义。

尽管克莱尔想法怪异，做过错事，也有一些缺点，他还是一个有良心的人。苔丝不是一个无关紧要的生灵，不能随意玩弄之后丢弃。相反她是一个女人，有着属于自己的宝贵生活——无论这种生活她是得忍受着还是享受着，她都像一个伟大人物一样，认真看待自己的生活。对于苔丝来说，整个世界是构建在她的感觉之上的，因为她的存在，其他所有生灵才存在。在苔丝看来，宇宙本身也是在她出生的那一年那一天才开始形成的。

他侵入苔丝的感知世界，是无情的造化赐予苔丝的唯一的生存机会——是她的全部，是她仅有的机会。他怎么能把苔丝看得比自己轻呢？怎么能把她当作一件漂亮玩意去玩弄，而后又厌弃他呢？怎么能够不以最大的真诚来对待她的感情呢？——她沉静外表之下是一个多么热烈、多么敏感的人，那么他怎么能够让她受折磨、让她痛苦？

像过去那样每天跟她见面，已经萌芽的爱情定会得到发展的。以这样亲密的关系生活在一起，相见便是亲热，血肉之躯哪里抗拒得了。

第四部 终身大事

不知道这样一种趋势最后会有什么结果,他决定目前两人要避免一起干活。至少到现在,还没有造成什么大伤害。

但真正要去远离苔丝,却不是一件容易的事情。他的心脏每跳动一次,他都要向她靠近一次。

他想离开这里,去拜访朋友。或许可以听听朋友们的看法。还有不到五个月的时间,这儿的学徒期就要结束了,再去其他农场学习几个月,他就能完全掌握好农业知识了,到时就可以开展自己的事业了。难道一个农场主不需要一个妻子吗?一个农场主的妻子该是一个摆在客厅里的蜡像,还是一个懂得农活的女人?尽管他心里已经有了一个他喜欢的答案,他还是决定动身上路。

一天早晨,大家在塔布塞斯奶牛场坐下来吃饭的时候,某个女工发现这一天她没怎么看见克莱尔先生的身影。

"啊,不错,"克里克场主说,"克莱尔先生回埃明斯特去了,要跟家里人待几天。"

在桌子上,对于这四个情意绵缠的姑娘来说,清晨太阳光一下子消失了,鸟儿的歌声模糊了。但没有一个姑娘说一个字或者做一个动作显示出自己的震惊。

"他跟我学习的时间就要结束了,"奶牛场场主补充说,声音冷淡,不自觉显出一种残酷,"所以我想,他已经开始计划去其他地方了。"

"他在这儿还能住多久呢?"伊丝·赫特问,她是这群伤心欲绝的姑娘里唯一一个相信自己的嗓音不会泄露什么的。

其他的姑娘也等着场主的答案,好像她们的命系于此。瑞蒂,张着嘴,盯着桌布;玛莲的脸越来越红;苔丝心里怦怦直跳,眼睛看着窗外的草地。

"啊,我记不清楚确切的日子了,我得看看我的备忘录。"克里克回答说,语气里带着难以忍受的漠不关心,"不过,这个日子也许会有一点变动。他还得在这儿见习一下干草院子产牛犊的情况。我敢说,他估计会延迟时间,待到年底。"

还有最后四个月,要跟他一起度过快乐又痛苦的日子——痛苦紧紧

包裹着快乐。之后，就是无法用言语形容的漫漫黑暗了。

就在大家都在吃早饭的时间点，安琪·克莱尔正骑着马，在一条狭窄的小路上前进了有十英里远了。他朝着他父亲在埃明斯特的住宅前进，他还尽力带着一个小篮子，里面是一些猪血肠和一瓶蜜酒，那是克里克太太送的，表达对他父母的友好敬意。白色小路在他前面延伸，他看着地面，想着明年的事情，而不是这条小路。他爱她，但该不该娶她呢？又敢不敢呢？他母亲和兄弟会说什么呢？结婚几年之后，他自己又会怎么说呢？那就要看他暂时的感情是在坚固的友谊之上发展的，还是因为她的外表，产生了一种感情上的暂时快感，不可能长久。

他父亲所在的小镇，四面环山，有一个都铎王朝风格的用红色石头建造的教堂塔楼，牧师住宅附近有一片树丛。他终于看到了这些。于是他骑马朝熟悉的大门走去。进门之前，他朝教堂看了一眼，一群女孩子聚在礼拜室的门口，年纪在十二岁到十六岁之间，显然是在等什么人，果然，不一会儿，一个人出现了。她稍微比那些女孩子年纪要大些，戴着一顶宽边帽子，穿着一件浆洗得笔挺的晨袍，手里拿着几本书。

克莱尔很熟悉这个女人。他不确定她是否看见了自己，他希望没有，这样他没必要过去跟她打招呼了，尽管她是一个无可责备的人。他极不愿意跟她打招呼，因此就认定她没看见自己。那个年轻姑娘是梅茜·钱特小姐，是他父亲的邻居，也是朋友的独生女儿，他的父母非常希望他以后能娶她。她精通反律法主义和《圣经》教义，现在明显是来上课的。但是克莱尔的心已经飞向了瓦尔谷中那一群热情奔放、夏季气息浓郁的异教徒身边了，她们玫瑰色的脸庞，溅上了几滴牛粪，他的心特别飞向了他们之中最热情洋溢的那位。

他这次是出于一时冲动而决定骑马回到埃明斯特的，因此他事先没有写信告诉他的母亲和父亲，不过他打算在早饭时间到家，在他们没有去教堂工作的时候。他还是晚到了一会儿，他们正坐在那儿吃早饭。那时父母已经坐下来吃早饭了。他一走进去，桌子边的一群人跳了起来欢迎他。他们是他的父亲、母亲，他哥哥菲利克斯教士——邻郡一个镇上的副牧师，回家休息两个礼拜。他另一个哥哥库斯伯特教士，一个古典文学学者，学院的院长和董事，现在从剑桥大学回来度个长假。他母亲

第四部 终身大事

戴着帽子，架着银边眼镜，他父亲还是老样子，一个虔诚的敬仰上帝的人，不过稍微消瘦了，他已经将近六十五岁了，苍白的脸上满是沉思和意志的皱纹。墙上挂着安琪姐姐的画像，她是家中最大的孩子，比安琪大十六岁，嫁给一个传教士，到非洲去了。

近二十年来，像老克莱尔先生这样的牧师都已经从现代生活里消失了。他是从威克利夫、胡斯、马丁·路德和加尔文[①]一脉相传的宗教传人，福音教徒中的福音教徒，是一个劝人信教、信仰上帝的传教士，生活和思想像基督使徒一样简朴。从年轻时候开始，极度深奥的问题都已经解决了，之后也是一直没有什么改变，再也不许有别的理由改变它们。跟他同一年代、同一教派的人，都认为他是一个极端的人。不过，另一方面，那些完全反对他的人，看到他那样彻底，看到他用那样大的魄力坚信自己的原则问题，也不得不对他表示赞赏。他爱塔尔苏斯的保罗，喜欢圣约翰，恨圣詹姆斯，又不敢太厉害，对提摩西、提多和腓力门则是爱恨交加。在他看来，《新约全书》不是在宣扬基督教，而是在宣扬保罗——不是劝服人，而是要蛊惑人。他对宿命论的深信，简直成了一种毒害，从消极方面来看，简直放弃一切哲学，和叔本华与莱奥帕尔蒂哲学也是沾亲带故。他瞧不起教规和礼拜规程，却信仰宗教条例，并且自己认为在这方面始终如一的——从某方面看，他的确做到了。至少有一点肯定是，那就是诚实。

近来克莱尔在瓦尔谷过着自然的生活，接触漂亮的女性，享受着美学上的、感官上的、异教徒的快乐。如果她父亲打听或者想象到了，按他的脾性一定会大发雷霆。曾经，安琪不幸在一激动之下对他父亲说，假如现代文明的宗教起源于希腊，而不是巴勒斯坦，对人类来说，结果可能要好得多。他父亲听了这话痛苦万分，他想不到这看法中会有千分之一的真理，更不用说有百分之五十或者说百分百的真理了。后来，他狠狠地说教了安琪好些日子。不过，他内心慈爱，无论对什么事情都不会长久怀恨，看见儿子回家，就带着像孩子般真诚

[①] 威利克夫，英国宗教改革家。胡斯，波西米亚宗教改革家。马丁·路德，德国宗教改革家。加尔文，法国宗教改革家。

安琪坐了下来,这才像是一个家,但又感到,他是家庭一员的感觉淡了很多。每次回家,他都能意识到这种分歧。自从上次回到牧师住宅后,这种分歧感越来越明显了。家里那种超脱尘世的追求——仍然不自觉地以地球中心论为基础,认为上面是天堂,下面是地狱——跟他的追求不同,就像是生活在其他星球上的人做梦一样。近来他看见的是纯粹的生活,感觉到的只是生命存在的热烈搏动,没有受到信仰的扭曲和束缚,连智慧也只能调节的东西,却妄图用信条来阻止。

家人们也发现了他身上的巨大不同,比前几次看到的安琪·克莱尔的差别更大。他们,尤其是他的兄弟们,注意到行为上的改变。他的行为越来越像一个农民,双腿乱伸乱动,脸上感情丰富,眼睛传达的信息跟嘴巴上说出来的一样多。读书人的风度差不多消失殆尽了,客厅里青年人该有的风度更是不见了。一个一本正经的人肯定会说他缺乏教养,一个据守礼仪的人会说他举止粗野。这就是他在塔布塞斯和那些大自然的儿女们混在一起、受到感染的结果。

早饭后,他和两个哥哥一起散步,两个哥哥是非福音教徒,受过良好的教育,标准好青年,丝毫不犯错。他们都是教条化的教育机器,年复一年生产出来的无可挑剔的模范。两个人都有点近视,那时人们流行带链的单片眼镜,他们就戴带链的单片眼镜,如果流行戴夹鼻眼镜,他们就戴夹鼻眼镜,而从不考虑眼睛有什么特殊的需要。当人们推崇华兹华斯的时候,他们就整天带着华兹华斯的袖珍诗集,当大家都贬低雪莱的时候,他们就让雪莱的诗集放在书架上积灰。当大家都赞赏柯勒乔[①]的《神圣家庭》,他们也称赞,当大家诋毁柯勒乔,转而赞扬贝拉斯克斯[②]的时候,他们也一心一意跟在后面人云亦云,从来没有异议。

如果这两位注意到了安琪越来越不合世俗,那他也注意到了他们思想越来越狭隘。菲利克斯的整个世界就是教会,库斯伯特的就是学院。一个认为主教会议和主教视察就是世界的主要动力,另一个认为剑桥就

[①] 柯勒乔(1494-1534),意大利文艺复兴时期的画家。
[②] 贝拉斯克斯(1599-1660),西班牙画家。

第四部 终身大事

是主要动力。每一个都坦率承认,在文明社会里,还有千千万万的无关紧要的闲杂人,他们既不是大学出身的人,也不是教会的人,但是他们会容忍,而不是被看重和被尊敬。

他们都是孝顺尽心的儿子,定期看望父母。尽管跟他父亲相比,菲利克斯是较新时代的产物,但不像父亲那样怀有自我牺牲精神,那样无私。遇到反对意见,只要是对意见持有人本身有害的,他倒是比父亲更能容忍,但是只要这种意见对他的说教有一点儿害处,他就不像他父亲那样容易宽恕了。总体来说,库斯伯特思想更开放,尽管更加固执,也没有太多善心。

他们沿着山坡的路散步,安琪先前的感觉又出现了:无论他们具有什么样的优势,跟他相比,他们既没有见过也没有经历过真正的生活。也许,同其他众多人一样,他们观察的机会远少于表达的机会。他们除了风平浪静地过自己的日子,对其他的各种复杂力量都一无所知。他们看不到局部真理和普遍真理的区别,也不知道他们在教会和学术圈内部听到的想法,跟外面世界的真实想法是那样不同。

"我想你现在只想着农业了,是不是,我亲爱的兄弟?"在对他弟弟说了些其他事情后,菲利克斯说道,语气悲伤而严肃,说话的同时透过眼镜看着远方的田野。"既然这样,我们也只好这样了,不过我还是劝你尽量一直保持道德理想。当然,农业意味着简陋的生活,但是,高尚的思想是可以和朴素的生活共存的。"

"当然有可能,"安琪说,"一千九百年前不就证明这一点了嘛[①]——恕我擅自使用你领域里的一点东西。菲利克斯,为什么你会认为我将丢弃高尚思想和道德理想呢?"

"啊,我猜的,从你写信和我们谈话的口吻里——可能只是猜想——你正在以某种方式荒废了学识。你没感觉到吗,库斯伯特?"

"听着,菲利克斯,"安琪冷冷地说,"你知道,我们是很好的朋友,各有各的事,不过如果说到学识掌握的话,我倒认为你,作为一个自得的教条主义者,最好不要管我,问问你自己成了什么样子吧。"

---

① 此处指的是耶稣就是生活简朴、思想高尚的例子。

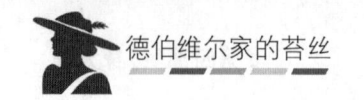

他们从山上返回,回家吃饭去了,正餐时间没有固定,通常父亲和母亲结束了早上教会的工作就到了吃饭时间。克莱尔先生和克莱尔太太非常无私,下午来拜访的人是否方便那是最后考虑的事情。不过,就这件事,三个儿子想法非常一致,他们希望父母能多少顺应一点现代观念。

他们散步散得肚子饿了,尤其是安琪,现在他是在户外工作的人了,已经习惯了奶牛场场主随意摆放在饭桌上的丰富食物,那些不是买来的食物。但是两个老人一直没有回来,直到几个儿子几乎要不耐烦了,他们终于进门了。原来,两个自我牺牲的老人,一直忙于劝说几个生病的教民吃饭,从某种程度上这是自相矛盾的,把教民的肉体保住了,而忘了自己吃饭的事情。

一家人坐在桌边,几样冷食组成的一餐简朴的饭摆在了他们的面前。安琪四处寻找克里克太太送给他的猪血肠,他已经按照吩咐好好烤了烤血肠,就像奶牛场里的做法一样,他希望父母亲能像他一样,好好尝一下加了香料的不可思议的美味血肠。

"啊!你是在找猪血肠吧,我亲爱的孩子,"克莱尔的母亲看到后说,"不过,我想在你知道理由以后,你应该不会介意没有猪血肠吃,就像我跟你父亲一样。我们教区有一个人得了震颤性谵妄症,不能挣钱了。所以我向你的父亲提议,把克里克太太好意送来的礼物给他的孩子们了,他们一定会很高兴的,我们就把血肠送给他们了。"

"当然不会。"安琪愉快地说,又开始找蜜酒。

"我发现那蜜酒酒精含量太高了,"他母亲接着说,"作为饮料太不合适了,但是万一有急事,应该跟朗姆酒、白兰地一样有用。所以,我把它放到我的医药柜里了。"

"我们吃饭不喝烈酒,这是规矩。"他父亲补充说。

"但是我该跟场主太太说什么呢?"安琪说。

"当然是事实。"他父亲说。

"我更想说,我们非常喜欢她的蜜酒和猪血肠。她是那种友善快乐的人,我一回去,她肯定会直接问我的。"

"不能这样说,我们根本没有吃也没有喝。"克莱尔先生直接地说。

"啊——不说,但是那种蜜酒喝起来有点小醉,很好的。"

"喝什么呀?"库斯伯特和菲利克斯齐声问。

"哦——这是塔布塞斯的说法。"安琪脸一红,回答说。他觉得他的父母缺乏人情虽然是不对的,但他们的做法还是对的,因此没有再说什么。

德伯维尔家的苔丝

第二十六章

　　直到傍晚，家庭祈祷以后，安琪才找到机会，跟父亲谈谈一两件心事。刚才跪在两个哥哥身后的地毯上，研究他们靴子跟上的小钉子的时候，他就打定了主意。祈祷结束了，两个哥哥跟着母亲出去了，屋子里只剩下他父亲和他自己。

　　这个年轻人首先同他的父亲讨论了该如何成为一个农场主，管理在英格兰或者殖民地的一大片土地。于是父亲告诉他，因为没有花钱送安琪到剑桥大学，他觉得他应该每年存一笔钱，好让安琪某一天买块地，这样他就不会觉得少尽到自己的责任了。

　　"就世俗财富而言，"他父亲接着说，"不用几年，你肯定会超过你两个哥哥了。"

　　老克莱尔先生是如此体贴的人，这让安琪趁机提出了另一件更紧要事情。他对父亲说，他已经二十六岁了，等到将来他开始农场事业的时候，他需要一双眼睛在他身后，这样他好处理各种事务——需要有一个人，在他出门工作的时候，照料家里的事务。因此，他应不应该结婚呢？

　　他父亲似乎觉得，他的想法不是没有道理的，于是安琪提出了问题——

　　"像我这样将来要做一个勤勉又节俭的农场主，你觉得什么样的妻子最适合我？"

　　"一个真正的基督教徒，在你外出工作时她会是个帮手，在你回家的时候她会是安慰。除此之外，别的就没什么要紧的了。你可以找到这样一位，事实上，我最真诚虚心的朋友和邻居，钱特博士——"

　　"但是，他的首要条件不是应该会挤牛奶、搅黄油、制作美味奶

第四部 终身大事

酪；了解怎么让母鸡和火鸡孵蛋、养大鸡仔，紧急时刻能指挥一群工人，还会给牛羊估价吗？"

"不错，一个农场主的妻子是应该这样，是这样没错。能做这些最好不过了。"显然，老克莱尔先生以前从未想过这些。"我还想补充一下，"他说，"你要是想找一个清白圣洁的姑娘，同时对你自己真正有好处，又让我和你母亲满意的，没有人能比得上梅茜小姐了，你以前对她也挺有兴趣的。不错，这位邻居钱特的女儿近来跟着身边的年轻牧师们赶时髦，过节的进候用鲜花绿叶来装饰圣餐桌，她居然还称它为圣坛，真是让人吃惊。但她父亲跟我一样，尽管强烈反对这种假恭维，还是觉得这是可以治愈的。我确信，这仅仅是姑娘们的心血来潮，不会长久持续。

"是的，是的。梅茜很好，很虔诚，这我知道。但是，父亲，你难道没有想过会有一个年轻姑娘像梅茜·钱特小姐一样纯洁贤惠，尽管这位小姐在宗教上没什么造诣，但是她跟一个农场主一样了解农场生活的种种，是不是更加适合我呢？"

他父亲坚持认为，一个农场主妻子首先得有圣保罗的观点看待人性，其次才是干活的本事。安琪既想尊重父亲的想法，又想遵从自己的心，于是一时冲动开始口若悬河起来。他说，命运或者上帝已经按照他的需要给他带来了一个姑娘，她在各个方面都适合成为一个农业家的配偶，并且毫无疑问性情稳重。他说不准她信的宗教是不是就是他父亲正统的低教派，但她大概接受低教派。她定期去教堂，信仰单纯，为人诚实，接受力强，聪明优雅，像修女一样贞洁，外表异常美丽。

"她是不是出身于你该娶的家庭——是不是一个大家闺秀？"他震惊的妈妈问道，她在他们谈话过程中悄悄进了书房。

"按照一般说法，她还称不上一个大家闺秀，"安琪毫不畏惧地说，"因为我可以很骄傲地说，她是一个乡下姑娘。但是她又是一个大家闺秀，无论是在情感还是天性方面。"

"梅茜·钱特来自于一个很好的家庭。"

"呸——那有什么用，母亲？"安琪急忙说，"我过的是苦日子，以后还会是这样，家里给我娶这样一位妻子有什么用呢？"

"梅茜是一个有修养的姑娘。修养本身就有魅力。"他母亲透过银边眼镜看他,回答说。

"关于表面的修养,它们对于我将来的生活又有什么用?——至于读书,我可以亲自教。她一定是一个聪明的学生,只要你们了解她,你们一定会这样说的。她浑身洋溢着诗意——本身就是一首诗,我想我可以这样说。诗人只会在纸上写诗,而她就是活着的一首诗……她是一个无可怀疑的基督徒。我肯定。也许她正是你们想要宣扬的那一种人、那一类人。"

"啊,安琪,你在开玩笑吧!"

"母亲,请原谅。但是她真的几乎每个礼拜天早晨都去教堂,她是一个虔诚的女信徒,我敢肯定,所以,有了这一优秀品质,你们就能容忍她社会出身上的不足了吧,会觉得我再也找不到比她更好的人了。"本来,安琪看到心爱的苔丝和其他挤奶女工们去做礼拜的时候,还因为这显然不是出于信仰,而是出于自然需求时,他还有些轻蔑。他没想到这些现在对他来说这么有利,因此他对他所相信的苔丝自主恪守正统信仰,越说越热情真诚。

克莱尔先生和克莱尔太太感到悲哀疑惑的是,他们儿子说的关于这位未知的年轻姑娘的品质,他自己是否有资格这样说呢?他们开始觉得至少有一个不可忽视的优点,那就是这位姑娘的信仰是正确的。他们特别感到,这两个人的结合,必然是出自于上帝的安排,因为安琪从来不把正统信仰作为自己的择偶标准之一。最后,他们说,他最好不要急,但他们不反对见见那个姑娘。

因此,安琪克制住了说明更多细节。他感到,尽管他的父母固执专一、忘我牺牲,但作为中产阶级,他们还是存有一些隐藏的偏见,需要更多的策略才能解决。虽然法律上他有自由选择的权利,将来他们的儿媳多半住得很远,她的身份也不会对他们的人生有什么实际影响,但是他不希望自己人生中最重要的决定伤害到父母的感情。

他把苔丝人生中的一些次要方面详细叙说,好像它们是最重要的方面,自己也觉得有些自相矛盾。他爱苔丝,是爱着苔丝这个人,是为了她的灵魂,为了她的心灵,为了她的本质——而不是她所掌握的奶牛场

第四部 终身大事

里的技能，不是因为她能成为学者的才能，更不是因为她单纯正统的宗教信仰。她那种朴实无华的自然本色，无须世俗的粉饰，就很对他的口味。他认为，家庭幸福取决于热烈感情，强烈的激情，教育几乎不对它产生什么影响的。也许，多年以后，道德和知识教育的系统有了改进，从而会适当地，也许是很大程度地提高人类天性中不自觉的、甚至是无意识的本能。但是，直到今天，在他看来，也许可以说文化只对受到他影响的人产生了一点儿表皮影响。近来他与女性的接触，让他的信念得到证实，他同妇女的接触，已经从优雅的中产阶级扩展到了农村社会，并从中得出一个真理，一个社会阶层中贤惠聪明的女子，和另一个社会阶层中贤惠聪明的女子，她们本质上没有多少差别。然而同一个阶层中贤惠聪明的女子和同一阶级中的凶恶愚笨的女子相比，本质上就有很大差别了。

到了他要离开的早晨。他的两个兄弟早就离开牧师住宅往北徒步旅行去了，之后，一个回他的学院，另一个继续回去当副牧师。安琪原本可以一起去，但是他更想去塔布塞斯，同心上人待在一起。要是加入旅行，他一定会不适应，因为尽管他是三人中最仁爱的人道主义者、最有理想的宗教信徒，甚至是最有研究的基督学者，但方栓配不上圆孔，他总是格格不入。无论是对菲利克斯还是库斯伯特，他都没有机会说起苔丝。

他的母亲给他做了三明治，他父亲骑着马，陪他走了一小段路。既然自己的事情有了不错的进展，他乐意默默听着父亲说话。他们一边在林荫路上走着，他父亲一边跟他说教区工作上的困难，说教会里其他牧师的冷淡，因为他按照他们认为有害的加尔文主义严格解释了《新约》。

"有害的！"老克莱尔先生说，带着温和的嘲弄口气说。他接着又述说了种种可以说明这种思想荒谬的经历。他列举了许多他亲自把罪恶的人感化的惊人实例，无论是穷人还是富人。不过他也坦率地承认，还有许多失败的例子。

关于失败的情况，他提了一个例子，一个年轻的暴发户，名叫德伯维尔，住在四十里外，特兰岭附近的地方。

德伯维尔家的苔丝

"是王牌等地的那个古老的德伯维尔家族的一员？"儿子问，"这个奇特的、历史上很出名的家族衰败了，还有一个四轮马车的鬼怪传说呢。"

"啊，不是的。真正的德伯维尔家族早在六十年或者八十年前就衰落消失了——至少我是这么相信的。这似乎是一个冒名顶替的新家族，为了前面那个家族骑士一脉的荣誉，我真希望他们是伪造的。不过很奇怪，你竟然对古老家族有兴趣，我还以为你比我还看不起他们呢。"

"你误会了，父亲，你经常这样，"安琪有点儿不耐烦地说，"在政治上，我习惯怀疑成为古老家族的价值。甚至于他们中间的一些智者，也像哈姆雷特说的那样，'对他们的继承权强烈不满'，但从抒情性、戏剧性还有历史性上来说，我倒是慎重对待。"

这种区别尽管绝不是细微的，但对老克莱尔先生来说就太细微了，于是他接着讲刚才要讲的故事。那个冒牌的老德伯维尔死后，年轻的德伯维尔就变成一个放荡风流的人，尽管他有一个瞎眼的母亲，本应该让他成为一个更好的人的。克莱尔先生听说了他的情况，在一次去那个郡布道的时候，他大胆说了德伯维尔灵魂上的罪恶。虽然他是一个外来人，用的是别人的讲道坛，他还是觉得这是他的责任，于是他引用了圣路加的话："你这无知的人哪，今夜必要你的灵魂！"这个年轻人厌恶直截了当的批评，他们遇见后就开始激烈争辩，他公然侮辱克莱尔先生，不顾他是一个头发灰白的老人。

安琪难过得脸都红了。

"亲爱的父亲，"他悲伤地说，"希望你以后不要去招惹这种流氓，引来无端的痛苦。"

"痛苦？"他父亲问，他粗糙的脸上闪耀着克己牺牲的激情，"我只为他感到痛苦，可怜愚蠢的年轻人啊！难道你以为他愤怒的话，或者说他大打出手，能让我痛苦？'被人咒骂，我们祝福，被人迫害，我们忍受。被人诽谤，我们劝善。到今天，我们还被看作是世界上的污秽，万物中的渣滓。'[①] 这些对科林蒂安斯人说的古老而神圣的话，到

---

① 《圣经》第4章第12节。

此刻都是完全正确的。"

"没有打你，父亲？他没有继续动手吧？"

"是的，他没有。不过我倒是被发疯的醉汉打过。"

"啊！"

"十多次了呢，我的孩子。后来吗？我因此把他们从杀害他们自身血肉的罪行中拯救出来了，从此以后，他们活着就是感谢我，赞美上帝。"

"我希望这个年轻人可以做到！"安琪热烈地说，"不过我从您说的来看，大概不会。"

"不管怎样，我们还是希望可以，"克莱尔先生说，"我一直在给他祈祷，虽然我们也许这辈子不会再见了。不过，也许终究有一天，我说的贫乏的话里，会有一句像一粒好的种子，在他的心里萌芽。"

现在，克莱尔的父亲还是一如既往，像孩子一样满怀希望。虽然小儿子不接受他父亲那套狭隘的教条，却也尊敬他的实践精神，他认识到父亲虔诚信徒的外表之下还是一个英雄。也许，他现在比过去任何时候都更加尊敬他父亲的行为，因为在关于娶苔丝为妻这个问题上，他父亲从没想过要问她是富有还是贫穷。正是这种同样超凡脱俗的精神，才使安琪认为有必要以农业为生，这大概也是为什么，他的兄弟们才在正值年轻的时候做一个穷牧师。但是安琪依然敬佩它。的确，尽管安琪思想怪异，但他常觉得，在人情方面，他比他的兄弟们更接近父亲。

第二十七章

安琪顶着正午的烈日，骑马上山下坡，走了二十多英里路，终于在下午的时候，到了塔布塞斯西边一两英里外的一个孤立的小山岗，这儿他再次看见了水分充足、牧草青翠的瓦尔谷，或者说弗鲁姆谷。他立马冲下高地，奔向下面那片肥沃的土壤，空气越来越凝重。夏季果实、雾气、干草、野花散发出倦怠的芬芳，形成一个巨大的香气湖泊，此刻所有的动物、蜜蜂、蝴蝶，都被熏得昏昏欲睡。如今，克莱尔已经非常熟悉这地方了，草场上星星点点的奶牛，他远远地就可以叫出每头奶牛的名字。他带着一种得意感，意识到自己有从内在世界观察生活的能力，这种能力是他学生时代不曾拥有的。虽然他爱着自己的父母，但他现在不禁觉得，在家里待了几天之后，回到这里，他像是摆脱了羁绊束缚。这儿甚至连英国乡村社会惯有的、对性情的压抑都没有，因为塔布塞斯没有本地的地主。

奶牛场没有任何一个人待在户外。场里的人，像往常一样，享受着夏日一小时左右的小憩，早上起得太早，午睡是必不可少的。门边是一些木箍提桶，因为无尽的擦洗，提桶已经浸透发白了，它像顶帽子一样挂在剥了皮的橡树权上，固定在那儿，已经擦干，准备晚上挤奶用。安琪走进去，穿过房子安静的走廊，来到后面，他站在那儿听了一会儿。马车房里传来持久不变的呼噜声，这儿睡着几个男工。稍微远些的地方，几头猪热得难受，正在哼哼唧唧。叶子宽大的大黄和卷心菜也在睡觉，它们宽大发软的叶面垂在太阳下，像是一把把半合上的伞。

他卸下马辔头，喂马，当他再次回到屋里，刚好到三点。三点是下午撇奶油的时间，钟声响后，克莱尔听到头上地板的嘎吱嘎吱声，紧接着传来了有人下楼的脚步声。是苔丝的脚步身，不一会儿，她就下楼出

第四部 终身大事

现在他眼前。

她没有听见他进来,也没有意识到他会出现在这儿。她打着哈欠,他看见她嘴里红红的,像是蛇一样。她一只胳臂高高举起,举到了盘起的头发上,他看到她晒黑皮肤的光滑圆润,她的脸睡得红扑扑的,眼皮惺忪地覆在瞳孔上。她的浑身上下洋溢着自然气息。就是在这种时刻,一个女人的灵魂比其他任何时候更能显现出来,精神的美超越肉体的美,性的魅力才有了外在表现。

接着,惺忪的双眼睁开了,眼睛里闪着明亮的光,不过她的脸还没完全清醒。她脸上的表情很奇怪,混合着愉快、羞怯,还有惊讶,她大喊道:

"哦,克莱尔先生!你吓到我了——我——"

在克莱尔表明心迹之后,她不是第一次想到他们两个之间的关系已经改变了。然而当他逐渐走向楼梯,她看到克莱尔温柔的眼神,关于这件事的所有感觉一起涌上了她的脸。

"亲爱的,亲爱的小苔丝呀!"他低声说,他伸手搂住她,脸贴着苔丝激动的脸颊,"看在上帝的分上,别再叫我先生了,我如此匆忙赶回来,只是为了你!"

听了他的话,苔丝激动的心再度怦怦直跳。他们就站在楼梯口。红砖地板上阳光斜射进窗户,照在克莱尔的背上,他把苔丝紧紧搂在怀里,阳光也照在苔丝的侧脸上,照在她太阳穴上的青筋上,照在她裸露的手臂和脖子上,照进了她头发深处。她穿着衣服睡觉,因此她身上暖得像是晒过太阳的猫。起初,她不敢直接看他,但是一会儿眼睛就慢慢抬起来了,他的瞳孔深不见底,变幻不定,射出蓝色、黑色、灰色还有紫色的光芒,她看着他,就像夏娃第二次醒来看着亚当一样。

"我该去撇奶油了,"她恳求说,"今天只有老德布帮我。克里克太太和克里克先生一起去赶集了,瑞蒂身体不舒服,其他人也都出去了,要到挤牛奶时间才会回来。"

他们走到牛奶房的时候,德博拉·费安德尔出现在楼梯上。

"我回来了,德博拉,"克莱尔抬头说,"所以,我去帮苔丝撇奶油吧,你一定很累吧,我可以肯定,到挤牛奶时间你再下来吧。"

171

德伯维尔家的苔丝

也许这天下午，塔布塞斯的奶没有完全撇干净。苔丝像是在梦里，平常熟悉的事物，都出现了光影，虽然没有明晰的轮廓。她每次把漏勺拿到水泵下冷却时，手一直颤抖，他灼热的感情是那么明显，以至于她似乎有些畏惧了，就像太阳底下的植物一样。

于是他又把她搂在身边，当她用食指沿着铅桶边缘抹去奶油时，他就用天然方式弄干净了她的手指。现在塔布塞斯无拘无束的生活方式，倒是给了他们方便。

"我还是早点说吧，最亲爱的，"他继续温柔地说道，"我想问你一件非常实际的事情，是我从上个星期在草场的那一天起，一直在考虑的事情。我想尽快结婚，要成为一个农场主，你知道我需要的妻子是一个懂得农场管理的女人。你愿意做那个女人吗，苔丝？"

他以这种方式提出，是为了避免苔丝误以为他是出于一时冲动，从而拒绝他。

苔丝突然变得忧心忡忡。她该听天由命，他们互相接近，爱上他是必然的结果。但是她没有料到突然出现的必然的另一个结果，事实上，克莱尔虽然说了，但是没想到自己会这么快就打算结婚。作为一个正直的女人，苔丝低声说了一些她原先不可避免地发过誓的话，说话时痛苦地像马上就要离世。

"啊，克莱尔先生——我不能成为你的妻子——我不能！"

说出这一决定似乎撕裂了她的心，她低下头，沉浸在悲伤里。

"可是，苔丝！"他说，他很奇怪她会这样回答，因此急切地把她抱得更紧了，"你不答应吗？你是爱我的吧？"

"啊，我爱你，我爱你！我想做你的妻子，而不是世上任何一个人的妻子，"这个痛苦不堪的姑娘，用甜蜜诚挚的声音回答道，"但是我不能嫁给你！"

"苔丝，"他说，抓着她的胳膊，"你已经和其他人订婚了！"

"没有，没有！"

"那你为什么拒绝我？"

"我不想结婚！我从来没想过结婚。我不能！我只想爱你。"

"但是为什么？"

第四部 终身大事

她被逼得只能找借口了,她结结巴巴地说——

"你父亲是牧师,你母亲也不会想你娶一个像我一样的人。她希望你娶一位小姐。"

"胡说——我已经跟他们说过了。我回家,一部分就是因为这个。"

"我觉得我不能嫁给你——不能,永远都不能!"她重复说。

"是不是因为我问得太突然了,我的美人?"

"是的——我没料到。"

"如果你暂时不想考虑这件事,苔丝,我给你时间,"他说,"我回来得太突然了,跟你说得也太突然了。我暂时不会再提这件事了。"

她再次拿起了漏勺,伸到水泵下面,继续工作起来。可是她不能像其他时候一样,按照所需的灵巧技能,准确地伸到奶油表层下面,尽管她尽可能地尝试。有时候勺子伸到了牛奶里,有时候就是在空气里。她几乎看不清,她的眼睛模糊了,眼睛里满是悲伤的泪水,对她这位最好的朋友和亲爱的保护人,她永远解释不了。

"我撇不了奶油——我撇不了了!"她转过脸不再看他,说道。

为了让她不再激动,不妨碍她,体贴的克莱尔开始说一些更广泛的话题:

"你完全误会我父母了。他们是最朴实的人,非常谦虚。他们是所剩不多的福音派信徒。苔丝,你是福音派信徒吗?"

"我不知道。"

"你定期去教堂,这儿的牧师也不是高教派,他们告诉我的。"

苔丝对于这个她每星期都去听布道的牧师的印象,似乎比克莱尔还要模糊,克莱尔还从来没去听过他布道。

"我倒希望我能更专心地听布道,但是我做不到。"她稳妥又笼统地说,"这常常让我很难过。"

她说得如此真挚自然,因此安琪相信,他父亲再不能把宗教作为理由来反对她了,尽管她自己还不清楚,她是属于高教派、低教派还是广教派,这也没有什么关系。但是安琪自己清楚,事实上,她持有的混乱信仰,明显是在童年时期接受的,要明确说的话,措辞上可以用牛津教

派，实质上可以说是泛神论者，不管是否混乱，他一点不想去妨碍它们：

不要打扰，你妹妹在祈祷，
她儿时的天堂，幸福的见解，
也不要用含糊的暗示迷惑
她生命中美妙的日子。

他曾经认为，这首诗尽管韵律很好，但诚实不够，不过现在他倒乐意遵从了。

他继续说他回家探亲时的事情，说他父亲的生活方式，他父亲对信念的热情。苔丝慢慢平静下来，撇奶油时的颤抖消失了，他跟她一起一桶接一桶地撇奶油，拔掉塞子，放出牛奶。

"我好像看到你进来的时候，有点垂头丧气。"她趁机问，急切避开与自己有关的话题。

"是的——好吧，我父亲跟我谈论了很多他遇上的困难和阻碍，说的内容让我有点沮丧。他是一个非常热情的人，因为那些跟他思想不同的人，他遭受了很多冷言冷语和打击，我不想他这个年纪的人了还受到侮辱，尤其是他这样热情认真却丝毫没有用处的时候。他告诉我一件他最近遇到的不愉快的事情。有一次他作为讲道团的代表去了邻近的特兰岭，距离这儿四十英里远的一个地方，他遇到了一个放荡不羁、玩世不恭的年轻人，他觉得有责任去劝诫——那是一个地主的儿子——他母亲眼睛瞎了。我父亲让他重新做回一个绅士，结果却惹了麻烦。我一定得说，我父亲实在太傻了，劝说已经明显是没用的了，又何必还要跟一个陌生人争辩呢。但是只要他认为这是他的职责，不管什么事，不管时间是否适合，他一定会去做。于是想当然地，他有不少的敌人，其中全是绝对的坏人，也有随和的人，他们讨厌被管束。他说他对发生的事情很自豪，善事有时是间接完成的，但是他现在年纪越来越大了，我不希望他再自找苦吃了，就让那些猪一样的人自己打滚好了。"

苔丝的神情冷漠疲倦，红润的嘴唇露出几分悲伤，但是再也没有颤抖了。克莱尔又想起了他父亲，以至于他没有特别注意到苔丝，他们就这样不停地撇着那一排方形盆子里的奶油，直到结束，所有牛奶都放掉

第四部 终身大事

了。这时其他挤奶女工也回来了，拿着自己的牛奶桶，德布开始烫洗铅桶，是给新的牛奶准备的。苔丝想去草场挤牛奶时，克莱尔温柔对她说——

"我的问题呢，苔丝？"

"啊，不——不！"苔丝严肃又绝望地说，因为刚才听到克莱尔说起的关于德伯维尔的故事，再次让她想起了痛苦的过去，"我不会嫁给你。"

她径直走向草场，一下子就加入挤奶女工的队伍中，像是要让户外的新鲜空气驱除她的悲伤和局促。所有女工们都走向了奶牛正在吃草的远处草场，这群姑娘走路带着一种野性魅力——这群不计后果、不受拘束的姑娘，走路也是很自由——她们任由空气吹拂摆动，像游泳的人任由波浪摆动。现在对安琪来说再自然不过了，既然苔丝再次出现在了他面前，他应该从不受拘束的自然中选择，而不是从矫揉造作的宫殿里选择。

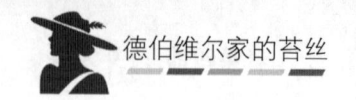

第二十八章

苔丝的拒绝,尽管出乎意外,但是克莱尔没有一直气馁。他对女人的经验足以让他认识到,消极否定常常是积极肯定的前奏,但他经验有限,还不足以让他知道,现在的这种否定是一个绝对的例外,跟羞怯的矜持完全不一样。苔丝已经允许他的求爱了,他把这个解读为额外的保证,但是他并没有完全认识到,田野和草场上的"没有结果的叹息"[①]绝不是多余的。在这儿,男人的求爱往往不多加考虑就接受了,仅仅是为了爱情的甜蜜,而不是为了焦急地野心勃勃地想要一个家庭,这种情况下的女孩子们渴望建立家业,最终葬送了关于感情的健康想法。

"苔丝,为什么你如此肯定地说'不'呢?"几天之后,他问她。

她吃了一惊。

"不要问我。我告诉过你为什么——尽管只是部分。我配不上你,不值得你娶我。"

"怎么会?因为你不是大家闺秀吗?"

"不错——某些部分是这样,"她低声说,"你的家人会嘲笑我的。"

"你真的误解他们了——我的父母不是这样的。至于我兄弟们,我不在乎——"他双手扣在苔丝背后,以防她逃开去,"听着——你刚才说的不是真的吧,亲爱的?——我敢肯定不是真话!你已经把我弄得坐立不安,书读不进,玩也玩不进,什么事情都做不了。我不着急,苔丝,但我想知道——亲耳听到你热情的嘴唇说出来——总有一天你会成为我的人——你可以选择任何时间,但是一定要有这样一天。"她只能

[①] 出自莎士比亚的《哈姆雷特》。

摇摇头，不去看他。

　　克莱尔聚精会神地看着她，仔细看她脸上的神情，仿佛上面有象形文字。她的拒绝似乎是真的。

　　"那我就不该这样搂着你了——是吧？我没有权利搂着你——没有权利来找你出去，没有权利和你一起散步了！说实话，苔丝，你是不是爱上其他男人了？"

　　"你怎么能这样问呢？"她说，依旧压抑着自己。

　　"我知道你没有。但你为什么拒绝我呢？"

　　"我没有拒绝你呀。我喜欢你——说你爱我，你可以一直这样告诉我，我们一起出去的时候——这永远不会冒犯到我。"

　　"但是你不接受我成为你的丈夫？"

　　"啊——这是不一样的——事实上这是为你好，最亲爱的！啊，相信我，这只是为了你考虑！我不想给我自己巨大的幸福，成为你的人，能让我无比幸福，但是我不能那样做，我真的不能那样做。"

　　"但你会让我幸福的！"

　　"啊——你这么认为，但你不知道！"

　　每次在这种时刻，他总是认为苔丝的拒绝，只是因为自己在社交礼仪上的不合格，是因为谦卑，因此他就称赞她见多识广，多才多艺——这是真的，她天性敏捷，因为倾慕克莱尔，她很快学会了他的措辞、口音，零零碎碎的知识，已经达到了一种惊奇的程度。这个以温和的苔丝获胜为结局的争辩结束后，她总会一个人离开，如果是挤奶时间，她会去最偏僻的一头奶牛那里，如果是闲暇时间，就去莎草那里，或者自己房间，默默哀伤，尽管不到一分钟前，她还在他面前冷淡地拒绝他。

　　这种挣扎非常可怕，她的那颗心牢牢地系在克莱尔的身上——两颗热烈的心，对抗一点儿可怜的良知——她竭尽所能，用一切方法坚定自己的决心。她来塔布塞斯，是下定了决心的。任何情况之下，她都不会同意跨出一步，因为之后，她的丈夫可能会对盲目娶她而感到后悔。她认为，在她还是一个平常心的时候做出的决定，现在不应该推翻它。

　　"为什么没有一个人告诉他关于我的一切呢？"她说，"那儿只不过四十英里远——为什么还没传到这儿来？一定有人知道的！"

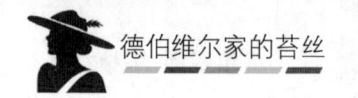

然后似乎没人知道，没有人告诉过他。

又过了两三天，她再没有多说。她从室友们悲伤面容中猜出，她们已经不仅仅把她当作他最喜欢的一个人了，而是他选中的人，但是这是她们自己看出来的，苔丝并没有主动去找他。

苔丝从不知道，她的生命线是由两股不同的线拧成的，绝对的快乐和绝对的痛苦。下一个制作奶酪的日子，他俩又碰巧单独在一起了。奶牛场场主一直在帮忙，但是克里克先生以及他的妻子，最近似乎也看出他们两人之间的互相吸引了，不过两个年轻人在一起时非常谨慎，因此他们也仅仅是猜想而已。无论如何，那天场主还是让他们单独待在了一起。

他们正把大块的凝乳分开，好放进大桶里，做法跟弄碎大量的面包相似。苔丝·德贝菲尔的双手，在洁白的凝乳衬托之下，显出一种粉红的玫瑰色。安琪正一把把地往大桶里装凝乳，他突然停下了，将自己的手放在苔丝手上。苔丝的袖子高高卷到了手肘上面，他俯身下去，亲吻了柔软手臂上的血管。

虽然九月初的气候依旧闷热，她的手臂放在凝乳里，安琪亲上去又冰又湿，像刚采的蘑菇，还带着点乳清的味道。但是，她反应如此敏感，他一碰到，她的脉搏就加速了，血液流到她的指尖，冰凉的手臂红到发烫了。然后，尽管她的心在说："怕羞还有必要吗？男人和女人之间的感情，就跟男人与男人之间的友情一样，真情就是真情。"她抬起眼睛，双眼专注地盯着他的眼睛，闪着光芒，上唇一翘，温柔地笑了。

"你知道我为什么那样做吗，苔丝？"他问。

"因为你非常爱我！"

"没错，同时也是再次恳求。"

"又来了！"

她看起来突然害怕了，她担心自己的拒绝，最后会因为渴望而无法抵挡。

"啊，苔丝！"他接说，"我不明白为什么你要这么逗弄我。为什么你要让我失望？你几乎像个卖弄风情的女人了，老实说，你就是这样了——像城市里头等的卖弄风情的女人了！她们一会儿热情一会儿冷淡,就像你这样。在塔布塞斯,这样的人你可找不到……但是,我最亲爱的,"他又快速补充道,因为他看到自己的言辞伤害到她了,"我知道你是这世上最诚实、最无可挑剔的姑娘了。所以我怎么会认为你是在调情呢?苔丝,你为什么不想成为我的妻子呢,如果你真像看上去这样爱我的话?"

"我从没有说过我不喜欢,我从没有说过这个,因为——那不是真的!"

现在的压力已经超过她的承受范围,她的嘴唇开始颤抖,她不得不逃开了。克莱尔非常痛苦,又不知所措,只能追在后头,最后在走廊上抓住了她。

"告诉我,告诉我!"他说,他激动地抱住她,忘了双手沾满了凝乳:"告诉我,你只会属于我,不会属于其他人!"

"我会的,我会告诉你!"她大声说,"而且我会给你一个完整的答案,如果你现在放开我的话。我会告诉你我的经历——所有关于我的——所有。"

"你的经历,亲爱的,是的,当然可以,无论多少。"他看着她的脸,用恋爱的戏弄口气承诺道,"我的苔丝,毫无疑问,经历多得几乎和外面花园树篱上的野旋花一样多呢,今天早晨第一次开放呢。你什么都可以告诉我,但不许再说配不上的可怜话了。"

"我尽量试试——不说!我明天就给你我的理由——不,下个星期。"

"礼拜天好吗?"

"好的,就在礼拜天。"

最终她走开了,一直走进农场尽头,躲在削去了树梢、茂密的柳树丛林中,那儿没人看见她。她一下子扑倒在树下沙沙作响的针茅草上,像倒在床上一样,蜷缩在那儿,痛苦地瑟瑟发抖,又夹杂着丝丝愉悦。她对将来结局的恐惧,也没能压制住喜悦。

事实上,她不知不觉默认了。她的每一次呼吸,血液的每一次流动,耳边听到的每一次脉搏的跳动,所有声音聚合在一起,反对她的小心翼翼。不要管后果,不要管别人,接受他吧,在圣坛前同他结合,什

么都不要说，冒着被发现的危险，去夺得快乐，在痛苦到来之前。这就是爱情的劝告。她几乎怀着一种狂喜的恐惧猜测到，尽管几个月来，她一直孤独地自我惩罚，自我斗争，自我对话，制订出种种计划，要过一辈子严酷的独居生活，但是爱情的劝告要战胜一切了。

　　下午的时间慢慢过去了，她依旧待在柳树丛里。她听见，牛奶桶从树杈上取下时的咯吱声，也听见了往一块地方赶奶牛的"呜噢呜噢"的呼喊声。但她没有去挤牛奶。要是去了，他们会看见她的激动样子，奶牛场场主只会想到是因为爱情，会善意地戏弄她，她再也忍受不了这种纷乱了。

　　她的恋人一定猜出了她过分紧张的状况，为她的没有出现编造了一个借口，因此也没人会询问或者叫她。六点半的时候，太阳落到地平线上，看起来就像天空上的一个大熔炉，不久月亮就要从另一边升起来了，像一个巨大的南瓜。

　　那天是星期三。星期四随后到了，安琪满腹心事，远远看着她，但不敢打扰她。住在场内的挤奶女工们，玛莲和其他人，似乎在猜测肯定有什么事情要发生，因此在寝室里不再对她说三道四。星期五过去了，星期六也过去了。明天就是约定好的日子了。

　　"我要放弃了——我要答应了——我要嫁给他了——我没办法控制了！"那天夜晚，她发烫的脸贴在枕头上，在听见其中一个姑娘睡梦中喊着安琪的名字后，她妒意中烧，喘着气说："我受不了任何其他人嫁给他，只能是我！然而，这会对不起他，他知道以后会要了他的命的！啊，我的心——啊——啊！"

第二十九章

第二天早晨,克里克场主坐下吃饭时,带着打哑谜的目光,看着大声咀嚼的男工女工们:"哎,你们猜猜今早我听见谁的消息了,你们来猜猜,是谁?"

一个人猜了一个,另一个人又猜了一个,克里克太太没有猜,因为她早就知道了。

"好吧,"奶牛场场主说,"就是那个软弱无能的浑蛋杰克·道洛普。最近,他和一个寡妇结婚了。"

"那个是杰克·道洛普吗?一个恶棍——想想他的样子!"一个工人说。

苔丝·德贝菲尔很快就记起了这个名字,因为那个欺骗了他的情人,后来又被年轻女人的母亲在搅乳器里好一通教训的人,就是叫这个名字。

"他按照承诺,娶了那个凶猛母亲的女儿吗?"安琪·克莱尔心不在焉地问。说话的时候,他正在小桌子边上阅读报纸,他总是被克里克太太安排到这个位置,因为克里克太太认为他很有教养。

"他怎么会呢,先生?他从来没打算娶她,"奶牛场场主回答说,"刚才我就说了,这个寡妇有钱,似乎是的——一年大约有五十镑,他以为娶了她以后,这些钱就是他的了。他们非常匆忙就结婚了,那时她才告诉他,嫁给他以后,她就没有一年五十镑的钱了。你们想想,我们那位先生知道了这个消息,他心里该是什么样啊!从此以后,他们就过上鸡飞狗跳的生活了!他就是恶有恶报。不过不幸的是,那个可怜女人要惨了哦。"

"啊,那个没头脑的人啊,早就该告诉他,说她第一个丈夫的鬼魂

会给他找麻烦的，"克里克太太说。

"唉，唉，"奶牛场场主含含糊糊地说，"尽管如此，你们也能看出这是怎么回事吧？她想要一个家，不想冒着失去他的风险。你们不觉得是这么一回事吗，姑娘们？"

他朝那排女孩子们瞥了一眼。

"他们在去教堂之前，她就得告诉他的，那时他几乎不可能退缩了。"玛莲大声说。

"不错，她该这么做。"伊丝同意说。

"她一定早就看清他是怎么样的人了，应该拒绝他的。"瑞蒂突然激动地说。

"你有什么看法呢，亲爱的？"奶牛场场主问苔丝。

"我觉得她应该——告诉他真实的情况——或者拒绝她——我不知道啊。"苔丝回答道，她被一块黄油面包一下噎住了。

"我不会做任何一件事，"贝克·尼布斯说，一个已婚的帮工，住在其中一个屋舍里，"情场和战场一样，一切手段都是正当的。我会像她一样嫁给他的，如果他敢跟我提一句我选择不在事先告诉他关于我第一个丈夫的事情，我一定用擀面杖揍倒他——像他这么一个瘦小的人，随便一个女人都能揍倒他。"

大家听了这段俏皮话之后，爆发出一阵大笑，苔丝为了装装样子，也跟着露出一个苦笑。对别人来说这是一出喜剧，对她而言，却是一出悲剧，她几乎不能忍受他们的欢声笑语。她立刻从桌边站起身来，心中觉得，克莱尔会跟上她，她走在一条蜿蜒小路上，时而走在灌溉管道的这一边，时而走在灌溉管道的那一边，直到来到了瓦尔河主流边。有人正在河流更上头割水草，一大片水草从她面前漂过——像是绿毛茛的移动小岛，她几乎可以站在上面了。长长的栅栏拦住了水草堆，栅栏原本是用于阻止奶牛过河的。

不错，痛苦之处就在这里。一个女人讲述自己的故事——这个问题对于她来说是最沉重的十字架——然而对别人来说似乎是可以取笑的一件事。这简直就像取笑殉道一样。

"苔丝！"她身后传来一个声音，克莱尔跳过水沟，到了她的身边,"我的妻子——马上就是了。"

"不,不,我不能嫁给你。这是为你考虑啊,克莱尔先生,为你考虑,我才说不!"

"苔丝!"

"我还是不能答应你!"她重复说。

他没有料到这些,他说完话后,他的手臂轻轻环绕住了苔丝的腰,搂在她垂下的发丝下面。(年纪较小的挤奶女工,包括苔丝,礼拜天早晨吃早饭的时候,头发都松松散散地披着,等到要去教堂了,才把头发高高盘起,她们一般不会在挤牛奶的时候用这个发型,头靠在奶牛身上的时候不是很方便)要是她说了"是"而不是"不",他一定吻过她了,他显然有这个意图,然而她的坚决拒绝制止了他小心翼翼的心。他们住在一起每天不得不见面,她作为一个女人,就处于不利条件。安琪觉得,趁机逼迫她,施加压力,这就不公平了,如果她能避开他,他再使用这些手段,反倒没什么了。他松开了搂着她腰的手臂,克制住了吻她的冲动。

这一松手,事情全都变了。这一次,苔丝拒绝他的力量,完全来自于奶牛场场主讲的寡妇的故事,他只要再坚持一会儿,这力量就消失了。但是安琪什么也没有再说,表情迷惘,他走开了。

他们日复一日地见面——跟以前相比,次数多少有点减少了,就这样,两三个星期过去了。九月就要结束了,她可以从他的眼神中看出,他可能要再次求婚了。

他这次要进行的计划不一样了——似乎他已经认定,她的决绝终究只是矜持,只是年轻人被新奇的求婚吓到了而已。每次他们一起讨论这件事,她躲躲闪闪地推诿,也印证了他的想法。因此他要采用哄骗的方法,只是用甜言蜜语,没有搂搂抱抱,他完全依靠语言。

就这样,克莱尔坚持不懈、温柔轻声地向她求爱,声音像是牛奶汩汩流动——不管是在奶牛旁边,是在撇奶油,制作黄油,制作奶酪,是在孵蛋的家禽中间,还是产仔的母猪中间——从没有一个挤奶女工像这样被一个男人求过婚。

苔丝很清楚,她的决心一定会瓦解的。从宗教意义上看,她从前那次结合具有一定的道德效力,从良心上看,她期望坦率真诚,这两方面已经让她再也忍受不了了。她对他的爱是那样热烈,在她眼里,他就是上帝般的存在,尽管她未受训练,仅凭直觉,她的内心深处渴求着他的保护和指导。因此,尽管她不断对自己说"我不能成为他的妻子",但是这些话是徒劳无用的。这些反复的话恰好证明了她的软弱无力,真正的力量在平静之中就可以毫无费力地产生。每当他提到那个老话题,她总是又惊又喜,她渴求着答应,又害怕自己改口。

他的行为态度是——哪个男人不是这样呢?——种无论是在什么情况下,无论遭受了什么变化,无论蒙受到什么指责,无论泄露了什么情况,他会爱她、珍惜她、保护她的态度,苔丝逐渐从中感受到温暖,她的忧郁渐渐减少了。与此同时,秋分渐至,尽管天气依旧晴朗,但是白天变短了很多。奶牛场已经过了好长一段早晨开工点蜡烛的日子了,又一个清晨,三四点间,克莱尔再次求婚了。

像往常一样,苔丝穿着睡衣跑到他门口去叫他起床,然后再回去穿好衣服,叫醒其他人。十分钟后,她走向楼梯口,手里拿着蜡烛。与此同时,克莱尔穿着衬衫,从楼上走了下来,伸手挡住了楼梯。

"喂,爱吊胃口的小姐,先别下楼,"他断然说道,"距离我上次跟你说,已经有两个星期了,这件事不能再拖了。你必须得告诉我你是什么意思,否则我就得离开这幢房子了。刚才我的房门半开着,我能看见你。为你的安全着想,我必须得离开这里。你是不会明白的,怎么样?你总该答应我了吧?"

"我才刚刚起床,克莱尔先生,现在就做决定,是未免太早了!"她噘嘴生气道,"你没必要叫我爱吊胃口的小姐吧。这也太刻薄、太不真实了吧。再等等嘛,请你再等等嘛!这段时间之内,我一定会认真想想的。让我下楼去吧!"

她看起来倒有几分他说的那样了,她拿着蜡烛站在一边,努力想用微笑来缓解话里的严肃。

"叫我安琪,不是克莱尔先生了。"

"安琪。"

"最亲爱的安琪——为什么不这样叫呢?"

第四部 终身大事

"这意味着我同意了,是吗?"

"这只是说明了你爱我,即使你不能跟我结婚,你不是很早就承认这一点了吗?"

"好吧,那么,如果非要我叫的话,'最亲爱的安琪'。"她低声说,她看着手里的蜡烛,嘴巴还是调皮一撅,虽然心里焦虑不安。

克莱尔下定决心不去亲苔丝,除非他获得了苔丝的承诺,然而,看见苔丝站在那儿,挤奶时穿的长裙袖子漂亮地卷起,头发随意盘起(她是准备在撇奶油、挤牛奶之后的空闲时间再重新梳理的),不知为何,他的决心瓦解了,他嘴唇轻轻碰了她的脸颊一下。她飞快下了楼,没有回头看他一眼,也没有再说一个字。其他女工已经都在楼下了,因此这个话题他们没有继续。除了玛莲外,所有人都带着沉思和怀疑的目光看着他们,这时,屋外清晨第一道曙光的映衬下,烛光显得格外惨淡悲伤。

撇奶油完成了——随着秋季的到来,牛奶越来越少了,因此撇奶油的工作也逐日轻松。瑞蒂和其他人走了出去。那对恋人跟在后面。

"我们战战兢兢的日子,跟他们的不太一样,是吧?"看着前面三个人轻快地走在冷意阵阵的破晓之中,他若有所思地对苔丝说道。

"我想没有什么太大不同吧。"她说。

"你为什么这么想呢?"

"很少有女人的生活不是战战兢兢的,"苔丝回答说,说到这个生疏字眼的时候,她还停顿了一下,似乎受了触动,"她们远比你想的拥有更多。"

"她们有什么?"

"她们每个人,"她开始说,"差不多都——也许都——比我更适合做你的妻子。她们也许像我一样爱你——差不多一样。"

"哦,苔丝!"

虽然苔丝坚定无畏、慷慨大方地想成全别人,然而在听到他不耐烦的感叹声后,苔丝还是异常欣慰。既然已经慷慨了一次,她已经没有力气再来一次自我牺牲了。这时,一个住在场外的男工跟他们走到了一起,于是他们没有再谈论他们关心的事情了。但是苔丝清楚地知道,这

件事情今天就会有结论了。

下午，奶牛场场主家的几个长工和帮工像往常一样，来到了离奶牛场很远的草场上，那儿，奶牛不用赶回去就可以挤奶。母牛肚子里的牛崽越来越大，出奶量就随之变少了，因此牧草丰茂时，临时工也就被辞退了。

工作从容不迫地进行着。一辆大马车赶到了草场上，车上装满了高大的铁罐，一桶桶满满的牛奶倒进了大铁罐里。工人挤过牛奶后，这些奶牛渐渐散开了。

奶牛场场主克里克也跟其他人待在一起，傍晚铅灰色的天空之下，他的围裙白得出奇，突然，他看了看他沉重的怀表。

"哎呀，什么？没想到这么晚了，"他说，"糟了！我们要是再不赶快，牛奶就来不及送到车站了。今天没时间把牛奶带回去了、跟其他牛奶一起送出去了。现在必须直接从这儿送到车站。谁来赶车送过去？"

尽管这不关克莱尔先生什么事，但他却自愿提出要去，还请苔丝陪她去。这天傍晚，虽然没有太阳，但在这个季节里，天气还是又热又闷，苔丝出门的时候只穿了挤奶时的衣服，裸着胳膊，没有穿外套，显然这不适合赶车。因此她看了看身上明显单薄的衣服，算是回答。但是克莱尔温声细语地怂恿她。苔丝最终同意了，把牛奶桶和凳子交给了场主，让他带回家去，随后，她爬上大马车，坐到了克莱尔身边。

第四部 终身大事

第三十章

　　天色渐暗,两人沿着平坦的道路,穿过草场,向前驶去,那一片片草场延伸到暗淡灰白的远处,直到远方艾敦荒原幽暗陡峭的陡坡才算尽头。山坡顶上,是一丛丛、一片片的冷杉,尖尖的树梢看上去就像一个个带有城垛的塔楼,耸立在魔法城堡黑色的城墙前面。

　　他们深深沉浸在彼此相互靠近的感觉里,好久都没有说话,一片寂静之中,只有身后高大铁罐的咣当咣当声。他们走的小路荒无人烟,榛子依旧留在树上,直到自然脱落,黑莓一簇一簇沉甸甸地挂着。安琪时不时扬起鞭子缠住果子,扯下来,递给他的同伴。

　　不一会儿,阴暗的天空落下几滴雨,预示着大雨的到来,白天凝滞的空气也化成了阵阵微风,吹过他们的面颊。河流湖泊水银般的光泽消失了,原先辽阔的明镜成了毫无光泽的铅皮,表面像锉刀一样。然而,眼前的景象没有影响到苔丝,她正出神。她的脸,原先是天然的粉红色,因为季节的缘故,染上了一层淡褐色,现在落上了雨点,颜色显得更加深了,她的头发,因为靠在奶牛身上受到挤压的缘故,松散开来,东一缕西一缕地从白色软帽中垂下来,现在让雨淋得湿湿黏黏,后来比海草好不了多少。

　　"我觉得我不应该来的。"她看着天空,低声说。

　　"真遗憾,下雨了,"他说,"但我又多么庆幸有你陪我!"

　　远处的艾敦荒原逐渐消失在了雨雾里。天色越来越暗,道路上又有一道道栅栏门,要是马车比走路的速度快上一点,就不是很安全了。空气里的寒意也越来越重了。

　　"我很担心你会着凉,你手臂和肩膀都光着,"他说,"慢点过来靠紧我,这样雨对你的伤害也许会小点。这场雨也是老天帮我的,不然

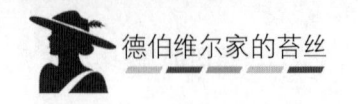

我会更不好受了。"

她渐渐靠近了些,他把一块偶尔用来给牛奶遮阳的帆布裹在了两人身上。因为克莱尔腾不出手来,苔丝就抓住帆布,以防帆布从他们身上滑下去。

"现在我们都没事了。啊——还是不行!雨水流到我脖子里了,雨水肯定流到你脖子里更多。这样好多了。你的手臂跟湿了的大理石一样,苔丝。在帆布上擦一擦吧。好啦,只要你老老实实坐着,你就再也淋不到一滴雨了。好了,亲爱的——关于我提的那个问题——那个一直没解决的问题?"

有一阵,他听到的唯一回答,只是湿漉漉的路面上的马蹄声,以及身后铁罐里牛奶的晃荡声。

"还记得你说过什么吗?"

"记得。"她回答说。

"在我们到家之前得回复我,记住。"

"我尽力。"

于是他没有再说什么。他们继续赶车向前,查理时期一座古老领主庄园的残垣断壁渐渐显露在夜色里,一会儿,他们就赶车经过了这里,庄园被落在了身后。

"那个,"为了逗乐苔丝,他说,"是一个非常有趣的老庄园了——属于古老的诺曼家族众多庄园中的一个,以前他们在这个郡很有势力,叫德伯维尔家族。每次从他们庄园经过,我都会想到他们。一个名望家族的消失总是一件悲伤的事情,尽管这是凶狠、跋扈、封建的名望。"

"是的。"苔丝说。

苍茫的暮色中刚刚露出一点微弱的光亮,他们慢慢向这亮点走去,如果是白天,能看到一阵阵白色的蒸汽断断续续地从深绿色的背景里冒出,暗示着他们这儿的偏僻生活与现代生活断断续续的联系。一天当中大概有三四次可以看到现代生活的蒸汽触角会延伸到这里,刚触到这块地方,又很快缩了回去,好像它所碰触到的与它自身是多么不相同。

第四部 终身大事

他们到达了微弱光线所在的地方,这亮光是这个小小火车站的一盏呛人的油灯发出来的,它只是可怜兮兮的一颗人间的星星,跟天上的星星相比,它的光芒是多么寒酸,然而对于塔布塞斯奶牛场的人以及人类来说,却是重要多了。装满新鲜牛奶的铁罐都在雨中卸了下来,苔丝则在边上一棵冬青树下躲雨。

这时,传来了火车的嘶嘶声,火车几乎是不声不响就在湿漉漉的铁轨上停住了,牛奶一罐一罐迅速搬进了车厢里。火车头的灯光在苔丝·德贝菲尔身上闪了一下,只见她一动也不动地站在大冬青树下。火车曲柄和轮子闪闪发光,相较之下,这个质朴无华的姑娘显得那样格格不入,她手臂光滑滚圆,脸和头发湿漉漉的,就像一只老老实实的豹子,安静地待在那里,身上穿的印花裙子,不知是什么年代什么款式,棉布帽子松松地垂在额头上。

她再次上了车,坐在她恋人的旁边,偶尔她充满激情的天性也会显露出沉默顺从的一面。他们再次用车上的帆布包裹住自己的头和耳朵,转身投入了深沉的夜色中。苔丝是一个易于接受新事物的人,与飞速发展的物质文明几分钟的接触,已经盘旋在她的脑海里。

"伦敦人明天早上就能在早饭的时候喝到牛奶了,是不是啊?"她问,"那些我们从来没有见过的人?"

"是啊——我猜他们会的。不过喝的跟我们送的不一样。牛奶的浓度降低了,免得喝晕了头。"

"那些都是贵族的男男女女、外国大使们、百夫长、名媛、女商人,还有从来没有见过一头奶牛的婴儿们?"

"嗯嗯,是的,也许是的,特别是百夫长①。"

"他们根本都不认识我们,不知道牛奶是哪里来的,也不会想到我们赶车赶了多少英里,穿过荒野,冒雨把牛奶送过来,好让他们明天能及时喝上牛奶。"

"我们赶车过来,并不是完全为了那些尊贵的伦敦人,我们有点也是为了我们自己——为了那件急切的事情,我想,亲爱的苔丝,你会让

---

① 古罗马军团中的百人队的军官,苔丝说得不妥,克莱尔在说笑。

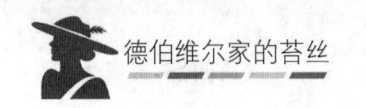

我安心的。好啦,让我这样说吧,你已经属于我了,你要知道,我的意思是,你的心,是不是?"

"你心里跟我一样清楚。啊,是的——是的!"

"那么,既然你的心属于我了,为什么你还不答应嫁给我呢?"

"我唯一的理由,就是为了你好——关于一个问题,我想跟你说些事情——"

"不过,假如你说的都是为了我的幸福着想,也为了我事业的方便着想,那就说吧。"

"啊,是的,是为你的幸福还有你的生活、事业。但是我想说的是我没来这儿之前的生活——我想说——"

"那好啊,我向你求婚,也都是为了我的幸福和事业的方便考虑的。假如不论我在英国还是殖民地,拥有了一个大农场,你成为我的妻子,对我来说就有了无限的价值了,比这个国家里最高贵门庭里出来的女人还要好。所以拜托——拜托,亲爱的苔丝,嫁给我会阻碍我的发展,这种想法从你思想里去除吧。"

"但我的过去。我想让你知道——你一定得让我告诉你——你就不会像这样喜欢我了。"

"说吧,如果你想的话,我最亲爱的。这珍贵的过去。是呀,我某年某月出生于——"

"我出生于马洛特村,"她说,借了他随意说出的几个词来开头,"我也是在那儿长大。我上六年级的时候,离开了学校,他们都说我很有能力,可以成为一个好老师,因此当时我就决定当老师了。但是我家里遇到了一些麻烦,我父亲不太勤劳,他还喝点酒。"

"嗯,嗯。可怜的孩子!没什么新鲜的!"他更加搂紧了苔丝。

"然后——发生了一件很不寻常的事情——关于我的。我——我——"

苔丝的呼吸变得急促起来。

"好啦,最亲爱的。别担心。"

"我——我——不是来自德贝菲尔家族,而是来自德伯维尔家族——是我们刚经过的那座老房子主人的后代。还有——我们现在什么都没有了。"

"德伯维尔家族！——真的！就是这个麻烦事，亲爱的苔丝？"

"是的。"她含糊其词地说。

"好吧——为什么我会在知道这件事情以后，会少喜欢你一点呢？"

"奶牛场场主告诉我，你厌恶那些古老家族。"

他笑了。

"没错，从某种意义上说，是这样的。我确实厌恶血统高于一切的贵族教条，也确实认为有理性的人唯一该尊重是，是传承智慧与道德的精神血统，不用顾及肉体上的传承。不过对你说的这件新奇事，我还真是特别感兴趣——你根本想不到我有多么感兴趣呢！成为名门后裔，你难道不感兴趣吗？"

"不。我只觉得难过——特别是来到这儿以后，知道很多山林、田地曾经属于我们家。但其他一些山林、田地属于瑞蒂家里，也许也有一些属于玛莲家里，所以我反而觉得他没有什么特别价值了。"

"不错——如今多少的佃户，过去是土地的主人啊，这的确让人惊讶，有时候我很疑惑，为什么没有某一派的政治家利用这种情况，不过他们似乎还不知道这种情况……我也很疑惑，为什么我没有看出你的名字跟德伯维尔的相似之处，看出这明显的讹用呢。原来这就是那个恼人的秘密啊！"

她没有说出真正的秘密。最后一刻，她的勇气消失了，她担心他会责怪她没有早点说出来，她自我保护的本能比她坦白的决心力量大多了。

"当然，"不知情的克莱尔继续说，"我本该更高兴知道，你仅仅出生于一个长期受苦、无声无息、名不见经传的平头百姓，而不是出生在追逐私利、盛气凌人的少数家庭。然而我因为对你的感情，我的思想上受了腐蚀，苔丝（他边说边大笑），我也变得自私了。因为你，我对你的血统感到高兴。社会的势利是无可救药的，原本我是打算把你培养成一个博学的女人，这样你成为我的妻子也就更容易接受了，但是你的出生也许会带来意想不到的作用。我母亲，可怜的人啊，也会因此更加认可你。苔丝，从今天开始，你必须把你的姓改过来，就叫德伯维

尔。"

"可是我更喜欢另一个姓。"

"但你一定得改,最亲爱的!天啦,要是拥有了这个姓,那些暴发户们要高兴地跳起来的!顺便提一句,还真有一个人冒用这个姓——我是在哪里听到的啊?——住在狩猎林的那一块。对了,他就是那个我跟你说过的侮辱我父亲的人。这巧合真是太奇怪了!"

"安琪,我觉我还是不要这个姓!这个也许不太吉利。"

她焦躁起来。

"那么,特丽莎·德伯维尔教师,我娶你,你跟我的姓,你就可以摆脱自己的姓了!秘密说完了,你再也不能拒绝我了吧?"

"如果你确信,娶我做妻子能让你幸福,你也真的希望能娶我,非常,非常——"

"最亲爱的,我当然非常希望!"

"我是说,只有你非常想娶我,没有我你就活不下去,不管我有什么过失,我才会觉得我应该答应你。"

"你答应了,你真的答应我了,我就知道!你是我的了,永远永远。"

他紧紧地抱住她、亲吻她。

"是的。"

一说完,她就大哭起来,没有眼泪,却非常痛苦,猛烈到似乎要撕裂了她。无论是从何种意义上说,苔丝都不是一个歇斯底里的姑娘,他非常惊讶。

"你为什么哭,最亲爱的?"

"我说不出——真的!——我太高兴了,一想到——成为你的人,让你幸福!"

"但这看起来不像是开心,我的苔丝!"

"我是说——我哭因为我违背我的誓言呀!我曾经说过我死也不会结婚的。"

"但是,如果你爱我,你会希望我成为你的丈夫吗?"

"是的,是的,是的!不过,啊,有时候我真希望我从来没有来过这世上！"

"啊，我亲爱的苔丝，如果我不知道你这么激动，这样毫无经验，我该说，你说的话可不是什么赞美的话。你要是在意我的话，怎么会希望这些发生？你在意我吗？我倒希望你能用某种方式证明一下。"

"我已经做了，我该怎么进一步证明呢？"她大声说，柔情款款，"这样是不是可以证明更多？"她紧紧搂住克莱尔的脖子，克莱尔第一次知道，一个像苔丝那样全身心爱他的、感情炽烈的女人，亲吻他是怎样的滋味。"那——现在你信了吧？"她满脸通红，擦着眼睛问道。

"是的。我从来没有真正怀疑过——从来没有，从来没有！"

他们就这样继续在夜色中赶路，在帆布面抱成一团，随马儿自己走着，随雨点落在他们身上。她同意了。她还不如在最开始就答应他了。"寻求快乐的欲望"渗透在所有生灵中，以其巨大的力量随意摆布人类，就像潮汐随意摆布无助的海草一样，不是那些含糊其词、煞费苦心而作的社会成规能控制的。

"我必须写信告诉我母亲，"她说，"你不介意我这样做吧？"

"当然不，亲爱的孩子。对我来说，你就是一个孩子，苔丝，这个时候写信告诉你母亲，不知是多合适呢，我怎么都不会反对的，你母亲住在哪里呢？"

"同一个地方——马洛特村。在布莱克摩谷的另一头。"

"哦，那在这个夏天前，我应该见过你——"

"是的，在草地上跳舞的时候，不过那时你没有跟我跳舞。啊，但愿这不会是一个坏兆头！"

第三十一章

苔丝第二天就给母亲写了一封最动人、最急迫的信,到了周末,便收到了琼·德贝菲尔歪歪扭扭,用上个世纪的字体写的回信。

亲爱的苔丝:

我给你写这几行字的时候,托上帝的福,我的身体很好,希望你收到信的时候,你的身体也很好。亲爱的苔丝,我们很高兴听到,你马上就要结婚了。不过,关于你的那个问题,苔丝,我私下非常郑重地告诉你,任何情况下,你不幸的过去一个字也不能跟他说,只能我们两个人知道。我也没把所有的事都告诉你的父亲,他自认出身高贵,也许你未婚夫也是这样的人。很多女人——包括这片土地上最高贵女人——都曾有过一些麻烦,为什么她们瞒得紧紧的,而你却要大肆宣扬呢?没有一个女孩子会这么傻的,尤其事情发生那么久了,还根本不是你的错。就算你问我一百遍,我也这样回答你。另外,我知道你孩子天性,什么事情都要说出来,你太单纯了,你必须把这件事情埋在心里。你必须答应我,为了你的幸福着想,不论是言语还是行动,你都永远不能泄露这件事,你从这个门口出去的时候,你已经郑重答应过我的。你的问题还有你的婚事,我还没有告你父亲,他要知道了,一定会到处张扬了,头脑简单的男人啊。

亲爱的苔丝,打起精神来,我们知道你那儿酒不多,味道也不怎么样,因此我们准备在你结婚的时候,送你一大桶苹果酒。现在不多说了,代我向你的未婚夫问好。

爱你的母亲
琼·德贝菲尔

第四部 终身大事

"啊,母亲,母亲!"苔丝低声说。

她从字里行间看出来,她母亲天性开朗,即使最沉重的事情压迫在她身上,她也可以像没事人一样。她母亲看待生活的方式跟她不一样。那件难以忘怀的往事,在他母亲看来,不过是已经过去了的小事而已。但是无论她母亲动机如何,也许她母亲是对的,她该这样做。乍看起来,为了她爱人的幸福,保持沉默似乎是最好的办法,既然这样,那就保持沉默好了。

这世上,稍微有点力量能左右她行为的唯一一个人就是她母亲了,既然她母亲这样要求她,她也就安心了。苔丝渐渐平静下来。责任转移了,她的心情是这几个星期以来最轻松的了。在她答应之后,十月也到了,秋季开始了,在这些日子里,她一直活在近乎狂喜的精神状态里,比她以往任何时期都要快活。

她对克莱尔的爱,几乎不掺一点世俗的成分。她无比信赖他,他完美无缺——他知道一个导师、哲学家和朋友该知道的一切。在她眼里,他身上的轮廓线条完美展现了男性美,他的灵魂是圣人的灵魂,他的智慧是先知的智慧。她对他的爱就是一种智慧,就像爱情本身一样,使她也变得高贵,像是戴上一顶王冠。而他对她的爱就是一种同情,在她看来,使她对他愈加倾心。有时,他看到她那双崇拜的大眼睛深不见底,从最深处看向他,仿佛她在看面前不朽的神灵一样。

她抛弃过去——脚踩着它,熄灭它,如同一个人踩着冒烟的危险煤块一样。

她从来不知道,男人对他们心爱之人会像他这样慷慨无私、彬彬有礼,悉心呵护。在这一点上,安琪·克莱尔远不是她曾经以为的那样,一点也不是。事实上,他的爱是出于精神,而不是肉欲。他很好地克制自己,完全没有粗野的行为。他不是天性冷淡,也不是热情似火,而是神采焕发——他更像雪莱,不像拜伦,他可以爱得疯狂,然而他的爱更偏于想象,更偏于缥缈,他的爱是一种苛求的情感,克制自己的天性,小心翼翼地守卫自己的爱人。在这之前,苔丝曾经有过的那点经验是多么的痛苦不幸,因此克莱尔的感情让苔丝多么惊讶、多么着迷,以往对于男性的愤慨,突然转向,成了对克莱尔无限的崇敬。

他们的相伴，诚挚自然。她坦率坚定，从不掩饰想与他在一起的愿望。她在这件事上的直觉，如果清清楚楚地表述出来，那就是如果女人难以捉摸的态度通常会引起男人的兴趣，但是在一个完美男人已经公开宣布了爱情之后，这种态度也许反而会令人厌恶，因为就其本质而言，这种态度带有矫揉造作的嫌疑。

乡下的风俗是男女订婚期间，可以毫无拘束地相伴出门，这是她唯一知道的风俗，对于她来说，这也没什么奇怪的，尽管克莱尔似乎没有预想到，但是后来看到苔丝习以为常，其他奶牛场工人也一样，他才觉得没有什么。因此，整个十月份美妙的下午，他们都在草场里游荡，顺着流水淙淙的小溪，跨过溪上的木桥，再又跨回来。耳边一直回响着潺潺流水声，水声伴着他们的低语声，与此同时，阳光几乎与草场平行，在大地上形成一层花粉似的光辉。他们看见树林和篱笆阴影之下的微小的蓝色雾霭，其他地方还是一片阳光明媚。太阳如此接近大地，草地如此平坦，克莱尔和苔丝两人的影子在地面上延伸出四分之一英里那么远，像两根长长的手指，远远指向绿色草场与山谷斜坡相连之处。

哪儿都有人干活——因为这是"清理"草场的季节，也就是说，挖干净水渠，做好冬天灌溉的准备，修理好被奶牛踩坏的坡岸。满满一铲铲的肥沃土壤，像墨玉一样黑，是河流像山谷一样宽的时候，河水将它们冲击过来的，如今都是土壤的精华部分。这些从过去的原野上冲击下来的泥土，经过浸泡、提炼、精细化后，变得异常肥沃，从中长出了丰茂的牧草，喂养这儿的牛群。

当着这些工人的面，克莱尔大胆地用胳膊环住苔丝的腰，摆出一种惯于公开调情的神气，尽管实际上，他跟苔丝一样害羞，苔丝张着嘴，侧着眼看工人们，看上去就像是一只胆小的动物。

"在他们面前，承认我是你的人，你倒是不怕羞！"她高兴地说。

"啊，不怕！"

"但要是传到你埃明斯特家人的耳朵里，你像这样和我散步，和一个挤奶女工散步——"

"那一定是一个最迷人的挤奶女工。"

"他们也许会觉得这有伤他们的尊贵。"

第四部 终身大事

"我亲爱的姑娘——德伯维尔家的人怎么会有伤克莱尔家的尊贵!你出身于这样一个家庭,这才是我要打的一张王牌。不过我现在要留着它,在我们结婚之后,从特林厄姆牧师那里拿到确认你出身的证据后,这时候打出去,才会让他们大吃一惊。除此之外,我的未来跟我的家庭没有任何关系——这不会对他们表面上的生活造成任何影响。我们将离开英国这一块地方——也许是整个英国——这儿人们怎么看待我们又有什么关系呢?你愿意跟我一起走,是不是?"

一想到要作为他亲密的家人,跟着他闯荡世界,她就激动得无以复加,除了表示同意以外,再也说不出其他话。她的情感像波涛一样,充斥着她的脑海,涌满了她的眼睛。她握着他的手,就这样继续向前走,两人来到桥下一块地方,只见河面反射出来的耀眼日光,像是灼热的熔化了的金属,刺人眼球。他们静静地站在那儿,桥下一些长着绒毛或者羽毛的小脑袋,从光滑的水面冒出来。但是,打搅它们的人停在了那里,没有走开,于是它们又钻到水里消失了。他们在河岸边流连,直到雾气开始包围他们——在一年中这个时候,雾气总是来得很早——雾气像一颗颗水晶,凝结在了她的睫毛上,也凝结在了他的眉毛和头发上。

每个礼拜天,他们会散步到更晚一点,直到完全天黑。他们订婚之后的第一个礼拜天的傍晚,一些奶牛场的工人也出门散步,听到了苔丝冲动地说话,高兴得语不成句,虽然他们离得太远,听不清她到底在说什么,但还是可以看见她靠在克莱尔的胳膊上,说话一字一顿地,因为心脏的跳动,又破碎成一个个音节。他们还看见她心满意足地停下,偶尔低声一笑,像是从灵魂里发出来——这是一个女人有了心爱的男人陪伴,战胜了所有女人后发出的笑声——不像自然中的任何其他东西。他们注意到,她走路轻快无比,好像还没有完全落下来的鸟儿掠过水面一样。

她对他的感情,现在已经成了她人生的生气所在,犹如一个光球围住了她,照耀着她,让她忘记了过去的痛苦,阻止了那些纠缠她的阴郁幽灵——疑惑、害怕、郁闷、顾虑、羞辱。她清楚,那些幽灵像狼一样,正等在光球的外面,但是她有长久力量阻止它们,让它们在外面忍饥挨饿。

精神上的忘却常常与理智上的回忆并存。她走在光明里，但是她清楚，背后黑暗在不断扩散。它们也许是在后退，也许是在前进，不是后退就是前进，每天都有一点变化。

一天傍晚，奶牛场的其他人都在外面，苔丝和克莱尔只得坐在屋子里看家。他们说话的时候，她看起来满腹心事，她抬起头，触到了他赞赏不已的目光。

"我配不上你——配不上，我配不上！"她突然爆发，从矮凳上跳了起来，像是被他的欣赏赞美和自己的坠入爱河给吓到了。

克莱尔，相信她激动的原因全部在于此，而实际上这只是其中很小一部分，他说——

"我不许你像这样说话，亲爱的苔丝！尊贵并不是指那些轻率使用陈规陋习的人，而是指那些真实、坦率、公正、纯洁、可爱、享有美名的人——就像你这样的人，我的苔丝。"

她极力忍住喉头里的哽咽。最近几年，这一系列的美德让她在上教堂时，心里多么难过，现在他又再次提到这些，这是多么奇怪。

"在我——在我十六岁的时候，你为什么没有留下来爱我呢？那时，我还和我的小弟弟、小妹妹们住在一起，你还在草地上跳舞，是不是？啊，你为什么没有留下！为什么没有留下！"她紧紧抱住自己的手臂说。

安琪开始安慰她，想让她安心，心里想着，真是一点不假，她是一个多么情绪化的人啊，在她把全部幸福寄托在他身上之后，他该多么小心翼翼待她啊。

"啊——我当初为什么没有留下啊！"他说，"如果我当时知道的话，现在你就不会这么后悔、这么难过了——你为什么这样悔恨啊？"

她出于女人掩饰的本能，急忙改口说——

"我原本该多拥有你四年的爱。那样我过去的时间，就不会浪费掉了——我本该拥有更长久的幸福的。"

现在遭受拷问的，并不是一个有过许多风流艳史的成熟女人啊，她仅仅是一个生活单纯、还不足二十一岁的姑娘，只是在她年幼无知的时候，像一只鸟儿一样，落入圈套被抓住了。为了让自己更加彻底地平静下来，

第四部 终身大事

她就从小凳子上起身,离开了房间,走的时候,裙角带翻了凳子。

他坐在壁炉旁,柴火架上放着一捆绿色的白杨树枝,树枝上升起欢跳的火光,树枝快活地劈劈啪啪直响,树枝末端冒出汁液的泡沫。苔丝回来时,她已经恢复常态了。

"你不觉得你有点反复无常吗,断断续续的,苔丝?"他和颜悦色地问她,一边给她的凳子放上垫子,自己坐到她边上。"我刚想问你一点事情,你却跑开了。"

"是的,也许我有些反复无常,"她小声说。她突然靠近他,手放在他胳膊上,"不,安琪,我不完全是这样的——我是说,我生来不是这样的。"为了进一步表明她不是那样的,她靠近克莱尔,把头靠在克莱尔的肩膀上。"你想问我什么事——我一定会回答你的。"她温顺地接着说。

"啊,你爱我,也同意嫁给我了,那么第三个问题就来了,'哪一天结婚?'"

"我喜欢像这样一直生活下去。"

"可是,新的一年,或者稍微晚些时候,我必须考虑开始自己的事业了。趁我还没有因为新职业被各种琐事困住之前,我想先把我伴侣的事情确定下来。"

"可是,"她羞怯地回答说,"更实际地说,不是等你所有事情完成之后更好吗?——尽管想到你要离开,把我丢在这儿,我完全受不了!"

"你当然受不了——既然这样,那就不是更好的了。事业之初,我想你在众多方面帮帮我。什么时候结婚呢?两星期后好不好?"

"不,"她顿时严肃起来,说道,"我有许多事情得先想想。"

"可是——"

他轻柔地把她搂得更近些。

婚姻的现实迫在眉睫。他们刚想要进一步讨论这个问题,身后的拐角处出来几个人,走到屋里火光最亮的地方,他们是奶牛场场主克里克、克里克太太,还有两个女工。

苔丝像个有弹力的皮球似的,突然从克莱尔身边跳开,她满脸通红，双眼在火光里闪闪发亮。

"我就知道只要坐得离他这么近，就会变成这样！"她懊恼地嚷道，"我对自己说过，一定会有人回来，撞见我们的！不过我没有真的坐在他膝上，尽管看上去我几乎坐在上面了！"

"啊——如果不是你告诉我，就这么点亮，我肯定我一定注意不到你坐在哪里，"奶牛场场主回答说。他继续对他的妻子说，神色迟钝，好似一点不知道与婚姻相关的情感——"好啦，克里斯蒂娜，这说明，别人没在想的事情，我们千万不要以为他们想到了。啊，别这样，要是她不说，我永远也不会去想她坐在哪儿——我不会去想。"

"我们马上就要结婚了。"克莱尔故作镇定地说。

"啊——要结婚啦！好吧，听到这个消息，我真的非常高兴，先生。我早想到你会这样做了。她太好了，当一个挤奶女工太可惜了——我第一天看见她，就这么说了——她值得任何一个男人追求，更重要的是，要是哪个农场主娶了她，那就太好了，有她在身边，他再也不用受管家的气。"

苔丝不知为何走掉了。听了克里克场主生硬的赞美，她已经不知所措了，看到场主身后两个姑娘的脸色后，心里愈加紧张了。

晚饭后，她回到宿舍时，姑娘们已经都在了。一盏灯亮着，她们每个人穿着白色睡衣，坐在她床边，等着她到来，所有人看起来像是一排复仇的幽灵。

不过她很快看出，她们神色里并没有恶意。从来没有期待会拥有的东西失去了，她们几乎不会感到惋惜。她们的神色是冷静的，深思的。

"他要娶她了，"瑞蒂目不转睛地看着苔丝，低声说，"她的脸色明摆着嘛！"

"你要嫁给他了？"玛莲问。

"是的。"苔丝说。

"什么时候？"

"某天吧。"

他们以为这是她的推辞。

"是的——要嫁给他了——一个绅士！"伊丝·赫特重复说。

第四部 终身大事

三个姑娘像是着了魔,一个接着一个从床上爬起来,光着脚走过去,围在苔丝的周围。瑞蒂将双手放在苔丝的肩上,像是在确认这样一个奇迹之后,她朋友的肉体依旧存在,另外两个姑娘,则是用手搂着她的腰,一齐看向她的脸。

"确实像真的!简直比我想象的还要真!"伊丝·赫特说。

玛莲亲了苔丝一下。"是的。"她嘴唇拿开后,低声说。

"是因为你对她的喜爱亲她,还是因为有其他人的嘴唇碰过这里?"伊丝冷冷地对玛莲说。

"我才没有想到那些呢,"玛莲单纯地说,"我只是觉得很奇怪——是她要成为他的妻子,不是其他人。我不是说要反对,我们一个人也没这样说,因为我们都没有想过嫁给他——只是爱过他。还有,不是这世上的其他人嫁给他——不是贵族小姐,不是穿绫罗绸缎的人,而是一个像我们一样的人。"

"你们确定不会因为这个讨厌我?"苔丝轻声说。

回答之前,她们穿着白色睡衣,在她周围晃悠,像是她们深思熟虑的答案就在苔丝脸上。

"我不知道——我不知道,"瑞蒂·普利德尔嘟哝着说,"我也想恨你啊,但是做不到啊!"

"我也是这样,"伊丝和玛莲回应说,"我不能恨她。不知怎么的,她让我恨不起来!"

"他应该娶你们中的一个的。"苔丝低声说。

"为什么?"

"你们都比我好。"

"我们比你好?"姑娘们低声慢气地说,"不,不,亲爱的苔丝!"

"你们就是比我好!"她性急地反驳道。突然,她扯开她们贴着的手臂,伏在衣柜上,歇斯底里地大哭起来,嘴里不断地反复说:"啊,比我好,比我好,比我好!"

一开了头,她的哭声再也停不住了。

"他该娶你们中一个的!"她哭着说,"即使是现在,我也应该

201

让他这样做的！你们嫁给他更好，比我——我根本不知道我在说什么！啊！啊！"

她们走上前，环抱住她，但她依旧痛苦地啜泣着。

"拿点水来，"玛莲说，"我们让她不安了，可怜的人哪，可怜的人哪！"

她们轻柔地扶她走到床边，热情地亲吻她。

"你才是最合适的，"玛莲说，"你更像一个大家闺秀，更像一个有学问的人呢，尤其是他已经教给你这样多了。你该感到骄傲啊，你一定很骄傲吧，我敢肯定！"

"是的，我是很骄傲，"她说，"我刚刚竟然崩溃了，太难为情了！"

等她们都上床了，灯也熄了，玛莲隔着床铺对她轻声说——

"苔丝，等你当了他的妻子，你也要想我们啊，想着我们怎么跟你说我们爱他的，想着我们怎样试着不去恨你，我们没有恨你，我们对你恨不起来，因为你是他的选择，我们也从来没有期望过被他选中。"

她们谁也没有注意到，苔丝听了这些话后，辛酸凄楚的泪水又一滴滴流到枕头上，谁也没有想到，她是怎么地坚定决心，心痛欲裂，不管母亲的劝诫，要告诉安琪·克莱尔她过去的一切——反正她为他而活，就让他看不起她吧，就让母亲把她当成傻瓜吧，而不用保持沉默，因为沉默才是对他的一种背叛，某种程度上，也似乎对不住这几个姑娘。

第四部 终身大事

第三十二章

　　这种悔恨的情绪让她迟迟不肯定下婚期。十一月伊始，婚期仍然悬而未决，虽然他多次在最有诱惑的时机问过她。苔丝似乎希望一直维持订婚的状态，一切保持不变。

　　草地现在正在变化。不过天气仍然够暖和，刚过午后挤奶之前有时间闲逛一会儿，一年中的这个时候，奶场活儿不多，有空余时间散步。朝太阳的方向看过去，湿润的草地如铺着薄纱似的在阳光下闪耀波动，宛如海上的月光。蚊虫对自己短暂的光荣一无所知，游荡在这条小路的光芒之中，被照射得仿佛周身泛光，忽而又飞出了光亮，完全消失。在这些景色面前，他就会提醒她婚期未定。

　　或者他会在晚上的时候问她，那是克里克太太故意派点差事给苔丝做，以便克莱尔有机会陪伴她。这差事大部分是跑到谷顶坡上的农舍里去问问稻草场里他们的母牛快要生产的情况。因为这是一年中母牛变化最大的时候。每天都有一批批的母牛被送到这个产院，他们在这里一直吃稻草直到产下小牛，然后，小牛一会走路，母牛和小牛就会回到农场。在卖掉小牛之前，当然没有什么挤奶活要干，但是小牛一卖掉，挤奶女工就要如往常一样工作。

　　有一天晚上他们散步回来，来到一个陡峭的巨大碎石悬崖跟前，静静地站着聆听。溪流中的水浪涨了，哗哗流过沟渠，在暗洞中叮咚作响。最小的水沟都是满满当当的溪水，到处都没有近路可抄，行人迫于无奈只能走常走的道。整个黑暗的溪谷传来大量抑扬顿挫的嘈杂之声，给他们一个幻觉，仿佛脚底下有一个大城市，嘈杂之声就是民众的喧嚷。

　　"像是有成千上万的人，"苔丝说，"在集市上开大会，在那里争

辩，布道，争吵，哭泣，呻吟，祈祷，咒骂。"

克莱尔不是特别留意。

"亲爱的，克里克今天跟你说了吗，他冬天不需要太多帮工？"

"没有。"

"奶牛很快就挤不出奶了。"

"是的，昨天有六七头送去了稻草场，前天也送了三头，一共差不多20头了。啊，是农场主不想让我帮忙照顾小牛了吗？噢，他们不想要我了！我干得这么努力——"

"克里克没有明确说不想要你。但是，他知道我们的关系，他以非常善意、非常礼貌的方式说过，他觉着我在圣诞节离开的时候应该带上你，我问他，如果你离开了，他怎么办。他只说，事实上，一年的这个时候不怎么需要女工帮忙。他这么逼迫你，我恐怕还很幸灾乐祸呢，真是罪过。"

"我觉得你不应该幸灾乐祸，安琪。因为失业总是让人伤心的，即使同时也带来方便。"

"呃，它带来方便——这点你也承认了。"他伸出手指摸着她的脸颊。"啊！"他说。

"什么？"

"我觉得有个人的心事让人猜到了，脸变红了呢！但是为什么我要这样开玩笑！我们不应该开玩笑——生活太过严肃了。"

"是的。也许我见识得比你早。"

这一点她目前感觉到了。毕竟顺从她昨晚的情绪，拒绝和他结婚，离开农场意味着要去陌生的地方，而不是农场，现在产犊季的到来减少挤奶女工的需求，去耕地农场又没有安琪·克莱尔这样的神仙眷侣。她厌恶这样的想法，更厌恶回家的念头。

"所以，严肃点，我最亲爱的苔丝，"他继续说道，"你可能得在圣诞节的时候离开，我把你当作我的妻子带走从各方面来讲都是令人满意又方便的。此外，如果你不是世界上最笨的女孩，你应该知道我们不能永远像现在这样。"

"我希望我们可以一直像现在这样。一直是夏天和秋天，你一直追求我，一直想着我，跟夏天那时候一样。"

"我会的。"

"哦，我知道你会的！"她叫道，突然对他充满强烈的信任，"安琪，我会定下日子，到时我就永远是你的了。"

因此在夜里散步回来时，他们最终定下日子，身边都是水流的千言万语。

他们回到农场以后立刻把婚期告诉了克里克夫妇——同时让他们保密，恋爱双方都很想要结婚尽可能低调进行。虽然农场主曾想过要解雇苔丝，但现在极力表示失去她很可惜。以后谁来撇他的奶油呢？谁来为安格贝里和桑德波恩太太做花式奶油团呢？克里克太太恭喜苔丝终于定下结婚的日子，并说她第一眼看到苔丝就预言以后选中她的绝非普通种庄稼的人，又说苔丝到达的那个下午，一走进来就看上去很出众。事实上，克里克太太确实记得当苔丝走过来的时候觉得她优雅美丽，但是出众是基于后来的了解自己想象出来加上去的。

苔丝被时间的翅膀夹带着前行，不由自主，得过且过。她已经答应了，日子也定下来了。她天生聪慧，开始承认民间普遍的宿命论，这种道理那些与自然现象联系更加紧密、与人打交道更少的人们也相信。因而她变得随波逐流起来，答应她的情人提出的各种事情，她那时的典型心情便是如此。

但是她又给母亲写了一封信，表面上是告诉她婚期，实际上是再一次恳求她的意见。选中她的是一位绅士，也许她母亲也没有充分考虑到。一个更加粗野的男人也许能轻松愉快地接受婚后的解释，但是他可能不会。但是这次德贝菲尔太太没有回信。

虽然安琪·克莱尔貌似合理地向他自己和苔丝展示了立马结婚的实际需要，但是这个过程中存在一丝实实在在的仓促，在后来的日子里愈加明显。他深深地爱着苔丝，但是与苔丝对他充满热烈浓情的爱而言，他的爱更加理想，充满想象。当他不得不来到乡下过乏味粗野的田园生活的时候，他没有想过能遇到这样牧歌式的可人儿。天然纯真本来只是嘴上说说，但是直到他来到这里，才发现自己被它深深打动。然而，他还远没有看清自己未来的路，也许一两年后他才能认真考虑开始生活。

秘密在于，家庭的偏见让他不得不放弃自己的事业，因而自己的事业和性格都带上了铤而走险的色彩。

"难道你不觉得我们等到你在中部农场安定下来再结婚会更好吗？"有一次她曾羞怯地问道。（当时有一个中部农场是他们的理想。）

"跟你说实话吧，我的苔丝，我不想你在我的保护和怜惜范围之外。你到哪里我都不放心。"

理由很好，目前来看也很有用。他对她的影响已经如此明显，以至于她已经学会了他的举止习惯、他的言谈措辞，学会了他的爱与憎。如果把她留在农场，等于让她倒退，与他脱节。他还有另外一个原因让他想把她留在身边。他的父母自然而然想至少在他们到很远的地方（英格兰或殖民地）定居之前见见她。因为他绝不允许父母的意见改变他的心意，他决定在寻找有利的创业机会的同时在出租的农舍里先住几个月，这会在社会习俗方面给她提供些帮助，使她的举止风度更高雅一些，然后再把她介绍给他住在教区牧师住宅里的母亲，她就不会有一种丑媳妇见公婆的痛苦了。

下一步，他还想去看看磨坊的工作，因为他想着把磨面和种植玉米结合起来。井桥有个古老的大水磨坊，曾经属于一家修道院，磨坊的主人答应让他去观摩古老的磨面步骤，也答应让他亲自操作几天，他什么时候去都可以。有一天克莱尔去拜访了那里，那个地方有好几英里远，花了一天的时间，打听了很多细节问题，晚上才回塔布塞斯。苔丝发现他决心在井桥住一段时间。是什么让他下定决心？不是为了有机会能深入地了解磨面和筛面，而是一个偶然的原因，那儿有一家农舍，可以租来作为寓所，这个农舍在破败之前是属于德伯维尔家族的一个支脉的宅邸。这总是克莱尔解决实际问题的方式：容易心血来潮，情绪冲动。他们决定婚后立即去那边待上两周，而不是跑到镇上住旅馆。

"然后，我们就去伦敦，我听说过的几个农场，在伦敦的另外一边，我们去看看，"他说，"到三四月我们就去见我的父母。"

类似的问题提出来了，解决了，也就过去。而那个日子，令人难以相信的、不可思议的日子，越来越近。十二月三十一日，除夕之夜，就

第四部 终身大事

是他们的好日子。成为他的妻子,她自言自语道。能成为他的妻子吗?他们两个结合在一起,没有什么能够将他们分离,他们共同分担所有事情。为什么不可以那样?然而,又为什么要那样呢?

一个礼拜天的早上,伊丝·赫特从教堂回来,私下跟苔丝说。

"今天早上教堂没有宣布你们结婚的通告。"

"什么?"

"今天应该是第一次宣布呀,"她回答道,静静地看着苔丝,"你打算在除夕结婚,是吧,亲爱的?"

对方立即做了肯定的回答。

"必须宣布三次,现在距离除夕只有2个周日了。"

苔丝感觉自己脸色发白,伊丝是对的,必须有三次。也许他已经忘记了!如果是这样,结婚必须推迟一周,那是不吉利的。她怎么样才能提醒她的情人呢?她一直畏畏缩缩,现在突然烦躁紧张起来,她怕失去心爱的宝贝。

一件自然而然的事情缓解了她的焦虑。伊丝跟克里克太太讲了没有宣布结婚通告的事情,克里克太太就利用女主人的便利告诉安琪。

"你忘了吗,克莱尔先生?我说的是宣布结婚通告的事情。"

"没有,我没忘呢。"克莱尔说。

一看见苔丝独自一个人,他就立马安慰她:

"不要让他们拿结婚通告的事情取笑你。结婚证对我们来讲可以更低调。我没有跟你商量,就决定去申请了。所以,如果你礼拜天早上去教堂,想听到也听不到自己的名字了。"

"我不想听到,我最亲爱的。"她骄傲地说。

虽然如此,但是听到一切都在正轨上对苔丝而言是巨大的安慰,鉴于她过去的历史,她几乎害怕有人站起来反对她的结婚通告。一切正合她的心意!

"我没有感到很轻松,"她自言自语道,"所有这些好运最后会被厄运一扫而光的。天意往往如此。我倒希望有个结婚通告来的好。"

但是一切进展顺利。她还在猜想结婚的时候他是不是喜欢她穿着最好的白色长袍,还是应该买一件新的。这个问题因为他的思虑周详很

快解决了。她收到了几个大包裹,里面有一整套衣服,从帽子到鞋子,还有一件完美的晨装,这些非常适合他们所计划的简单婚礼。包裹到达后,他就进屋了,听见她在楼上拆包裹的声音。

不一会,她下来了,脸蛋红扑扑的,眼里噙着泪水。

"你想得太周到了!"她喃喃说道,脸颊靠在他的肩膀上,"甚至想到了手套和手帕!我的爱人——你太好了,太周到了!"

"不,不,苔丝,我只是给伦敦的女商人写信下了一个订单——仅此而已。"

为了分散她的注意力,不要让她对他评价过高,他叫她上楼慢慢试试,看看是否合适。如果不合适,就叫村里的女裁缝改一改。

她回到楼上,穿上礼服,独自一人站在镜子前站了一会儿,看着那丝绸长袍的效果,忽然想起她妈妈经常唱的那首关于神秘长袍的歌谣——

曾经失节的妻子,

永远穿不上这件斗篷。[①]

在她还是个快活又顽皮的孩童时,德贝菲尔太太常常唱这首歌给她听,她的脚放在摇篮上,跟着节奏摇动。这个袍子要是变了颜色背叛她,就像背叛吉妮维尔王后那样,怎么办?自从她来到奶场之后从来就没有想到过这个歌谣。

---

① 出自英国民歌《儿童与斗篷》。讲的是一个男孩将一个斗篷献给国王,斗篷可以用来检验妻子是否对丈夫忠贞,不贞的女人穿了会变色。

第四部 终身大事

第三十三章

安琪觉得,他想和苔丝在婚礼前去奶牛场以外的地方度过一天。这也是他们作为情人相处的最后一次短途旅行。这将是浪漫的一天,而且以后也不会再有了,更伟大的日子在他们面前闪闪发光。因此,在婚礼的前一周,他建议去最近的镇上买点东西,于是他们一起出发了。

克莱尔在奶牛场一直过着隐士一般的生活,和他同一阶层的人几乎没有来往。几个月来,他连最近的小镇都没去过,因此也不需要马车,当然他也从来没有备马车。如果要骑马或者坐车,他就向奶牛场老板租匹矮脚马或者小马车。那天他们是乘双轮小马车去的。

对于他们来说,这可是头一次以恋人的身份出来买共同的东西。那天是圣诞前夜,小镇装饰着冬青和槲寄生,到处都挤满了来自不同地方的乡下人。苔丝挽着克莱尔的胳膊走在人群中,本就光彩照人的脸蛋更是写满了幸福,引得无数人注目。

到了晚上,他们回到了之前的客栈。安琪去看被带到门口的马和马车时,苔丝就在门口等着。大厅里到处是不断进出的客人。每当门一开一关,客厅里的灯光就投射到苔丝的脸上。两个人离开客厅时经过苔丝,其中一人还惊讶地上下打量着她。苔丝想这人可能是从特兰岭来的,那离这里很远,因此很少特兰岭人来这里。

"标致的姑娘。"其中一人说道。

"是的,真是标致啊。不过除非是我认错人了……"他说出了完全相反的话。

克莱尔刚刚从马厩里回来,在门口碰到了那个人,也听到了他说的话,看到了苔丝的害怕。看到苔丝受到侮辱,克莱尔想都没想就握紧拳头,朝这人的下巴使劲抡过去,而他自己也因为用力过猛退回到过道里

去了。

那个男人站定之后,想要动手。克莱尔走到门外,做出防卫的架势。不过他的对手却重新想了下这事。他经过苔丝身边的时候又重新看了看她,并对克莱尔说——

"对不起,先生。这完全是个误会,我之前以为她是离这四十英里外的另一个人。"

克莱尔也意识到自己太莽撞了,而且也不该留苔丝一人在过道里。于是他按照自己通常处理这种事情的方式,给了这人五个先令作为赔偿,双方也客气地互道晚安。克莱尔从马夫手里接过缰绳,和苔丝一起出发,那两个人也就往相反的方向离开了。

"真的是个误会?"第二个人问道。

"怎么可能?不过我不想伤害那位先生。"

与此同时,这对恋人正在路上。

"我们能不能把婚礼延后一点?"苔丝的语气又干涩又呆滞,"我是说如果我们想这样的话。"

"不,亲爱的,淡定点。你指的是那个被我打的人可能会去法院告我?"他幽默地问道。

"不——我只是说——如果婚礼要推迟的话。"

苔丝的表达含糊,克莱尔就引导她消除这些念头,她也就顺从地同意了。但一路上她都很忧郁,沉闷不已,直到她想到:"我们应该离这里越远越好,这样的话、这种事就再也不会发生了,过去那些事也不会继续纠缠了。"

那天晚上,他们在楼梯口依依不舍地分开了,克莱尔上楼回到了他的阁楼。苔丝坐在那里收拾一些必需品,因为后面的时间不多了。她坐在那里收拾的时候,听到头顶上安琪房间传来一阵响声,好像是重击挣扎的声音。屋子里所有人都睡了,她担心克莱尔病了,于是跑上楼敲他的门,问他发生什么事了。

"啊,亲爱的,没什么事,"他在房间里应道,"对不起吵到你了!不过原因蛮好笑的:我睡着的时候梦到白天欺负你的那个家伙,又和他打了起来。你听到的声音就是我拳头打在旅行皮箱上发出的。那个

第四部 终身大事

皮包是我拿出来收拾东西用的。我睡着后有时会有点小毛病。睡觉去吧,别想太多!"

在她犹豫不定的天平上,这是最后一颗砝码。坦诚过去她做不到,不过还有其他的办法。她坐下来,在四页纸上写满了过去三四年的简要经历。装进信封后,她在上面写上克莱尔的名字。后来又怕自己变软弱,她光着脚跑上楼,沿着门底的缝塞了进去。

整个晚上苔丝都辗转难眠,这也许就该这样。她听到头顶传来第一声微弱的脚步声。和往常一样,脚步声出现了,克莱尔下楼了,她也下了楼。他们在楼梯底碰见了,克莱尔亲吻了她。他的吻和往常一样热烈温暖!

她想,他有点焦虑,也有点疲倦。他并没有提起她坦白的事,即使他们单独一起的时候也没有提起。他收到信了吗?不过除非是他先开口,她是不会说一个字的。就这样一天过去了。很明显,无论他怎么想,他不会让别人知道的。但他还是像以前一样坦率,一样爱她。是不是她的怀疑太孩子气了?是不是他已经原谅了她?是不是他爱的就是她这个人?他的微笑是不是在笑她被愚蠢的噩梦弄得焦虑不安?他有没有收到那封信?她瞥了一眼他的房间,但并没有看到什么。可能他已经原谅她了。不过即使没有收到,她也突然对他产生了一种强烈的信任感,相信他肯定会原谅她的。

每天早晨和晚上,他都和往常一样。于是除夕那天来了,那是他们结婚的日子。

这对恋人并没有在挤奶时间早早起床,在奶牛场的最后一个星期里,他们有点像客人了。苔丝也受到了优待,有了自己的房间。他们下楼吃早饭时,惊讶地发现大厨房因为婚礼的原因和上一次见到的不同了。天还没亮时,奶牛场老板就让人把大张着口的烟囱角落刷白了,砖面壁炉也清洗了一遍,恢复到原来的颜色,壁炉上方的圆拱以前挂着又脏又破的黑条纹蓝棉布帘子,今天换上了闪耀的黄色花缎。在这个冬季阴沉的早晨,房间里最引人注目的壁炉焕然一新,给整个房间都增加了喜气。

"我决定要庆祝一下你们的婚礼,"奶牛场老板说道,"我们过去都是组建一个乐队,演奏大提琴和小提琴之类的乐器,但你们不愿意,

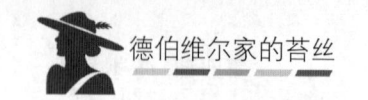

所以这是我想到的最不张扬的庆祝方式了。"苔丝的朋友离这里很远，参加婚礼很不方便，甚至也没有接到邀请。不过事实上马洛特村也没来任何人。至于安琪家里，他已经写信通知了婚礼时间，并表示很高兴能在结婚时看到至少家里来一个人，如果他们愿意来的话。他的哥哥们压根就没回信，似乎对他非常不满。他的父母倒是回了封悲伤的信，责怪他这么鲁莽就结婚。不过从好的方面想，虽然他们很不想娶一个挤奶的姑娘做媳妇，但他们的儿子已经长大了，应该会做出最好的决定。

克莱尔家人的冷淡并没有让他特别难过，因为他手里还有一张王牌，而且不久后他就要给家人这个惊喜。刚从奶牛场离开就把苔丝是德伯维尔家后裔的小姐的事透露出来，他觉得有点轻率冒险。所以他要隐瞒苔丝的身世，先带她旅游几个月，和他一起读书，明白世俗的规矩后再带她去见父母。那时就可以洋洋得意地介绍苔丝，说她是来自古老贵族的小姐。这至少是一个恋人的美好梦想。也许苔丝血统对他而言，比对世界上任何人都来得重要。

苔丝认为安琪的态度并没有因为自己的坦白而有所变化，心里感到不安，也开始怀疑他是否收到了这封信。赶在他吃完早饭前，苔丝就起身匆忙跑上楼。她突然想到要再去查看一遍那个古怪的房间，那个克莱尔独居的阁楼。她爬上楼梯，站在开着门的房门口，仔细思索着。她又弯腰盯着门缝，两三天前，她无比紧张地往那里塞了封信。地毯一直铺到门槛这儿，而在地毯下面，她看到了装着信的信封白边。由于她在匆忙之中把信封塞到了地毯和门下面，克莱尔明显没看到这封信。

苔丝把信拿出来，整个人感到虚弱无比。信封还是封着的，就和她交出去时一模一样。这座大山并没有被移除，她现在不能让克莱尔看到这封信，因为现在整个房子的人都在准备着婚礼。苔丝回到自己房间，销毁了这封信。

克莱尔再次看到她的时候，苔丝的脸毫无血色，这让克莱尔十分担心。把信不小心放到地毯下阻止了这场坦诚相告，仿佛是天意，但苔丝又理智地知道事情不是这样的，目前还有时间。不过一切都是一片混乱，人们进进出出，盛装打扮，奶牛场老板和克里克太太受邀做他们的证婚人。所以说，思考和认真的谈话是不可能的。苔丝和克莱尔唯一相处的机会只有在楼梯口相遇的时候。

"我很想和你谈谈——我想坦白所有的过错和缺点！"她佯装轻松。

"不不不——我们不能谈过错——至少在今天，你得被认为是完美的，我的宝贝！"他大声说，"我们以后有足够的时间，我希望那时再说我们的过错。同时我也会说说自己的过错。"

"但是我还是想现在说我的过错，这样你就不用说了——"

"我的小傻瓜，好啦，你可以和我说任何事，但得等到我们安顿好后，那时我也会把我的过错告诉你。但是我们不能让这些事破坏今天的婚礼，以后无聊的时候可以聊这些话题呢。"

"那你是不希望我现在和你说了，亲爱的？"

"苔丝，我真的不想。"

他们匆匆穿上了礼服，只说了这么点话就出发了。他的话似乎是为了让她放心。她对克莱尔忠诚的浪潮，在后来几个关键的小时里推着她前进，使她无法继续思考了。她唯一一个抗拒了很长时间的愿望，就是称他为主人，她自己的主人，有必要的话甚至可以为他去死。这个愿望最终让她摆脱了折磨人的思考。穿衣打扮的时候，她漫步在五彩之云的精神想象中，在云朵的照耀下，一切不祥的阴影都消失了。

去教堂的路很长，又是在冬天，他们决定驾车前往。他们在路边客栈定了辆轿式马车，那辆马车从后轻马车旅行时代一直保存到现在，轮辐结实，轮瓦厚实，带有拱形的大车厢，皮带和弹簧很大，车辕像是攻城的大木头。马夫是个六十岁的"老男孩"，由于年轻时雨淋日晒，又加上爱喝烈性酒，现在就患上了风湿性痛风。自从不需要做专门车夫以来，他就无事可做，站在客栈门口，已经整整二十五年了。但他似乎在等待旧时光的重现。之前他一直是卡斯特桥市国王军队酒店的正式员工，由于右腿外面多年受到贵族马车车辕的摩擦，上面的伤口常年无法愈合。

新郎新娘和克里克夫妇坐上了这辆笨重又嘎吱作响的马车，赶车的就是这位年老的马夫。安琪希望至少有一个哥哥能参加婚礼，但他们在他委婉暗示后的沉默表明他们不肯来。他们不赞成这桩婚事，所以安琪也不指望他们会支持。或许他们不来也是好事吧。他们都是教会中人，除了对这一婚事带有偏见，让他们和奶牛场的人称兄道弟也会让

他们不悦。

　　在婚礼现场气氛的冲击下，苔丝对此一无所知、看不清路了；也不知道这是去教堂的路。她知道安琪就坐在她身边，其他的一切都是发光的迷雾。她像是天上的人物，生活在诗歌里——就是一起散步时安琪经常给她讲的那些经典天神。

　　他们的婚姻是用申请许可证的办法，因此教堂里只有十几个人，不过就算有一千人，对苔丝也不会有太大的影响。他们离苔丝现在的世界差了十万八千里。她无比喜悦地在庄严时刻宣誓要忠于他，相比之下普通感情就显得轻浮多了。仪式停顿的时候，他们跪在一起，她无意识地靠向安琪这一边，肩膀碰到了他的手臂。她被一闪而过的念头吓了一跳，于是就动了动肩膀，确定他是不是就在那里，也更让她相信，他的忠诚可以抵抗一切。

　　克莱尔知道她爱他——她的每一处曲线都证明了这一点——但他那时不知道她忠诚的程度，不知道她的温顺、她长期遭受的痛苦、她的诚实、她的忍耐和忠实。

　　他们从教堂出来时，敲钟人正在推钟，接着就响起了三组音调的庄严钟声——对于这么小的教区来说，建造教堂的人认为这种有限的钟声已经够响了。经过钟楼向大门走去的时候，苔丝可以感受到空气的震动，嗡嗡作响的声音来自钟楼的百叶窗。这和她正在经历的高度绷紧的精神气氛是很匹配的。

　　在这种精神状态下，她感觉受到了外来光线的照耀，就像圣约翰在阳光中看到天使一样。直到教堂的钟声消退，婚礼引起的激动才慢慢平息下来。她的眼睛可以更清楚地看到细节，克里克夫妇把他们自己的那辆小马车叫来自己乘坐，把大马车留给这对年轻夫妇。她这才第一次观察马车的结构和特点。她沉默地坐着，打量了很久。

　　"我觉得你似乎有点压抑，苔丝。"克莱尔说道。

　　"是的，"她回答，一边用手去摸额头，"我一看到很多东西就战栗不已。一切都是那么的严肃，安琪。在那些东西里，我似乎以前就见过这辆马车，也很熟悉它。好奇怪——我一定是在梦里见过。"

　　"啊——你一定是听过了德伯维尔家马车的传说。你们家族兴旺的时候郡里人人都知道这个关于你们的迷信,这辆笨重的老东西让你想起了这个传说。"

"我压根没听说过呀,"她说道,"什么传说?能和我说说吗?"

"啊,现在还是不要和你说细节了。十六或十七世纪的时候,德伯维尔一户人家在自家马车里犯了一桩可怕的罪行。自从那时起,家族的人总是能看到马车或者听到那辆马车的声音。不过以后我再和你讲具体的细节。这故事很恐怖。很明显,看到这辆老马车,你就想起了一些模糊的故事。"

"我不记得听过这个故事,"她喃喃道,"安琪,是我们家族人快死的时候还是犯罪的时候看到这辆马车?"

"好啦,苔丝!"

他吻了一下苔丝,防止她继续问下去。

他们到家的时候,苔丝又懊悔又无精打采。她现在确实成了安琪·克莱尔太太了,但她在道德上配这个称号吗?她难道不更应该是亚历山大·德伯维尔夫人吗?她保持沉默,强烈的爱可以替在正直的人看来应该受到的责备辩护吗?他不知道其他女人在这种情况下应该怎么做,也没人可以给她建议。

不过,当她发现自己在房间单独待了一会儿时——这是她住在这里的最后一天,她跪下来祈祷,她试着向上帝祈祷,但她真正是向她的丈夫祈祷。她对这个男人迷恋至极,以致担心这是个坏征兆。她明白劳伦斯神父的那句话:"这些疯狂的快乐都会有疯狂的结果。"对于人来说,这实在是太疯狂、太极端、太要人命。

"啊,我的爱人,为什么我会这样爱你!"她独自低声说,"因为你爱的她不是真正的我,而是和我长得一样,我曾经有可能是那个人,但现在已经不是了!"

到了下午,他们要出发了。他们已经决定在井桥磨坊附近的老农舍住几天,因为克莱尔打算去研究那里面粉的生产过程。下午两点的时候,他们就准备出发了。奶牛场的所有工人都站在红砖房入口为他们送行,老板和老板娘也一直送他们到门口。苔丝看到三个室友靠墙站成一排,郁郁寡欢地低着头。之前她怀疑她们会不会来送行,但她们都来

了，忍着悲伤坚持到最后。苔丝知道纤细的瑞蒂为什么看起来那么脆弱，伊丝为什么那么伤心，玛莲为什么那么麻木。她思考着她们的痛苦，暂时忘记了自己本来挥之不散的阴影。

她一时间受感情驱使，对丈夫低声说——

"她们好可怜，你能不能吻她们一下？第一次也是最后一次。"

克莱尔对这种告别方式一点也不反对——对于他来说只意味着告别——他经过她们身边的时候，一边说着再见一边一个个吻了下去。他们走到门口的时候，苔丝娇弱地回过头，想看看这个同情的吻有什么效果。她的目光并没有掺杂得意，虽然她的目光本应该有这种得意的。即使有，在看到姑娘们感动的样子的时候，也会烟消云散。很明显，克莱尔的吻伤害了这些姑娘，因为这又唤起了她们一直拼命压抑的感情。

克莱尔对这一切毫不知情。从小门出去的时候，他和奶牛场老板、老板娘握了握手，对他们的照顾表达最后的感谢。之后他们出发前就是一片沉默，而这沉默被公鸡的啼叫打破了。红冠子的白公鸡落在房子前面的栅栏上，离他们有几码远。公鸡的啼叫震到了他们的耳朵，随后就像山谷的回声一样消失了。

"啊？"克里克太太说，"这只鸡竟然在下午打鸣！"

院子门口站着俩人，他们开了院门。"真糟糕！"一人对另一人说道，没有意识到他们的话被站在小门那里的新人听到了。

公鸡又叫了一声，直接是冲克莱尔叫的。

"好啦！"奶牛场老板说道。

"我不想再听到鸡叫！"苔丝对丈夫说，"让那人把鸡赶走。再见，再见！"

公鸡又叫了。

"嘘！快滚，不然我就扭断你的脖子！"奶牛场老板有点愤怒了，转向鸡把它赶走了。他们进门时场主对妻子说："现在想想那只鸡吧！我这一年还没听过公鸡在下午叫呢。"

"只是说天气要变了，"妻子说道，"不是你想的那样，这不可能。"

第三十四章

他们沿着谷中平坦的道路驾车几英里,到达井桥村,左转离开了村子,经过伊丽莎白桥,正是这座桥,井桥村才带了一个桥字。紧靠桥后,就是他们租了几个房间的那幢房子,房子的外部装饰对于来自弗鲁姆河畔的游客来说,声名赫赫。这座房子曾经是德伯维尔一支所拥有的一所庄园的一部分,部分坍塌后成了一所农屋。

"欢迎来到你先祖的房子!"克莱尔扶苔丝下车时说,但这句话接近讽刺,所以他说完便后悔了。

进入屋子后发现,虽然他们只租了几个房间,但是房屋主人趁他们住在这里就去乡下朋友家过年去了,留下一个从附近来的农妇照顾他们不多的需要。他们完全可以占有整个房屋的空间,这让他们感觉非常愉快,他们也意识到这是两人第一次独处一室。

但是他注意到这座房子旧得发霉,让新娘多少有些沮丧。马车离开后,他们跟着打杂的农妇上楼洗手。苔丝在楼梯口停住了,吓了一跳。

"怎么了?"他问。

"这几个恐怖的女人!"她微笑着回答,"吓了我一大跳。"

他抬起头看见屋子的墙板上镶嵌着两幅真人大小的画像。大多数到过这座公寓的人都知道,这两幅中年妇女的画像是大约两百年前的古董,画中人的面貌令人过眼难忘。其中一张脸消瘦细长,小眯眼,似笑非笑,面露凶光。另一张脸则有着鹰钩鼻,大龅牙,眼睛外凸,透着蛮横,看了都让人做噩梦。

"你知道这画的是谁吗?"克莱尔问农妇。

"我听老人讲,她们是德伯维尔家的两位夫人,这座住宅曾经的主人,"她说,"这两幅画像是镶嵌在墙壁里的,无法移走。"

这件事给人的不悦之处是，除了惊吓到苔丝，还有苔丝的美好外形毫无疑问与画像中的两人竟有相似之处。但他对此没有发表评论，暗暗后悔不该选在这里度过婚礼的日子。他走进隔壁的房间。房间布置得相当草率，他们只能在一个脸盆里面洗手。克莱尔在水里摸摸她的手。

"哪些是我的手指，哪些是你的？"他抬起头来问，"都交缠在一起了。"

"都是你的。"她笑着说说，努力挤出快活的神色。这种情形下，他并没有因她的心事重重而不悦，敏感的女人都会有心事，但苔丝知道自己的心事实在太重，所以她努力不去想。

一年的最后一天的下午是短暂的，太阳低垂着，光线从小孔中射进来，在空中形成一个光柱，最后投射在苔丝的裙子上，变成一点斑驳，像一滴油彩。他们走进古老的餐厅吃茶点，共进第一次晚餐。他们像孩子一样，或者说他的童心突然泛滥，他觉得能和她用一个盘子吃黄油面包，亲吻着擦掉苔丝嘴角的面包渣都十分有趣。只是他不知道为什么苔丝对他的挑逗没有热烈的反应。

他静静地看着她许久，"她是亲爱的苔丝，"他心里默默地想着，像是艰难地组织着内心的语言，"我是否足够明白这个小小女人的未来会寄托在我对她是否忠诚之上？我想我没有，我想我可能没有足够明白，除非我自己也是一个女人。我的社会地位就是她的社会地位，我成为什么样的人她就会变成什么样的人，我无法成为什么样的人她也无法成为什么样的人。我会不会无视她，伤害她，或者忘了考虑她的感受？上帝请你让我不要犯下那样的罪行吧！"

他们面对面坐在茶桌上等着行李，奶牛场场主答应过在天黑以前送来行李。但是已经晚上了，行李还没到，而除了身上穿的衣服外他们什么也没带。冬日的平静随着日落变了模样。门外传来像丝绸摩擦的沙沙声，秋天刚过，枯叶原本一动不动地堆着，现在突然复活了一般骚动起来，旋转着扑打百叶窗。不久，下雨了。

"那公鸡知道要变天了。"克莱尔说。

伺候他们的妇女回家过夜去了，但是她把蜡烛放在了桌上，现在他们把它点着了。每个蜡烛的火焰都歪到壁炉的一边。

第四部 终身大事

"这些老房子四处透风，"安琪看着这些蜡烛火焰还有一侧流下来的烛油继续说道，"行李到哪儿了呢，我们连个可以当刷子的梳子都没有。"

"我不知道。"她心不在焉地回答。

"苔丝，你今晚看上去一点也不开心——不像你往常那样。是楼上墙上那俩泼妇把你弄得心烦意乱了吧。对不起，我不该带你到这来里。我在想你是否真的爱我？"

他知道她爱他，这些话也是开玩笑的，但是她心里有太多的情绪，此刻畏缩地像一只受伤的小动物。尽管她竭力忍住不哭，但还是掉了一两滴泪下来。

"我那句话是无心的！"他抱歉地说，"我知道你是在担心行李还没有到。我真不明白为什么老乔纳森还没有把行李带过来。哎，7点钟了吗？啊，他来了。"

有人敲门，但是没人应门，克莱尔自己就去开门了。他回来的时候手里拿着一个小包裹。

"不是老乔纳森。"他说。

"太恼人了！"苔丝说。

这个包裹是由专人送过来的，他从埃明斯特教堂牧师住宅区赶到塔布塞斯，但是新婚夫妇刚离开那里，他紧接着就赶过来了，因为要求只能交到他们俩手中。克莱尔把包裹放在烛光下，包裹不到一英尺长，用帆布裹着缝好，再用红色的蜡烛封口，还盖了他父亲的印章，上面是他父亲的字迹，写着"安琪·克莱尔太太收"。

"是给你的一份小小结婚礼物，苔丝，"他一边说着，一边把包裹交给她，"他们真体贴！"

苔丝接过包裹，有点不知所措。"我想你来打开更好，我最亲爱的，"她把包裹翻过来说道，"我不想弄碎了这些印章，他们看起来很严肃。你帮我打开吧！"

他打开包裹。里面是一个摩洛哥羊皮做的匣子，上面有一封信和一把钥匙。

信是写给克莱尔的，内容如下：

我亲爱的儿子：

也许你忘记了你的教母皮特尼太太过世之时，当时你还是个小伙子，她——虽然有点虚荣——给了我她的珠宝盒子里的一部分珠宝，让我在你有妻子之后就交给她，作为她对你和你的爱人的一点心意。我执行了这份嘱托，从那以后我一直把珠宝锁在我的银行那里。虽然我感觉现在给你有点不合适，但是你看到的，我必须把这些东西交给他们的正主，这些她可以使用一辈子。因此我及时把他们送了过去。我相信，严格地说，根据你教母的遗嘱，他们就是传家宝了。有关条款的准确行文也锁在匣子里了。

"我确实记得有这么一回事，"克莱尔说，"不过我原先都忘得一干二净了。"

打开匣子后，他们发现里面有一条有带吊坠的项链、手镯、耳环、还有一些其他的小装饰品。

起初，苔丝还怕摸这些东西，但是克莱尔把整套珠宝都摊开后，她的眼睛里闪过一丝珠宝的光芒。

"它们是我的吗？"她怀疑地问道。

"当然是。"他说。

他看向壁炉里的火，记得他15岁的时候，他的教母，一个乡绅的太太，是他碰到的唯一的一位有钱人。她对他的成功很有信心，而且预言他会有一个光明的前途。她把这些华贵的饰品保存下来，打算传给他的妻子和她后裔的妻子。可是现在他们闪耀着某种讽刺的意味。"我为什么这样想？"他自己问自己。这只是一个虚荣心的问题，半斤八两。他的妻子是德伯维尔后裔：谁的出身能比她更好呢？

他突然激情澎湃地说——

"苔丝，把他们戴上，快戴上！"他从火炉边转过身，准备帮她戴上。

但她好像有魔力驱使一般，早已戴上了项链、耳环、手镯，还有其他所有的东西。

"但是这长袍不合适，苔丝，"克莱尔说，"应该是低胸的衣服才能衬托珠宝的光环。"

"是吗？"苔丝说。

"是的。"他说。

他建议把她的紧身衣领子卷起来，看上去像晚礼服。她卷起来以后，项链的吊坠就凸显在她雪白的脖子上了，好像就是应该这样才好看，他退后一步，仔细地看着她。

"天哪，"克莱尔说，"你好美！"

正如大家都知道的，人靠衣装，佛靠金装。一个农家女儿穿着简单朴素，随便一穿就让人喜爱，要是穿上时髦的衣服加上艺术的修饰，就会美不胜收。而半夜舞会的美女们，要是穿上乡下女人的衣服在沉闷的日子里站在单调的胡萝卜地里，就会显得很寒酸了。直到现在，他才意识到苔丝的四肢和面貌的艺术之美。

"你只要在舞会上出现！"他说，"不不，我最亲爱的。我想我还是最喜欢你带着遮阳软帽，穿着粗布麻衣的样子——是的，比现在更好，虽然你这样更显高贵，但是我更喜欢你那样的穿戴。"

苔丝感受到自己惊人的美貌，不禁兴奋得脸发红，但还是感觉不开心。

"我要把他们拿下来，"她说，"否则就要被乔纳森看见了。它们不合适我，是吗？我想把它们卖了吧。"

"再戴一会儿。卖了？绝不。这样的话就违反遗嘱了。"

思虑再三，她就照他的话做了。她想要告诉他一些事情，戴着这些东西也许有利。她戴着珠宝坐下。他们又一次猜想乔纳森带着他们的行李到哪里了。他们早已为他倒了一杯啤酒，他来了之后可以喝，但是时间长了，啤酒都没气了。

他们很快就开始吃晚饭了，晚饭早已在桌上摆好。晚饭还没吃完，壁炉里的火苗蹿动，上升的黑烟飘进了屋里，好像有一个巨人把烟囱堵住了一会儿。这是因为外面的门打开了。走道里传来沉重的脚步声，安琪走了出去。

"我敲门根本没人听到，"乔纳森·凯尔抱歉地说，他终于回来了，"外面下着大雨，我就把门打开，把你们的东西拿进来了，先生。"

"看到行李,我很开心。但是你迟到太久了。"

"啊,是的,先生。"

乔纳森·凯尔说话的时候有种压抑的感觉,而白天的时候是没有的。他的额头上除了岁月的痕迹之外又多了几丝忧愁。他接着说道——

你和夫人今天下午离开之后——我现在可以叫她夫人了吧——奶场发生了一件很可怕又令人痛苦的事情,我们都吓坏了。也许你们还记得今天下午公鸡叫的事情吧?

"天哪——发生了什么事情——"

"哎,有些人说要出这种事情,有些人又说会出那种事情,但是可怜的瑞蒂·普利德尔出事了,她溺水自杀。"

"不会吧!真的吗?为什么,她跟其他人一起与我们道别了——"

"是的,哎,先生,你和你夫人——从法律上来讲可以这么叫她——你们俩赶车走了以后,我看到瑞蒂和玛莲戴上帽子也出去了。除夕的时候没什么事情要做,大家都喝得醉醺醺的,没人注意到她俩。她俩去了刘·艾维德拉酒吧,喝得酩酊大醉,然后他们到了三臂岔路口,就分道扬镳了。瑞蒂从水草地上过去,仿佛是要回家。玛莲就去了下一个村子,那有另一家酒吧。没人知道瑞蒂后来怎么样了,直到一个船工在回家的路上发现大水塘里有东西,那是瑞蒂的帽子和披肩堆成一堆了。然后,他在水里找到了她,他和另外一个男人把瑞蒂带回家,以为她死了,但是她又活过来了。"

安琪突然想起,苔丝也在偷听这个伤心的故事,于是走过去想关上走廊和前厅之间的门,因为苔丝就在客厅里。然而他的妻子,披了条围巾,跑到前厅来了,正在听乔纳森讲故事,她双眼出神,盯着行李还有行李上亮晶晶的雨滴。

"不止这样,还有玛莲呢,她是在柳树林子边被发现的,她醉得好像死了一样——这个姑娘除了喝过一先令的麦芽酒外,还从没有听说过她喝过其他的东西呢。尽管,我敢肯定,从她的脸就可以看出来,她一向食量很大。似乎所有姑娘都发了疯啊!"

"伊丝呢?"苔丝问。

"伊丝跟平时一样待在家里。但是她肯定猜出事情是怎么发生的,

第四部 终身大事

她心情似乎也非常低落,可怜的姑娘,这也难怪了。先生,你看,这些事情发生的时候,我们正在往车上装你的包裹,还有你太太的睡衣和梳妆用品,就这样,我来晚了。"

"是了。好啦。乔纳森,你把箱子搬到楼上去吧,喝杯麦芽酒,尽快回去吧,万一又有需要你的地方呢?"

苔丝已经回到里面的客厅了,坐在壁炉旁边,忧心忡忡地盯着炉火。她听见乔纳森上下楼梯时的沉重脚步声,直到他放好所有行李,听到他感谢自己的丈夫给他倒麦芽酒,感谢给他的小费。乔纳森的脚步声随后就从门口消失了,马车的响声也远去了。

安琪把厚重的橡木门闩拴好,然后走进屋里,来到苔丝坐着的壁炉前,从后面用双手捂住苔丝的脸。他期待着,她欢快地跳起来,打开她早就想要用的梳妆用具,但她没有站起来。于是他跟她一起坐在了炉火前,晚餐桌上的烛光细弱了,争不过那炉火。

"我很抱歉,让你听到了那几个姑娘的不幸故事,"他说,"但是,你不要因为这件事情难过。瑞蒂天生就有点疯癫,你知道的。"

"但一点也不应这样,"苔丝说,"真正应该痛苦的人,却还在隐藏,假装没有什么。"

这个事件使她改变主意。她们都是单纯天真的姑娘,爱情得不到回应的不幸却落在她们身上,她们本该受到命运的优待。而她本该受到命运惩罚的——却又是克莱尔选中的人。她不用付出代价就占有了一切,这是不道德的。她得最大限度地加以偿还,此时此地,她一定要说出来。就在她看着火光、克莱尔握着她的手时候,苔丝做出了最后的决定。

此时,壁炉里余火熄了,只留下稳定的亮光,染红了壁炉的周围,还有闪闪发光的炉架和一把合不上的旧火钳。壁炉台架下面和最靠近炉火的桌腿,也让炉火映得通红了。苔丝的脸和脖子也同样显得暖烘烘的,身上每一件宝石也都变成了金牛星或天狼星——变成了闪烁着白光、红光、蓝光的星座,随着她脉搏的每一次跳动,不断变换着色彩。

"你还记得,我们今天早上说过的,要讲讲犯过的错误吗?"他见她依旧一动不动,于是突然问,"我们也许是随便说说的,你也可能是

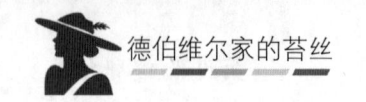

不当真的。但对我来说,这不是随便的承诺。我要向你坦白,亲爱的。"

他先说出了这话,没想到会这么巧,她不禁觉得是上天刻意安排的。

"你要坦白什么吗?"她急忙问,甚至有些高兴和轻松。

"你没想到吧?唉——你把我看得太高了。现在听着。把你头放在这儿,因为我想让你宽恕我,不要因为我没有早点告诉你你就生气,也许我早该这样做。"

这是多么奇怪啊!他似乎就像她的翻版。她没有说话,于是克莱尔接着说——

"我以前没有谈过这件事,因为我不能冒着失去你的风险,亲爱的,你是我一生中最高的奖赏——我把你称之为我的奖学金。我兄弟的奖学金是从学院里得来的,而我是从塔布塞斯奶牛场得来的。因此,我不敢冒险。一个月之前,我就想说了——就在你答应嫁给我的时候,但是我没有告诉你,我觉得会把你吓跑的。我就推迟了,后来我觉得我该在昨天告诉你,给你一个从我身边逃离的机会。然而我没有。今天早上,你在楼梯口提出要互相坦白犯过的错事的时候,我也没有说——我真是一个罪人呀!但是现在,看着你一个人严肃地坐在这里,我一定得告诉你。我不知道你会不会宽恕我?"

"啊,会的!我保证——"

"好吧,我希望你会宽恕我。但是等一下。你什么都不知道。从最开始说起吧。虽然我能想象到,我可怜的父亲总担心我会永远失去我的信仰,但我信仰的是美好的道德,苔丝,就跟你一样。我曾经想要当一个老师,然后当我发现我不能进入教会的时候,我是多么沮丧啊。我敬仰纯洁的人,尽管我无法自称做到,我痛恨不纯洁的人,我希望我现在还是这样。无论人们怎样看待《圣经》各卷得以写成的完全灵感论,都必须真心实意地承认圣保罗说过的话:'成为一个榜样——在言语上,在谈话上,在仁慈上,在精神上,在信仰上,在纯洁上。'对于我们这些可怜的人类来说,这是唯一的保障。'一生无可指责',一位罗马诗人这样说,令人惊奇的是,他和圣保罗说得完全一样——

　　一个人活得无可指责，没有缺点，
　　便无须使用摩尔人的长矛和弓箭。①

　　"好啦，有一地方是充满善意的，我对此感受是如此强烈，我堕落了，我原本是想让每一个人都好好的，你可以看出，我是多么懊悔啊。" 接着，他告诉苔丝他要说的那段人生，他在伦敦的时候，被人生困惑和难处折磨得飘来荡去，像是波浪中的软木塞，后来他跟一个陌生女人过了四十八个小时的放荡生活。

　　"幸好我立即就清醒了，认识到了自己的荒唐，"他继续说，"我没有跟她说过什么，后来我就回家了。从此以后，我再也没有犯过这样的错误。但是我觉得我该对你完全坦白，完全尊重你，不说，我就做不到这些了。你能宽恕我吗？"

　　她紧紧握住他的手，作为回答。

　　"那么我们现在就忘掉这件事情，永远忘掉！——在这个时候，谈论这种事情，太痛苦了——说点轻松的吧。"

　　"啊，安琪——我简直太高兴了——因为现在你也能够宽恕我了！我还没有坦白呢。我也要忏悔——记得吧，我这样说过的。"

　　"啊，那当然！那么你说吧，你这个小坏蛋。"

　　"也许，尽管你在笑，但是这跟你的事情一样严重，或者说更严重些。"

　　"不会比我的更严重了，最亲爱的。"

　　"不会——啊，是的，不会的！"她跳了起来，满怀希望地说，"是的，肯定不会更严重了，"她大声说，"因为是一模一样的事情。我这就告诉你。"

　　她又坐下来。

　　他们的手依旧握在一起。炉桥下的灰烬，由炉火垂直一照，亮得就像一片晒热的荒野。炭火的红色火焰投在他脸上、手上，也投在她脸上和手上，射进她额上蓬松的头发里，照得她细嫩的皮肤像着火一

---

① 罗马诗人贺拉斯《歌集》第1卷第22首。

样。置身于这种火红色之中，让人联想到了最后审判日，是那样可怕。她身体影子，投射在墙上和天花板上，形成一片巨大的阴影。她向前弯下身子，她脖子上的每一颗钻石闪烁一下，就像癞蛤蟆阴险地眨了下眼。她把额头靠在他的太阳穴上，开始讲述她和亚雷克·德伯维尔怎么认识，又是怎样结束的，她低声说着，低垂着眼帘，但是一点也没有畏惧。

第五部　痛苦代价

德伯维尔家的苔丝

第五部 痛苦代价

第三十五章

苔丝的讲述结束了,甚至连反复的申明和附加解释也完成了。她讲话的嗓音,从头至尾都是一样的低沉,几乎没有升高的时候。她没有说一句为自己辩解的话,也没有掉眼泪。

但是,随着她叙述的进展,甚至连外界事物的面貌也渐渐扭曲变形了。壁炉里的火苗鬼头鬼脑,形态怪异,仿佛毫不在意苔丝的伤痛。壁炉的栅栏懒洋洋地咧着嘴,也是一副事不关己的表情。从开水瓶反射出来的亮光,仿佛在表示自己的色彩层次各异。周围一切物质的东西都在可怕地反复地声明,它们不负责任。但是自从他吻她以来,什么也没有发生变化,或者说,一切事物都没有发生变化。但是一切事物在本质上已经发生了变化。

她讲完过去的事情以后,他们从前卿卿我我的耳鬓厮磨,一下子被抛到脑后了。回忆那些美好的情调仿佛是在说明他们热恋时的盲目和愚蠢。

克莱尔做着毫不相干的事,他拨了拨炉火。苔丝的这番叙述的意思甚至还没有完全进入到他的内心。他在拨了拨炉火之后,就站了起来。这时,她那番叙述的力量才显现出来。他的脸显得苍老了。他想驱除杂念,努力集中心思,他在地板上盲目地、胡乱地来回走动。无论他怎样努力,他都无法认真地思考了。当他说话的时候,苔丝听出来,他的最富于变化的声音变成了非常呆板、甚至病态的声音。

"苔丝!"

"哎,最亲爱的。"

"你是要我相信这些话吗?看你的态度,我得把你的话当成真的。啊,你不可能是发疯吧!你说的话应该是一番疯话才对呀!可是你却没有疯……我的妻子,我的苔丝——你就不能证明你说的那些话是发疯的话吗?"

"我没有发疯!"她说。

"可是——"他神情茫然地看着她,又恍恍惚惚地接着说,"你为什么以前不告诉我?啊,不错,你本来是想告诉我的——不过我没让你说下去,我想起来了。"

他说的这些话,只不过是表面上应付搭腔罢了。他的心像是瘫痪了一样。他转过身去,伏在椅子上。苔丝跟在后面,来到房间的中间,用那双没有泪水的眼睛呆呆地看着他。接着她就支持不住,跪在他的脚边,蜷缩成了一团。

"看在我们爱情的分上,请宽恕我吧!"她口干舌燥,低声说,"我已经同样地宽恕你了呀!"

但是他没有回答。她又接着说——

"就像我宽恕你一样宽恕我吧!我宽恕你,安琪。"

"你吗,是啊,你宽恕我了。"

"可是你也应该宽恕我呀?"

"啊,苔丝,宽恕这个词是不能用在这件事情上的!你过去是一个人,现在你是另一个人呀。我的上帝——宽恕怎能同这种荒唐事连在一起呢——怎能像变戏法一样呢!"

他停住了口,考虑着宽恕的定义。突然,他发出一阵可怕的哈哈大笑——这是一种不自然的、恐怖的笑声,就像是来自地狱的笑声一样。

"不要——不要笑了!这笑声会要了我的命的!"她尖叫着,"可怜我吧——可怜我吧!"

他没有回答。苔丝跳了起来,脸色像生了病一样的苍白。

"安琪,安琪!你那样笑是什么意思呀?"她叫喊着,"你这一笑对我意味着什么,你知道吗?"

他摇摇头。

"我一直在期盼,渴望,祈祷,要让你幸福!我想,只要你幸福,那我该多高兴呀,要是我不能让你幸福,我还能算什么妻子呢!这些都是我内心的感情呀,安琪!"

第五部 痛苦代价

"这我都知道。"

"我想,安棋,你是爱我的——爱的是我这个人!如果你爱的的确是我,啊,你怎能那样看我,那样对我说话呢?这会把我吓坏的!自从我爱上你以来,我就永远爱你——不管你发生了什么变化,受到什么羞辱,因为你还是你自己。我不会多问。那么你怎能,啊,我自己的丈夫,不再爱我呢?"

"我再重复一遍,我以前一直爱的那个女人不是你。"

"那是谁呢?"

"是和你一模一样的另外一个女人。"

她从他的说话中看出,她曾经担心和预感到的可怕的事情发生了。他把她看成了一个骗子,一个伪装纯洁的荡妇。当她意识到这一点时,她那苍白的脸上露出了恐惧。她脸颊的肌肉松弛下来,她的嘴巴差不多变成了一个小圆洞的样子。他对她的看法竟是如此的可怕,她呆住了,身子摇晃起来,安琪走上前去,以为她要跌倒了。

"坐下来,坐下来,"他温和地说,"你病了,自然你会感到不舒服的。"

她坐了下来,却不知道她坐在什么地方。她的脸仍然是紧张的神情,她的眼神让安琪看了直感到毛骨悚然。

"那么我再也不属于你了,是不是,安琪?"她绝望地问,"他说他爱的不是我,他爱的是另外一个和我一模一样的女人。"

脑海中这个女人的形象引起了她对自己的同情,觉得自己是受了委屈的那个女人。她进一步想到了自己的情形,眼睛里充满了泪水,她转过身去,悲伤的泪水就像决堤的洪水一样流了出来。

看见苔丝大哭起来,克莱尔心里倒是轻松了些,因为刚才苔丝叙述往事的不紧不慢的样子使他非常痛苦,不亚于这个事件本身。他安静地、耐心地、麻木地等着,直到苔丝把满腹的悲伤发泄得差不多了,号啕大哭变成了阵阵抽泣为止。

"安琪,"她突然说,这时候她说话的声音恢复正常了,那种恐惧的、嘶哑的声音消失了,"安琪,我太坏了,使我们不能住在一起了,对吗?"

"我还没有想过我们到底该怎么办。"

"我不会强求你和我住在一起的,安琪,因为我没有这个权利!本来我要写信给我的母亲和妹妹,告诉她们我结婚了,现在我也不给她们写信了。我裁剪了一个针线袋子,打算在这儿住的时候可以缝好它,现在我也不缝了。"

"你不缝了?"

"不缝了,我是什么也不做了,除非你吩咐我做什么。即使你要离开我,我也不会跟着你的,即使你永远不理我,我也不问为什么,除非你自己告诉我。"

"如果我真的吩咐你做什么事呢?"

"我会听你的,就像你的一个可怜的奴隶一样,甚至是叫我去死我就去死。"

"你很好。但是这让我感到,你现在自我牺牲的态度和过去自我保护的态度完全不同,两者之间少了一些协调。"

这些话就是他敌意的开始。然而,把这些辛辣的讽刺用到苔丝身上,就完全像对牛弹琴。她领会不到他的讥讽,她只是知道他现在很不友好,他在忍受着愤怒。她保持着沉默,但不知道他也正在抑制着对她的感情。她没有看见他脸上有泪水流下来,那是一滴很大的泪水,好像是放大镜,把它流过去的皮肤上的毛孔都放大了。与此同时,他又重新明白过来,她的这番陈述已经完全把他的生活、他的世界观全都改变了。他努力想就现在这种状况下做点什么,但是他绝望了。做什么呢?

"苔丝,"他说,尽量把话说得轻松些,"我不能再待在这个房间里了——就是现在。我要到外面走一走。"

他悄悄地离开了房间,他先前倒出来两杯葡萄酒准备吃晚饭,一杯是倒给她的,一杯是倒给自己的,那两杯酒现在还放在桌子上,动也没有动。这就是他们一场婚宴的下场。在两三个小时以前,他们吃茶点时还很亲热呢,非要共饮一杯酒的。

房门在他的身后关上了,虽然非常轻,但把苔丝从麻木中惊醒了。他已经走了,她也待不住了。她急忙把大衣披在身上,打开门跟着走了出去,出去时她把蜡烛吹灭了,仿佛再也不回来似的。雨已经停了,夜色晴朗。

克莱尔走得很慢,茫然不知方向。苔丝很快就走到了他的身后。她的身影是淡白色的,他的身影是黑色的,阴沉而可怕,她脖子上带的珠宝,她曾为此感到骄傲,现在却更像是一种讽刺了。克莱尔听见了她的脚步声,转过身来,虽然认出是她来了,但是神色却似乎一点没变,只顾自己继续往前走,走过屋前那座五拱大桥。

路上,牛蹄和马蹄踩下的脚印因为下雨积水变成了小水坑,但是雨水却没有把这些脚印冲刷掉。天上的星星倒影在小水坑里,宇宙中最大的物体竟反映在如此卑微的东西中。苔丝走过这些水坑的时候,星星影子一闪而过。她要是没有看见水坑里的星星,还真的不知道雨过天晴,星星正在天空中闪烁。

他们今天走过的这个地方,与塔布塞斯处在同一个山谷里,只是它在下游更远些的地方。那是一块比较空旷的平地,她抬眼望去,一看就看见他了。苔丝就一直从屋子那儿沿着小路蜿蜒穿过草地,茫然地、静静地跟在克莱尔的后面,她并不想追上他。

无论走得多慢,她最终还是走到了克莱尔的身边。不过他仍然一言不发。克莱尔现在清醒地意识到,诚实遭到愚弄真的是太残酷了。野外的空气使他比较理智了,不再冲动鲁莽。她知道在他眼里,她已经什么都不是了,这时候,时光之神正在吟诵讽刺她的诗句——

看吧,当真容显现,他对你就转爱为恨,
当厄运来临,你的美失去光泽。
你的生命从此凄风苦雨,秋叶飘落,
悲伤将是你的面纱,痛苦将是你的花帽。

克莱尔仍在聚精会神地思考着。她陪伴在身边,但是她没有足够的勇气来打断或改变他的思绪。现在她对于他已经变得轻如鸿毛了!她禁不住开口了。

"我做了什么了——我到底做了什么了!我告诉你所有的事,没有一句是骗你的。你以为我是故意编造给你看的吗?安琪,你是在跟你心中想象出来的事情生气,你不是在和我生气,对吗?啊,不该是生我的气,我不是像你想象的那样是一个骗人的女人哪!"

"哼，好吧！我的妻子不是一个骗人的女人，但已经和原来不一样了，不是同一个人了。但你还是不要让我责备你吧。我已经发誓不会责备你，我会尽力不责备你的。"

但是她发疯似的申辩着、恳求着，还说了好多也许不如不说的话。

"安琪！——安琪！我那时还是个孩子啊——事情发生的时候我还是个孩子啊！男人的事情我还一点都不懂啊。"

"我承认，是别人对你犯了罪，不是你犯了罪。"

"那么你不宽恕我么？"

"我是宽恕你的，但是宽恕并不等于没事儿了。"

"你还爱我吗？"

对这个问题，他没有回答。

"啊，安琪——我母亲说有时候会发生这种事的！——她就知道好几个这样的例子，比我的情形还要严重啦，但是她们的丈夫都并不是太生气，而且事情也就看开了，过去了。可是她们对她们的丈夫，都没有像我爱你那样呀！"

"不要说了，苔丝，别再辩解了。社会阶层不同，道德要求就不同。你要逼我说你是一个没知识的、不懂道理的乡下女人吗？你都不知道你刚才都说了些什么！"

"从地位上看我是一个农村人，但本质上不是！"

她冲动起来，刚要生气发作，却被克莱尔的话给打断了。

"所以啊，这对你来说更糟糕。我倒觉得那个把你的祖先考证出来的牧师，如果他闭口不讲，也许更好些。我不禁要把你们家族的衰败同你的意志脆弱联系起来。衰败的家族就意味着衰败的思想、衰败的行为。老天啊，你为什么要把你的身世告诉我，给我一个更加瞧不起你的理由呢？我原来以为你是一个清新大自然的纯洁女儿，谁知道你竟是一个腐朽的贵族家庭的后代呢！"

"在这方面，有许多人家和我家一样啊！瑞蒂家本来是大地主，奶牛场毕勒特家也是大地主。德比豪斯曾经是大家族，现在却成了一个赶马车的了？你到处都找得到像我这样的家族，这是我们这个地区的特点，让我有什么办法呢？"

第五部 痛苦代价

"所以这个地区情况就更糟了。"

她只笼统地接受他的指责,没顾及任何细节问题。她只知道他不像从前那样爱她了,别的她都不管、也不懂。

他们就这么默默地、茫然地走着。后来,据说井桥村有个农民,那天半夜出门去请医生,在草地上碰见了一对男女,一前一后缓慢地走着,不说一句话,就像送葬似的,他注意到他们的脸色,有忧愁、也有伤心。他请完医生,回家路上,又在同一个地方从他们身边经过,看见他们还在像先前一样慢慢走着,毫不顾忌夜深天冷。只是这位村民一心想着自己家里有病人,所以才没有把这件奇怪的事放在心上,是后来过了好久,他才想起来这件事。

就在那个农户从他们身边走过去和返回的中间,苔丝曾经对她的丈夫说——

"我不知道怎样才能让你一生中不会因为我而遭受太多的痛苦。下面就是河。我就跳河死了吧。我不怕死的。"

"我可不想在我的愚蠢糊涂上又添上杀人的罪名。"他说。

"那我会给你留下证据,说明是我自杀的——是因为羞耻自杀的。那么人家就不会把罪名加在你身上了。"

"不要说这种蠢话了,我可不想听。在现在这种情况下,想自杀真是胡闹,这不是悲剧,这只是讽刺嘲笑的材料。我看你是一点儿也没有明白这一事件的性质。要是让人知道了,十有八九会觉得荒诞好笑。行了,听我的话,回屋睡觉去吧。"

"好吧!"她顺从地说。

他们从那条路上走过去,那条路通向磨坊后面的西斯特教团寺庙的遗址。在过去的几百年里,那个磨坊一直是属于寺庙的产业。磨坊还在不断地生产,因为食物是永远需要的。寺庙却已经不见了,信仰就是转瞬即逝啊!人们总是看到,为短暂的人生需要服务的东西很长久,而为永恒精神服务的东西却很短暂。他们那天是绕着圈子走的,所以离他们的屋子一直没有走开太远。她听了他的劝说回去睡觉,走过那条跨河的石桥,过桥之后,没几码就到了。回到屋里的时候,屋里的一切都还和她离开时一样,炉火都还是燃着的呢。她在楼下没待一分钟,就上楼进了自己的卧室。她的行李早已经在里面了。她在床沿上坐下，茫然地环顾四周，慢慢开始动手脱衣服。她把蜡烛拿到床头，烛光照到了白色的帐子顶上，发现里面好像挂着什么东西，就把蜡烛举起来，原来是一束槲寄生。那是安琪挂在那儿的。苔丝心里明白了。这就是原来那个不好包装也不好携带的包裹了。那个包裹里包的是什么东西，安琪没有向她解释，只是说到时候她就知道了。那是在他感情热烈、满心是爱的时候挂在那儿的。可是现在看上去，那东西待在那里，是多么愚蠢、多么不合时宜啊！

克莱尔好像无论如何也不会宽恕她了，既然已经没有什么更可怕的结果了，也没有什么可期盼的了，她就糊里糊涂地睡下了。当悲伤哭泣停止的时候，睡眠常常会加速来临。许多时候，人会由于兴奋而不能入睡，现在她的悲哀无助反而容易让她入睡。不一会儿，孤独的苔丝就进入了梦乡。房间里静悄悄的，香气弥散，这个房间说不定从前还是她的祖先的洞房呢！那天深夜，克莱尔也沿着原路回来过。他轻轻地走进客厅，点上蜡烛。他似乎已经打定主意不进苔丝的房间了。客厅里有一张旧马鬃沙发，他把几床毯子铺在上面，简单地为自己铺了一个可以睡觉的小窝。在他睡下之前，他光着脚走到楼上，在苔丝的卧室门口贴着耳朵听了听，她呼吸均匀，已经睡熟了。

"感谢上帝！"克莱尔轻声说。可是，他又感到一阵钻心的痛：她把生命中的难以承受的压力倾诉给他了，她现在毫无牵挂地睡着了。这种想法，虽不完全正确，但是多多少少就是这么回事啊！

他转身打算下楼，但是，又犹豫不决地朝她的门口转过去看。他转身的时候，一眼看见了德伯维尔家两位贵夫人画像中的一个，那幅画像正好镶在苔丝房门的上方。在蜡烛的照明下，那幅画像更加叫人感到不舒服。那个女人的脸上暗藏着阴险狡诈的神气，集中了向男人报仇雪恨的心思——他感觉就是如此。画像里的女人穿着查理时代的长袍，领口开得很低，正好和苔丝穿的那件让他把领子掖进去好露出项链的衣服一样。这又使他感到苔丝和那个女人的相似之处，心里就更加难过了。

想到此，他止步不前了。他转过身子下楼去了。

他的神情镇静、冷漠，紧闭着双唇，努力控制着自己的情绪。他的

第五部 痛苦代价

表情茫然而恐怖,自打苔丝说完这段经历后,他的神情就一直是这副样子。这样的男人,已经毫无感情可言,但是也没有因为感情的解脱而表现出任何放松。他迷茫地思考人类经验中的种种烦恼,思考着世事的难以预料。直到一个小时以前,他一直崇拜苔丝,很久以来,他都认为不可能有谁比苔丝更纯洁、更甜蜜、更贞洁的了,可是——

稍有不足,结果迥异!

他错误地为自己辩解,他觉得,苔丝诚实和年轻的脸没有反映她的内心。可惜当时没有人能够出来为苔丝辩护,来纠正克莱尔的错误。他居然还认为,是不是她的那双眼睛的神情和嘴里说的话没有反映她的真实思想?是知人知面不知心?

他熄了蜡烛,在客厅里那张沙发小窝上躺下来。客厅里黑,夜色似乎毫不在意他们的事情。黑夜已经吞噬掉了他的幸福,现在正在懒洋洋地加以消化。黑夜还准备同样吞噬掉其他千万人的幸福,并且一点儿也不慌乱。

第三十六章

灰蒙蒙的黎明，晨光躲躲闪闪，仿佛做错了什么。克莱尔起了床。壁炉里的火已经熄灭了，剩下了一堆灰烬。饭桌上，放着两杯满满的、碰都没碰过的葡萄酒，现在已经没了酒香，颜色也有点浑浊了。两把椅子空着，周围的家具似乎是爱莫能助，默默地问着：怎么办呢？让人心烦意乱。楼上一点儿声音也没有。但是过了几分钟，传来了敲门声。他想起来了，那大概是帮工的女邻居来了，他们在这儿住的期间，是由她来照应的。

在现在这种情形下，有外人突然到访，屋子里会让人非常尴尬别扭的。克莱尔已经穿好了衣服，打开窗户告诉那个女人，说早饭他们自己会做好，她就不用来了。她手里拿着一罐牛奶，他让她把牛奶放在门口。那个女人走了以后，他就到屋子后面寻找柴火，很快就生起了火。食品间里有大量的鸡蛋、黄油、面包等之类的东西，不久，克莱尔就把早饭摆到了桌子上，在奶牛场里，他已经学会了做家务。燃烧着的木柴产生的轻烟从烟囱里冒出来，远处看去，就像一根莲花头的柱子。屋旁经过的当地村民看见了，就想起这对新婚夫妇，羡慕他们的幸福。

克莱尔环顾四周，然后走到楼梯下，用一种传统的声音喊——

"早饭好了！"

他打开前门，呼吸着早晨的空气，稍稍走了几步。不一会儿，他又走了回来，这时候苔丝已经穿好衣服来到了餐厅。她正在机械地重新调整早餐用的杯盘。她穿戴得整整齐齐，从他叫她起床的这段时间，只不过两三分钟，那一定在他去叫她之前，她已经早就穿戴好了，或者是差不多穿戴好了。她的头发被挽成了一个大圆髻盘在脑后，穿了一件新衣服——一件淡蓝色的呢子长袍，领口镶有白色的皱边。她的双手和脸看起来冰凉,很可能是她坐在没有生火的房间里穿衣服时间太长了。克莱尔刚才喊她的声音,明显很有礼貌,这似乎一时鼓舞了她,给了她希望的曙光。不过,当她看见他的神情时,那一抹曙光很快就黯淡消失了。

曾经火一般热烈的情侣,现在真的只剩下一堆灰烬了。昨天晚上激烈的悲痛,现在变成了沉重的压抑。似乎再也没有任何东西能够重新点燃他们两个人的热烈感情了。

他客客气气地同她说话,她面无表情地回答着。后来,她走到他的面前,直直地盯着他那张轮廓分明的脸,就好像没有意识到她自己也是可以被对方看得见的。

"安琪!"她喊了一声,就住口了,伸出手指轻轻地去摸他,轻得就像一阵微风,她不敢相信这个曾经爱过她的人此刻还能站在她的面前。她的眼睛亮闪闪的,灰白的脸颊还是一如既往地丰润饱满,不过,昨晚眼泪已经在那儿留下了痕迹。她那曾经丰满成熟的红嘴唇,现在和她的脸颊一样苍白。尽管她仍然活着,但是在她内心悲伤的重压之下,她的生命非常虚弱,只要稍微再加一点压力,她就会真正地病倒,她那特别明亮的眼睛就会失去光彩,她的嘴唇就会干瘪。

她看起来非常纯洁。自然,用它奇异的技巧,在苔丝的脸上刻下一种处女的标志,安琪看着她,简直是惊呆了!

"苔丝!告诉我那不是真的!不,不是真的!"

"是真的!"

"字字属实?"

"字字属实。"

他带着哀求的神情看着她,仿佛宁愿听到她说谎。然后,明知道那是谎话,他还是希望借助诡辩,把那句谎话当作真话。但是,她只是重复说——

"是真的。"

"他还活着吗?"

"孩子死了。"

"但是那男人呢?"

"他还活着。"

克莱尔的脸上显露出最后的绝望。

"他在英国吗？"

"是的。"

他茫然地走了几步。

他突然开口："我的地位——是这样的，我想——无论谁都会这样想——我放弃了所有的野心，不娶一个有社会地位、有家庭财产、见多识广的妻子，我想我就可以得到一个冰清玉洁、朴素动人的妻子了。可是——唉，算了，我不配也不愿来责备你。"

苔丝完全理解他的处境，所以没说完的话也不必再说了。这就是现在整个事情的可悲之处。她明白无论从哪个方面来看他都吃亏了、失败了。

"安琪——我要是不知道你毕竟还有最后一条出路的话，我就不会同你结婚了，尽管我希望你不会——"

她的声音变得嘶哑了。

"最后一条出路？"

"我是说摆脱我呀。你能够摆脱我呀。"

"怎么摆脱？"

"和我离婚呀。"

"我的天——你怎么这样简单呀！我怎么能同你离婚呀？"

"不能吗——现在我不是已经告诉你了？我想我的坦白就是你离婚的理由。"

"啊，苔丝——你也太，太——孩子气了——太幼稚了——太浅薄了。我真不知道你是怎样的一个人了。你不懂得法律吧——你不懂！"

"什么——你不能离婚？"

"我确实不能离婚。"

她听到这里，脸上露出来一种羞愧与痛苦的神情。

"我以为——我以为你能够的，"她低声说，"啊，现在我明白我对你是多么坏了！相信我——相信我，我发誓，我从来就没有想到你不能和我离婚！我只是希望你不会和我离婚。可是我相信，从来也没有怀疑过，只要你不爱我了，打定了主意，你就可以把我抛开的！"

第五部 痛苦代价

"你错了。"他说。

"啊,那么我昨天就应该做个了断,做个了断!可是我当时又没有勇气。唉,我就是这么样一个人!"

"没有勇气干什么?"

因为她没有回答,他就抓住她的手问。

"你是打算了断什么呀?"他问。

"了断我的生命啊。"

"什么时候?"

他这么一追问,她心如刀绞。"昨天晚上。"她回答说。

"在哪儿?"

"在你挂的那束槲寄生下面。"

"天哪!你用什么办法?"他严厉地问。

"要是你不生我的气,我就告诉你!"她畏缩着说,"用捆我箱子的绳子。可是后来我——我又放弃了!我害怕你会担上谋杀的罪名。"

这段坦白使他感到震惊,她是被逼说出来的,不是主动说的。但是他仍旧拉着她,盯着她脸的目光垂了下来,说:

"好啦,你现在听着。你决不能去想这种可怕的事!你怎能想这种事呢!你得向我,向你的丈夫保证,以后绝不再想这种事。"

"我愿意保证。我知道那样很坏。"

"坏极了!坏得没法说了!"

"可是,安琪,"她眼睛睁得大大的,满不在乎地看着他,解释道,"我完全是为你着想啊——我想只有了断我自己,你才可以摆脱我,才能有自由,并且不会落下离婚的坏名声。我做梦也没有想过要为我自己呀!不过,死在我自己的手里毕竟是太便宜了我。你作为我的丈夫被我毁了,所以应该由你来结束我的生命。既然你也已经无路可走,你就自己动手把我了断吧,这样我会更加爱你的,如果还可能的话。我觉得自己一文不值!我是你的绊脚石啊!"

"别说啦!"

"好吧,既然你不让我说,我就不说好啦。我绝对服从。"

他知道这些都是她的心里话。昨夜的绝望折腾后,她已经筋疲力尽

了,她再不会有什么冲动的行为了。

苔丝走到饭桌边摆弄早餐,以使自己忙一些,不再解释。接着,他们在桌子的同一边坐下来吃饭,这样可以避免两个人的目光相遇。一开始,他们两个听见互相吃喝的声音,感到有些别扭,但这是无法避免的。还好,他们两个人都吃得不多,一会儿就吃好了。他站起来对她说了他可能回来吃午餐的时间,便出门去磨坊了。在那里他可以少想别的,机械地去钻研他的磨坊工作,毕竟这也是他到这儿来的唯一的实际理由。

他走了以后,苔丝站在窗前,立刻就看到他穿过那座大石桥的身影,往磨坊的方向走去。他下了石桥,穿过铁路,然后就看不到了。于是,苔丝连气都没叹,就转向室内,开始收拾桌子,整理房间。

不久,女帮工又来了。苔丝最初看到她来有点紧张,不过后来她反而感到轻松了。十二点半钟的时候,她就把那女人一个人留在厨房里,自己回到起居室,等着安琪的身影从桥后重新出现。

大约一点钟左右,安琪出现了。虽然他离开她还有四分之一英里远,但是她的脸变红了。她跑进厨房,吩咐说他一进门就开饭。他一进门,先到那天他们曾经一起洗手的房间去洗手。当他出来到起居室的时候,盘子的盖子已经揭开了,好像是因为他走进来才被揭开的。

"好准时呀!"他说。

"是的。你过桥时我看见你了。"她说。

在吃饭的时候,他谈了一些普通的话题,比如早上他在寺庙的磨坊做些什么,上螺栓的方法和老式的机械原理等,他还说他担心那些传统方法在先进的现代方法面前没有太多的价值了,因为有些机械太旧了,当年隔壁寺庙的和尚磨面的时候就使用了,而那座寺庙现在已经变成废墟了。吃过午饭,他待在家里的时间也就个把小时,随后又离开屋子去了磨坊,直到黄昏时分才回来。整个晚上,他都在翻报纸整资料。她生怕自己妨碍了他,所以在那个女帮工离开后,她就回到厨房,在那儿足足忙了一个钟头。

克莱尔的身影出现在厨房门口。

"你不必那样苦苦干活的,"他说,"你不是我的佣人,你是我的妻子。"

她抬起眼睛,神色亮了一些。"我自己可以这样认为吗——真的吗?"她低声说,带着可怜的自嘲,"唉,你指的是名义上!我也不能有更多的指望了。"

"你可以这样想,苔丝!你是我的妻子。你刚才说的话是什么意思?"

"我不知道,"她急忙说,声音里带着悲伤,"我想我——我的意思是说,我是一个有污点的人。很久以前我就告诉过你,我是一个有污点的人——因为那个原因,我才不愿嫁给你,只是——只是你老是逼着我!"她忍不住悲切地哭起来,背过身去。

任何一个男人看到她这种样子都会软下心来的,可是安琪·克莱尔没有,他无动于衷。克莱尔是个总的来说也是温柔而富有热情的,但在他的内心深处,却隐藏着坚固不化的逻辑沉淀,就像是松软的土壤里埋藏着的金属矿岩,用无论什么工具来刺穿它,都得折断尖刃。也就是这顽石般的障碍,阻挡着他接受宗教,接受苔丝。而且,他的情感与其说是烈火,不如说是虚幻的光环,对于女性,他一旦不再信任,就不再追求。在这方面他与许多性情中人大不相同,因为那种性情中人虽然在理智上会鄙视一个有污点的女人,但是往往在感情上会放不下。克莱尔很冷漠,他就在那儿等着,直到她哭完了。

"我希望在英格兰能有一半女人能像你这样体面就好了,"他对全英国的妇女发了一阵抱怨,接着又说,"这不是一个面子问题,这是一个原则问题。"

那个时候,他还是很反感,对她说了一些诸如此类的话。当一个人发觉自己的眼光受到愚弄,他就必然要产生歪曲的看法。然而,他说这些话的背后,其实还是存在一种同情的,一个老于世故的女人本可以利用这种同情来征服他。但是苔丝没有想到这些,她认为一切都是她罪有应得,她沉默着,没有开口说过一句话。她对他那样全心全意地忠诚,简直让人感到可怜。虽然她天生是一个脾气急躁的人,但是他对她说的话却没有任何反驳,她完全不顾自己,也没有因此而生气,无论他怎样对待她,她都不发火。现在她是带着旧式圣徒式的博爱来到了自私

自利的现代社会了。

傍晚、夜间、第二天早晨,和前一天几乎一模一样地过去了。有一次,而且只有一次,从前自由和独立的苔丝曾经大胆地采取行动。那是在他吃完饭后第三次动身去磨坊。他对苔丝说了一声再见,准备离开桌子走了,她也同样对他说了一声再见,同时把自己的嘴巴朝向他。他没有接受她的亲吻要求,急忙把身子扭向一边,嘴里说——

"我会准时回家的。"

苔丝缩了回去,就像被人打了一样。有多少次他不顾她的同意,来接触这两片嘴唇——有多少次他快活地说,她的嘴唇,她的呼吸,就像赖以为生的黄油、鸡蛋、牛奶、蜂蜜的味道一样,他可以从她的嘴唇上得到滋养,他还说过诸如此类的傻话。但是现在他对她的嘴唇不感兴趣了。他看见她突然缩了回去,就温和地对她说——

"你是知道的,我一定要想个办法的。我们现在还是不得不在一起住上几天,免得因为我们突然分开会给你带来流言蜚语。不过你要明白,这只是为了顾全面子。"

"是的。"苔丝茫然地说。

他出门走了,在去磨坊的路上站了一会儿,心里有点儿后悔没有对她更温柔些,至少没有吻她一次。

他们就这样一起过了一两天绝望的日子。他们确实是住在同一座屋里,但比一般朋友还要疏远。她心里很清楚,正如他自己所说,他生活在瘫痪的行动中,正在努力想出一个行动计划。她恐惧地发现,他温柔的外表下藏着一颗石头般的心。他这种坚硬的态度的确太残酷了。现在她已经不再想要得到他的什么宽恕。她不止一次想到,在他出门到磨坊去的时候,她就离开他。但是她又担心这样做不仅对他没有什么好处,反而张扬出去会让他丢脸蒙羞。

同时,克莱尔也正在那儿不停地思考着。他的思考从未中止。因为思考,他已经生病了,消瘦了,憔悴了。因为思考的折磨,他从前那种对家庭生活的热爱也早已消失了。他走来走去,一边嘴里说着:"怎么办呢——怎么办呢?"苔丝刚好听到了他的念叨。他们本来对未来的事情是闭口不谈的,这时她就打破沉默了。

第五部 痛苦代价

"我想——你是不打算长时间地——和我住在一起了,是不是,安琪?"她问,她尽量保持着镇静,但是从她的嘴角向下耷拉的样子可以看出,她脸上的镇静完全是装出来的。

"我不能,"他说,"我瞧不起我自己。更糟糕的是,我还会瞧不起你的。当然,我是说不能按照通常的意义和你生活在一起。现在,无论我有什么样的感觉,我都不会轻视你。让我明白地说吧,或许你还没有明白我所有的难处。只要那个男人还活着,我和你怎么可能住在一起呢?——你的真实的丈夫是他,而不是我。如果他死了,这个问题也许就不一样了。另外,还不止这点。还有另外一个方面需要考虑。生活不只是两个人,还关系到另外一人的前途啊。你想想,几年以后,我们有了儿女,这件过去的事让人知道了——这件事迟早会有人知道的。世界再大,总还是人来人往。唉,想一想吧,我们的孩子遭到别人的嘲笑,随着他们不断地长大、不断地懂事,他们该有多么痛苦!他们以后知道了,该有多么尴尬、难堪!他们的前途该有多么黑暗!你要是先考虑一下这些问题,再凭良心说说你和我还能住在一起吗?你不认为我们忍受现有的痛苦多少总比额外再增加痛苦来得好一点吧?"

她本来就因为痛苦而垂下来的眼皮,现在继续垂着。"我不会要求和你住在一起的,"她回答说,"我不会这样要求的,我还没有想到这么远呢。"

苔丝女性的希望——这点应该承认吧?——又开始强烈地升腾起来,她的内心悄悄生出一些幻象:只要亲密地在一起生活,时间能够消除他的冷淡,推翻他的判断,使他柔情再来。虽然,她不是很通世故人情,但也不是一个智力不全的人。如果她连亲密生活的力量都不清楚,那就是说她没有资格做女人了。她知道,如果这样也没有效果的话,别的方法对他就更没有用处了。她心想,用计谋耍手腕是不大好的,但也没有必要完全否定。克莱尔已经最后表了态,提出了他的新观点。她实在没有像他想得那么远。现在经他清楚地一描绘,他们将来的子女也会瞧不起她的。苔丝觉得这个理由入情入理,对子女的慈爱,是父母义不容辞的。她本人完全已经通过自身经验认识到,在某些情形里,有一个比过诚实的生活更好的办法,那就是什么生活也不过。她跟所有经过

德伯维尔家的苔丝

苦难而获得高见的人一样，用苏利·普吕朵姆[①]的话说，判决书"你必须出生去人世"，如果那是对她未来的儿女宣读的，那无疑是害了他们一生。

可是自然女神太狡黠了，直到现在，苔丝因为热爱克莱尔而昏头昏脑，竟然忘记了他们生活在一起是可以产生新生命的，是可以把自己的不幸加到儿女身上的。

因此，她意识到自己无法反驳他的观点。克莱尔是一个异常敏感的人，有一种自我争论的天性。这个时候，他自己心中出现了一种反驳，他甚至担心苔丝真的会拿这种反驳来回击他。这种辩词是以苔丝异乎常人的身体优势为基础的。苔丝如果利用了这一点，她还有希望达到目的。她还可以说："我们到澳大利亚的高原去，我们到得克萨斯的平原去，在那种地方谁会知道我们呢？谁会在乎我过去的经历呢？谁会来责备你或者我呢？"但是，和大多数女人一样，苔丝全盘接受了克莱尔的思想，认为克莱尔的观点就是唯一正确的。她也许是对的。女人内心的直觉，不仅清楚自己的痛苦，而且也清楚她丈夫的痛苦，即使这些说三道四不是由外人来指责他或者他的子女的话，类似的责备也可能产生在他自己的头脑里，他的耳朵照样听得见。

这是他们关系疏远后的第三天。有人也许可以大胆地说一句悖论，他的身上要是更多一些兽性的话，他的人格也许就更高尚了。我们并没有这样说。但是克莱尔的爱情毫无疑问过于空灵，所以才跑偏了，过于空洞，所以才不切实际了。由于这些天性，有时候他爱的人在他的面前倒不如不在他的面前更能够令他感动。不在他的面前，他可以创造出一个理想的人来，从而把真实的缺点消除了。苔丝也意识到，她的人品已经不能像她期望的那样为她提供强有力的辩词了。那个比喻的说法倒是很形象：她已经变成另外一个女人了，已经不是激起他的爱欲的那个女人了。

"我已经仔细想过你说的话了，"她对他说，一面用她的食指在桌

[①] 苏利·普吕多姆（1839-1907），法国第一个以诗歌著称的天才作家，因《孤独与沉思》成为第一个获得诺贝尔文学奖的人。

第五部 痛苦代价

布上划来划去。那只戴戒指的手托着额头,那只戒指仿佛在嘲笑着他们两个人。"你说得完全对,一定是对的。你是得离开我。"

"可是你怎么办呢?"

"我可以回家。"

克莱尔还没有想到这个办法。

"真的可以吗?"他问。

"真的可以。我们应该分开,早点分开就完了。你曾经对我说过,我这个人容易获得男人的欢心,让男人失去理智。要是我不断地出现在你的眼前,也许你会改变主意,违背了你的理智和愿望。那就是你悔恨,我悲哀,情形更糟糕。"

"你愿意回家吗?"他问。

"我要离开你,回家去。"

"那就这么办吧。"

苔丝虽然没有抬起头来看他,但也不觉吃了一惊。提出建议和达成协议是有根本性区别的,此刻她觉得太快了一点。

"我早就担心会有这样一个结局的,"她嘟哝着,安静而顺从的样子,"我不会抱怨的,安琪。我——我觉得这是最好的办法。你说的那些话我完全信服。没错,如果我们住在一起,尽管不会有别人来责备我,但是时间长了,万一我们因为小事生气,说不定你就会把我过去的事情说出来,也许就会让外人听见了,也许就会让我们的孩子听见了。唉,现在只是让我伤心,那时候却会让我痛苦,会要了我的命的!我会离开的——明天就离开。"

"我也不住这儿了。尽管我不愿意先提出这个做法,但是我看得出来,我们还是分手更合适——至少分开一段时间,等到我把事情想得更清楚些了,我会给你写信的。"

苔丝朝她丈夫偷偷看了一眼。他脸色苍白,身子还有点颤抖。但是,看见她嫁的这个丈夫,还是和从前一样,温柔的深处隐藏着如此顽固的铁石心肠,她还是相当恐惧的。他有一种意志,要让粗俗的情感服从高雅的情感,要让物质的存在服从抽象的观念,要让肉欲服从精神。什么个性、爱好、习惯,都像枯死的树叶,被他思想的暴风一扫而光。

他也许看见了她的神色，因为他又解释说——

"我会更想念那些不在我身边的人，"他又玩世不恭地补充说，"上帝知道的，也许某一天我们都一个人过腻了，我们就又凑合到一块儿了，这样的人也是很多很多的呢。"

当天，克莱尔就开始收拾行李，苔丝也上楼收拾行李去了。他们两个人心里都很清楚，明天早晨也许是永远分别了。但是，他们在收拾行李的过程中，都在做出种种猜测宽慰自己，因为任何永久的别离都是痛苦的。他知道，她也知道，虽然互相吸引对方的魅力（在她那方面靠的是天赋而不是才艺）大概从他们分离的第一天起就会比以往更强烈，不过时间必将磨灭一切。那些反对他把她作为配偶接受的种种所谓实际的理论，也许从一个旁观者的眼光去看就会变得更加清楚了。当两个人一旦分开了，放弃了共同的居室和共同的环境，新的芽苞就会在不知不觉中寻觅新的生长空间，把各自空白的地方填补起来。难以预料的事情也可能妨碍内心的打算，过去的计划就会被忘记。

第五部 痛苦代价

第三十七章

午夜静悄悄地来了,又静悄悄地走了,在弗鲁姆谷里没有报时的教堂,也不知是几点钟。

大约凌晨一两点钟吧,在这个曾经的德伯维尔的农舍,黑漆漆的,响起了一阵轻微的咯吱咯吱的声音。睡在楼上卧室里的苔丝听见了,惊醒过来。声音是从楼梯拐角处传来的,那里有一块地板有点松动,稍微一踩到就有声响。接着,苔丝看见她的房间门被打开了,她丈夫迈着非常小心的脚步,穿过那一道月光走了进来。他只穿了衬衫和衬裤,所以她最初看见他的时候,心中窃喜,但是当她看见他奇异茫然的目光,她失望了。他走到了房间的中间直愣愣地站在那儿,用一种无法描述的凄惨的语气嘟哝着:"死了!死了!死了!"

克莱尔梦游了。只要受到强烈的刺激,他就会偶尔出现梦游的现象,甚至还会做出一些古怪的举动,他们结婚前从市镇上回来的那个夜晚,他在房间里同侮辱苔丝的那个男人打架,就是梦游。苔丝看得出来,这段时间克莱尔心中持续痛苦,备受折磨,害得他夜间梦游了。

她的内心对克莱尔是非常忠实又非常信任的。所以,不管克莱尔睡着还是醒着,她都不害怕。即使他手里拿着一把手枪进来,她也依然信任他会保护她。

克莱尔走到她的跟前,弯下腰来,口中继续嘟哝着:"死了!死了!死了!"

他用同样无限悲痛的目光直直地注视着她,然后把腰弯得更低了,他把她搂在自己的怀里,拿起床单,就像是用裹尸布一样把她裹起来。接着,就像是面对死者一样,无限尊敬地看着她,把她从床上举起来。他抱着她从房间里走出去,口中继续嘟哝着:

"我可怜的，可怜的苔丝——我最亲爱的宝贝苔丝！你是多么的甜美，多么的善良，多么的诚实啊！"

这些亲昵的甜言蜜语在他醒着的时候他是绝对不肯说出口的，在苔丝那颗凄凉渴望的心上，简直如甘霖，体味到说不出的甜蜜。她不想打断这种美好，她一动不动，一点也不挣扎，哪怕有生命危险也不足惜，反正这日子她也已经过厌了。她就这样连大气也不敢出，静静地躺在他的怀抱中，不知道接下来会发生什么。他就这样抱着她走到了楼梯口。

"我的妻子——死了，死了！"他说。

他抱累了，就靠在楼梯的栏杆上，歇了一会儿。他是要把她从这里扔下去吗？那她也不担心。她心里很清楚，他已经决定明天就离开了，这一走可能就是永远离开了。她现在躺在他的怀里，尽管危险，但不恐惧，反而觉得是一种享受。要是他们能够一起摔下去，同时摔得粉身碎骨，那该多美好啊，该多称她的心愿啊。

然而，他并没有把她扔下去，反而借助楼梯栏杆的支撑，在她的嘴唇上吻了一下——那是他在白天不屑吻的嘴唇。接着他又把她牢牢地抱起来，下了楼梯。楼梯那块松动的地板又发出咯吱咯吱的响声，但没惊醒他。他们就这样安全地走到了楼下。来到门边，他松出一只手来，把门闩拉开，走了出去。他只穿着袜子，出门时脚趾头还在门边轻轻地磕了一下，但是他好像没感觉到。出门后，活动空间大了，他就把苔丝扛在肩上，这样走起来好像更轻松些。他们身上都没有穿什么厚重衣服，多少减轻了搬动的负担。他就这样扛着她离开了那所屋子，朝不远处的河边走去。

他到底想去哪里？他有最终目的地吗？她猜不出来。她现在觉得自己就像一个局外人，在一旁猜想着故事的发展。她已经把自己完全交给了他，她一动不动，想着他把她完全当成了他自己的私人财产，她心满意足，任凭他处置了。本来，她心里满是对明天离别的恐惧，现在，她反倒觉得他真正承认她是他的妻子了，并没有把她扔出去，哪怕他将利用这种承认的权利来伤害她，那也是一种安慰，她欣然接受。

原来如此！她现在知道他正在做什么梦了——他是在重温那个礼拜天的早晨，他把她和另外几个姑娘一起抱过了水塘，那几个姑娘也说和她一样地爱他，不过苔丝不承认这一点，谁都不可能像她一样爱他的。克莱尔现在并没有把她抱过桥去，而是抱着她沿着河边走了几步，然后，朝附近的磨坊走去，后来又站在河边不动了。

河水流经这片草地，向下蜿蜒了好几英里，毫无规则地前进，时而并拢，时而分流，把草地分割成许多无名的小岛，接着又汇聚成一条宽阔的河流。他抱着苔丝来到这片河水的总汇处，这儿的河水又宽又深。河上只有一座很窄的木桥。但是，现在河水已经冲掉了桥上的栏杆，只留下光秃秃的桥板，桥面离湍急的河水只有几英寸，即使头脑清醒的人白天走在这样的桥上也不免眩晕。白天的时候，苔丝曾经从窗户里看见有年轻人从桥上经过，就好像在表演走钢丝。她的丈夫可能也看见过同样的表演。不管怎样，他现在已经走上了桥板，迈开脚步沿着桥向前走了。

他是要把她淹死在河里？也许是吧。这地方很偏僻，河水又宽又深，淹死一个人，那是轻而易举的事情。如果他想淹死她，那就淹死好了，这总比明天劳燕分飞、生离死别要好些。

激流在他们的脚下奔腾，抛掷着，扭曲着，撕裂着月亮的倒影。水沫从桥下漂过，水草在夜风和激流的推动下摇摆着小桥的木桩。他们的胳膊紧紧缠绕，互相拥抱，如果现在一起跌到激流中去，那是谁也活不了的。他们都可以毫无痛苦地携手与世长辞了，不会有人因为他娶了她而谴责她或者批评他了。他们在一起的最后半个小时，将是爱她的半个小时。而他们要是没死，那等到他醒了，他就会恢复白天对她的厌恶态度，此刻的恩爱就真的只是一个梦幻了。

她突然冲动，想挣扎一下，让他们两个人一齐掉进河里。但她又不敢。她对她自己的生命已经不在乎了，前面也说到过了，但是对他的生命——她却没有权力任性支配。终于，他还是抱着她安全地来到了河对岸。

他们来到了寺庙遗址的树林里。他抱苔丝的姿势换了一下，又向前走了几步，走到了寺庙教堂里的圣坛旧址。靠北墙的地方放着一口修道院长用过的石头棺材，现在已经空了。凡是来教堂遗址游玩的人，如果有胆大的、想寻开心的，都会到棺材里去躺一躺。克莱尔小心谨慎地

251

把苔丝放进了这口棺材。他又在苔丝的嘴唇上吻了一下,深深地吸了一口气,仿佛一桩重大的心愿完成了似的。接着他也挨着石头棺材躺到地上,立刻就睡着了。因为累得很,他睡得死死的,像一截木头,一动不动。刚才大脑上的异常兴奋现在已经过去了。

苔丝从棺材里坐了起来。这个夜晚,在这个季节里虽说是比较干燥温暖的,但是也够冷的了,要是他穿着那么一点点的睡衣在这儿躺得太久,肯定是有危险的。如果把他留在那儿,他完全可能一直躺到早晨,那就冻死了。她曾经也听说过这种梦游被冻死的事。但是她又怎么敢把他喊醒呢。要是让他知道了他做过的事,让他知道了他对她的一番痴情,他不是要难过死的吗?苔丝从石棺里走出来,轻轻地摇了摇他,但是太轻,没摇醒他。她一定得想想办法了,她已经冷得发抖了,身上那薄薄的床单根本挡不住寒气。刚才那段时间里,她也是心里兴奋,没觉得冷,而现在那种幸福的兴奋过去了。

她突然想,何不顺着他的梦来劝导一下?于是她就下定决心,尝试着在他的耳边轻轻说:"让我们继续往前走吧,亲爱的。"她说着,就启发性地拉着他的胳膊。克莱尔顺从了她,一点都没有拒绝的动作,她放心了。显然,苔丝的话使他再次进入了梦境,并且好像还提升了一个境界。在他幻想的那个境界里,苔丝的灵魂复活了,正带着他升入天堂。她就这样拉着他的胳膊,走过他们屋前的石桥,来到了家门口。苔丝是完全光脚的,刺骨的寒冷,地上的石子把脚都戳伤了。而克莱尔穿着毛袜子,似乎没有感到什么不舒服。

进了屋,就再也没有什么困难了。她又劝导他躺在自己的沙发床上,把他盖暖和了,用木柴生了一堆火,驱赶他身上的寒气。她以为她做的这些事情会把他惊醒的,她心里也希望他能够醒来。但是他实在是身心俱疲,躺在那儿睡得死死的。

第二天早晨他们一见面,苔丝就凭直觉猜测,虽然克莱尔也许觉得晚上睡得并不安稳,但他不清楚,或许根本就不知道在昨天梦境中,她是一个多么重要的角色。说实在的,那天早晨他是从酣睡中醒来的,就像是死了一回似的。在他刚醒来的几分钟里,他的脑子就像力士参孙活动身体一样,试着自己身体的力量,觉得夜间可能发生过什么不寻常的

第五部 痛苦代价

事情。但是现实生活中的烦恼很快就占据了他的所有心思。

他静静地等待着自己的心情变化，想看看自己的心里有什么新的思想冒出来。他知道要是他昨天晚上确定的念头到今天早上依然存在的话，那么，即使这个念头是由于感情的冲动，那大概也是以理性为基础的了。他没有新的思想冒出来，他的主意到目前还是值得相信的。他就是这样在灰色的晨光里再一次确定了同苔丝分离的决心。他认为那不是炽烈和愤怒的冲动，而是经过感情烈火燃烧之后所剩下的骷髅，存在着却无意义。克莱尔不再犹豫了。

在吃早饭和收拾剩下的几件东西的时候，克莱尔显得很疲倦，这无疑是昨夜劳累的结果，这使得苔丝差不多想要把昨晚发生的事告诉他了。但是，转念一想，他要是知道了他在潜意识里表现出了理智不愿承认的爱恋，知道了他在理性沉睡的时候他的情感伤害了自己的尊严，他一定会难过，会痛苦，会认为自己精神出问题了。这一想法终于没能让她开口。她觉得这种说明无异于在一个醉酒者醒来后嘲笑他的荒唐行为。

苔丝忽然觉得，安琪也许会对昨夜的反常柔情有一些模糊的记忆，因此他不愿意提到这件事，免得让她利用这根情感的稻草，重新恳求他不要离开她。

他已经写信从最近的小镇预订了一辆马车。吃完早饭不久，马车就到了。她知道他们的分离已经开始了——至少是暂时的分离，因为昨天晚上发生的事又让她生出来将来可能和他破镜重圆的希望。行李已经放到了车顶上，车夫扬鞭策马载着他们上路了。磨坊主和女帮工看见他们突然离去，都感到很惊奇，克莱尔就解释说他发现磨坊机械太古老，不是他希望研究的那种现代的磨坊。他的这种说法也是事实，没有什么不对。除此而外，他们离开的时候，一点儿也没有什么破绽，人家觉不出他们婚姻的不幸，以为是一起出门去探望亲友了。

他们赶车的路线是要经过奶牛场附近的。就在几天前，他们两个人就是带着幸福的喜悦离开奶牛场的。因此，克莱尔希望顺道去和克里克先生把一些事情了结一下，苔丝也就不得不同时去拜访一下克里克太太，不然会让别人对他们幸福婚姻起疑心的。

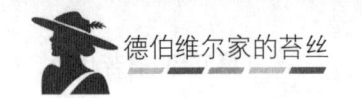

为了使他们的拜访不惊动太多的人，他们走到小门的旁边就下了车，在小门那儿有一条路通向奶牛场，他们就并排着走去。那片柳树林子已经修剪过了，从柳树光秃秃的树干上方看过去，可以看见克莱尔向苔丝求婚的地方。在左边那个院落，就是她被安琪的琴声所深深吸引的地方。在奶牛的牛棚后面，是他们第一次拥抱的草地。夏季的金色的画面现在变成了土灰色，肥沃的土壤到处泥泞，河水也格外清冷了。

奶牛场老板隔着院子看见了他们，急忙迎上前去，对这一对新婚夫妇的再次来临做出一脸友好的、嬉笑的样子。在塔布塞斯一带都认为只有这样的表情来接待新婚夫妇回门才是合适的。接着，克里克太太也从屋里迎了出来，还有几个他们过去的工作同伴也出来欢迎他们，不过玛莲和瑞蒂好像不在。

苔丝对于他们友好的打趣和戏言，都硬着头皮应对了。可是这一切戏弄对她的影响却完全同他们想象的相反。苔丝和克莱尔这对夫妻有一种默契，他们要对破裂的关系保持沉默，尽量表现得像普通的夫妇一样。后来，苔丝又不得不听了一遍有关玛莲和瑞蒂的故事，虽然她当时一点儿也不想听这些事情。瑞蒂已经回到了父亲家里，玛莲则到另外的地方找工作去了。他们都担心她不会有什么好结果。

听了这段故事后，苔丝为了排遣悲伤，就向牛棚走过去，跟她喜欢的那些奶牛们告别。她用手一头一头地抚摸它们。当苔丝和克莱尔并排站在一起，跟奶牛场的人告别的时候，他们就好像是灵肉合为一体的恩爱夫妻一样。若是别人知道了他们的真实情况，一定会觉得他们好可怜好凄惨。但是现在从表面上看，他们就像连理枝，他的胳膊和她的挨在一起，她的衣裾也摩擦着他的身体，与所有熟人朋友面对面站着。他们在说话的时候总是以"我们"相称，实际上他们远得就像地球的两极。也许在他们的态度里有一些不正常的呆板做作，也许和谐亲昵的表演中有些笨拙，与一般的年轻夫妇的自然羞涩有所不同，所以在他们走后克里克太太对她的丈夫说——

"苔丝眼睛的亮光有多么不自然呀，他们站在那儿多像一对蜡像呀，说起话来也恍恍惚惚的！你没有看出来吗？苔丝的表情很怪的，完全不像一个嫁给有钱人的洋洋得意的新娘子呀。"

第五部 痛苦代价

他们两人又重新上了马车,坐着车往韦斯伯里和斯塔福特路的方向走了。到了一家小客栈,克莱尔就把马车和车夫打发走了。他们在客栈里休息了一会儿,又雇了一辆陌生人的马车,赶车进入谷里,继续向苔丝的家里走去。他们走到半路,经过了纳托堡,在一个十字路口,克莱尔叫停了车,对苔丝说,如果她想回她母亲家去,他就得让她在这儿下车。因为当着车夫的面不好随便说话,他就让苔丝陪着他沿着一条岔路走几步,她同意了。他们吩咐车夫在那儿等一会儿,就走开了。

"唉,让我们互相理解吧,"他温和地说,"我们之间没有什么可生气的。尽管我现在还不能忍受那件事,但是我会尽量让自己忍受的。只要我决定我要去哪儿,我就会让你知道的。如果我觉得我可以忍受了——如果这还是期待中的,有可能的话——我会回来找你的。不过除非是我去找你,最好你不要先去找我。"

这种严厉的命令,几乎使苔丝绝望了。她现在总算把他对她的看法完全弄清楚了。他已经彻底把她看成了一个骗子,一个骗取他的感情的有污点的女人。可是一个女人即使犯了那个错误,难道就要受到所有这一切的惩罚吗?但是,她不能同他辩驳了。她只简单地把他说的话重复了一遍:

"除非你来找我,我一定不去找你?"

"是的没错。"

"我可以写信给你吗?"

"啊,如果你病了,或者你需要什么,你可以写信给我。不过,我希望不要有这种事。所以,可能还是我先写信给你。"

"你的这些条件,我都同意,安琪,因为你知道得最清楚,我应该遭受什么样的惩罚,只是——只是——不要再加了,不要超过我的承受力了!"

关于这件事情,她就说了这样多。要是苔丝是个精明的女人,在那条偏僻的小路上吵闹一场,发泄一通,晕倒一次,歇斯底里地大哭大嚷,那么,克莱尔虽然顽固不化,大概也很难招架得住。但是苔丝长期以来逆来顺受的态度倒是为他开了方便之门,反倒成了他的荒唐决定的支持者。在她的顺从中,她也有她的自尊——这也许是整个德伯维尔家

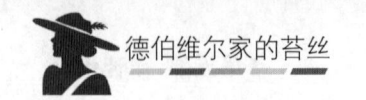

族听天由命、不计后果的显著特征——本来她可以想出一些有效的办法去哀求他、感动他,让他回心转意,但是她没有。

他们后来又谈了一些生活上的实际问题。然后,他递给她一个小包,里面装着一笔数目不小的钱,那是他专门从银行里取出来的。那些珠宝,似乎只是限于苔丝在有生之年使用(如果他理解了遗嘱的措辞的话),他建议由他替她存到银行里去,这样安全些。苔丝也马上接受了这个建议。

所有的事情都安排好了,他就和苔丝一起回到马车的旁边,扶苔丝上了车。他把送她去的地方也告诉了车夫,并把车钱付好了。然后他拿上自己的行李和雨伞——这些是他带到这儿的所有东西——他就对苔丝说再见,然后就在那儿同她各奔东西了。

马车慢慢地向山上爬去,克莱尔望着马车,情不自禁地希望苔丝也能从马车的窗户里朝他看看。但是她没有,她不想看也不敢看,她就这么半晕着躺在车里。他望着马车渐渐地远去了,在十分痛苦的心情下想到了一位诗人的诗句,又按自己的心思作了一些修改:

上帝不在天堂,世上一片动荡!

当苔丝的马车翻过了山顶,他就转身走自己的路,几乎不知道自己还仍然爱着她。

第五部 痛苦代价

第三十八章

苔丝坐着马车进入了布莱克摩山谷，自幼年时代就熟悉的景物又展现在她的眼前，这时她才从麻木中清醒来。她首先想到的问题是，她怎样面对自己的父母呢？

苔丝来到了通向村子的那条大道的收费门。给她开门的是一个陌生人，而不是那个多年前就熟悉的老头儿。那个老头儿大概是在新年那一天离开的，通常换人都是那个时间。因为最近她没有收到家里的信，她就向那个看守收费门的人打听消息。

"啊，一切正常，小姐，"他回答说，"马洛特村嘛，还是原来的马洛特村。有人死，也有人生，正常的吧。这个礼拜，琼·德贝菲尔嫁了一个女儿，女婿是一个挺有身份的农场主。不过嘛，她不是在娘家出嫁的。他们是在别的地方结的婚。那位绅士很有身份，嫌她娘家穷，没有邀请他们参加婚礼。新郎好像不知道，其实近年发现约翰的血统是一个古老的贵族呢，他们家族的祖先都还埋在他们自家的大墓穴里。不过从罗马人的时代起，他们的祖先就开始落败了。但是约翰爵士，现在我们是这样称呼他，在结婚那天他尽力操办了一下，把全教区的人都请到了。约翰的妻子还在醇沥酒店里唱了歌，一直唱到十一点多钟。"

听了这番话，苔丝心里感到非常难受。她再也无法坐着马车拉着行李公开回家了。她请求看守收费门的人帮她保管一下行李，看守同意了。她就把马车打发走了，独自一人从一条僻静的小路向村子走去。

她一看见父亲屋顶的烟囱，她就在心里问自己，她怎么能走进这个家门呢？在那间草屋里，她一家的人都在想象着她的蜜月之旅呢。他们以为那个新郎一定会让她过上富裕的生活。可是她此刻却在这儿，孤苦伶仃，举目无亲，在这样大的世界里走投无路，独自一人悄悄地回到了

257

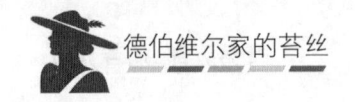

昔日的家门。

她还没有迈进家门就被人发现了。在花园的树篱旁边，她碰上了一个熟悉的姑娘，曾是苔丝上小学时的好朋友之一。她问了苔丝一些怎么到这儿来了的话，却没有注意到苔丝脸上的凄凉的神情，突然问——

"你丈夫在哪儿呢，苔丝？"

苔丝急忙向她解释，说他出门到别处办事情去了，说完就离开那个问话的姑娘，穿过花园树篱的门进屋去了。

在她走进花园小路的时候，她听见母亲在后门边唱歌，接着就看见德贝菲尔太太站在门口，正在拧一床刚洗的床单。她拧完了床单，没有看见苔丝，就进门去了，苔丝跟在她的后面进去了。

洗衣桶还是放在老地方，放在以前那只旧的大酒桶上面，她的母亲把床单扔在一边，正要把胳膊伸进桶里继续洗。

"哎，是苔丝呀！我的孩子！我想你已经结婚了！这次可是千真万确结婚了！我们送去了葡萄酒——"

"是的，妈妈，是真的。"

"真的要结婚了吗？"

"不——我已经结婚了。"

"结婚了啊！那么你的丈夫呢？"

"啊，他暂时走了。"

"走了！那么你们是哪天结的婚？是你跟我说的那一天吗？"

"是的，是礼拜二这一天，妈妈。"

"今天是礼拜六，他就走了吗？"

"是的，他走了。"

"你这话什么意思？怎么嫁了个这样的丈夫，说啊！"

"妈妈！"苔丝走到琼·德贝菲尔跟前，把头伏在母亲的怀里，伤心地哭了起来，"我不知道怎样跟你说，妈妈呀！你对我说过，也给我写了信，要我不要告诉他。可是我告诉他了——我忍不住啊！——他就走了！"

"啊，你这个小傻瓜——你这个小傻瓜呀！"德贝菲尔太太也放声大哭，气得手都发抖了，弄得两个人身上都是水，"我的天啊！我一再

第五部 痛苦代价

跟你说，说了又说，你真是个傻瓜啊！"

苔丝哭得全身哆嗦，这多少天来的压抑终于全部发泄出来了。"我知道——我知道——我知道！"她抽泣着，喘着气说，"可是，唉，我的妈妈呀，我忍不住呀！他那么好——我觉得将过去的事情隐瞒起来，那我就是坏人呀！如果——如果这件事从头再来一遍——我还是会告诉他的。我不能，我也不敢骗他呀！"

"可是，你先嫁给他，再告诉他，不也是骗吗！"

"是的，是的，那也是我悲哀的地方呀！不过我想，他如果坚决不原谅我，他可以通过法律离开我。可是要是你知道——唉，你根本不知道我是多么爱他——我是渴望嫁给他——我是那样喜欢他，又希望不要欺骗他，我是左右都为难呀！"苔丝悲伤过度，再也说不下去了，瘫倒在一把椅子上。

"唉，唉，事情到了这个分上还能怎么样呢！我真不知道为什么我养的孩子和别人家的比起来都这样傻——一点儿也不知道什么话该说，什么话不该说。生米煮成了熟饭他能怎么样啊！"德贝菲尔太太觉得自己这个做母亲也太可怜了，就开始掉眼泪。"你父亲知道了会怎样说，我不知道，"她接着说，"自从你结婚以来，他每天都在罗利弗酒店和醇沥酒店大肆张扬，说是你结了婚，他家就要恢复从前的地位了——可怜的傻男人！——现在你已经把一切都弄糟了！糟糕透顶了！我的老天哪！"

唉，真是说谁谁到。不一会就听见了苔丝父亲的脚步声由远至近。但是他没有立即走进来，德贝菲尔太太说她自己可以把这个不幸的消息告诉他，要苔丝先不要见她父亲。在她最初感到的失望过去以后，她开始接受这件不幸的事了，就像她接受苔丝第一次的不幸一样。她只是把这件事看成了一种突如其来的灾难，如同过节的阴雨天气，或种庄稼颗粒无收。她觉得这种不幸与美德和罪恶无关，只是一种无法避免的突发事件，而不是看成一种教训。

苔丝躲到楼上去了，忽然发现楼上的床铺已经挪动了位置，重新安排过了。她原来的床已经给了两个妹妹，这儿已经没有她的位置了。

楼下的房间没有隔天花板，所以楼下的谈话大部分她都听得清楚。她的父亲很快就进了房间，手里拎着一只活鸡。自从他把他的第二匹马

卖了以后，他就只能挽着篮子靠步行做小买卖了。今天早上他一直把那只鸡拿在手里，让人觉得他还在做买卖，其实这只鸡的腿被绑着，在罗利弗酒店的桌子下面已经放了不止一个小时了。

"我们刚才正在议论着一件事呢——"德贝菲尔开始向他的妻子讲述在酒店里讨论牧师的事情。因为他的女儿嫁给了一个牧师家庭吧，他们的话题自然就转到了牧师。"从前他们和我们的祖先一样，人们称呼他们为阁下，"他说，"但是现在他们的头衔，严格说起来只是牧师了。"关于结婚这件事，由于苔丝不希望声张，所以他没有详细地对大家说。他希望苔丝不久就能解除这个禁令了。他提议说，他们夫妇俩应该都使用苔丝家族的姓德伯维尔，使用这个他的祖先还没有衰败时候的姓。这个姓比她丈夫的姓更响亮。他又问那天苔丝是不是有信来。

德贝菲尔太太告诉他，信倒是没有，但是不幸的是苔丝本人却回来了。

等她终于把这场变故说清楚了，德贝菲尔感到这是极大的悲哀和耻辱，刚才喝酒的兴奋劲儿早就消散了。但是，使他感到难受的并不是这件事情的内在性质，他更在乎的是别人听说这件事后会怎么看他。

"唉，想想吧，怎么闹出这样一个结果！"约翰爵士说，"在王牌的教堂里，我们家的大墓穴就要比约拉德老爷家的大酒窖还大，里面埋的我们祖先的遗骨都是考证过的，一点儿也不假，都是历史上的真贵人。现在可好啦，看罗利弗酒店和醇沥酒店的那些人怎样笑话我吧！看他们怎样对我讽刺挖苦吧。他们肯定要说什么'这真是攀了一门好亲戚呀，你这就是光宗耀祖呀！'我怎么受得了这些，琼，我还不如死了的好，爵位啥的都不要了——我再也受不了啦！——既然他已经娶了她，她就能让他把自己留在身边啊？"

"啊，是的。可是她不想那样做。"

"你认为他真的娶了她吗？——或者还是像头一次一样——"

可怜的苔丝听到了这儿，再也听不下去了。她发现甚至在这儿，在她自己父母的家里，她说的话也遭到怀疑，这个地方怎么会变得如此令人讨厌！命运的打击真是太大了！如果连自己的父亲都怀疑她，那么邻居和朋友不是更要怀疑她了吗？唉，这个家，她住不久了！

第五部 痛苦代价

因此，她决定只在家里待几天。正打算要离开的时候，她收到了克莱尔写来的一封短信，告诉她，他到英格兰北部去了，在那儿考察一个农场。她也渴望表现一下她真是他的夫人，向她的父母掩饰一下他们两个人之间的疏远程度，这封信正好可以用来作为再次离家的幌子，给他们留下她是出去找她丈夫的印象。为了进一步掩人耳目，不让人家觉得她丈夫不好，她还从克莱尔给她的五十镑钱里拿出二十五镑给了她的母亲，表现出她是拿得出这笔钱的。她说这是对她的母亲含辛茹苦抚养她的一点点回报。她就这样维护了自己的尊严，离家走了。由于苔丝的慷慨解囊，德贝菲尔一家借这笔钱还火红了好一阵子，她的母亲说，而且也确实相信，这对年轻夫妇之间出现的矛盾，因为他们感情好，已经弥补了，需要一起去生活了。

第三十九章

那是在结婚三个礼拜之后,克莱尔才顺着那条熟悉山路走向他父亲的那幢牧师住宅。在下山的路上,教堂的楼塔耸立在傍晚的暮色中,好似在询问他为什么在这个时候回来。在暮色苍茫的小镇里,似乎没有一个人注意到他,更别说期盼他了。他像一个幽灵一样来到小镇,甚至连他自己的脚步声都成了他烦躁的累赘。

对他来说,人生的轨迹已经变了。在此之前,他所认识到的生活只是一种纯理性的推论。现在他认为自己已经通过经验认识了生活。实际上,就是到今天,他也许还谈不上真正认识了生活。然而,他却认为,人生在他的眼里已经不再是意大利油画中的那种深思的甜蜜,而是韦尔茨博物馆里的那种瞪眼魔鬼般的恐怖和比尔斯绘画中的奸诈。

在头两三个礼拜里,他行动盲目,思绪混乱,简直无法描述。他打算按照古往今来的仁人志士所推荐的态度来行事,只当什么也没有发生过,坚持尝试他的农业计划。但是,这种企图宣告失败。他断然认为,极少有仁人志士亲身体验过自己提出的忠告是否有用,他们的忠告不是基于经验的。有一位异教徒道德家说过:"最关键的在于遇事沉着。"这也正是克莱尔的观点。但是他却没有沉着,他慌张了。拿撒勒人说:"你们心里不要忧愁,也不要胆怯。"克莱尔由衷地同意这句话,但是他心里还是照样地忧愁。他多想当面见见那两位圣人啊,能够像朋友一样地向他们交心恳求,请他们给予忠告。

他的心境完全变了,冷漠无情,顽固不化。到了后来,他自己都觉察到,他似乎成了一个冷眼旁观者,用漠不关心的态度来看待他自己的人生了。

他坚信他的所有这些痛苦烦恼都是由一个偶然因素引起的,那就是

第五部 痛苦代价

苔丝是德伯维尔家族的后人。他难过极了。在他发现苔丝是出自那个衰败的德伯维尔世家的时候,在他发现她并不是出自他所梦想的新兴农户的时候,他为什么不坚守自己的原则,忍痛割爱呢?他的行动违背了自己的原则,那是咎由自取。

于是,他变得一蹶不振、焦灼不安了。并且,他的焦灼不安日益严重。他也想过,他这样对她是不是有些不公正。他坐卧不宁,食不甘味。随着时光一天天地过去,他回想起自己每一个行为的动机,这时候他才看清楚他要把苔丝作为自己宝贵财富的想法是同他的全部计划、全部言行结合在一起的。

他在外面走来走去的时候,曾在一个小镇上看到一则红蓝色的广告,上面细述了到巴西帝国去发展农业的种种好处。土地的价格极其低廉优惠。去巴西,这个新主意吸引了他,将来苔丝也可以到巴西去,他们可以生活在一起,也许在那个国家里,风土人情会和这里的截然相反。世俗偏见在这儿使他不能和苔丝一起生活,到了那儿,他和苔丝一起生活就不会有太大的问题。总之,这个值得一试,他非常想去,尤其眼下正是去巴西的季节。

他就是带着这个新想法回埃明斯特的,他要跟父母商谈这个计划,还要尽量解释为什么没有同苔丝一起,闭口不提他们分离的真实原因。他走到门口的时候,月光照在他的脸上。上个月的新婚之夜,他梦游抱着新娘子过河来到寺庙的墓地,月亮也是这样照着他的脸。不过,他现在的脸比那时消瘦多了。

克莱尔这次回家,事先并没有告诉过他的父母。所以,他突然回家,着实搅动了牧师住宅的宁静,仿佛一只鱼钻进平静的池塘引起的震动一样。他的父母都在客厅里,不过他的哥哥一个也不在家。克莱尔走进客厅,轻轻地把身后的门关上。

"亲爱的安琪,新娘子在哪儿呢?"他的母亲大声问,"你真是让我们惊喜呀!"

"她在她母亲家里——暂时在她母亲家里。我这次急急忙忙地回家,是因为我决定到巴西去。"

"去巴西!巴西可都是信的罗马天主教呀!"

"是吗，罗马天主教？我可没有想到那些。"

不过即使儿子要去一个信奉罗马教皇的地方，他们感到新奇、难过，但是他们很快就不想了，只关心儿子的婚事。"三个礼拜前我们收到你的短信，你说你已经结婚了，"克莱尔太太说，"你父亲派人把你教母的礼物给你送去了，收到了吧？我们没有去参加你们的婚礼，我们是不想让你为难。你宁肯在奶牛场里和她结婚，而不是在她的家里，一定有你的理由。无论你们在哪儿结婚，我们都不干涉，也不想让你们感到不舒服。你的两个哥哥尤其觉得这样。现在既然结了婚，我们也不埋怨了，特别是你选择了做农业，而不是做牧师，如果她适合你所选择的事业，我们也不反对了……不过我们希望先见见她，安琪，我们想对她的情况知道得多一些。我们还没有给她送去我们自己的礼物呢，也不知道送她什么她才会高兴，你不要以为我们不送她礼物了，我们只是推迟一些日子罢了。安琪，你要明白，我和你的父亲在心里并没有因为这场婚事生你的气。但是我们想，最好在见到她之前，我们还是保留我们对她的爱。你这次怎么没有把她带来？好奇怪啊？发生什么事了？"

他回答说，他们仔细想过了，还是各自先回自己家的好。

"亲爱的妈妈，我来告诉你吧，"他说，"我一直在想，她先不要回这个家，等到我觉得她能配得上做您的媳妇、您可以接纳她的时候，我才带她回来。不过我到巴西去的想法，是最近才有的。如果我真的去巴西，第一次出远门就把她带上，我想这是不合适、不方便的。她要留在她娘家，一直等到我回来。"

"那么，在你动身以前，我是见不到她了？"

他回答说是的，见不着了。他已经说了，他原来就没有打算把她带到自己家里来，怕的是他们有偏见，伤害了他们的感情。另外，还有一些其他原因，他就更不能带她到这儿来了。要是他立刻就走的话，在一年内他就会回家来看望他们。然后，在他动身第二次出去时，也就是带着她一块儿出去时，他就能带她回家见他们了。

晚饭急急忙忙地准备好了，送进了房内。儿子进一步讲述了自己的计划。他的母亲因为没有见到新娘，直到现在还是感到很失望。自从上次儿子对苔丝热情地夸奖了之后，她心里对这桩婚事已经产生了很多同

第五部 痛苦代价

情和理解，在她的想象里，差不多要认为鸡窝里也能飞出金凤凰了——奶牛场也能出一个美貌的好姑娘。在儿子吃饭的时候，她就用眼睛看着他。

"你不能把她的样子描绘一下吗？我敢肯定她一定是很漂亮的，安琪。"

"她长得漂亮那是没有问题的！"他的话热情洋溢，尽力掩盖自己的悲伤。

"那她一定品行贞洁吧？"

"当然，她的品行和贞洁也是没有问题的。"

"这个姑娘的样子我现在大概能够想象出来了。记得你曾说过她的身材很苗条，长得也很丰满，弯弯的、红红的嘴唇像丘比特的弓一样，眼睫毛和眉毛是黑色的，一条粗辫就像锚绳一样，一双大眼睛既有点儿紫，又有点儿蓝，还带点儿黑。"

"我是那样说过的，妈妈。"

"现在我能够更加清楚地想象出她的样子了。她生活在这样一个偏僻的地方，在遇见你以前，她是很少遇见从外面的世界来的别的青年人的。"

"很少见到。"

"你是她的第一个情人吗？"

"当然。"

"有许多妻子可比不上农村这种单纯、健壮的漂亮姑娘呢。自然，我也曾想过——唉，既然我的儿子一定要做一个农业家，那么他娶一个习惯于户外生活的妻子也许是更合适的。"

他的父亲倒是很少像母亲那样爱打听儿子的事情。不过在晚上做祷告以前，他们要读《圣经》，当牧师的父亲对儿子说——

"既然安琪回来了，我们就不读本来在读的那一章了，读《箴言》第三十一章是不是更合适些呢？"

"好的，非常好，"克莱尔太太说，"读利慕伊勒的话吧。"（她也和她的丈夫一样，能够把那一章那一节背诵下来的）"儿子，你父亲决定读《箴言》里赞扬贤惠妻子的那一章。不用说，这些话是可以用在

那位不在这儿的人身上的。愿上帝保佑她的一切！"

听了这话，克莱尔觉得骨鲠在喉。这时，两个老用人也走进来了，把轻便的读经台从墙角搬出来，摆在壁炉的正中间，克莱尔的父亲就读前面提到的那一章的第十节……

"有才德的妇人谁能得着呢？她的价值远胜过珍珠。未到黎明她就起来，把食物分给家中的人……她以能力束腰，使膀臂有力。她觉得所经营的有利，她的灯终夜不灭。……她观察家务，并不吃闲饭。她的儿女起来称她有福，她的丈夫也称赞她，说：'有才德的女子很多，唯独你超过一切！'"

晚祷结束的时候，他的母亲说：

"听了你父亲刚才读的那一段，我不禁想到，这些句子用在你娶的那个女人身上真是太合适了。应该说，一个完美的女人，是一个勤劳不懒惰的女人，是一个不娇气的女人，是一个用自己的双手、用自己的头脑、用自己的心血为别人谋福利的人。'她的儿女起来称她有福。她的丈夫也称赞她，说：才德的女子很多，唯独你超过一切。'唉，我真希望能够见到她，安琪。既然她贞洁贤惠，这对我来说已经非常好了。"

听了母亲这番话，儿子再也忍受不了了。他的眼睛里充满了泪水，就像一滴滴熔化了的铅液，马上就要落下来。于是，他赶忙向自己深爱的父母道了声晚安，回自己的卧室去了。这一对老人真诚质朴，在他们的心里，没有世故、肉欲、魔鬼。对于他们，这一切都是虚无的身外之物，遥远得很。

他的母亲跟过来了，敲他的房门。克莱尔把房门打开，看见母亲满脸的焦虑，站在门口。

"安琪，"她问，"你这么匆忙就要出国离开，是出了什么事吗？我敢说你有事瞒着我们。"

"没有，真的没有，妈妈！"他说。

"是因为她吗？唉，我的儿子，我知道一定是的——我知道一定是为了她！这三个礼拜里你们吵架了吗？"

"我们真的没有吵架，"他说，"但是我们有点儿不同——"

第五部 痛苦代价

"安琪——那是不是她过去有事儿隐瞒你？"

凭着母亲的直觉，她一下子就找到了令她的儿子激动不安的根源。

"她清白无瑕！"他回答说。心里想，哪怕说谎要永世下地狱，他也得说这个谎了。

"那就好了，其他的也就不要计较了。话说到底，世上能比一个贞洁的农村姑娘更纯洁的人是很少的。也许她的行为举止粗俗，显得缺少教养，但是我敢肯定，在和你朝夕相处的影响下，在你的熏陶下，都不是问题，她一定会变得高雅的。"

父母这种不知内情的、盲目的宽容，在安琪听来，真是可怕的讽刺，并且使他再次认识到，他的这次婚姻算是把他毕生的事业毁了，这一点，在事情刚刚知道的时候，他还是没有认识到的。说实在的，就他本人来说，他并不太在乎自己的事业怎样。但是为了他的父母和他的哥哥，他希望至少要有一个体面的事业，能有一个光彩的人生。可是现在，他看着面前的蜡烛，烛光似乎在向他默默地表示，你太失败了，太讨厌了，我不想照在你这个上当、失败的傻瓜身上，我只为智者提供照明的。

当他的激动情绪冷静下来以后，他又对他那位可怜的妻子生起气来，就是因为她，才逼得他不得不对父母撒谎。他仿佛在生着气和她说话，她好像就在他的房间里。然后，他好像感觉到了她那窃窃私语，她那悲苦辩解，她那黑夜里的不安，她那天鹅绒般的嘴唇在他的额头，甚至她那温暖的气息在他的身旁。

那天夜里，被他鄙视的那个女人却正在那儿想着，她的丈夫多么高尚，多么善良。但是在他们两个人的头上笼罩着一片阴影，比克莱尔所看到的还要阴暗，那片阴影就是他自己思想上的局限性。他虽然具有先进思想和善良用心，他虽然想要摆脱世俗偏见，他虽然可以算近二十五年里产生出来的新青年，但是传统教育对他的影响太深，一旦遭受意外变故或打击，他又成为世俗的俘虏。事实上，他的这位年轻的妻子，对于《圣经》里所赞扬那些爱憎分明的女人的话，都是当之无愧的。但是，没有一个先知告诉他，他自己也不是先知，也无法自知，对于一个人的道德判断，应该根据她的思想倾向，而不应该根据她曾经做过的事

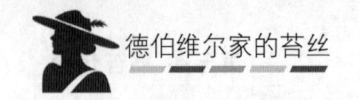

情。并且，在这种情形下，近在眼前的人就是最不利的，他们的缺点最明显，最容易暴露。而身在远处却相对模糊，连身上的污点都有可能转化成艺术上的优点。他只考虑了苔丝不足的一面，忽视了她身上的优点，从而忘记了很重要的一点：有缺陷的有时候是可以胜过完美的。

第四十章

　　第二天吃早饭的时候,大家谈的话题都是巴西。尽管听说有些农业工人去了那儿还不到十二个月就回来了,带回来令人失望的消息,但是既然克莱尔提出来要去试试,大家还是尽力用充满希望的眼光去看待这件事。吃完早饭,克莱尔来到小镇上,处理了与他有关的一些琐事,从本地银行里把他所有的钱都取了出来。回家的路上他在教堂旁边遇见了梅茜·钱特小姐,她似乎就是一个跟教堂混血的产物。她抱了一大堆《圣经》准备去讲课。她的人生观就是这样,别人感到头疼的事情,她也能在脸上带着上帝眷顾的微笑——这当然是一种令人羡慕的态度,不过在克莱尔看来,这是极不自然的牺牲,是人性被神秘主义所剥夺的结果。

　　她听说了他要离开英格兰,就对他说,这应该是一个非常好的计划,很有希望。

　　"是啊,从商业的意义上看,这毫无疑问是一个很好的计划,"他回答说,"但是,我亲爱的梅茜,这却要打断我生活的连续性了。也许还是进修道院好呢!"

　　"修道院!啊,安琪·克莱尔!"

　　"怎么了?"

　　"唉,你真是一个邪恶的坏蛋,进修道院就是当僧侣,那就是信罗马天主教呀。"

　　"信了罗马天主教就是犯罪,犯罪就意味着下地狱。安琪·克莱尔,现在可处在危险的状态中呀。"

　　"我为自己信新教而感到光荣!"她严肃地说。

　　这时候克莱尔苦闷到了极点,产生出来一种魔鬼般的情绪,再不

顾及他的人生原则了。他把梅茜小姐叫到跟前，在她的耳边，用最恶毒的语言低声说了一通他所能想到的离经叛道的话。他看见她的脸吓得苍白，露出了恐怖和厌恶，就哈哈大笑起来，但看到她因为自己的放肆而万分痛苦和焦急的时候，他的笑戛然而止。

"亲爱的梅茜，"他说，"请你千万原谅我。我恐怕已经发疯了！"

她也真的以为他发疯了，他们的谈话就这样结束了，告别了。克莱尔又回到了父亲的牧师住宅。他已经把珠宝存到了银行，等到以后日子过好了，再取出来。他又付给银行三十镑钱——让银行过几个月寄给苔丝，也许她需要钱用。他还给住在布莱克摩父母家里的苔丝写了一封信，把自己的事情告诉她。这笔钱加上他以前已经给她的一笔钱——大约五十镑——他相信这笔钱在目前足够她用的了。他还特别告诉过她，如有急需她可以去找他的父亲，请求他父亲的帮助。

他觉得最好还是不要让他的父母跟苔丝通信，所以就没有把苔丝的地址告诉他们。牧师老两口因为不知道他们两个人究竟发生了什么事才分开的，也就没有问她的地址。就在那一天，他离开了父母家，为了实现自己的计划，准备尽快出发。

在他离开英国之前，他必须做的最后一件事就是去一下井桥村。他们举行婚礼后最初的三天是在村里的一家农舍度过的，他要去那儿把不多的房租交付给房主，还要把房门钥匙还回去，另外，他还有离开时留在那儿的两三件小物品要取回来。正是在这座农舍里，最黑暗的经历出现在他的生活里，悲观和忧郁主宰了他之后的所有日子。他打开起居室的房门向里面看去，首先出现在脑海里的记忆就是在一个相似的下午他们婚后来到这儿的幸福情景，就是他们同居一室的新鲜感，就是他们一起吃饭和握着手在炉边絮语的情形。

他来到农舍的时候，房主夫妇正在地里忙活，克莱尔独自一人在房间里待了一会儿。一时间百感交集，有点情绪波动，于是，就上楼进了苔丝住过的、他从来没有用过的房间。床铺整整齐齐的，这是那天早上他们离开时苔丝自己铺好的。槲寄生还是照样挂在帐子的顶上，那是他挂上去的。槲寄生在那儿挂了三四个星期了，现在已经变了颜色，叶

第五部 痛苦代价

子和浆果都枯萎了。安琪把它取下来，塞到了壁炉里。他站在那儿，第一次怀疑起自己，在这件事情的处理上是不是明智，是不是足够宽宏大量。但是，他自己不是也被骗得很惨吗？他感情复杂，怆然泪下，跪倒在床边。"啊，苔丝！要是你早一点告诉我，我也许就宽恕你了啊！"他心痛地说。

他听见楼下传来了脚步声，就站起身走到楼梯口。他看见有一个女人站在那儿，仔细一看，那是白脸蛋、黑眼睛的伊丝·赫特。

"克莱尔先生，"她说，"我来这儿看你和你太太，来向你们问好。我想你们很快就要回这儿的。"

这个姑娘到这儿来的秘密他已经猜着了，不过她没有猜着他的秘密。伊丝是一个爱着他的痴情姑娘——这个姑娘也可以做一个和苔丝一样好、或者差不多一样好的实惠的农家妻子。

"我一个人在这儿，"他说，"你从哪条路回家去，伊丝？"

"我的家现在不在奶牛场了，先生。"她说。

"为什么不在那儿了呢？"

伊茨低头看着地上。

"那地方太闷了！我现在住到那一边去了。"她用手指着相反的方向，那个方向正好是他要走的路。

"哦——你现在要去那边吗？可以搭我的便车。"

她那发黄的脸上泛起了红晕。

"谢谢你，克莱尔先生！"她说。

他很快就找到了房主，和他算清了房租和其他几项因为突然离开而应该考虑在内的账目。然后，克莱尔和伊丝走到马车跟前，伊丝跳上车坐在他的身边。

"我要离开英国了，伊丝，"他说，一边赶着车往前走，"我要到巴西去了。"

"克莱尔太太喜欢到那个地方去吗？"她问。

"现在她还不去——就是说一年左右时间吧。我自己先到那儿去看看——看看那儿的生活怎么样。"

他们打着马向东边跑了老远一段路，伊丝什么话也没有说。

271

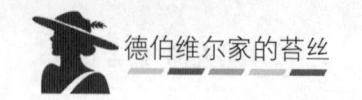

"其他几个人怎么样啊？"他问，"瑞蒂怎么样？"

"我上次看见她的时候，她还有点儿疯疯癫癫的，人也瘦弱不堪了，腮帮子也塌下去了，好像是病倒了。再也不会有人爱她了。"伊丝心不在焉地说。

"玛莲呢？"

伊丝放低了声音说。

"玛莲开始酗酒了。"

"真的吗？"

"真的。奶牛场老板已经不要她了。"

"你呢？"

"我不喝酒，也没生病。我再也不在早饭前唱歌了！"

"为什么呢？在早上挤牛奶的时候，你总是唱《在爱神的花园里》和《裁缝的裤子》，唱得很好听呀，你还记得吗？"

"啊，当然记得！你刚来的那几天我天天唱。你到这儿来了，我就一句也不唱了。"

"为什么不唱了呢？"

她盯着他的脸，看得眼里放光，算是做了回答。

"伊丝！——你多么软弱啊——就跟我一样！"他说，说完就陷入了深思，"那么我问你——假如我当初向你求婚，你答应我吗？"

"如果你向我求婚，我会答应你的，你自然要娶一个爱你的女人呀！"

"真的吗"？

"当然真的！"她热情地、又悄悄地说，"啊，天哪！你以前从来就没有想到过啊！"

走着走着，他们走到了通向另一个村子的岔路口。

"我必须下车了。我就住在那边，"伊丝突然说，自从她承认她爱他，就再也没开口说话。

克莱尔放慢了马。他忽然对自己的命运生起气来，厌恶社会礼仪，因为它们已经把他挤到了一个角落里，他再也找不到出路了。为什么将来不去过一种自由放荡的家庭生活来报复社会呢？为什么偏要去自我束

第五部 痛苦代价

缚、去舔传统世俗的指挥棒呢?

"我是一个人去巴西的,伊丝,"他说,"因为个人的原因,并不是她不愿意漂洋过海。我同我的妻子已经分居了。我再也不会和她生活在一起了。我也不能够再爱她了,可是——你愿意取代她和我一起生活吗?"

"你希望我和你一起去?此话当真?"

"真的。我已经受够了,我想要解脱。你至少是无私地爱我的。"

"对——我愿意和你一起去。"伊丝停了一会儿后说。

"你真愿意?你知道那意味着什么吗,伊丝?"

"那就是说你在巴西期间我要和你住在一起——那我觉得也挺好啊。"

"记住,在道德上你不要相信我了。可是我应该提醒你,从文明的角度看——我是说西方的文明,你这样做就是错的。"

"我不在乎那个。一个女人,走到了痛苦的顶点,又没有别的路可走,才不会在乎那种规矩呢!"

"那么你就不要下车了,继续坐那儿好了。"

他赶着车走过了十字路口,一英里,两英里,一点儿也没有爱的表示。

"你非常非常爱我吗,伊丝?"他突然问。

"是的——我已经说过我非常爱你!我们一块儿在奶牛场的时候,我就一直爱着你呀!"

"你比苔丝更爱我吗?"

她摇了摇头。

"不,"她嘟哝着说,"我的爱比不过苔丝。"

"为什么?"

"因为不可能有人比苔丝更爱你了!……为了你,她是可以豁出性命的。但是我做不到。"

伊丝·赫特就像毗珥山上的先知,在这种时候本来想说一些反话的,但是好像苔丝的人品对伊丝单纯淳朴的天性产生了魔力,使得伊丝不得不说苔丝的好话。

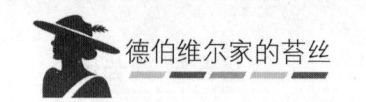

克莱尔说不出话了。伊丝这番坦白直率的话真实可信，出乎意料，他的心立刻被感动了。他的耳边重复着一句话："她是可以为你豁出性命的呀。但是我做不到。"

"把我们瞎说的话忘了吧，伊丝，"他说，突然掉转了马头，"我真不知道我刚才都胡说了些什么！我现在就送你回去，送你到那条岔路口的那边去。"

"我对你一片真心你就这样对待我呀！啊——这我怎么受得了呢——我受不了了！"

伊丝·赫特号啕大哭起来，明白了刚才的事，用手直打自己的脑袋。

"你刚才说的那番话，为那个不在这儿的人做了一件正当的好事，伊丝，你别后悔啊，伊丝，别后悔，后悔就不好了啊！"

她慢慢地镇静下来。

"好吧，先生。哦——也许当我同意和你一起走的时候，我也不知道自己说了些什么啊！我希望和你一起走——不过那是不可能的！"

"因为我已经有一个爱我的妻子了。"

"对啊！你已经有一个爱你的妻子了。"

他们走到了半个小时前他们经过的那条岔路口，伊丝跳下车。

"伊丝——请原谅我一时的冒失吧！"他喊道，"我说的话，太随便、太胡来了！请你忘掉吧！"

"把它忘掉吗？永远、永远也忘不掉！啊，对我那不是冒失！"

他感到他伤害了一个淳朴的姑娘，他应该受到狠狠的谴责了，他内心里感到一种难以形容的悲伤，赶紧跳下车来，握住了伊丝的手。

"啊，可是，伊丝，无论如何，我们还是像朋友一样分手好吗？你不知道这段时间我忍受了多大的痛苦啊！"

伊丝真是一个宽宏大量的姑娘，在告别的时刻，没有再露出更多的怨恨。

"我原谅你了，先生！"她说。

"好的，伊丝，"他站在伊丝的身边，竭力掩饰自己的情感，装出一个师长的样子说，"我想请你转告玛莲，她是一个好女孩，不要自暴

第五部 痛苦代价

自弃。答应我吧,再转告瑞蒂,世界上比我好的人也多得是,请你告诉她,为了我,请她照顾好自己。请你一定要把我这些话带给她们,就算是一个要死的人对别的要死的人说的临别赠言吧。因为我再也见不着她们了。还有你,伊丝,你对我说了关于我妻子真实的话,你是真正地拯救了我。我差点因为一阵冲动而犯下愚蠢而又严重的错误。女人也许有坏的,但是她们不会比世界上的坏男人更坏啊!正因为这个,我才永远不会忘记你。你一直就是一个诚实的好姑娘,将来也是。你要把我看成一个一钱不值的情人,但我一定是你的一个忠实的朋友。答应我吧。"

她答应他。

"上帝保佑你,赐福于你。先生,再见吧!"

克莱尔赶着车走了。但是,克莱尔一消失在她的视线里,她就痛苦不堪地倒在路边的土坡上了。深夜时分,她终于紧绷着脸、极不自然地走进她母亲的那间小屋。在安琪·克莱尔离开她以后和她回家之前这段时间里,没有人知道这段黑暗的时间伊丝是如何度过的。

克莱尔同伊丝告别以后,也是伤心痛苦,嘴唇哆嗦。不过他不是为了伊丝而伤心。那天的晚上,他几乎都要放弃到附近的车站去了。他想掉转马头,转身穿过南威塞克斯的山脊,去苔丝的家。但是,他终究没有去,并不是因为他瞧不起苔丝的天性,或是看不透她的感情。

都不是。他觉得,苔丝的确很爱他,就像伊丝说的那样,但是事实是事实,并没有改变。当初如果他是对的,那么现在他依然是对的。他已经走上了这条路,他的行动决定还在推着他继续往前,除非今天下午发生的事情具有更强大、更持久的力量,才能把他扭转过来,他也许就回到她的身边了。但是,没有。当天晚上他就上了去伦敦的火车,五天以后,他就在上船的港口同他的哥哥握手告别了。

第四十一章

我们前面叙述的都是冬天的事情。现在转而叙述一下十月的某一天吧,这是安琪和苔丝分手八个多月以后。我们发现苔丝的情形完全改变了,她不再是一个让人扛箱子、扛包裹的新娘子了,她现在是一个人孤零零地挽着篮子,自己搬运包裹,和她以前没有做新娘子的时候完全一样了。在此之前,她的丈夫为了让她在"察看"期间过得舒服一点,给她准备了充裕的费用,但是现在她身上已经所剩无几了。

在她再次离开家乡马洛特村以后,整个春天和夏天她主要是在布莱克摩山谷以西靠近布利迪港的地方做些奶场里帮工的活,体力上还是比较轻松的。那个地方离她的故乡和离塔尔波塞差不多距离。她宁愿这样自食其力,也不愿定时向他或他父亲要钱。在精神上,她仍然停留在原来的状态中,她做的机械性的零工不仅没有消除这种状态,相反助长了这种状态。她感觉自己仍然在从前的那个奶牛场里,在从前的那个季节里,仍然在从前遇见她温柔的情人的那个地方。她的这个情人,她一伸手刚要抓住他、拥有他,他就像梦中的幻影消失不见了。

因为苔丝没有能够找到和在塔布塞斯奶牛场一样的正式工作,她只能做一个编外的临时工。她的零工活到了奶牛的奶量减少的季节就不需要了。但是,收获的季节现在已经开始了,她只要从牧场转到有庄稼的地方,还是有很多工作机会的,这种机会一直会持续到秋收结束。

在克莱尔原来给她的那笔五十镑钱里,她从中取出一半给了她的父母,算是对父母养育之恩的报答,她自己只剩下二十五镑了。这些钱她一开始几乎没动过。但是到了倒霉的雨季,她只好一个一个用了。

她实在是真舍不得把那些金币用了。那些金币是安琪亲自交到她手上的,又新又亮,是他为她从银行里取出来的。这些金币他抚摸过,

第五部 痛苦代价

因此它们就成了神圣的纪念品了——这些金币除了他们两个人接触过，好像还没有其他历史——把这些金币用掉，那就等于把神圣的纪念品扔了。可是她没办法，不用金币就无法生存下去了。

她还得经常给家里写信，把自己的联系地址告诉母亲，但是她却隐瞒了自己的真实近况。当她快要用完金币的时候，她收到了一封来自她母亲的信。她的母亲告诉她，她们家陷入了困境。秋天的大雨已经把屋顶淋坏了，漏水严重，屋顶需要重盖。但是由于上一次维修屋顶的钱还没有结账付清，这次人家就不肯盖了。还有，楼上的房梁和天花板也得修理，这些花费加上上一次的欠单，一共是二十镑。既然她的丈夫是一个有钱人，现在肯定已经从外地回来了，那么苔丝能不能帮家里寄去这笔钱呢？

差不多就在这时候，克莱尔存钱的那个银行给苔丝寄来了三十镑钱。既然家里的情况如此糟糕，她收到钱后，就把她母亲需要的二十镑钱寄了去。在剩下的那十镑钱里，她买了几件冬衣。严冬就在眼前，而她剩下的钱却是极少了。当她用完了最后一个金币的时候，她想到了安琪曾经跟她说过的话：当她需要钱的时候就去找她的父亲。

但是，关于这个办法，苔丝越想越犹豫。为了克莱尔，她要表现得优雅、自重、害羞，无论叫什么吧，这种情绪是存在的，这使她把她和丈夫分居的事都向自己的父母隐瞒起来，同样也阻止她去找自己丈夫的父亲，去告诉他说，她已经花光了她的丈夫给她留下的一笔数目可观的钱。大概他们本来就已经看不起她的，现在再像乞丐一样，不是更让他们看不起吗？经过这番考虑，这位牧师的媳妇决定一定不能让她公公知道她目前的困境。

她觉得，现在不愿意联系公婆是正常的，这种心情应该会随着时间的流逝而慢慢减弱的。可是她对于自己的父母刚好相反。她结婚以后，回到父母家里没住几天就离开了，给他们留下的印象是她去找她丈夫了。从那时到现在，她一直都希望自己能等到丈夫回来，她的信心始终存在。她觉得她的丈夫到巴西去只是短暂的，一段时间之后他就会回来接她，或者写信让她去找他。总之，过不了太久，他们两个就会向他们各自的家庭和外界表现出和好如初的情形。她至今仍然抱有这个希望。

她的父母用这次比较光彩的婚姻来掩盖他们第一次的失败以后,如果再让他们知道她成了一个弃妇,知道她接济了他们之后已经身无分文,需要全靠她自己的双手谋生,那的确太让他们难堪了。

她又想起了那些珠宝。克莱尔把它们存在哪儿,她并不知道。当然,这关系不大。即使这些珠宝在她的手里,她也只能使用它们,而不能变卖它们。哪怕这些珠宝完全归她所有,那也只是法律名义,她没有真实的名分去拥有它们,来让自己变得有钱。

与此同时,她丈夫的日子也是磨难重重。在靠近巴西的克里提巴的黏土地上,克莱尔因为淋了雷雨,加上路途上遭受的各种苦难,他病倒了,发了高烧。同时和他一起受苦受难的还有许多其他来自英国的农民。他们也都是受到巴西政府的蛊惑被哄骗到这儿来的。他们轻信了那种毫无根据的推理,认为在英国的高原上耕田种地,他们的身体足够强壮,能够抵挡住各种季节的气温变化,自然也能同样承受巴西平原上的各种气候,却不知道英国是他们的出生地,他们生来就习惯了那里的天气,而巴西的气候却是遥远的、陌生的。

我们还是再来说说苔丝的故事吧。大概就是在这个时候,苔丝用完了最后一个金币,再也没有另外的金币来填补空缺了。而且因为季节的关系,她发现找工作非常困难。她没有出过远门,害怕城镇,害怕大户人家,害怕有钱的和世故的人,害怕除农村以外所有的人。所以她一点也不知道有智力、有体力、既健康又勤奋的人在城镇的各个领域里都是非常需要的。她从来都没有想过可以去试试找一份室内的工作。她害怕上流社会,因为上流社会给她带来了不幸。但那个真实的社会,也许并不是处处地狱,只是她自己的经验太可怕,影响了她的思考。而她又没有体验到过这个社会任何美好的一面,因此在这种情况下,她的本能就是躲避。

在春天和夏天,苔丝在布利迪港以西的一些小奶牛场做过临时挤奶女工,而现在这些奶牛场已经不需要人手了。如果她现在去塔布塞斯奶牛场,那儿的老板出于同情,大概也不会不给她一个位置。从前在那儿的生活虽然舒服,但是她不能回去了。现在和过去的情况完全不一样了,这样回去太难堪了。她要是回去,也可能招来对她所崇拜的丈夫的

第五部 痛苦代价

责备。她也不愿意接受别人的同情，更不愿看见人家在那儿议论她的奇怪处境。如果他们能够把关于她的事情藏在心里，她也许还能面对。可正是他们在背后对她的议论，使得她这个敏感的人退缩了。苔丝无法解释这中间的差异，但是她感觉到了这一点。

现在，苔丝正在向本郡中部一个高地农场走去。最近，一封几经辗转的信到了苔丝的手中，那是玛莲写给她的，推荐她去高原的一个农场。玛莲也许是从伊丝那里听说的吧，知道她已经同丈夫分居了，这个好心的喝上了酒的姑娘，以为苔丝陷入了困境，就急忙写信给她，告诉她的老朋友，说她离开奶牛场后就到了这个高原农场上，如果她还是打算像从前一样出来干活的话，那儿还有几个空位，希望她能来。

冬天了，昼短夜长，苔丝逐渐放弃了得到她丈夫宽恕的所有希望：她就像一头野生动物似的，凭着自己的直觉走路，不加思考。她要一步一步地把自己同多灾多难的过去割裂，消除自己的身份痕迹，从来也不想暴露自己。她没有意识到自己这样做对不对，也不清楚这样做其实可能会放弃很多机会、很多可能的幸福。

在她孤独的生活困境中充斥着各种烦恼，其中不可忽略的一点就是她的惹人注目的相貌。她除了原先的天然魅力外，因为克莱尔的熏陶，还平添了优雅，举手投足更为出色。她最初穿的是准备结婚穿的衣服，所以别人也只是偶然侧目一下。但是当她的衣服穿破以后不得不穿上农村姑娘的粗布服时，就常常有人对她说难听的下流话了。还好，基本上没有发生什么可怕的事情，她也暂时没有恐惧自己的人身安全。

比起那个高地农场，她更想去布利迪河西部的农村，因为西部农村那儿起码离她丈夫的父母家要近些。而且，在那个地方找工作，没有人认识她。她还想，也许有一天打定了主意，会去拜访牧师住宅。想到这些她就感到高兴。不过既然已经决定了到比较高和干燥的地方去找工作，她就转身向东，一直朝新顿村走去，并打算在那儿过夜。

乡间的篱路冗长而乏味，随着冬日的白昼越来越短，很快就到了黄昏。她走到一个山顶，往下看见那条下山的篱路，弯弯曲曲地伸展出去，时隐时现。忽然，她听见背后传来了脚步声，不一会儿，就有人走到了跟前。那人走到苔丝的身边说——"晚上好，我漂亮的姑娘。"苔

丝客气地回答了他的问话。

那时候周围已经相当昏暗了，但是远处斜阳的余晖还能照出她的脸。那个人转过身来，使劲地盯着她看。

"哎呀，没错，这不是特兰岭的那个乡下妞吗——做过德伯维尔少爷的朋友，是不是？那个时候我住在那儿，不过我现在不在那儿住了。"

苔丝认出他来了，他就是那个在酒店里对她说粗话、被克莱尔打趴下的有钱的村夫。她痛苦得一阵痉挛，什么话都说不出来。

"你老实承认吧，那天我在镇上说的话是真的，尽管你的情人听了发脾气——喂，你这个狡猾的野妞，对不对啊？我那天挨了打，你应该请我原谅才对，你想想吧。"

苔丝还是不理他。她觉得自己要被逼疯了，似乎只有逃跑一条路。她突然抬腿飞奔，头也不回，沿着那条路一直跑到一个栅栏门前，那个门打开着，通向一块种植林地。她一头跑进这块林地，直到林地的最深处。她终于停了下来，看看没有人追来，觉得安全了，应该不会被发现了。

地上的树叶已经干枯了，在这块落叶林中间，还长着一些冬青灌木，树叶很稠密，足可以抵挡夜间的寒风。她把一些枯叶拢在一起，堆成一堆，在中间扒出一个窝。苔丝爬进了这个窝里。

在这种地方睡觉，自然是断断续续的。她总觉得耳边有奇怪的声音，但是她又劝慰自己，应该是微风的声音吧。她想起了她的丈夫。当她在这儿挨冻受苦的时候，他大概正在地球另一面某个温暖的地方吧。苔丝自问，在这个世界上还能再找出一个像她一样的可怜人吗？她觉得自己虚度了的生命，"一切都是空的。"她机械地重复着这句话，念着念着，才想到这话不适合现代社会。这是两千多年以前所罗门说的。而她自己虽然不是一个思想家，但是她所经历的和切身体会到的还要深刻些。如果一切真的只是虚空，那么谁还在乎呢？唉，其实一切比虚空还要糟糕——冤屈，惩罚，苛刻，死亡。想到这儿，这位安琪·克莱尔的妻子把手举到自己的额头上，摸着额头和眼眶，摸到柔嫩皮肤下的骨头，边摸边想，总有一天这儿只剩下一个骷髅。"真希望现在就是一个骷髅。"她说。

正在她胡思乱想的时候,她忽然听见树叶中又有了怪声音。也许还是风声,可是现在几乎没有风呀。有时候是拍翅,有时候是颤动,有时候又像喘气或咯咯叫。应该没事,她确信这些声音一定是某种野外动物发出来的,她还听出来,有些声音是从头顶上的树枝丛里发出来的,还有些像沉重的物体掉到地上的声音。如果她当时所处的境遇比较好,那她听到这类声音一定会害怕的。但是现在她不怕,只要不是人类就没事。

天终于破晓了。天色大亮之后树林里才渐渐亮起来。

在世上这个充满活力的时段,平常的、使人放心的光明逐渐强烈,苔丝从那一堆树叶中爬了出来,壮起胆子查看了一下四周。突然,她看见了一些山鸡的尸体。应该就是这些山鸡闹得她昨夜紧张不安。这片树林子,从山上延伸到她现在所站的地点,形成了一个斜坡尖端,树林在这儿便到了尽头,树篱的外面就是耕地。在那些树下,好几只山鸡四下躺着,华丽的羽毛上沾着斑斑血迹。有些山鸡已经死了,有些山鸡还在无力地拍动着翅膀,有些瞪着天空,有些在颤抖,有些直挺挺躺在地上——个别幸运的山鸡除外,绝大多数山鸡都显得很痛苦,夜里流血过多,似已无力坚持了。

苔丝立刻明白了这是怎么回事。这群山鸡一定是在昨天被一群打猎的人赶到这个角落里来的。那些挨到枪弹直接掉在地上死或者将死的,都被打猎人找着了,拿走了。还有一些受了重伤的山鸡逃走了,躲起来了,或者飞进了稠密的树枝里,在夜晚勉强挣扎着,直到血流尽了才一只一只地掉到地上,苔丝听见的就是它们最后挣扎和掉下来的声音。

在她还是个孩子的时候,曾偶尔看见过那些猎鸟的人,他们在树丛中搜寻窥视,端着他们的猎枪,瞄来瞄去,穿着奇怪的服装,眼露凶光。她曾经听人说过,猎人在那个时候看上去粗鲁野蛮,但不是一年到头都这样,他们平时都是一些文明人,只是在秋天或冬天的几个星期里,才像马来半岛上的居民那样杀气腾腾,追逐生灵——他们猎杀的都是一些无害于人类的羽毛生物,而且是为了满足他们这种杀生嗜好而预先用人工培养出来的。真没想到那个时候，他们对大自然芸芸众生中比他们弱小的生灵竟是那样的残酷。

　　苔丝觉得这些山鸡都是受难者，就和自己一样。她不由得动了恻隐之心。她首先想到的是结束那些还活着的山鸡的痛苦。所以她就到处找那些受伤的山鸡，并把它们的脖子拧断了，以免它们继续痛苦受罪。她把它们都弄死后，扔在原地，等那些打猎的人再来找它们——他们大概还会来的——第二次来寻找那些山鸡。

　　"可怜的小东西，一看见你们这样受苦受难，还能说我是天底下最痛苦的人吗？"她大声说，在她轻轻地把山鸡处死的时候，她流泪了。"我可没受肉体之苦啊！我没有缺胳膊少腿，我没有流血，我还有一双手可以劳动，挣饭吃、挣衣穿。"她开始为那天夜里自己的悲观郁闷感到羞愧了。她的悲观实在是没有根据的，只不过在人为的、缺乏自然基础的社会礼教面前，她感到自己是一个罪人罢了。

第五部 痛苦代价

第四十二章

现在天已大亮,苔丝又启程了,小心翼翼地走到了大马路上。其实现在她用不着小心,附近连一个人影都没有。她于是步履坚定地往前走着,脑海里浮现出昨天夜里那些山鸡默默忍受痛苦的样子,觉得痛苦有大有小,她自己的痛苦并非不能忍受,只要她站得高,把别人的看法撂在一边就行了。但是,因为克莱尔的看法也与别人一样,她还是得放在心上啊。

她走到新顿村,在一家客栈里吃了个早饭。客栈里有几个年轻人,讨厌地过来恭维她,说她长得漂亮。不过,这也让她感到了希望,她的丈夫有一天会不会也对她说出相同的话来呢?她一定要照顾好自己,远离这些向她献媚调情的人。要达到这个目的,她觉得不能再让容貌带来风险了。所以,她一走出村子就躲进一个矮树丛,从篮子里拿出一件最旧的劳动粗布衫。这件衣服她在奶牛场里从来没有穿过,好像最后一次穿是在马洛特村割麦子的时候。她又灵机一动,从包袱里拿出一块手巾,把帽子下面的下巴、半个脸颊和部分额头包裹起来,就仿佛她正犯牙疼似的。然后她又拿出剪刀,对着一面小镜子,狠着心把自己的眉毛剪了。这样一来,她放心了,肯定再没有人垂涎她的美色了。她重新走上了那条崎岖不平的路。

"那个姑娘怎么像个稻草人啊!"一个相遇的路人悄悄地对她的同伴说。

她听见说话,眼泪不禁涌了出来,为自己感到可怜。

"不过我自己不在乎!"她对自己说,"啊,我不在乎——我不在乎!我要一直都打扮得丑丑的,因为安琪不在我身边,不会有人关心我。我的丈夫已经走了,他不会再爱我了。可是我还是照样地爱他,恨

所有其他的男人，我情愿他们都不要理我！"

苔丝就这样朝前走着。她的身影和周围大地的萧瑟景物一样得毫无光彩。她穿着陈旧的冬衣，上面是灰色的短斗篷，脖子上围一条红色的旧围巾，下面穿一条厚裙子，外面是一件穿得泛白的棕色劳动罩裙，手上戴一双黄色手套。她那一身衣服，经过雨水的洗刷、阳光的照晒、寒风的吹打，已经完全褪色了，磨薄了。现在从她的身上，一点也看不出年轻人的激情——

这个姑娘的嘴唇

冰冷冰冷

头上的素色头巾

一层一层

从她的外表看上去，她简直是一个毫无感觉的无机体，但是在她冷冷的外表下，分明是情感搏动剧烈的生活经历，她阅尽了世间的沧桑，遭受过肉欲的残酷，体验过爱情的脆弱。

第二天天气不好，但是她仍然顽强地前进。大自然虽然与她为敌，但是它诚实、坦率、公正，她并不感到难过。她的目标就是一份冬天的工作和一个冬天的栖身之所，因此她就必须抓紧，不能耽误了。她以前有过做短工的痛苦经历，所以决心不再做短工了。

她就这样朝着玛莲来信中所推荐的地方走去，每经过一个农场，她都打听有没有工作，她决心把玛莲让她去的那个农场当作最后的选择，因为她听说那个地方的工作既艰苦又繁重。开始的时候，她是想寻找一些比较轻松的工作，后来发现轻松工作基本没有希望，就开始找比较繁重些的工作，她从最喜欢的挤牛奶、养鸡鸭的活儿问起，一直问到她最不喜欢的农田上的粗活。那种粗活真的是又粗又累，若不是为了生计，她是绝不会主动去干的。

大约第二天傍晚的时候，她来到了一片地势起伏的白垩质高地。这个地方正好在她出生的那个山谷和她恋爱的那个山谷之间。整个高地上有一些半圆形的古墓，仿佛是长了许多奶头的大地女神躺在那儿。

这儿的空气又干又冷，下雨后没几个小时，漫长的马路就被吹得灰尘弥漫。那里树木很少，或者说根本就没有，即使本来长在田里的几棵

第五部 痛苦代价

树,也被佃户们无情地砍倒了,绑在一起编成篱笆墙了,这些佃户简直就是大树、灌木和荆棘的死对头。在她前面不远的地方,她看得见公牛冢和荨麻谷的山顶,看上去还比较熟悉友好,显得比较低矮谦虚。但是她小时候从布莱克摩往这里看时,记得它们就像是高耸入云的城堡。再往南好多英里,沿着起伏的山脊上望过去,可以看见平镜似的水面:那应该就是通向遥远的法国的英吉利海峡。

在她的眼前,是一个破败不堪的村庄。事实上,她已经到了玛莲做工的弗林库姆泞农场了。这似乎是命中注定非来不可的地方了。她看见周围的土壤非常坚硬,很显然,在这儿劳动一定非常的艰苦。但这已经是找工作的最后一线希望了。尤其是天已经开始下雨,于是就决定留在这儿。在村口有一栋小屋,小屋的山墙伸到了路面上,她在去寻找住处之前,就站在山墙下躲雨,同时也看见夜色正浓。

"有谁还会以为我就是克莱尔太太呢!"她说。

她的后背和肩膀感到小屋的山墙很温暖,她马上就意识到了,山墙的里面肯定就是这所小屋的壁炉,暖气是隔着墙砖传过来的。她把手放在墙上暖和着,她的脸在细雨中淋得又红又湿,她就把自己的脸靠在舒服的墙面上。那面墙似乎成了她唯一的朋友。她一点儿都不想离开那堵墙,希望整个晚上都能待在那儿。

这时,苔丝听到小屋里有人,好像是人们在一天的劳动结束后聚集在一起,他们在屋子里互相交谈着,还能听见他们吃晚饭时餐具的响声。但是在那个村子的街道上,她一个人影也看不到。忽然,有一个女人从黑暗中走了过来,虽然傍晚的天气已经很冷了,但是她还穿着夏天穿的印花布衫,头上戴着凉帽。苔丝凭直觉认为那个人就是玛莲。等那人走近了,她终于在昏暗中认清了,果然是玛莲!和从前相比,玛莲的脸变得比以前更胖了,更红了,穿的衣服也比以前更寒酸了。要是在从前生活中的任何时候,苔丝看见她副样子,是绝对不敢与她相认的。但是她太寂寞了,所以玛莲向她打招呼,她就立刻答应了。

玛莲问了苔丝一些话,口气很恭敬,但是看到苔丝和当初比起来,情形并没有得到改善,于是大为感慨。当然,她隐约听说过她和丈夫分居的事。

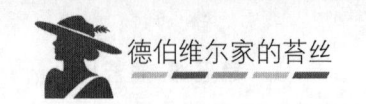

"苔丝——克莱尔太太——亲爱的他的亲爱的夫人啊！你现在真的这么倒霉吗，我的宝贝？你为什么要把你的漂亮脸蛋这样包起来？有谁打了你吗？不是他打了你吧？"

"没有，没有，没有！我这样包起来，只是为了不让别人来招惹我，玛莲。"

她生气地把裹着脸的毛巾扯了下来，免得让人家产生胡思乱想。

"你没有戴项圈啊！"（苔丝在奶牛场时习惯戴一个白色的小项圈）。

"是的，没戴，我知道，玛莲。"

"你在路途中把项圈丢了吗？"

"我没有丢。是我真的一点都不在乎我的容貌了，所以我就不戴项圈了。"

"你也没戴结婚戒指呀？"

"不，戒指我戴着，不过我没有戴在外面。我戴在脖子上的一根带子上。我不想让别人知道我结了婚。如果人家知道我已经结婚，却过着现在这样的生活，那该多难堪啊。"

玛莲无语了。

"可是你是一个上等人的妻子呀，你这样过日子太没道理了啊！"

"啊，不，公平，非常公平，虽然我很不幸。"

"唉，唉。他娶了你——你居然感到不幸啊！"

"做妻子的有时候是会感到不幸的，这并不是因为她们丈夫的过错，而是因为她们自己的过错。"

"你没有错啊，亲爱的。我相信你没有错。而他也没有错。所以这只能是外来的某种错了。"

"玛莲，亲爱的玛莲，行行好，别再问我了行不？我的丈夫已经到国外去了，我把他给我的钱差不多用完了，所以我才不得不暂时出来做一点儿活儿。别再喊我克莱尔太太了好吗？就像以前一样喊我苔丝吧。他们这儿还需要干活的人吗？"

"啊，需要，他们一直需要干活的人，愿意来这儿的人很少。这儿是一片贫瘠的土地，只能种麦子和瑞典萝卜。我来了也就来了，但是像你这样的人也来这儿，的确是太可怜了。"

第五部 痛苦代价

"可是，以前你不也和我一样是一个奶牛场的女工吗？"

"不，自从我沾上酒以后，我就不做那种工作了。天啊，喝酒现在就是我唯一的安慰了。如果他们雇用了你，你就得去挖萝卜了。现在我干的就是挖萝卜的活儿，我想你不会喜欢干那种活儿。"

"啊没事，我什么活儿都愿意干！你去为我说一说好吗？"

"最好还是你自己去说吧。"

"那好吧。玛莲，请你记住——如果说好了我在这儿干活，请你千万不要提到他呀。我不愿意玷污他的名声。"

玛莲虽然不及苔丝细心，但她是一个可以信任的朋友，苔丝对她的要求她都答应了。

"今天晚上我们发工资，"她说，"如果你和我一起去，他们是否雇你，你马上就可以知道了。你这么痛苦，真为你难过。但是我知道，这都是因为他离开你的关系。他要是在这儿，即使他不给你钱用，把你当苦力使唤，你也不会痛苦的。"

"那倒是真的，我不会痛苦的！"

她们一块儿走着，很快就走到了农舍的跟前，那儿简直荒凉极了。视野之内，几乎一棵树也没有。在这个季节里，也没有一块绿色的草地——那儿除了空地和萝卜地以外，什么都没有。那儿的土地都被盘结在一起的树篱分割成一大块一大块的，一点儿变化也没有。

苔丝站在宿舍的外面等着，等到那一群工人都领完工资以后，玛莲把她叫了进去。这天晚上农场主好像不在家里，只有农场主的妻子在家，代他处理事情，苔丝同意工作到旧历圣母节，她也就同意雇用苔丝了。现在很少有肯到地里干活的女工，而且女工的工资都很低，却能和男工一样干活，所以雇佣女工可以获得更多利润。

苔丝签了合同，接着就是找一个住的地方，没别的事了。她在山墙那儿取暖的屋子里找了一个住宿的地方。那儿的生活条件很差，但至少这个冬天算是有了一个栖身之处，可以放心了。

那天夜里，苔丝给父母写了一封信，把新的地址告诉他们，以便万一她的丈夫写的信寄到了马洛特村，可以及时转过来。但是她没有告诉他们她目前的艰难处境，她不希望他们责备她的丈夫。

287

第四十三章

玛莲把这个地方叫作饥饿贫瘠的土地,这并没有夸张。这个地方唯一的胖子就是玛莲自己了,而她却是个外来客。英国的农村分为三种,一种是由地主自己耕种的,一种是由村子里的人耕种的,还有一种既不是由村子的人也不是由地主耕种的(换句话说,第一种是由地主经营,租给村民耕种;第二种是由村民自己经营自己耕种;第三种是土地拥有者不住在当地,完全租赁给别人经营和耕种),弗林库姆涔农场这些地块属于第三种。

不管怎样,苔丝还是开始干活了。这位克莱尔太太现在靠的就是一种顽强的耐心了。这种耐心实在是一种道德上的勇气和性格上的懦弱融合而成的。

苔丝和她的同伴开始动手挖萝卜地。那是一百多亩的一大片,也是那个农场上最高的地块,突出在石灰岩地层和砂石混杂的地面上——它的外层是石灰岩层中硅质矿床形成的,里面混合着无数的白色燧石,有的像球茎,有的像人的牙齿,有的像男性生殖器。萝卜的上半截已经被牲畜啃掉了,这两个女人要干的活儿就是用弯齿锄头把剩下的埋在地下的半截萝卜刨出来,还可以再吃。所有萝卜的叶子也已经被吃掉了,整片农田都是一种单调凄凉的黄褐色,仿佛一张没有五官的人脸,从下巴到额头,只剩一张覆盖着的颜色很差的脸皮。天空的景象也差不多,只不过颜色不同。也是一张没有五官的惨白的脸皮。天上地下的两张脸就这样成天遥遥相对,默默无语,白色的脸俯视着黄色的脸,黄色的脸仰望白色的脸,在他们之间什么东西也没有,只有那两个姑娘趴在那儿刨萝卜,就像地面上的两只苍蝇一样。

周围没有第三个人,她们动作机械、呆板。两个人身上都裹着粗布

第五部 痛苦代价

罩衫,那是一种黄褐色的围裙,从背后一直扣到底,免得被风吹来吹去。里面穿着短小的裙子。她们脚上穿着的高帮鞋子一直到脚踝那里。她们手上戴的是有护腕的羊皮防护手套。她们低着头,戴着兜帽,一副深思的样子。外人看来也许会想起早期意大利画家心目中的两位玛利亚。

她们就这样一小时接一小时地忙碌着,对她们的凄凉处境毫无意识,也没有去思考命运是不是公正。即使在她们这种处境里,也是可以有生活的梦想的。下午,天下起雨来了。玛莲就说她们可以不必继续工作了。但是她们不工作,是拿不到工钱的,所以她们还是继续工作着。这片地的地势真高,天上的大雨还来不及落到地上,就被呼号的狂风吹得横扫过来,像玻璃碴子一样打在她们的身上,把她们浑身上下淋得透湿。直到此刻,苔丝才知道真正被雨淋透了是什么滋味。被雨淋湿的程度是有差别的。平时,如果被雨淋湿了一点儿,我们也会说被淋得透湿。但是对于站在地里工作的她们来说,她们实实在在感到了雨水的流淌,首先是淌进了她们的肩膀和小腿里,然后是顺着脖子流淌到大腿,接着又是后背和前胸,腰部的两侧,但是她们还得继续干,直到天上的铅灰色亮光逐渐消失,说明已经快到傍晚了,她们才歇下来。像这样淋雨苦干,若是没有非凡的坚韧、顽强和勇敢,实在是挺不住的。

但是她们两个人被雨淋得透湿,却并没有像我们以为的那样感到特别难过。她们两个都是年轻人,回忆着她们一起在塔布塞斯奶牛场生活和恋爱的情景,谈起那片绿色原野上的欢快场面。在那里夏季给了人们丰收的赐予,在物质上人人有份,在感情上她俩独享。苔丝实在不想和玛莲谈她那个法律上是丈夫而实际意义上不是丈夫的事情,但是这方面的话题又有不可抗拒的吸引力,使她不由自主地和玛莲谈起来。她们就像我们说的这样谈着,虽然她们头上戴的帽子湿透了,雨水噼噼啪啪打着她们的脸,她们的罩衫紧紧地箍在身上,增加了她们的劳累,但是整个下午她们都生活在对绿色的、阳光灿烂的、富有浪漫气息的塔布塞斯奶牛场的回忆里。

"在天气好的时候,你在这儿可以看见一些小山,那离佛卢姆谷的塔布塞斯没几英里远!"玛莲说。

"啊!真的啊?"苔丝说,又发现了这块地方的新的价值。

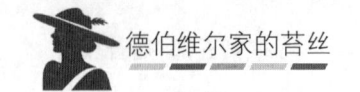

所以，在这个地方就像在其他地方一样，有两股力量交织的矛盾，一种是渴望享乐的天生意志，另一种是不允许享乐的客观环境意志。玛莲有一种增强自己享受意志的方法，随着下午的慢慢过去，她就从自己口袋里掏出来一个一品特的酒瓶子，瓶子上塞着白布塞子，她请苔丝喝酒。苔丝当时已经进入丰富的幻想世界了，不需借酒的力量来丰富自己的幻想了，所以只喝了一口，而玛莲一口气就把酒瓶里的酒全喝光了。

"我已经喝上瘾了，"玛莲说，"我现在已经离不开它了。酒是我唯一的安慰。不瞒你说，我失去了他，情场失意，而你得到了他，所以你用不着喝酒，也许照样能过好。"

苔丝心想，自己和玛莲一样，也是情场失意。但是她至少在名义上是克莱尔太太，这种自尊使她承认自己和玛莲还是有不同的。

苔丝现在就像奴隶一样在这种环境里工作着，早上的寒霜，午后的苦雨。她们要么挖萝卜，要么清理萝卜。她们用一把弯刀把萝卜上的泥土和根须去掉，以便贮存，供将来食用。清理萝卜的活儿如果遇上天下雨，倒是可以在茅草棚子里躲一躲。但要是遇到霜冻天气，虽说戴着皮手套，也挡不住手上的冰萝卜冻得手指刺骨疼。不过，苔丝仍然抱着幻想。她坚信克莱尔的性格是仁慈宽厚的，她的丈夫迟早会来同她相聚的。

玛莲喝了酒，变得高兴起来，就指着一些石灰岩上的奇形怪状的石头，尖声风趣地大笑起来。而苔丝却一直是严肃迟钝的样子。尽管她们看不到佛卢姆山谷，但她们的目光常常越过这片乡村，眺望佛卢姆河的方向，试图穿越笼罩在那儿的灰色迷雾，回想着她们在那儿度过的旧日时光。

"唉，"玛莲说，"好希望过去的老朋友再有一两个到这儿来呀！要是那样的话，我们就能够每天都在地里回忆塔布塞斯了，谈谈他，谈谈我们的快乐时光，谈谈我们所有熟悉的事情，让塔布塞斯再回来！"玛莲一想到过去的情景，她的眼睛就湿润了，说话也含糊起来。"我要给伊丝·赫特写信，"她说，"我知道，她现在闲在家里，什么事也不做，我要告诉她我俩在这儿，要她到这儿来，瑞蒂的病现在也许好多了。"

第五部 痛苦代价

对于玛莲的建议，苔丝也没有什么反对。她再次听玛莲说把塔布塞斯的旧日欢乐引进到这儿的话，是在两三天以后，玛莲告诉她，说伊丝已经给她回了信，答应她尽量来。

很久以来都没有像今年那样的冬天了。这个冬天是悄悄地来，一点儿声音也没有，就像棋手下棋移动棋子一样。一天早晨，那几棵孤零零的大树和篱树的荆棘，看上去就像脱了皮的植物一样，长出了动物皮似的毛。一夜之间，所有的枝条都挂上了白绒，变得很粗，大约有平时的四倍，天空上看不见太阳，地平线上光线惨淡，但是大树和灌木因为白色绒毛却还是很醒目。棚子里和墙上原先看不见的蛛网现在凸显出来了，在结霜的空气里看得清清楚楚，它们像一圈圈白色的绒线，醒目地挂在屋檐下、柱子上和大门内的角落里。

因寒冷潮湿而结雾凇的季节过去了，接下来就是一段干燥的冰冻时期。来自北极的奇怪的鸟儿开始悄悄地飞到弗林库姆涔的高地上来。这些瘦瘦的怪鸟，长着哀怨的眼睛，曾经在广袤险峻、人迹罕至的北极，在人类无法忍受的凝固血液的寒流中，目睹过灾难性的惊天动地的恐怖，在北极光的闪烁中，亲眼见证过冰山雪域的天崩地裂，在巨大的暴风雪和惊涛骇浪中，它们的眼睛半明半瞎，充满惊恐、担忧和渴望。这些无名的鸟儿飞到苔丝和玛莲的附近。它们没有像游客那样渴望讲述自己经历的野心，而只是不动声色地把它们不重视的经历抛开，一心注意着眼前这片贫瘠高地上的一切。它们看到那两个姑娘手拿锄头挖地的细小动作，因为她们每挖一下，总能带出这样或那样的食物，供它们当作美味享用。

不久后的某一天，这片空旷乡村的空气中出现了一种特殊的现象。既不像雨水产生的湿气，也不像由霜冻产生的寒冷。那天气，冻得她们的眼睛发直，额头生疼，直刺骨髓。她们知道肯定是下雪的先兆了。果不其然，那天晚上就下起雪来。苔丝仍旧住在那个有温暖的山墙给行人以安慰的小屋里。半夜醒来，她听见草屋顶上有一种奇怪的声音，原来是狂风袭来，好像各路风魔汇聚屋顶在比赛似的。早上，她点灯准备起床，却发现雪已经从窗户缝里被风吹了进来，在窗户里面形成了一个白色粉末堆成的微型的山坡。烟囱里也有雪吹进来，地板上积了鞋底那么

厚的一层，当她在地板上来回走动的时候，地板上就留下她走过的脚印。屋外的大雪吹进了厨房，形成一片雪雾。不过那时候屋子外面太黑，还看不见外面的景象。

　　苔丝知道，今天肯定是不能挖萝卜了。她刚在孤灯下吃完早饭玛莲就走了进来，告诉她说，天气不好，她们得和其他的女工一起到仓库里去整理麦草。因此，在天色由黑变灰的时候，她们就吹灭了灯，用厚厚的围巾把自己头、脖子和前胸围了起来，然后出发去仓库。这场暴风雪是跟随着那些鸟儿从北极刮来的，成片成片，看不清单独的雪花。风雪里携裹着冰山、北极海和北极熊的气味。大雪随风狂舞，有时候快要落地了，又再次被风吹起。她们侧着身子，在风雪茫茫的田野里挣扎着往前走去，她们尽量利用树篱挡挡风，其实，与其说树篱是可以抵挡风雪的屏障，不如说是过滤风雪的筛子。空中大雪弥漫，一片灰白、阴暗，使人联想到一个没有颜色的混沌世界。但是这两个年轻的姑娘却十分快活，在干燥高原上的这种风雪天，并没有让她们的情绪低落。

　　"哈哈！这些可爱的北方鸟儿早就知道风雪要来了，"玛莲说，"我敢肯定，它们是从北极星那儿飞过来的，刚好飞在风雪的前头。你的丈夫，亲爱的，我敢说现在正受着酷热天气的煎熬呢。天啊，要是现在他能够看见他漂亮的夫人就好啦！这种天气对你的美貌一点儿害处也没有，事实上，你现在比平时更美呢！"

　　"我不许你再向我谈他的事了，玛莲。"苔丝认真地说。

　　"好吧，可是，你心里实在是思念他啊！难道不是吗？"

　　苔丝没有回答，眼睛里满含着泪水，急忙把身子转过去，朝向她想象中的南美所在的方向，撅起她的嘴唇，借着风雪送去一个热吻。

　　"哦，我就知道你心里惦记着他呢！说实话，你们新婚夫妇过这样的日子，真是太奇怪、太别扭了！好啦——我什么也不说了！还好，这天气，只要我们在麦仓里面，就冻不着的。我倒不怕这种天气，因为我比你结实。可是你呢，却比我娇小多了啊。我真想不到老板也会让你来干这种活儿。"

　　他们来到了麦仓，走了进去。仓房是长方形的结构，麦仓其中的一头堆满了麦子，中部是整理麦草的地方，头天晚上，已经有许多麦捆被

第五部 痛苦代价

搬了进来，放在整理麦草的机器上，足够女工们忙活一天的了。

"咦，这不是伊丝吗！"玛莲说。

是的，的确是伊丝，她走了过来。她是前天下午从她母亲家里一路走过来的，没有想到要走这么多的路，走到这儿时天已经很晚了。不过老天帮忙，她到了这儿后，天才开始下雪，她在小客栈里睡了一个晚上。这儿的农场主在集市上答应了她的母亲，只要她今天赶到这儿，他就雇用她。伊丝一路上紧赶慢赶，害怕耽误了，农场主会不要她。

这里除了苔丝、玛莲和伊丝，还有从附近村子里来的另外两个女人，她们是亚马孙人，姊妹俩。苔丝见到她们，吃了一惊。她记起来了，一个是黑桃皇后黑卡尔，另一个是她的妹妹方块皇后——就是在特兰岭半夜里吵架的那一回，想和她打架的就是她们俩。她们似乎没有认出她来，也可能真的是忘了，因为特兰岭的那时候她们还没有摆脱酒精的影响。她们当时在特兰岭和在这儿一样，都是打短工的。她们宁肯干男人干的活儿，比如打井、修树篱、开沟挖渠、刨土坑，而且不感到劳累。她们都是整理麦草的好手，扭头看看她们三个，满眼都是不屑。

她们戴上手套，在机器的前面站成一排，开始干活。这个机器是由两根柱子支撑起来的架子，柱子中间由一个横梁连接起来，横梁用销子钉在柱子上，横梁下面放着一束束麦草，麦穗朝外，随着麦束越来越少，横梁也就越落越低。

天色越来越阴沉了，从麦仓门口反射进来的光线，不是来自上面的天空，而是来自地下的积雪。姑娘们开始从机器里把麦草一束束抽出来，不过因为那两个陌生人正在那儿说长道短，玛莲和伊丝刚见面也没有心情叙旧了。不久，她们听见了马蹄声，农场主骑着马来到了麦仓的门口。他下了马，走到苔丝的面前，默默地从旁边打量着苔丝。苔丝起初并没在意，但是他老盯着她，她就回头看了一下。这一看让她大吃一惊，她的雇主竟是那个在大路上揭发她的历史、吓得她飞跑的特兰岭人。

他等在那儿，直到苔丝把割下的麦穗抱出去、堆在门外，他才说："原来你就是那个把我的好心当作驴肝肺的无礼女人啊，是不是？我一听说刚雇了一个女工，我就猜到是你！哼哼，第一次在客栈里，你仗着

你的情人，占了我的便宜。第二次在路上，你仗着你的腿快，又跑掉了。可是现在，我想我不会吃亏了吧。"他发出一阵冷笑。

一边是高大威猛的亚马孙人，一边是气势汹汹的农场主，苔丝站在中间，就像一只掉入陷阱的小鸟一样，不敢作声，继续整理她的麦草。她已经从农场主身上完全看出来了，她这次用不着害怕她的雇主献殷勤了，他只是上次挨了克莱尔的打，现在要在她的身上寻报复就是了。总的说来，她宁肯男人对她有敌意，她觉得自己能够忍受这种敌意。

"你说，你上次是不是以为我爱上你了？有些女人真傻，别人看她一眼就以为人家爱上她了。但是，我只要让你在地里干一冬天的活儿，你这淫妇就会懂得我是不是真的爱上你了。你已经签了合同，答应干到圣母节。现在，你应该向我道歉了吧？"

"我觉得你才应该向我道歉。"

"很好——随你的便吧。不过，我倒是想看看谁是这儿的主人。你干到现在，才只有这些麦束吗？"

"是的，先生。"

"这太少了。看看那边她们干的吧（他指着那边粗壮的亚马孙女人）。谁都比你干得多。"

"他们从前干过这种活儿，而我没干过，是第一次。再说这是计件的活儿，我们做多少，你就付多少钱，我想这对你没损失啊。"

"哼，谁说没损失！我要麦仓尽快清理干净，早点腾空。"

"下午两点钟她们收工离开，我整个下午都在这儿干活好了。"

他恶狠狠地看了她一眼，转身走了。苔丝觉得，这里真是撞狗屎运的地方了。不过无论如何总比献殷勤好。到了两点钟的时候，那两个专门整理麦草的亚马孙女人就把她们酒瓶子里剩下的半品特酒喝了，放下镰刀，捆好最后一束麦草，起身走了。玛莲和伊丝也想站起来跟着走，不过想到苔丝还打算留下来多干一会儿，以此来弥补自己麦秸数量时，她们也就又留了下来。看到外面仍然下着大雪，玛莲大声喊，"好啦，现在都是我们自己人了。"于是，她们开始谈论她们在奶牛场的事情了。当然，她们还谈到她们都爱上了安琪·克莱尔的一些事。

"伊丝和玛莲，"克莱尔太太满脸严肃地说，不过这严肃特别让人伤心，因为她实在是名不副实的克莱尔的妻子。"现在我不能和过去一样同你们一起谈论克莱尔先生了，你们也清楚我不想谈，因为，虽然我们现在不住在一起，但是他还是我的丈夫。"

在同时爱上克莱尔的四个姑娘中，数伊丝最莽撞、最尖刻。"毫无疑问，他是一个出类拔萃的情人，"她说，"但是我觉得作为一个丈夫，刚一结婚就走开，不顾自己的太太，有些不像话。"

"他是不得已才离开的——他是没办法，他去那边找土地开发农场的！"苔丝辩解说。

"那他也得为你安排好过冬的生活呀。"

"啊——那不过是因为一点小事，我们之间有点误会了。仅此而已，别说了。"苔丝带着哽咽回答说，"其实要说说，他好的地方多着呢！他不像别的丈夫那样，招呼不打就走了。他现在是不管到什么地方，总是让我先知道的呢。"

说完这话以后，她们好长时间没有说话，保持着沉默。她们继续干活，从麦秆上理出麦穗，夹在胳膊下，再用镰刀把麦穗割下来。在硕大的麦仓里，除了麦秆的沙沙声和镰刀割麦穗的声音，听不见别的声音。过了不久，苔丝突然两腿一软，倒在面前的一堆麦穗上了。

"我就知道你干不动的！"玛莲大声说，"这种活儿，得强壮的人才干得了，你的身体太弱了。"

就在这时候，农场主又进来了。"哼，我走了你就是这样干活啊！"他说。

"这不过是我自己吃亏，不关你的事啊。"苔丝回答说。

"我要你把这活儿干完。"他固执地说，说完就穿过麦仓，从另一边的门走了出去。

"别理他，亲爱的，"玛莲说，"我以前在这儿干过。现在你过去躺一会儿，我和伊丝帮你干。"

"不能让你们两个帮我干。我个头儿比你们高啊。"

但她实在是累垮了，答应先去躺一会儿，于是就在一堆乱草上躺了下去，那堆乱草是整理下来的麦秆被扔在麦仓的另一边，正好比较松软。她这次累倒了，一方面是因为这活儿太累人，但主要是因为她们又

提起了她和她丈夫分居的话题。她躺在那儿，只有难受，没有意志，麦秆的沙沙声和麦穗的剪切声使她难以入眠。

除了整理麦秆的声音，她还能从这个角落里听见她们在低声说话。她感觉到她们肯定还在谈论刚才的话题，不过她们的声音太轻，她听不清楚。后来，苔丝越来越想知道她们正在谈论什么，就使劲儿让自己觉得身体好些了，可以站起来去继续干活了。

接着，轮到伊丝支持不住了。昨天夜里她走了十几英里路，直到半夜才上床睡觉，清晨五点钟就起了床。现在只有玛莲一个人还能吃得消。她仗着自己身强力壮，又喝了酒，所以还能撑，没有感到背酸胳膊疼。苔丝催着伊丝去休息，说自己已经好多了，可以不用她帮忙也能把活儿干完了。

伊丝接受了好意，就走出了门，踩着雪，回自己的住处去了。玛莲因为每天下午在这个时候喝一瓶酒，开始神情恍惚，话也多了。

"我从来没有想到过会出现那样的事——从来没有！"她迷迷糊糊地说，"我也很爱他呀！我也不在乎他娶了你，不过这次他那样对待伊丝太不应该了！"

听了玛莲的话，苔丝吃了一惊，差点儿割到自己的手指头。

"你是说我的丈夫吗？"她结结巴巴地问。

"唉，是的。伊丝不让我告诉你，可是我忍不住，还是要告诉你。他要伊丝和他一起走，到巴西去。"

苔丝的脸变白了，和外面的雪一样白，脸都直了："伊丝没有答应他，是吧？"

"我不知道，不过他后来又变卦了。"

"哦，还好，那么他并不是真心了！只是一个男人跟一个女人开的玩笑罢了！"

"不，不是玩笑，因为他带着她向车站走了好远一段路呢。"

"可他还是没有把她带走啊！"

她们继续默默地整理了一会儿麦草。干着干着，苔丝突然放声大哭起来。

"唉！"玛莲说，"我真不该告诉你啊！"

第五部 痛苦代价

"不。你告诉我是对的！这段时间，我一直生活得这么不好，也没有想出这件事情到底会有什么结局呢！我应该经常给他写信才好。他只是让我不要去找他，但是他没有叫我不要经常给他写信啊。我不能再这样拖延了！我以前错了，我总是把什么事都留给他，自己一点也不管！太疏忽了。"

麦仓的光线越来越暗，她们的眼睛看不清东西了，只好停工了。那天傍晚，苔丝回到住处，走进自己住的那间刷得白白的小房间，一时感情冲动，就开始给克莱尔写信。但是信还没写完，她就开始犹豫起来。她把挂在胸前的戒指从拴着它的带子上取下来，整个晚上都把它戴在自己的手指上，仿佛这样就能增加自己的信念，感到自己真的是克莱尔的妻子了。这个克莱尔，真让人捉摸不定，他才刚刚离开她，竟然就要求伊丝和他一起到国外去。既然如此，她怎能写信去恳求他呢？又怎能再向他表示她在挂念他呢？

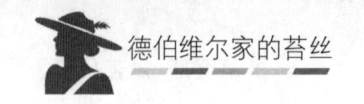

第四十四章

在麦仓里听了玛莲透露了克莱尔那件事以后，苔丝的心思又不止一次地飞向那个遥远的埃明斯特的牧师住宅。她的丈夫走之前曾经叮嘱过她，她要是想写信给他可以通过他的父母代转，她要是遇到困难可以直接去找他们。但是，她意识到自己在道德上已经没有资格做他的妻子了，所以她总是压制自己写信给丈夫的冲动。她感到，结婚以来，无论是牧师住宅那一家人，还是她自己的家人，实质上都是不存在的。她对这两个家庭所保持的自尊和独立是完全一致的。因此，她对自己应得的待遇经过仔细思考之后，就再也不去想她在名分上应该得到怎样的同情或帮助了。她决定由自己的品质来决定自己的成功与失败，放弃自己对于一个陌生家庭的这种法律上的权力，那不过是那个家庭中有一个成员因为一时的感情冲动，在教堂的名册上把他的名字写在她的名字旁边罢了。

但是刚刚听说的伊丝的故事使她很受刺激。现在她有点感到自己的忍耐程度是有限的。她的丈夫为什么还不写信给她？他离开之前明确告诉过她的，他至少会让她知道他已经去了什么地方，但是他至今连一行字的小纸条都没有写给她过，也没有把他的地址告诉她。他真的对她毫不在意了吗？还是他生病了？自己是不是应该对他主动一些呢？当然了，她也许应该鼓起勇气到牧师住宅去打听一下消息，向他的父母表达一下自己对他的沉默感到悲哀。如果安琪的父亲果真是他描述的那样，是一个好人的话，他一定会理解她的焦虑的。她可以避而不谈自己在社会生活上的艰苦的。

她只能到周末才能离开农场，所以得等到礼拜天才能去拜访牧师住宅。这里附近基本都是石灰岩高原，直到现在还没有通火车，所以她只能步行去那里，来回就是十五英里的路程，得起个大早，用整整一天的时间来完成这件事。

　　两个星期之后，风雪过去了，严寒接踵而来。她就利用路上暂时没雪的时候去进行这次拜访。礼拜天的早上，她四点钟就起床下楼，顶着星光出门上路了。天气晴好，她走在路上，地面冻得像铁板一样，在她的脚下咚咚响。

　　玛莲和伊丝听说苔丝这次出门与她的丈夫有关，都很关心。她们两个住的地方与苔丝相隔不太远，在同一条街上，所以，她们在苔丝动身的时候都来帮助她。她们都劝苔丝穿上她最漂亮的衣服，这样才能讨她公婆的欢心。但是苔丝知道老克莱尔先生是一个朴素的加尔文派教徒，对这方面并不在乎，所以她不想接受她们的建议。自从她不幸的婚姻开始以来，已经过去一年了，当时满满一柜新娘子衣服，现在还有几件保存下来的，足够她把自己打扮成一个美丽、朴素、得体的乡下姑娘。她穿上浅灰色毛料长袍，长袍的白色镶边映衬着她的脸和脖子，显得更加粉嫩。她在长袍的外面套了一件黑色的天鹅绒外套，头上戴一顶黑色的天鹅绒帽子。

　　"你丈夫现在看不到你，可惜死他了。你真是一个大美女呀！"伊丝·赫特边说边打量着苔丝。苔丝正站在门口，屋外是深蓝色的天和闪烁的星光，屋内是昏黄的烛光。伊丝说的是真心话，很大度，一点也不怕贬低了自己。她在苔丝的面前不能抱敌对态度的。再说了，苔丝对她自己的这些同类人，总是能用她非同一般的热情和力量影响她们，普通的女人，对苔丝好像都不会太嫉妒或仇视的。

　　她们在她的身上这儿拍一拍，那儿扯一扯，确定合适之后，才让她出门，看着她消失在黎明前的晨光里。苔丝迈着大步，她们能够听见她走在坚硬的路面上的脚步声。伊丝现在都在真切希望苔丝这次拜访能够如愿以偿。她虽然并不是讲大道理、讲贞操的人，但是她想到自己一时受到克莱尔的诱惑而没有做出对不起她朋友的事的时候，还是感到很庆幸。

　　去年的这个时候，好像就差一天吧，克莱尔同苔丝结婚。然后，也就过了几天，克莱尔就离开她了。在一个干燥晴朗的冬季早晨，在石灰岩山脊上清新纯净的空气里，她迈着轻快的步伐赶路。她去完成自己的

这样一项任务，心里并没有感到难过。她动身的目标很明确，就是要赢得她婆婆的欢心，把自己过去的故事全部告诉她，争取得到她的支持，这样她就能帮苔丝召回那位逃走的人了。

终于，她走到了那片宽大的斜坡的边缘，斜坡下方就是布莱克摩山谷的沃土，现在还隐匿在晨雾中，曙光初现。与高地上的无色纯净的空气不同，山谷里常常会有蓝白色的雾气缭绕。两处的田地分布也各不相同，高地上的田地又大又规则，一百亩一块。而山谷里的田地要小得多，最多也就五六亩一块，从山上向下望去，这些田地就好像网格或者筛子一样。这儿风景的颜色是一种浅褐色，再往下就和佛卢姆谷一样了，差不多成了青绿色。可是，苔丝最大的痛苦就是在那个山谷里经历的，所以她不像以前那样喜欢它了。美在她看来，正如许多深有感触的人一样，并不在美的事物本身，而是在它的象征。

她沿着山谷的左边从容地朝西边走去。经过辛托克村庄的上方，再走到谢顿教堂通向卡斯特桥的那条大路上，在向右转弯的地方穿过去，又顺着多格堡和高斯陀朝前走，经过一个被称作魔厨的小山谷。她沿着那段山路走到十字碑那儿，那根石头柱子孤零零地无言耸立着，说明这里曾经发生过怪事，或者凶杀，或者兼而有之吧。她继续往前走了三英里，穿过一条小路上来到了那条笔直荒凉的叫作长槐路的罗马古道。旋即又转向一条岔路往下走，下了山就到了艾弗谢村，差不多完成了一半的路了。她在艾弗谢村休息了一会儿，又在教堂旁边的一家农舍里吃了一顿又香又甜的早饭。为了避人耳目，她没去"胖果"客栈吃饭。

苔丝剩下的后一半路走的是本维尔大道，坡度平缓。不过，随着她和目的地之间的距离越来越短，她拜访成功的信心却越来越小了，要实现这次拜访的任务也显得越来越难了。她发现，她的目的如此明确，而周围的景物却如此朦胧，她甚至还可能迷路。大约到了正午时分，她终于抵达了通向低地的小路的栅栏门旁。她坐下小歇。爱敏寺和牧师住宅就在下面不远的低地里。

她看见了教堂的钟楼，她知道这个时候牧师和他的教民正聚集在钟楼的下面，那是一个神圣肃穆的地方。她想，要是能够平时到这儿来就好了,礼拜天不合适啊。像牧师这种好人,也许对选择在礼拜天到这儿来的人会有一些偏见的,不能理解她的情形的急迫性。当然,事到如今,她也只能继续硬着头皮往前走了。她穿着笨重的靴子已经走了这么多路,实在是累了。于是就把脚上的靴子脱下来,换上一双漂亮的黑漆轻便靴子,把脱下来的靴子塞到门柱旁边的树篱里,以便回来时可以找到。然后,她往山下走去。在她走近那座牧师住宅的时候,她那因为冷空气而冻红的脸现在已经慢慢复原了。

苔丝希望能遇上一件对她有利的事情,但什么也没发生。牧师住宅草坪上的灌木,在寒风下发出令人不爽的嘶嘶声。她尽可能地发挥自己的想象力,也尽可能把自己打扮漂亮了,但是她无法想象那就是他的近亲住的屋子。当然,无论在天性还是在感情方面,也没有什么本质上的东西把她和他们分开,无论痛苦、快乐、思想、出生、死前和死后都是一样的。

她鼓起勇气走进了牧师住宅的栅栏门,按了门铃。事情已经做了,就没有退路了。不,事情还没有做完,没有人出来为她开门。她得鼓起勇气再做一次。她又第二次按了门铃。她按门铃时的焦虑,加上走了十五英里路后的劳累,使她有点支持不住了。她在等开门的时候,用一只手撑着腰,用胳膊肘撑着门廊的墙壁歇着。刺骨的寒风吹来,枯黄的常春藤叶子不停地互相拍打着,把她刺激得烦躁不安。一张带有血迹的纸,从一户买肉人家的垃圾堆里被风吹起,在门外的路上飞舞着。将要落下时又因为太轻而飞起,将要飞向空中时,又好像太重而摇摇欲坠,陪着它一起随风飞舞的还有几根枯草。

她的第二次门铃按得更响,但还是没人出来开门。她只好走出门廊,打开栅栏门走了出来。她回头盯着房子的前面,有点心不甘,仿佛要回去,但还是把栅栏门关上了,这时她松了一口气。有一种感觉在她的心里反复出现:他们也许认出她了(但是她不知道是怎样认出来的),所以才吩咐仆人不为她开门。

苔丝走到拐角的地方,仔细想想,能做的她都做了。但是她决定还是要搞清楚,不要因为自己一时的动摇而给将来留下悔恨。所以她又走回屋前,把所有的窗户都看了一遍。

啊——原来这屋子没人，一点点声音都没有，他们一定都去了教堂。她记起来了，她的丈夫说过，他的父亲坚持要全家人，包括所有的仆人，都去教堂做礼拜晨祷，回家时总是吃冷饭。看来，他们要等到晨祷结束才能回来。她觉得，等在屋子的前面不合适，别人会注意的，还是绕过教堂，朝另一条路走走吧。但是就在她正好走到教堂门口时，教堂里面的人开始走出来了，苔丝自己也被裹在了人流中。

她在爱敏寺的教徒眼里，就和在一个信步回家的乡村小镇的居民眼里一样，都是一个陌生的外乡女人，是一个他们不认识的人。她赶紧走得快一点，回到了刚才来的那条篱路，想在树篱中间找一处隐蔽的地方，先躲起来，等到牧师一家人吃完了饭，在他们方便接见她的时候，她再出来。不久，她就看到教堂里面出来的人已经基本走远了，只有两个年轻的男子胳膊挽着胳膊，快步从后面跟了上来。

在他们走近的时候，她听出他们谈兴正浓，敏感的苔丝突然发现他们说话的声音和她丈夫说话的声音很相似。他们不是别人，正是她丈夫的两个哥哥。苔丝的脑袋一下子空了，她很担心在这种忙乱无序的时刻，在她还没有做好见面准备之前，让他们给追上了。虽然她觉得他们不一定会认出她来，但是她本能地非常害怕他们会注意她。她在前面越走越急，他们在后面好像也越追越快。他们是想赶在回家吃午饭之前，快速散个步吧，好暖暖脚，毕竟坐在教堂里做礼拜时脚都快冻僵了。

在上山的路上，走在苔丝的前面只有一个人，像是一位大家庭的小姐，有一种做作高傲的样子，惹人注意。就在苔丝差不多已经超过那位小姐的时候，她的两位大叔也差不多追到了她的身后，近到连他们说话的每一个字都能听清楚了。不过苔丝对他们的聊天内容没有特别注意。他们在谈论前面走着的那位小姐，其中有一个说："那不是梅茜·钱特吗，我们追她去吧。"

苔丝知道这个名字。正是这位梅茜，她的父母和克莱尔的父母都要把她选作克莱尔的终身伴侣。若不是她从中插了进去，大概她已经和克莱尔结婚了。要是她再等一会儿，即使她以前不知道，她现在也会明白的，因为其中一个兄弟说："唉！可怜的安琪，可怜的安琪！我一看见这位好姑娘，我就要遗憾安琪太轻率，不娶这位小姐，非要去找一个什么挤牛奶的,或是干其他什么活儿的。真是十分奇怪,我都不知道他们现在是不是走到一起了。几个月前我听到过安琪的消息,她还没有去找过他。"

"我也不知道。现在他什么也不跟我说了。他那场欠考虑的婚姻完全使我们疏远了,其实自从他有了那些古怪的思想后,我们就开始疏远了。"

苔丝加快了脚步,走在漫长的山路上。但是,她若想硬要走在他们的前面,就难免不引起他们的注意。后来,他们赶上了她,从她的身边走过去。走在更前面的那位年轻小姐听见了他们的脚步声,转过身来。接着,他们互相打了招呼,握了手,就一块往前走。

他们很快就走到了小山的顶上。显然,他们是把这个地点当作他们散步的终点,他们放慢了脚步,三个人一起拐到了栅栏门的旁边。就在一个小时以前,苔丝也曾经在那个栅栏旁休息过,然后她才下山进镇的。这时,两位牧师兄弟中有一个用他的雨伞在树篱中仔细地搜寻着,拨拉出来一样什么东西。

"一双旧靴子!"他说,"肯定是某个骗子或者什么人扔掉的。"

"也许是某个想赤着脚到镇上去行骗的吧,想用这种方法博取同情,"梅茜小姐说,"不错,一定是的,因为这是很好的走路穿的靴子——一点儿也没有磨破。干这种事的人真坏呀!我们把靴子拿回家去送给穷人吧。"

找到靴子的那个人是库斯伯特·克莱尔,他用手中的伞柄勾起靴子,递给梅茜小姐,苔丝的靴子就这样被别人拿走了。

他们说的话苔丝都听见了,她戴着毛织的面纱从他们身边走过去,又立即回头去看,看见那三位教徒离开了栅栏门,带着她的靴子走回山下去了。

至此,我们的这位女主角开始继续自己的行程。眼泪,模糊了她的双眼,滚滚落下。她也知道,那完全是因为她多愁善感、过于敏感,才导致她把看见的一幕当成对自己的嘲弄。尽管如此,她还是无法摆脱这种心情。面对这些对她不利的预兆,她无法说服自己、保护自己。她再也不想去牧师住宅了。安琪的妻子差不多感到,她仿佛是一个被羞辱的

东西，被那些在她看来极其高雅的牧师赶到了山顶上。虽然他们是在无意中伤害到她的，她自己的运气也不好，她遇到的不是那个父亲，而是他的儿子们。这位父亲尽管狭隘，但不似儿子们刻薄。父亲的天性比较慈爱。她又想起了她的那双沾满尘土的靴子。真是难为了它们，无故受到嘲弄，而且靴子主人的命运是多么令人绝望啊！

"唉！"她继续孤影自怜，哀叹道，"他们真是不知道，为了省着穿这双他买的漂亮靴子，最难走的崎岖山路是我穿着那双旧靴子走的啊！不！他们是不会知道的！他们也不会想到，我穿的这件袍子的颜色还是他挑选的呢！唉！他们哪里会知道呢？哪怕知道了，他们也不会放在心上的，因为他们并不太关心自己的弟弟呀，可怜的人啊！"

于是，她又可怜起她的心爱的安琪了。其实，安琪判断事物的传统标准极大地影响了她，直接导致了她现在所有的这些苦恼。她在路上走着，却不知道她一生中最大的不幸，就是因为她的女性的怯懦，在最后的关键时刻，凭自己对他们两个儿子的判断去看他们的父亲。实际上，她现在的境况，正好可以激起克莱尔先生和克莱尔太太的同情。这老两口一旦遇见特别的困难，就最容易引发他们的恻隐之心。而那些只会夸大小小的精神苦恼、并非陷入艰难绝境的人，他们是不会感兴趣或给予关注的。他们会去拯救背叛者和犯罪者的时候，却不屑为文士和法利赛人的痛苦说几句话。他们这种偏激和狭隘，在这个时候如果遇到儿媳求助，一定会把她当成一个落难的人，向她表示他们的爱心。

苔丝又开始沿着来路往回跋涉，她来的时候就没有抱太大的希望，只是深信在她的人生中又一次危机将会到来。显然，现在没发生什么危机，她也没有什么别的好做，只好再回到那个有着贫瘠土地的农场里去谋生了，去聚集勇气，期待某天能再次决定去牧师住宅。在回去的路上，她确实对自己产生了足够的兴趣，掀开了脸上的面纱，仿佛是要让世界看一看，她至少可以展示出超越梅茜·钱特的容貌。但是她在掀面纱的时候，又难过地摇了摇头。"这又算得了什么？这不算什么！"她说，"谁会喜欢这副容貌呢，谁来看这副容貌呢？像我这样一个被遗弃的人，还有谁在乎她的容貌啊！"

她在回去的路上，与其说是前进，不如说是毫无目的地飘荡。她

第五部 痛苦代价

失去了活力，失去了目标，只剩下一个大致的方向。她沿着漫长的本维尔大道走着，开始渐渐感到疲倦了。每走到一个栅栏门或里程碑，她都停下来歇一歇。就这样，大约走了七八英里的路，走完了又陡又长的下山的坡道。山下有一个叫作艾弗谢德的村，她走进一所屋子，就是早晨吃过早饭的那家。当时的她，心里还满怀着希望。这座小屋在教堂的旁边，差不多到了村子的尽头，屋子里的主妇到食品间为苔丝拿牛奶的时候，她向街上看去，发现街上似乎空荡荡的。

"所有的人都作晚祷去了吗？"她问。

"不是的，亲爱的，"那个年老的妇人说，"现在做晚祷还早了些，做晚祷的钟声还没有敲呢！人们都到麦仓那边听人讲道去了。晨祷和晚祷之间，有一个卫理公会牧师在那儿讲道——他们说他是一个杰出的、热情的基督徒。可是，天啦，我是不去听他讲道的！教堂里的定期讲道对我来说已经够了。"

过了会儿，苔丝走进了村子，两边的房子反射出她的脚步声，仿佛这儿是一个死人国。靠近村子正中的地方，她开始听到了一些其他声音。她看见路边不远处有一个麦仓，就猜想那些声音是讲道人的声音了。

在寂静晴朗的天气里，讲道人的声音十分清楚，尽管苔丝还在麦仓的另一边，但是不久她就能把他讲的每一句话都听清楚了。正如可以想象得到的那样，那篇讲演词是极端的推崇信仰论的一类，只要信仰基督就可以释罪，这是圣保罗的神学观点。那位狂热的布道者用狂热的情绪宣讲着基督教，慷慨激昂，就像在背书，没有辩证的逻辑推理。苔丝虽然没有听到讲道的开头部分，她也能从他反复的念叨中听出那一篇讲道词是什么——

无知的加太人哪，耶稣基督钉死在十字架上的时候，已经活画在你们眼前，谁又迷惑了你们，叫你们不信真理呢？

苔丝站在后面听着，越来越感兴趣了，因为她发现那个讲道人的思想，和安琪的父亲是一派的，属于形式热烈的一种，当讲道人开始仔细讲述他信仰这些观点的心路历程时，苔丝的兴趣更浓了。他说他是一个罪孽深重的人。他曾经嘲笑过宗教，结交过放荡淫秽的人。但是后来有

德伯维尔家的苔丝

一天他醒悟了,他之所以能够醒悟,主要是受到当初曾被他粗暴地侮辱过的一个牧师的影响。那位牧师在离开时说了几句话,他铭记在心,永生难忘。后来,因为上帝的恩惠,他获得了新生,变成了他们现在看见的样子了。

还有比那种思想更让苔丝吃惊的就是讲道人的声音,尽管似乎不可能,那声音居然和亚雷克·德伯维尔的声音一模一样。她突然感到一阵痛苦,表情疑惑、呆滞。她转到麦仓的前门那儿,从那儿走了过去。冬日斜阳直射在这边有着双层大门的入口处。一扇大门开着,所以阳光长驱直入,照到里面的打麦场,落在布道者的身上,也落在听讲道的人身上,他们都暖暖和和地站在麦仓里,麦仓挡住了北边吹来的寒风。在那儿听讲道的人全是附近的村民,她发现了一个熟面孔,是她在从前那个难忘的时刻见过的提着红油漆桶写格言的人。不过她的更多的注意力还是那位站在麦仓中间的人,他站在几个麦袋子上面,面对着听讲的人和麦仓的大门。三点钟的太阳照在他的身上,把他照得清清楚楚。诱奸她的人就站在她的面前,刚才清楚地听见他的声音,她就十分奇怪,感到沮丧,现在不能不相信了,不错,确认就是他!

第六部　再度翻转

第六部 再度翻转

第四十五章

　　自从苔丝离开特兰岭之后，一直到现在，苔丝再也没有看见过德伯维尔，也没有听说过关于他的任何信息。

　　苔丝与德伯维尔的再次相遇正好是她自己心情郁闷的时候，是她最不可能因为感情而冲动的时候。虽然他站在那儿，分明是一个皈依了宗教的人，正在为自己曾经的过错悔恨不已，但是当苔丝情不自禁地回忆起这些时，还是万分恐惧，几近瘫痪，无法动弹，进退两难。

　　回想一下最后一次见面他脸上的表情，再看一看他现在的样子！……在这张同样漂亮的脸上，依然存在着同样令人讨厌的神情，不过嘴上原来的八字须不见了，换成了修剪得整整齐齐的络腮胡。他身上穿着的衣服也有点像牧师，差不多掩盖了原来花花公子的面目。所以苔丝刚才看见他，竟一时没认出来。

　　开始的时候，苔丝听到德伯维尔的嘴里滔滔不绝地吐出《圣经》上的庄严句子，感到非常的离奇和荒诞。还不到四年时间，她所熟悉的污言秽语和流氓腔调，因为目的不同而完全变了，简直太讽刺了，太让人恶心了。

　　这根本谈不上改过自新，其实就是个改头换面吧。过去脸上的色眯眯的淫笑，换成了如今貌似虔诚的宗教激情。曾经用来勾引诱惑的嘴唇，现在用来祈求劝导了，他的满面红光曾经被解读为浴火焚烧，今天却变成了传道的热情；从前的兽性现在变成了对宗教的疯狂；从前的异教邪说现在变成了保罗精神；那双滴溜溜直转的贼眼曾经在她身上打转，而现在却放射出一种可怕的、狂暴的崇拜神学的凶光。以前在事不遂心、屡遭挫败的时候，他脸色阴沉，现在同样的脸色，却用来表示自己对那些甘于堕落、不求上进的人的嫌恶与唾弃。

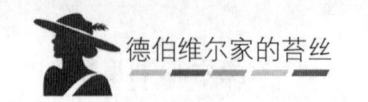

他的这种表情似乎是在抱怨。这样的表情已经不是上帝造人的时候所赋予这种表情的意义了。奇怪的是，这种夸张的表情用错了地方，越夸张越假。

可是真的如此吗？她不能再苛责下去了。德伯维尔又不是第一个改邪归正的人，为什么她一定要看不惯他呢？这不过是她对他有成见吧，所以当听见狗嘴里吐出人话的时候，就觉得格格不入了。其实罪孽越深重，就越有可能变成一个圣徒。这样的例子在基督教的历史中随处可见。

对苔丝来说，上述印象都是模模糊糊、不确定的。她刚才因为吃惊和紧张，愣住了。现在镇静些了，力气恢复了，她就想第一时间从他面前消失。阳光在她背后，他显然还没有发现她。可是她刚一挪步，他马上就认出了她。顿时，她那位旧日的情人就像触电一样，那种刺激比他的出现对她产生的刺激要大得多。他刚才的烈火般的热情和滔滔不绝的雄辩似乎一下子消失了。他的嘴唇扭动着、颤抖着，话在口边，他就一个字也说不出来了，因为他们现在面对面了。他看了一眼苔丝后，就慌乱旁顾，再也不敢看她了，但是每隔几秒钟，他又不由自主地迅速看她一眼。这种几近瘫痪的状态持续时间很短，因为苔丝在他手足无措的时候已经恢复了力气，她迅速地绕过麦仓，跑远了。

她终于定下神来，静静一思考，不禁吓了一大跳。他们两个人的地位差别和变化真是太大了。他曾经给她带了灾祸，毁了她的青春，现在他却站在了圣灵的一边，而她作为被害者，灵魂的深重罪孽却尚未得到新生。现在还真有点像古老传说中的情节，她那美神一样的形象突然出现在他的祭坛上，那位牧师祭坛上的圣火刚刚差点被熄灭了。

她头也不回地向前走着。她的背，甚至背上的衣服，都异常的敏感，猜想着德伯维尔是不是已经跑到谷仓的外面，是不是在她后面盯梢。她一路跑来，心情压抑，痛苦不堪。她此刻的心痛与前阵子的烦恼已经发生了质的变化。她原先是渴望那曾被长期遏制的爱情，而这种渴望现在又一次被那个实实在在的、不可饶恕的罪孽感所击垮。她绝望了，她强烈地意识到自己的罪孽无法消除。她曾经希望自己可以把过去的历史和当下的现实割裂开来，但是她失败了。她明白了，只有当她

第六部 再度翻转

离开这个世界,她的过去才能真正成为历史。

她心事重重地走着,穿过了长槐路的北部,看到了一条白茫茫的上坡路通向高地,她接下来的路就只需沿着高地的边缘走。那条干燥灰白的路冷冰冰地向上伸展着,不见一个人影,也不见一辆车,哪怕是两个黑点都没有,只有一些褐色的马粪四下散落在干冷的路面上。在苔丝喘着气慢慢上坡的时候,她听到身后传来了脚步声,扭头一看,那个熟悉的身影正在向她走来——穿着怪里怪气的卫理公会牧师服装——就是那个她这辈子在这个世界上最不想单独遇见的人。

但是,没有时间多想了,躲也躲不开了,她强作镇定,等他赶上来。看得出来他很兴奋,并不是因为走路急,更多的是因为内心的激动。

"苔丝!"他喊了一声。

她放慢了脚步,但没转身。

"苔丝!"他又喊了一遍,"是我,亚雷克·德伯维尔。"

她这才回过头去,他也走了上来。

"我看到了!"她冷冷地说。

"啊,就这一句话?不过,你瞧不上我啊!当然喽!"他笑了笑接着说,"你看见我现在这个样子,一定感到可笑是吧。行,你就笑话我吧,我忍着。我听说你走了,没人知道你去了哪里。苔丝,你想知道我为什么要跟着你吗?"

"是的,是很奇怪。我打心底里不希望你跟着我。"

他们一起往前走,苔丝很不情愿的样子,他就阴沉着脸说:"是啊,你完全可以这么说,可是你不要误会我。刚才我一看见你,我就情不自禁地跟了来,你也许注意到了,你出现得太突然了,我不知所措、语无伦次了。不过那都是一时的,要想想咱俩过去的关系,这也是十分自然、符合情理的吧。但是我的意志力帮助我克服了过去的缺点。我这样说你也许会把我当成骗子吧。其实,离开你之后,我立即就感觉到,我的责任和愿望就是把所有的人从上帝的惩罚中拯救出来。你听到我说这样的话请千万别嘲笑我,我认为在需要被拯救的那些人中间,头一个要拯救的就是那个被我伤害的女人。这就是我追着你到这里来的目的,

德伯维尔家的苔丝

别无他求。"

她的回答含着鄙夷:"你把自己拯救出来了吗?俗话说,行善始于自身。"

"我可什么也没做啊!"他毫不在乎地说,"正如我对听我讲道的人说的那样,一切都是上天的作为。苔丝,你看不起我,我自己更看不起自己啊!我以前太堕落了。唉,真是一个奇怪的故事,信不信随你。不过我要告诉你我是怎样被感化过来的,希望你至少有点兴趣来听一听。你听说过爱敏寺那个牧师的名字吧?你一定听到过,对吗?就是那个上了年纪的克莱尔先生,他是他那教派里面最虔诚的了,也是国教里剩下的少数几个热心人之一了。他对自己教派的热衷虽然还比不上我现在信的基督教中的那个极端派,但是在英国国教的牧师中已经是很难得的了。如今那些年轻国教牧师只会诡辩,他们其实在不断削弱真正的教义力量,越来越徒有其名了。我和他只是在教会和国家的关系问题上存在分歧,具体一点就是在'上帝说,你们务要从他们中间来,与他们分别'这句话的解释上存在分歧,仅此而已。我相信,他虽然一直清贫,但是他在我们这个国家里拯救的灵魂是最多的,没有一个比得上他。你听说过这么个人吗?"

"我听说过!"她说。

"在两三年以前,他作为一个传教团体的代表到特兰岭讲道。那时候我还是一个荒唐放荡的人。他无私地来劝导我、指引我,我却侮辱了他。他并不记恨我,只是简单地说,总有一天我会接收到圣灵的果实。那一天,许多前来侮辱的人,都留下来祈祷了。他说的那些话给我留下了深刻的印象。不过后来我母亲死了,这是我遭到的最大的打击。慢慢地,我受到引导,终于看见光明了。自此以后,我一心只想传播真理,这就是我为什么今天到这儿来讲道。不过,我来这一带讲道也只是最近的事。我成为牧师后的头几个月,是在英格兰北部一群我不熟悉的人中间开始的,是想先在那儿锻炼一下,然后才有勇气对那些熟悉的人讲道,对那些曾经跟自己一起作恶的伙伴们讲道,这是最严格的考验,需要诚心。苔丝,你要是知道自己扇自己耳光的那种乐趣,我敢肯定——"

第六部 再度翻转

"住口!"她气坏了,大声呵斥,并转身躲开他,走到台阶另一边,"我才不信这种突如其来的事呢!你心里明明最清楚,你把我伤害到了什么地步!现在你却对我这样说话,我只感到愤怒,你,还有像你这样的人,你们在这个世界上尽情享乐,却要让我这样的人受够了罪。现在你们玩够了,开心够了,又来变着花样信宗教,好进天国再享乐,想得好美啊!别来这一套,我不会相信你的,我恨透你了!"

"苔丝,"他坚持着说下去,"不要这样说!皈依宗教应该是一种让人高兴的新思想啊!你不相信我吗?你不相信我的什么呢?"

"我不相信你会变成好人。不相信你玩的宗教把戏。"

"为什么?"

她放低了声音说:"因为有个比你好的人就不相信这种把戏。"

"这真是妇人之见了!那个比我好的人是谁呢?"

"我不能告诉你。"

"好吧,"他好像非常生气,立刻就要发作的样子,但是他克制住了,"上帝不容许我自称好人——你也知道我没有自称好人。我是刚刚开始弃恶从善,真的,但后来者居上也是有可能的。"

"不错,"她忧伤地回答,"可是我不敢相信你真的皈依了一种新的神灵。亚雷克,你这是一时冲动,恐怕不会长久的!"

她本来是靠在台阶上的,现在说完话就转过身来了,面朝着亚雷克。于是他的眼睛就在无意中落在了苔丝的脸上和身上,他打量着她,思考着。他身上那个劣根性暂时安静了,但是肯定没有铲除,也没有完全抑制住。

"不要那样看着我!"他突然说。

苔丝此时的动作和表情都是不由自主的,完全没有意识。现在听他这么突然一吼,立刻收回了她那双黑眼睛的目光,脸一红,结结巴巴说:"对不起!"她又为自己的容貌伤心起来了。这样一副天生的花容月貌,总是惹出麻烦!

"不,不!别跟我说对不起。不过,你既然戴着面纱来遮着你美丽的脸,那你为什么不继续戴着它呢?"

她把面纱拉了下来,急忙说:"我戴面纱主要是为了挡风的。"

"我这样对你发号施令似乎是太严厉了！"他继续说，"不过，我还是少看看你吧。少看好，看多了也许太危险。"

"别说啦！"苔丝说。

"唉，女人的脸早已经对我产生过太大的魅力，我会不害怕吗？一个福音教徒应该跟女人的脸毫无关系，但是它却使我想起了我更愿意忘记的往事！"

说完了这些话，他们就慢慢地朝前走着，偶尔随便说一两句话，而苔丝心里一直在想，他究竟要同她走多远，同时也不想明着把他撵回去。当他们走到栅栏门和台阶时，看到一些用红红绿绿的油漆写的《圣经》格言，她问他是否知道谁这样不辞辛劳写上去的。他告诉她，写格言的那个人是他和另外一些在那个教区工作的人请来的，把那些格言写上去，目的也就是要去感化邪恶的罪人。

后来他们走到了那个被称作"十字碑"的地方。在这一片荒凉的白土高地上，这个地方是最最荒凉的了。它绝不是那种画家和爱好风景的人所追求的那种美，恰好相反，它是带有悲剧情调的消极凄凉的美。这个地方的名字就是从矗立在那儿的那个石头柱子来的。那是一根用整块石头做成的、形状古怪的柱子，在任何本地的采石场里，都找不到这种石头，在这块石头的上面粗糙地刻了一只人手。关于它的历史和意义，有多种不同的说法。有的说，那儿从前曾经竖有一个虔诚的十字架，而现在的剩余部分只是它的底座了。也有另外的人说，那是一根完整的石头柱子，是用来标明地界和集合地点的。无论这根柱子的出处如何，但是由于各人的心情不同，看到那根石头柱子竖在那儿，有的人感到凶恶，有的人感到阴森，就是从那儿走过的感觉最迟钝的人，也会产生出留下某种奇特的印象。

"我想我现在一定要跟你道别了！"他们在快接近那个地点时他说，"今天晚上六点钟我必须到阿伯特·色诺去讲道，我走的路从这儿往右拐。苔丝，今天见到你，我有点六神无主了，我也不知道到底是怎么回事。我必须走了，我得好好控制自己的情绪。对了，你现在说话怎么变得这样流利了？谁教你说得这么好的英文呢？"

"我是在苦难中学会很多东西的！"她闪烁其词。

第六部 再度翻转

"你有什么苦难呢？"

她把她第一次的苦难告诉了他——那是与他有关的一次苦难。

德贝维尔听后，惊讶得说不出话来，"一直到现在，我对这件事一无所知啊！"他后来又轻轻地说，"在你陷入麻烦的时候，为什么不写信告诉我呢？"

她没有回答。他又接着说，打破了沉默："好吧——你还会见到我的。"

"不，"她回答说，"别再见面了！"

"我再想想吧。不过在我们道别之前，到这儿来吧。"他走到那根柱子的跟前，"这曾经是一个神圣的十字架。在我的教义里我是不相信圣物遗迹的，但是有时候我害怕你——和你现在害怕我比起来，我是更加怕你了。为了减少我心中的害怕，请你把你的手放在这只石头雕成的手上，发誓你永远也不来引诱我——不要用你的姿色和行为来诱惑我。"

"天哪！你怎能提出这种不必要的要求呢！我没有一点点要诱惑你的想法啊！"

"是的，不过你还是发个誓吧。"

苔丝半带着害怕，顺从了他的要求，把手放在那只石头手上发了誓。

"你不信教，我为你感到遗憾，"他继续说，"不信教的人也能控制人，使人心神不定，动摇信念。不过现在不多说了。至少我会在家里为你祈祷的，我会为你祈祷的，谁能够知道会发生什么事呢？我得走了，再见！"

他转身向树篱中的一个栅栏门走去，门很低，他没有再看她一眼就跳了过去，穿过草地朝阿伯特·色诺的方向走了。他的步伐显得心神不安，他向前走了一会儿，仿佛又想起了以前的什么事情，就从他口袋里掏出来一本小书，书里夹着一封信，信已经有点破了，好像被反复看了好多遍了。德伯维尔把这封好几个月以前写的信打开，信后签的是克莱尔牧师的名字。

在信的开头，牧师对德伯维尔的转变表示由衷的高兴，接着又感谢

他的一片好意，就这个问题跟他通信。克莱尔先生在信里还说他真心实意地宽恕了德伯维尔过去的所作所为，并且非常关心这位青年的未来计划。为了帮助他实现计划，克莱尔先生非常希望看到德伯维尔也进入他多年来献身的教会，并且愿意介绍他进神学院学习。不过既然德伯维尔认为进神学院耽误时间而不愿去，所以他也不再坚持了。任何人都要在圣灵的激励下尽心尽力，尽自己的本分，至于采纳何种方法，应服从于圣灵的鼓励了。

德伯维尔把这封信读了好几遍，似乎每一次都在尖刻地嘲笑自己。他继续往前走，为了平复心情，他又把从前写的备忘录拿出来，读了几段，脸色开始重新平静下来了，很明显苔丝的形象此刻已不再搅乱他的心情了。

与此同时，苔丝也一直沿着山脊走着，这条路是回家最近的一条路。走了不到一英里，他遇见了一个牧羊人。

"我刚才走过的那根古老的石柱是什么意思呢？"她问他，"从前它是一个十字架吗？"

"十字架？不是的，它不是一个十字架！那是一件不吉利的东西，姑娘。那根石头柱子是古时候一个罪犯的亲属竖在那儿的，先是把那个人的手钉在那儿折磨他，后来再把他绞死。他的尸首就埋在那根石头柱子下面。有人说他把自己的灵魂卖给了魔鬼，有时候还会在这一带转悠呢。"

她出乎意外地听说了这件阴森可怖的事，不禁毛骨悚然，就把那个孤独的牧人留在那儿，自己朝前走了。当她走近弗林库姆淬的时候，天色已是黄昏了。她走进通往村子的那条篱路，在通往村口的地方，她碰到了一个姑娘和她的情人在一起，而他们倒是没有看到她。他们并不是在说什么悄悄话。那个年轻姑娘声音清脆、轻松，那个男人倒是很热情。那时候，天色一片昏暗，周围一片沉寂，只有那个姑娘说话的声音飘荡在寒冷的空气里，使苔丝的心情好了不少。她开始思考并推测他们会面的原因，他们之间的约会应该是源自某一方的吸引力，而正是这种吸引力导致了她的灾难人生的开幕。当她走近的时候，那个姑娘坦然地转过头来，认出了苔丝，那个年轻的小伙子感到不好意思，就躲开了。

那个姑娘原来是伊丝·赫特,她认出是苔丝,就把自己的事情放在一边,立刻关心起苔丝这次出门的事来。苔丝对这次出门的结果闪烁其词,伊丝是一个机敏的姑娘,不再多问,开始对她讲自己的一件小事,也就是刚才苔丝看到的一幕。

"刚才那个男的,他叫阿米·西德林,有时候在塔布塞斯牛奶场做零活儿,"她满不在乎地解释说,"他到处打听,打听到我已经到这儿来了,才到这儿来找我的。他说他爱我已经两年了,不过我还没有答应他呢。"

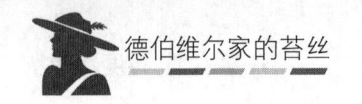

第四十六章

自从苔丝上次徒劳往返以来，已经过去好几天了，她继续在地里干活。冬天的干燥的风吹着，不过，有茅草编起来的篱笆就像一个屏障，能凑合着为她挡挡风。在篱笆的另一面，放着一架切萝卜的机器，机器上新刷了一层发亮的蓝色油漆，与周围的暗淡环境对比鲜明，干活的环境好像还富有生气。机器的对面，是一个储存萝卜的地窖，萝卜从初冬开始就被保存在那儿了。苔丝站在地窖口，拿着尖嘴小刀把一个个萝卜上的根须和泥土清理干净，再把萝卜扔进切萝卜片的机器里。有一个男工人摇动着机器的摇把，新切的萝卜片就从机器的口里不断地流出来，周围弥漫着那些黄色萝卜片的新鲜气味。此刻，外面吹着呼呼大风，机器刀片嗖嗖作响，与苔丝的皮手套在清理萝卜时的摩擦声共同营造了劳动农场的背景噪音。

萝卜收起以后，那一大片土地就空了，只有褐色的土。现在上面又开始出现了深褐色的长带，这条长带慢慢地变得越来越宽了。沿着每条垅起的长带，都有一种十条腿的东西在不紧不慢地从地的这一头爬行到另一头，那是一个人驾着两匹马、握着一张犁在田地里移动着，正在把秋收后的土地耕好，准备春季里播种。

好几个小时过去了，一切都还是老样子，单调、沉闷。后来，在犁地的那一边，出现了一个黑色的斑点。那个黑点是从树篱拐角处的空隙中出现的，正在向清理萝卜的人移去。随着那个黑点的移动，黑点越变越大，慢慢地就可以看得清楚了，原来是一个身穿黑衣的人，正在从长槐路向这边走来。摇萝卜切片机的男工，眼睛本来就闲着，一直盯着那个走来的人，而清理萝卜的苔丝眼睛盯着萝卜，一直不知道有人走过来，后来切片机的男工告诉了她，她才注意到那个人已经走过来了。

第六部 再度翻转

走过来的那个人并不是那个要求苛刻的农场主格罗比,而是那个曾经放荡不羁的、现在打扮得半像教徒半像俗人的亚雷克·德伯维尔。现在因为没有讲道,他的表情也不激动或热烈,他站在切片机的工人前,似乎有些不自在。苔丝的脸顿时变得苍白,心情极度痛苦,把头上的帽子向下拉了拉,遮住了脸。

德伯维尔走了过来,轻轻地说——

"我想跟你说两句话,苔丝。"

"我上次求过你,求你不要到我的身边来,你怎么说话不算数啊!"苔丝说。

"不错,可是我有充足的理由,苔丝。"

"好吧,你说吧。"

"这可能比你想的要严重得多啊。"

他四下看看,担心是不是有人在偷听。他们离那个摇机器的人还是有一段距离的,再说机器转动的响声很大,摇机器的人应该听不到亚雷克的说话。亚雷克站在苔丝和摇机器的人之间,背朝着摇机器的人,把苔丝挡住。

"是这么回事,"他继续说,显得为自己的反复无常很悔恨的样子,"我们上次见面的时候,我只想到我们的灵魂的事情,忘了问你生活的情况了。你当时穿着很好,这是我没有想到的。但是我现在又看见你的生活这么艰难,比我认识你的时候还要苦,你是不应该受这种苦的。也许你这样受苦主要得归罪于我吧!"

亚雷克站在旁边,带着探询的神情看着苔丝。苔丝没有回答,依旧低着头,继续清理着萝卜。她的头上戴着帽子,把头完全遮住了。苔丝觉得只有不停地干活,清理萝卜,才能完全把亚雷克驱除出她的情感世界。

"苔丝,"他不满意地叹了一口气,又说,"我见到过许多人的生活状况,你的情形是最艰难的了!在你告诉我以前,我真没有想到我带给你这样的结果啊。我真是一个混蛋,我玷污了一个清白人的生活啊!这全是我的错!我们在特兰岭时的越轨行为都是我的错。你才是真正的德伯维尔家族的后人,我只是一个假的冒牌货。你真是一个年幼无知的

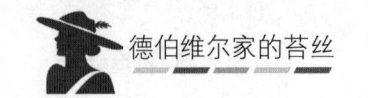

人，一点儿也不知道人世间的诡诈啊！说一句诚恳的话吧，父母把女儿抚养长大，却不告诉女儿这世界环境险恶，遍地陷阱，无论他们是出于好心还是粗心，都是相当危险的。父母没有尽责。"

苔丝依然保持沉默，继续削着萝卜须，削完一个放下，又拿起另外一个，机器似的。那模样，活脱脱一个地里的农妇。

"不过，今天我来这儿并不是为了说这些！"德伯维尔继续说，"我想跟你说说我的情况。你离开特兰岭后不久，我的母亲就去世了，那些房子田地都成了我的产业。但是我想把这些都卖了，然后到非洲去从事传教步道的事业。当然了，这件事让我一个人干肯定是干不好的。我要问问你，你能不能让我尽一份责任，让我弥补一下我从前对你做的荒唐事。直接说吧，你能不能做我的妻子，跟我一起到非洲去？你看这份宝贵的文件我已经弄到手了。这也是我母亲的唯一遗愿。"

他显得有点不好意思地，笨拙地在口袋里摸索了一阵，掏出一张羊皮纸来。

"那是什么？"她问。

"结婚许可证。"

"啊，不行，先生——不行！"她吓得直往后退，急急忙忙地说。

"你不愿意？为什么呢？"

他在问这句话的时候，脸上出现了一种失望的神情，不过那种失望似乎并不完全是由于不能赎罪，更像是旧情复燃，赎罪的责任和肉欲的追求结合在一起了。

"不错。"他接着说，口气显得更暴躁了，还扭头看看那个摇切片机的人。

苔丝也感觉这种谈话不适合在这块劳动场地继续下去了。她对那个摇机器的人说，这位先生来看她，她想陪他走一会儿，说完就和德伯维尔向那块刚刚犁过的、布满条状小土沟的农田穿过去。刚翻耕的地方高低不平，他把手伸过去，想扶一下苔丝，但是苔丝头也不回地在犁垄上走着，仿佛没看见似的。

"你不愿意嫁给我，苔丝，不想让我浪子回头，对吗？"他边走边重复着说。

第六部 再度翻转

"我不能嫁给你。"

"为什么呢？"

"你知道我对你没有感情。"

"但是，也许时间长了，或者你真正宽恕我了，你就会开始爱我的呀？"

"绝对不可能！"

"为什么要把话说得那么绝呢？"

"因为我爱上了别人。"

这句话似乎使他大吃一惊。

"真的吗？"他喊着说，"另外一个人？可是，难道你就没有一点点道德感、是非感吗？你难道不知道这是罪过吗？"

"不，不，请你不要说了！"

"不管怎么说，你对你说的那个男人的爱只是一时的冲动吧，慢慢会消除的。"

"不——不是暂时的。"

"是的，是的！为什么不是呢？"

"我不能告诉你。"

"你一定要说实话！"

"那么好吧……我已经嫁给他了。"

"啊！"他惊叫起来，张口结舌，盯着苔丝。

"我本来不想告诉你——我真的不想说！"她解释说，"这在这儿是一个秘密，即使有人知道，也只是模模糊糊地知道一点儿。因此，你不要，我请你不要再问我了，行吗？你必须记住，现在我们只是陌路人了。"

"陌路人——我们是陌路人？陌路人！"

有一会儿，他的脸上又闪现出过去那种讽刺的神情，但他还是努力克制了。

"那个人就是你的丈夫吗？"他用手指了指那个摇切片机的工人，机械地问。

"那个人！"她骄傲地说，"我想不是的吧！"

321

"那么是谁？"

"请不要问我不想告诉你的事！"她恳求他说，她说话的时候抬起头来，眼睫毛遮蔽下的眼睛中闪着祈求的目光。

德伯维尔心神不定了。

"可是我问你只是为了你好啊！"他激烈地反驳说，"天使啊！上帝宽恕我这样说吧。我发誓，我来这儿就是为了你好。苔丝，不要这样看着我，这目光我受不了呀！我敢肯定，自古至今，世上从来都没有过你这样的眼睛！唉，我不能失去理智，我也不敢。我得承认，你的目光唤醒了我心中对你的爱，而我本来一直以为这种爱情早已经灭绝了的。不过，我们若是能结婚，我们两个人的感情罪孽就一定能得到净化。我对自己说，'不信神的丈夫可以因为信神的妻子而圣洁，不信神的妻子可以因为信神的丈夫而圣洁。'现在我的神圣的计划破灭了，我不得不忍受我的失望了！"他眼睛低垂，心情郁闷，思索着。"结婚了。结婚了！既是这样，也罢。"他接着说，十分镇静，把结婚证慢慢地撕成两半，装进自己的口袋，"我既然不能娶你，但是我愿意为你和你的丈夫做些好事，而不管你的丈夫是谁。我还有许多问题想问你，当然，如果你不让我问，我也就不问了。不过，我要是认识你的丈夫，我帮助你和你的丈夫就更方便了。他也在这个农场吗？"

"不！"苔丝轻声说，"他在很远的地方。"

"很远？不在你的身边？那是一个什么样的丈夫啊？"

"啊，别说他的坏话！就是因为你！他知道了……"

"哦，原来是这样！真是太不幸了，苔丝！"

"是。"

"可是他这样离开你，把你留这儿干这种苦活……"

"他没有把我留在这儿干活！"她喊道，激动地为不在她跟前的那个人辩护着，"他并不知道我干活的事！这是我自己的安排！"

"那他给你写信吗？"

"我……我不能告诉你，这是我们自己的私事。"

"当然，这就是说他没有给你写信。你是一个被抛弃的妻子啊，我漂亮的苔丝！"

第六部 再度翻转

他一阵冲动,突然转过身来,握住苔丝的手。但是,因为苔丝戴着褐色的皮革手套,他只是抓住了她隔着粗皮手套的手指,摸不到里面的纤细肌肤。

"你别这样,别这样!"她吓得叫起来,一面抽回她的手,结果,手是抽回来了,手套留在了他的手里。"啊,你能不能走开?为了我和我的丈夫,为了你的基督教,请你走开吧!"

"好吧,好吧,我走开,"他突然说,一边把手套扔到苔丝手里,转身就走。但是他又回过头说,"苔丝,上帝作证,握你的手,并不是想欺骗你!"

这时,田野上响起了一阵马蹄声,有人骑马来到了他们的身后,而他们因为一心想着自己的事,竟没有注意到。骑马人喊道:

"你他妈的今天这时候怎么不干活儿,跑到了这儿?"

农场主格罗比从远处看见了两个人影,就骑着马走过来,想要看看他们到底在干啥。

"不要这样对她说话!"德伯维尔脸色阴沉,全然不像一个基督徒。

"不错,先生!一个卫理公会的人和她搞啥呢?"

"这个家伙是谁?"德伯维尔转身问苔丝。

她走到德伯维尔的身边。

"你走吧,我求求你了!"她说。

"什么!把你留给那个恶棍吗?一看他的脸就知道他不是一个好东西!"

"他不会伤害我的,他也不会和我谈情说爱的。到了圣母节我就离开这里了。"

"好吧,我想我只好听你的了。可是……好吧,再见!"

在苔丝眼里,这个保护她的人,比虐待她的人还要可怕。德伯维尔不情愿地走了以后,农场主还在继续咒骂苔丝,苔丝镇静地忍受着,因为她知道这种伤害和性爱无关。这个男人作为主人,也就是冷酷无情,过过骂人的瘾。如果他有胆量的话,他早就把她打了,不过苔丝有过以往的经验,对这样的主子还是可以放心的。她一声不吭地向地里干活的

德伯维尔家的苔丝

地方走去，回想着刚才和德伯维尔会面的情景，几乎没有意识到格罗比的马的鼻子都触到她的肩头了。

"你既然已经跟我签订了合同，要为我干到圣母节，你就得按合同办！"他咆哮着说，"该死的混蛋女人，跑东跑西，我再也不能容忍这个样子了！"

苔丝知道得很清楚，他这么凶狠，跟对农场上的其他女人不一样，完全是因为他挨过克莱尔一拳，来报仇的。一时间她不由得想，要是她接受了亚雷克的求婚，做了他的妻子，那么结果又会是什么样呢？那么，她就可以彻底摆脱这种屈辱的地位，不仅可以摆脱眼前这个欺负她的恶棍，还可以在这个鄙视她的世界面前抬起头来。"可是不，不！"她喘着气说，"我不能嫁给他！我太讨厌他了。"

就在当天晚上，苔丝给克莱尔写了一封情真意切的恳求信，但她隐瞒了自己的生活苦难，只是向他保证自己的爱情忠贞不渝、誓死不变。任何人读到这封信，都能从字里行间看见，在苔丝伟大的爱情背后，隐藏着某种可怕的恐惧，差不多是一种令人绝望的恐惧，似乎是在秘密地担心着某种可能发生的意外。不过这一次她又没把信写完。她想到既然克莱尔曾经要求伊丝和他同往巴西，说明他心里也许根本就不关心她了。她把这封信放进了她的箱子，心里想着，这封信是不是永远也不会到丈夫的手上了。

之后，苔丝所干的活一天比一天重，圣烛节快到了，这是对于种地人具有重大意义的日子。在圣烛节的集市上，要签订到下一个圣母节的十二个月的新的雇佣合同，凡是那些想变换工作地点的种地人，都要到镇上的集市去。弗林库姆涔农场的工人差不多都想离开那儿，所以一大早很多种田人都离开农场，涌向小镇的集市。从这儿到小镇去，大约有十到十二英里的山路要走。苔丝没去。她虽然也想在结账的日子离开，但是她抱有一线模模糊糊的希望，盼着发生什么碰巧的事情，使她不必再去签订新的户外劳作的合同。

虽是二月天，那天碰巧比较暖和，差不多感觉冬天已经过去了。她刚吃完晚饭，突然看到一个影子出现在她住的小屋的窗户上，天啊，是德伯维尔！那时候，屋子里就只有她一个人。

第六部 再度翻转

苔丝吃惊地跳起来，可是来人已经敲响了她的房门，她似乎没有理由逃跑了。德伯维尔走到门前的样子和敲门的神态，与苔丝上次见到的他相比有了一种说不出来的差异。他似乎对自己的所作所为感到羞愧。她本来不想去开门，但是好像又没有不去开门的道理，她就站起来，拉开门闩，又急忙退回原处。德伯维尔走了进来，看着她，找了把椅子坐下，开始说话。

"苔丝，我是真的受不了啦！"他用绝望的口气说着，红红的脸上激动得冒汗，不住地用手擦着，"我觉得我一定得到这儿来看看你，问问你的情况。说实话，自从上个礼拜天见到你以后，我一直没想你。可是现在，我无论怎么努力，都没法不想你。一个善良的女人通常不会伤害一个罪恶的男人，可是现在她却把他伤害了。除非你为我祈祷，苔丝！"

看到他压抑着内心痛苦的样子，一般人可能都会同情他，但是苔丝没有同情他。

"我怎样才能替你祈祷呢？"苔丝说，"我才不相信主宰世界的伟大的神会因为我的祈祷而改变它的计划呢！"

"你真的是那样想的吗？"

"是的。我本来不是那样想的，但是后来我被彻底改变了。"

"改变了？是谁改变了你？"

"如果你一定要我告诉你，那就告诉你吧，那是我的丈夫。"

"啊，你的丈夫，你的丈夫！听起来真是奇怪！我记得上次你好像也说起过。你是怎么看上帝的，苔丝？"他问，"你好像是不信教的，大概是我害你的。"

"可是我信教。不过我不相信任何超自然的事情。"

德伯维尔疑惑不解地看着她。

"那么你觉得我走的路是不是完全错了？"

"多半是错了。"

"哼，我觉得我不会错！"他有点心神不安地说。

"我相信登山宝训的精神，我丈夫也相信——不过我不相信……"

她给出了一些她所不信的东西。

"事实是，"德伯维尔冷冷地说，"你丈夫信什么你就信什么，你丈夫反对什么你就反对什么，你自己没有一点儿自己的思想或判断。女人就是这样，你都成了他的精神奴隶了。"

"啊，那是因为他什么都懂啊！"她颇为得意地说，她就是一味地迷信安琪·克莱尔。其实，最完美的人也不配受到她那样的信任，更何况她的丈夫呢，怎能有资格被盲目崇拜呢！

"不错，可是你不应该照单全收别人的消极意见啊！他可真是个怪人，竟能教给你这种怀疑论的思想。"

"他从来不强迫我接受他的思想！他也从来不跟我争论！但是，我觉得，他对思想有研究，他相信的可能就要比我相信的更合理、更整齐。我可从来没有研究过什么理论。"

"他曾经说过什么呢？你说说看？"

她静默地回忆着。她有着惊人的记忆力，克莱尔平时说的话，即使她还没有真懂其中的含义，她也能把它们逐字记住。她回想起他使用过的一个无情的推理法，那是有一次他们在一起的时候，他像平时那样一面思考一面说出来的。她就把他说的话复述了一遍，甚至连他的音调和神态也模仿得惟妙惟肖。

"你再说一遍，"德伯维尔一直在聚精会神地听着，他请求苔丝说。

苔丝又重复了一遍，德伯维尔也若有所思地小声跟着她念。

"没别的话了吗？"他立刻又问。

"他还说过一些这样的话！"于是她又说了另外一段，在上至《哲学辞典》下至赫胥黎的《论文集》里，都可以找出许多同这段话相似的话来。

"啊——哈！你怎么能把这么多话记住的？"

"他相信什么，我就相信什么，尽管他不希望我这样。我想办法劝说他，要他告诉我一些他的思想。我不能说我完全理解了他的思想，但是我知道他的思想是对的。"

"哼。你说，你自己什么都不懂，还能教训我吗？"

他陷入了沉思。

第六部 再度翻转

"所以我就需要在精神方面和他保持一致,"她又接着说,"我希望自己和他完全一致。对他有用的思想,对我肯定也有用。"

"他知不知道你们都是大异教徒?"

"不知道。即使我是一个异教徒,我也从来没有告诉过他。"

"好啦,好啦!你今天可要比我好得多,苔丝!你不相信你应该去宣传我的教义,因此你放弃了教义并不感到有什么良心上的不安。我确实相信我应该去宣传我的教义,因为我刚才突然放弃了我应该宣传的教义,跑到这里来向你表达痴情了。"

"怎么回事?"

"唉,"他郁闷地说,"我今天赶到这儿,就是为了看你的!其实我从家里出发的时候,是准备去卡斯特桥集市的,今天下午两点半钟,我要站在那儿的一辆大车上讲道,那儿的教徒们现在正在等着我呢。你看这份通知。"

他从胸前的口袋里掏出来一张告示,上面印着集会的日子、时间和地点,通知说在这个集会上,他,也就是德伯维尔,将在那儿宣讲福音。

"那你怎么办?怎么赶过去?"苔丝看着钟说。

"我去不成了!因为我到这儿来了。"

"什么,你真的答应了到那儿去讲道?那……"

"我已经准备好了到那儿去讲道,但是我现在不去了——因为我心中产生了一种渴望,要去看望一个被我轻视过的女人!——不,实话实说吧,我从来就没有轻视过你。要是我轻视过你的话,现在我就不会爱你了!为什么我没有轻视你,因为你始终是纯洁的。你遇见了我,遭到了伤害,但你看清了形势,迅速又坚决地从我身边离开,你没有留在我的身边任我摆布。因此,如果说这个世界上还有一个我特别重视的女人的话,那个女人就是你。不过你现在完全可以反过来轻视我!我原来以为我会上山祈祷,现在才发现自己在山下灌木丛中摸索!哈!哈!"

"啊,亚雷克·德伯维尔!你这话是什么意思?我又做错什么了?"

"做错什么?"他带着卑鄙的冷笑说,"你不是故意做错什么。但是,你有手段让我堕落,不是故意的。我自问,我确实是那些信徒中

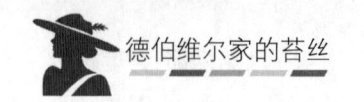

的败类么？是那种'得以脱离世上的污秽，后来却被污秽缠住，之后的境况比先前更不好'的人中的一个吗？"他把他的手放在苔丝的肩上，"苔丝，我的姑娘，在我见到你之前，我至少是走在被上帝拯救的路上啊！"他一面说，一面摇着苔丝，仿佛苔丝是一个小孩子。"可是你后来为什么又要来诱惑我呢？在我再一次重新看到你这双眼睛和你这张嘴之前，我还像一个男人一样坚强——我坚信，人类自从夏娃以来，从来就没有一张嘴像你这张嘴一样叫人神魂颠倒的！"他放低了说话声，眼睛里射出狡狯无赖的神情。"苔丝，你这个迷人女魔，你这个可爱的该死的巴比伦巫婆——我一见到你，我就无法抵抗你的魅力了。"

"是你自己过来的，又不是我的关系！"苔丝一边说一边后退。

"这我知道——我再说一遍，我不怪你。不过事实就是事实。那天我看见你在农场受欺负，我都快要气疯了。我想保护你，又想到我没有法律上的权利来保护你，而且我无法得到那种权利，那个有权利的人又似乎完全把你忘了。"

"不许你背后说他的坏话——他不在这儿啊！"苔丝激动地大声说，"公正地对待他吧——他没有做过对不起你的事呀！好了，赶快离开他的太太吧，免得有什么丑闻传出去，玷污了他的好名声啊！"

"行，我走——我这就走，"他说，好像一个人刚从美梦中醒来一样，"我已经坏事了，我没有到集市上去为那些醉鬼傻瓜们讲道，我违背诺言了——我这是第一次真正闹笑话了。若是一个月前出了这种事情，我会吓死的。我走，马上走——我发誓——不再到你身边来。"然后，他又突然说，"拥抱一次吧，苔丝——就一次！为了我们过去的友谊，拥抱一次——"

"我是没有人保护的，亚雷克！另一个人的名誉就在我的手里——你好好想一想吧——你难道不觉得可耻吗！"

"呸！好，说得对——说得对！"

他抿着嘴唇，恨自己太软弱。在他悔过自新以来，他过去那些不时发作的激情就像僵尸一般蛰伏在他脸上的曲线中间，但现在似乎醒了，复活了，又聚集到一起了。他有些犹豫不决地走了。

尽管德伯维尔声称，他今天的违约只是一个信徒的倒退堕落，但是苔丝说的从安琪·克莱尔嘴里学来的那些话，却深深地影响了他，他默默地走在路上，这些话始终萦绕在耳旁。当他想到自己的信仰有可能坚持不住的时候，他一下子全身都变得麻木了。从前他皈依宗教，根本就是一种冲动，毫无理性可言。也许只能看作是一个不检点的人因为母亲死了，一时感动，突发奇想，寻求精神寄托吧。

　　苔丝把少许逻辑投进了德伯维尔的激情中，使他心中的沸腾逐渐冷却、静止。他反复思考着苔丝刚才对他说的那些清晰明白的道理，自言自语地说："那个聪明的家伙一点儿也想不到，他把那些话告诉她了，也许正好为我与她的旧梦重温指明了努力方向呢！"

第四十七章

弗林库姆涔农场开始打最后一个麦垛了。三月的黎明格外迷雾朦胧,没有一点儿标志可以表明东方的地平线究竟在哪里。最后这个麦垛孤零零地堆积在麦场上,梯形的尖顶依稀可见,它已经经受了一个冬季的风吹雨打了。

伊丝和苔丝来到了打麦场,听见了一种沙沙声,感觉到已经有人在她们的前面到达了。天渐渐地亮了,她们看到麦垛顶上有两个影影绰绰的男人影子,正在忙着揭开麦垛的顶,也就是说,先得把麦垛的草顶子拆掉,才能往下扔麦捆。农场主格罗比一定要他们来得早一点,尽量在天黑以前把工作做完。所以,揭麦垛的草顶子的时候,伊丝和苔丝,还有一些其他的女工,都已经集中到麦场了,她们穿着浅褐色的围裙等在那儿,冷得直打哆嗦,在靠近麦垛檐子下面的地方,当时在朦胧中可以看见那些女工们前来伺候的"红色暴君"——一个装着皮带和轮子的打谷机——当这个机器开动的时候,速度快,噪声大,女工们的肌肉和神经都会非常紧张,但还是得默默忍受。

不远的地方,还有一个模模糊糊的物体,颜色漆黑,咝咝作响,好像里面蓄积着巨大的能量。它那高大的烟囱在一棵槐树的旁边矗立着,朦胧中就估摸出来,好像是个发动机。发动机的旁边站着一个黑影,一动不动,身材高大,沾满烟灰,积满污垢,神情恍惚,泥塑一般,原来是烧发动机的工人,就站在煤堆的旁边。他的神态和颜色与众不同,仿佛是地狱的看守,偶尔闯入了这个麦子金黄、土地灰白和空气清朗的人间田野,惊扰了这个安静之地,使当地的村民烦躁不安。

这位发动机工人从外表看上去,好像内心也郁闷得很。他虽然在农田干活,但却不是当地农民。他是负责给发动机烧煤的人。而农田里的

第六部 再度翻转

人关心的通常是农作物、天气、霜冻和太阳。他带着他的机器从一个郡走到另一个郡,从一个农场走到另一个农场,因为那个时候,蒸汽脱粒机在威塞克斯这一带还是巡回作业的。他有一口奇怪的北方口音。他的眼睛只关心照看自己的机器,对周围的景物漠不关心。他基本上保持沉默,持续发呆,只有在特别必要的时候才和当地人说几句话,好像他是在古老的命运的强迫下,不得不违背自己的意愿漂泊到这里来的,为这个地狱之王一样的主人服务。在他的发动机的驱动轮上,一根转动的长皮带同脱粒机连接在一起,这就是他和农业之间仅有的一点联系。

在工人们拆麦垛的时候,他就面无表情地站在那个可以移动的发动机旁边,在火热的机器旁边,早晨的空气似乎在颤抖。他一点也不关心脱粒的准备工作。他只负责把煤火烧红了,把蒸汽的压力贮足了,在几秒钟之内,能够让那根皮带以看不见的速度转动起来。在皮带的范围以外,无论是麦料、麦草还是忙碌的人群,对他毫无关系。如果有闲人问他管自己叫什么,他就简单地回答说:"机械工。"

天大亮了,麦垛也拆开了。男工们站到了各自的位置上,女工们也加入进来了,脱粒机开始工作了。农场主格罗比——工人们也称他为"那个家伙"——在此之前已经到这儿来了,按照他的吩咐,苔丝被安排在机器的平台上,挨着那个进料的男工,她干的活儿就是把伊丝递到她手上的麦束解开。伊丝站在麦垛上,就在她的旁边。这样,进料的工人就从她手里接过解开的麦束,然后把它们散开在不停转动的圆筒上,圆筒就立即把麦穗上的麦粒打了下来。

在准备的过程中,机器停了一会儿,旁边那些讨厌机器的人就非常高兴。可是,不一会儿机器又开始工作了。脱粒全速进行,一直忙到吃早饭的时候才歇了半个小时。吃过早饭,机器又喧嚣起来。农场上所有能找到的人都过来帮着堆脱粒后的麦秆,在麦粒堆的旁边,麦秆堆也越来越高了。到吃午饭的时候,他们就站在原地,脚步都挪不开了,急急忙忙站着吃完点心,又连续不停地干了两个小时的活,才总算挨到吃晚饭的时间。无情的脱粒机轮子不停地转动着,嗡嗡噪声刺人耳膜,尤其紧挨着机器的人,那喧嚣震耳欲聋,使人都烦躁到骨髓里了。

麦秆垛越堆越高了,老工人们坐在麦垛上聊起了过去的时光,那时候他们一直是用连枷在仓库的地板上打麦子。那时候所有的事情，包括播种、割麦，甚至扬麦糠，都是靠人力的，他们都觉得，那样虽然慢点，但是打出来的麦子好、干净。在麦秆堆上的人时不时还能说几句话，但是站在机器旁边的人，包括苔丝在内，个个浑身是汗，根本没法靠聊天来使自己轻松一点儿。无休无止的苦活，累得苔丝精疲力竭，她甚至开始后悔当初不该到这个农场来。麦垛堆上也有一个女工，那是玛莲，她就好多了，偶尔可以把手里的活停下来，从瓶子里喝一两口淡啤酒，或者喝一口凉茶。在工人们擦脸上汗水的时候，或者清理衣服上的麦秆麦糠的时候，玛莲也还可以和他们说几句闲话。但是苔丝却不行，因为脱粒机圆筒是一直在转动的，喂料的男工得不停地将麦子塞进去，而苔丝是把解开的麦束递给他的人，所以也没法停歇，除非是玛莲和她替换一下位置，她才能松一口气。但是玛莲手脚比较慢，所以格罗比反对她替换苔丝，但是她不顾他的反对，有时候还是肯帮忙替换她半个小时。

大概是为了省钱，农场主通常挑选女工来做这种特殊的活儿。格罗比挑选苔丝，就是因为苔丝是那些女工中力气比较大的一个，解麦束的速度很快，干活的耐力也很持久。说起来很有道理。脱粒机嗡嗡地叫，让人烦躁不安，无法说话。要是供应的麦束没有平常的多，机器就会像发疯一样的尖叫起来。苔丝和喂料的那个男工忙得都没有时间松口气，更别说扭头聊天了。所以苔丝不知道就在快要吃午餐的时候，有一个男人悄悄地来到了这块地的栅栏门旁边。他站在第二个麦垛下，看着大家干活，对苔丝尤为关注。他穿着时髦的呢子衣服，手里还拿着一根漂亮的手杖。

"那是谁？"伊丝问玛莲。玛莲最初也问过苔丝的，但是苔丝当时没有听见。

"我想他是某位姑娘的男朋友吧！"玛莲简单地说。

"他是来追苔丝的，我敢打赌。"

"啊，不是的。最近追苔丝的是一个卫理公会牧师，不是这样一个花花公子。"

"哈——这是同一个人哦！"

第六部 再度翻转

"什么，他和那个讲道的人是同一个人？一点不像呀！"

"他换掉了黑衣服和白领巾，把络腮胡子也剃了，打扮变了，人没变！"

"真的吗？你确定？那我就告诉苔丝。"玛莲说。

"急啥！她很快就会看到他的。"

"好吧，我觉得他一边讲道和一边追有夫之妇是不应该的。尽管苔丝的丈夫在国外，她多少跟一个寡妇差不多吧。"

"没事，他没什么不好的，"伊丝不动声色地说，"苔丝太死心眼儿，爱上了一个就死心塌地了，就像陷进泥地里的马车一样，拉都拉不出来！天晓得，无论是献殷勤，还是讲道理，还是发脾气，她都铁石心肠，哪怕知道变心对她有好处她也不肯变的。"

午餐的时间到了，机器总算关停了。苔丝从机器的平台上走下来，膝盖发硬腿发颤，连路都走不稳了。

"你应该像我那样，喝一点酒就好了，"玛莲说，"你的脸也不至于这样苍白了。唉，天呀，你的脸白得就像刚刚噩梦初醒似的！"

玛莲好心，看到苔丝这样疲劳，要是再见到那个不想见的人来，她吃饭一定会没胃口的。所以玛莲想劝说苔丝从麦垛另一边的梯子上下去，没想到那个人就直接走过来了，抬头望着上面。

苔丝吃了一惊，叫了一声"啊"，然后又急忙说，"我就在这儿吃饭了，不走了，就在这个麦垛上吃。"

有时候农民们离家远了，也会在麦垛上将就着吃饭算了。不过那一天的风刮得有点儿大，玛莲和其他的工人都下了麦垛，坐在麦垛的下面吃。

刚刚过来的人的确就是那个亚雷克·德伯维尔，不久前还是卫理公会教徒呢。虽然他换了服装，外表变化蛮大，但是只要稍稍定睛一看，就能发现他的色眯眯的表情。他的举手投足又变成浪荡公子、放荡不羁了。当年苔丝第一次认识这个追她的所谓的堂兄，就是这样的一副神情，只不过现在算起来年纪大了三四岁罢了。苔丝既然决定待在麦垛上吃饭，她就在一个高高的、下面看不到的麦堆上坐下来，开始吃了。她吃着吃着，忽然听见梯子上传来了脚步声，亚雷克上来了。他从麦堆上

走过来，坐在了苔丝的对面，一言不发。

苔丝继续吃着她自己带来的简单的午餐，那是一块厚厚的煎饼。这时候，其他的工人都在麦秆堆的下面，舒舒服服地靠在松软的麦秆上。

"你看我又到这儿来了！"德伯维尔说。

"你为什么要来纠缠我呢！"苔丝大声说，气得发火。

"我纠缠你？这话我得问你呢，你为什么要纠缠我？"

"我哪里纠缠你了？"

"你说你没有纠缠我？可是你一直在纠缠我呀！你的身影总在我心里，赶都赶不走。看你那双眼睛，你的这种苦苦的眼神，无论白天黑夜都在我的面前。苔丝，自从你把我们那个孩子的事告诉了我，我再也无法静心了。我的感情以前一直是宗教激情，可现在你出现了，我的感情就像冲出闸口，朝你奔涌。宗教对我已经毫无意义，这都是因为你呀！"

苔丝一声不吭，盯着他。

"什么？你完全放弃讲道了？"她问。

苔丝曾经从安琪的现代思想中受到过怀疑论的影响，她看不起亚雷克那种暂时的冲动。但是，她作为一个女人，听了亚雷克的话还是有些吃惊。

德伯维尔故作严肃地继续说——

"完全放弃了。自从那个下午以来，约好了的到卡斯特桥市场上去给醉鬼们讲道的事情，我就没有再去了。天晓得他们会怎样看我了。哈——哈！那些道友们，都是心地善良的人啊！毫无疑问他们在为我祈祷、为我哭泣呢！可是我关心的是什么呢？——我对讲道失去了兴趣，我就不能继续讲道，否则我就成了卑鄙的伪君子了！我要是混在他们当中，我就是许乃米或者亚历山大了，为了不亵渎神明，我会下地狱的。这下你可以报仇雪恨了啊！我过去看你年幼无知，骗了你。四年以后，你见我是一个虔诚的基督徒，就来诱惑我，是让我永世不得翻身啊！苔丝，我的堂妹，我这样叫你，你不要害怕。其实你并没有做错什么，你只是保留了美丽的容颜和漂亮的身段。在你看见我之前，我已经看见你在麦垛上的倩影了，你那紧身围裙，还有那漂亮帽子，绝了！唉，姑娘们如果不想有风险,在地里干活,就千万不要戴这种帽子。"他又静静地盯着她看了一会儿,冷笑了一下,又说:"我相信,那位独身的使徒也会经不住你这副美丽容貌诱惑的,他也会和我一样,为了一个漂亮姑娘而放弃他的传道的。"

苔丝想反驳他,但是在这个关键时刻,她一句流利的话也说不出来了,德伯维尔都没正眼瞧她,顾自继续道:

"好啦,你所提供的乐园,也许和其他任何乐园一样好。可是,苔丝,我认真跟你说吧,"德伯维尔站起身来,凑到苔丝跟前,用胳膊肘支撑着身体斜靠在麦束上,"自从上次我见到你以来,我一直在思考你和他说的话。我通过思考得出结论:过去那些老掉牙的讲道说辞真的没啥意思,我怎么会被可怜的克莱尔牧师的热心鼓动起来呢?我怎么会像一个疯子一样去讲道,甚至比他还要热情呢?我自己都糊涂了!至于你上次学说的你丈夫的那番话,对了,你还没有告诉我你丈夫的名字哪!你们说的那些没有教义的道德体系,那我是无论如何都达不到的。"

"唔,如果你没有教义,你至少也应该有仁爱和纯洁的信仰啊。"

"啊,不!我不是你说的那种人呀!如果没有人对我说,'这样做,死后有好报;那样做,死后会遭殃,'那我就热心不起来。算了吧,如果没有人可以让我来负责一下的话,那我也不需要对自己负责任了,没意思了。如果我是你,亲爱的,我也不会觉得要负责任!"

她想同他争论,告诉他神学和道德是不能混为一谈的。在人类的初期,神学和道德是大不相同的。但是,由于安琪·克莱尔讲解得不够多,苔丝自己又缺少辩论训练,加上她是个感情胜于理智型的,不擅长辩论,所以就反驳不下去了。

"好吧,没关系,"他又接着说,"我又回来了,亲爱的,我又和从前一样跟你在一起了。"

"跟从前不一样!跟从前绝对不一样了!"她恳求说,"再说我从来也没有对你产生过热情呀!啊,如果说你因为失去了信仰才对我那样说话,那你为什么不保持你的信仰呢?"

"因为是你驱逐了我的信仰,所以,灾难就要降临到你美丽的头上!你的丈夫一点儿也没有想到他的教训要自食其果呀!哈——哈——

德伯维尔家的苔丝

就是你让我离经叛道的,不过我还是高兴,非常高兴!苔丝,我现在比以前更加离不开你了,更爱你了。而且我还同情你。尽管你不说,我也看得出来,你过得很苦很苦。那个应该保护你的人,现在连理都不理你了。"

她再也咽不下嘴里的午饭了。她的嘴发干,都快给噎住了。在这个麦垛的下面,正在吃饭喝酒的工人们的说话声和笑声,在她听来是如此的遥远。

"你太残忍了!"她说,"你怎能——怎能对我这样说话呢?如果你心里真的还有一点点我的话。"

"不错,不错,"他说,"苔丝,我到你这儿来,并不是来责备你的,我是要告诉你,我不希望你在这儿这么辛苦地干活。我是特意为你而来的。你说你有丈夫,你的丈夫不是我。好啦,你也许真有一个丈夫,但是我从来没有见过他,你也没有告诉我他的名字。也许这个人物很神秘吧。但是,就算你已经有丈夫了,我也认为他太远了,没用。我就在你的身边,我无论如何都要帮助你解决困难,但是他不会这样做的!我曾经读过严厉的预言家何西阿说过的话,那些话我现在又想起来了。你知道那些话吗,苔丝?——'她必追随所爱的,却追不上;她必寻找他,却寻不见,便说,我要归回前夫,因我那时的光景比如今还好!'[①] ……苔丝,我的车正在山下等着哪——你是我的爱人,我的爱人,不是他的!——你知道我们接下去该怎么办的。"

他说这些话的时候,她的脸越来越红,不过她没有回答。

"这次是你造成了我的堕落啊!"他继续说,一边把他的手向她的腰伸过去,"你应该和我一起堕落下去,让你的蠢驴丈夫见鬼去吧。"

苔丝刚才在吃饼,她手上的一只皮手套是脱下来放在膝头上的。此刻,她没有给他一点儿警告,就抡起手套向他的脸用力打过去。那只手套像军用手套一样又厚又重,实实在在地打在他的嘴上。在富于幻想的人看来,她的这个动作也许是继承了她的那些身穿铠甲的祖先吧。亚雷克斜靠着的身子疯了似的跳起来。在他的脸上,被打过的地方出现了深红的血

[①] 引自《圣经·何西阿书》第2章,何西阿是公元前8世纪的希伯来先知。

336

印,瞬间,鲜血从他的嘴里流了出来,滴到了麦草上。但是他很快就控制住了自己,镇定地从他的口袋里掏出手帕,擦掉了嘴唇上的血。

她也跳了起来,但是很快又坐了下去。

"好,你可以动手报复我了!"她用眼睛看着他说,那目光就像是一只被人抓住的小麻雀,绝望又无力反抗,眼巴巴等着抓住它的人来扭断它的脖子。"你抽我吧,你打死我吧,你用不着担心麦垛下面的那些人!我不会喊的。我曾经是牺牲品,那就永远是牺牲品,这就是规律!"

"啊,不是的,不是的,苔丝,"他温和地说,"我完全能够原谅这件事。不过有一点你是不能忘的,那就是如果不是你剥夺了我同你结婚的权力,我应该早就和你结婚了。难道我没有直截了当地请你做我的妻子吗——是不是?回答我。"

"是的。"

"现在你不能嫁给我了。可是有一件事你要记住!"他想起他曾经真心实意地向她求过婚,而她现在忘恩负义,他就更加满腔怒火,说话的声音也变得凶狠起来。他走过去,抓住她的肩膀,她在那里紧张得直发抖。"记住,我的夫人,我曾经是你的主人!我还要做你的主人。你只要做男人的老婆,那就得做我的老婆!"

麦垛下面打麦子的人又开始准备干活了。

"好了,我们不要再争了,"他松手放开她说,"我现在走了,下午我再来这儿听你的回音。你还不了解我呢!可是我了解你。"

她没有再开口说话,站在那儿,仿佛呆住了。德伯维尔从麦束上跨过去,下了梯子,这时候,麦垛下面的工人们站了起来,伸伸懒腰,消化消化刚才喝下去的啤酒。接着,脱粒机又重新开动起来了,脱粒机的圆筒又嗡嗡地飞快转动起来了,苔丝又在麦秆的沙沙声中站到了她的位置上,把麦束一个个解开,没完没了……

第四十八章

下午,那个农场主格罗比告诉大家,那一垛麦子要在当晚打完,因为晚上的月亮很好,月光下还可以继续干活,又说管机器的工人已经把第二天的机器租给另外一个农场了。所以说,他们不得不干下去了。机器的砰砰声、圆筒的嗡嗡声和麦草的沙沙声持续不停,大家个个都被逼得像陀螺似的。

大约三点钟,快到吃茶点的时候了,苔丝抬起头来,四下看了看,发现亚雷克·德伯维尔又回来了,站在栅栏门旁的篱树下。不过她见到他,并不怎么吃惊。他看见她抬起头来,就情意绵绵地向她挥着手,并送过来一个飞吻。这也似乎意味着,他们的争吵已经过去了。苔丝低下头,很谨慎地不朝那个方向看。

下午的时光就在脱粒机的拉动下慢慢过去了,麦垛越拆越低了,脱粒后的麦草越堆越高了,装满了麦粒的袋子已经被大车运走了。将近下午六点来钟,麦垛已经不到一人高了。由那个男工和苔丝塞进去的大量麦束,都被那个巨大的机器吞进去脱粒了。这个巨大麦垛的大部分麦子都经过这两个年轻人的手填进了机器,尽管如此,剩下的还等着脱粒的麦子似乎还是没完没了。早上那个地方什么也没有,现在已经平地堆起了庞大的一堆麦秆,好像是那个嗡嗡叫的红色大肚汉从肚子里排出来的垃圾。在西边的天空,有一道愤怒的光——那是在疯狂的三月才见得到的夕阳——它从薄云的缝隙中喷出,倾泻在精疲力竭的打麦人满是汗水的脸上,在他们的身上、在妇女们飘动的衣裙上通通镀上了一层红锈色。

打麦的人个个都累得气喘吁吁、腰酸背痛。给脱粒机塞料的男工已经疲惫不堪了,苔丝看见他红色的后颈上沾满了灰土和麦糠。苔丝仍

第六部 再度翻转

然站在她的位置上，通红的、满是汗水的脸上也罩着一层麦灰，白色的帽子早已被麦灰染成了黄褐色。她是场上唯一一个还在机器旁边干活的女人。机器不停地转，振动着她的身体，麦垛变矮了，她与玛莲和伊丝的距离逐渐远了，她们也不能像上午那样互相帮忙替换一阵了。机器无休止地转动着，震得她身体里的每一块肌肉都在颤抖。她麻木了，恍惚了，连胳膊的动作也好像感觉不到了。她几乎连自己在什么地方也不知道了。伊丝在下面告诉她，说她的头发散开了，她也没有听见。

本来力大如牛的工人，也慢慢地变得面如土色，眼睛发直。苔丝每次抬头看见的，都是那个越来越高的麦秆堆和上面站着的那个只穿衬衣的男工，在北方的灰色天空里，显得小山似的。麦秆堆的前面有一架长长的红色卷扬机，麦草像流水一样顺着卷扬机源源而上，就像是一条黄色河流，冲上去后，倾倒在了山似的麦秆堆顶上。

苔丝知道亚雷克·德伯维尔肯定没有走开，尽管她说不上来他躲藏在什么地点，反正他一定在某个地方悄悄看着她。他想留下来的借口还是有的，因为当麦垛只剩下最后几捆的时候，总要打一次老鼠的。那些本来与农场打麦脱粒没关系的人，有时候也来凑热闹，比如有喜欢打猎的人，有带着小猎狗和古怪烟斗的乡村绅士，也有拿着棍棒和石块的粗人。

但是，还得再干个把小时的活儿，才能够得着躲老鼠的麦垛底层。这时候，黄昏的太阳从亚伯瑟纳尔附近的巨人山方向落下了，三月份的灰白色月亮，也同时从另一边的中顿寺和肖兹福特方向的地平线上升起来了。在最后一两个小时里，玛莲就在为苔丝感到不安了，她够不着苔丝，没法问她。其他的女人喝着淡啤酒，借着酒劲来维持体力，而苔丝自幼就因为酒给家里带来的后果而害怕酒，滴酒不沾。不过苔丝还在坚持干着，要是她无法胜任这份工作，她就得被辞退。这要是在一两个月以前，她会不以为然，甚至还会感到庆幸和解脱。但是，自从德伯维尔追随在她的身前左右以来，她就非常害怕丢饭碗了。

拆麦垛的人和给机器塞麦子的人，已经把麦垛的高度消耗得很低了。地上的人也可以同麦垛上的人说话了。使苔丝感到吃惊的是，农场主格罗比走上了机器的平台，来到她的身边说，如果她想去见朋友，他

德伯维尔家的苔丝

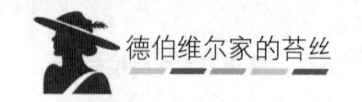

同意她现在就去，他可以让别人替换她。她知道，这个"朋友"就是德伯维尔，也知道格罗比是听从了她的朋友（或者敌人）的请求，做出了让步。但是她摇了摇头，继续干活。

逮老鼠的时刻终于来到了。大家摩拳擦掌，猎鼠活动正式开始。随着麦垛的降低，老鼠就向下逃跑，最后都集中到了麦垛的底下。现在，它们最后避难的麦束被搬走了，老鼠就在那块空地上四下惊恐逃窜。这时喝得半醉的玛莲发出了一声尖叫，她的同伴们听了，马上就知道有一只老鼠蹿到她身上去了。其他的女工们吓坏了，想出种种办法来保护自己，有的把裙子扎起来，有的爬到了高处。那只老鼠最后终于被弄出来了。那时狗在叫，男人在喊，女人在尖叫，有的咒骂，有的跺脚，一片混乱。此刻，苔丝把最后一捆麦束解开了，脱粒机的圆筒慢下来了，机器的叫声停止了，苔丝也从机器的平台上走到了地上。

她的情人原来只是在一旁看着抓老鼠，现在立即来到她的身边。

"你到底要怎样哪——打耳光羞你，你也不走吗？"苔丝有气无力地说。她已经精疲力尽，连大声说话的力气都没有了。

"我要是因为你说什么话、做什么事就生气，那我就真是太傻了，"他回答说，用的是他在特兰岭用过的诱惑口气，"瞧你娇嫩的胳膊、娇嫩的腿，抖得好厉害呀！你现在衰弱得就像一只受伤流血的牛犊，你自己最清楚自己有多虚弱。本来嘛，既然我来这儿了，你就不必做苦力了。你怎么可以这么倔呢？我已经告诉那个农场主了，他是没有权利雇用女工来用机器打麦子的。女人做这种工作是不合适啊。有些条件好一点儿的农场，根本没有女人用机器干活。这家伙其实很清楚，就是坏！好了，我送你回家吧，我们边走边谈吧。"

"啊，好吧。"她迈着精疲力竭的步伐说，"你要愿意就和我一起走吧！我知道，你是不知道我发生的事情，才来求我嫁给你的。也许——也许你比我一直认为的那样要好一些，善良一些。你的心意中凡是善良的，我都感激，要是你有坏心，我就恨你。唉，说实话，我有时候也弄不清你啥意思。"

"即使我没有能力使我们过去的关系合法化，我也至少能帮帮你吧。我这次帮你一定要尊重你的感情，不能像从前那样。我的宗教狂热,无论你叫它什么,它已经成为过去了。但是我还保留了一点儿善良的品德,至少我希望如此吧。唉,苔丝,让我用男女之间的体贴和热烈的爱情起誓,相信我吧!我的钱足够你摆脱艰辛,足够你、你的父母和弟妹生活用的,还绰绰有余呢!只要你信任我,我就能让他们都过得舒舒服服的。"

"最近你是不是看到过他们?"她急忙问。

"看到了。他们也不知道你在哪儿。我也是偶然在这儿见到你的。"

苔丝站在她暂以为家的小屋门外,德伯维尔站在她的身边,清冷的月光从园内篱树的树枝间斜照进来,落在苔丝疲惫不堪的脸上。

"别提我的弟弟妹妹——别让我的精神彻底垮掉!"她说,"如果你想帮助他们——上帝知道他们是需要帮助的——你就去帮助他们,用不着告诉我。但是,不,不,不要你帮助,他们不要你帮助!"她大声说,"我不会要你任何东西的,什么都不要,无论是为他们还是为我自己!"

他没有继续陪着她往前走,因为她和屋子里的一家人住在一起,在屋内一切都是公开的。苔丝一走进门,就在洗手的盆子里洗了手,和那一家人吃了晚饭,接着就深思起来,她走到墙边的桌子旁,就在她自己的小灯下面,用激动的心情写信——

我的亲丈夫:

让我这样称呼你吧——我一定要这样称呼你——即使这会让你想起我这个不争气的妻子而愤怒,我也要这样称呼你。我必须向你哭诉我的不幸——我没有别的人可以倾诉啊!我现在正遭受着诱惑,安琪,我不敢说他是谁,我也实在不想写信告诉你这件事。可是我是依附于你的,我依附于你的程度你是想象不出来的呀!为什么你还不到我身边来呢?可怕的事情可能会发生,你来吗?啊,我知道你不会来的,因为你离得太远了啊!要是你还不快点儿到我这儿来,或者写信让我去你那儿,我想我是死定了。你惩罚我吧,我罪有应得——我完全明白——你给我的惩罚是我应该受的——你的愤怒是有理

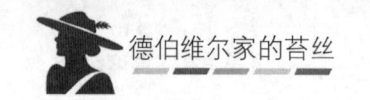

由的。可是啊，安琪，请你，请你不要只是为了公正——给我一点儿慈悲吧，即使我没有资格拥有你的慈悲，你也给我一点儿吧，求求你，快点到我身边来吧！只要你来了，我情愿死在你的怀里！只要你宽恕了我，我死而无憾啊！

　　安琪，我活着完全是为了你呀。我太爱你了！你离开我，我也不责备你，我知道你必须找到一个农场。我不生气，我不责怪。我只是求求你回到我身边来。我亲爱的，没有你，我孤苦伶仃，啊，多么无助啊！我不在乎我必须去干苦力，但是你只要写一句话给我寄来，说，"我很快就来了，"我就等着你，安琪啊，我会高高兴兴地等着你的呀！

　　自从我们结婚以来，我的准则就是处处都要忠实于你，哪怕是一个小小的念头或者是一道目光我都要首先尊重你。若是有个男人对我说一句奉承的话，我会觉得对不起你。我们在奶牛场曾经有过的感情，难道你现在一点儿也没有了吗？要是你还有一点那种感情，难道你还能继续远离我吗？安琪，我还是原来的我啊，还是你爱的苔丝呀，我一点都没有改变啊！——我并不是你讨厌的而且从没见过的女人。在我遇见你以后，我的过去已经完全死去了。我变成了另外一个女人，为你开始了全新的生命。我怎么还会是从前的那个女人呢？你为什么看不到这一点呢？我亲爱的丈夫，只要你还有一点儿自负，相信你自己，相信你有足够的力量改变我，你也许就会想到回到我身边了，回到你可怜的妻子的身边了。

　　记得我当时沉浸在幸福中，我相信你会永远爱我，那时我多傻啊！我早就应该知道，那种幸福不属于我这个可怜的人。可是我很伤心，不仅仅是为过去伤心，还为现在伤心。你能想象吗？我总是见不到你，我心里该是多么的痛苦啊！唉，我每天都在遭受痛苦，我每小时都在遭受痛苦，要是我能够让你的心每天经受一下这个痛苦，哪怕是一分钟，那么，你也许就会可怜你的孤独的妻子了。

　　安琪呀，有人还在说我漂亮呢（准确地说，他们的原词是"美貌")！也许我还像他们说的那样漂亮。但是我觉得这并不重要。我之所以愿意保持我的容貌，只是因为这容貌属于你，我的亲爱的，只是因为我也许至少还有一样东西值得你拥有。我自己也有这种强烈的感觉，所以当我因为我的脸而遇到麻烦的时候，我就把我的脸包裹起来，只要别人认为我的脸漂亮，我就包着它。啊，安琪，我告诉你这些不是因为虚荣——你肯定知道我不是一个虚荣的人——我只是想到你也许会回到我身边来的！

要是你真的不能到我这儿来，那你也要让我到你那儿去呀！我说过，我现在有了麻烦，我担心我被迫做我不想做的事。当然，我是丝毫不会屈服的，但是我害怕极了，害怕出现什么意外的事让我屈服了。因为我第一次犯错孤立无援，现在还是孤立无援啊！这件事情我也不想多说了。说起来我都想死啊！要是这次我又掉进某个可怕的陷阱，那么这一次就会比前一次更加可怕。啊，天哪，我想都不敢想啊！让我立刻到你那儿去吧，或者你立刻到我这儿来！

只要能和你待在一起，即使我不能做你的妻子，那就做你的奴仆好了，我也感到满足，感到高兴。我只要能在你身边，能看见你，能感觉我是你的人，我也就甘心了。

因为你不在我这儿，所以阳光已经不再温暖，田野里出现的白嘴鸦和欧椋鸟也不再可爱，这都是因为你不在我的身边，我们不能一起观赏这些美丽的生灵，而使我感到万分悲伤的缘故。现在，我只渴望一件事，无论在天上、在地上、在地下，我都要见到你。快到我身边来吧，把我从威胁中拯救出来吧！

你的忠实的、心碎的
苔丝

第四十九章

苔丝这封恳切的求救信,已经按时寄到了环境幽雅的牧师家里,摆在了早饭桌上。牧师的家地处西边的峡谷,那儿的空气柔和,土壤肥沃,和弗林库姆涔农场比起来,那儿只要稍加耕种,庄稼就能自己长好。在苔丝看来,两个地方的人都不大一样(其实完全是一样的)。克莱尔心情沉重,远涉重洋,到异国他乡发展事业。他会经常给父亲写信,并把自己不断变化的地址告诉他,所以他嘱咐苔丝把写给他的信寄给他父亲,并由他的父亲转寄给他,完全是为了保险起见。

"喂,"老克莱尔先生看过信封,回头对妻子说,"安琪写信说他要回家一趟,如果他在下个月底动身离开里约,我想这封信肯定是他妻子催他快点动身的。"他一想起安琪的妻子,不禁深深地叹了口气,于是他在这封信上重新写了地址,立即寄给了安琪。

"亲爱的儿子呀,希望你能平安地回家来!"克莱尔太太低声说,"我这一辈子都感到小儿子被亏待了。尽管他不信教,但是你也应该把他送到剑桥去,和你对待他的两个哥哥那样,给他同样的机会。他在那儿受到合适的影响,也许他的思想就慢慢改变了,说不定还会当牧师呢。无论进不进教会都行,那样才公平啊。"

克莱尔太太就说了这样几句关于他们的儿子的伤心的话,埋怨一下她的丈夫。她也不是经常唠叨抱怨的人。她平时既虔诚又体贴,而且她也知道,关于这件事,她的丈夫也因为没有一视同仁而自责,心里难过。她常常听见他在晚上辗转反侧,夜不能寐,不停地祈祷,以此来压抑自己的遗憾。这位严肃的福音教徒把他两个大儿子送去接受了大学教育,却没有把他不信教的小儿子也同样送去。但是,即使到了今天,他也不认为自己做错了什么。如果安琪接受了大学教育,他就有可能用他

第六部 再度翻转

学到的知识来批驳他一生所致力于宣传的教义,而他的另外两个儿子就不一样了,他们都和他一样当了牧师。他一方面为两个信教的儿子提供支持,另一方面如果再用同样的方法支持不信教的儿子,那就与他一贯的信念、地位、希望、原则不一致了。尽管如此,他仍然钟爱这个起错了名字的儿子安琪,心里默默地为没有把他送进大学而难过,就像亚伯拉罕一样,当他把注定要死的儿子以撒带到山上时,心里也不能不为儿子感到痛苦。他内心的后悔,比他的妻子口中的抱怨痛苦更多。

  对于儿子和苔丝这场不幸的婚姻,老两口也是责备自己。如果安琪不学农业,不想做一个农场主,他就没有机会认识一个乡下姑娘了。他们并不清楚儿子和媳妇分开的原因,也不知道他们分开的具体时间。他们最初还以为是性格不合、相互憎恨呢。但是儿子在后来写给他们的信中,偶尔也提到要回家接他的妻子。从信中的话来看,老两口觉得他们的分离并不是像当初想象的那样绝望,好像永远不能和好了。信中儿子还告诉他们,说苔丝住在她的娘家。老两口顾虑重重,不知道怎么做能使他们好起来,索性就决定不过问、不掺和了。

  此刻,苔丝希望读到她的信的那个人,正骑一头骡,迷茫地看着一望无垠的原野,从南美大陆的腹地往海岸走去。他在这块陌生的土地上的经历是非常悲惨的。他到达巴西后不久就大病了一场,至今还没有痊愈,因此他差不多已经逐渐地把在这儿开发农场的希望放弃了,尽管他留下来的可能性已经很小,但是还没有把自己改变思想的决定告诉父母。

  在克莱尔之后,还有大批的农民们听了宣传,轻信可以在这儿过安逸独立的生活,头脑发热,成群结队地来到了这里。他们事先根本不知道在这儿是要受苦受难的。他们一个个面黄肌瘦,甚至生重病丢了性命。他看见一个从英国农场来的怀里抱着婴儿的母亲,一路艰难地跋涉,孩子不幸染上热病死了,做母亲的就停下来,徒手刨土挖坑,然后再亲自把婴儿抱入坑里,盖上土,洒一两滴眼泪,又继续朝前跋涉。

  克莱尔本来并没有打算到巴西来的,而是想到英国北部或东部的农场去试试。可是英国农民中出现的一场巴西运动,更因为绝望,因为恰好要逃避,就凭着内心的冲动来到了这个人生地不熟的巴西。

德伯维尔家的苔丝

他在国外的这段生活,使他在思想上成熟了很多。现在他意识到人生中有价值的东西,不是人生的美丽,而是人生的艰辛。他本来就不相信旧的神秘主义宗教,现在他也就开始怀疑传统的道德观念了。他认为传统的道德观念需要修正。什么样的人才是一个有道德的人呢?再问得确切些,什么样的女人才是有道德的女人呢?人品的美丑,不仅仅在于他取得的成就,更在于他的目的和动机,对一个人的真实评价,不在于他已经做过的事,而在于将来决心要做的事。

那么,对苔丝应该怎样评价呢?

克莱尔用现在的眼光看待她,他开始对自己匆忙下的判断感到后悔了,心里感到难过了。他是永远把她遗弃了呢,还是暂时把她甩开了呢?他再也说不出永远抛弃她的话来了,既然说不出这种话来,那就是说现在他在精神上接受她了。

他开始旧情复萌,喜欢回忆与苔丝在一起的日子了。而此刻,正是苔丝寄居在弗林库姆泽农场的时候,苔丝虽然一直爱着他,但还没有觉得应该大胆把她的境况和感情告诉他,打动他。那时候他感到非常困惑不解。在困惑之中,他没有仔细研究她不给他写信的原因,反而把她的温顺和沉默给曲解了。天晓得,要是他能够很好地理解的话,她的沉默中该有多少话要对他倾诉啊!——她沉默的原因,就是因为她要严格遵守安琪当初的再三嘱咐,虽然她天生一副无所畏惧的性格,但是却没有维护自己的权利。她认同他的宣判的正当性,因此只能无言地低头认错。而这一切克莱尔丝毫没有意识到!

克莱尔骑着骡子穿越巴西腹地的旅行中,还有一个人骑着骡子和他同路。克莱尔的这个同伴也是英国人,虽然他们来自英国的不同地区,但是目的是一样的。他们面对艰辛而情绪低落,精神状态都不好,就在一起聊聊家常,放松心情。诚心换诚心。男人们很奇怪的,愿意向不熟悉的人吐露自己不愿向熟悉的朋友吐露的家庭琐事,所以他们骑着骡子边走边聊,克莱尔就把自己婚姻中的痛苦对他的同伴讲了。

克莱尔这位陌生的同伴,比他到过更多的国家,见过更多的各色各样的人,视野和胸怀都非常宽阔。他说,这类超越社会常规的事情,从家庭生活层面上来看好像非常严重,但其实只不过是地面上一些高低

第六部 再度翻转

不平的起伏,犹如连绵不断的山川峡谷对于整个地球的曲线。他绝不赞同克莱尔的做法。他认为苔丝过去的历史对于她未来的发展没有什么关系。他明明白白地告诉克莱尔,他离开她是错误的。

第二天,他们在跋涉途中遭遇了一场雷雨,被雨淋得湿透。克莱尔的这位旅伴发高烧病倒了,没挨过周末就死了。他等了几个小时,掩埋了这位死去的旅伴,然后又继续上路。

克莱尔对于这位心怀坦荡的旅伴,除了他的名字以外一无所知,但是他随便评说的几句话,反而因为他的离去变成了至理名言,对克莱尔的影响超过了所有哲学家的逻辑或伦理。和他相比,克莱尔不禁为自己的心胸狭窄感到万分羞愧。此时,他的自相矛盾的思想在脑海中汹涌奔腾。他曾经坚决推崇希腊的异教文化,批判基督教的信仰。按照希腊的异教思想,一个人因为受到强暴才屈服并不一定就丧失了人格。他自己憎恨童贞的丧失,这种憎恨是和他的神秘主义的信条一脉相承的。如果童贞的丧失是因为欺骗,这种行为才需要修正,而苔丝没有欺骗他啊!他开始悔恨懊恼。他又想起了伊丝说的话,这些话他从来就没有真正忘记过。他问伊丝是不是爱他,伊丝回答说爱他。他又问她是不是比苔丝爱得更多、更厉害?她回答说不可能。苔丝可以为他献出自己的生命,而她却做不到。

他又想起了结婚那一天苔丝的神情。她真的是目不转睛、含情脉脉啊。她专心致志地听他说每一句话、每一个字,仿佛他就是她的上帝!那个可怕的夜晚,他们坐在壁炉前,当她那纯朴的灵魂向他坦白自己的过去时,她的脸在炉火的映衬下是多么苍白、可怜啊,她怎么也想不到他会翻脸无情,不再爱她,不再呵护她。

就这样他开始为苔丝辩护了,他不再责怪她了。因为苔丝的缘故,他曾经说过许多愤世嫉俗的话,但是一个人不能总是愤世嫉俗一辈子啊!他曾经错误地愤世嫉俗,这是因为他只相信普遍的道德原则,毫不考虑特殊的情况。

不过这种推理未免有些过时。情人们、丈夫们都已经超越了这种理论。克莱尔对苔丝过于冷酷,这是毫无疑问的。男人们对他们所爱的和爱过的女人常常过于冷酷,女人们对男人也是如此。这种冷酷就像地位

347

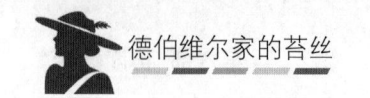

之于性情，手段之于目的，今天之于昨天，未来之于现在一样。但是这种冷酷同产生这些冷酷的宇宙的冷酷相比，它们还算不上太冷。

他对高贵专横的德伯维尔家族曾经漠不关心，厌恶有加。现在他又对它饶有兴趣了。这类事情具有政治上的价值和想象上的价值，他以前为什么不知道这两种价值之间的区别呢？从想象价值的视角来看，她的德伯维尔家族史的意义十分重大。它尽管在经济上一钱不值，但它对一个富于梦想的人来说，对一个感叹世事无常的人来说，却是最有用的材料。可怜的苔丝在血统和姓氏方面与众不同的特点，很快就要被人遗忘了，她在血统上与绿山下的王牌的大理石碑和铅制棺材之间的联系，就要被湮没了。时光就是这样残酷地把自己的一曲又一曲的浪漫旋律给吞噬了。他现在时不时地回想起苔丝的相貌，他觉得现在他辨识出苔丝表情上的那种尊严，那种一定是她的祖先遗传下来的尊严。他曾经固执的情绪和幻想冲击着现在的推理，留下的就是一种痛苦的感觉了。

尽管苔丝的过去有污点，但是她身上的优点，完全超过她身边的任何一位女人。以法莲拾得的葡萄，不是胜过亚彼新摘的葡萄吗？①

看来克莱尔真的是旧情复萌了，这也为苔丝那封情真意切的倾诉信的传输铺平了道路。就在那时候，他的父亲已经把苔丝写给他的信转寄去了。不过因为他在南美遥远的内地，这封信要很长时间才能寄到他的手上。

与此同时，写信人在期待克莱尔读了她的信就会回来。不过，她的希望有时大，有时小。她的希望之所以变小，那是因为导致他们分离的事实没有改变——而且永远也不能改变。当初她在他身边求他，都没有使他回心转意，现在她不在他身边，那他就更不会回心转意了。话虽这么说，她还是满怀深情地琢磨着，他如果回来了，她怎样做他才能讨他欢心？唉！她叹了口气，后悔自己当初在他弹竖琴的时候没有多关注他弹的是什么曲子，也后悔自己没有更仔细地问问他，最喜欢哪几首乡间民歌。她间接地问过跟着伊丝从塔尔波塞来到农场的阿比·西丁，碰巧

---

① 出自《圣经·士师记》第8章第2节，寓意大致是：不要因神给你的恩赐而在弟兄姊妹当中骄傲夸胜，以至于去攻击别人的弱点。

第六部 再度翻转

他还记得，他们在奶牛场工作时，他们断断续续地唱过一些为奶牛催奶的歌，克莱尔似乎最喜欢《丘比特的花园》、《我有猎苑，我有猎犬》和《天刚破晓》，好像不太喜欢《裁缝的裤子》和《我长成了一个大美人》，虽然这两首歌也不错。

苔丝现在心里就想把这几首民歌唱好。她一有空就悄悄地练习，特别练得多的就是《天色刚破晓》那首歌：

> 起来吧，起来吧，起来吧！
> 花园里面栽百花，
> 百花盛开惹人爱，
> 美丽花儿悉心采，
> 快快献给你的爱。
> 斑鸠小鸟成双对，
> 枝头忙着垒爱巢，
> 五月里起得这样早，
> 天色才刚刚破晓。

在这种寒冷的天气里，只要其他的姑娘们不在她的身边，她就练唱这些歌，就是铁石心肠的人听了也会被她感动。但是，每当她想到他也许终究不会来听她唱歌，她就泪流满面，歌曲里的纯朴甜美、柔柔心声，仿佛在讽刺着唱歌人痴情的心痛。

苔丝一直沉湎于幻想和美梦，似乎已经忘记了岁月的流转，忘记了白天的时间已经越来越长，也似乎忘记了圣母节已经临近，她在这儿的工期也快结束了。

但是，还没到那个结账的日子，突然发生了一件事情，让苔丝有了意外的麻烦，需要她立即去处理。有一天晚上，她在那座小屋里像平常一样和那一家人在楼下的房间里坐着，这时传来敲门声，说是要找苔丝。苔丝扭头往门外望去，看见有一个人影站在昏黄的夕阳下，看她身材的高矮像个大人，看她身材的肥瘦又像个孩子，她在暗淡的光线里还没有认出是谁，那个人就开口喊了一声"苔丝"！

"哎呀，是丽莎·露吗？"苔丝很是吃惊。她在一年多前离开家的时候，她还是一个孩子，现在猛然长成了这么高的个子，连丽莎自己也不知道是怎么一回事。因为长高了，以前她穿在身上嫌太长的袍子，现在已经显得太短了，一双腿露在袍子的外面，她的手和胳膊也似乎很拘谨，还完全是一个年轻的孩子。

"是我啊，我都跑了一整天了，苔丝！"丽莎用不带感情的郑重口气说，"我到处找你，都给累坏了。"

"家里出什么事了吗？"

"妈妈病得很重，医生说她快要死了，爸爸的身体也很不好，还说他这样的高贵人家像奴隶一样地去干活太不像话，我们也不知道怎么办好。"

苔丝听后愣了半天，才想起来让丽莎·露进门坐下。丽莎·露进了屋，坐下，吃了一点儿茶点。苔丝这会儿已经打定主意了。她必须立即回家。她的合同虽然要到旧历圣母节也就是四月六日才能到期，但也没几天了，所以她决定立刻动身回家。

当晚，立刻动身，可以提前十二个小时回到家里，但是她的妹妹太累了，不等到明天是没有力气走完这么远的路的。所以，苔丝就跑到玛莲和伊丝住的地方，把发生的事情告诉她们，并请她们在农场主的面前好好地替她解释一下。她又回来给丽莎做了晚饭，然后再把她安顿在自己的床上睡了，才开始收拾自己的行李，尽可能地把自己的东西都装进一个柳条篮子里，告诉丽莎明天早上走，自己现在就动身上路了。

第六部 再度翻转

第五十章

当时钟敲响十点的时候,苔丝就在春分时节寒冷的黑夜里踏上了回家的归途。她要在微弱的星光中走完十五英里的路程。在人烟稀少的地方,黑夜对于沉默的赶路人来说并不是一种危险,而更可能是一种保护。苔丝清楚这一点,所以她就抄近道,专门走那些白天不敢走的小路。好在那个时候路上没有打劫的,加上她一心记挂着母亲的病,所以也就不怕什么妖魔鬼怪了。她就这样爬坡越岭,一英里接着一英里地走着,大约半夜时分,终于到达了公牛冢,她站在公牛冢的高地上望向迷茫的深渊,只见山谷里一片昏暗,在山谷的另一边,就是她出生长大的地方。她在高地上已经走了超过三分之一的路了,再有不到三分之二的下坡路,应该就是全程了。弯弯曲曲的下坡的山道在暗淡的星光下还是能够分辨出来。又走了一段,脚开始感觉不一样了,她走到了黑荒原谷的黏质土壤地带,完全不同的土壤,连鼻子都能闻出来。也就是说,在山谷内的这一部分,收费的大马路一直没有延伸进来。这样的土地不适合耕种,迷信的活动倒是很流行。据说这儿曾经是一片森林,在这种朦胧的深夜,野外疯长的高耸的树林和葱翠的灌木,形状威严可怖。这儿的人们现在仍然相信,这地方都是妖魔鬼怪,夜间路过,会碰到恐怖的绿色精灵对着你嘶嘶叫。所以他们时常在这些地方追逐獐鹿,折磨女巫,驱赶魔怪。

苔丝赶路经过纳托堡的乡村酒店时,只见酒店的招牌被夜风吹得嘎吱嘎吱地响,像是在迎接着她的脚步声。这附近没有人,除了她谁也不会听见。苔丝看着路边的一座座小茅屋,想象着茅屋里的人,腿脚放松了,身子放平了,躺在黑暗的屋顶下,盖着小紫花格子的被子,正在消除疲劳,养精蓄锐,等到第二天早晨汉勃勒顿山的山顶升起朝霞,他们

就该起来开始新的一天的劳动了。

约莫凌晨三点光景,她终于走完了蜿蜒曲折的下坡篱路,进入了马洛特村。她经过在乡村会社游行时她第一次见到安琪·克莱尔的地方。那一次他没有和她跳舞,现在想来仍然还是一种失望的感觉。在她的母亲住的那间房屋的方向,她看见有一缕亮光。亮光好像是从卧室的窗户里透出来的,亮光的前面有树枝被夜风吹着不住地摇动,所以那亮光一闪一闪的似乎在向她眨眼。她越走越近了,能够看清房屋轮廓了,那是用她的钱新盖的屋顶,那是她长大的地方,往日的情景一幕幕涌现。这座屋子是她的身体和生命的一部分。天窗上的斜坡,山墙上的石灰,烟囱顶上的破砖,都是她记忆中不可抹去的细节。在她看来,现在这些东西都陈旧得模糊不清了,意味着她的母亲也病得很重了。

她开门声很轻,没有惊动任何人。楼下的房间是空的,陪伴她母亲的邻居走到楼梯口很小声地告诉她说,德贝菲尔太太现在虽然睡着了,但还是不见好转。苔丝给自己做了点早饭吃了,马上就来到她母亲房间里看护。

早晨,孩子们起来了,只见他们一个个都像是被拉长了的样子。虽然她离开家只有一年多一点,但他们的成长速度却是惊人的。她现在必须全心全意地照顾他们了,因此自己的烦恼也就顾不上多想了。

她父亲的身体还是同过去一样不好,整天就坐在椅子里。不过,苔丝到家后的这一天,他却特别有精神。他说他想出来一个过生活的新计划了,苔丝问他是什么计划。

"我想,我们给英国这一带所有的考古学家都寄一封信去,"他说,"请他们寄钱来维持我的生活。我敢肯定他们会把我的要求当成一件富有浪漫精神、艺术趣味和恰当不过的事来做。他们花了大量的钱去保护古代遗迹,去发掘人的骨头之类的东西,如果他们知道了我这个活古董,他们一定会更加觉得有意思的。最好是有一个人去一个个告诉他们,说现在就有一个活古董生活在他们中间,他们却没有重视他!这件事是特林汉姆牧师发现的,如果他还活着,我敢担保他一定会去办这件事的。"

苔丝手头上有很多急活儿要做,顾不上和父亲去争论他的伟大计

第六部 再度翻转

划,她虽然给家里寄钱好几次,但家里的状况并没有多大的改善。当她把家里的要紧事情一件一件弄妥当了,这才开始注意外面的事情。那时,已经到了播种的季节,村里人已经忙完了土地上的耕种了,可是德贝菲尔家的园子和租种的公地都还荒着。她一了解,大吃一惊,原来他们家把做种的土豆全吃光了。唉,只顾眼前不顾将来,太糟糕了!她尽快地向左邻右舍凑了一些别的作物种子,抓紧先在园子里播下去了。过了几天,她父亲身体好多了。经过苔丝的努力劝说,她父亲才肯出来照看园子。她自己则去她家租种的二百码远的一块公地上耕种。

她被困在母亲的病榻边已经有一段时间了,现在她母亲的病已经有了好转,所以她也愿意出去种地。干农活的辛苦劳动可以使人的思想放松。她家租种的那块地在高坡上,干燥开阔,那一片大约有四五十块租种地,很多种地人白天做完了雇工的活儿,晚上就来到租地里忙碌。挖地通常在下午六点钟开始,要一直干到天黑或者月亮出来。现在这个时节,天气干燥,许多租地里在烧野草和垃圾,正好作春播的肥料。

一天,天气晴好,苔丝和丽莎·露一起在自己的租种地里干活,很多邻居们也在附近的地块里忙碌,他们一直干到太阳下山,落日的光线几乎平射到块块租地的白色木桩地界上。黄昏来了,大家点燃租种地里的茅草和卷心菜的菜根,地里冒出来一阵阵火光,浓烟随风飘荡,租种地的轮廓忽隐忽现。火光闪亮,卷着大团的浓烟在风的吹动下翻滚。干活的人几乎被隐蔽起来了,互相都不大能看见了。看到这种情景,关于"白天是墙,晚上是光"的"云柱"①的意思,就可以想象并理解了。

夜色越来越浓,有些人已经放下地里的活儿回家了,不过大多数人还是留在地里,想把手里的活儿干完,苔丝虽然叫她的妹妹回去了,但是她自己还留在地里。她的租地上也在烧着野草,她拿着叉子在不远处继续干活。那把叉子有四个发亮的齿,碰到土里的石头和硬土块,就发出叮当的响声。有时候,她全身都笼罩在火堆燃起的烟雾里,有时候

---

① 出自《圣经·出埃及记》第13章21节,云柱表示上帝圣灵的光,时刻在引导和庇护着人们前行。

德伯维尔家的苔丝

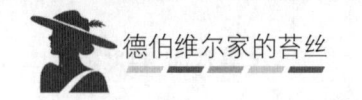

风吹开了，身上一点儿烟雾也没有，只有火堆燃起的黄铜色的火光照着她。今天她的穿着有点惹人注目：一件已经洗得发白的袍子，袍子的外面罩一件黑色的短上装，给人一个感觉是既像参加婚礼的，又像去送葬的。稍远一点儿的其他女人，好像大部分穿的是白围裙，脸色灰白，只有偶尔被火光照亮的时候，才能看见她们的全身。

朝西边看，光秃秃的荆棘枝条像铁丝一样结成篱笆，形成一块块租地的边界，在灰白天色里十分显眼。木星闪闪发亮，高悬空中，好像一朵盛开的黄水仙，差不多能照出人影来。旁边还有几颗叫不出名字的小星星。远处有一只狗在汪汪叫，偶尔还有嘎吱嘎吱的车轮声从干燥的路面上传来。

时间还不算太晚，干活的人们还在挥动着手中的叉子。那时的空气虽然清冷刺骨，但是已经有了明显的春天的气息，种地的人干劲比较足了。在那个地方，在那个时刻，在噼啪作响的火堆旁，这种忽明忽暗的神奇氛围使大家和苔丝都喜欢待在地里。在冬天的霜冻里，夜色就像魔鬼，在夏天的温暖里，夜色就像情人，而在这种三月的天气里，夜色却像镇静剂一样让人心神宁静。

当时，大家眼睛都盯着刚翻开的、被火光照亮的地面，心无旁骛地干着自己地里的活儿，没有去看周围的伙伴。苔丝一边翻着泥块，一边痴情地唱轻松的民歌。不过现在她对克莱尔会来听她唱歌已经不抱希望了。过了好久，她忽然注意到有一个人在她的附近干活——那个人穿着粗布长衫，和她一样在租种地里翻地，她以为那是她父亲请来帮她干活的。当那个人逐渐挖过来，离她更近了时，她看他更清楚了。有时候烟雾会飘过来把他们隔开，但是烟雾一飘走，他们又能互相看见了，不过烟雾又把他们和其他的人隔开了。

苔丝没有跟这个人说话，他也没有和她说话。她也没有多想，只记得白天地里没有这么个人。他好像不是马洛特村的人。近几年，她常离家，所以她不认识那个人也很正常。他挖地挖得离她越来越近了，近得她可以清楚地看见他叉子上的铁齿就跟她叉子上的铁齿一样闪光。当她把一把枯草扔到火堆上的时候，她看见他在对面也在做同样的事。火光一亮，她看见了德伯维尔的那张脸。

第六部 再度翻转

她做梦都没有想到会在这儿见到他！他的样子非常古怪，身上穿着只有最古板的农民才穿的打褶粗布长衫，他这种可笑的装束却使她心里感到阵阵发悚。德伯维尔发出一声低低的长笑。

"让我来开个玩笑吧，这多么像天堂乐园啊！"他歪着头看着她，异想天开地说。

"你说什么呀？"苔丝有气无力地问。

"一个爱说笑话的人，一定要说我们两个人的情景就像在伊甸乐园里一样了。你是夏娃，我就是另外那个人，装扮成一个下等动物来诱惑你。我相信神学的时候，很熟悉弥尔顿描写的那个场面。其中有一段是这样说——

"女王，路已铺就，并不太远，

就在一排桃金娘的那边……

……要是你接受

我的指引，我马上就带你去。"

"那么带路吧。"夏娃回答。

"我亲爱的、亲爱的苔丝，别把我想得很坏。我只是把你想说的、实际上不真实的话说出来而已，因为你把我想得太坏了。"

"我从来没说过你是魔鬼撒旦，也没有想过你是撒旦。我根本就没有那样看待你。除非你当面冒犯我，我都能冷静地看待你。怎么，你到这儿来挖地完全是为了我吗？"

"完全是为了你，就是想来看看你，真没别的。我来这儿的路上，看见有件长袍挂在那儿出售，就买了穿上了，省得人家认出来。我到这儿来，就是不想让你再干这种活儿了。"

"可是我愿意，这也是为我的父亲干活。"

"你在那个农场的合同期满了吗？"

"满了。"

"你打算之后到哪儿去呢？去你亲爱的丈夫那儿吗？"

听到这种令人难堪的话，苔丝实在受不了。

"啊——我不知道！"她痛苦地说，"我没有丈夫！"

"说对了——实际上就是这个意思。但是你还有朋友呀，我已经

下定决心，不管你怎么认为，我都要让你过上舒服的日子。你回家的时候，你就会看见我给你们送去了什么。"

"啊，亚雷克，我希望你不要送给我任何东西！我不愿意要你的东西——要你的东西是不对的！"

"是对的！"他很轻松的样子喊着说，"面对一个像你这样让我无比疼爱的女人，我是不会看着她受苦而不帮助她的。"

"但是我很好啊，没受苦啊！我的困难只是——只是——根本不是生活问题！"

她转过身去，拼命地挖起地来，眼泪掉流到锄头柄上，又顺着锄头柄流到地里。

"关于孩子们——你的弟弟和妹妹，"他接着说，"我也一直在为他们考虑。"

苔丝的心颤抖了——他正在刺她心中的痛处，猜到了她主要的焦虑。自从苔丝回家以来，她就开始热切地为这些孩子们操心。

"你的母亲要是不能康复，总得有个人照顾这些孩子们吧，因为，我想你的父亲在照顾孩子上是不大行的，对吧？"

"有我帮助他，他能行的。他一定能行的！"

"还有我的帮助。"

"不，不需要，先生！"

"你是蠢糊涂了吗？"德伯维尔叫起来，"哎，你父亲认为我们本来就是一家呀，他会很高兴的！"

"他不会的。我已经告诉他实情了。"

"那你就更蠢了！"

德贝维尔生气地退到树篱边，把身上旧货买来乔装打扮的长衫脱了下来，揉成一团扔进了火里，转身走了。

苔丝挖不下去了，她心神不定，不知道他是不是回到她父亲家里去了。她就抓起锄头，向家里走去。

大约在离家还有二十码远的地方，苔丝忽然看到有一个妹妹向她跑来。

"啊，苔丝——你看怎么办吧！丽莎·露正在哭，家里挤了一大堆人,妈妈倒是好多了,可是他们却说爹已经死了啊!"

这个孩子只知道这件事重大,却还不知道这件事的悲惨。她站在那儿,睁着一双大眼睛看着苔丝,她看见苔丝听了她的话后脸上出现的神情,就说——

"喂,苔丝,我们是不是再也不能和爹说话了啊?"

"可是爹只是小病,不严重啊!"苔丝慌慌张张地喊着说。

丽莎·露也来了。

"他刚才跌倒的,给妈妈看病的大夫说,没有办法救了,他的心都塞满了油。"

是啊,德贝菲尔夫妇互相把位置换了。病入膏肓的人脱离了危险,生小病的人倒死了。这件事比简单的换位要严重得多。她的父亲活着的时候,他的价值并不大。但是,他的生命价值在他的个人价值之外。他是三辈人中的最后一辈,他们房屋和宅基地的租赁就到他这一代为止的。转租土地的农场主早就在眼红他们的房子,想把房子租给他的长工住,那时他的长工正缺住的地方。而且,终身租房人和自由保产人差不多,相对独立,在村子里不受欢迎,所以租期一到,就绝不会让他们再租了。

就这样,一夜之间,不幸的命运降临在他们的头上。毫无疑问,当年的德伯维尔、现在的德贝菲尔一家,在他们还是郡中望族的时候,也肯定制造过类似或者更严重的不幸,让它们降临在那些和他们现在一样的没有土地的人身上。天下万物,时起时落,盛衰交替,本来就是这样世事无常啊!

第五十一章

　　终于到了旧历圣母节的前夕,那是移动的农业大军忙着搬家的时节,一年也就只有这一次特别热闹。这一天是合同期满的日子,在烛光节签订下一年的户外劳动合同,也要从这一天开始。那些不愿意继续在老地方忙活儿的劳工,就要搬到新的农场上去。移动的劳工大军,还真的是外面传来的新词儿,过去他们都称自己是庄稼汉。

　　这个每年一次的农工迁移,现在规模越来越大了。在苔丝的母亲的童年时代,马洛特村周围的大多数种地人,一辈子都是在一个农场里干活的,他们的父亲和祖父都是以那个农场为家的。但是,近年来,这种每年搬迁的情况达到了高潮。这种搬迁不仅使年轻的家庭兴奋,而且还可能从搬迁中得到好处。人们总是觉得自己住的地方埃及①,发现别人住的地方是一块福地,就兴奋地搬迁。等到他们搬到那儿住下以后,才发现那个地方又变成了埃及,所以,他们就又期待再次搬迁。

　　但是,乡村生活中这些越来越明显的变化,并不完全是由于农业界的不稳定。农村人口在持续减少。从前,在乡村里,除了庄稼汉,还有另外一些有趣的、见识广的人,他们的地位比庄稼汉高,苔丝的父亲和母亲属于这个阶层。这个阶层包括木匠、铁匠、鞋匠、小贩等等。他们这一批人都有固定的目标和职业,有的和苔丝的父亲一样,是不动产的终身所有人,也有的是官册副本中持有不动产的人,也有一些小的自由不动产所有人。但是他们长期租住的房屋一经到期,就很少再租给相同的佃户,农场主通常都会把这类房屋拆除,或提供给那些特别需要的雇

---

① 按照《圣经》的解读,"埃及"可以理解为一个无神论者的居住地,这里不受上帝眷顾,而是受苦受难,只有离开那里,才能接近天上的"迦南"福地。

第六部 再度翻转

工们。那些不是被直接雇来干活的住户，都不大受到欢迎，有些人被赶走以后，留下来的人生意受到影响，也只好跟着走了。这些家庭曾经是过去乡村生活中的主体，保存着乡村的生活传统，现在只好逃到更大的城镇寻找栖身之地了。这种过程，统计学家幽默地称为"农村人口流向城市的趋势"，这种趋势，相当于向下流的水由于机械的作用向山上流是一样的道理。

马洛特村的房屋经过这样的拆除以后，减少了很多。凡是没有拆除的房屋房主都催着收回去，给自己的工人住。自从苔丝出了那件事之后，她的生活就笼罩在一种阴影里，既然德贝菲尔家的后人名誉不好，大家就心照不宣地做了打算，等到租期一满，就得让德贝菲尔一家搬走，哪怕仅仅从村里的道德风化起见也得让他们走。确实，德贝菲尔这家人无论在性情、节制，还是在贞操方面，一直不是村子里好的榜样。苔丝的父亲，甚至苔丝的母亲，有时候都喝得烂醉如泥的，孩子们也很少上教堂，大女儿还有过一段丑闻。村子也要想办法维持道德方面的纯洁。所以圣母节一到，德贝菲尔一家就必须离开，这座房屋的房间多，被一个有一大家人的赶大车的租用了。寡妇琼和她的女儿苔丝、丽莎·露，还有儿子亚伯拉罕和更小的一些孩子，不得不搬往其他地方。

他们搬家的头天晚上，天下起了蒙蒙细雨，一片阴沉，天黑得特别早。这是他们在自己的老家和出生的地方居住的最后一个晚上，所以德贝菲尔太太、丽莎·露和阿拉伯罕就一起出门去向一些朋友告别，苔丝则留在家里守着，等他们回来。

苔丝跪在窗前的一条凳子上，脸贴着窗户，窗外的雨水打在窗玻璃上成片流下来。她目光落在一张蜘蛛网上，那只蜘蛛大概早已经饿死了，因为那张蛛网结在了一个没有蚊蝇飞过的角落里。风从窗户缝里吹进来，蛛网轻轻地颤抖着。苔丝满脑子都是关于家里最近几年的遭遇。她觉得自己就是一家人的祸水。要是她这次没有回家来，她的母亲和孩子们也许会被允许住下去，哪怕按星期缴纳租金也好。可是她刚一回来，就被村子里几个好事的、有影响的人看见了。他们还看见她来到教堂墓地，用一把小铲子把被毁掉的婴儿坟修好了。因此，他们知道她又回家住了。她的母亲也因此遭到指责，说她"窝藏"自己的女儿。这

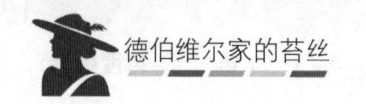

使得她母亲非常愤怒,尖刻反驳说自己不屑于住在这儿,会立刻搬走的。她的话一说出口,别人也就信以为真,所以就闹出了今天这种结果。

"我真是不应该回家啊!"苔丝伤心地对自己说。

苔丝的脑子被这些烦心事占得满满的。所以当她看见街上有一个穿着白色雨衣的人骑着马走来,她并没有加以注意。大概是她把脸贴在窗玻璃上的缘故吧,他倒是很快就看见她了,就牵着马向屋前走来,差不多到了屋檐下的台阶上了。他用马鞭敲了敲窗户,苔丝才看见他。雨差不多停了,她按照他手势的意思把窗户打开。

"你没有看见我吧?"德伯维尔问。

"我没有注意,"她说,"我应该是听见你的,但是我以为是马车的声音,恍恍惚惚做梦似的。"

"啊!你也许听说过德伯维尔家的马车的故事。我想,你听说过那个传说吧?"

"没有。我的——有个人曾经想把那个故事告诉我,但是后来又没有告诉我。"

"如果你真的是德伯维尔家族的后人,我想我也不该告诉你的。我嘛,因为是假的德伯维尔,所以无关紧要。那个故事有点儿恐怖的。据说有一辆并不存在的马车,只有真正德伯维尔家族血统的人才能听见它的声音,听见了马车声音的人都认为这是不吉利的。这件事与一桩谋杀案有关,凶手是很久以前一个姓德伯维尔的人。"

"你现在既然已经开始讲了,就把它讲完吧。"

"好吧。据说有一个姓德伯维尔的人绑架了一个漂亮女人,那个女人想从绑架她的那辆马车上逃跑,在挣扎中他就把她杀了,也许是她把他杀了——我忘了是谁把谁杀了。反正就是这么个故事吧。——我看见你们把盆子和水桶都收拾好了。你们要搬家了,是不是?"

"是的,明天搬家——明天是圣母节。"

"我听说你们要搬家,但我还不敢相信,太突然了!是为什么呢?"

"那座房屋的租期到我父亲这一辈为止,我的父亲一死,我们就没有权利住下去了。要不是因为我的缘故,我们也许还能按礼拜付租金继续住下去。"

"因为你什么呢?"

"我不是一个——好女人。"

德贝维尔的脸顿时红了。

"这些人真他妈的不要脸!可怜的势利眼!将他们的肮脏灵魂烧成灰吧!"他用讽刺憎恶的口气喊着说,"你们就因为这个才搬家的,是不是?是被他们撵走的,对吗?"

"这也并不完全算是被他们撵走的。不过他们说过让我们尽快搬,现在大家都在搬家,所以我们也还是现在搬家最好,现在找房子的机会多一些。"

"你们打算搬到哪儿去呢?"

"去王牌。我们在那儿租了房子。我母亲偏爱我父亲的老家,所以她要搬到那儿去。"

"可是你母亲这一大家人租房住不合适呀,又是住在一个巴掌大的小镇上。为什么不到特兰岭我家花房里住呢?自从我的母亲去世后,已经不养鸡了。但是房子还挺好,花园也是老样子。那房子只要花一天时间就可以粉刷好的,你母亲住在那儿会觉得舒服的。并且,我还会把孩子们都送到一个好学校去。我真的应该帮帮你!"

"但是我们已经在王牌租好房子了呀!"苔丝说,"我们可以在那儿等——"

"等——等什么呀?等你那个好丈夫吗?你听我说,苔丝,我太了解男人的心了,我也记得你们是为什么分开的,我敢肯定他是不会同你和好的。好啦,虽然我曾经是你的敌人,但是我现在是你的朋友,信不信随你。到我那屋子去住吧。我们把家禽买来,由你母亲来照管,孩子们也可以去上学。"

苔丝的呼吸越来越急促,后来她说——

"我怎样才能确信你会做得到呢?你的想法要是改变了——然后——我们——我的母亲——又要无家可归了。"

"啊,不会改变的,不会的。如果你认为有必要,我可以写一份字据给你,防止我改变主意。这样好吧?"

苔丝摇了摇头。但是德伯维尔坚持己见,她很少看见他态度如此坚决。她不答应,他就不肯放弃。

"请你告诉你的母亲!"他郑重地说,"这件事情应该由她做决定,不能由你来做主的。明天早上,我就吩咐人把房子打扫干净,全部粉刷一下,把火生起来,到晚上的时候房子就干了,这样你们就可以直接搬进去。请你记住,我在那儿等着你们。"

苔丝又摇了摇头,思绪纷乱,进退两难。她都无法抬头看一眼德伯维尔了。

"我过去是有愧于你的,这你是知道的!"他嘟哝着说,"你也把我的宗教狂热给治好了,所以我非常高兴——"

"我宁愿你还保持着你的宗教狂热,这样你就可以一心一意继续为宗教做事!"

"我很高兴能有机会为你做一点儿补偿。明天我希望能听到你的母亲从车上卸东西的声音——现在让我们握个手一言为定吧——亲爱的、美丽的苔丝!"

他说最后一句话的时候,把声音放低了,含糊其词,一面把手从半开的窗户中伸进去。苔丝的眼睛顿时发出怒火,急忙把窗户一拉,把德贝维尔的胳膊夹在了窗户和石头窗框中间了。

"哎哟!真是该死——你真狠心呀!"他把胳膊抽出来说,"不,不!——我知道你不是故意的。好吧,我等着你。至少希望你的母亲和孩子们会去。"

"我不会去的——我有的是钱!"她大声喊。

"你的钱在哪儿?"

"在我的公公那儿,如果我向我的公公要钱,他就会给我。"

"如果你要要。可是你不会去要,苔丝,我太了解你了。你不会找别人要钱的——你宁肯饿死也不会去找人要钱!"

说完这些话,他就骑着马走了。到了村口拐角的地方,他遇见了从前那个提着油漆桶的人,那个人问他是不是把讲道的朋友抛弃了。

"见鬼!滚!"德伯维尔说。

德伯维尔走了,苔丝坐在原地发呆,好久好久,突然,她心底里涌

第六部 再度翻转

起一股委屈和悲愤,老天太不公平了,她泪如泉涌,哭泣不止。她的丈夫,安琪·克莱尔就像所有外人一样,待她太残酷了,实在太残酷了!她过去从来没有过这样的念头,但他待她无疑是太残酷了!在她的一生中——她可以从她的心底里发誓——从来没有故意做过坏事。可是她却要遭受如此残酷的惩罚。无论她犯的是什么罪,都不是她故意犯的罪。既然不是故意犯的罪,那她为什么要遭受这种无休无止的惩罚呢?

她满腔悲愤地顺手拿过一张纸,在上面潦潦草草地写下了这样的话:

啊,安琪呀,为什么你待我这样残忍啊!我不应该受这样的残酷惩罚呀。我已经前前后后仔细地想过这件事情了,我永远、永远都不会宽恕你了!你明明知道我不是故意伤害你的,为什么你却要这样伤害我呢?你太狠心了,实在太狠心了!我只好想方设法把你忘了。我在你那里,得不到一点点公道呀!

——苔丝

她看着窗外,等到邮差经过时,就跑出去把信交给他,然后又回到窗前坐着发呆。

写一封这样的信也好,写一封情真意切的信也罢,都是一样的。事实并没有改变,他又怎能动心呢?没有什么新的情况可以改变他的观点。

天越来越黑了,壁炉的火光在房间里闪耀着。两个大孩子和母亲一起出去了,四个小一点的孩子年龄从三岁半到十一岁不等,都穿着黑色衣服,围坐在壁炉前叽叽喳喳地谈着他们自己的事情。屋里没有点蜡烛,苔丝走过来加入了孩子们的谈话。

"宝贝们,在我们出生的这座屋子里,我们只能在这儿睡最后一个晚上了,"苔丝急忙说,"我们应该好好想一想,你们说是不是?"

孩子们马上安静下来了。在他们那个年纪,最容易感情用事,在白天,他们一想到要搬到新地方去,一个个兴高采烈。现在一听到苔丝说他们就要离开他们出生的地方了,一个个都咧嘴要哭了。苔丝赶快换个话题。

"亲爱的,你们唱支歌给我听好吗?"

"唱什么呢?"

"你们会唱什么就唱什么,我都爱听。"

孩子们停了一会儿在想歌。然后,第一个孩子打破了沉默,轻声试着唱起来,第二个孩子开始跟着唱,最后第三个和第四个孩子也加入进来,一起唱起了他们在主日学校学会的歌曲——

> 我们在这儿受苦受难,
> 我们在这儿相聚离别,
> 在天堂我们就不会分开。

他们四个人一起唱着,神情冷静,好像选择什么歌这个问题已经解决了,并且解决得还挺好的,不需要多加考虑了。他们使劲地唱着每一个音节,同时还不住地去看中间闪烁不定的火焰,最小的那个孩子还唱得跑调了。

苔丝转过身去,又走到窗户跟前。外面的天色已经完全黑了,但是她却把脸贴着窗户玻璃,仿佛要窥探浓浓黑夜下的秘密。其实,她是在掩饰自己的眼泪。只要她真能相信孩子们唱的歌词,真的敢肯定,那么一切将和现在多么不同呀,那么她就可以放心地把孩子们交给未来的天国了!可是,那是无法办到的,所以她还得想办法,做他们的上帝。记得有一个诗人写的诗句里面包含着辛辣的讽刺,既是对苔丝,也是对所有人——

> 我们不是赤裸着降生
> 而是驾着荣耀的祥云

在苔丝和苔丝同类的人看来,降生人世本身就是降低人的欲望的折磨,无论从什么角度看,都是如此。这样的诗句至多只能减轻一些痛苦。

在苍茫的夜色里,苔丝看见她的母亲和瘦长的丽莎·露以及亚伯拉罕从潮湿的路上走了回来。德贝菲尔太太穿着木鞋咯噔咯噔走到了门

第六部 再度翻转

口,苔丝打开门。

"我看见窗户外面有马的蹄印哪!"琼说,"有人来过吗?"

"没有人来过!"苔丝说。

坐在火边的孩子们表情严肃地看着她,其中有一个低声说——

"怎么啦,苔丝,一个骑马的绅士来过啊!"

"他没有进来,"苔丝说,"他就在窗口跟我说了几句话。"

"那个绅士是谁?"母亲问,"是你的丈夫吗?"

"不是的。我的丈夫永远、永远也不会来了。"她绝望地说。

"那他是谁呀?"

"啊!你不要问我了。你以前见过他,我从前也见过他。"

"啊!他说什么啦?"琼好奇地问。

"等到我们明天在王牌住下来之后,我再一个字一个字地告诉你。"

那个人不是她的丈夫,她是这么说的。可是她很清楚,从肉体的意义上说,只有那个人才是她的丈夫,她心里越来越感觉到了。

第五十二章

第二天凌晨，才两三点钟吧，天还是完全黑的，住在大道旁边的人就听到了马车的隆隆声，搅醒了他们的美梦。这种隆隆声时断时续，一直吵到天亮——每年这个月的第一个礼拜是一个特殊的礼拜，这个时段的清晨总是有马车的吵闹声，就好像在这个月的第三个礼拜一定会听到杜鹃的叫声一样。马车声就是大搬家的序曲，是那些为搬迁的家庭搬运物品的马车队伍来来往往的声音。被雇用的农工通常都是由雇主派车把他们接到目的地。搬家的事儿最好能在一天内搞定，所以半夜刚过马车的隆隆声就响起来了，为的是要在早上六点之前把马车赶到搬家人的门口。一到那儿，他们就立即动手把要搬走的东西装上了车。

但是，却没有热心的农场主派车来接苔丝一家或帮她们搬家。她们都是女人，不是正式的庄稼汉，也没有人特别需要她们，谁也不会免费帮她们运送任何东西。所以，她们只好自己花钱雇马车。

苔丝看看窗外，早晨的天色灰蒙蒙的，刮着风，还好没下雨，雇的马车也到了，她放下心了。圣母节这天要是下雨的话，搬家的人可是要吃尽苦头的，家具淋湿，被褥淋湿，衣服也淋湿，最后还说不定都生病。苔丝的母亲、丽莎·露和亚伯拉罕已经醒了，更小的几个孩子仍然睡着，没去叫醒他们。他们四个在暗淡的灯光下匆忙吃了早点，就动手往车上装东西。

装马车的过程还是比较高兴的，有一两个友好的邻居过来帮忙。他们先把几件大的家具放好，然后又用床和被褥围成了一个圆形的小窝，方便在路上让琼和几个小孩子在中间能舒服地坐。东西装上车以后，她们又等了好长时间，车夫才备好马牵过来，因为刚才马车到了之后，马就从车上卸下来休息了。一直拖到两点钟，人马才一起上路。做饭的锅

第六部 再度翻转

在车轴上，德贝菲尔太太和孩子们坐在马车顶上，她把钟放在膝上抱着，防止马车在猛烈颠簸时会把它震坏。那马车突然颠一下，钟就会敲一下或一下半。苔丝和妹妹跟在马车旁边走着，一直走出了村子才上车。

头天晚上和今天早上，他们到过几户邻居家里告别，这时候他们也前来为她们送行，祝她们走运。不过他们其实心里很明白，这样一家人不大会有什么好运了。德贝菲尔德这家人太老实了，从来都没有做过损人利己的事情。不久，马车就上土坡了，随着地势的增高，风也更加寒冷尖利了。

那天是四月六日，德贝菲尔家的马车在路上遇见了许多其他马车，都是装着家具的，家具上坐着全家人。这种装载的方法近来似乎成了流行的风格，这种风格对于庄稼人来说就像蜂巢的样子对于蜜蜂一样，形式和意义都是独到的。几乎来往的所有马车上，装车的基础部分是家里的碗柜，碗柜上有发亮的把手，把手上有指头印儿和厚厚的油垢，它被竖在车前面重要的位置上，对着拉车的马的尾巴，那个碗柜就像一个约柜[①]，搬运的时候要恭恭敬敬地才行。

在这些搬家的人当中，有的开心，有的难过，有的在客栈门口停留一下。走了约莫一半的路，德贝菲尔一家老小也把马车停在一家旅馆的门口，给马喂点草料，自己也顺便喝口茶。

停车稍歇的时候，苔丝忽然看见有一辆马车的顶上坐着一群妇女，她们正在车上车下地互相传递着一个装三品特酒的大酒杯喝酒。那辆马车和苔丝的马车停在同一个旅馆里，不过距离稍为远一点。苔丝的眼睛随着那只被传来传去的大酒杯看到了车上，发现接酒杯人的人她认识，于是苔丝就向那辆马车走过去。

"玛莲！伊丝！"苔丝大声喊，因为车上坐的正是她们两个，她们现在正和她们租住的那家人一起搬迁，"你们今天也搬迁，和大伙儿一样是吗？"

[①] 约柜，又称"法柜"，是古代以色列民族的圣物，"约"是指上帝跟以色列人所订立的契约，而约柜就是放置了上帝与以色列人所立的契约的柜。

德伯维尔家的苔丝

她们说是的。在弗林库姆涔农场太艰辛了，她们没跟格罗比打招呼就走了，如果他愿意，让他到法庭告她们好了。她们告诉了苔丝她们的去处，苔丝也把自己的去处告诉了她们。

玛莲伏下身子，低声和苔丝说话："你记得那个总是跟着你的那位绅士吧？你猜得出我说的是谁，他到弗林库姆涔农场来找过你，问你是不是回家了。既然我们知道你不想见他，我们就没有告诉他你去了哪儿。"

"噢，可是他还是找到我了！"苔丝嘟哝着说，"又见面了。"

"他知道你现在去哪儿吗？"

"我想他知道。"

"你丈夫回来了吗？"

"没有。"

这时，两辆马车的车夫都从客栈出来了，苔丝也告别了她的朋友，回到了自己的马车上，两辆马车往相反的方向走了。玛莲和伊丝决定和她们租住的那家农民一起走，他们坐的马车油漆得发亮，用三匹高头大马拉着，马车上的铰链、铜饰闪亮耀眼，而德贝菲尔太太一家人坐的这辆马车却是一个吱嘎作响的木头架子，只有两匹马拉着，从来就没有油漆过，负载的重物几乎要把它压歪了。对比太强烈了，说明两家的差距太大了，由有钱的、发达的农场主来接和没有雇主来接而只好自己雇车是完全不同的。

这段路很远，一天里要走完确实够呛。对这两匹马来说也是极其艰难的任务。尽管他们动身不算太晚，但是等到他们来到绿山高地的侧坡时，已经很晚了。趁着两匹马站在那儿撒尿喘气的时候，苔丝看了看四周。在绿山下，正好在他们的前面，就是他们要去的那个死气沉沉的小镇王陴，那儿埋着她父亲的祖先的遗骨，她的父亲经常不厌其烦地炫耀他的这些祖先。王陴也算是德伯维尔家族的老据点了，因为他们在那儿足足住了五百年。

这时只见一个人从郊外向他们迎面走来，那个人看出是搬家的马车，就加快了他的脚步。

"我想，你就是德贝菲尔太太吧？"他对苔丝的母亲说，那时她已经下了车，想步行走完剩下的路。

她点点头："按老规矩来说吧，我得说我就是新近故去的穷贵族约翰·德伯维尔爵士的遗孀，我们正在往我丈夫祖宗的领地去。"

"哦？好，这我可不知道。不过如果你是德贝菲尔太太的话，我来这儿是要告诉你，你要的房子已经租出去了。我们今天早晨才收到你的信，知道你们要来——但这时候已经太晚了。不过没问题，你们在别处也找得到住处的。"

来人也注意到苔丝的脸，只见她听到这个消息，脸顿时变得惨白。她的母亲也露出绝望的神情。"我们现在怎么办呢，苔丝？"她痛苦地对苔丝说，"这就是你祖先的故土对我们的欢迎了！我们得想办法另找了。"

马车进入了小镇。苔丝的母亲和妹妹丽莎·露出去找房子，苔丝则留在马车的旁边照顾小孩子。一个小时过后，母女俩一无所获，回到了马车的旁边，赶车的车夫说，车上的东西必须得卸下来，因为拉车的马都快累死了，而且当天晚上他至少还得往回走一段路。

"好吧，卸吧！"琼不顾一切地说，"总会找到一个栖身的地方的。"

马车被拉到了教堂墓地的墙角下，停在一个别人看不见的地方，车夫把车上装的旧东西卸下来，堆在地上。卸完车，琼付了车钱，这样她身上的钱就所剩无几了。车夫离开他们走了，这单生意也就算结束了，因此车夫心里非常高兴。这是一个干燥的夜晚，这个角落里也还背风，猜想他们晚上冻不着。

苔丝看着那一堆家具，绝望无奈。春天的傍晚，清冷的夕阳，好像不怀好意似的照射着那些坛坛罐罐，照射着一棵棵在微风中哆嗦的枯草，照射着碗橱的铜把手，照射着他们所有的孩子都睡过的那个破摇篮，照射着那只被擦得发亮的钟面，太阳照射着所有这一切，它们看起来好像在闪烁着责备的目光：我们怎么会被扔到露天里来了。周围是当年的德伯维尔家的园林，现在变成了山丘斜坡，被分割成一小块一块的围场，那块绿色的地基，表明当年那是德伯维尔家的产业，从这儿向外延伸出去的爱敦荒原从前也是德伯维尔家的领地。附近有一条教堂走

廊,叫作德伯维尔侧廊,在一旁冷眼旁观。

"我们家族的墓室应该是自家的地产吗?"苔丝的母亲把教堂和教堂墓地又重新观察了一番,转回来说,"啊,当然是的,孩子们,我们就在这儿住下了,一直住到在你们祖宗的故土上找到房子为止!喂,苔丝,丽莎,还有亚伯拉罕,过来帮帮我。我得先给几个小的弄一个睡觉的地方,然后我们再去附近看一看、找一找。"

苔丝无精打采地过去帮忙,用了一刻钟的时间,才把那张四柱床从那一堆杂物中拖出来,然后把它摆放在教堂的南墙边,那是德伯维尔侧廊的一部分,下面是这个家族的巨大墓室。在床的上方,是一个有着许多装饰的漂亮的窗户,窗户是由玻璃做成的,大概是十五世纪的东西。那个窗户也被称为德伯维尔窗户。在窗户的上半部分有个装饰,看起来像个家徽,同德伯维尔家保存的古印和汤匙上的装饰一模一样。

琼把帷帐围在床的四周,看上去像一个奇特的帐篷,她把那些小孩子抱进去安顿好。"如果实在没有办法,我们也只好在那儿睡一个晚上了,"德贝菲尔太太说,"我们再想想办法,给孩子们买点儿东西吃吧!唉,苔丝,你老想着嫁给绅士,想想这有什么用啊!我们都沦落到这个境地了。"

她又带着丽莎·露和亚伯拉罕走上了那条把教堂和小镇分开的篱路。他们一走进街道,就看见一个骑马的人在上下打量他们。"啊——我正到处在找你们哪!"他骑着马向他们走过来说,"原来一家人还真的是故土团圆了啊!"

来人是亚雷克·德伯维尔。"苔丝在吗?"他问。

琼本来就对他没有好感。她粗略地向教堂的方向指了指,就朝前走了。德伯维尔对琼说,他刚才听说他们没有租到房子,万一他们要是还找不到住处的话,他会再来看他们。在他们走了以后,德伯维尔就骑着马向一个客栈走去,但不一会儿又步行着从客栈里走了出来。

此时,苔丝照看着床上的那几个孩子,和他们说了一会儿话,看见也没有什么别的事情好做,孩子们在里面也基本安稳了,她就起身到教堂的四周去走一走。那时候夜幕正在降临,教堂墓地也开始变得苍茫昏黄起来。教堂的门没有锁,她就走了进去,这是她平生第一次走进这个

第六部 再度翻转

教堂。那张床摆放在那个窗户的下面,在窗户的里面,就是他们家族的墓室,已经有好几百年的历史了。墓室的上面有天蓬,是一种祭坛的样子,很朴素。上面的雕刻残缺破损了。青铜饰品的框子松开掉落了,框子上留下一些洞眼,就像砂岩上的鸟窝一样。苔丝的家族已经从社会上灭绝了,但是在她见到的所有历史遗迹中,没有比这儿更破败、更凄凉的了。

她走到一块黑色的石碑前面,见到上面刻着的拉丁文:

古老世家德伯维尔家族之墓

苔丝不像红衣主教那样能够精通拉丁文,但是她知道这儿是她祖坟的墓门,墓里面埋的是她的父亲时常举杯咏叹的身材高大的骑士。

她默默地转身走了出去,经过一个非常古老的祭坛式墓室旁边时,她看见墓室上还蜷伏着一个人形。在苍茫的暮色中,苔丝刚才没有加以注意,现在她要不是奇怪地想到那个人形在动,她也不会注意到。当她走到那个人形的跟前时,她突然发现那是一个活人。啊!这儿除她之外还有人!她顿时吓得两腿发软,差点晕了过去,就在这时她认出那个人形是德伯维尔。

他从墓顶上跳下来,扶住苔丝。

"我看见你进来的,"他笑着说,"我爬到那儿去,是怕打搅了你的安静思考。是不是在这儿和地下的老祖宗聚会啊?来,你听着。"

他用脚后跟使劲地跺着地面,从下面发出空洞洞的回声。

"我敢肯定,这会儿他们都震动了一下!"他继续说,"你以为我只是这些石像中的一个吧。可是不是的。一朝天子一朝臣啊。我这个冒牌的德伯维尔现在伸出一根小手指,也比地下那些古老的武士对你更有用吧。来,现在吩咐我好了。需要我为你做些什么呢?"

"你给我走开!"苔丝低声说。

"我要走开的。我要去找你的母亲,"他温和地说。但是他从她的身边走过的时候,小声对她说:"记住,你总有一天会对我客客气气的!"

德伯维尔走了以后,她伏在墓地的门口说:

"我为什么没有躺在这个墓门的里面呢?我为什么偏偏待在外

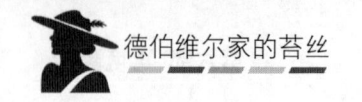

面呢？"

此时，玛莲和伊丝正和那些搬迁的庄稼人一起，带着他们的物品向迦南的福地走去，其实这儿是另外一些家庭的埃及，他们就是离开了一个眼前的埃及，又奔赴另一个别人眼中的埃及而已。所以，这两个女孩子也真的没太多考虑她们要去的地方。她们在谈安琪和苔丝的事，还谈着那个追着苔丝不放的情人。那个情人同她过去的历史她们已经猜出了一些，也听到过一些。

"她仿佛以前不认识他似的，"玛莲说，"既然她以前受过他的骗，那现在的情形就完全不同了。要是他再把她勾引走了，那她就万分可怜了。伊丝呀，克莱尔先生对于我们已经没有什么关系了，我们为什么不成全他们两个呢？为什么不去帮他们撮合撮合呢？要是他知道苔丝在这儿遭罪，知道了有人在追求她，他也许就会回来照顾他的妻子了。"

"我们能让他知道吗？"

她们一路上思考着这件事。但是她们到了新地方后，忙忙碌碌地安置新家，所以这件事就被耽搁了。当她们把一切安顿好，差不多过去有一个月了。虽然她们没有听到有关苔丝的任何消息，但是她们听说克莱尔快要回来了。听说了这个消息，虽然激发了她们对他的旧情，但是她们觉得还是应该慷慨无私地帮助苔丝。玛莲打开她和伊丝一起花钱买的墨水瓶，合计着写了一封信。

尊敬的先生：

请来照看你的妻子吧，如果你像她爱你一样还爱着她的话。因为她现在正受到一个装作朋友的敌人的诱惑。先生，那个本该远远离开她的人，现在却一直围着她转。对一个女人的考验不应该超过她的承受能力。水滴石穿——别说是石头了——就是钻石也不行。

——两个好心人

她们把这封给安琪·克莱尔的信寄到了埃明斯特的牧师家，这是她们从前听说的和他有关的地方。她们把信寄出之后，仍然为她们的慷慨行为感到高兴，同时，她们又歇斯底里地唱起来，边唱边哭泣。

第七部　人生终结

第七部 人生终结

第五十三章

黄昏时分,埃明斯特的牧师书房里像往常一样点着两支蜡烛,罩着绿色的灯罩,可是牧师本人却不在书房。他只是偶尔进来一下,拨一拨壁炉里的一堆火,然后又走出去了。春天已渐渐暖和,有一点点火取暖已经足够了。他一会儿走到前门旁,在那儿站站,又到客厅里去一趟,然后又回到前门口。

前门是朝西开的。这个时候,虽然屋内已经变得昏暗了,但屋外仍然很明亮,可以看得清清楚楚。老克莱尔太太本来一直坐在客厅里,这时也跟着丈夫来到门口。

"时间还早呢,"牧师说,"即使火车能够准点,也得到六点钟后才能到达白垩新顿,之后还有十英里的乡间道路呢,其中有五英里走的是老灰羊路,我们那匹老马走不快啊。"

"可是,亲爱的,它拉我们走的时候,差不多一个小时也跑完了那段十英里的路哦。"

"那是好几年前的事了。"

他们就这样争论着,其实两人心里都知道,怎么说都是白费口舌,唯一能做的就是耐心等待。

最后,篱路上终于传来了一点儿声响,他们那辆老马拉的旧马车在栅栏门外出现了。他们看见有一个人下了车,觉得那个人就是他们等的人,他们认识的。这是因为他们知道有一个特殊的人正要回来,他们在这个特殊的时刻刚好看见一个人从他们家的马车上走下来,所以他们知道这就是他们等候的人。其实,如果他们是在街上看见他,一定会擦肩而过,认不出来的。

老克莱尔太太急忙穿过黑暗的过道,来到门口,她的丈夫跟在她后

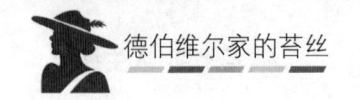

面，比她慢得多。

刚下马车的人正要进门，看见了他们两个人焦虑的脸，也看见了他们的眼镜反射出来的亮光，因为他们当时正好面对着西下的夕阳，他们看见的迎面走来的人是背对着阳光的身形。

"啊，我的孩子，我的孩子——你终于回家了！"老克莱尔太太喊着说，在那个时刻，她对她这个儿子，不再计较他先前的离经叛道的过失，觉得一点点小错就如同衣服上的尘土，不必在意了。说实话，世界上的女人，即使是最坚持真理的女人，又有谁会不相信自己的孩子，而只相信《圣经》里的允诺和训诫呢？或者说，孩子的幸福能和神学理论相比吗？他们一起走进点着蜡烛的房间，克莱尔太太就向儿子的脸上仔细看去。

"啊，这不是安琪——不是我的儿子——不是离开家的那个安琪呀！"她满腹心酸地说着反话，背过身去。

他的父亲看见儿子这个样子也大吃一惊。他的这个儿子，当初受到家庭变故的愚弄，气急败坏，贸然出走。在异国他乡，他痛苦烦恼，再加上恶劣天气的折磨，瘦得走形了。现在看见的，只剩一副骨架了，还有那副骨架后面的鬼魂了。他简直是克里维利画中死去的基督。他眼眶深陷，一副病态，眼睛毫无光彩。他的那些老祖宗们的瘦削的面容，已经提前二十年出现在他的脸上了。

"你们知道，我在那边病了一场，"他说，"不过现在已经好了。"

但是，仿佛要证明他在说谎似的，他说这句话的时候，他的两条腿支持不住了，为了防止跌倒，他只好一屁股坐了下来。其实，可能是因为旅途的劳顿和回到家后的兴奋引起的吧，他感到有点儿轻微的晕眩。

"最近有没有我的信？"他问，"你上次转给我的信，在巴西的内地转来转去，耽误了许久，差点儿没收到呢。耽搁得太久了，不然我也许会回来得更早些。"

"那封信是你的妻子写的，是不是？"

"是的。"

最近寄来的只有一封。因为他们知道他很快就要回家，所以还没有

第七部 人生终结

把这封信给他转去。

他急忙打开递给他的那封信,看到苔丝潦草的字迹在信中向他表达的情意,安琪心里十分激动。

啊,安琪呀,为什么你待我这样无情无义啊!我不应该受到这样的惩罚呀。我已经前前后后仔细地想过这件事情了,我永远、永远也不能宽恕你了!你明明知道我不是故意伤害你的,为什么你却要这样伤害我呢?你太狠心了,真是太狠心了!我一定要把你忘了。我在你手里,得到的都是伤害呀!

——苔丝

"她说得完全对!"安琪把信放下说,"也许,她永远不会跟我和好了!"

"安琪,不要这样为一个乡下丫头难过了!"他母亲道。

"一个乡下丫头!哼,那我们都是乡下的土孩子。我希望她就是你说的那种乡下丫头。现在让我把以前没有给你们说明的事说一说吧:从血统上来说,她的父亲是诺曼王朝世家的嫡系后裔,这一带有许许多多像他这样的人,在我们村子里过着默默无闻的生活,都被人叫作'乡下佬'呢。"

接着,他就上床睡去了。第二天早晨,他觉得身体非常不舒服,就没有出门,待在房间里沉思冥想。是他自己甩了苔丝的。当他还在赤道的南面,当他刚收到苔丝写给他的那封情真意切的信的时候,他觉得他什么时候只要肯原谅她,他什么时候就可以回到她的怀抱里去的,这似乎是世界上最容易不过的事了。而现在他回来了,事情却似乎不像看起来的那么容易。她是一个感情炽热的人,现在他从读到的这封信里可以看出,由于他没有理她,她对他的看法已经改变了。他悲伤地承认,这种改变也是完全有理由的。他在心里问自己,不先写一封信给她,就到她父母的家里去见她,这是不是明智呢?假如在他们分离后的这段时间里,她对他的爱确实已经变成了对他的恨,突然见面她也许会说出让他难以忍受的话来。

因此,克莱尔想,最好还是先给住在马洛特村的苔丝和她的父母写一封短信,把自己回来的事告诉他们,希望苔丝还是像他离开英格兰时那样，仍然和她的父母住在一起。他当即就把这封打听情况的信寄了出去，在一个礼拜快要结束的时候，他收到了德贝菲尔太太寄来的一封短信。但是，这封信还是没有解决他想解决的问题，因为信上没有地址，而且他感到吃惊的是，信不是从马洛特村寄出的。

先生：

  我写这几句话是为了告诉你，我的女儿现在已经不在我这儿了，我也不知道她什么时候会回来，只要她回来了，我就写信告诉你吧。她现在暂住在什么地方，我不方便告诉你。我只能说，我和我们一家人已经离开马洛特村一些时候了。

琼·德贝菲尔

  克莱尔从信中看出，苔丝至少现在安然无恙，也就放心些了。尽管苔丝的母亲不愿意把苔丝的地址告诉他，但是这也没有让他太难过。很正常，他们都在生他的气。他可以等待，等到德贝菲尔太太给他写信，告诉他苔丝回来了。从那封信的意思看，苔丝应该不久就会回来的。他不期待比这更好的待遇了。因为他自己对苔丝的爱情就是"见风便是雨"的。

  他这次出国，有了一些奇特的经历，他从名义上的科内利亚身上看到了实质上的福斯蒂纳；从肉体的芙琳身上看到了精神的卢克里霞；他想到了那个被抓来站在众人之中的应该被石头砸死的女人，后来做了王后的乌利亚的妻子。[①] 于是他问自己，他对苔丝做出评价的时候，为什么只看事实不看动机？为什么只看行为，不管意向？

  又过去了一两天，他一直待在他父亲家里，等着德贝菲尔太太答应给他写的第二封信。在此期间，他也恢复了一点儿力气。但是琼·德贝菲尔没有给他写信的迹象。从前他在巴西的时候，苔丝在弗林库姆灰农

---

① 科内利亚是古罗马庞培大将军的妻子，以贞洁著称；福斯蒂纳是古罗马王后，以淫荡闻名；芙琳是古希腊的著名娼妓，卢克里霞是贤德妇人；"应该被石头砸死的女人"见《圣经·约翰福音》第8章，她卖淫时被抓，理应用石头砸死，但是得到了耶稣的宽恕；"后来做了王后的乌利亚"见《圣经·撒母耳记下》第11章，指巴斯帕，原为乌利亚的妻子。她与大卫王同寝，并怀孕，大卫王杀死乌利亚后，娶巴斯帕为妻。

场给他写过信，于是他把他收到的信找出来，又读了一遍。他现在读这封信，还是和他第一次读这封信时一样感动。

我处境危难，我必须向你哭诉我的不幸……我没有别的人可以求救了……要是你还不快点儿到我这儿来，或者写信让我去你那儿，我想我是死路一条了……请你，请你不要只是为了公正，稍微给我一点儿慈悲吧！只要你来了，我情愿死在你的怀里！只要你宽恕了我，我死了也感到满足呀！……你只要写一行字给我寄来，说："我很快就来了。"我就等着你，安琪……啊，我会高高兴兴地等着你的呀！……想想吧，我总是见不到你，我心里该是多么痛苦啊！啊，我每天都在遭受痛苦，我时时刻刻都在遭受痛苦，要是我能够让你那颗亲爱的心每天都能像我那样痛苦一分一秒，也许你就会对你可怜的、孤独的妻子表示同情了。……只要能和你在一起，即使我不能做你的妻子，哪怕做你的奴仆，我也感到满足、感到高兴。所以，我只要能在你身边，能看见你，能知道你是我的人，我也就甘心了。……无论是天上，还是人间，或者是地狱，我只渴望一件事……到我身边来吧，把我从威胁我的苦难中拯救出来吧！

克莱尔决心不再相信苔丝最近写的那封信中措辞严厉的话，并且决定立即就出门去找她。他问他的父亲，他不在英国期间，她是否来这儿要过钱。他的父亲回答说没有，这时候安琪才意识到，像苔丝这样自尊心很强的人，是不会来要钱的。她已经因为贫穷而受了不少苦了。他的父母这时候也从他的话里听出了他们分离的真正原因。既然基督教是以拯救道德堕落的人为特殊的目的，过去苔丝的血统、纯朴，甚至她的贫穷，都没有引发他们的同情心，这时，她的罪恶却马上赢得了他们的温情。

就在克莱尔急急忙忙收拾几件旅行用的随身物品准备上路时，他看到了一封最近寄到的简单的信，那是玛莲和伊丝寄来的，信的开头这样写道：

"尊敬的先生……如果你像她爱你一样还爱着她的话，请来爱护你的妻子吧。"信后的签名是"两个好心人"。

德伯维尔家的苔丝

第五十四章

约莫过了一刻钟，克莱尔就走出了父亲的屋子，他的母亲送他到门口，看着他瘦弱的身影慢慢地消失在了大街上。他没有向父亲借用那匹老母马，因为他清楚家里非常需要它。他到了附近一家客栈，租了一辆小马车，心急火燎，催着车夫赶快把车套好。没几分钟，他就坐上了马车，离开了小镇。就在今年三四个月以前，苔丝也曾满怀着希望从这条路上下山，后来希望破灭，伤心地从这条路再次上山离开。

不久，本维尔大道就出现在他的眼前了。两旁的灌木和大树都已经长出了嫩绿的新芽和各色花苞。但是克莱尔无心观赏，满脑子都是回忆。他偶尔看一眼旁边的景物，只是为了不要让自己把路走错了。不到一个半小时，他就走到了金辛托庄园的南端，继续向前，朝冷清清的十字碑方向走去。就在那根可怕的石柱旁边，亚雷克·德伯维尔曾经一时冲动突发奇想，说要改过自新，逼着苔丝发誓，说她永远不再故意去诱惑他。山坡上苍白的荨麻败枝还光秃秃地立着，今年的新绿又从底下根部长出来了。

克莱尔继续沿着山坡高地的边缘走，然后向右转弯，进入空气凉爽的、有着石灰质地面的弗林库姆塔。他认为这儿就是苔丝母亲提到的苔丝现在暂住的地方，因为在苔丝写给他的信中，有一封就是从这儿寄出的。然而，他在这儿根本找不到苔丝。而且使他更难过的是，他发现这儿的村民虽然都熟悉苔丝的名字，但是他们从来都没有听说过"克莱尔太太"。很显然，自从他们分开后，苔丝从没用过他的姓。苔丝是一个自尊心很强的人，她认为他们分开就是脱离关系，所以她就放弃了夫家的姓，宁愿贫穷困苦，也不愿去向他的父亲伸手要钱。

村里人告诉克莱尔，苔丝没有正式辞工就回布莱克摩她父母家去

第七部 人生终结

了。因此，他必须去找德贝菲尔太太。德贝菲尔太太的信写的是他们已经不住在马洛特村了，但是奇怪她为啥不写明真实地址？现在唯一能做的事是只有到马洛特村去打听了。那个曾经对苔丝粗暴无礼的农场主，现在对克莱尔倒是和颜悦色，还借给他一匹马，派人驾车送他去马洛特村。克莱尔早上租的马车，已经用足了一天，赶回埃明斯特去了。

克莱尔坐着农场主的车来到布莱克摩的外缘就下了车，打发车夫把车赶回去，自己住进了一个客栈。第二天，他步行走进布莱克摩，来到了他的爱妻苔丝出生的地方。当时的季节还早，花园和树叶尚不见姹紫嫣红，初春在草木上覆盖了一层薄薄的青绿，似乎正喻指着他满满的期待。

苔丝在这座屋子里度过了她的童年时代，但现在住的却是另一家人了，他们一点儿也不知道苔丝。屋子里新住的人正在花园里忙乎着自己的事情，仿佛从没想过这座屋子曾经跟别人的历史相关。他们走在花园的小路上，只关心自己的眼前，他们每一时刻的活动，都与之前的主人不一样，但是他们丝毫也没想到。他们无拘无束地说笑着，就好像从前的苔丝。就连他们头顶上闹春的小鸟，也仿佛毫不在乎换了人或少了人。

这些一无所知的新房主，甚至连以前这儿住户的名字也不记得了。克莱尔仔细打听附近村民，才知道约翰·德贝菲尔已经去世了，他的老婆和孩子们也离开马洛特村了，曾说要住到王陴去，但是后来又没去，而是去了另外一个地方。他们把另外那个地方的名字也告诉了克莱尔。既然苔丝已经不住在这座屋子里了，克莱尔就开始憎恨起这座屋子来，一刻也不愿多看一眼这个讨厌的地方，头也不回地匆匆走了。

他穿过第一次看见苔丝跳舞的那块地。可是，那个地方就像座屋子一样令他讨厌，甚至痛恨。他从教堂的墓地里穿过去，在一片新立的墓碑中，看见一块设计特别精美的墓碑。上面刻着碑文：

  已故约翰·德贝菲尔。本姓德伯维尔，当年显赫世家，著名家系嫡传子孙，远祖始于征服者威廉王御前骑士帕根·德伯维尔爵士。卒于一八一一年三月十日。

              盖世英雄 千古

这时，一个像是教堂司事的人过来了，他看见克莱尔站在那儿，就说："啊，先生，死的这个人本来不想埋在这儿，而是想埋在王陴的，因为他的祖坟在那儿。"

"那么他们为什么不尊重他的意愿呢？"

"他们没有钱啊。上帝保佑你，先生，唉，跟你说实话吧，在别处我是不会说的。这块墓碑，别看它上面写得冠冕堂皇，刻墓碑的钱都还没付呢！"

"谁刻的墓碑？"

教堂司事把刻字石匠的名字告诉了克莱尔，克莱尔就离开教堂墓地，到了石匠的家里。他发现教堂司事说的话是真的，就把钱付了。然后，转身朝苔丝一家新搬的地方走去。

那个地方太远，步行是不可能的，但是克莱尔很想一个人走，就没有雇马车，也没有坐火车。本来坐火车绕一下就可以到了。克莱尔走着走着，走到沙斯顿后就走不动了，他只好雇了车。路不太好，直到晚上约莫七点才到达琼·德贝菲尔住的地方，从马洛特村到这儿，他已经赶了差不多二十英里的路了。

这个村子很小，他毫不费力就找到了德贝菲尔太太租住的房子。那房子在一个带围墙的园子中间，离开大路很远。那些笨重的家具都已经被塞进了房子里面。很明显，德贝菲尔太太并不欢迎来客。克莱尔自己觉得他这次拜访未免有些唐突。德贝菲尔太太走到门口来见他，傍晚的夕阳落在她的脸上。

这是克莱尔第一次见到德贝菲尔太太，不过他心事重重，无暇细细打量，只看到她风韵犹存，穿着体面的寡妇袍。克莱尔自我介绍并解释道，他是苔丝的丈夫，并说明了他到这儿的来意。说这些时，他感到很难堪。"我要立刻见她，"他又说，"您说您再给我写信，可是您根本没有再写了。"

"因为她根本没有回家呀！"琼说。

"您知道她现在好吧？"

"不知道。可是先生，你应该知道呀！"她说。

"这个我承认。那她现在住在哪儿呢？"

第七部 人生终结

从开始谈话的时候起,琼就露出难为情的神色,用一只手遮着自己的脸。

"她住什么地方,我也不太清楚。"她回答说,"她从前……不过……"

"她从前住在哪儿?"

"啊,她不在那儿住了。"

她闪烁其词,又住口不说了。这时候,有几个小孩子走到门口,用手拉着母亲的衣襟,其中最小的一个低声嘟哝着:

"这就是要和苔丝结婚的先生吗?"

"他已经和苔丝结婚了!"琼·德贝菲尔小声说,"进屋去。"

克莱尔看见她不肯开口,不想多说,就问:

"你认为苔丝希望不希望我去找她?如果她不希望我去找她,那么……"

"我想,她不希望吧。"

"您敢肯定吗?"

"我敢肯定她不希望你去。"

克莱尔转身正要离开,又想起苔丝写给他的那封情意绵绵的信来。

"我敢肯定她希望我去找她!"他激动地反驳说,"我比您更了解她。"

"那是很可能的,先生,我可从来就摸不准她的脾气呢。"

"请您告诉我她住的地方吧,德贝菲尔太太,可怜一下我这个伤心的人吧!"

苔丝的母亲看见他真的非常难过,又开始心神不安,用手慌乱地摸着自己的脸,终于压低声音告诉他:

"她住在沙埠。"

"啊,沙埠的哪儿?听说沙埠已经变成个大地方了。"

"我只知道沙埠,更详细的我就不知道了。因为我自己从来也没有去过那儿。"

能看出来,琼·德贝菲尔说的话是真的,克莱尔没有再追问。

"你们现在生活上缺什么东西吗?"他关心地问。

383

"不缺什么,先生,"她回答说,"我们过得还不错。"

克莱尔没有进屋子,就转身走了。往前三英里的地方就有一个火车站,他付钱打发了马车夫,就步行向火车站走去。克莱尔坐上了开往沙埠的最后一班火车,很快就开了。

第七部 人生终结

第五十五章

深夜十一点钟,克莱尔到达沙埠。他找了一家旅馆,随即打电报把自己的地址告诉了父亲。夜深人静,但他还是出门来到了街上。这时候去打听人显然是太晚了,他无可奈何,只好把寻找苔丝的事挨到天亮再办了。不过他仍然不想回去休息,睡不着的。

这是一个海滨胜地,东西两边各有一个火车站,有很多时髦人物往来。它的栈桥、松林、海滨大道、棚架花园等等,在克莱尔眼里,仿佛是用魔杖一挥突然出现的神话世界,上面又蒙了一层薄薄的尘土。广袤的爱格敦荒原东部就在这附近,古老的荒原呈现出黄褐色,形成鲜明对照的却是这个突然出现的辉煌新颖的娱乐城市。城市郊外一英里的地方还有着起伏不平的土地记载着史前的残迹,不列颠人踩出来的溪沟小径历历在目。凯撒大帝时代以来,那儿的土地至今原封未动。然而,来自异域的风情就像先知的蓖麻一样,突然间生根发芽开花,并把苔丝也吸引过来了。

克莱尔在半夜的街灯照射下,看着这个诞生于旧世界中的新世界,道路蜿蜒曲折。沿路踱步,他看见掩映在树木之间的高耸的屋顶、烟囱、露台和塔楼,无数造型新奇的建筑物争相媲美。城市里处处都是独家别墅,是坐落在英吉利海峡上的一处休闲天堂,堪比地中海度假胜地,而且,在黑夜里看它,可能比平时更加显得雄伟。

大海就在眼前,但是没有丝毫不谐调的感觉:波涛阵阵,他以为是松林风语;松林风语,他又以为是波涛阵阵。海涛与松语交相辉映。

那么他年轻的妻子苔丝,一个乡下姑娘,会在这座阔绰时髦的城市里的什么地方呢?他越想越不解。这儿肯定没有需要耕种的土地。那么是不是有奶牛需要挤奶呢?她很有可能是被某个大户人家雇去当佣人了。他一边往前走,一边透过窗户往里看。窗户里的灯光一个接一个地熄灭了,但他还是不知道苔丝究竟在哪里。

怎么猜都无济于事。十二点了,他回到旅馆,上床睡觉。熄灯之前,他又把苔丝那封缠绵热情的信重新读了一遍。他睡不着,一点睡意都没有。他离她是这么近,可是又离她那么远。他不停地把百叶窗帘打开,向对面那些房子的背后探看,猜想着这时候苔丝会睡在哪一个窗户的后面。

他整整一个夜晚都没合眼。第二天早上七点他就起了床,不一会儿就走出了旅馆,向邮政总局走去。他在邮局门口碰见一个貌似很机灵的邮差,拿着信从邮局走出来,去送早班信。

"你知道一个叫克莱尔太太的人的地址吗?"安琪问。

那个邮差摇了摇头。

克莱尔接着想到她可能还在继续使用没有结婚以前的姓,又问:

"或者一个叫德贝菲尔小姐的人?"

"德贝菲尔?"

这个邮差还是不知道。

"先生,你知道,观光的人每天有来的也有走的,"他说,"要是不知道他们的住址,你是不可能找到他们的。"

就在那个时候,又有一个邮差急急忙忙从邮局里走出来,克莱尔又向他问了一遍。

"我不知道姓德贝菲尔的,但是有一个姓德伯维尔的,住在苍鹭。"第二个邮差说。

"不错!"克莱尔一听心中大喜,心想苔丝改用真姓了,大声问道,"苍鹭在什么地方?"

"苍鹭是一家时髦的公寓。上帝啊,这儿可到处都是公寓呀。"

克莱尔向他们问清了路线之后,就急急忙忙地去找那家公寓了。他找到那家公寓的时候,碰巧遇到了一个送牛奶的。苍鹭虽然是一座普通的别墅,但是它有自己单独的院子,看样子很像一处私人住宅,找公寓的人肯定不会觉得这里有房子出租。他心里想,可怜的苔丝恐怕在这儿当女佣人吧。要是那样的话,她就会到后门那儿去接牛奶,因此他也想跟到后门去。不过他犹豫了一会儿,还是转身走到前门,按响了门铃。

时间还早,女房东自己出来把门开了。克莱尔就向她打听苔瑞莎·德伯维尔或者德贝菲尔。

"德伯维尔夫人?"

"是的。"

那么,苔丝还是表明自己是已婚的了,尽管她没有用他的姓,他还是感到高兴。

"麻烦请您告诉她,就说有一个亲戚想见她?"

"现在还太早。先生,请问您贵姓?"

"安琪。"

"安琪,你的姓?"

"不是,安琪是我的名字,您一说她就会明白的。"

"好的,我去看看她醒了没有。"

克莱尔被领到了前厅,也是餐厅。他从弹簧窗帘的缝中向外看去,只见外面有一个小草坪,上面生长着杜鹃和别的灌木。很明显,苔丝的处境并不像他担心的那样糟糕。他突然想到,一定是她把那些珠宝取出来卖了,才能过这种日子的。他当时一点也没有责备她的意思。一会儿,他敏锐的耳朵听出楼上的脚步声,他的心怦怦直跳,难受得都快站不稳了。"天哪!我变成了现在这个样子,她会怎么看我呢!"他自言自语。房门打开了。

苔丝在门口出现了,完全不是他想象的样子,并且恰恰相反,这使他困惑不解。她天生丽质,穿上那一身服装,如果说不是更美了,那至少也是更显眼了。她身上穿一件宽松的浅灰色羊毛晨衣,上面绣着素色的花,脚上也是同色系的拖鞋。她的脖子周围是一圈晨衣的细绒花边,她那一头令他难以忘怀的深棕色头发,一半挽在头上,一半披在肩上——那显然是因为匆忙。

他伸出手臂要去拥抱她,但是他的手臂马上又垂了下来,因为她并没有迎上来,仍然站在门口。他觉得可能是他们的差别太大了,他现在只剩下了一副枯黄的骨架,这个样子让苔丝讨厌了。

"苔丝,"他说话声音沙哑,"我不该甩下你不管,你能宽恕我吗?你能走过来一点儿吗?你是怎么变成现在这样的?"

"太晚了。"她说,她的冷酷的声音在房间里回荡,她的眼中闪射着不自然的光。

"以前,我错怪你了。是我错过了真实的你!"他继续恳求说,"我最亲爱的苔丝,我知道自己错了!"

"太晚了,太晚了!"她大声说,摆着手,就像一个忍受痛苦的人再也无法忍受一分一秒了,"不要到我的跟前来,安琪!不行,你不能靠近。你快走吧。"

"不过,我亲爱的妻子,是不是因为我病成了这个样子你就不爱我了?你可不是一个轻薄的人。我是特意来找你的呀,我的父母现在也都欢迎你了!"

"是啊,好啊,太好了!不过我说,我说,太晚了。"

苔丝的感觉似乎像是一个在梦中逃难的人,想逃走,却又挪不动步子:"难道你还不知道一切吗?你还不知道吗?如果你不知道,你又是怎么找到这儿来的?"

"我到处打听,终于找到了线索。"

"我等你,一等再等,"她继续说,说着说着,她的声音又突然恢复了从前的柔和哀婉。"可你却不回来啊!我给你写信,你还是不回来!他也不断地跟我说,你再也不会回来了,又说我是一个傻女人。他对我很好,对我的母亲也好,在我的父亲死后他对我家里所有的人都好。他……"

"我不懂你说的话。"

"他又把我弄到手了。"

克莱尔直愣愣地盯着她,终于明白了她话的意思,立刻像得了瘟疫似的,瘫软下来,目光低垂,瞥见她的一双手,曾经红润,此刻又白又嫩。

她继续说:

"他在楼上,我现在恨死他了,因为他骗了我。说你不会回来了,可是你却回来了!这身衣服也是他要我穿上的:他过去对我怎么样,我

第七部 人生终结

不在乎！回到他的身边也没有想象的那么难。他曾经像一个丈夫般对我，你却从来没有。不过，安琪，请你走开吧，再也不要到这儿来了，好不好？"

他们两个人呆呆地站着，眼神中流露出内心的极度痛苦。两个人都似乎在乞求什么，好让自己躲藏起来，逃避现实。

"啊，这一切都是我的错！"克莱尔说。

但是他说不下去了。那个时候，说与不说，都一样表达不出自己的痛苦。不过他还是模模糊糊地觉得，他心中的苔丝在精神上已经不承认站在他面前的肉体是她自己的了。她的肉体就像河流里的一具死尸，随波逐流，脱离了她的精神意志。这意识当时还相当朦胧，但是到后来却越来越清晰。

过了一会儿，他发现苔丝已经走了。想到刚刚的一幕，他的脸变得越来越冷漠，越来越憔悴。又过了一两分钟，他发现自己已经到了街上，恍恍惚惚，连方向都模糊了。

第五十六章

苍鹭的房主布鲁克斯太太是这里的主妇，也是这里所有华丽家具的主人。她并不是一个好管闲事的女人。她实际上只关心钱，一直在想着赚钱还是赔钱的事情，物质利益才是第一位的。除了怎样从她客人的口袋里掏出钱来而外，别的事情都没有什么兴趣。尽管如此，这一次她觉得有点特别。安琪·克莱尔这么一大早来拜访她的两个阔绰的房客德伯维尔先生和太太（她是这样认为的），神情和态度也很不寻常，这还真的引发了她的女人的好奇心。本来她是抑制这种好奇心的，她的职业操守要求她不要干涉房客的隐私。但是这次她有点注意了。

苔丝是站在门口和安琪·克莱尔说话的，没有走到饭厅里去坐下来说话。布鲁克斯太太站在她自己的起居室里面，门半开着，她能够听到这两颗悲伤灵魂的一部分谈话。后来，她看见苔丝上了楼梯，回到了楼上房间，也听见克莱尔起身出了门，听见他出门时把前门关上了。接着，她听见楼上的房门关了，知道那是苔丝走进了自己的房间。布鲁克斯太太看得出来，这位年轻的夫人还没有完全把衣服穿好，估计她一时半刻不会下楼的。

布鲁克斯太太悄悄地走到楼上，站在前室的门口，是个客厅，它的后面才是卧室，中间有折门，与另外一个房间（这个房间是作卧室用的）相邻。布鲁克斯太太最好的套间就是现在被德伯维尔租用的。此刻，后室静悄悄的，前室好像有声音传出来。

她最初能够分辨出来的只有一个音节，像是低声呻吟的不断重复，仿佛是绑在伊克西翁[①]火轮上的灵魂发出的呻吟——

[①] 伊克西翁是希腊神话中特萨利的国王，因勾引天后赫拉而被天神宙斯罚下地狱受苦受难，被绑在燃烧的车轮上永不停歇地转动。

"呜——呜——呜！"

接着是一阵沉默，然后又是一声沉重的叹息，然后又是重复的——

"呜——呜——呜！"

布鲁克斯太太从钥匙孔中窥探进去。她只能看见室内极小的一块，在那一小块里，能看到早餐桌的一角，上面摆着早餐，旁边放着两把椅子。苔丝正跪在椅子前面，头伏在椅子座上。她的两只手抱着头，身上穿的晨衣的下摆和睡衣的花边全都拖在身后的地板上，两只光脚伸在地毯上，没穿袜子，拖鞋也掉了。那种无法描述的绝望的呻吟就是从她的嘴里发出来的。

接着，卧室里传出来一个男人的声音——

"怎么啦？"

她没有回答，只是继续呻吟着，念叨着，像是自言自语，又像是哀鸣。布鲁克斯太太只能依稀分辨出一部分意思：

"现在我那亲爱的、亲爱的丈夫回来找我了……我却一点也不知道哪！……都是你残酷地愚弄我……你骗我，你一刻不停地骗我——你没有停止过欺骗！我的弟弟妹妹，还有我的母亲，他们需要帮助——你就靠这些来打动我……你说我的丈夫永远也不会回来的——永远不会了。你还嘲笑我，说我傻，说我白等！……后来我相信你了，信了你啦！……可是刚才他回来了！现在他又走了，第二次离开我了，现在我是永远失去他了……从现在起，他是一丝一毫也不会再爱我了——只会恨我了！是啊，我现在再次失去他了，就是因为——你！"她在椅子上痛苦地扭动着，把头朝向了门口，布鲁克斯太太看见了她脸上的痛苦表情。她的嘴唇已经被牙咬出了血，看见她闭着眼睛，睫毛上全是泪水，沾在脸上和发际。她又继续念叨着："他病了，他活不久了——他看起来快要死了！……我的罪孽没有夺走我的命，却快要了他的命了！……啊，你把我的生命彻底毁了……我哀求过你，要你可怜我，不要毁了我，可你还是把我毁了！……我真正的丈夫永远、永远也不会——啊，上帝啊——我受不了啦——我受不了啦！"

卧室里的男人说了几句刺耳难听的话，接着就是一阵窸窸窣窣的衣服的响声。苔丝跳了起来。布鲁克斯太太以为苔丝要冲出门来，就急忙

回到楼下去了。

不过苔丝并没有冲出门来，起居室的门也没有打开。不过，布鲁克斯太太觉得再到楼梯口去偷看，实在不妥当，就回到楼下自己的起居室里去了。

尽管到了楼下，她还是侧耳细听，但是她什么也听不见。于是，她就只好进厨房去把刚才没有吃完的早餐吃完。然后，她又出了厨房，来到一楼的起居室做一些针线活，一边等着楼上房客打铃让她去收拾餐桌。她很想自己去看看究竟发生了什么事。她坐在那儿，听见头顶的楼板发出轻微的吱嘎响声，仿佛有人在上面走动，不久，她听见了一阵衣裙擦在楼梯栏杆上的声音，听见了前门打开又关上的声音，接着，她就看见苔丝走出了栅栏门，朝街上走去。她现在的穿戴和刚刚来的时候是一样的，完全是富家小姐出门时的一身穿戴，稍有不同是在她的帽子和黑色羽毛上加了一层面纱，罩住了脸。布鲁克斯太太没有听见她的两个房客在门口告别，好像他们什么话都没有说。他们可能吵架了，或者德伯维尔先生还在睡觉，他这个人总是起得比较晚。

她又走回到楼下的起居室，继续做她的针线活。那个女房客没有回来，那个男房客也没有起床按铃要早餐。布鲁克斯太太想不通他为什么还不起床。还有，今天一大早来这儿的那个人同楼上的那一对是什么关系啊，她想着想着，不由自主地往椅背上靠了靠。

就在她向后靠去的时候，她的眼睛不经意地朝向了天花板，那上面的一个小黑点忽然吸引了她。那个小黑点刚开始还只有一块饼干大小，但是它迅速扩大了，变得有她的手掌那么大了，接着她还看出它不是黑色，而是红色的。在长方形的白色天花板中间，有一个红色的小点出现在上面，看上去就像一张巨大的红桃A。

布鲁克斯太太非常疑惑，这太奇怪了。她站到桌子上，用她的手指头摸了摸天花板上的那个红点。它湿乎乎的，好像是血迹。

她下了桌子，走出起居室，上了二楼，想进入那套房间，那是在绘画室后面的卧室。但是，她现在已经变得胆怯、害怕、神经麻木了，她不敢去扭动门上的把手。她又侧耳细听，房间里只有一种有规律的滴答声，除此之外一点儿动静也没有。

第七部 人生终结

滴答,滴答,滴答。

布鲁克斯太太急忙下了楼,打开前门,跑到街上。这时碰巧有个邻近别墅打工的男工路过。她连忙请求那个男人进屋来,和她一块儿上楼。因为她真的担心那个房客出了什么事。那个工人就跟着她上了楼梯口。

她把客厅的门打开,站在一边,让那个男工先进去,她才跟在他的后面走进去。客厅是空的,丰盛的早餐还摆在桌子上,有咖啡、鸡蛋、冷火腿,但是早餐一动也没动过,和她刚摆上去时一样,只是那把切火腿的餐刀不见了。于是她请那个工人打开折门进入紧邻的卧室去看一看。

他把折门打开,刚跨入一步就神色失常,立刻缩了回来。"我的天啊,床上的那位先生已经死了!大概是被人用餐刀杀死的——地板上流了一大摊血。"

他们立刻报了警,紧接着,这座一直非常宁静的别墅一阵惊慌喧嚷,脚步嘈杂,来了一大群人,包括一个外科医生。刀口虽然不大,但是刀尖已经刺到了死者的心脏,死者仰面躺在床上,脸色苍白,身体僵硬,仿佛他在被刺了一刀以后几乎就没有动过。一刻钟以后,本城一名游客在床上被杀的消息,就传遍了这个时髦的海滨胜地的所有街道和别墅了。

第五十七章

与此同时,安琪·克莱尔挪着机械的步子沿着他来时走的路往回走。来到了他住的旅馆,在摆着早餐的桌子旁边坐下,两眼茫然发直。他又吃又喝,但意识不清。然后,他又突然要求马上结账。付完了账,就提起随身带的唯一行李——一只装洗漱用具的小旅行包,出了旅馆。

正当他要离开的时候,一封电报送到了他的手上——那是他的母亲给他打来的,没多少字,说的是他们收到了他的地址,很高兴,另外还告诉他,他的哥哥卡思伯特已经向梅茜·谦特求婚成功。

克莱尔把电报揉成一团,向火车站走去。到了火车站,才知道还要等一个多小时火车才会到。他坐下来等候。大约等了一刻钟,他又觉得在那里再也等不下去了。他的心已破碎,神情麻木。他已经没有什么急着要办的事了。但是,他在这个城市里经历了这样一番痛苦遭遇,就希望离开这儿。于是他转身向下一个车站走去,打算在那儿上火车。

他走的大路比较宽阔,但前面不远,大路就进入了一个山谷。从远处看,大路从山谷的这一头延伸到另一头。他在这条路上约莫走了一大半,就开始向西边上山坡。不久,他停下来喘气,无意间向后看了一眼。为什么这么做,他自己也说不清楚,不过好像后面有一股力量非拖着他向后看不可。他只见身后的那条大路像一根带子,越远越细,但是当他定神关注时,却发现那条空旷灰白的大路上出现了一个朝前移动的小斑点。

那个小点是一个奔跑的人影。克莱尔模模糊糊地觉得那个人是来追赶他的,就停下来等着。

跑下山坡的人是一个女人的身影,不过他怎么也想不到他的妻子会来追他。他现在发现她的衣服已经完全换过了,所以当她走得很近了的

第七部 人生终结

时候,他也没有认出她来。直到她走到了他的跟前,他才敢相信她就是苔丝。

"我快到火车站的时候,看见你转身离开火车站的,我就一路追来了!"

她的脸色苍白,呼吸急促,整个身子不住地颤抖。他什么也不问,只是紧紧抓住她的手,一把把她拉到身边,带着她往前走。为了避免遇见任何行人,他就带着她离开大路,走进枞树林中的一条小路。当他们走进了枞树林的深处,只能听到风吹枞树叶的呜咽声时,他才停了下来,带着疑惑探寻的神情看着她。

"安琪,"她说,仿佛在等着他发问,"你知道为什么我一路追你了吗?告诉你吧,我已经把他杀了!"她说的时候,脸上露出一点儿可怜的惨笑。

"什么?"他想到她奇怪的神情,以为她精神失常了。

"我真的把他杀了——我也不知道我是怎么杀的。"她继续说,"安琪,杀他是为了你,也是为了我。早在我用手套打他的嘴巴的时候,我就想过总有一天我要杀了他!他在我年幼无知的时候设圈套害我,又通过我伤害了你。他拆散了我们,他毁了我们,现在他再也不能够害我们了。安琪,我深深地爱你,但我从来没有这样爱过他。这你是知道的,是不是?你一直不肯回来找我,我是被逼无奈才跟了他的。你为什么要离开我呢?当时我那样爱你,为什么呢?我想不出你为什么要离开我。但是我不怪你。只是,安琪,既然我已经把他杀了,你能不能宽恕我对你的背叛?我一路追来的时候,我就想过,你一定会因为我把他杀了而宽恕我的。杀他的念头就像一道闪光,让我猛烈惊醒,只有那样你才能回到我的身边来。我再也不能失去你了。你不知道,没有你的爱我无法忍受!现在你跟我说你爱我吧,亲爱的、亲爱的丈夫,既然我已经把他杀了,跟我说你爱我吧!"

"我真的爱你,苔丝——哦,我真的爱你——全部的爱情都回来了!"他热烈地、紧紧地把她拥抱在怀里说,"可是你说你把他杀了,这是什么意思呢?"

"我的意思是说我真的把他杀了。"她梦呓般地嘟哝着。

"什么，真杀了？他死了吗？"

"是的。当时他听见我在那儿为你哭着，就恨恨地讽刺我，用恶言恶语辱骂你。后来，我就把他杀了。我心里实在忍受不了啦！他一直因为你而挖苦我。我杀了他，然后，我就穿好衣服出来找你了。"

克莱尔开始逐渐地相信了，无论她有没有杀他，至少她动过杀机。他一面对她的动机感到恐惧，一面又惊讶她对他自己的强烈爱情，惊讶她竟然完全不顾道德的、奇特的爱情。由于还没有意识到她的行为的严重性，她似乎终于感到了心满意足。她伏在克莱尔的肩上，幸福地哭泣着。他看着她，猜想着德伯维尔家族的血统中究竟有着怎样的神秘性，才导致苔丝这种心理失常的行为。如果那只是一种精神错乱就好了。他突然心里联想起关于马车和凶杀的家族传说，大概就是因为知道德伯维尔家里曾经出过这类事情吧。此时的克莱尔思想混乱、情绪激动，无法冷静推理。他觉得苔丝就是在她刚才说的悲痛欲绝时失去了心理平衡，才陷入这种深渊的。

如果真的是杀人了，那就太可怕了。如果只是一种短时的幻觉，那也太悲惨了。不过无论如何，现在站在他身边的就是曾经被他遗弃了的妻子，这个感情热烈的女人紧紧地靠着他，一点儿也不怀疑他就是她的保护者。他看得出来，在她的心里，在当下，她认为他只能是她的保护者。柔情终于彻底战胜了克莱尔。他用他苍白的嘴唇长时间地亲吻她，紧紧地握着她的手，说：

"我再也不会弃你而去了！我最最亲爱的宝贝，无论是你杀了人还是没有杀人，我都要竭尽全力保护你！"

他们在树林里向前走着，苔丝不时地转过头来看看安琪。虽然他疲惫不堪，一脸憔悴，但是他在她的眼里毫无瑕疵。在她看来，他无论在形体还是在心灵上，依然像过去一样完美。他仍然是她的安提诺斯①，甚至是她的阿波罗，他那张满是病容的脸，在她充满爱情的眼里，还是和她第一次见的时候一样，如晨光般俊美。在这个世界上，只有这个人

---

① 安提诺斯，生于约公元后110年，古罗马的美男子，深得古罗马皇帝哈德伦的宠幸。

曾经纯洁地爱过她，也只有这个人相信她的纯洁。

他现在的直觉是不能像他原来打算的那样去镇外的下一个车站了。他们还是继续往枞树林的深处钻去，这儿枝繁叶茂，枞树林绵延好几英里。他俩搂着对方的腰，踩着枞树干枯的针状叶子信步走着。他们沉浸在如梦似幻的情景中，意识到他们终于又在一起了，没有一个活人来打扰他们，也全然不顾那个死人的后事了。他们就这样向前走了好几英里，直到苔丝突然警觉了，看看四周，胆怯地问——

"我们这是在向什么地方走呢？"

"我不知道，最亲爱的。怎么啦？"

"我也不知道。"

"哦，我们往前再走几英里吧，到了天黑的时候，我们再找地方住吧——也许，我们可以在一个僻静的草屋里找到一个住处。你能走吗，苔丝？"

"啊，当然能走！只要你搂着我，我就能永远永远走下去！"

总的来说，好像也只能这样了。于是，他们就加紧了步子，避开大路，沿着偏僻的小路，选择大致朝北的方向走去。整整一天，他们的行动都不明确、不实际。他们两个人似乎谁也没有考虑过有效的逃跑方法，比如化装或者长期躲藏。他们就像两个小孩子，所有的想法都是临时的，没有计划、没有预防。

大约正午时分，他们走近了一个路边的小客栈，苔丝想和他一起进去吃点东西，但是安琪劝她还是留在这半是林地和半是湿地的灌木丛里，等着他回来。她穿的衣服是当时流行的样式，连她带的那把象牙伞柄的阳伞，在这个偏僻地点，也是没有人见过的。这些时尚的物品，一定会引起客栈里的人的注意。安琪很快就回来了，带回来的食物差不多够五六个人吃的，还有两瓶酒——这些东西，即使有什么意外发生，也够他们支撑一两天的了。

他们在一些枯树枝上坐下来，一起吃饭。大约在一两点钟之间，他们把没有吃完的东西包好带上，又继续朝前走。

"我觉得，无论需要走多远我都走得动！"她说。

"我想我们也许要朝内地走比较好。在内地我们可以躲一段时间，

他们很可能不会到内地去追捕我们,沿海的地方就不去了。"克莱尔说,"躲过一阵子,等他们把我们忘了,我们才能从某个港口出去。"

她什么也没有回答,只是紧紧地握住他的手,一起继续往内地走去。虽然那时候是英国的五月季节,但是天气却相当晴朗,下午就更热了点。后来他们又走了好多英里的路,直到一条小径把他们引到了一个叫作"新森林"的地方。将近傍晚时分,他们在一个篱路的拐弯处看见了一条小溪,小溪上有一座小桥,小桥后面有一块大木板,上面用白色的油漆写着几个大字:"理想住宅,配有家具,供出租",下面写着详细说明,以及同某几个伦敦代理机构联系的地址。他们走进栅栏门,只见这座房屋是一座古建筑,是用砖建造的,设计挺正规的,面积也很大。

"我知道这座房屋,"克莱尔说,"这是布兰舍斯特庄园。你看,这里好像一直关着没人住,走道上都长满了草。"

"有几个窗户开着哪!"苔丝说。

"我想,那是让房间透透气吧。"

"所有的房间都空着,可是我们连一个住处也没有!"

"你一定累了,我的苔丝!"他说,"我们马上就不走了。"他吻了吻她那悲伤的嘴唇,又带着她往前走。

克莱尔也一样,渐渐累了。他们已经糊里糊涂走了十二到十五英里的路程了,所以他们现在必须考虑夜间的休息问题了。远远望去,有一些孤单单的小屋和小客栈,他们很想找一个住下来。但是他们心里害怕,没勇气,只好躲开了。走到后来,他们实在走不动了,只好停下。

"我们能不能在树下睡觉呢?"她问。

克莱尔认为季节不行,野外睡觉还太冷。

"我一直在琢磨着我们刚才路过的那座空房子,"他说,"我们再回到那儿去吧。"

他们于是再往回走。约莫走了有半个小时,才来到他们先前路过的栅栏门外。他让苔丝在外面等着,自己进去看看有没有人。

苔丝在栅栏门里的灌木丛中坐下来,克莱尔轻手轻脚地朝房屋走去。克莱尔进去了很久,再出来的时候都把苔丝急坏了。她其实并不是

第七部 人生终结

为自己着急,而是为克莱尔着急,怕他出意外。原来是克莱尔找到了一个小孩子,从这孩子那儿得知,看管房子的是一个老太太,就住在附近那个村子里,她只是在天好的时候才到这儿来打开窗户,要等太阳落山了她才来把窗户关上。"现在,我们可以从楼下的一个窗户里进去,在里面睡觉了。"他说。

克莱尔搀扶着苔丝,慢慢地向正门走去。百叶窗都关上了,外人无法偷看。他们又向前走了几步,来到门口。门旁边有一个窗户开着。克莱尔先爬了进去,然后又把苔丝拉了进去。

除了前厅有点亮光,其他的房间都漆黑一片。他们上了楼,看到楼上所有的百叶窗也关得紧紧的。这说明空气流通的事儿办得不怎么样,至少那天不怎么样,开窗的只打开了前厅的一个窗户和楼上后墙的一个窗户。克莱尔拉开一个大房间的门闩,摸索着走进去,把百叶窗户打开了两三寸。一束闪亮的阳光照进了房间,照到了里面笨重的老式家具,红色的织锦窗帘,还有一张有四根柱子的大床。那张大床的床头雕刻着奔跑的人物,显然是赛跑中的阿塔兰塔①。

"终于可以休息了!"克莱尔边说边放下了手上的旅行袋和食物包。

他们两个人非常安静地待在房间里,要等到照看房子的人来关窗子。小心起见,他们又把百叶窗按原样关好,让自己完全隐匿于黑暗中,生怕照看房子的老太太会因为偶然的原因来打开他们的房间。在六点到七点之间,老太太来了,不过没有到他们躲藏的那一边去。他们听见她把窗子关上、插好插销,锁好门,然后走了。接着,克莱尔又稍稍把窗户打开一点,透进来一点亮光,一起吃了晚饭。夜幕降临,他们没有蜡烛来驱散黑暗,也就只好待在黑暗中了。

---

① 阿塔兰塔是希腊神话中的美丽女子,擅长跑步。向她求婚的人必须与她赛跑,胜利者可以完婚,失败者立即被杀。

第五十八章

那天的夜晚特别阴沉，出奇的宁静。午夜时分，苔丝悄悄地向他讲述了他那天梦游的故事，说他怎样在睡梦里抱着她，冒着两个人都可能掉进河里淹死的危险，走过富润河上的独木桥，把她放在寺庙废墟中的一个石棺里面。这件事他一直都不知道。

"第二天你为什么不告诉我呢？"他说，"如果你告诉了我，许多误会和痛苦也许就避免了。"

"过去的事情就不再想了吧！"她说，"除了我们眼前的事情之外，我什么都不去想了。别想了！谁知道明天会发生什么呢？"

不过第二天显然没有什么麻烦事情。早上潮湿多雾，昨天克莱尔已经打听到，看管房子的人只在天晴的时候才来开窗，所以他就把苔丝留在房间里继续睡觉，自己大着胆子走出房间，把整座房子查看了一遍。屋子里虽然没有食物，但是有火。于是他就趁着浓雾，走出屋外，到两三英里外的一个小店铺里，买了茶点、面包和黄油，还买了一个烧水壶和一个酒精灯，这样他们就可以用无烟的火了。他回来时，唤醒了苔丝，一起吃了他买回来的东西，算是早饭了。

他们都不想到外面去，就想待在屋里。白天过去了，夜晚来临了，一天接着一天，在不知不觉中，他们差不多就这样一起隐居了五天，看不见一个人影，也听不到一点人声，没有任何人来打扰他们的平静。天气的变化是他们唯一关心的大事，陪伴他们的也只有外面树林里的鸟儿。他们都心照不宣，谁也不提婚后的任何一件事情。那段时间的悲伤似乎早已消失于混沌之中，唯有现在的欢乐才和过去的欢乐相连接，仿佛从来没有中断。每当他提出离开他们躲藏的屋子去南安普顿或者伦敦，她总觉得奇怪不解，不愿意离开。

第七部 人生终结

"而且……而且,"她把自己的脸贴在他的脸上说,"你现在这样看我待我,我担心也许不会太长久。我希望你永远都是这样子。我不愿意失去。我情愿在你瞧不起我的那一天到来的时候,我已经死了,葬了,那样我就永远不会知道你嫌弃我了。"

"我永远也不会嫌弃你的。"

"我也希望如此,可是一想到我的一生,我总以为别人早晚都会瞧不起我的。……我真是一个邪恶的疯子呀!可是从前,我连一只苍蝇、一条小虫都不敢伤害,看见关在笼子里的小鸟,也常常会哭啊。"

他们在那幢屋子里又待了一天。晚上,阴沉的天气晴朗了,照看房子的老太太很早就在她的茅屋里醒了。灿烂的朝阳使她精神愉快,于是决定立即就去把那幢屋子的窗户打开,趁着好天气让空气流通。清晨,不到六点,她就来到那座屋子,把楼下房间的窗户全打开了。接着,她又上楼去开卧室的窗户。她来到克莱尔和苔丝躲藏的那个房间,正准备去转动门上的把手,忽然感觉好像听见了房间里有人呼吸的声音。她穿的是便鞋,年纪又大了,所以走到房间门口的脚步声是很轻的。此刻,她听见呼吸声,就急忙退了回去。但忽而又怀疑自己是听错了,就又转身来到门口,轻轻地转动门上的把手。门锁已经坏了,但是有一件家具被挪过来了,从里面把门挡住了。老太太无法完全把门打开,只推开了一两英寸。朝阳的光线正穿过百叶窗的缝隙,照射在一对正在酣睡着的人的脸上,苔丝的嘴半开着,就像是在克莱尔的脸旁一朵含苞欲放的鲜花。照看房子的老太太看见他们睡在那儿,纯纯的样子。她看见苔丝挂在椅子上的长裙,看见长裙旁边的丝织长袜和漂亮的小阳伞,还有苔丝其他几件衣服,鲜艳别致。她被它们的华美高雅深深打动了。她最初很生气,以为是无耻的妓女和流氓,现在仔细一看他们好像是上流社会一对私奔的情侣,于是内心的愤怒化作了一阵怜爱。她把门关上,像来的时候那样轻轻地离开了,去找她的邻居们商量她的奇怪发现去了。

老太太走后不到一分钟,苔丝就醒了,接着克莱尔也醒了。他们两个人都觉得好像有什么事情搅醒了他们,但是他们又说不清楚是怎么回事。他们心中的不安越来越强烈了。克莱尔穿好衣服,立即从百叶窗缝

隙仔细向外看。

"我想我们必须马上离开这里，"他说，"今天是大晴天。我总觉得房子里已经有人来过了。不管怎么说，那个老太太今天肯定是要来的。"

苔丝只好同意，于是他们收拾好房间，带上他们自己的几件物品，轻手轻脚地离开了那座屋子。在他们走进树林的时候，苔丝回过头去，向那座屋子看了最后一眼。

"啊，幸福的屋子啊——再见吧！"她说，"我就没几个礼拜可以活了。我们为什么不待在那儿呢？"

"不要说这种话，苔丝！不久我们就要完全离开这个地区的。我们要按照我们当初的路线走，一直往北走。没人会想到上那儿去追我们的。如果真的有人要搜捕我们，一定是在威塞克斯各个港口。等我们到了北边，我们就可以从一个北方的港口离开。"

说服了苔丝以后，他们就按计划行事，朝正北方向出发了。他们在那座屋子好好休息了那么多天，现在走起路来很有力气。中午时分，他们走到了有着许多尖顶塔的古城梅尔彻斯特的附近。克莱尔决定让苔丝整个下午都躲在树林里休息，到了晚上才能在黑夜的掩护下继续赶路。黄昏时分，克莱尔又像往常一样去买了食物，吃完后，他们开始趁着夜色往前走。大约八点左右，他们就走过了上威塞克斯和中威塞克斯的边界。

苔丝从小就习惯于在乡间走小路，就算天黑也没事，轻松自如，十分敏捷。此刻，他们必须穿过古城梅尔彻斯特，才能找到古城那头的桥，通过那条大河。大约午夜时分，街上已经空无一人，他们借着几盏闪烁昏黄的街灯走着，避开石块铺就的小道，免得踩石板发出声响。昏暗中出现在他们左边是一座巨大的教堂，但他们无暇顾及。他们出了城，沿着大路走了几英里，就来到了他们要穿过的广阔平原。

刚才尽管天上云层较厚，但是月亮仍然透过云层散发出些许朦胧的光，为他们赶路提供了或多或少的照明。现在月亮已经落下去了，乌云似乎就笼罩在他们的头上，天黑得伸手不见五指。他们只能摸索着往前走。并且他们需要尽量走在草地上，免得脚步发出响声。这倒是不难，

第七部 人生终结

因为在他们的周围一片空旷,没有树篱或围墙,唯有夜的孤独和风的强悍。

他们就这样在黑暗中摸索着又往前走了两三英里。突然,克莱尔碰到一个意外巨大的建筑物,它似乎在草地上顶天而立,他们差不多与它迎面相撞。

"什么怪物?"安琪说。

"还会嗡嗡作响呢,"她说,"你听!"

他听了听。风吹着庞大的建筑物,发出嗡嗡的音音,就像是一台巨型的单弦竖琴发出的声音。除此之外,没有其他的声音。克莱尔伸出一只手,向前走了一两步,摸到了那座建筑物垂直的表面。它摸起来像是整块的石头,没有接缝,也没有压花边。他继续往上摸去,发现摸到的是一根巨大的方形石柱。他又伸出左手摸过去,摸到附近还有一根相似的石柱子。在他的头顶上,高高的空中还横着一个物体,使黑暗的天空变得更加黑暗了,它好像是把两根石柱连接起来的横梁。他们小心翼翼地从两根柱子中间的横梁底下走了进去。石头的表面发出他们挪动的沙沙声。但他们好像还在门外。这座建筑是没有顶的。苔丝的呼吸变得恐惧急促,安琪也感到困惑,说:

"这会是什么呢?"

他们向旁边摸去,又摸到一根和第一根石柱相似的、又大又硬的、方方的石柱,然后又一根,又一根。原来这儿全是石头门框和石柱子,有的石柱子上面还架着横梁。

"这是一座风神庙!"克莱尔说。

有的石柱是孤零零地立着,有的是两根相连,也有的三根一组,上面横着一根石柱。还有一些石柱躺在地上,像是高出地面的一条马路,宽得足以让马车驶过。很快,他们就弄明白了,有人在这块平原的草地上竖立起石柱,营造了一片石林。他们两个人继续往前走,一直走进黑夜中这个由石柱组成的宫殿中间。

"原来是史前神庙。"克莱尔说。

"你是说这是一座异教徒的神庙?"

"是的。比纪元前还要古老,比德伯维尔家族还要古老!啊,我

403

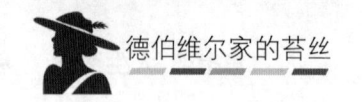

们怎么办哪,亲爱的?再往前走走,我们也许就可以找到一个栖身的地方了。"

但是苔丝这一次是真累了,看见附近有一块长方形石板,石板的一头有石柱把风挡住,于是她就在石板上躺了下来。因为白天有太阳晒过吧,这块石板现在很干燥,并且还有点儿暖和,与周围粗糙冰冷的野草地相比舒服多了,再说她的裙摆和鞋子都已经被野草上的露水弄湿了。

"我再也不想往前走了,安琪,"她把手伸给克莱尔说,"我们不能在这儿过一夜吗?"

"恐怕不行。这个地方视野太宽了,现在天黑别人看不见,但是在白天,好几英里以外都能够看见的。"

"现在我想起来了,我母亲娘家有个亲戚是这儿附近的牧羊人。在塔布塞斯牛奶场的时候,你常常说我是一个异教徒,那么我现在算是回了老家啦。"

苔丝躺在那里,克莱尔跪在她的身旁,用自己的嘴唇吻着她的嘴唇。

"亲爱的,想睡了吧?我想你正躺在一个祭坛上。"

"我非常喜欢躺在这儿,"她嘟哝着说,"这儿是这样庄严,这样僻静,头上只有一片苍天——我已经享受过巨大的幸福了。我觉得,世界上除了我们两个而外,仿佛没有其他的人了,我希望没有其他的人,不过丽莎·露除外。"

克莱尔想,她在这儿躺会儿也行,等到天快亮的时候再走吧。他把自己的外套脱下来盖在她的身上,在她的身旁坐下。

风声在石柱中间撞击回荡着,他们听了好久。苔丝终于开口说。"安琪,要是我出了什么事,你能不能看在我的分上照看丽莎·露?"

"我会照顾她的。"

"她是那样善良、天真,那样纯洁。啊,安琪——要是你失去了我,我希望你会娶了她。啊,要是你愿意娶她的话!"

"要是我失去了你,我就失去了一切!她是我的小姨子啊。"

"那有什么关系,亲爱的。在我们马洛特村时常看到有人跟小姨子结婚的。丽莎·露是那样温柔、甜美,而且还越长越好看了。啊,

第七部 人生终结

当我们大家都变成了鬼魂,我也愿意和她一起陪伴你啊!安琪,你只要开导她,训练她,你就可以把她培养成和你一样的人了!……我的优点她都有,我的缺点她一点儿也没有。如果她将来做了你的妻子,我就是死了,我也会觉得我们没有分开。……唉,我已经说过了。我不想再提了。"

她说完住了口,克莱尔陷入了深思。他透过石柱中间,看见远处东北方向的天上出现了一道水平的白光。满天的乌云像一个大锅盖,正在整个地向上掀起,让即将到达的黎明一步一步走近。逐渐地,无论是孤独单立着的石柱还是两根石柱加一根横梁的牌坊,都开始露出黑色的轮廓。

"人们就是在这儿向上帝献祭吗?"她问。

"不!"他说。

"那么向谁呢?"

"我相信是向太阳献祭的。那根高高的石头柱子不就是朝着太阳的方向吗?一会儿太阳就会从它的后面升起。"

"亲爱的,这让我想起一件事来,"她说,"在我们结婚以前,你说你永远不会干涉我的信仰,你还记得不?其实我是一直懂你的,你怎么思考,我也怎么思考——而不是自作主张。我没有自己想法的。你现在告诉我吧,安琪,你认为我们死后还能见面吗?我非常想知道。"

他吻她,免得在这种时候去回答这个问题。

"啊,安琪——恐怕你的意思是不能见面了!"她忍住哭泣,"我多想再和你见面啊——我太想、太想了啊!怎么,安琪,连你我这样如此相爱的人也不能再见面吗?"

克莱尔像一个比他自己更伟大的人物一样,在这样一个关键时候对于这样一个关键问题,不做回答。于是,他们两个人又沉默了。过了一两分钟,苔丝的呼吸逐渐变得均匀,她握着克莱尔的那只手也放松了,她睡着了。东方的地平线上出现了一道银灰色的光,大平原上较远的部分因为银色光的映衬,变得更加黑暗、距离更近。苍茫的晨色携带着黎明到来之前的常有的特征:冷漠、含蓄和犹豫。东边的石柱和石柱上方的横梁,迎着太阳挺立着,背面则显得更黑沉沉的。石柱的外面可以看见火焰形状的太阳石,也可以看见在石柱和太阳石之间的祭坛石。夜间的风渐渐停止了,石头上的石窝形成的小水潭也不再颤抖了。就在这个

德伯维尔家的苔丝

时候，东边斜坡的远处似乎有一个小黑点在移动。那是一个人的头，正在从太阳石后面的洼地向他们走来。克莱尔后悔他们待在这里，没有继续往前走。但是到现在这个地步，也只好坐着不动了。那个人影径直向他们待的那一圈石柱方向走来。

克莱尔听到他的背后也传来了脚步声。他转过身去，看见躺在地上的柱子后面出现了一个人影，他还看见在他附近的右边有一个，在他左边的横梁下也有一个。曙光完全照在西边走来的那个人的脸上，克莱尔在曙光里看见他个子高大，走路像军人的步伐。他们所有的人显然是有意包围过来的。苔丝果然说中了！克莱尔猛然跳起来，往四周看去，想寻找一件武器，寻找一件松动的石头，或者寻找一种逃跑的方法什么的，就在这个时候，那个离他最近的人来到了他的身边。

"不要动，先生，动也没用。"他说，"我们有十六个人，这儿整个地区都已经行动起来了。"

"那就让她睡完觉吧！"他轻声地向围拢来的人恳求说。

他们刚才没有注意到苔丝，直到现在才看见她睡觉的地方，因此就没有对克莱尔的要求表示反对，而是站在一旁守着，一动也不动，就像周围的石柱一样。克莱尔走到她睡觉的那块石头跟前，握住她那只可怜的小手。她的呼吸快速而又细弱，就像一个比女人还要弱小的动物的呼吸一样。天越来越亮了，所有的人都在那儿等着，他们的脸和手都仿佛镀上了一层银白色，而他们身上的其他部分则是因为没有被撒到晨光而呈现黑色。石柱上泛出青灰色的光，平原仍然是一片昏暗。不久天大亮了，太阳的光线照射在苔丝没有知觉的身上，透过她的眼睑射进她的眼里，把苔丝唤醒了。

"安琪，怎么啦？"她醒过来说，"他们来抓我了吗？"

"是的，最亲爱的，"他说，"他们已经来啦。"

"是啊，是该来啦，"她嘟哝着说，"安琪，我几乎感到高兴——是的，感到很高兴！这种幸福太强烈了，肯定是不能长久的。我已经享够了这种幸福，现在我不用活着等你来嫌弃我了！"

她站起身来，拍了拍，就往前走，而其他的人一个也没有动。

"我好了，走吧。"她平静地说。

第七部 人生终结

第五十九章

温顿切斯特是一座古老而又美丽的城市，它曾经是威塞克斯的首府，坐落于起伏不平的丘陵地带。在这个七月的早晨，沐浴着阳光的城市暖意融融。那里有一些石头房子顶上铺着瓦片，侧面是砖砌的山墙，山墙上的苔藓因为天气干燥差不多都晒死了。草场上沟渠里的水也很浅了。在那条斜坡的大街上，从西门口到中古十字路口，再从中古十字路口到大桥，有人正在慢条斯理地清扫大街，通常是为了迎接传统的集市日。

所有的温顿切斯特人都知道，从前面提到的西门口开始，大路就有一段斜坡，延伸大约一英里。走在这条道上，会觉得是在把那些房屋渐渐地抛在后面。此刻，正好有两个人走在这条道上，从城区出来，走得很快，他们似乎没有意识到上坡的费力。他们并非步履轻快，而是心事重重。在下面的不远处，在那块小小的开阔地带上，有一堵高墙，高墙中间有一道铁栅栏小门，他们刚刚就是从那儿出来走上这条大坡道的。现在，他们好像要急于避开那些类似的房屋，迅速地在坡道上前行不失为一条最快的捷径，把任何附近的建筑都远远地抛在身后。虽然他们都是年轻人，但是他们走路的时候都垂着头。太阳微笑着，似乎并不怜惜他们悲伤的步伐。

那两个人，一个是安琪·克莱尔，另一个是他的小姨子丽莎·露，她的身材苗条，似含苞蓓蕾，半是少女，半是少妇，那样子像极了苔丝。她比苔丝稍瘦一些，有着一双和苔丝一样美丽的大眼睛。两个人都面色灰白、消瘦，脸盘好像只有原来的一半了。他们手牵着手，一句话也不说，只顾低着头向前走，就像吉奥托在《两圣徒》① 中画的人

---

① 吉奥托（1266—1337），意大利画家，建筑家。《两圣徒》现收藏于伦敦国家美术馆。

物一样。

当他们快要走到西山顶的时候，城里的时钟敲了八下。听到钟声，他们两个人都惊了一下，接着继续往前走了几步，走到了第一块里程碑的地方。那块白色的里程碑立在绿色的草地边上，背后是草原覆盖的丘陵，在他们的脚下与大路相连。他们踩入了草地，又好像被某种力量控制住了，突然在里程碑旁边停下，转过身去，瘫痪了似的呆立在那里。

从这个山顶向下望去，四面的景色一览无余。下方的山谷里就是他们刚刚离开的那座城市，城中比较突出的建筑很显眼，好像实景图里描画的那样。其中有大教堂的钟楼，有教堂的诺曼底式的窗户和长廊，有圣托马斯教堂的尖塔，还有学院的塔楼尖顶。再靠右一点，是一座古老的救济院的塔楼和山墙，直到今天，来这儿朝圣的人都能领到一份面包和啤酒。城市的后面，是圣凯瑟琳山地，放眼望去，从近至远，一直延伸到耀眼的太阳光抹去地平线的尽头。

乡村原野连绵不断，有一栋红砖大楼矗立在其他高楼的前面，比较特别。灰色的平屋顶，窗户上有一排排短铁栏杆，说明那是囚禁犯人的地方。整栋楼的样式呆板平直，和周围哥特式建筑错落有致的风格形成鲜明反差。刚才从它前面的路上经过这栋楼时，因为有高大的紫杉和橡树把它挡住了，但是现在从山顶上看去却是一览无余了。刚才那两人走出来的那道铁栅小门，就在那栋楼的高墙下。那楼的正中，有一个丑陋的八角形平顶塔楼，赫然矗立着。从山顶上看去，只能看到它背着太阳的阴面，黑乎乎的像是这座美丽城市的大污点。可是那两个人所关心的正是那个污点，而不是城市的美景。

八角塔楼的屋檐口，竖着一根旗杆。他们两双眼睛死死盯着这个杆子。钟声响后又过了几分钟，有一样东西慢慢地从杆子上升起来，微风一吹，那东西就展开了。原来，是一面黑色的旗子。

"正义"执行了，用埃斯库罗斯的话说，那个众神之王终于结束了对苔丝的戏弄。德伯维尔家族的骑士和夫人们在坟墓里躺着，对眼前的事情一无所知。那两个静默地注视着黑旗的人，现在弓着背，身体前倾，几乎弯曲到了地上，仿佛是在做祈祷。他们就那样一动不动躬了好久。黑旗在风中无声地飘着。等到他们稍微恢复了点力气，便站了起来，继续手拉着手往前走。

译后记

托马斯·哈代（Thomas Hardy，1840—1928），英国诗人、小说家。他是横跨两个世纪的作家，早期和中期的创作以小说为主，继承和发扬了维多利亚时代的文学传统；晚年以其出色的诗歌创作开拓了英国20世纪的文学。哈代一生共发表了近20部长篇小说，其中最著名的当推《德伯维尔家的苔丝》《无名的裘德》《还乡》《卡斯特桥市长》。哈代著诗8集，共918首，如《韦塞克斯诗集》《早期与晚期抒情诗》。

哈代出生于英国西南部的多塞特郡，毗邻多塞特郡大荒原，家乡的自然环境是《德伯维尔家的苔丝》的主要背景。他的父亲是石匠，但爱好音乐。父母重视对哈代的文化教育。1856年哈代离开学校，从事建筑行业，司教堂修复。他的建筑论文曾获英国皇家建筑学会奖。他有音乐、绘画及语言才能，精通古希腊文及拉丁文。在哲学、文学和自然科学方面有广博的学识。哈代受当时科学重大发现及进化论的影响，在宗教方面是一位怀疑论者。上述天赋和早期经历均为他的文学创作的成功奠定了基础。

哈代的创作时期是一个充满变化、动荡的时期。当时英国社会正经历着深刻的变化，存在各种尖锐的矛盾和危机。《德伯维尔家的苔丝》（1891）是"威塞克斯系列"中的一部。哈代在书中描绘了新兴的工业化和都市文明给古老、乡土的威塞克斯地区带来的冲击，揭露了禁锢众思想、强调贞洁、压抑妇女社会地位的虚伪道德。苔丝的悲剧命运反映了当时经济发展的落后、法律制度的欠缺、宗教的欺骗性，以及道德的虚伪。苔丝的悲剧就是当时社会的悲剧。

诺贝尔文学奖得主克洛德·西蒙指出："它是19世纪英国文学的一颗明珠，奠定了哈代在英国乃至世界文学中的地位。小说描写的是社会如何把一个纯洁、善良、质朴、美丽的农村姑娘逼得走投无路，最终拿起武器向仇人复仇的故事。在美丽的苔丝身上我们自始至终看到的是她纯洁的本性对逼迫她的恶势力的苦苦挣扎。"英国作家埃利亚斯·卡内蒂认为，"《德伯维尔家的苔丝》的写成，一百多年过去了，女主人公苔丝也早已树立在世界文学画廊之中，这不仅仅因为人们对传统美德有所超越，更因为作品主人公所拥有的人性与灵魂深处的巨大魄力使之成为最动人的女性形象之一。"

　　哈代这部名作已经有了很多的译本，其中不乏高质量的、畅销的名家译本。我们将书名译作《德伯维尔家的苔丝》，那是以哈代小说的原名直译的。德伯维尔的家族名，贯穿于小说的始终，是作者对当时社会的极大的讽刺。哈代在书中写道："诺曼的血统，没有维多利亚王朝的财富做辅助，又算得了什么！"《德伯维尔家的苔丝》是一声悲叹，是对曾显赫一时的古老的德伯维尔这个真正的贵族世家的日趋没落并伴随其最后一个嫡系后裔子孙约翰及其女儿苔丝的毁灭而毁灭的一曲挽歌！而亚雷克的嚣张腾达又反映出盗用贵族名号者在宗教欺骗和道德虚伪年代的畅行无阻。因此，如果译成"德伯家的苔丝"，就是混淆了德贝菲尔和德伯维尔，如果译成"苔丝"，更是严重漏译或错译了作者的原书名，忽视了题目的社会讽刺含义。

　　对本书的翻译，我们本着尽可能忠实于原著的原则，并同时顾及汉语读者的阅读可接受性。尽管有些译本曾经使用汉语的农村方言来翻译英国家庭或农民之间的对话，使中国读者具有可亲可近的阅读享受，但我们还是认为此法不妥，英语本身没有明显的方言区分，除了英国北方发音稍有不同之外，在英国的南方，语言交流趋同。由此，我们更注重在叙述话语的翻译中力求真实顺畅，在角色话语的翻译中表现个性风格。特别感谢具有丰富翻译经验的孙礼中老师和卢彩虹老师的鼎力相助，他们精益求精的见解令我们受益匪浅。

　　翻译难，难在戴着镣铐舞蹈。我们既不能囿于原文、欧化汉语，也不能标新立异、另辟蹊径。尽管在主观上我们做了不少的努力，但百密难免一疏，如果译文中尚有不足之处，哪怕是极小的一个失误，敬请读者提出并给予批评指教，译者将不胜感激。

陈明瑶　郑静霞
浙江工商大学
2016年8月

图书在版编目（CIP）数据

德伯维尔家的苔丝/（英）托马斯·哈代（Thomas Hardy）著；陈明瑶，郑静霞译. —北京：中国书籍出版社，2016.8（中国书籍编译馆）

ISBN 978-7-5068-5652-2

I.①德… II.①托…②陈…③郑… III.①长篇小说—英国—近代 IV.①I561.44

中国版本图书馆CIP数据核字（2016）第147943号

德伯维尔家的苔丝

（英）托马斯·哈代 著

陈明瑶 郑静霞 译

策划编辑	李立云
责任编辑	李立云
责任印制	孙马飞　马　芝
封面设计	黄俊杰
出版发行	中国书籍出版社
地　　址	北京市丰台区三路居路97号（邮编：100073）
电　　话	（010）52257143（总编室）　（010）52257140（发行部）
电子邮箱	yywhbjb@126.com
经　　销	全国新华书店
印　　刷	河北省三河市顺兴印务有限公司
开　　本	710毫米×1000毫米　1/16
字　　数	410千字
印　　张	26.5
版　　次	2016年10月第1版　2016年10月第1次印刷
书　　号	ISBN 978-7-5068-5652-2
定　　价	45.00元

版权所有　翻印必究